Lola Montalvo nació en Madrid hace casi medio siglo. Es Diplomada en Enfermería, licenciada en Geografía e Historia, DEA en Historia Antigua y experta en Ciencias Forenses, y posee sendos máster en Ciencias Forenses y Derecho Sanitario, Antropología Física y Genética Forense y Dietética y Nutrición.

Tiene varias novelas publicadas con las que ha ganado premios literarios como: Primer Premio del I Certamen de Relato Corto de la Empresa Mancomunada del Aljarafe, Aljarafesa, 2005, Tomares. Sevilla, con el relato *Frontera de Agua*. Segundo Premio del V Certamen de Relato Corto Amfe-Mujer 2006, Castilleja de la Cuesta, Sevilla, con el relato *No deseado*. Segundo Premio del VI Certamen de Relato Corto Amfe-Mujer 2007, Castilleja de la Cuesta, Sevilla, con el relato *Una familia normal*. Primer Premio del VII Certamen de Relato Corto Amfe-Mujer 2008, Castilleja de la Cuesta, Sevilla, con el relato *Zapatos de arena*. Finalista del Certamen de Relato Corto y Cuento convocado por Bookmarkt SAE, en octubre de 2009, con el relato *Solo un cigarrillo más*. Finalista del III Premio de Creación literaria Bubok-Alfaguara, 2011, con la novela *Sanatio*.

Papel certificado por el Forest Stewardship Council®

FSC
www.fsc.org
MIXTO
Papel | Apoyando la silvicultura responsable
FSC® C117695

Penguin
Random House
Grupo Editorial

Primera edición con este formato: mayo de 2024
Primera reimpresión: septiembre de 2024


Travessera de Gràcia, 47-49. 08021 Barcelona
Diseño de la cubierta: Penguin Random House Grupo Editorial
Imagen de la cubierta: © Getty Images



*Printed in Spain* – Impreso en España

ISBN: 978-84-9070-649-7
Depósito legal: B-9.238-2024

Impreso en Liberdúplex
Sant Llorenç d'Hortons (Barcelona)

BB 0 6 4 9 A

# Historia de una enfermera

**LOLA MONTALVO**

*A Jesús, Pilar y Jesús*

# PRÓLOGO

Soy enfermera desde hace más de veintisiete años. Esta no es una autobiografía aunque es indiscutible que la enfermera protagonista tiene mucho de mí. Considero que la profesión a la que dedico este libro es una de las más bonitas, interesantes y satisfactorias que existen, pero también es a veces ingrata, dura y agotadora. Para ser enfermera o enfermero hay que tener vocación, una vocación muy especial que va más allá de lo espectacular o del protagonismo del momento, aunque solo eso no es suficiente.

Cada día hay más enfermeros y, aunque es indiscutible que a veces nos llegan noticias de los malos, la gran mayoría de ellos son excepcionales, humanos y responsables, que hacen un trabajo magnífico. Como a mí me gusta decir: predomina siempre lo bueno, pero la gente casi siempre solo ve lo malo.

En España hay magníficos enfermeros que llevan a cabo su labor a diario sin que se les oiga, sin que se les note y, sobre todo, sin que se les valore adecuadamente, en condiciones laborales precarias e insostenibles, sin medios materiales ni recursos adecuados.

A esos hombres y mujeres que se dejan a diario la piel en

los quirófanos, en los servicios de urgencias, en los centros de salud y consultorios, en las plantas y servicios de especialidades o de medicina interna o de cirugía, en las unidades de cuidados intensivos, en los centros de ancianos y de personas con discapacidad, en los centros de diagnóstico, a todos ellos va dedicado este libro. Porque creo que poca gente conoce el devenir diario de su labor y que, por ello, no se los valora adecuadamente. Pocos saben de su criterio profesional y científico, de su constante anhelo de superación y de su increíble capacidad de renovación e investigación.

Por ellos es este libro y a todos ellos va dedicado.

Por supuesto, todos los personajes y sus nombres son ficticios; las historias narradas son enteramente de mi invención. Si existiera alguna coincidencia con personas o hechos reales sería fruto de la casualidad. Con esa misma intención, la ciudad donde se desarrolla la historia no tiene nombre, no es ninguna de las de nuestro país, es inventada, y por lo tanto todo lo que describo en ella es producto de mi imaginación.

LOLA MONTALVO CARCELÉN

# MARIAN

Me llamo María Angustias Censor Notario, pero me gusta que me llamen Marian. Y acabo de cumplir cuarenta y dos años.

Todavía recuerdo, como si fuera ayer, mi primer día de trabajo como enfermera, hace ya más de veinte años.

Atrás habían quedado los años de universidad, las agotadoras horas de prácticas en hospitales y centros de salud a las que yo creo que se debería llamar «trabajar duro sin cobrar nada»; irremediablemente atrás quedaron también las interminables horas de clase aguantando a ciertos petardos con la capacidad docente de un rinoceronte, los profesores exigentes y malhumorados, los profesores amables y considerados; las miles de horas de estudio, incubación y letargo en las bibliotecas, los enciclopédicos trabajos de investigación, la ilusión, la esperanza, el deseo de empezar una nueva senda...

Superé todo eso con más éxito del que nunca creí llegar a conseguir, impelida por una vocación que me ardía en la piel desde mi más tierna infancia. Nunca deseé ser otra cosa, pero, cuando por fin estudias la carrera de tus sueños, la vocación —un algo cuasi iluso y abstracto— topa con la realidad más mundana. Y dependiendo del impacto que ese choque tenga en ti culminarás, o no, tu carrera como enfermera. No en balde muchos abandonan el primer año: en el choque personal de esos estudiantes sus expectativas han muerto definitivamente.

Me veo acercarme a ese hospital de Granada —la ciudad donde nací— aquella primera mañana de julio, entrar en el vestíbulo, acercarme a los ascensores y apretar un botón de llamada con dedo temblón.

Sigo viéndome subiendo a mi planta con el corazón golpeteando como loco en mi pecho. Me veo, ya en los vestuarios, cambiándome de ropa y colocándome el blanco e impoluto uniforme nuevo, el sudor resbalándome por la espalda y haciéndome todavía más incómoda la tela demasiado rígida por la escasez de lavados.

Aún sigo sintiendo ese deseo loco de estar en otro sitio que me embargó, en un lugar lejano y cálido, mientras tragaba saliva e intentaba hacer desaparecer esa bola que me oprimía la garganta amenazando con ahogarme; esa certeza histérica y chillona que no cesaba de retumbar en mi cerebro y que me explicaba con palabras nerviosas, atropelladas, que me había equivocado de trabajo, que me había obcecado en una vocación ilusoria, que lo que realmente deseaba era ser secretaria o peluquera o dependienta en una tienda —sin intención de hacer de menos a estas ocupaciones, por supuesto—. Ese enloquecido impulso, controlado a duras penas, que me llevaría de vuelta a casa o a cualquier otro sitio, con tal de estar lejos de ese hospital que había cometido la torpeza de contratarme. Me sentía tan aterrorizada como el soldado a punto de entrar en combate o el reo condenado a la horca con la soga jugueteando a la altura de su mentón y arañándole la piel de las orejas.

Me acerqué al control de enfermería con paso corto, en un intento vano de no llegar jamás, haciendo titánicos esfuerzos para no caer de los fastidiosos zuecos que ya me habían hecho una rozadura en el dedo gordo. «¡Si me hubiera puesto calcetines! ¡Mira que me lo dijo mamá!»

La enfermera del turno de noche me recibió distante, desconfiada, carpeta en ristre, evaluándome.

A juzgar por la fría mirada que me dirigió y por el rictus desagradable de su boca, no le producía ningún goce, tras algo más de diez horas de intenso trabajo, tener como relevo de su turno a una novata que iba a ocuparse de sus enfermos.

—Ho-hola, soy Marian...

—Sí, ya sé quién eres —me cortó.

Sin más preámbulos empezó a contarme las incidencias.

—El señor de la 15A ha pasado la noche regular, con disnea... La chica de la 7B... Señora con flebitis de la 9A...

El latido loco del corazón me restallaba en los oídos y no me dejaba entender bien qué era lo que me estaba contando esa mujer, que ¡por Dios, cómo podía hablar tan rápido!

Con bolígrafo raudo y nervioso, pero siempre profesional, recogí los datos, apunté los sueros, las fiebres que había habido, las muestras de sangre que debía tomar.

El estruendoso carpetazo que dio la enfermera sobre la mesa me impidió terminar mis notas y cortó de sopetón el hilo de mis pensamientos con una frase que a partir de aquel instante iba a oír en cada cambio de turno:

—Si tienes alguna duda, está todo escrito.

¡Y tanto que estaba todo escrito! ¡Vaya barullo, y qué letra! «¿Esto es cirílico o cantonés?»

Las siguientes siete horas fueron las más horrorosas que había vivido en mi corta existencia, y pasaban lentas y espesas como babosas. Los sueros se me retrasaban, las vías venosas se me obstruían, las sondas vesicales se salían de donde debían estar... El espanto me poseyó, y creo que ninguna bocanada de aire de las que intenté respirar me llegó a los pulmones.

Y esto los enfermos lo notan, ¡vaya si lo notan! Deben de

sentirse como pasajeros en un avión que de repente se ve tripulado por un experto en cometas.

Los pacientes me hicieron tantas preguntas, los familiares me pidieron tantas cosas, los médicos me escribieron tantas peticiones que si no me hubieran echado una mano aún estaría resolviendo cuestiones.

Creo que durante ese turno me repetí unas cincuenta o unas mil veces: «¡Me he equivocado de trabajo, me he equivocado! ¡Mañana no vuelvo, no vuelvo, palabra, este trabajo se va a la porra!»

Recuerdo que había una auxiliar de clínica que también empezaba ese día, y cuando nos cruzábamos por el pasillo durante esas interminables horas —con el rostro arrebolado por la histeria y el sofocante calor y los ojos desorbitados por la ansiedad— nos lanzábamos miles de miradas de desesperación y mutuo entendimiento. ¡Qué consuelo saber que no eres la única que lo está pasando fatal! Pero qué consuelo tan inútil, ya que ella no podía ayudarme a mí y yo no podía hacer nada por ella.

Estuve a punto de llorar más de un millón de veces.

—¡Nena, pero qué lenta eres! —me dijo uno de los médicos, de esos que son crueles ante la desgracia ajena, tras retrasarme en la consecución de ciertas órdenes terapéuticas.

—Pero ¿cómo no me voy a retrasar? Si aún no he tomado las constantes ni he puesto la medicación de las doce horas, ni sé cómo es la cara de la mayoría de mis pacientes...

—Pues prioriza, nena, prioriza —me dijo con sorna.

Y no pude priorizar porque todo lo que me restaba por hacer era «priorizable».

¡Qué sufrimiento, madre, qué impotencia! En las muchas prácticas que había hecho durante mi formación como enfermera todo parecía más sencillo, más llevadero; y entonces vi claro que era porque siempre tenía detrás a una enfermera que me sacaba la mayor parte del trabajo sin que me diera apenas cuenta. Pero cuando te ves sola, obligada a organizarte y a valerte por ti misma, la cosa cambia rabiosamente de color, y el mío, aquel espantoso día, no salió de la gama de los grises y negros.

Gracias a la ayuda de los demás enfermeros pude terminar el trabajo con cierta normalidad y sin que pasara nada irremediable.

El primer día suele ser nefasto y difícil.

Cuando regresas al día siguiente lo haces con el temor de que haya pasado algo terrible, de que hayas cometido algún error fatídico. Esta tensión inicial es algo que sucede en todos los trabajos y ocupaciones, supongo. Lo que mi profesión tiene de distinto, como todas las de ámbito sanitario, es que el objeto de nuestra labor lo conforman personas, no cosas u objetos, y aterroriza hacer algo mal o que algún paciente resulte dañado por nuestra impericia.

Cuando por fin llegué a mi casa más allá de las cuatro y media —«Mañana no vuelvo, ¡por mis mulas!»—, dolorida en cuerpo y alma, con los pies hinchados y ulcerados, con el amor propio bajo tierra y con la resolución firme de no volver a ese hospital, me acosté. Me dormí inmediatamente, anestesiada por el cansancio y la fatiga moral. Fueron más de trece horas de volver a vivir lo vivido en el fluir constante de mis pesadillas, con trazas apocalípticas, en desastres sin solución.

El despertador inteligente, que era mi madre, me sacó de esa cámara de tortura que eran mis sueños a las siete en punto de la mañana siguiente. Me levanté, me duché y me vestí.

No sé cómo llegué al mismo sitio y a la misma hora que el día anterior. Me senté de nuevo ante la curtida enfermera que me había recibido la víspera. Parecía sorprendida de verme otra vez, y entera. Su mirada me aseguraba que no creía que fuera capaz de repetir la experiencia pasada. Con un suspiro de hastío volvió a relatarme a la velocidad de la luz lo acontecido en el turno de noche. Yo, tozuda, aguanté el tirón. Un carpetazo sobre la mesa y la frase:

—Está todo escrito. —Bíblica expresión que en ella era toda una realidad, dada la profusión de su narrativa, que se extendía sin fin en las *Hojas de incidencias* de los pacientes, y que podría haber sido hasta bella si se hubiera podido entender la letra, por supuesto.

Ese día llegó a su fin casi como el anterior. Digo «casi» porque el andar un camino ya conocido era una fantástica ayuda. Los enfermos me saludaban por mi nombre, los médicos me hablaban de órdenes y tratamientos ya vistos. Caminaba, en definitiva, por una vereda ya abierta y supe en todo momento cuándo debía pedir ayuda y a quién.

Y el día siguiente fue algo mejor, y el siguiente, y el otro.

Hasta que una mañana, no puedo decir cuándo —una semana, dos, un mes más tarde—, ya conocía al dedillo a mis casi treinta pacientes; los informes, las historias de enfermería; los volantes de peticiones llevaban mis anotaciones, realizaba los trabajos y tareas con cierta seguridad y a la hora estipulada, y estaba ya preparada para realizar determinadas gestiones por teléfono.

Desde ese momento, disfruté de mi trabajo y supe que no, que no me había equivocado, que mi vocación era cierta y que el trabajo de enfermera era lo que yo esperaba que fuera. Pero hasta entonces, hasta que sin darme apenas cuenta de ello llegó el momento en que no me producía una angustia terrorífica llegar a mi planta o ponerme el uniforme, en todas y cada una de las jornadas que pasé, en cada una de las horas que laboré, me juré a mí misma que de ese día no pasaba y al siguiente no volvía.

Hoy recuerdo todo eso con cariño, porque queda lejos, claro. Estoy segura de que todos aquellos profesionales que han pasado por esta inquietante experiencia saben lo que supone.

Todos mis compañeros de mi actual destino reconocen sin rubor que sufrieron algo parecido a lo que me ocurrió a mí. Eso demuestra que yo no soy muy diferente de otros profesionales. Porque, en este trabajo, el que no tiene cierto temor a las meteduras de pata, a hacer daño a los demás, puede ser un inconsciente y alguien potencialmente peligroso.

Después de tantos años aún sigo sintiendo el miedo de la nueva responsabilidad pellizcándome el estómago.

# MARINA

Nací en 1926, y mi madre no decidió qué nombre iba a ponerme hasta que me vio. Rosa, la mujer de Toribio el carpintero, que ya casi salida de cuentas aún no se había decantado por un nombre en concreto, no quería decidirse por ninguno hasta que tuviera a su bebé en brazos; «en cuanto le vea la carita sabré cuál será su nombre», afirmó con tono decidido a todo el que le preguntó a este respecto.

En el pueblo no se hablaba de otra cosa, porque lo normal, la costumbre de toda la vida, era que al bebé se le pusiera el nombre de un abuelo o de una abuela, tanto si estaba vivo como si no; yo era la primera nieta y se esperaba que mi nombre fuera Dolores, Remedios, Pablo o Nicolás. No había nada qué pensar ni qué decidir, la tradición mandaba.

Pero mi madre, resuelta a poner en práctica a toda costa lo que tenía sobradamente decidido, se saltaba a la torera el respeto y la consideración que se debía a los mayores. Mi padre, como se esperaba de él que hiciera entrar a su mujer en cintura, era la comidilla del pueblo y le consideraban un calzonazos, no podía ser otra cosa al no imponerse a los caprichos infantiles de su esposa, como era su deber. Las costumbres estaban para ser respetadas.

Así, cuando recién parida mi madre me sostuvo por primera vez entre sus brazos y me miró, supo —así me lo contaba ella con los ojos llenos de cariño mientras me acariciaba el cabello— que me llamaría Marina. Mis increíbles ojos azules —eran sus palabras— no hacían posible otro nombre. Las mujeres con experiencia del pueblo se reían de ella mientras aseguraban con tono condescendiente que todos los bebés nacen con los ojos igual y que, según fueran pasando las semanas, a la pequeña Marina se le oscurecerían hasta alcanzar el color definitivo: un marrón deslucido como los de mis padres. Pero eso nunca pasó. Mis ojos han sido siempre de un azul aguamarina transparente y nadie se queda indiferente al mirarlos.

El contraste lo ponen las pestañas negras, espesas y rizadas como mi cabello, que, según dicen, me confieren la cualidad de una criatura casi sobrenatural. Algunos me consideran hermosa aunque estoy muy lejos de serlo. Seguro que con unos ojos de otro color más normal me habrían considerado fea.

No puedo evitar sonreír cada vez que recuerdo cómo me miraban los otros niños del pueblo, casi con temor; todos evitaban que posara su mirada sobre ellos. En su ignorancia, pensaban que quizá yo era un hada y si les miraba les haría un encantamiento mágico. Solo mi amiga Petri —que, como era de esperar, debía su nombre a su abuela materna—, sentía por mí algo parecido a una sincera amistad. Admiraba mis ojos, que tildaba de inquietantes, mi cabello negro como la noche y mi piel de porcelana... me describía como si fuera un animal hermoso y no la niña de hoscas manos y piel requemada por el sol que era, pero para Petri la realidad no se correspondía con su ansia de soñar. «Cuando seas mayor, Marina, serás una princesa, te cuidarán y servirán en un palacio de oro y no te faltará de nada», me decía a menudo entre risas haciéndome ruborizar.

Cuando evoco esos días no puedo evitar una triste sonrisa y una sombra de pena en mi corazón por el irónico sentido del humor que con algunas personas se gasta la vida o el destino, según se prefiera. Mi felicidad infantil fue efímera y no duró más allá de mi décimo cumpleaños.

A las pocas semanas empezar la guerra civil fusilaron a mis padres, a mis tíos y a mis primos, que ya eran mozos. Mi amiga Petri murió junto a su hermano Paco y sus padres ante el muro de la iglesia, un día antes que los míos. Aprovechando la impunidad que posibilitó el golpe de Estado de Franco, cientos de milicianos falangistas asesinaron de forma arbitraria a todo aquel que se manifestó fiel al gobierno de la República o que se había declarado comunista, socialista, sindicalista o progresista... o, simplemente, que hubiera vertido alguna opinión contraria al levantamiento militar. A mi pueblo, apenas una pedanía en la provincia de Granada, no llegó la guerra de forma patente, pasó como un relámpago tal como en otras muchas poblaciones andaluzas. El terror llegó montado en un camión militar; varios individuos armados hasta los dientes que expurgaron a mis vecinos a su arbitrio.

Para mi desgracia, mi madre y mi padre dejaron mostrar su indignación por el golpe de Estado junto a otras decenas de vecinos en la plaza del pueblo a las pocas horas de escuchar lo sucedido en la radio. Ninguno de ellos vio finalizar el mes de julio. El terror se los tragó a todos como si nunca hubieran existido, amontonados en una fosa común, fuera del camposanto, sin marca alguna que posibilitara su recuerdo, un homenaje o un rescate de sus restos.

A mí me salvó un miliciano; me sacó de la fila de condenados a muerte, quizás apiadado de esa nena de apenas diez años que lloraba desconsolada cuando la pusieron frente al muro de la iglesia en fila, al lado de todos los condenados a muerte. Mi madre y mi padre me medio tapaban con su cuerpo, como si tan débil barrera pudiera evitar que los disparos me mataran junto a los demás.

El hombre, con su arma aún colgada de la correa a la espalda, se acercó enarbolando una sonrisa que cuando la traigo a mi memoria no soy capaz de saber si era de pena, de amabilidad o de desprecio por el enorme poder que se le había concedido para matar o salvar a las personas que tenía delante. Me tomó de la mano y me separó del grupo por la fuerza, arrancándome sin esfuerzo de los brazos de mi madre, que vio en ese miliciano una oportunidad de vida para su pequeña y me dejó marchar mientras sonreía con los ojos arrebatados en lágrimas. Pero yo no estaba de acuerdo con esta decisión, así que pateé y braceé con furia, a gritos, llamando a mis padres; quería ir con ellos a donde ellos fueran. No los vi morir. Solo oí los disparos y algún tiro de gracia posterior. Después, el silencio.

El miliciano me dejó en el orfanato que se encontraba por aquellos años en el viejo y descuidado Hospital Real de la ciudad de Granada, a cuarenta kilómetros de mi pueblo. No recuerdo el viaje ni en qué vehículo me trasladó, solo sé que de repente estaba allí, frente a dos monjas de toca almidonada. En ese instante tomé conciencia de que me encontraba completamente sola en este mundo, sin familia ni amigos. El orfanato recogía a todos los niños y niñas que nos encontrábamos sin nuestros mayores por alguna razón, pero no era un buen sitio. Sobreviví, sí, se le puede llamar así... Sobreviví unos años entre huérfanos de guerra e hijos de presos republicanos, entre suciedad, piojos, pulgas y mucha hambre; los niños enfermaban por decenas y muchos morían en el frío invierno o entre vómitos y diarreas durante el verano.

# MARIAN

Sigo siendo enfermera y trabajo en un hospital distinto al de mis inicios, en otra ciudad. Lo que no ha cambiado es el servicio: toda mi vida laboral la he desarrollado en lo que se conoce como medicina interna. Esta especialidad es, a mi juicio, un inmenso cajón de sastre en el que entran casi todas las enfermedades que no requieren para su tratamiento una intervención quirúrgica, y los enfermos que suelen ser ingresados en estas unidades suelen ser aquellos que sufren varias patologías a la vez, lo que los hace bastante complejos. Suelen ser servicios en los que hay muchos pacientes y muchísimo trabajo para todos los profesionales que allí desempeñan su labor. Y me encanta.

En mi unidad trabajamos quince enfermeros y otros tantos auxiliares de enfermería, repartidos en tres turnos. A mí me corresponde el turno de tarde. No es que me guste demasiado; he intentado cambiarme en centenares de ocasiones pero los del turno de mañana no quieren moverse, así que no hay vacantes. Y el de noche no lo quiero ni muerta. Si uno de los de mañana no solicita el traslado a otro servicio o a otro turno, no hay nada que hacer.

Yo conseguí plaza fija en un concurso oposición hace

cuatro años, y por lo tanto disfruto de una seguridad laboral a todas luces magnífica. Eso me da una tranquilidad de la que más de la mitad de la plantilla de mi servicio no se puede beneficiar, ya que son contratados o interinos, con unas posibilidades casi nulas, por ahora, de mejorar su situación.

La crisis ha llevado a que se recorten las plantillas de una forma harto inconsciente y a que no se contrate a nadie ni para cubrir bajas ni jubilaciones. Mi servicio subsiste con la plantilla mínima y a diario rezamos para que no nos den un nuevo tijeretazo: la carga asistencial, ya de por sí enorme, sería imposible de sobrellevar. ¡Pero ya se sabe, mandan los políticos, que en gestión de servicios sanitarios no están muy sueltos que se diga! Nosotros nos matamos para que el trabajo diario salga, y si el trabajo sale —se dicen los gestores—, ¿para qué contratar a nadie más? ¡En fin!

En este tipo de servicios de planta el trabajo de equipo es fundamental. Médicos y celadores, pero sobre todo enfermeros y auxiliares, arrimamos el hombro a una porque si no sería imposible sacar el trabajo adelante. Los del turno de tarde no solemos tener problemas entre nosotros, pero sí existen ciertas «tiranteces» con los otros turnos, el de noche y el de mañana. Nosotros consideramos que trabajamos tanto o más que los otros dos, por lo que existen discretas discrepancias a la hora de repartir tareas nuevas o a la hora de reestructurar el buen funcionamiento de la unidad.

Pero un día todo se calma porque se tiene que calmar y por fin volvemos a llevarnos bien.

Los momentos más tensos, con bastante diferencia sobre los otros miles que les siguen, son aquellos que pertenecen a los acuerdos prevacacionales, es decir: cuando se acercan las vacaciones de verano, de Navidad y de Semana Santa. Al ser un trabajo estructurado en turnos debemos organizarnos entre nosotros con un doble objetivo: que el servicio esté adecuadamente cubierto con el mínimo de personal y que cada uno consiga los días que mejor le convengan. No voy a pararme a describir las broncas y las intensas discusiones que atufan el ambiente —ya de por sí bastante cargado— de nuestro servicio hasta que llegamos a un acuerdo, en el que nunca se logra que todos estén satisfechos. Siempre hay alguien que se estará quejando, durante semanas o meses, de lo injusto que es que siempre sea él o ella el, o la, que debe conformarse con lo que nadie quiere.

Con esta descripción se podría pensar que nos lanzamos a la cabeza frascos de suero por los pasillos o que nos clavamos hojas de bisturí por los rincones. Nada más alejado de la realidad. Es cierto que la mayor parte de nosotros no somos amigos, pero somos compañeros, trabajamos juntos y nos necesitamos los unos a los otros. Y, sobre todo, somos profesionales y de los mejores, aunque esté mal decirlo o suene vanidoso. Ninguna discusión entre nosotros afecta jamás a nuestro trabajo con los enfermos. En nuestra planta se trabaja con un nivel muy bueno de cuidados y de atención.

El hospital se encuentra en una ciudad pequeña. Es un centro bastante grande y atiende a casi toda la población urbana y a parte de la población de los pueblos de la provincia. Nuestra unidad de medicina interna se encuentra en la planta 13 del edificio principal y está compuesta por cuatro pasillos, cada uno con treinta y seis camas y un control de enfermería. Nosotros trabajamos en el pasillo C y compartimos con el pasillo D el *office*, la sala de sucio, la sala de lencería, la sala de estar, el almacén y a Benigno, nuestro supervisor.

Él es una de las personas más odiosas que existen. No es por su escasa capacidad profesional. No es por su constante mala uva. No es por su absoluta falta de delicadeza o por su impresionante y siempre sorprendente falta de tacto ante los problemas ajenos o ante las discusiones entre compañeros. Ni por su total falta de diplomacia, echando más leña al fuego cuando favorece las peticiones de sus amiguetes o cuando azuza el rencor entre unos y otros... No. Es por su inmenso egoísmo, es por creerse un adonis y no dejar de acosar a toda nueva mujer que se incorpora a la plantilla y, como colofón, por lo machista que es.

¿Qué hace un personaje de estas características desempeñando tan importante labor dentro de un servicio de medicina interna de un gran hospital? Pues eso es lo que todos nos preguntamos a diario cuando le vemos aparecer por el pasillo o nos lo encontramos sentado, espatarrado casi siempre, en uno de los sillones de la sala de estar del personal. Alguien ha tenido que confiarle ese puesto en un momento u otro, pero todos los cargos intermedios en la escala jerárquica de enfermería a los que se ha preguntado niegan toda responsabilidad. Benigno está allí. Trabaja allí y nadie sabe cómo ha podido pasar.

La verdad es que, aun con sus numerosos defectos y la casi total ausencia de virtudes, nuestro supervisor siempre termina solucionando los problemas que cotidianamente se plantean en nuestra unidad. Nunca se agobia. Nunca corre o se desespera. Ningún ataque de nervios le hace mover un solo músculo de su acerado rostro. Toma el teléfono, habla o grita, según la ocasión, y cuestión resuelta en un tiempo máximo de treinta minutos. Nadie le aguanta y ninguno afirmaría jamás ser su amigo, excepto sus tres o cuatro incondicionales, que los hay. Y no hablemos de salir junto a este personaje a tomar una copa o a cenar. Casi nadie parece soportarle, pero a Benigno no parece importarle. Él se tiene a sí mismo y no necesita a nadie más.

Es un cincuentón en aparente buen estado de conservación y dedica al día una media de dos horas en acicalarse y prepararse para salir. A quien le gusten los héroes plastificados de cómic lo puede considerar su hombre ideal. El rubio cabello cortado a cepillo y siempre engominado deja observar al detalle su cuero cabelludo lleno de pecas sobre una rosada piel que cubre su enorme cabeza sujeta al tronco por un grueso y corto cuello, atrapado entre los megamúsculos de su torso de toro.

Su cuerpo de mole, asociado a su casi metro noventa de estatura, le confiere un aspecto de mala bestia que resulta terrorífica. Su impresionante figura causa un efecto al que le observa que no escapa a su escrutadora mirada. Nadie puede evitar, inconscientemente, al verlo venir por el estrecho pasillo de nuestra planta, pegarse a la pared para dejarlo pasar, y eso a él le hace sonreír y le da un malévolo brillo a sus dos ranuras celestes bajo las cejas que cualquier incauto podría llamar ojos. Él cree, ciegamente, que toda mujer que le mire se verá inmediatamente poseída por un irrefrenable deseo de acercarse a él y tocarle como si de la aparición de un dios se tratara y, en segundos, estará bajo los efectos de sus feromonas. Nunca duda de esta «verdad». Mira a toda mujer con absoluta chulería, interpretando la mirada de estupor de las pobres que le observan por vez primera como de deseo y no de un inconsciente temor, como es en realidad.

Yo sé muy bien cómo piensa Benigno. No tengo ninguna duda de lo que retumba por su escaso cerebro cuando se le cruza una mujer hermosa o desconocida, ya que durante cinco años vivimos juntos y estuvimos a punto de casarnos. Muchas veces me quedo mirándole durante interminables minutos. A veces hasta le toco uno de sus impresionantes bíceps con trémulos dedos, rebuscando en mi memoria qué fue lo que me llevó a tenerle como pareja durante tanto tiempo. Él siempre malinterpreta mi mirada perdida en su majestuoso físico y considera que la pena por nuestra separación me lleva a sentir cada minuto del día como una tortura desde el momento que cortó conmigo.

Cuando empecé a salir con él, Benigno no era un ser tan

vacío ni superficial, y creo que, según le iban creciendo los impresionantes músculos, el cerebro le fue menguando en cantidad y calidad. Quizá pienso eso porque no quiero reconocer que realmente un día creí amarle con la suficiente intensidad como para querer pasar por un juzgado y darle a nuestra relación forma de contrato «para toda la vida». Después de un lustro juntos, de un piso a su nombre y de un utilitario azul metalizado al mío, una hermosa mañana de octubre, hace ya algo más de dos años, me comunicó durante el desayuno que ya no quería seguir conmigo, ni casarse, ni *na*. Durante un tiempo creí sufrir, pero no tardé en darme cuenta de que nuestra separación me importaba un pimiento. Pero él nunca me creyó. Pensó en su día, y aún hoy sigue pensándolo, que el dolor me dejó rota y que nunca podré recuperarme. Yo aún lo miro y no puedo creer que compartiéramos cama y fluidos... ¡no, no puedo! ¡Mírale, ahí está sonriéndome otra vez con cara de autosuficiencia!

Nuestro turno comienza a las tres de la tarde. Tenemos un acuerdo tácito por el cual todo el personal de enfermería debe estar vestido con el uniforme y listo en la planta a las tres menos cuarto. Antes de llegar a ese acuerdo sufrimos años de eternas disputas: ellos, los de la mañana, porque están deseando irse. Nosotros, los de la tarde, porque no tenemos prisa por entrar. Por fin, un día nos reunimos con el único objetivo de obtener paz al precio que fuera, ya que la situación había llegado a un nivel insoportable que dificultaba nuestro devenir diario. Moderados —¡ja, ja!— por Benigno, acordamos por mayoría casi absoluta que los de la tarde llegaríamos a la planta quince minutos antes y los de la mañana se irían del servicio quince minutos más tarde. Así conseguíamos media hora de relativa tranquilidad para contarnos las incidencias del turno, herramienta básica para iniciar la jornada cada día y que siempre debe realizarse en un clima de tranquilidad y comunicación fluida; por supuesto, la misma matemática se aplica a nuestra salida y a la entrada del turno de noche.

# MARINA

En cuanto llegué al orfanato las monjas, la mayor parte de las cuales eran crueles y nos pegaban sopapos solo por mirarlas mal, me pusieron a trabajar limpiando, dando de comer a los niños más pequeños o en otras tareas domésticas. Todos los niños y niñas que podíamos hacerlo teníamos que trabajar para ayudar y comer caliente era nuestro jornal. No había suficientes cuidadoras para atender a tantas personas en el orfanato y las tareas cotidianas había que hacerlas. Nos enseñaron a leer y escribir, sumar y restar y, por supuesto, rezar y seguir a rajatabla el credo católico. Al finalizar el ciclo escolar recibí un certificado de estudios primarios. En mi primer invierno con las monjas hice la primera comunión con otra veintena de niñas y niños. La vida transcurría a mi alrededor sin que yo formara parte de ella, todo me daba igual y me dejaba hacer sin rechistar.

Cuando cumplí trece años fui suficientemente mayor para poderme ganar la vida por mí misma; sin consultarnos ni darnos opción a elegir nos colocaban sirviendo como internas en las casas de gente adinerada, los que se podían permitir pagarnos un magro jornal y darnos algo que comer.

La primera a la que fui a parar era en un elegante carmen

del Albaicín. La experiencia fue muy dura, trabajé en jornadas eternas en las que realizaba las tareas más ingratas, pero ese trabajo me liberó de los muros fríos e insalubres del orfanato; tenía ropa limpia, una cama para mí sola sin pulgas ni piojos ni ratas, y podía calentarme al amor de un brasero en los fríos inviernos de la ciudad. Si me portaba bien y hacía mi labor con diligencia y orden, la señora era amable. Era lo mejor que podía tener, nunca lo he dudado ni un ápice. Por esos años me dolía cerrar los ojos y no poder recordar ya el rostro de mis padres o sus voces. El tiempo me arrebató lo único que conservaba de ellos.

La mejor casa en la que trabajé fue en la segunda, en la calle Recogidas, con doña Virtudes, esposa de don José María, abogado mercantil. Con ellos vivía su hijo Ángel. Tenían otra hija, Carmen, que estaba casada y que vivía en Sevilla.

Cuando cumplí dieciocho años le dije a la señora, que era maestra de profesión en un colegio privado, que estaba pensando en estudiar algo que me permitiera abandonar el servicio doméstico. Hoy sé que fui muy osada, porque si doña Virtudes, en lugar de ser una buena mujer y moderna a su manera, hubiera sido mucho más conservadora o mojigata me habría despedido al instante. Eso es lo que le sucedió a mi amiga Puri: ella también deseaba estudiar y así se lo hizo saber a su señora, solicitando que le permitiera tomarse las tardes libres para acudir al instituto; la señora la despidió sin referencias y le costó dios y ayuda encontrar un nuevo trabajo decente.

Doña Virtudes, sin embargo, no solo me escuchó sino que se decidió a ayudarme.

«Querida niña —me dijo—, para llevar a cabo tus planes es necesario realizar el Servicio Social, que es obligatorio tras la guerra. Una vez que lo acabes te darán "la cartilla", un documento imprescindible para estudiar o trabajar.»

Esto último no lo comprendí muy bien, dado que yo llevaba trabajando en la casa desde hacía ya tres largos años; pero me enteré después que, en esa dura época de posguerra, el trabajo doméstico no estaba reconocido como tal ni teníamos «derechos» laborales. Pero bueno, así era la ley y no había nada que cuestionar, solo me quedaba seguir los cauces que se me marcaban.

Ella misma me llevó a la oficina de la delegación de Granada de la Sección Femenina de Falange. Allí me explicaron que debía cumplir un periodo de formación de tres meses que impartían las mismas mujeres de Falange que se encargaban de la Sección Femenina y después debía realizar otros tres meses de trabajo social en el lugar que eligiera.

En esos tiempos de dictadura, de falta de libertad de actos y de pensamiento, en el que el Estado te decía qué debías creer, qué debías pensar, qué debías hacer para ser productivo, debo reconocer que el Servicio Social, que iba dirigido a formar mujeres de su casa y madres sumisas, me brindó la posibilidad de descubrir la gran oportunidad de mi vida y mi auténtica vocación, algo que dudo que hubiera llegado a conocer si me hubiera quedado en mi pueblo con mis padres, a los que por esas fechas me duele reconocer que ya no echaba tanto de menos. Hacía años que ya no lloraba por las noches. Siento una pena enorme cuando pienso estas cosas, pero creo que debo ser honesta al reconocer que gracias al miliciano que formó parte del pelotón de fusilamiento de mis padres, que me rescató en el último momento y me llevó a aquel orfanato de Granada, tuve la posibilidad de vivir en la ciudad y tomar contacto con la que sería mi gran vocación y mi profesión. Quizá si hubiera permanecido en mi pueblo, jamás habría sido enfermera. No se me interprete mal, por favor. Me dolía el fin horrible, injusto y cruel que habían tenido los míos... y ¡daría cualquier cosa por cambiar el pasado y regresar con ellos! Pero la vida, la guerra, me había arrebatado todo y solo me quedaba mirar hacia delante. Luchar por mi futuro consumía todas mis energías y nadie me iba a regalar nada. Tendría que trabajar muy duro.

Realicé mis tres meses de formación teórica con otras chicas, un grupito de jóvenes de entre dieciocho y veinticuatro años; ninguna teníamos estudios más allá del certificado que nos justificaba haber realizado los estudios primarios. Si lo pienso con detenimiento, creo que nos separaban por extractos sociales, porque ni una señorita de casa adinerada compartió el aula con nosotras y todas nosotras trabajábamos para ganarnos el sustento, bien en el servicio doméstico, internas en casas particulares o en talleres de costura. En este periodo de formación no aprendimos nada que no supiéramos ya de sobra, sobre todo las que estábamos internas.

Yo me levantaba a las cinco de la mañana todos los días, dejaba la casa limpia y la comida lista, o casi, y a las ocho estaba en la Sección Femenina: la impuntualidad era amonestada de forma muy severa. Salíamos a las dos, regresaba a toda prisa a la casa de la calle Recogidas y terminaba todas las labores que no hubiera finalizado por la mañana más toda aquella tarea o recado que doña Virtudes me ordenaba. Hacía la cena, la servía, dejaba todo recogido y nunca me acostaba antes de las once... Así durante tres extenuantes meses.

Las señoritas que nos enseñaban eran muy severas en los contenidos y nos mostraban nuestras obligaciones como «mujeres de nuestra casa» que un día seríamos el «germen» —esa era la palabra que usaban— de un hogar cristiano. Servir a nuestros esposos y criar a nuestros hijos era nuestra sagrada misión en esos tiempos nuevos. Esas clases teóricas no me enseñaron nada nuevo, la verdad. Lo que me fascinó hasta llegar a cambiar mi vida fueron los tres meses que me correspondían de trabajo social y que solicité llevar a cabo en un hospital. En realidad no sé por qué elegí precisamente eso, no lo sé.

En el mismo horario de locura que había soportado para completar la parte teórica, llevé a cabo el servicio asistencial durante esos meses. Me destinaron al Sanatorio Nuestra Señora de la Salud y allí las monjas, que se ocupaban de todo, me dieron un uniforme blanco con una cofia almidonada que resultaba muy incómoda pero que buscaba evitar que ni un solo cabello se me saliera de su sitio. Desde el primer día me pusieron en la sección de mujeres para hacer las camas, asear a las enfermas o ayudarlas a realizar sus necesidades diarias, y asistir a las monjas en lo que precisaran, dado que ellas realizaban las labores de enfermería. En definitiva, a realizar tareas muy básicas.

Nada me daba asco ni me revolvía ni me atemorizaba. Todo me resultaba interesante, me presentaba voluntaria para llevar a cabo labores que otras chicas, también del Servicio Social, evitaban emprender. Había descubierto un mundo fascinante y magnífico: la lucha contra la enfermedad y la muerte, el cuidado de los enfermos.

No llevaba ni una semana haciendo mi servicio en el hospital cuando ya había decidido que quería estudiar para ser enfermera. Esa tarde regresé a casa sabiendo que me iba a costar dios y ayuda conseguirlo, pero con la certeza de que esa era mi vocación; había nacido para ser enfermera. Ahora tenía que buscar la forma de poder conseguirlo.

# MARIAN

Hoy es uno de esos días de mediados de noviembre en los que no apetece salir de casa. Hace un frío en la calle que congela los pensamientos, llueve de forma intermitente y el cielo es casi negro. Me ha costado horrores aparcar y he tenido que dejar el coche casi al lado de la autopista. Cuando salga, más allá de las diez y media, tendré que ofrecerme a llevar a alguien a su casa o pedirle a otro compañero que me acompañe con su coche porque, si no, yo no me atrevo a irme sola. Todos los días se oye que han robado a alguien en los alrededores del recinto hospitalario y ya ha habido hasta tres violaciones desde que yo trabajo en este hospital.

La última víctima de una agresión semejante fue mi antigua compañera Juani. Recuerdo cuando fui a verla mientras aún estaba ingresada. Las lesiones que aquel cerdo que la atacó le había ocasionado por todo su joven y atractivo cuerpo no tenían nada que envidiar con el trauma que le había producido en su espíritu. Sus ojos, que siempre lucían llenos de calor y vida, aparecían apagados y mustios. Ese tipo no solo la había forzado y golpeado, le había arrancado a golpes parte de su esencia vital. Juani ya no sería jamás la que en su día fue, y allí, acostada en la cama del mismo centro en el que trabajaba como pinche, me recordó a un cascarón de huevo: vacío, frágil, incompleto. Me aterra la posibilidad de que me suceda algo similar, por lo que siempre me las apaño para ofrecerme a llevar a otros compañeros a la ciudad, así no tengo que llegar hasta el coche sola. Los afortunados se sienten felices por llegar antes a casa y yo soy feliz por la compañía y por la sensación de protección.

Acabo de llegar al control y los del turno de mañana están remoloneando y haciendo tiempo. «¡Buena señal, todo está tranquilo!»

—¡Hola, Dolores!

Ella me mira expectante y con un brillo de felicidad en los ojos que siempre le cuesta disimular. Soy la única que llega antes de la hora establecida y eso supone que también ella se podrá ir antes.

Me siento en una de las incómodas sillas del control de enfermería y dejo mi mochila a un lado. Cojo un boli del bolsillo de mi uniforme y mi libreta y me preparo para recibir el relato del turno de mi compañera de la mañana.

Soy la primera enfermera en llegar. Las dos auxiliares que trabajan hoy por la tarde ya están sentadas en la sala de estar y las oigo reír a carcajadas escuchando las chorradas que Aquiles, el auxiliar de la mañana, les cuenta con su característico vozarrón.

Dolores es una mujer muy guapa. A sus sesenta años aparenta cuarenta. Ni una arruga, dientes de cine y nada de cirugía. Es perfecta y además tiene una figura que para mí querría. Tiene cinco hijos —el mayor ya casado y con hijos—, ha enviudado dos veces y se ha divorciado una. Lleva trabajando desde los dieciocho años... ¡vamos, un asco de mujer, si no fuera porque es muy simpática, muy buena persona, muy trabajadora y una estupenda profesional! Da gusto llevar sus enfermos. Todo está siempre perfecto y si se ha dejado algo sin hacer te lo dice y te explica el motivo, que siempre es de peso. Con ella una se suele llevar pocas sorpresas desagradables.

—Paco, el de la 16A, bien. Ha tenido algo de dolor y le he puesto un paracetamol intravenoso a las doce. Por lo demás, nada. A Fermín, el de la 16B, le he cambiado la vía porque presentaba un poquillo de enrojecimiento. Se la he puesto en la mano izquierda. A Salvador —su médico— le ha parecido muy pronto para retirarle los sueros, así que ahí le va pasando el glucosado de las 16 a 24...

Yo escucho y anoto solo lo imprescindible. Todo impecable, como siempre. Por el rabillo del ojo veo que se enciende un pilotito rojo sobre la puerta de una de las habitaciones y milésimas de segundo más tarde suena un timbre.

Socorro, la auxiliar de la tarde, sale corriendo de la sala de estar para atender la llamada.

—Josefa, de la 18A, se va esta tarde —sigue contándome Dolores—, ya tiene preparado el informe y le he dado la medicación que debe llevarse a casa. Está esperando a que su hija venga a recogerla cuando salga de trabajar...

«¡Mi hermana..! —Por el interfono nos llega una voz angustiada, nerviosa, entrecortada—. ¡Por favor, mi hermana, mi her...»

No escuchamos más. Dolores y yo ya estamos de pie y corremos hacia la habitación. La joven que nos ha llamado se encuentra junto a la cama de Lucía, una mujer que ingresó hace unos días. Intenta sujetarla por los brazos y el tronco para que no se caiga de la cama. La paciente se sacude furiosa y violentamente mientras arquea el cuello y cierra las manos con tal fuerza que aparecen completamente blancas, como de cera.

Mi compañera se acerca a un lateral de la cama y yo al otro. Oigo cómo Socorro saca a la hermana de Lucía de la habitación que no para de llorar y de chillar intentando entender qué es lo que pasa. Cierran la puerta y sus lamentos y su llanto nos llegan como un eco lejano.

—¡Un tubo de Guedel! —ordena Dolores a Aquiles que asoma por la puerta.

Este lo coge de la mesilla y, tras retirar el envoltorio, se lo acerca. Aprovechando un momento de menor contracción en la boca y los dientes de la paciente, Dolores consigue encajárselo de forma adecuada para que no se ahogue mientras lo sujeta con ambas manos a fin de que no se mueva con la violenta agitación de su cuerpo.

Inmediatamente aparece Salvador, su médico internista. Yo ya he administrado por la vía intravenosa que Lucía tiene en el antebrazo izquierdo una dosis de la medicación anticonvulsivante que habíamos dejado preparada por si esto sucedía.

Poco a poco las sacudidas del cuerpo de la mujer van bajando de intensidad. Su respiración se va acompasando con rapidez, hasta que entra en una calma extraña y un sopor profundo. Salvador la ausculta y explora mientras Dolores y yo nos miramos por encima de la cama, al tiempo que tomo la tensión a Lucía mientras ella le fija el tubo de Guedel con una venda de gasa para que no se salga de su correcta colocación. Las dos tenemos el mismo pensamiento: «¡Qué magnífico inicio de turno!»

Salvador se deja caer en una de las sillas del control de enfermería que cruje de tal forma que tengo que reprimir el impulso de sujetarle ante una posible caída. Ya son las cuatro y le quedan aún un montón de horas de guardia. No se quejará —no acostumbra a hacerlo—, pero podría asegurar que ya está calculando el trajín que le espera.

Dolores ya se ha marchado, deseándome que todo mejore. Mari Cruz y Auxi ya están preparando la medicación, mientras yo escribo lo sucedido con la paciente de la 18B, Lucía. Mari Cruz mira a Salvador, su marido, y le increpa:

—Salva, no te quedes mucho rato sentado que tienes que ver a Francisco, de la 5A y a Amparo Pérez, de la 3B. No tengo aún sus tratamientos y las meriendas están por llegar...

Entre Salvador y Mari Cruz nunca se ve un gesto íntimo; nadie diría que entre ellos existe otra relación que no sea la laboral. Se llevan la contraria cuando lo tienen que hacer y discuten más a menudo de lo conveniente, pero yo estoy convencida de que se quieren y se respetan por encima de todo lo demás.

Sin mediar palabra y otra vez acompañado de un intenso suspiro, Salvador se levanta pesarosamente —la silla vuelve a crujir, esta vez de alivio— y se pierde por el pasillo camino del despacho de los médicos, al fondo del mismo.

# LUCÍA

Se asomó al balcón para ver pasar a la gente. Desde donde se encontraba, en el balcón de un octavo piso, las personas parecían hormiguitas. Se sonrió. Esto siempre le había hecho mucha gracia a su hermana cuando eran pequeñas; se reían como locas viendo pasar a la gente mientras se imaginaban que ellas eran dos gigantes.

La lluvia le mojaba el fino pijama y le pegaba el cabello a la cabeza y a la cara. Hacía un poco de frío pero Lucía no parecía notarlo. Se sentía abotagada por el dolor. Los ojos se le llenaron de lágrimas y le escocieron. «No. ¡No puedo llorar otra vez, más no!»

No recordaba haber desayunado. Ni tampoco recordaba haberse puesto la insulina.

El timbre del teléfono la sacó de su ensimismamiento asustándola. Giró la cabeza hacia el aparato, allí sobre la mesita del salón, pero no se movió para cogerlo. «¡Ya se cansará!» Suspiró con hastío. Su suegra no dejaba de darle la lata. Todos los días a la misma hora la llamaba para preguntarle las mismas cosas, siempre lo mismo. No tenía fuerzas para ser correcta, no tenía ganas de aparentar una vitalidad que estaba muy lejos de sentir. El aparato dejó de sonar y la joven suspiró con alivio.

No se veía capaz de soportar una vez más el inmenso dolor que le producía tan enorme pérdida. Su bebé, su querido bebé, había dejado de ser una maravillosa posibilidad. Creyó de todo corazón que esa vez lo había conseguido e, incluso, había llegado al sexto mes de embarazo. Pero un dolor repentino, insoportable y asesino le dejó claro que esa vez también iba a ser como las otras. Tres días ingresada en la clínica. Las miradas de lástima del médico, de su suegra... de todos, ¡hasta de Luis! Las frases de forzado consuelo para aplacar un sufrimiento inconsolable. Era una historia ya tantas veces vivida... Pero el dolor siempre parecía distinto, atenazador, furioso.

Esa mañana se levantó sin saber muy bien qué día era. Solo sabía que llevaba vacía un mes. ¿Cuánto tiempo llevaba asomada al balcón? No, seguro que no se había puesto la insulina. No recordaba haber ido a la cocina ni abrir el frigorífico. Tampoco había desayunado, por lo tanto. El estómago le crujió como gesto de protesta, pero ella no tenía hambre. Se le llenó la boca de agua, quizás una reacción a la náusea que le recorrió el cuerpo entero como una corriente eléctrica. Luis había salido de viaje. Tenía que ir a Logroño para un asunto del restaurante, algo de los vinos... ¡qué más daba! Hacía tiempo que le daba igual casi todo.

La boca se le llenó de un sabor agrio, pastoso. Un cierto mareíllo le nubló momentáneamente la vista, haciéndola tambalearse. Se agarró a la barandilla del balcón y decidió entrar en la casa.

Las piernas tardaron en responderle. Las notaba pesadas y temblonas. Se agarró al marco de la puerta del balcón. Las manos le tremían de forma exagerada y no respondieron a su intención de sujetarse. Cayó al suelo golpeándose la frente con una maceta.

Consiguió ponerse a gatas sintiendo cómo su cuerpo cobraba vida propia y no respondía a sus intenciones; un frío y pegajoso sudor le cubría la piel mezclándose con la lluvia. Cerró los ojos, pero una hiriente claridad le quemó las retinas. Su cuerpo empezó a agitarse, sus manos, sus piernas. El corazón le saltaba como loco en el pecho. Sintió que una espantosa oscuridad se la tragaba y nada más.

Cuando despertó se encontró en una habitación desconocida. Su hermana Clara, su única familia aparte de su marido —y su suegra, claro—, dormitaba en un horrible sillón de polipiel en tonos verdes. A su lado colgaban frascos de sueros de diversos tamaños y colores. El fluido que manaba de ellos era conducido por numerosos tubitos hasta su cuerpo, entrando por su antebrazo izquierdo. No sentía nada. Ni dolor, ni hambre, ni sueño. Le costaba trabajo moverse, así que no lo intentó. El dolor de su corazón estaba soñoliento, agazapado, esperándola. Cerró los ojos y volvió a perderse en un reparador sueño lleno de nada.

Días más tarde, ya completamente despierta —le dijeron que había estado inconsciente casi un día entero— supo qué le había sucedido. La diabetes, que sufría desde los ocho años de edad, se le había descompensado por efecto de la pena, el ayuno y la falta de cuidados y de control. Le habían realizado un estudio neurológico y le diagnosticaron una pequeña lesión cerebral. Aún no había llegado a entender si dicha lesión estaba o no relacionada con todo este caos en el que se encontraba presa. Hacía titánicos esfuerzos por recuperar su alma y arrancarla del dolor que la había llevado al abismo. Ya se ocuparía de las enfermedades nuevas cuando se encontrara mejor. Hoy no le importaba lo más mínimo. Su hermana se enfurecía al ver lo apática que estaba, pero un informe del psiquiatra de turno le indicó que lo que le pasaba era normal: sufría una profunda depresión. ¡Todo tenía explicación, todo, menos su incapacidad para tener hijos! O eso creía ella.

Esa mañana la había pasado tranquila. Le habían retirado casi todos los sueros y las glucemias se iban corrigiendo poco a poco. La ingesta adecuada de alimentos de una forma regular la iba reanimando y sacando de la extrema fatiga en la que se había visto inmersa, fruto de su abandono y su involuntaria desidia. Clara, no la abandonaba casi nunca, excepto en los escasos momentos que dedicaba para ir a la cafetería a comprar bocadillos o el periódico.

Tras la comida ambas se pusieron a ver la televisión. Sus miradas fijas en el aparato, las mentes en otro sitio; lejano. Clara aguantándose las ganas de increpar. Lucía rezando para que su hermana no hablara. No tenía ganas de oír los reproches de su hermana pequeña, sus lecciones de vida.

En la cama de al lado otra paciente, Josefa, esperaba que su hija saliera del trabajo para llevarla a casa. Sabía desde la víspera que se iría de alta, y tras el desayuno, en lugar de un camisón limpio, se había colocado su ropa de calle, se había peinado primorosamente y se había puesto algo de carmín en los labios. Parecía otra persona, pensó Clara mientras observaba cómo Josefa ordenaba por enésima vez sus mínimos enseres sobre la cama. Era la sexta vez que la ingresaban por una descompensación cardiaca y, por su lozano aspecto, nadie diría que tenía el corazón casi como un colador. Emanaba felicidad y se evidenciaban sus enormes ganas de vivir y de salir al mundo una vez más.

—Luis no va a volver. —Clara sintió que su voz sonaba extraña, ronca. Llevaba días dándole vueltas y no encontraba la mejor manera de abordar el tema. Lucía eludía toda conversación sobre su persona. Así que decidió que la mejor forma sería, indiscutiblemente, afrontarlo sin preámbulos para que su hermana no evitara la realidad—. Se ha ido para siempre, ha aceptado un puesto en La Rioja y el muy cobarde me ha pedido a mí que te lo cuente. Dice que cuando reúna cierto valor (¡el muy gilipollas!) te llamará y te dará sus razones...

—Lucía miraba la tele con ojos perdidos, llorosos; el aire pugnando por entrar en sus pulmones—. No te preocupes, yo estaré contigo hasta que te recuperes del todo o hasta que tú quieras...

Lucía seguía respirando ruidosamente. Clara dedujo que estaba conteniendo el llanto y le tomó la mano. Pero comprobó que no era así cuando vio cómo su hermana se arqueaba de una forma horripilante, apoyando solo los talones y la nuca en la cama, los dientes apretados, los ojos a punto de salir de sus órbitas. Seguía respirando como con estertores y le salía espuma por la boca; la mirada, desviada hacia un lado.

Josefa se levantó con asombrosa rapidez del sillón en el que reposaba y con un nervioso chillido increpó:

—¡Niña, por Dios, llama al timbre! ¿Es que no ves cómo está?

Clara consiguió coordinar sus movimientos; se levantó, tropezó con el borde de la cama y tardó una eternidad en encontrar el botón del timbre que colgaba de un grueso cable a un lado de la lámpara fluorescente de la pared. Casi al instante sonó un pitido y otro; después un chasquido y una cantarina y relajada voz contestó, preguntando por el motivo de su llamada. La voz nerviosa y chirriante de Clara fue la que motivó que las enfermeras acudieran rápidamente.

La sacaron con amabilidad pero con firmeza de la habitación y corrieron las cortinas que separaban las camas para intentar conseguir cierto grado de intimidad, al tiempo que el médico entraba con gesto grave.

Josefa decidió salir del cuarto y acompañar a Clara, que no paraba de llorar y de repetirse entre hipidos que a su hermana le había dado un ataque por su culpa, por contarle cosas que podían haber esperado. Josefa la abrazaba y hacía vanos intentos por consolarla.

Allí, en el pasillo, las dos mujeres fueron rápidamente objeto de la curiosidad de los escasos familiares y acompañantes que, a esa hora, sesteaban en las diversas habitaciones. Varias cabezas y cuerpos se asomaron por las puertas y, al poco, se congregaron pequeños grupillos de «autogestión de la información».

Los auxiliares y el celador no tardaron en pedir a los curiosos que regresaran a sus habitaciones y despejaran los pasillos por si era precisa la entrada de material de urgencia, bla, bla... Uno a uno fueron regresando a sus habitaciones a informar a los enfermos encamados que, estirando el cuello, intentaban captar algo de lo ocurrido desde sus lechos.

Tras unos interminables minutos se abrió la puerta y salió el médico, Salvador, adjunto de la unidad. Buscó con los ojos a Clara; al encontrar su mirada le hizo un grave gesto invitándola a acercarse. Ella se desprendió con amabilidad del abrazo de Josefa y acudió al lado del médico. Él hablaba y Clara le escuchaba, la cara dirigida hacia su voz. La diferencia exagerada de estatura la obligaba a tener la cabeza en una incómoda postura, inclinada como quien mira al cielo en un secreto ruego, mientras se sujetaba el cuerpo en un abrazo defensivo. El médico terminó de hablar y ella agachó la cabeza mientras se cubría la cara con una mano. Él le cogió la otra sin decir nada y le dio un cálido apretón; todo se había dicho ya y no era bueno.

Salvador se fue tras saludar a Josefa con un ligero gesto de la mano que se acercó a la llorosa joven y, tomándola por los hombros, la acompañó al interior de la habitación. Las enfermeras estaban arropando a Lucía que dormía profundamente, colocaron los sueros y recogieron sus bateas y demás enseres, saliendo tras susurrar una despedida. Clara y Josefa permanecieron a los pies de la cama de la mujer dormida. Habían bajado la persiana y parecía de noche. Al otro lado de las ventanas se intuía el lejano tronar de una tormenta mientras la lluvia perdigoneaba sobre ellas con persistente fuerza.

—Tiene un tumor en no sé qué lóbulo del cerebro —susurró Clara. Josefa aumentó, seguro que sin darse cuenta, la presión de sus manos en los hombros de la joven—. Se puede operar y parece que tendrá solución; hoy la ciencia está muy avanzada y me ha dicho el médico que espera que se pueda recuperar, aunque no me asegura nada. Con las cosas del cerebro nunca se sabe. —Clara miró a la anciana mientras se deshacía delicadamente de su abrazo. Agradeció en lo más hondo de su corazón que Josefa estuviera aún ahí y que su hija no hubiera llegado todavía para llevársela a casa. Sabía que no podría soportar estar sola, llevar tanta carga sin nadie en quien apoyarse—. No me va a negar, Josefa, que la vida puede ser un auténtico infierno para algunas personas. ¡No es necesario morir para sufrir el peor de los calvarios que la vida puede prepararnos!

—¡Hola, mamá! ¿Estás preparada? —dijo alguien con voz alegre.

Ambas giraron la cabeza a la vez mientras una menuda mujer entraba en la habitación con soltura y una enorme sonrisa.

## SALVADOR

Tiene sesenta años, es alto y casi totalmente calvo, con un restillo de canosos pelillos que siempre lleva rapados al uno circundando el moreno cuero cabelludo. De hermosos y gigantescos ojos verdes, boca enorme y dientes perfectos, tiene una de las sonrisas más afables y atractivas de todo el hospital: le sonríe toda la cara, los ojos, las cejas, las orejas, las arrugas.

Tras licenciarse en Medicina en Córdoba, sintió la llamada de Dios y decidió prepararse para ser sacerdote, pero antes tuvo que discutir con su padre que no toleraría, que jamás podría aceptar, que su único hijo «se desperdiciara de esa manera» haciéndose cura.

Todos en su pueblo, Rute, creían a pie juntillas que, una vez que finalizara sus estudios en la capital, Salvador se casaría con Macarena, la hija del boticario, una hermosa joven con más belleza que espíritu y que había sido su novia de toda la vida, desde los quince años.

Sin pensárselo dos veces, solicitó plaza en el seminario de Sevilla, visitó a su padre, se despidió de Macarena y de sus ya no futuros suegros y se marchó a cumplir con su nueva ilusión.

En el pueblo todo el mundo quedó inmerso en un desconcierto sordo, como si la noticia de que Salvador, el hijo de Epifanio *el Rojo,* iba a hacerse cura fuera una bomba atómica que hubiera arrasado con toda forma de vida conocida en el pueblo. Nadie se atrevía a decirle nada al pobre padre que caminaba por las calles del pueblo con la cabeza alta y la mirada desafiante, como un avestruz oteando el horizonte, a la espera de destrozar a picotazos al que tuviera la osadía de decirle algo. Epifanio, que fue el primero en afiliarse al Partido Comunista en el justo momento en que se legalizó allá por la primavera de 1977 y que no había querido enterrar a su querida Leonor en el cementerio de los curas el fatídico día en que murió tras una estúpida caída del mulo cuando volvía del campo, no podía entender lo que le había pasado a su hijo, siempre tan inteligente, tan cabal, tan maduro, para que tomara una decisión tan descabellada. En su casa jamás se había ido a misa, ni se celebraba la Navidad, ni...

Sí, sin duda, una de las mayores desgracias en la vida de Epifanio fue que su hijo, que suponía su única familia en este mundo, se metiera a cura, traicionara sus convicciones de esa forma y renegara de su padre con este bofetón a su envejecido espíritu. ¡Qué le habría pasado en la capital, Córdoba, en todos los largos años que había estado estudiando Medicina! Quizás alguien le había sorbido el seso. ¿Habría tirado el dinero que con tanto esfuerzo había ahorrado para que su hijo pudiera hacerse una carrera adecuada a su capacidad e inteligencia? Epifanio *el Rojo* murió diez años después sin haber dado respuesta a sus dudas, sin haber apaciguado su angustia y sin volver a dirigir la palabra a su hijo.

Salvador prometió sus votos de sacerdote y, como la labor que podría desempeñar en España la consideró demasiado superficial, decidió llevarla a cabo en países en desarrollo de tal forma que estuvo perdido en lejanos y desconocidos lugares de Asia y África durante cerca de quince años.

Y un día regresó. El motivo de su vuelta fue que no estaba en absoluto de acuerdo con las decisiones de sus superiores jerárquicos y de la postura de la Iglesia con respecto a la nula permisividad por parte de esta en la utilización de preservativos para la prevención del sida y de otras enfermedades de transmisión sexual. Salvador había publicado numerosos artículos y había concedido decenas de entrevistas en todas aquellas revistas, periódicos y medios que le quisieron escuchar, buscando partidarios a favor de la prevención de contagios potencialmente mortales en países con bajo nivel económico, y afirmaba con rotundidad que el preservativo era uno de los medios más eficaces y más fáciles de utilizar para lograr este objetivo.

El obispado no tardó en llamarle para ponerle en su sitio, pero él no se dejó amilanar por las reconvenciones y las medidas disciplinarias que no tardaron en imponerle. Se le negó el destino en África y se le sancionó con unos ejercicios espirituales en un monasterio de retiro situado en los Montes de León, de bellas vistas serranas e invernal clima criminal comparado con las cálidas temperaturas a las que Salvador hacía tiempo que tenía habituados los huesos y el ánimo.

Acató tal decisión casi en silencio y obedeció como era su obligación, aunque nunca estuvo convencido de que su postura disidente iba a ser modificada mediante el ayuno, la oración y el recogimiento. El alma le bullía y se rebelaba. Salvador obedeció, pero no cambió de actitud.

Ya se estaba planteando su permanencia en el seno de la Iglesia cuando en unos ejercicios espirituales conoció a una robusta monja, sor María de la Cruz.

Ella residía en ese mismo monasterio, en la parte reservada para las mujeres, recuperándose de una grave intervención quirúrgica; le habían extirpado un enorme quiste hidatídico y había sufrido una grave anemia y una infección tras la intervención quirúrgica que no se había llevado a cabo en las mejores condiciones de higiene y salubridad. Ella era —y es— enfermera especializada en enfermedades tropicales, y llevaba a cabo su labor en un recóndito pueblo de la Amazonia cuando cayó enferma y hubo de ser intervenida de urgencia. Se la trasladó a España en unas nefastas condiciones físicas por lo grave de su situación y, tras pasar varias semanas en un hospital de Lugo, fue invitada a recuperarse en el mismo monasterio serrano en el que Salvador purgaba su espíritu. La curtida monja jamás pudo imaginar que nunca regresaría al continente americano.

Ambos reconocen que fue un flechazo, si es que realmente esto existe. Hablaron durante horas y al cabo de un año estaban viviendo juntos en un piso de Palencia, a la espera de obtener de la Iglesia la aceptación a la renuncia definitiva de sus votos, ella, la reducción al estado laical, él. En cinco años estaban casados —por lo civil— tenían un hijo y entraban a trabajar en el mismo hospital donde hoy todavía siguen ejerciendo.

Mari Cruz es gallega, de un pueblo de Orense. El cerrado acento que conserva después de tantos años fuera de su pueblo es su seña de identidad, y cuando se pone a despotricar en gallego ninguno de sus compañeros suele entender nada salvo las palabrotas: esas las pronuncia sílaba a sílaba.

Es todo lo contrario a una mujer seductora, siempre visto desde el punto de vista físico. Los encantos de Mari Cruz a nivel personal son difíciles de localizar, pero los debe de tener a raudales para haber enamorado a una persona tan especial como Salvador. Es grandota y de movimientos bruscos, aunque trabajando desarrolla una habilidad en sus manos difícil de presumir viendo el tamaño de sus dedos. Tiene cuarenta y nueve, no es fea pero tampoco es guapa, ya que tiene unas facciones neutras con nada que resalte y con nada fuera de lugar.

Cuando se produce un altercado durante su turno ella aparece como por ensalmo y pone paz en menos que canta un gallo. Nunca levanta la voz y consigue serenar hasta la situación más extrema solo con su presencia y su sosiego, y es extremadamente amable y dulce con los enfermos. Aguanta improperios y malas maneras por parte de estos y sus familiares con una diplomacia y un temple envidiables, y siempre disculpa los deslices y el mal humor. Eso sí, con sus compañeros, es hosca y seca, una sargentona; los regaña y se enfada cada dos por tres, no les suele pasar ni una.

Todos los que la conocen saben que es difícil que cambie; no es mala, solo es algo quisquillosa y por ello procuran no tenérselo demasiado en cuenta. Es una buena compañera y da gusto trabajar con ella; ayuda aunque no haga falta y siempre que alguien lo precise. No es rencorosa en absoluto; si discute y no tiene razón, se disculpa y todo olvidado; y si ha sido el otro quien se ha equivocado hace como que no ha pasado nada.

Cuando alguien le pregunta a Mari Cruz si se arrepiente alguna vez de haber abandonado sus votos y su vida religiosa siempre responde que jamás desearía estar en otro sitio que no fuera este ni con otra persona que no fuera su esposo. Lo único que le escuece en el alma, reconoce, es no haberse casado por la Iglesia, aunque ella considera que Dios acepta sin ninguna duda su unión.

Salvador, infinitamente testarudo, jamás consintió en ratificar su unión ante un altar. No solo rompió su compromiso con la Iglesia, sino que renegó de ella en cuerpo y alma.

Una vez aseguró a sus compañeros, en los postres de la cena de clausura de unas jornadas de medicina interna celebradas en Granada, que su Dios, el Dios en el que creía con todo su corazón, defendía el amor por encima de todas las cosas y jamás permitiría que miles de personas se infectaran de una enfermedad mortal y perdieran la vida, la suya y la de sus hijos, por no utilizar un capuchón de goma.

—Los curas, esos curas de bonete y oro —dijo con marcado deje de desprecio—, no tienen ni idea de lo que es la vida, de lo que son las personas, de lo que es el amor... y se creen con derecho a imponer lo que puede y no puede ser en la vida cotidiana de las personas normales y sencillas. Lo malo es —continuó con dolor en la mirada y los ojos húmedos, no se sabe si por la emoción o por el brandy que saboreaba con deleite en una rechoncha copa—, lo realmente malo, es que los fieles más llanos, los más ignorantes, siguen esas órdenes ciegamente, temiendo ofender a un Dios castigador si no las obedecen. ¡Qué equivocados están!

Mari Cruz miraba a su marido con un respeto y una calidez que jamás mostraba hacia otras personas. Nadie sabe si comparte la misma opinión que Salvador con respecto a sus duras manifestaciones contra la Iglesia, pero no cabía duda de que sí las respeta por encima de todo y de todos.

Él es un médico muy práctico. No es excesivamente científico, aunque es muy estudioso y muy sabio —no hay casi nada que le pregunten que no lo sepa contestar y explicar—, y suele tomar sus decisiones utilizando el sentido común. Le preocupan, ante todo y sobre todo, los enfermos. Consulta cuando duda y no tiene ningún problema en reconocer cuándo algo se le escapa o cuándo ha cometido un error. Odia a la mayoría de los laboratorios que fabrican medicamentos y que se forran gracias a patentes que explotan durante años al imponer precios exorbitantes que los países pobres no pueden costear, sobre todo con respecto a principios activos de probada eficacia frente a enfermedades infecciosas como el sida o la tuberculosis y que esquilman a millones de personas solo porque no pueden pagar esos costes. No recibe nunca a ninguno de sus representantes médicos: «me importa un bledo lo que me van a presentar». Siempre argumenta que si algún producto farmacéutico llega a ser realmente milagroso para curar o tratar algo se terminará sabiendo y entonces, solo entonces, lo utilizará.

Procura que los enfermos que tiene a su cuidado tomen la mínima cantidad de medicamentos posible, solo la necesaria. Afirma que nos encontramos en una sociedad consumista y hedonista que no tiene reparos en drogarse o en drogar a otros para solucionar problemas que no tienen nada de físico y sí mucho de angustia, de soledad, de paro, de problemas familiares y conyugales o de penas... La crisis y la mala gestión de la misma es la verdadera enfermedad de muchas personas; eso no se puede medicalizar.

Y la verdad es que a Salvador esta particular puesta en práctica de la medicina le va muy bien. Utiliza los recursos a su alcance para diagnosticar, y diagnostica bien; suele pedir segundas opiniones a otros compañeros de distintas especialidades sin mostrar rubor al expresar que tiene dudas o que no termina de entender algo. Utiliza los recursos de los que dispone para tratar a sus enfermos con bastante éxito. La mayor parte de las personas a las que atiende están muy contentas con este médico tranquilo y reposado que los escucha y los intenta comprender.

No acepta nunca alumnos, es decir, no realiza actividades docentes para la Facultad de Medicina ni se encarga de preparar a residentes. Nadie sabe por qué pero nunca tiene ninguno. Aunque muchos de sus compañeros consideran que lo haría muy bien.

Indiscutiblemente, Salvador es un médico diferente, una rara piedra semipreciosa entre un mar de diamantes —unos en bruto y otros delicadamente pulidos— que se esfuerzan por brillar en un mundo competitivo y muy duro en el que los protagonistas no siempre son las personas y sus necesidades.

# MARIAN

Aquí estoy, frente al ordenador, escribiendo la historia de mi último ingreso. Son las nueve de la noche y no me he podido ocupar de la medicación que se debe administrar a esa hora, por lo que Auxi y Mari Cruz se están encargando de ello.

Al haber empezado con una urgencia como la de Lucía, todo mi trabajo se ha ido retrasando, empeorado por el hecho de que he tenido cuatro altas y, evidentemente, cuatro ingresos. Las camas en nuestro servicio siempre están ocupadas; no acaba de irse uno cuando nos están llamando del Servicio de Admisión dando entrada a otro. Esto es fácil de entender si se comprueba el estado casi perenne de saturación del Servicio de Urgencias, con los boxes llenos de pacientes a la espera de poder ingresar. Restringir en personal y cerrar camas tienen estas consecuencias. Los políticos solo ven números, no personas. En fin.

Lucía ha pasado casi toda la tarde sedada y tranquila. Salvador ha ido varias veces a verla y le ha modificado el tratamiento. Parece ser que mañana será trasladada a neurocirugía donde se establecerá una combinación de tratamiento quirúrgico y de tratamiento oncológico. Es joven y eso hace que el pronóstico pueda ser más favorable, pero con respecto a tumores en el sistema nervioso central siempre hay que ser muy cautos. No se reduce todo al binomio «benigno/maligno», sino que juegan mucho al respecto factores como los de su localización, el tamaño, la extensión... Bueno, espero que tenga suerte.

Aún debo rellenar varias cuestiones de los enfermos recién ingresados y escribir todas las incidencias de la tarde. Las auxiliares están terminando de dar la vuelta* y de acostar a los pacientes que precisan ayuda para moverse y para asearse. Las oigo bregar con la señora de la 19B, Casta, que está muy sorda, por lo que es preciso elevar la voz unos cuantos decibelios y, aun así, es casi imposible mantener una conversación aceptable con ella; los decibelios se imponen en el pasillo y llegan hasta el control de enfermería: «¡Vamos, Casta, ponga el pie aquí, aquííí! ¡Eso, eeeso!» Con el rabillo del ojo veo que alguien entra en el control, se sienta fuera de mi campo de visión y se pone a golpear en el mostrador con un boli mientras silba una tonadilla pasada de moda. Carraspea. Yo procuro seguir a lo mío. Ya sé quién es y prefiero no saber qué es lo que pretende de mí.

—Marian, quiero que me acompañes a coger una subclavia.

He de reconocer que ante esta simple y clara afirmación se me ha helado la sangre en las venas y el corazón se me ha subido a la garganta. Hago como que no lo he oído. Se trata de Eustaquio Canals, uno de los residentes de último año, un tipo muy guapo, muy atractivo y muy prepotente, muy maleducado y muy imbécil.

* Pasar por las habitaciones de los pacientes y levantar a los que no pueden hacerlo por sí mismos, lavar y cambiar ropa y cama a los que se han ensuciado, dar cambios posturales a los encamados, etcétera. *(N. de la A.)*

Las auxiliares ríen a carcajadas junto a una divertida Casta. Les envidio su grato momento.

—Marian, lo necesito en quince minutos. —Silencio absoluto por mi parte—. Marian, la señora de la cirrosis no tiene vías periféricas en condiciones y hay que cogerle una subclavia y...

—Yo te ayudo. —La voz de Auxi me suena como música celestial.

No la he oído llegar. La veo plantada ante él con los brazos en jarras y gesto desafiante: una oronda gallina de blanditas plumas frente a un hurón de babeantes colmillos. Ambas sabemos que él se negará y que rechazará su ofrecimiento. Quiere que sea yo. No nos caemos bien y siempre que puede fastidiarme lo hace, y esta es una de esas veces; le he visto pulular toda la tarde por la planta charlando con unos y otros, casi siempre de fútbol, y justo a esta hora se me acerca y me dice lo de la subclavia cuando desde las cuatro de la tarde sabe que la mujer enferma de cirrosis está sin vía periférica. Yo sigo a lo mío y le ignoro con todas mis fuerzas, aunque reconozco que me cuesta bastante trabajo.

—Marian, debes ser tú porque la paciente es tuya y tiene que ser ya. —Se levanta y se dirige a la puerta—. Cuando esté todo preparado me avisas y...

—Te ayuda Auxi. —Le miro y le presento la mejor de mis sonrisas de «las nueve de la noche y un montón de cosas por hacer». Me cuesta mucho contener mi tono de voz y no hablarle como me pide el cuerpo—. Yo estoy liada con los ingresos y aún me queda por escribir las incidencias —concluyo, con la nariz otra vez pegada a la pantalla.

—Es paciente tuya y vienes conmigo. Tus problemas de mala organización son solo asunto tuyo, no mío —responde él irritado—. ¿Me harás llamar al supervisor de guardia?

—No tendrás tanta prisa en coger esa vía porque el partido de fútbol que televisan empieza a las diez, ¿verdad?

—Entra en escena Mari Cruz, a la que tampoco he visto llegar dado que apenas aparto los ojos de mi pantalla para no afrontar la mirada de Eustaquio—. O quizás el doctor Castro te ha ordenado que le cojas una subclavia antes de que él termine de cenar y te han entrado las prisas, ¿me equivoco?, porque él no suele cenar hasta las once o más tarde. —Su tono de voz no ha subido más allá de un susurro. Está ciertamente enfadada y puede estallar en cualquier momento—. Te fastidia, por no decir que te jode, que te joroben y no tienes ningún reparo en joder a los demás. ¡Pues ahora te voy a acompañar yo, y yo no tengo prisa porque esta noche doblo turno! Te aviso en cuanto esté lista, más o menos en media hora. ¡Hala hermoso, puerta, que aquí tenemos mucho que hacer! —Le echa haciendo aire con unos folios.

Miro a Mari Cruz con un gesto que pretende ser de agradecimiento.

—No pongas esa cara de boba, Marian. A este pollo le tengo ganas desde hace meses. Se ha subido mucho a la parra y esta noche se va a enterar. ¡Y vaya que se va a enterar, como que no va a dormir y del partido no va a ver ni el intermedio!

Por fin termino todo mi trabajo. Aun cuando las prisas agobian y una tiene unas inmensas ganas de largarse a casa hay que tener cuidado de hacer las cosas bien al escribir historias de enfermería y de pasar tratamientos médicos. En nuestro servicio tenemos por costumbre dar una vuelta al finalizar el turno, antes de que lleguen los de la noche, para confirmar que todos quedan bien, los sueros van en hora y todo está recogido y en orden. A mí me viene muy bien para centrar mis ideas y confirmar que todo en mi turno ha transcurrido correctamente, aunque el turno haya resultado un poco caótico, como me ha pasado hoy.

Dejo a Mari Cruz ayudando a Eustaquio a coger la vía subclavia a la enferma de la cirrosis que, por cierto, se llama Ana Isabel Bolaños y tiene cincuenta y dos años. La puerta de la habitación no está del todo cerrada y veo al médico con el ceño más que fruncido, drapeado. Adivino que Mari Cruz —de espaldas a mí— está circunspecta y en su sitio. Delante de los enfermos jamás se deja llevar por cuestiones personales, pero apostaría mi piso de alquiler contra una cama debajo de un puente a que está disfrutando de lo lindo. Si hay algo que a ella le reviente sobremanera es que algunos médicos se crean capaces de imponer su santa voluntad, sin una causa justificada o por capricho, por encima del criterio o el trabajo de los que están a su alrededor. Ella, con buen juicio a mi parecer, lo considera una falta de consideración hacia el trabajo ajeno, y esas faltas de respeto, según ella asegura, le envenenan la sangre.

Al salir del hospital, mucho más allá de las diez y media, no encuentro quien me acompañe hasta el coche. Prácticamente todos los que trabajaban en el turno de tarde se han ido ya. Todo está oscuro y terriblemente solitario. Hace muchísimo frío y cae una helada llovizna que casi llega a ser nieve. Ahora debo llegar hasta el recóndito lugar en el que he dejado mi coche. Dudo al salir por la puerta de servicio cercana a Urgencias. Algunos familiares y acompañantes de pacientes que fuman junto a sus coches vuelven hacia mí su rostro y me observan. No puedo ver sus facciones, la oscuridad es casi absoluta y la luz trémula de las farolas es incapaz de iluminar más allá de las copas de los árboles. Me resulta una sensación agobiante y el corazón comienza a latirme en la garganta impidiéndome respirar. ¡Ya está, otra crisis de pánico!

No hace mucho vivía tranquila y nunca me planteaba la necesidad de afrontar un aparcamiento solitario. El cuerpo blindado de Benigno me protegía de todo silenciosamente. No hacía falta que me abrazara para que a nadie se le ocurriera acercarse a mí. No fui consciente de este hecho hasta que ya no lo tuve a mi lado y me sentí desprotegida. Así que aquí me veo, tomando aire para salir corriendo hasta el coche rogando para no encontrarme a ningún cafre que se sienta atraído por mi dinero o por otra cosa más personal.

Me cruzo la mochila en bandolera, me abrocho el abrigo, tomo aire con los ojos cerrados y luego echo a correr con todas las fuerzas que puedo impulsar a mis temblonas piernas. No he abierto el paraguas, ya que con el aire que hace sería solo un estorbo, aunque llueve cada vez más. Voy sorteando otros vehículos, árboles, papeleras... meto los pies en un charco y me resbalo... ¡Uy, casi me caigo... y me caí! Me levanto furiosa y humillada, me sacudo como puedo el barro y el agua hedionda que me ha empapado todo el pantalón. Los ojos se me llenan de lágrimas y la desesperación me lleva a equivocar el camino. «No, el coche lo dejé cerca de la autovía. ¡Por allí!» Veo a alguien acercarse a mí. Nuevamente echo a correr. Resbalo otra vez y caigo de culo. Estoy llena de barro hasta la boca.

Alguien me ayuda a incorporarme mientras me dice algo que no llego a entender. Cuando consigo ponerme en pie y me retiro los empapados mechones de pelo de la cara me encuentro de frente con un guardia de seguridad. Es un hombre un poco más alto que yo, embutido en un chambergo oscuro y con la capucha puesta, de tal forma que no le veo el rostro. Me enfoca con la linterna directamente a la cara y entonces ya, por fin, entiendo lo que me dice, pero me deslumbra y ahora no veo.

—¡Señora! ¿Se encuentra bien? ¿La acompaño a Urgencias?

Oigo el chasquido de una radio y una voz que parece llegar por un tubo de los de papel higiénico, ininteligible. A eso jugaba yo con mis hermanos, a hablarnos por esos tubos simulando que era un teléfono o un transmisor de los de la policía. El guardia de seguridad contesta por el aparato y dice que «no», que «todo *OK*». Se ajusta algo mejor la capucha del chambergo y sube la linterna hacia él con lo que le veo, por fin, el rostro. Está sonriéndome. Seguro que me encuentra totalmente ridícula y eso le divierte, pero maldita la gracia que me hace a mí.

—Estaba buscando mi coche. No recuerdo del todo bien dónde lo dejé y supongo que me he desorientado con la lluvia. Bueno, he tropezado y usted me ha encontrado. Muchas gracias y me voy.

—Si quiere la acompaño, este sitio está muy solo y muy oscuro y no me gustaría que alguien la atracara o algo peor. Venga, tengo el coche de seguridad aquí. —A sus palabras las acompaña un gesto con el brazo. Al fondo veo las luces azules en el techo de un pequeño todoterreno.

Desconfío. A veces en las películas el violador se hace pasar por agente de la ley. Me ve dudar o me ve la cara de pasmo y saca sus conclusiones.

—Si lo prefiere, no entre en mi coche: usted va andando y yo la sigo en él.

Necesito mirarle a la cara para confirmar que está de broma, su tono de voz es tan circunspecto... Mentalmente me animo: «¡Qué cuernos, hace una noche asquerosa!» Me acerco a su coche y forcejeo con la manija de la puerta, que se niega a abrirse.

Él, por detrás de mí, estira el brazo y con un ligero movimiento de los dedos abre la puerta. Subo y me siento sin importarme un pimiento si le destrozo la tapicería con mi sucio abrigo. ¡Tengo unas terribles ganas de llegar a mi casa y que se acabe esto de una vez!

Un par de horas después estoy en mi cama, embutida en mi pijama de franela, calentita y seca. El barro me ha calado hasta la ropa interior y los calcetines. He estado a punto de tirar las bragas a la basura, pero he recapacitado: «Esto no es de las rebajas, lo compré en una tienda de las caras.» Así que lo he dejado a remojo con jabón para prendas delicadas.

Una larga ducha con agua hirviendo y una sopa caliente han concluido la labor de reconfortar mi cuerpo. Pero no mi mente. Me reconcome una idea. Seguro que el guardia de seguridad está ahora con sus compañeros, tomando un cafecito y narrando con chispa y con gracia su encuentro con la loca que iba buscando su coche de charco en charco. Recuerdo vagamente la cara del hombre una vez que se ha quitado la capucha del chambergo. Suspiro. Me giro en la cama. Aunque no he podido verle bien, el muchacho no estaba nada, pero que nada mal. No, no señor. Quizá por eso me ha molestado más aún su gesto de mofa y me escuece en mi ego las más que probables chanzas que en estos momentos puede estar compartiendo son sus colegas de turno. Y es que estoy muy sola, la verdad. Estoy muy ancha en mi cama de un metro treinta y cinco, pero a veces me gustaría estirar el brazo y encontrar una mano... y un torso, una cabeza y unas piernas. Vuelvo a suspirar. Estoy agotada y no me duermo, y es que no encuentro la postura.

Ahora tengo un poco de frío. Me levanto y me echo la bata de lana que me regaló mi madre hace muchos años ya. Me arropo. Seguro que el guardia de seguridad se está partiendo de risa acordándose de mí.

¿Y eso tiene que importarme?

No, por supuesto que no. Pero, mira tú, me importa.

# MARINA

—Nena, tenemos que hablar, ven aquí.

Doña Virtudes me recibió aquella tarde casi en el descansillo del portal; se ve que esperaba tras la puerta de su casa a oír mis pasos en la escalera y, como no podía ser menos, cuando la vi el corazón me dio un vuelco en el pecho. La señora era una mujer madura pero de aspecto juvenil, con faldas a la altura de la rodilla, blusas vaporosas y collares sin motivos religiosos. A sus casi sesenta años era una mujer muy guapa aún. Me tomó de la mano y me llevó a la cocina.

Debía de tratarse de algo muy malo porque jamás me había recibido en la puerta. Se la veía nerviosa pero fui incapaz de determinar si su ansiedad era fruto de una buena noticia o, por el contrario, de algo grave. Nos sentamos en las sillas de la cocina y me quedé de piedra al comprobar que había preparado una bandeja con café. Eso era algo que siempre me correspondía a mí... Me asusté más aún.

—Ha surgido una cuestión muy importante a la que debemos buscar una solución —me dijo al tiempo que cogía la cafetera y servía café en las tazas.

Asentí porque tampoco tenía muy claro si se esperaba que dijera algo. Ella continuó:

—Mi hija está esperando un bebé. —Sonrió de oreja a oreja y el brillo de sus ojos le restó de golpe cuarenta años en su bonito rostro—. Voy a ir a cuidarla... Tener el primer hijo pasados los treinta y cinco, como bien sabes, es un enorme riesgo. —Me dio dos palmaditas en las manos; ¿pretendía calmarme a mí o a ella misma?—. José María viene también a Sevilla conmigo. Su trabajo lo puede desarrollar en cualquier lugar. Solo me falta ultimar un pequeño detalle que se refiere a ti.

Ella me miró con un gesto que me resultó travieso y amable. Mi temor se disipó un tanto pero no del todo, no hasta que me dijera de una vez qué era lo que esperaba de mí.

Se tomó unos segundos y por fin me lo soltó:

—No me veo capaz de obligarte a que nos acompañes. Allí no serías de mucha utilidad porque mi niña tiene una plantilla numerosa de servicio doméstico. Pero me gustaría que vinieras conmigo y te ocuparas de mi cuidado personal... si tú quieres, por supuesto. Sevilla está algo lejos y quizá tú no deseas marchar.

Me quedé muda. No por nada en especial sino porque no sabía qué decir. Todo se resumía a que ella se marchaba fuera y quería que la acompañara. No perdía mi trabajo y eso era bueno. No había nada que temer. Si conservaba mi empleo podría estudiar. Sin una ocupación que me diera casa e ingresos jamás podría llevar a buen fin mis planes. El corazón me latía como loco en el pecho, esta vez de alivio.

—¡Claro que iré con ustedes, doña Virtudes! ¡Estaré encantada de ir a Sevilla!

¡Y tanto que lo estuve! Ir a Sevilla en esas condiciones, mucho mejores de las que había tenido desde que empecé a servir en esa casa, fue lo que me abrió las puertas para convertir mi nuevo sueño en una maravillosa realidad. Alguien velaba por mí desde el cielo, no encontraba otra explicación.

Terminé mi Servicio Social en el sanatorio con una inquietante mezcla de pena y alivio, con la satisfacción de tener en mi poder la cartilla, esa que me daría la posibilidad de cursar los estudios que tenía en mente. Aún no le había dicho nada a la señora de mis planes de estudiar, pero esperaba que, dado que mis responsabilidades en la casa de su hija se verían enormemente reducidas, pudiera dedicar al estudio y a las prácticas todo el tiempo que precisaba. Me aterrorizaba que doña Virtudes no me diera permiso; debía idear un plan alternativo en caso de que ella no me diera su visto bueno.

La vida no me había tratado muy bien; la forma en que siendo aún niña me arrebató a mi familia y a mis seres cercanos fue la primera muestra de ello; mi paso por el orfanato, después, me sumió en una pena negra llena de lágrimas, mocos y piojos, hambre, miseria y misas, en el que recibí más golpes que afecto y que, lejos de acogotarme, me sirvió para llegar a la firme decisión de que mi futuro solo dependería de mí y de mi esfuerzo para mejorarlo. Pero la vida, quizás arrepentida, también fue generosa conmigo al poner en mi camino a una mujer como doña Virtudes. Gracias a ella hoy soy lo que un día decidí ser.

## MARIAN

Este sábado es de los buenos: dan por la tele no sé qué partido de fútbol entre equipos de los importantes. Eso supone que casi no hay visitas, solo los acompañantes habituales. Las visitas de los fines de semana son uno de los motivos por los que deseo cambiar de turno. Empiezan a llegar sobre las cinco de la tarde y no se van hasta más o menos las diez. Es un fenómeno difícil de controlar y ellos no se ponen a sí mismos ningún tipo de limitación o de control. Entran todos al mismo tiempo en las habitaciones que tienen dos o tres camas —en nuestro pasillo solo son de dos, pero en el pasillo D la mitad de las mismas son de tres— y se ponen a hablar al mismo tiempo. Algunos enfermos que no soportan tanto agobio se ven impelidos a salir de su habitación y dedicarse a pasear; así pasan casi toda la tarde junto a su pareja u otra persona que los acompañe o simplemente solos.

Cuando la cosa llega a un nivel imposible, o algún enfermo se queja, nosotros tomamos la iniciativa y, con la mejor de las sonrisas, invitamos a las visitas a que se turnen y que entren únicamente dos por cada cama, mientras el resto espera en la sala de visitas que se encuentra junto a los ascensores. En un primer momento nos escuchan y nos hacen caso, pero escasos quince minutos más tarde —o menos— las habitaciones están tanto o más llenas que antes. La famosa imagen del camarote en aquella película de los Hermanos Marx ya está muy sobada, pero es que se queda corta para muchos casos. Algunas de esas personas, cuando nos ven llegar por el pasillo, se esconden en el cuarto de baño para que no les llamemos la atención. Algunas compañeras de otras plantas me han llegado a contar que más de una visita se ha llegado a esconder en el armario.

Indiscutiblemente, como profesionales, entendemos la necesidad de visitar a un ser querido enfermo e ingresado y comprendemos el anhelo de algunos pacientes porque sus seres más queridos vayan a acompañarlos al hospital. Pero esa masificación sin medida, esa aglomeración en espacios siempre pequeños y compartidos —somos un hospital público—, esa falta increíble de aire puro mezclada hasta la asfixia con miles de perfumes, colonias y cierta ausencia añeja de agua y jabón que aportan muchas de esas visitas no es, ni puede ser nunca, sana. Por el contrario, es más que perjudicial.

Por ello cuando hay un evento de masas, tipo partido de fútbol importante y que se retransmite por televisión, no aparece un alma para visitar a nadie. La planta respira esas tardes una tranquilidad desconocida y muy deseada, ya que el estrés del trabajo es mucho menor. Así que hoy hemos podido merendar todos juntos en la sala de estar de la planta, siempre con un ojo puesto en el panel de los timbres, eso sí. Mientras ha durado el partido, ningún enfermo nos ha llamado para nada.

Una distendida conversación entre nosotros es uno de los bálsamos más reparadores en nuestra relación como compañeros. Hablamos de nuestras cosas, a veces de nuestras experiencias. Sobre todo Auxi, que es profesora de Enfermería Fundamental en la Facultad de Enfermería adscrita a nuestro hospital y, además, coordina a los alumnos de tercer y cuarto curso en sus prácticas hospitalarias que, por suerte, se desarrollan solo en el turno de mañana.

Habla de sus alumnos y alumnas como si fueran una enorme camada de retoños propios. Nos cuenta sus defectillos con tono absolutorio y nos relata con orgullo de madre sus numerosos avances y logros. Sin conocerlos físicamente, sabemos con detalle los nombres y destinos dentro del hospital de todos sus pupilos. No sé si estos chicos y chicas aprenderán mejor o peor, lo único que tengo claro es que les ha tocado la lotería por tener a Auxi como profesora. Ella solita limpia con su integridad y benevolencia todos los errores que cometieron con ella los cafres que se encargaron de su formación práctica, durante sus años como alumna.

Yo también he sido alumna y he tenido que hacer prácticas como ellos, pero reconozco mi absoluta falta de capacidad docente. Las pocas veces que he tenido algún alumno a mi cargo, mi desesperación ha llegado a límites para mí, hasta entonces, desconocidos. Soy muy perfeccionista en mi quehacer diario, y tener a alguien a mi cargo que, al estar aprendiendo, comete errores y me atrasa el trabajo, me resulta enormemente desesperante. Para todo hay que valer y yo no valgo para enseñar a otros. Más aún, creo que ellos tienen suerte de no tenerme como maestra porque soy una negada en esa labor.

Auxi es una mujer especial, imponente, muy alta y muy grande. El contrapunto es su voz. Habla bajito y suave. Cuando nos deleita con alguna de sus explicaciones todos guardamos respetuoso, casi eclesial, silencio. Tiene una fabulosa facilidad de palabra y una capacidad increíble para contar cosas, como ya indiqué. Arrebata mirar sus bellos ojos verdes mientras desgrana el hilo de sus anécdotas. No es guapa; su cara redonda, casi de hogaza, y su boca pequeña son incongruentes. Su castaño pelo ralo, que ella intenta desperdigar por su cabeza sin éxito, cae la mayor parte de las veces a ambos lados de su rostro en ineficaces mechones lacios. Pero sus verdes ojos son de lo más hermoso que la naturaleza ha creado jamás. Cuando sonríe, esas dos increíbles esmeraldas toman un brillo especial y extraño que la convierten en una bella mujer, porque no puedes mirar otra parte de su rostro. Ese poder tienen.

Empezó como profesora en la universidad cuando se divorció del imbécil de su marido, Gerardo. Necesitaba dinero extra para poder pagar la enorme hipoteca de su carísimo dúplex en la zona más cara de la ciudad, que había comprado con él y del que no quería deshacerse. Le hicieron una oferta como docente y la aceptó. Fue así como descubrió un potencial en su persona, valioso y reluciente como una mina de oro. Poco a poco fue adquiriendo relevancia dentro del departamento, se sacó el doctorado en tiempo récord y hoy es titular de la asignatura. No sé, no me explico cómo puede compatibilizar ambas carreras: la docente y la asistencial, pero lo hace y muy bien. Ha publicado algún libro —hecho que celebramos con una cena entre compañeros de la planta, que acabó como el rosario de la Aurora, por cierto— y muchos artículos en revistas científicas. En la Facultad de Enfermería la consideran una de las mejores docentes y entre nosotros es una de las mejores enfermeras. Además tiene un excelente, irónico y chispeante sentido del humor, y cuando nos cuenta alguna anécdota de sus alumnos o suya propia lo hace con una gracia sin igual que hace que terminemos partiéndonos de risa hasta las lágrimas.

Algunos familiares nos critican con fiereza porque somos capaces de reírnos mientras estamos trabajando; han llegado, incluso, a decírnoslo directamente y a regañarnos por ello. Yo creo que esto no merece ningún comentario, pero los escasos ratos de buen humor y de convivencia de los que disfrutamos no nos llevan, jamás, a olvidarnos de dónde estamos ni a bajar la guardia de lo que hacemos; nuestros cuidados a los enfermos no se ven menoscabados en ningún sentido. Cuando suena un timbre se atiende en el acto y si alguien nos reclama para algo lo hacemos al instante.

A Auxi le gusta relatarnos sus propias experiencias como alumna en un hospital de Madrid. Parece ser que fueron muy accidentadas y con poca fortuna; la formación de hace más de veinte años no es, ni mucho menos, como ahora; la lejanía en el tiempo resta gravedad e importancia a situaciones que casi rozaban la negligencia. Algunos enfermeros tiranizaban hasta la extenuación a sus alumnos y los trataban poco más que como a esclavos caídos del cielo. Yo misma tuve alguna experiencia aislada de este tipo, pero lo de Auxi fue, indiscutiblemente, tremendo. A ella le llegaron a ordenar, en un servicio de cirugía pediátrica, que quitara los puntos de sutura a varios niños con la misma pinza ya que no había suficientes paquetes de curas para todos; vio cómo una enfermera quitaba los puntos de una herida utilizando sus largas, cuidadas y lacadas uñas rosa, por no existir, según la enfermera en cuestión, ninguna pinza adecuada en una caja repleta de ellas; o les obligaban a tomar la tensión a todos los pacientes de la planta, a hacer todas las camas y a lavar a todos los enfermos. No les dejaban entrar en las habitaciones cuando se realizaba alguna técnica interesante para su formación; o les echaban del control de enfermería, haciéndoles permanecer en el pasillo durante el tiempo que duraba el desayuno de enfermeras, auxiliares y celadores en la sala de estar; o les gastaban burdas bromas haciéndoles ir a la UCI o a quirófanos con el recado de traer algún instrumento inexistente o de nombre ridículo, provocando la burla de todos y riéndose a mandíbula batiente cuando regresaban avergonzados...

Son experiencias duras y, en cierto modo, soeces, pero Auxi lo cuenta de una forma que nos hace reír hasta desternillarnos, aunque nunca perdemos de vista el hecho de que se trata de situaciones casi delictivas. Hay que decir que, afortunadamente, las cosas han cambiado mucho, muchísimo. Hoy a los alumnos se les respeta en su papel de aprendices y, en la mayoría de los casos, no se les explota ni se les humilla, por lo menos en nuestro centro. Se procura que se incorporen al equipo y a la rutina del quehacer diario en los diversos servicios; como resultas de ello realizan un trabajo, pero no es extremo ni esclavo, ya que no se debe olvidar que estas personas están aprendiendo y nada más.

Suena un timbre. Oímos unos gritos. Se acabó la merienda. Nos ponemos todos en pie y salimos al pasillo. Se trata de la habitación 13. Auxi y yo vamos directamente y dejamos a Socorro contestando el interfono del timbre.

—¡Ya van las enfermeras! —oigo que dice mi compañera por el altavoz justo en el momento en que entro en la habitación.

Lo que nos encontramos es un cuadro dantesco.

—¡Llama al médico de guardia y a los celadores, rápido, y luego te vienes! —ordena Auxi a Socorro por el micrófono del timbre, aún conectado, colocado en la pared.

Abelardo, el enfermo de la 13B está sentado en la cama con el pijama lleno de sangre. Se ha arrancado la vía y tiene el cable del suero enrollado en una mano mientras de la otra le sale sangre a chorros. El frasco de suero está hecho pedazos en el suelo, al lado de su mesilla. El pelo revuelto, los ojos desencajados. Habla a gritos y está muy agitado. Se golpea las piernas, los muslos, se golpea el abdomen con las manos haciendo salir más sangre que cae en gruesos goterones a su alrededor. Sus gritos llegan a un nivel insoportable y son ininteligibles.

Su esposa, junto a la puerta, llora mientras grita su nombre, impotente y aterrada. Tiene sangre en la cara, por lo que parece que la ha golpeado.

Intentamos acercarnos al enfermo y le hablamos con suavidad, Auxi a un lado, yo al otro.

Pero Abelardo parece que no nos ve y sigue su frenético golpeteo en brazos, piernas y abdomen. La mujer no deja de gritar. Agarramos al hombre justo cuando oímos al médico pedir a Socorro que se lleve a su esposa y le dé una tila.

El hombre, por fin, se deja hacer y conseguimos acostarle pero no cesa de aporrearse cada vez con más furia. Ya junto a él es más fácil comprender lo que ahora, más que gritar, escupe entre dientes.

—¡Mátalos, mata a los bichos! ¡Quítamelos, mira cómo corren, qué asco, se me suben por todo el cuerpo! ¡Mátalos, mátalos, mátalooos!

# ABELARDO

Se acababa el turno de tarde. Solo quedaban tres paradas para llegar a la última estación, donde le relevarían, y Abelardo no se encontraba bien. Llevaba toda la tarde con un insoportable dolor en la espalda y una destemplanza y unos escalofríos... Seguro que tenía algunas décimas. A sus treinta y siete años podía decirse que ya estaba hecho un cascajo y no sabía bien por qué; debía de ser algún fallo genético, porque a su padre le sucedió algo similar, y cuando se murió a eso de los cincuenta parecía un vejestorio, paralizado por la artrosis y demenciado por el alzheimer.

Abelardo siempre había sido un tipo deportista: un poco de futbito los domingos, unas carrerillas con los amigos los viernes por la noche, un poco de pesca en vacaciones, natación. Desde que se casó, diez años atrás, abandonó prácticamente todo excepto el futbito, más por pereza y comodidad que por otra cosa, y ya llevaba varios años con molestias en la espalda. Los médicos le habían dicho que tenía una hernia y varios discos vertebrales a punto de sufrir el mismo proceso, pero Abelardo no quería ni oír hablar de operaciones quirúrgicas: un par de meses antes sufrió un cólico nefrítico y fue lo peor que le había pasado en su vida. El dolor que padeció se podía definir como insoportable y espantoso. Y cuando no consiguió aquel ascenso, hacía un mes, sufrió un lumbago que lo dejó tirado una semana en la cama sin poder moverse, como consecuencia de las patadas que le asestó a las ruedas de su autobús, única forma de encauzar su descomunal cabreo, la mejor terapia para no sentirse tentado a hincharle los morros al capullo de su jefe.

Menos mal que en casa tenía a su querida Puri, que le entendía a las mil maravillas y que nunca se sentía defraudada con sus fracasos. Deseando estaba de llegar a casa y... Bueno, antes se pasaría por la tasquilla y se tomaría unos vinos con Paco y Jeremías que se trasladaban, a la semana siguiente, a la línea 12. «Que no se me olvide de llamar a mi Puri para avisarla de que voy a retrasarme un poco», anotó mentalmente.

A las tres de la mañana se quitaba los zapatos antes de entrar en casa, no fuera a ser que se despertara su pequeño Alejandro. Puri, con toda seguridad, estaría despierta. Siempre lo estaba ya que aseguraba que era incapaz de pegar ojo hasta que no lo tenía en casa. Y, muy a su pesar, tenía que reconocer que esto era cada vez más frecuente, pero es que si no se reunía con sus compañeros tras el trabajo, fuera de las cocheras, no podían intercambiar impresiones con tranquilidad, sin tener el aliento del cerdo de su jefe en el cogote, que siempre estaba fisgoneando intentando enterarse de sus conversaciones, charlas sin importancia que él siempre interpretaba como conspiraciones.

Se sentó en la cama tras dar un traspié, aunque no se había tropezado con nada. Un escalofrío le recorrió haciéndole temblar de forma exagerada, obligándole a agarrarse al borde del colchón con fuerza.

—Cariño, ¿te ayudo? —preguntó su esposa con la voz algodonosa propia del sueño.

—No, chata. Duerme.

Puri hizo grandes esfuerzos para no reñirle. Venía totalmente borracho una noche más. No tenía que verlo trastabillar, ni oír cómo balbuceaba al hablar para saberlo: los vapores que le precedían hablaban del número de vinos que debía de haber tomado, otra vez. Intentaba ser comprensiva, últimamente no le había ido muy bien en el trabajo. Pero ya se estaba pasando de la raya. El niño ya casi no sabía qué aspecto tenía su padre. Esas últimas semanas había llegado todas las noches tarde, cuando el pequeño ya llevaba varias horas dormido.

Abelardo consiguió, por fin, deshacerse de la ropa. Se quedó en calzoncillos, ya que prefirió no intentar ponerse el pijama, no se veía capaz. Se encontraba muy mal y, la verdad, habría agradecido tener puesto algo más de ropa porque estaba helado, mortalmente frío. Se colocó boca arriba. Una endemoniada tiritona se hizo dueña de su cuerpo; se acurrucó agarrándose las piernas y se acercó a su mujer. El castañeteo de los dientes era extremadamente exagerado. Puri le abrazó y, sorprendida por la temperatura de su piel, le tocó la cara, la frente, mientras se incorporaba y encendía la luz asustada.

—¡Abelardo, estás ardiendo! ¡Tienes muchísima fiebre!

Él se vio incapaz de articular palabra. La intensa tiritona, más que el alcohol, le impedía ser dueño de sus músculos; tenían vida propia y sentía que le costaba un poco respirar. La boca se le llenó de saliva al tiempo que una arcada le golpeaba el estómago. El vómito le salió por la nariz y por la boca con una furia desalmada.

Puri le giró como pudo, poniéndole de lado ya que se estaba ahogando con el líquido. Por fin su cuerpo le dio una tregua y pudo coger aire con relativa normalidad, sin el temor de ahogarse con sus propios jugos que arremetían contra su estómago por poder salir.

Puri le colocó la almohada en la espalda para asegurarse de que permanecería recostado de lado. Salió corriendo al cuarto de baño y trajo varias toallas enormes; una la extendió en el suelo, sobre el vómito, y utilizó otra, agradablemente humedecida con agua fresca, para limpiarle la cara, el torso y los brazos. Abelardo se encontraba fatal y muy avergonzado; ¿cuántas horas dedicó a la ingesta de tanto vino? Nunca, nunca había tenido una borrachera con «vomitona», como se decía entre sus compañeros, y resultaba humillante que su querida Puri tuviera que limpiarle así. No, esto tenía que ser algo más porque se encontraba fatal.

Puri salió del cuarto a toda velocidad. Al poco volvió y le colocó un termómetro bajo la axila izquierda al tiempo que marcaba un número de teléfono por el inalámbrico que les había regalado su suegra por Navidad. La mujer salió otra vez del cuarto mientras hablaba. Por la distancia Abelardo dedujo que estaba echando un vistacillo al cuarto de Alejandro. ¡Sería un auténtico milagro que siguiera durmiendo con tanto alboroto! Puri regresó al poco mientras apretaba el botón rojo del teléfono, que tiró con rabia a la cama. No le extrañaría que, en cierto sentido, el golpe fuera dirigido a él. Otra náusea y más vino fuera.

Al día siguiente estaba ingresado en la unidad de Observación de Urgencias. El médico —«Es demasiado joven, ¿no crees, chata?», le dijo a Puri— les informó, a las nueve de la mañana, de que Abelardo sufría una importante infección de las vía urinarias, al que le dio un trabalenguas por nombre. El caso es que, nombres aparte, la infección era muy severa, debía de tener más de una semana de evolución y era necesario ingresarlo para ponerle un tratamiento intravenoso adecuado, hasta que se curara del todo y así prevenir posibles secuelas en la función renal, que, la verdad, no estaban del todo descartadas. Habría que esperar a ver cómo evolucionaba.

Pero existía un pequeño problemilla: no había cama disponible y estaban pendientes de que el Servicio de Admisión les diera una; mientras tanto debía permanecer en Observación. Así pasó un día entero. A Puri no la dejaban estar con él salvo dos veces al día, coincidiendo con las horas de visita, y solo unos escasos minutos. Ella le informó de que el niño estaba con sus padres y que se encontraba muy bien, dentro de lo que cabía.

Por fin, el jueves por la tarde, le dieron cama en el Servicio de medicina interna, en la planta 13, habitación 13 cama B. Su querida mujer podría estar con él todo el tiempo que quisiera, pensó Abelardo con alivio. La necesitaba tanto que se le llenaban los ojos de lágrimas.

En menos de una hora estaba instalado en su nuevo destino.

—Puri, cielo, no hace falta que te quedes todo el tiempo. Aquí me cuidan muy bien y yo estoy un poquito mejor. Sería más conveniente que te fueras a casa con Alejandro, que te necesita más que yo... —Abelardo rogó con toda su alma que Puri rechazara esta propuesta. No soportaba la idea de estar solo en ese sitio.

—No. Me quedo.

Tras esta escueta afirmación, la mujer abrió un bolsón en el que hasta entonces él no había reparado y sacó unas zapatillas, las de él, otras zapatillas, las de ella, y un cojín con la funda de alegres tonos amarillos y verdes a juego con su sofá del salón, que Puri puso en la cabecera del sillón de polipiel en tonos verdes que había junto a la cama. También hizo aparecer un neceser de flores que colocó en la parte baja de la mesilla, que seguro contendría todos los elementos imaginables y necesarios para el aseo. Como colofón, del enorme bolso salió un paquete envuelto con papel de aluminio y forma de bocadillo del que emanaba un agradable tufillo a lomo con pimientos y una lata de refresco. «Mi mujer es un auténtico tesoro que no me merezco», pensó Abelardo nuevamente avergonzado. Cerró los ojos y se durmió casi sin darse cuenta.

Pasó la noche muy bien. Seguía con fiebre pero con una cifra mucho más llevadera que los cuarenta y un grados con los que había ingresado en Urgencias, un día atrás. Tuvo un sueño bastante apacible solo interrumpido por las veces que le tomaron la tensión o la temperatura, pero ni se enteró de los cambios de suero o de la administración de medicación intravenosa que, según Puri, fue numerosa durante toda la noche.

Se despertó con ánimo y muy espabilado. Se encontraba mucho mejor y con apetito. Puri había pasado la noche bastante peor, ya que el sillón era muy duro e incómodo y, para colmo de males, el señor ingresado en la cama de al lado y su esposa roncaban como osos alternativamente, consiguiendo que ni un solo minuto de tan eterna noche quedara en silencio y en paz como para que la pobre pudiera conciliar el sueño. Estaba agotada y de mal humor. «Quizá no es solo el sillón el que la hace estar tan seria y su cabreo va más allá», pensó Abelardo sin estar muy errado.

Puri estaba enfadadísima. Abelardo se comportaba como si no hubiera pasado nada. Pero no estaba dispuesta a sufrir ni un minuto más la situación que su marido la había obligado a soportar durante los últimos meses. ¿Cuántos? No podía asegurarlo, lo cierto es que un día llegó tarde; otro, la llamaba para decirle que se quedaba con unos compañeros para tratar asuntos laborales. Uno más, otra excusa, y así cientos. Y todos y cada uno de esos días su marido llegaba apestando a vino. Bueno, ahora estaba real y gravemente enfermo —así se lo había asegurado el médico de la planta esa mañana cuando pasó visita—, pero cuando se pusiera mejor le pondría los puntos sobre las íes. Abelardo tendría que cambiar de modo y de ritmo de vida. Él solo tenía treinta y siete años y ella treinta y tres, y no estaba dispuesta a quedarse encerrada entre cuatro paredes. La vida es y debe ser otra cosa. «Si Abelardo está a disgusto con su trabajo que se busque otra ocupación.»

Puri ya había decidido, en las largas horas que pasó en la durísima silla de plástico de la sala de espera de Urgencias, que se pondría a trabajar. Alejandro ya había cumplido un añito y le vendría muy bien pasar unas cuantas horas en la guardería con otros niños de su edad, y no todo el día con ella aburrido como una seta. Además, ella recibiría agradecida la distracción de una nueva ocupación. Sí, intentaría encontrar trabajo como modista, que era lo que sabía hacer; y si no de lo que fuera, limpiando casas u oficinas, cuidando enfermos. Daba igual, estudiaría de nuevo si era necesario. Pero necesitaba trabajar y salir de casa.

Le fastidiaba el aire despreocupado de Abelardo y su lánguida expresión de pobrecito enfermo, así que decidió que esa noche, la del viernes, la pasaría en casa. Ya estaba harta de no poder dormir y le dolían las posaderas de tantas horas sobre un asiento duro. A las nueve de la noche, tras confirmar que su esposo estaba mejorando a pasos agigantados y la fiebre ya solo era febrícula, tomó su bolsón, sus zapatillas y su cojín con la tela a juego con el sofá del salón y, tras un raudo beso a su marido y una escueta explicación entre dientes se lanzó a la noche, a un taxi, a su casa y a su hijo.

Abelardo no daba crédito: Puri le dejaba solo. Asustado y enormemente preocupado, no pudo conciliar el sueño. Estuvo tremendamente nervioso y fieros pensamientos nublaban su imaginación. Varias veces necesitó sentarse en la cama. La enfermera y el auxiliar, Aquiles, que le atendieron esa noche estuvieron pendientes de su estado y le ofrecieron tilas y ansiolíticos suaves tras consultar con el médico de guardia. Fue una noche horrible y una incontrolable rabia le inundó al imaginarse a Puri cómodamente arropada en su cama conyugal.

Al día siguiente, ella no volvió al hospital hasta después de comer, casi a las cuatro de la tarde. Le dio vanas explicaciones relativas al niño. Pero no la creyó. Estaba convencido de que ella le odiaba y que se estaba planteando dejarlo, abandonarlo en la enfermedad. ¡Miserable mujer!

Puri se encontró a Abelardo de un humor de perros. La miraba con desconfianza y con rencor. El niño había pasado toda la noche vomitando, pero no tenía fiebre. Al ser sábado había tenido que llevarlo a las Urgencias del centro de salud. Parece ser que había mucha gente con la misma dolencia porque había tenido que esperar más de una hora y media a que los atendiera el médico y luego prepararle al niño una comida especial, un puré suavito. Cuando terminó eran más allá de las dos de la tarde. Su madre se retrasó porque habían pinchado las ruedas del coche de su padre y la mujer había tenido que tomar un taxi para poder llegar a su casa y hacerse cargo de Alejandro. Un caos, un espantoso caos. ¡Como si ella no tuviera suficiente con lo de Abelardo, maldita sea!

Y por si todo eso fuera poco, cuando por fin llegó a la habitación, su marido la miraba como nunca lo había hecho, casi con fiereza, con odio. Esa tarde había un partido de fútbol en la tele de los que a él tanto le gustaban. Quizás eso conseguía suavizarle un poco el mal humor.

El partido llevaba poco más de quince minutos. En el pasillo de la planta no había nadie paseando y se oía en todas las habitaciones el tono perentorio, enervante, de los locutores y el sonido ambiental del estadio de fútbol lleno a rebosar. Abelardo estaba acostado, los ojos fijos en la pantalla del televisor. Miraba sin ver a los jugadores dejarse la piel en el césped. Al poco empezó a hablar por lo bajo, mientras se observaba las manos y el pecho. Empezó a golpear en la cama y en sus piernas con ritmo frenético. Puri le miró sorprendida, mientras intentaba sujetarle uno de los brazos en el que tenía pinchado el catéter. Lo único que faltaba ahora era que se le saliera de la vena.

—¿Qué haces, Abelardo?

Él se zafó de ella violentamente y siguió con sus golpes y palmoteos, poniéndose cada vez más nervioso. El cable del suero se le enganchó en los dedos, por lo que, de un tirón, lo arrancó de la mano y lo enroscó en la otra. Inmediatamente un enorme reguero de sangre brotó del orificio de su piel. ¿Cómo podía salir tanta sangre de un pinchazo en el dorso de la mano? Abelardo golpeaba a diestro y siniestro con furia, mientras salpicaba toda la habitación con gotitas de rojo brillante. A Puri le resultó imposible acercarse al timbre, Abelardo agitaba los brazos con una fuerza impresionante y se golpeaba gritando «¡Mátalos, mátalos!». ¿Qué veía, qué estaba viendo que tanto le aterraba?

El paciente de la cama contigua y su esposa se encontraban acogotados entre la cama y la mesilla y fueron ellos los que llamaron al timbre. Pero no fue necesario: los gritos y el ruido del frasco del suero al estrellarse contra la mesilla fueron suficientes para atraer al personal que trabajaba esa tarde. Todo había pasado en escasos minutos que a Puri le resultaron horas. Lloraba sin control; se pasó una mano por la cara y vio que la tenía llena de sangre. Quizá le había salpicado la que seguía manando a chorros por la mano de su marido.

Las enfermeras y el médico, que no tardó en llegar, se hicieron cargo de la situación con rapidez. Lo acostaron pero él no cesó de gritar a pleno pulmón su terrorífica letanía, mientras su rostro se desfiguraba por el miedo y el asco. Antes de que cerraran la puerta por completo, Puri pudo ver cómo le sujetaban a duras penas sobre la cama y le pinchaban algo en el muslo. La puerta se abrió nuevamente y salieron el otro paciente y su esposa con gesto demudado por el temor. Otra enfermera los acompañó por el pasillo y, antes de alejarse, los oyó cómo increpaban a la enfermera conteniendo el tono de voz:

—¡Por supuesto, nos cambiará de habitación...!

Ella susurró algo conciliadora mientras asentía. A Puri la llevaron a la sala de estar de las enfermeras y le dieron una tila que le sentó muy bien, por lo menos las manos ya no le temblaban incontroladas.

—En cuanto salga el médico la informará de la nueva situación de su esposo —le dijo una de las enfermeras—. Y, por favor, si precisa algo, no dude en llamarnos.

Cuando se quedó sola rompió a llorar.

La habían dejado lavarse y cambiarse de camisa en el aseo del personal. Por lo que fuera, no consideraron conveniente que viera a su marido; tampoco ella estaba muy convencida de que deseara verlo después del numerito que había liado y el susto que le había dado. Tras lavarse, comprobó que tenía un corte superficial sobre la ceja derecha. No recordaba haberse golpeado con nada. Al poco, la enfermera regordeta, quizá su nombre fuera Marian, la informó de que el médico deseaba hablar con ella en su despacho. Abelardo dormía y, por ahora, sería mejor dejarlo descansar; podía ir tranquila porque estaba adecuadamente vigilado y seguro.

Y ahora se encontraba en el despacho del médico.

El médico le hizo varias preguntas relativas al consumo de alcohol por parte de su marido. Sí, sabía lo que bebía cuando estaba en casa, pero ignoraba cuánto tomaba cuando estaba fuera.

—¿Su marido llegaba bebido o borracho a casa de forma habitual o los fines de semana?

Lo directo de la pregunta la descolocó. Un cierto escozorcillo de desconfianza y de vergüenza la tentó a mentir. El médico apreció su tardanza en contestar. Era evidente que ella estaba buscando una respuesta adecuada y eso, en sí mismo, era ya una forma de afirmación. Puri recordó como en un *flash* todas las noches en que Abelardo llegaba con ese insoportable tufo a vino y en las que tropezaba múltiples veces hasta que se ponía el pijama o hasta que conseguía meterse en la cama. ¿A quién engañaba?

—Sí —contestó, al fin—, últimamente llegaba cada noche... algo «pasado».

Puri decidió no dar más explicaciones. Sabía que no era necesario. El médico conocía cada respuesta antes de preguntar y solo buscaba una forma de preámbulo a su diagnóstico.

—Señora, su marido padece *delirium tremens*...

—¿*Delirium tremens*? ¿Y qué se supone que es eso?

Puri escuchó durante más de media hora las explicaciones que le dio sobre este mal, su pronóstico y la evolución que esperaba. Estaba claro que de la infección se estaba recuperando de forma adecuada, pero esto había pasado a un segundo término. Hoy, ahora, lo que tenía prioridad era su delirio debido a una privación brusca de la ingesta de alcohol.

—Esta situación —le explicó el médico— no es tan extraña: muchas personas, tanto hombres como mujeres, que beben grandes cantidades de alcohol de forma cotidiana y que jamás se han planteado su dependencia o alcoholismo, cuando por una situación muchas veces banal se ven obligados a ingresar en un hospital, a los dos, tres, cuatro días, según los casos, debutan con un cuadro de *delirium tremens*.

»Aunque es grave —añadió—, suele remitir en unos días con un tratamiento adecuado y, la mayor parte de las veces, sin consecuencias mayores. Pero será necesario seguir un tratamiento psiquiátrico para atender su adicción y más que posible dependencia.

Puri no reaccionó. Se quedó helada. Supo que el médico daba por zanjada su sesión informativa cuando se levantó y extendió hacia ella la mano abierta para que le correspondiera. Con torpeza, se levantó, a su vez, y apretó con la suya la mano que el médico le ofrecía.

—Si necesita algo no dude en decírselo a las enfermeras. Si no desea quedarse esta noche con su marido deje en el control su número de teléfono u otro donde poder localizarla...

—No hace falta —cortó Puri fría—, me quedo con él esta noche.

Salió del despacho. Las enfermeras estaban en el control escribiendo y hablando por teléfono y no repararon en ella. El partido de fútbol hacía rato que había finalizado y el pasillo estaba muy concurrido de enfermos y acompañantes paseando.

Entró en la habitación 13. Al paciente de la cama de al lado lo habían pasado a otra habitación. Estaba todo tan impoluto que nadie habría podido decir que un par de horas antes había otra persona ingresada en ese cuarto. La cama aparecía limpia y hecha. Abelardo estaba dormido. Tenía la luz de cabecera encendida. Estaba limpio, lo mismo que la cama y las sábanas entre las que descansaba. Nada recordaba la escabechina de antes, ni siquiera las paredes o la lámpara.

Sintió una dolorosa punzada en el estómago el ver las correas que sujetaban las muñecas y los tobillos de su marido. Le habían cogido otra vía en la flexura del codo del mismo brazo y le habían puesto un apósito en el dorso de la mano. Varios frascos de suero goteaban a ritmos distintos y una bolsa colgada a un lado de la cama, medio llena de un líquido amarillento, le indicó que se habían decantado por ponerle una sonda vesical para recoger la orina. A Puri se le llenaron los ojos de lágrimas y se le agarrotó la garganta.

Dudó unos instantes pero al final le tomó una mano a su marido; le acarició los dedos, aún con restos de sangre seca entre las uñas; llorando le besó la cara, la frente, los labios. Intentó lavar con sus besos y sus lágrimas la culpa que la estaba matando. No se había dado cuenta de nada y todo había pasado delante de sus narices, le había criticado y él estaba enfermo, enfermo de verdad. Se sentó en el sillón de polipiel verde, acomodó su cabeza junto a la de él y le habló. Le habló de su hijo, de su vida juntos, de su futuro.

## MARINA

Todavía recuerdo mi primer día como enfermera. Esa mañana, con el corazón arrebatado por la emoción me puse mi traje, las medias y los cómodos zapatos blancos. El cabello rizado, que llevaba por esos años cortito, no más allá de las orejas, estaba adecuadamente controlado con horquillas. Decidida, pero temerosa, el espíritu firme y las manos temblonas por la nueva responsabilidad que se me venía encima. Terminé de arreglarme y me observé largo rato en el espejo de cuerpo entero de mi habitación, dejándome llevar por el orgullo. Era enfermera. Había logrado mi sueño con no pocos sacrificios. Mis padres habrían estado muy orgullosos de mí si hubieran podido compartir ese instante conmigo.

Atrás quedaron los años en la Escuela de Enfermeras del Hospital de las Cinco Llagas de Sevilla, al que también llamaban «de la Sangre», en el que las monjas, Hijas de la Caridad, nos enseñaron con mano firme —a veces demasiado dura— todo lo que precisábamos para desempeñar nuestra labor.

Hombres y mujeres estudiábamos por separado, y distintas cosas que culminaban en dos títulos diferentes, enfermera y practicante, pero nuestro papel me llenaba más que el de los pocos compañeros practicantes que tuve la oportunidad de conocer en el transcurso de mis estudios. Ellos eran una especie de médicos a medias; nosotras enfermeras completas, formadas para cuidar y asistir. Esa era la versión oficial que se nos daba en las aulas, que nos lanzaban los médicos y que se recalcaba en las enormes salas destinadas a los enfermos. A ello debíamos ajustarnos con pulcritud, dedicación y respeto.

Compatibilicé mis estudios y prácticas con mis obligaciones laborales domésticas gracias a la generosa ayuda de doña Virtudes que me cobijó bajo su fuerte influencia a la vista de todos. Además su yerno, que era médico en el Hospital de La Cruz Roja, durante la guerra había desempeñado su trabajo como médico militar. Él ayudó a que me concedieran una beca con la que pude vivir el tiempo en que debía compatibilizar estudios teóricos con las prácticas hospitalarias. Hoy sé que sin la ayuda de la señora me habría resultado muy complicado —quizá no imposible, pero sí muy costoso en esfuerzo y dinero— obtener mi título de enfermera. Ella me liberó de mis responsabilidades caseras durante los meses más intensos y me animaba a estudiar y a aprovechar el tiempo que se me estaba concediendo.

Estudié como una auténtica loca, primero una adaptación de bachillerato y reválida y, más tarde, en la escuela de enfermeras. Busqué quien me explicara todo aquello que no comprendía o que se me atragantaba porque tampoco tenía unos estudios primarios de calidad y mi base de conocimientos en diversas materias era harto floja. Trabajé duro, pronto me puse al nivel de todas mis compañeras y avancé en mis exámenes con mucho éxito, hasta finalizar mi carrera.

Mi primer trabajo en el hospital, el mismo en el que realicé mis estudios, fue en una sala de mujeres que ingresaban por diversas dolencias, muchas por tuberculosis. Los primeros días fueron muy duros, me vi casi sobrepasada por una responsabilidad que a veces sentí que me venía grande. Pero cuando me quise dar cuenta había pasado lo peor y mi trabajo fluía al mismo ritmo que ganaba en experiencia. Las dudas —sí, las dudas que te hacen pensar que quizá te has equivocado de profesión, esas que a todos nos asaltan más pronto que tarde— fueron acalladas tan pronto como me di cuenta de que mi formación me daba las herramientas para afrontar la mayoría de las situaciones que se me presentaban y estudiar, preguntar a compañeras con más tablas y seguir aprendiendo diferenciaba a las buenas enfermeras de las mediocres y acomodaticias. Desde el primer día fui el azote de enfermeras más experimentadas y de médicos que aceptaban mis preguntas sin irritarse.

Mi primer contrato en el Hospital de la Sangre de Sevilla acabó un mes de marzo y diez días después doña Virtudes me pidió que regresáramos a Granada, a su casa. Sus nietos, que a esas fechas eran dos, ya estaban suficientemente mayorcitos para que su hija no la necesitara en Sevilla y ella echaba en falta su casa y su querida ciudad.

# MARIAN

En el vestuario, antes de ponerme el uniforme para iniciar mi turno, me miro al espejo: estoy bastante bien conservada para mi edad. Apenas tengo arrugas y ninguna cana. Pero es cierto que me he relajado un poco de unos años para acá y he ganado demasiado peso. El otro día calculé con una aplicación que tengo en el móvil mi IMC —Índice de Masa Corporal— y el resultado era «sobrepeso» u «obesidad grado I». Por tanto, es cierto que estoy gordita, pero ¿aspecto vulgar? Yo creo que no, aunque si los demás me ven así poco tengo yo nada que decir.

Hombre, cierto es que no destaco por guapa o por ser una mujer estilosa. Pero tengo todo en su sitio y sin deformidades incómodas a la vista. Soy bajita y redonda integral; es decir, ninguna parte de mi cuerpo destaca sobre las demás; pelo castaño y lacio y algo quemado en las puntas, aunque yo digo que es que se me aclara con el sol; ojos marrones y pestañas cortas; boca demasiado grande y labios algo llenos; piel pálida, rosada en verano, y pecas. Eso sí, tengo los dientes perfectos, no tuve acné y no me han salido líneas de expresión por ningún sitio ni patas de gallo, ¡y no será porque no gesticulo, porque no hablo o porque no me río!

Por lo tanto se puede decir que, a rasgos generales, soy inocua, es decir, no causo ningún efecto destacable cuando se me ve. Todo esto tiene arreglo: una buena peluquería, una buena sesión de maquillaje —como decía una compañera de la universidad, «salud de bote»— y una indumentaria favorecedora hacen auténticos milagros y convierten a una rana pringosa en una princesa de fábula.

En mi caso tendrían que hacer horas extra, pero el año que viene, para el que ya solo queda un mes, me propongo cambiar un poco mi aspecto físico: adelgazaré unos kilillos, iré a la peluquería para cambiar mi estilo y no saldré a la calle sin darme un toquecito de color, aunque solo sea carmín en los labios. «¡Mira, cuanto antes empiece, mejor! Aquí en el bolso tengo un pintalabios... ¡Pues no me queda tan mal!»

—¡Buenas tardes!

—Ay, Auxi, qué susto me has dado...

—Caramba, chica, ¿por qué?

—Bueno, estaba ensimismada en mis pensamientos...

—¿Todo bien, Marian?

—Sí, sí, todo bien.

Auxi me sonríe y empieza a cambiarse. Ella sabe que es una mujer muy especial. Su condición de docente la lleva, a menudo, a darnos explicaciones —demasiado prolijas la mayor parte de las veces— de las nuevas técnicas y los nuevos avances en materia de enfermería. La verdad es que se explica muy bien y, por tanto, estamos a la última en estos temas; pero con ella nos da la sensación —con frecuencia lo comentamos cuando no está y no es ganas de criticar— de que no hemos terminado la carrera en la escuela de enfermería y que seguimos estando en prácticas, aunque sabemos que Auxi no lo puede evitar y que lo hace con la mejor de las intenciones. Eso seguro.

El carácter de Auxi es suave y atemperado. Jamás pierde los nervios. Produce serenidad trabajar con ella. Aunque nos rodee el caos más destructor, ella va a su ritmo, siempre le da tiempo a todo y, aunque la tarde sea espantosa y todo se derrumbe a nuestros pies, la mirada de paz que lanza desde donde se encuentre te hace sentir que todo va bien. Es muy agradable trabajar con ella, da seguridad y, además, es mi mejor amiga.

Por el hecho de ser docente en la universidad podría dedicarse en exclusiva a la Facultad de Enfermería, pero se niega en rotundo. Así que hace malabares con los turnos y con las horas para poder compaginar sus dos profesiones —la de enfermera y la de docente—, para que todo le cuadre.

Gerardo, su exmarido, es un ser increíble, y más increíble es saber que estuvo casado con Auxi. Es una persona deleznable, necia y estúpida. Su aspecto físico solo sirve para justificar, para ratificar sin palabras, sus carencias personales. Se divorciaron tras diez años de casados y Gerardo se preocupó, no sé cómo, de dejarle a ella todas las deudas, y lo consiguió. Pasaron cinco largos años hasta que logró sanear sus cuentas, y solo tardó cinco minutos en mejorar su calidad de vida: los que él empleó en recoger sus cosas y alejar su asquerosa presencia de la vida de mi compañera.

Al divorciarse descubrió que sentía un gran alivio de quitarse de encima un hombre con forma de agujero negro económico. La única pena de Auxi es no haber tenido un hijo: hace años descubrió que no podía concebir por una lesión congénita que tenía en los ovarios. Así que se volcó con toda su alma y toda su capacidad en la docencia.

Auxi me ha tomado como una especie de alumna díscola en materia personal. No aceptó que Benigno y yo nos separásemos y afirma, cuando consigue que la escuche, que le haría mucha ilusión que recuperásemos nuestra fallecida relación. Por mucho que se lo explico no comprende que no quiero saber nada de nuestro supervisor, que ya hace mucho tiempo que incineré los restos de nuestra vida en común.

Pero ella, muy lista para otras cosas pero absolutamente ignorante con respecto a Benigno, no considera que él tenga ningún defecto que pueda impedir algo romántico entre nosotros. Total, que siempre acaba su acoso sobre mi humilde ser afirmando: «Marian, todavía estás a tiempo de encontrar a alguien y tener un hijo. No te despistes mucho que la menopausia está cada día más cerca.»

¿Y quién le ha dicho a esta mujer que yo deseo tener un hijo? Está claro que enfoca sobre mí su anhelo maternal. Casi todos los compañeros de la planta tienen hijos; excepto Caridad y yo... y por supuesto Auxi.

Hasta Benigno tiene un hijo —muy inteligente, por cierto— que está en la Universidad de Salamanca estudiando no sé qué largo postgrado de enorme dificultad que nunca recuerdo cómo se llama. Este muchacho fue resultado de un desliz veinteañero de nuestro supervisor con una jovencita de diecisiete años, hija de una vecina de su madre. No los obligaron a casarse —¡por fortuna para la pobre muchacha!—; Benigno reconoció al retoñito y todo solucionado. ¡Hasta ha ejercido de padre durante todos estos años! Yo tuve la suerte de conocerlo unas Navidades que no pudo pasar con su madre. Y por suerte para el guapetón no se parece ni física ni personalmente a su padre.

Total, que para Auxi mi falta de descendencia es un problema.

Según su punto de vista, estoy perdiendo una gran oportunidad de ser feliz, de dar un sentido a mi anodina existencia, de justificar la vida que un día se me dio. Mi problema, si es que realmente tengo uno, no soy yo: el problema es que no encuentro a nadie —aunque tampoco lo busco, la verdad— que quiera compartir esta experiencia conmigo.

Al menos, alguien que sea heterosexual. Digo esto porque, hace unos meses, Amparo, una compañera del turno de mañana, me tiró los tejos aprovechando que nos quedábamos solas en el vestuario. Me ofreció el oro y el moro, me afirmó que su proposición era seria, que le gustaban las gorditas de aspecto vulgar —¿y se supone que tenía que sentirme halagada?— y que uno de sus más enormes deseos era adoptar una niña de origen eslavo... conmigo.

Me quedé alucinada. Intenté que mi expresión fuera de total y absoluto respeto y la rechacé con el mayor tacto del que pude hacer acopio. Desde entonces, cada vez que coincidimos en el cambio de turno o en los vestuarios, me mira con un brillo especial en los ojos. A veces me hace algún gesto obsceno aprovechando que nadie nos ve. Yo creo que se divierte con mi incomodidad y lo explota al máximo. Ya se le pasará el arrebato porque, por más que me observo, no veo nada en mí capaz de levantar esas —y ningunas— pasiones.

Cuando Auxi y yo llegamos al control de nuestra planta, oímos jaleo en la bifurcación del pasillo C con el D. Varias personas, cinco o seis, están discutiendo; un señor muy corpulento zarandea a otro y le pega un golpe en la cara. Se oyen gritos de desesperación.

Me acerco para intentar poner un poco de paz. Nunca se sabe, a veces la simple vista de un uniforme hace que se calmen los humos. No es extraño que en nuestra planta se produzcan discusiones entre familiares y acompañantes. Se dan muchos momentos de enorme tensión, siempre comprensibles, que algunas personas no saben encauzar, por lo que terminan discutiendo a la mínima palabra fuera de sitio o ante una simple mirada mal entendida. Aunque, la verdad, cafres hay en todas partes.

No me da tiempo de poner en práctica mis cualidades disuasorias. Se abre la puerta del ascensor y salen dos cuerpos gigantescos, uno más alto que el otro, uniformados en azul oscuro, casi negro. Personal de seguridad. De una forma eficaz e increíblemente rápida, disuelven la bronca y mandan a cada grupo a un extremo de la sala de espera, aneja a los ascensores. Me he quedado parada a cierta distancia a la espera de resultados.

Uno de los guardias, el más bajo, se gira y entonces se me hiela la sangre en las venas, contra mi voluntad. ¡Es el guardia de seguridad de la otra noche! Me mira y me reconoce y entonces me sonríe. Siento cómo me arde la cara y sé, para mi consternación, que me he puesto colorada. Su aspecto es mucho, pero que mucho mejor de lo que yo recordaba. Es un tipo atractivísimo y, sin embargo, no es mucho más alto que yo; un poquito más alto y sería perfecto. Es musculoso y atlético pero no tiene aspecto de muñeco, como le pasa a Benigno. Tiene unos increíbles ojos azul añil, enormes, y unas pestañas largas y espesas. Muy moreno de tez y con un hoyuelo en la mejilla izquierda y otro en la barbilla, sonríe de tal forma que noto cómo me tiemblan las piernas. Le he mirado demasiado tiempo, demasiado. Se acerca a saludarme y entonces el corazón, de tan rápido como me late, se me está saliendo por el ombligo. ¡Y seguro que lo está notando, por eso sonríe de esa forma!

—¡Hola! Parece que ya estás mejor.

¡Qué voz, qué voz tiene!

—Eso parece. —Por el tono que sale de mi garganta parezco atontada.

—Cuando termines el turno esta noche, si quieres, te espero y te acompaño hasta donde tengas tu coche, así no te pasará nada.

¡No puede ser verdad que me esté ofreciendo lo que me está ofreciendo!

—No, no, gracias, eres muy amable.

¿Soy yo la que habla? ¡Yo no puedo estar diciendo esto!

—Como quieras. Hasta luego. —Se gira para reunirse con su compañero.

«¡No dejes que se vaya sin decirle nada más, boba!»

—¡Hasta luego!

La puerta del ascensor se cierra delante de los dos guardias de seguridad. Se ha marchado y lo último que he visto de él ha sido su sonrisa.

¿Estoy tonta o qué? ¿Por qué no le he dicho que sí? ¿Qué me ha pasado?

Suspiro con incredulidad. Mi cerebro bulle a toda velocidad al mismo tiempo que en lo más profundo de mi alma relumbra la decepción. Todo se resume a que una parte de mi conciencia ha reaccionado ante un detalle que ilumina a este fabuloso hombre: es evidentemente más joven que yo. Eso es lo que me ha frenado.

Y soy idiota.

## MARIAN

Se acercan las fiestas de Navidad, concretamente faltan tres semanas para el 25 de diciembre. Como en todos los hospitales en los que he estado, de la planta se adueña un cierto aire de tristeza. Para muchas personas estar aquí encerradas supone una de las mayores desgracias de sus vidas, al no poder compartir con amigos y familiares unos momentos tan entrañables. A mí las Navidades hace tiempo que dejaron de importarme. Benigno consiguió que me resultaran unas fechas indiferentes. Debido a sus broncas me alejó de mi familia, de nuestras reuniones masivas y de abundante, pantagruélica, mesa en casa de mi madre en Granada. Cuando por fin nos separamos hacía tiempo ya que mi familia no me esperaba en ninguna fecha señalada. Y yo tampoco hice grandes esfuerzos por recuperar el tiempo perdido. Al quedarme sola me busqué amistades con las que pasar cenas y fiestas. Pero era un esfuerzo demasiado agotador para mí. Así que decidí que era más fácil pasarlas sola. Sí, creo que me he abandonado por completo estos últimos años y que soy un bicho extraño y solitario.

Socorro y Piedad, otra auxiliar, han aprovechado que la planta estaba tranquila y han puesto el belén, el árbol de Navidad y los adornos. Todo está lleno de bolas y cintas doradas, plateadas y de cuadros escoceses. Cuando atiendo a algún familiar o algún paciente en el mostrador del control de enfermería mi cabeza está flanqueada por un horroroso Papá Noel con una IMC de Obesidad Mórbida y un miniarbolito de Navidad recargadísimo de regalitos. No se puede negar que se consigue un ambiente distinto que, junto a los villancicos que oímos por el hilo musical, confiere al servicio de medicina interna un cierto aire a centro comercial. A veces, mientras estoy preparando la medicación o escribiendo en el ordenador, tengo que llamar a centralita para implorar que apaguen un ratito el sonsonete; dependiendo de quién me escuche al otro lado del teléfono, atiende o no mi petición. Y es que cuando una lleva más de seis horas oyendo, contra su voluntad, la misma música en *auto-reverse* los nervios llegan a hacerle bulto en la piel.

Aunque eso no es nada: trabajé en un centro sanitario, en Almería, en el que solo ponían villancicos de Manolo Escobar. Cuando terminaban las fiestas me tenía que pedir una semana de vacaciones para recuperarme. Lo recuerdo como algo verdaderamente espantoso. Una tortura.

Lógicamente, al tratarse de fechas tan especiales, la llegada de familiares y amigos a las horas de las visitas alcanza magnitudes abismales. Así que durante estos días me resulta muy trabajoso realizar mi labor con las ganas o con la ilusión habituales.

También es la fecha en la que mis compañeros me buscan un novio para que no pase la Nochevieja sola. Ven pasar al público por el mostrador del control de enfermería y sopesan el aspecto y características de las visitas de género masculino, valorando si se acercan más o menos a mi perfil. Reconozco que es algo que me irrita. Yo procuro estar lejos de la vista de la gente, en la sala de medicación o en la sala de estar. Pero oigo cómo mis compañeros me llaman: «Marian, acaba de pasar un moreno muy resultón; le doy un siete. Si quieres darle el visto bueno pásate por la 4A. ¡Ja, ja, ja!»

Naturalmente, solo se trata de una broma a mi costa. Pero no me agrada. Me incomoda que mi soltería sea motivo de chanza, y no lo harían si llegaran a entender lo mucho que me escuece. No me gusta estar sola en mi vida y creo que ellos lo saben, por eso no entiendo que se sigan metiendo conmigo.

Hasta Salvador me organizó una cita con un compañero suyo —un médico, no un cura— de Brasil. La verdad es que se trataba de un hombre muy atractivo, muy alto, muy educado, muy atento, pero homosexual, y yo le hacía tanta ilusión para aparearse como se lo haría una hormiga caníbal. Me crispó mucho que Salvador se metiera en esos temas y estuve enojada con él un par de semanas. Al final se disculpó y me explicó, en su descargo, que Mari Cruz le había convencido para arreglar la cita. Estuve, entonces, enfadada con Mari Cruz más de un mes, pero ella ni se enteró.

No creo que haya que encontrar pareja a toda costa, en algunos casos, más vale estar sola, solita, sola. Aunque me niego a creer que lo único que la vida me tenía reservado en el aspecto amoroso era a Benigno: fue como un melón demasiado verde o demasiado pasado, pero jamás estuvo en su punto.

Yo aún espero mi oportunidad. Y eso me hace sufrir mucho. Porque esa oportunidad no llega, no acaba de llegar, aunque yo tampoco me conformo con lo primero que se ponga frente a mí, pero tampoco soy muy exigente, de verdad. Bien saben los dioses del Olimpo que si he de quedarme el resto de mi vida sola será contra mi voluntad y seré muy desgraciada.

Quizá debería fijarme más en Piedad.

# PIEDAD

Se quedó embarazada con dieciséis de «su novio de toda la vida». La obligaron a casarse con él y lo hizo con un barrigón de ocho meses y vestida de verde esperanza, ya que el cura de su parroquia no consintió en que fuera de un color similar, parecido o relativo al blanco. La bronca que le dio en el confesionario fue de aúpa.

El cafre de su marido comenzó a pegarla la misma noche de bodas, ofendido o enfadado por haber tenido que poner fin a su soltería por ella. O sea, la culpa del embarazo solo fue de Piedad y solo de ella, ¡véase la altura intelectual del buen mozo!

A partir de ese día se esforzó por aparecer por la casa lo justo. Se iba por la mañana y, muchas veces, no aparecía hasta pasados dos o tres días, a veces borracho.

Cuando tuvo a su hijo, Marcos, empezó a estudiar Formación Profesional gracias a que su madre la animó y se ocupó del bebé mientras ella estaba en clase o de prácticas en el hospital; le hacía la comida, le arreglaba la ropa y la casa. Por lo visto, la madre se arrepentía de haberla obligado a casarse.

Cuando su marido descubrió que Piedad estaba estudiando, le dio una paliza tal que estuvo ingresada en el hospital más de un mes. Allí la cuidaron las mismas enfermeras que le habían enseñado en sus prácticas semanas antes. Y allí se decidió, por fin, tras casi tres años de vida infernal, a ponerle a su marido una denuncia por malos tratos y una demanda de divorcio.

Tuvo que vivir un calvario tan enorme como cuando vivían en la misma casa; a él le impusieron una orden de alejamiento. La acosó y amenazó sin tregua durante más de tres años. Secuestró a Marcos y lo tuvo en paradero desconocido durante unos seis meses. Piedad estuvo en tratamiento psiquiátrico y psicológico, pero le echó todo el valor que hay que echar para estos casos y le plantó cara. Al fin la policía encontró al cafre y al niño en un pueblo de Segovia. Le devolvieron a Marcos y el juez le concedió la custodia a ella.

Buscó un pequeño piso de alquiler, una asociación para mujeres maltratadas le encontró trabajo y se vio, a sus escasos veintidós años, viviendo sola con su hijo y trabajando como una loca.

Tras muchos contratos cortos y sustituciones consiguió una interinidad en el hospital.

Ahora, a sus treinta años, se ha convertido en una mujer muy guapa y atractiva, y disfruta de las mieles del amor con un novio bombero que bebe los vientos por ella y que ha adoptado a su hijo —el cafre consintió a ello—. Ha tenido la suerte de conocer a un hombre bueno de verdad.

# MARIAN

Estoy terminando un café en la sala de estar. Estoy sola. Aún es pronto para repartir la medicación de las seis. Auxi y Caridad, mis compañeras esta tarde, están cogiendo una vía a un paciente que acaba de ingresar.

Piedad asoma la cabeza por la puerta. Es de ese estilo de mujeres a las que todo el mundo se gira a mirar cuando va por la calle, aunque vaya en bata de felpa, zapatillas de lona y rulos, de las que les gustan a los hombres y a muchas mujeres nada más verla. Es rubia natural y tiene el cabello rizado; ojos verdeazulados enmarcados por pestañas como abanicos, cara perfecta y preciosa, sonrisa de anuncio siempre natural; cuerpo escultural y pecho prominente determinado genéticamente; esto último le causa más de un disgusto en el trabajo, porque algunos pacientes no pueden despegar sus ojos de este elemento de su anatomía, aunque ella se cierra el escote en pico del uniforme con esparadrapo de tela o con imperdibles de diseño. Vamos, que es un bellezón. Como la planta está tranquila y el ambiente navideño la embriaga, se ha colocado una cinta de espumillón rojo en la cabeza y se ha fabricado unos pendientes con dos polvorones. Indiscutiblemente, es perfecta; encima es buena persona y tiene sentido del humor.

¡Un asco de mujer! La ponzoñosa envidia me corroe.

—Marian, anda acompáñame a cambiar a la señora de la 16B. Socorro ha bajado un momento...

—¡Venga, vamos!

Me levanto con la mayor agilidad de la que puedo hacer acopio, que no es mucha, dada la cantidad de mantecados que me estoy comiendo en estos señalados días. No me gusta la Navidad, cierto, pero los dulces propios de estas fechas me hacen perder el sentido. Una cosa no tiene por qué estar reñida con la otra.

Según avanzo con Piedad por el pasillo me obligo a recordar y me refuerzo en mis intenciones de cambiar de vida a partir del día de Año Nuevo. Muy poco original, cierto, pero necesito una fecha y esa es tan válida como cualquier otra. Hasta entonces quizá tenga vía libre a casi todos los excesos. Me sonrío.

La señora de la 16B es una mujer mayor, de setenta y cinco años; mide metro cuarenta y debe de pesar unos noventa kilos. Es oronda y sus brazos, piernas y cabeza apenas sobresalen de su circunferencia.

«Así seré yo en tres meses como no me cuide», pienso mientras miro mi reflejo en el cristal de la ventana. Me refuerzo, una vez más, en mis deseos de cambio y renovación con el nuevo año. Estoy decidida.

La señora de la 16B se llama Rocío García. Es de Sevilla. Está en nuestra ciudad de visita ya que uno de sus hijos se casaba el fin de semana pasado y ella era la madrina. Es asmática. Con el frío que está haciendo por aquí se le ha complicado un pequeño catarro que tenía y ahora está ingresada por una neumonía. Es una mujer simpatiquísima y con un sentido del humor fabuloso. Además su forma de hablar hace que la gracia sea inmejorable. Bromea constantemente con su aspecto físico y con lo gordita que está. Pero no pierde la ocasión de lanzar alguna pulla al personal más joven; eso sí, a los médicos los respeta mucho; a ellos y ellas los llama «doctor», los trata de «usted» y de «don».

Piedad le ha puesto la cuña en el sillón ya que no puede ir al baño por dos razones: el cable del oxígeno no llega al cuarto de baño y el médico le ha prohibido que haga ningún tipo de esfuerzo. Está sentada en el sillón verde de polipiel. Como es tan bajita los pies no le llegan al suelo, así que se le ha puesto una caja de cartón, de esas en las que vienen los sueros empaquetados forrada con un empapador, para que pueda apoyarlos y esté lo más cómoda posible. La verdad es que la señora está muy simpática allí sentada y con su moño tirante en el cogote, que según ella le sirve para estirar todas sus arrugas de la cara y hacerle un *lifting* —ella pronuncia *litin*—, por eso parece que tiene el pelo tan largo, según dice la mujer, «de la *cantiá* de pellejo que *esho* p'atrás».

La señora Rocío está rodeada de un montón de familiares. Ya nos contó que tenía diez hijos, todos «machos», como dice ella. Pues todos han venido a verla esta tarde y en la habitación no cabe ni un alfiler. Naturalmente la presencia de mi compañera, Piedad, hace que nadie repare en mí cuando entramos en el cuarto. Diez pares de ojos están posados en su espumillón y sus polvorones.

—Niña, quítame esto o se me van a *gangrená* las piernas. —Señala la cuña doña Rocío.

Piedad se acerca a un lado de la mujer para retirar el artilugio mientras me mira invitándome a que me coloque al otro lado e, inmediatamente, todos los retoños se acercan a ayudarla, levantando por los brazos y piernas a la madre y dejándola en vilo sobre la cuña como si fuera una aparición levitante. Yo no he movido un músculo; me quedo en un rincón observando la escena con deleite. Mi compañera retira la cuña y la madre vuelve a ser depositada con delicadeza sobre el sillón, pero los diez pares de ojos no se han despegado ni un solo instante de Piedad.

Mientras tanto, Rocío no ha parado de hablar, contándonos las muchas cualidades de sus «pequeños» —el más bajito no mide menos de metro ochenta—, sus nombres, nos habla de sus trabajos, de sus casas, de sus hijos, de sus bodas.

Es muy difícil salir de una habitación cuando un paciente tiene tanto verbo y tanta capacidad narrativa; cortar su prolífico relato sin llegar a ser maleducado es un arte y Piedad lo domina a la perfección.

Al fin salimos. Sonrío y miro a mi compañera. Ella también sonríe.

—Me anoto mentalmente que la próxima vez también me pongo un espumillón y unos polvorones en las orejas, a ver qué tal me va.

Lo he dicho bajito y aguantando las carcajadas que me explotan en la boca. Entramos en la sala de estar de enfermería, cerramos la puerta y rompemos a reír como dos locas. Cuando conseguimos que las carcajadas bajen de intensidad mi compañera me agarra del brazo, con la otra mano me toma la cara y me dice con el gesto serio y los ojos brillantes por la risa:

—Marian, no me digas que no te mueres de ganas por volver a la habitación. A lo mejor doña Rocío te da alguno de los que tiene solteros...

Volvemos a reír hasta no poder respirar. Pero en el fondo de mi alma pienso que a lo mejor tiene razón y no le importa a esa buena mujer que yo me quede a uno... Aunque yo creo que ya soy vieja para ellos.

# MARINA

Por fin me he podido independizar y ahora vivo en la casa de huéspedes de doña Angustias.

Ya no me incomoda que la gente se me quede mirando a los ojos con gesto de desconcierto la primera vez que me ven. Ya son muchos años. Lo que sí me molesta a veces es que me sigan preguntando aquello de «¿Alguna vez te han dicho que tienes ojos de gato?» Se pueden contar por miles, quizá, las veces que me han hecho esa pregunta. La verdad es que me aburre ya; bueno, una vez cierta señora de la alta alcurnia sevillana, que atendimos en la sala de mujeres porque su marido era el jefe de servicio y, como tal se le dio una habitación para ella sola, me dijo que tenía ojos de perro esquimal. Sonreí con amabilidad pero en mi interior bullía mi rabia como una olla hirviendo. ¡Interesante forma de insultar!

Doña Marcela, por el contrario, me acaba de decir simplemente:

—Tiene unos ojos muy hermosos, querida niña. Son inquietantes, pero su dulzura consigue que, lejos de parecer fríos o distantes, sean cálidos y amables.

Le ha costado soltar una frase tan larga. Tiene el abdomen increíblemente inflamado por la ascitis, lo que hace que sus pulmones no puedan tomar aire con facilidad. Doña Marcela se está muriendo y lo sabe. Era actriz, aunque comenzó como cupletista es los teatros de Barcelona. Su nombre real es Benita Castro, nacida en Calatañazor, provincia de Soria. Pero su padre, guardia civil, fue trasladado a la provincia de Barcelona y allí se quedaron. Cuando decidió ser actriz se cambió el nombre que le pusieron en la pila de bautismo por el artístico de Marcela del Sol. Tuvo cierto éxito en el mundillo y hasta llegó a pertenecer al elenco del Moulin Rouge de Barcelona, así le gusta a ella pronunciarlo, en francés y con su nombre original completo.

—El Caudillo —escupe hacia un lado, en el suelo, cada vez que se refiere a él— ordenó que se le llamara solo El Molino, porque odia lo francés y lo rojo había que decapitarlo.

Llegó a actuar con la Bella Dorita, y cuando me cuenta estas cosas siempre se le llenan los ojos de lágrimas.

—Amiga, yo no era el despojo que ve hoy día... hace solo cinco años, ¡cinco años!, yo era una mujerona despampanante con unas caderas de vértigo.

Por desgracia, el alcohol arrasó su vida. Está enferma, según tengo entendido, desde hace unos siete años. Hoy, ahora, no le queda nada más que unas semanas de vida, siendo muy generosos, y solo tiene treinta y cinco años. Su cuerpo destrozado e intoxicado ya no da más de sí. Su cabeza entra y sale de la conciencia por la encefalopatía hepática que la consume. Esta mañana ha despertado muy lúcida y me ha reconocido. Quizá la paracentesis que el doctor Moscardó le practicó ayer ha ayudado a ello. Le estoy realizando las curas a las úlceras que tiene en las piernas fruto del edema y la postración. Deben de ser muy dolorosas pero ella apenas suelta algún que otro suspiro. Es muy dura.

—Si usted se hubiera dedicado al mundo de las candilejas —me dice— habría desbancado a muchas petardas que hoy se dan ínfulas de estrellas, no lo dude, amiga. —Sonríe.

Sonrío con ella pero no puedo evitar sentir una pena inmensa por una vida tan desperdiciada como la suya. Quizá lee en mis ojos lo que estoy pensando porque añade:

—No sienta pena de mí, querida, he vivido con intensidad, he disfrutado como una loca y he hecho lo que me ha dado la gana. —Vuelve a sonreír, pero sus ojos son dos pozos de pena—. Por mi cama ha pasado todo el que yo he querido y he tenido entre mis piernas a grandes señorones que me dieron todo el lujo que se me antojaba solo por hacerles lo que sus mujeres consideraban pecado mortal. No se me resistió ni uno.

Esta forma de hablar tan descarada ya no me afecta. Llevo mucho en esto, casi cinco años, y he oído cosas como estas más veces y mucho peores. Ser enfermera te da la posibilidad de observar un variopinto elenco de vidas diferentes a la tuya, algunas mejores, pero la mayor parte de las veces llenas de miserias, desgracias y vidas derrotadas. El nacimiento, la enfermedad y la muerte es lo único que hace iguales a todas las personas en este mundo.

Termino de poner la última venda de gasa; recojo mis instrumentos y los restos sucios de la cura en la batea. Coloco las sábanas evitando que la ropa de cama le roce los pies. Esas heridas no se curarán nunca pero hay que evitar que empeoren. La arropo y ella toma mi mano con fuerza. No me hace daño, solo quiere que no me vaya, que la escuche.

—Cuando llegue mi hora estaré sola, eso es lo único que me asusta... ¡lo único! No tengo familia ni amigos, nadie viene a ver cómo estoy. Eso es lo único que me da miedo.

Las lágrimas corren por sus mejillas. Tomo una gasa limpia y le seco los ojos mientras la observo. Sí, debió de ser muy hermosa. La enfermedad es cruel con esos ojos y esa piel amarillentos por la ictericia. No se me ocurre nada que decir, porque ¿qué puedo decirle...?

—Aquí no está sola —acierto a balbucir.

Me aprieta un poco más fuerte y por fin me suelta. Agarrada a mi batea como si fuera un salvavidas, me giro dispuesta a regresar a la sala de enfermeras. Doy tres pasos, me vuelvo y le digo:

—Yo estaré con usted.

Me mira en silencio. Sus ojos me gritan que no me cree y me siento miserable por hacer una promesa que no sé si seré capaz de cumplir.

Regreso a mis tareas.

Según me dirijo a la sala de enfermeras veo venir al cura, don Pablo. A diario acude a nuestra sala para dar consuelo a quien lo necesita. Quizá doña Marcela sea una de ellas.

En la sala de enfermeras me encuentro a Elena y al doctor Salgado. Charlan entre susurros y risitas, las cabezas muy juntas. Me giro, carraspeo y dejo la batea en el carro de curas con más ruido del necesario. Las risitas se acallan. Mi compañera le dice un cariñoso «Hasta luego, Alberto» y él me saluda con un susurrante «Hola, Marina» cuando pasa a mi lado camino de su despacho. Le envuelve una nube de colonia que me satura la nariz cuando sale. Siempre me ha molestado, aunque reconozco que no lo digo nunca en voz alta, que los médicos nos tuteen y nos llamen a las enfermeras por nuestro nombre de pila y nosotras tengamos que dirigirnos a ellos —porque todos son hombres— de «usted», por su apellido y con el título de «doctor», aunque no todos lo son. El trato distante tendría que ser mutuo.

Elena no se siente en la necesidad de decirme nada con respecto a la escenita que acabo de presenciar sin desearlo. Me da igual. Ya los he sorprendido alguna vez que otra, una de ellas me giré sin hacer ruido al verlos dándose un beso tras un biombo en la sala de yesos.

Me da igual que Elena haga lo que le parezca en su tiempo libre y fuera del hospital, pero aquí sí me molesta, debería tener más cuidado y restringir las pruebas de afecto a su vida privada. Podría dar la imagen de que todas hacemos lo mismo y eso me irrita. Ella es la única que se comporta así. Cuando en mi vida privada alguien me comenta algo sobre mi profesión siempre me preguntan si me gustaría casarme con un médico. Es indignante. No sé si ella sabe que el doctor Salgado tiene novia y se habla de que están prometidos... quizá sí lo sabe y le da igual. A la que le da lo mismo es a mí. Ya intenté en su momento abrirle los ojos con respecto a este caradura y ella se puso como un basilisco.

A Elena le da igual lo que yo le diga y lo que yo piense.

A media tarde me dice:

—Esta tarde hay un guateque en casa de Marisol Miranda, ¿te quieres venir? —Sin dejarme que replique nada, porque quizá se imagina que voy a decir que no, añade—: Van a ir los amigos de siempre y estará el hermano de Marisol, Jorge.

La muy ladina sabe que Jorge Miranda me gusta. Aunque es mayor que yo, me saca unos siete años, me atrae muchísimo y me encanta hablar con él de libros y de cine, mis auténticas pasiones mundanas. Aún está soltero; se iba a casar hace un par de años, pero al final, cerca de la fecha, la boda se anuló. Los diversos rumores que corren por ahí dicen cosas muy ofensivas y dañinas respecto a Jorge, pero a mí me da igual.

—Es a las seis en su casa. ¿Te vienes?

—Vale —contesto lacónica.

No me apetece mucho, pero creo que debo salir un poco más. Parezco un champiñón, y en mi casa de huéspedes las tardes se hacen eternas. Tengo que estudiar para poner al día ciertas técnicas de suturas y heridas complicadas, pero no corre prisa. Tengo que salir y airearme.

# MARIAN

Ya es Nochevieja. He intentado trabajar en el turno de esta noche. También lo intenté en el de Nochebuena y resulta que nadie me lo ha querido ceder. Mi oferta era muy generosa, ya que no era un cambio por otro día festivo, sino por una tarde normal y corriente. Yo lo he hecho con buena intención, impulsada por el deseo de conceder a los del turno de noche la posibilidad de cenar con sus seres queridos en fecha tan señalada.

Benigno, que como supervisor del servicio ha gestionado mi petición, me contestó que no, que los enfermeros a los que les correspondía trabajar estaban conformes y no deseaban ser sustituidos. Esto me llevó a pensar que están tan solos como yo o les importa muy poco comerse las uvas a toda velocidad según toca un reloj cualquiera las doce campanadas. Más tarde descubrí que esa noche la pagan doble y que los enfermeros a los que les toca trabajar y cobrar son capaces de arrancar miembros con los dientes antes que perderse unos eurillos de más a final de mes... ¡No salgo de mi asombro! Pero bueno, cada uno tiene derecho a establecer sus propias prioridades, ¿quién soy yo para juzgar nada?

Le he contado las incidencias de la tarde a Florencio, un enfermero del turno de noche enormemente siniestro —él me dice que su estilo es gótico— que me recuerda a Marilyn Manson. Excepto en los ojos glaucos, se le parece en todo lo demás. También tiene un aire a Nosferatu moderno y con pelo. Creo que con eso lo digo todo. Nunca le he visto con su ropa de calle, porque siempre sube a la planta vestido ya con el uniforme del hospital, pero debe de ser un auténtico cromo.

Hubo un día en que Benigno, siguiendo las indicaciones de Dirección de Enfermería, le solicitó por escrito que se quitara los pendientes de la nariz, de las cejas y de los labios —¡qué llevará en las otras partes no visibles de su cuerpo!—, ya que resultaba incómodo y antihigiénico para su trabajo.

Ante una orden tan arbitraria, Florencio no lo dudó. Movilizó a dos o tres sindicatos en la reivindicación de su derecho a ir como le diera la gana siempre y cuando respetara el uniforme y las más básicas normas de salud e higiene. Además, razonó, bajo mi punto de vista con suficiente lógica, que si él debía retirarse sus pendientes así debería hacerlo todo el personal femenino con los suyos, incluyendo anillos, cadenas, pulseras y colgantes, auténticos focos potenciales de infección y contaminación, que muchas supervisoras y adjuntas de enfermería portan en medidas equiparables a los quintales métricos.

Por fin la cuestión se zanjó y dejaron a Florencio tranquilo. Y es que además de su aspecto, que podría resultar incómodo para algunos —para mí lo fue los primeros meses—, no se le puede tachar de nada más. Siempre trae su largo y negro cabello, que le llega hasta la cintura, limpio y trenzado; sus más de cincuenta pendientes repartidos por orejas, aletas de la nariz, cejas y labios, brillan como el sol y siempre le envuelve un perfume muy agradable y muy varonil.

Trabaja bien y los enfermos están encantados con él. Dicen de él que «es un cielo», y no paran de reír con sus chistes y sus ocurrencias. Me asombra que aun los enfermos más ancianos, que deberían ser más tradicionales y con unas miras un poco menos progres, me informen de que su aspecto les es indiferente, que cada uno puede ir como quiera. Por lo tanto, se le acepta tal y como es.

Florencio me despide con un gesto que creo que es una sonrisa, pero no termino de estar segura. He sido la última en irme. Lo he hecho con intención. A mí me da igual llegar a casa más tarde o más pronto y a Caridad y a Esperanza, mis compañeras de esa tarde, les esperaban sus respectivas familias con las viandas en la mesa y las uvas en la nevera.

Me cambio y me pongo la ropa de calle en una sala totalmente vacía. Es bastante extraño, ya que aún faltan un par de minutos para que den las diez. Está claro que hoy todos los de la tarde han salido antes, gracias a que sus compañeros de la noche llegan más pronto en estos días.

Salgo a la calle por la puerta de acceso de ambulancias. No hay casi nadie. Algunos acompañantes y familiares están fumando o tomando café. Miro hacia la garita del personal de seguridad. Veo una lucecilla azulada que me indica que hay alguien controlando la entrada de coches, pero a esa distancia y con la escasa iluminación que hay jamás podría verle la cara. Desde nuestro encuentro cerca de los ascensores no he vuelto a ver al guardia de seguridad que tiene mi cerebro apresado por la obsesión. Seguro que está celebrando esta noche con sus amigos, su familia o alguna novia. Porque me resulta increíble que un hombre tan atractivo esté solo.

Suspiro.

Entro en el coche, que antes he podido aparcar junto a la salida de Urgencias. No puedo creer la suerte que he tenido, pero en estas cosas, a veces, me sonríe la diosa Fortuna.

Como no hay nadie en las calles circulo más y mejor. Solo algún borrachillo precoz zascandilea por las aceras botella en ristre mientras entona algún villancico.

Llego a mi casa sorprendentemente rápido.

Entro y me recibe un escandaloso silencio. Me pongo mi pijamita de franela; en ningún momento me plantearía el ponerme otra cosa para cenar ya que me gusta comer cómoda. Antes de irme a trabajar me dejé la cena preparada, como todos los días suelo hacer. Esta vez me he preparado un pequeño festín: medio pollito asado con guarnición de patatas, una botellita de vino, un Ribera del Duero exquisito, y de postre unas rodajas de una piña natural que compré hace unos días, de tamaño medio pero que me resultó demasiado para mí sola, así que la he limpiado y troceado y será mi comida mañana, mi primer día de mi nuevo programa de vida.

Busco en la tele algo que no sean programas especiales de Nochevieja. Misión imposible. Me pongo un DVD, una película antigua de las que más me gustan. De hecho, he elegido dos.

Primero veo *Historias de Filadelfia.*

La película termina a las once cuarenta y cinco, así que me preparo para recibir el nuevo año.

Me tomo las doce uvas al ritmo de las campanadas y brindo con mi primera copa de cava con un anillo de oro en el fondo.

¡Feliz Año Nuevo, Marian!

Ahora le toca el turno a otro de mis largometrajes preferidos: *Rebeca.*

Cuando la película ya está a medias, suena el móvil. Miro el reloj: es la una menos cuarto.

Es mi madre.

—¡Marian, hija, feliz Año Nuevo!

Agradezco de todo corazón oír la voz cantarina de mi madre. Se oye un barullo atronador detrás de ella. Algunas voces que reconozco con nostalgia le van diciendo a mi madre que me dé un beso o que me desee felicidades o que me pregunte cuándo voy a ir a verles. Se me llenan los ojos de lágrimas. Creo que he tomado demasiado vino y eso me ha puesto tristona.

—¡Hola mamá, feliz Año Nuevo!

—Hija, ¿has cenado bien? ¿Te has tomado las uvas a tiempo? ¡Ya sabes que eso da mucha suerte!

—Sí, mamá. A todo, sí.

—Nena, te echamos de menos. Han venido tus hermanos, tus cuñadas y los pequeños, ¡que están de bonitos...! Y Pastora y Paca —las vecinas— con sus maridos y los hijos. Me ha preguntado por ti Rober, ¿recuerdas? El hijo de Elisa, la de la peluquería. Se ha separado ¿sabes...?

—Sí, mamá. Yo también os echo de menos. Dales un beso de mi parte a todos.

—Hija, qué pena que no hayas podido venir. Pero si estás tan liada en el trabajo como me dices...

—Sí, a ver si pronto puedo haceros una visita...

—Hija, tengo que dejarte. Está tu hermano esperando para llamar a su suegra, que ha pasado esta noche con sus padres en Lanjarón y no tiene *sueldo* en el móvil. Nena, un beso muy grande y mañana te llamo.

—¡Hasta mañana, mamá, un abrazo muy fuerte!

Siento que la emoción me atenaza la garganta y las lágrimas me resbalan por el rostro. Aun así sonrío. El tono de mi madre, su hermosa voz, ha despertado en mí sentimientos que hasta hoy creía perdidos para siempre. Está claro que mi madre no me echa en cara que me haya distanciado de mi familia por el efecto nocivo y venenoso de Benigno. Pero Benigno ya no está. Eso se acabó. Así que puedo continuar mi relación con las personas más queridas de mi casa en el mismo punto en el que lo dejé. Así de sencillo. Todo lo demás, olvidado.

Las madres tienen esa capacidad mágica de borrar todo lo malo y destacar lo bueno de los hijos, aun de los más díscolos. Ya habrá tiempo de solucionar desagravios y de limar asperezas. La hija pródiga debe volver al hogar, y esto es lo único que importa esta noche tan especial para todos excepto para mí. Este es el mensaje que me llega con el tono festivo y simpático de mi madre, esto y nada más.

La habitación me resulta hueca y silenciosa tras cortar la comunicación. Me he visto inmersa en la fiesta familiar durante los escasos minutos que he conectado con mi casa de Granada. He estado allí, viendo sus sonrientes y entrañables rostros, oyendo sus voces y sus risas, dándoles besos pegajosos por efecto de las uvas y el cava. Los echo de menos. Me he sentido algo menos sola porque soy correspondida y añorada.

Ya no me apetece acabar de ver la película, así que apago la tele, me lavo los dientes y me voy a la cama a dormir. Acabo de empezar el nuevo programa de mi nueva vida, mejor que la comience descansada, fresca y despejada.

Acostada en mi enorme cama oigo los innumerables petardos que los jóvenes —y no tan jóvenes— hacen explotar por las calles y me quedo dormida mientras recuerdo cuando yo los hacía explotar con mis hermanos en aquellas noches tan especiales.

# PATRICIA

Acababa de ducharse. Había quedado con Luis y otros amigos para celebrar el fin de año. Iban a cenar en una pizzería y luego a casa de Ana, que celebraba una fiestecita con los más íntimos de la antigua pandilla, algo reducido, como a Patricia le gustaba. Estas fiestas navideñas hacía tiempo que habían dejado de ilusionarla. Lo que de verdad le fascinaban eran estos días de descanso en el colegio.

No había elegido mal su profesión: eso de ser maestra en un centro de educación primaria le proporcionaba un sueldo más que adecuado, los problemas y los disgustos justos —no como algunos compañeros suyos de secundaria que sufrían agresiones e insultos tanto por parte de ciertos alumnos como de algunos padres— y unos periodos de vacaciones que eran la envidia de todos. ¡Lo mismo, lo mismito que cuando iba al cole de pequeña, pero mejor!

Observó su cuerpo en el espejo, primero de un lado y luego del otro; se pasó la mano por la cara, por el pecho, por el abdomen. Se veía huesuda y ojerosa. Tendría que consultar a su amiga Elena, que era médico de familia y trabajaba de suplente en un centro de salud. Últimamente estaba perdiendo demasiado peso y, sin embargo, comía más que suficiente. Lo notaba por la ropa: todo le quedaba más holgado, sobre todo los sostenes y los vaqueros. Estaba bastante cansada, pero eso siempre le sucedía cuando cerraban trimestre, con la corrección de los exámenes, las notas y las actas. Y estos días atrás había tenido algo de fiebre, pero estaba justificado por la faringitis que sufría desde hacía unas semanas; debía dejar de fumar, pero no le apetecía hacerlo por ahora, ya que el tabaco le gustaba. Estaba demasiado enganchada y creía necesitar el tabaco para calmar la ansiedad y centrarse. Aunque podría intentar bajar el número de cigarrillos, por ejemplo, un paquete en lugar de los dos que fumaba en estos tiempos, pero eso de dejarlo ni soñarlo.

Terminó de ponerse la ropa interior. Tras sopesarlo un momento decidió pesarse en la báscula de su madre. Se subió y esperó a que los números dejaran de oscilar. Miró la cifra marcada. Asustada se bajó de la báscula; cuando el aparato se puso otra vez a cero, volvió a subirse con la idea de que la cifra que había leído, del todo imposible, solo podía ser el resultado de que el trasto estaba algo oxidado o que se estaba quedando sin pilas. La báscula volvió a marcar la misma cifra. No podía ser, pensó asustada. La última vez que se pesó, hacía quizás unos dos o tres meses, marcaba quince kilos más. ¡Imposible, no podía haber perdido quince kilos en tres meses! Empezó a sentirse mal. «Esto es aprensión, seguro.» Rebuscó en los cajones del armarito de baño hasta que encontró el termómetro. Bajó la tapa del inodoro, se sentó y se lo colocó en la axila mientras balanceaba el cuerpo hacia delante y hacia atrás, nerviosa. Esperó cinco minutos que se le hicieron eternos. Al final, con dedos temblorosos leyó la temperatura registrada: 38° C. Se quedó helada y tuvo la sensación de que toda la sangre se le bajaba al estómago. Decidió que todo era producto del cansancio. Tenía molestias en la garganta y eso le estaba originando la fiebre. Nada más. Se encontraba bien, muy bien.

Decidió que se tomaría un paracetamol con un poco de zumo y saldría a cenar y de fiesta con sus amigos, que bien merecido se lo tenía.

Se acostó a las dos de la madrugada con la sensación de que las fuerzas la habían abandonado por completo. Se arropó pero las mantas no terminaban de hacerla entrar en calor. En la fiesta apenas había cenado y casi no había bebido en la fiesta, solo una cervecilla y un par de refrescos de cola. Sentía una bola en la boca del estómago. «Aprensión, solo se trata de un ataque de miedo y aprensión.» Se puso de lado, se abrazó las piernas e intentó dormir.

Se despertó una hora más tarde empapada en sudor. La molestia en el estómago era insoportable. Aún le faltaban un par de semanas para que le bajara la regla, o sea que no debía de ser nada similar. Se tocó la cara; la notó caliente, casi ardiendo. La fiebre debía de haber subido algo. Se sentó en la cama, sintió una náusea y a la primera arcada salió escopetada al cuarto de baño. Arrodillada ante el inodoro esperó a que saliera lo que pugnaba por salir. Se encontraba fatal, pero no se repitió ninguna arcada más. Eso sí, el dolor aumentó a niveles insoportables, casi igual de intenso que una mala regla. Oyó cómo su madre encendía la luz de la mesilla de su cuarto y se acercaba al baño.

—Patricia, ¿qué te pasa? ¿No habrás bebido demasiado? —susurró para no despertar a los demás.

—No, mamá, no he bebido, ya lo sabes.

Bajó la tapa del inodoro y se sentó en ella. Su madre se acercó y le tocó la cara. Patricia sintió con agrado las frescas y suaves manos de su madre.

—¡Hija, estás ardiendo!

La mujer rebuscó en el cajón del armario de baño hasta que encontró el termómetro. Lo sacó de su funda, lo miró a la luz y lo agitó para bajar el mercurio a su nivel más bajo; se lo colocó en la axila y la ayudó a ponerse en pie.

—Vamos, vamos a la cama. Aquí te vas a poner peor.

La metió en la cama. Al poco retiró el termómetro. Lo miró a la luz, lejos de su hija, en el pasillo. Marcaba una cifra imposible. La miró. Patricia estaba tumbada de lado, con las piernas encogidas, los ojos cerrados y tiritaba sin control. Se la veía tan menuda, tan infantil y tan frágil... Se acercó y la destapó por completo, en estos casos era mejor no arropar en exceso. El pijama era grueso y no había corriente de aire ninguna. Entró en su propio dormitorio y despertó a su marido, mientras se cambiaba apresuradamente de ropa.

La odisea que habían sufrido desde la noche que encontró a su pequeña enferma en el baño de casa había sido espantosa. El hospital les cogía muy lejos, ya que vivían en un barrio residencial de las afueras de la ciudad; así que habían optado por ir a las Urgencias del centro de salud que estaba muy cerca, dos calles más allá de la suya. Allí los había atendido un médico que presentaba un lamentable aspecto: la bata blanca arrugadísima, el pelo despeinado y una descuidada barba de dos o tres días, como poco. Podría asegurar que llevaba en las mejillas las marcas y arrugas de la almohada. A Elisa poco le faltó para coger a su niña y llevarla a la clínica privada de su amigo Néstor; pero Eduardo, su marido, se negó: ¿para qué iban a ir tan lejos por algo que seguro le solucionarían allí, tan cerca de casa?

El desarrapado médico los atendió muy amablemente, eso sí. Le puso el termómetro otra vez: ¿es que no la creía cuando le decía que su nena tenía más de cuarenta grados? Le auscultó el tórax por ambos lados durante minutos eternos, le palpó el abdomen, el cuello, las axilas, las ingles..., le miró la boca, los ojos, los oídos; y al final le pidió a Patricia que orinara en un frasco para hacer no sé qué determinación con una tira reactiva.

Cuando por fin estuvo todo hecho, el desarrapado del médico tuvo la osadía de decirles que no encontraba un foco de infección claro, que debía ir al hospital para que le hicieran más pruebas y análisis. Les dio un vaso con agua y dos paracetamoles, un informe ¡y para la ciudad! Y eso a las cuatro de la mañana. Desde luego, la Seguridad Social seguía siendo un asco y siempre seguiría siéndolo, de eso Elisa no tenía la más mínima duda.

Eduardo se negó a ir a otro sitio que no fuera el hospital de la Seguridad Social.

—¡La clínica de mi amigo Néstor...!

—¡La clínica de tu amigo Néstor es poco más que una cuadra y yo allí no llevo a la niña! Para las cosas importantes ya sabes que lo mejor son los hospitales públicos, que tienen más medios. ¡Te lo he dicho mil veces y tú parece que no te enteras...!

Como Eduardo había estudiado tres años de Medicina —antes de abandonarlo todo y empezar a estudiar para fontanero en un instituto de formación profesional, ocupación con la que llegó a conseguir unos ingresos dignos de un ministro—, se creía siempre con el derecho de llevarle la contraria cuando el tema era médico o sanitario. Así que no se hable más: al hospital que se fueron los tres.

La niña no abrió la boca para objetar nada. Se dejaba llevar con una pasividad desconocida en ella. ¡Con lo terca y caprichosa que era para todo! Quizás había hablado algo con el médico mientras que se quedó sola con él para explorarla con más tranquilidad, sin la presencia de sus padres. Juraría que la intención del médico cuando les pidió que salieran para explorar a la niña fue quedarse a solas con ella para preguntarle cosas que ellos no debían oír. ¿Qué podría ser para que ella, su madre, no pudiera estar presente o no pudiera escuchar? No, lo que le pasaba a Patricia era que se encontraba muy mal y tenía muy pocas ganas de explicaciones, ¿no? Elisa miró a su hija por el retrovisor y la vio recostada en el asiento trasero con los ojos cerrados, la cabeza bamboleándose al ritmo de las irregularidades de la carretera. Una dolorosa punzada de aprensión le llenó los ojos de lágrimas.

En Urgencias, Eduardo se quedó aguardando en la sala de espera mientras Elisa entraba dentro con su hija, a otra sala común llena de enfermos esperando a ser atendidos o pendientes de resultados de diversas pruebas. Cuando la enfermera la llamó por megafonía, Patricia le hizo un gesto a su madre que se quedara sentada, y entró ella sola a la consulta.

—Es lo mejor, mamá, de verdad.

Elisa no salía de su estupor. Allí esperó sentada, rodeada de gente tosiendo, otra tumbada en camillas y en camas, algunos inertes, otros con la ropa llena de sangre o de otros fluidos sin identificar que prefirió seguir desconociendo.

Un hombre gordísimo se sentó a su lado. Su enorme corpachón apenas cabía en el asiento de plástico, con lo que su brazo y su muslo apretaron los de Elisa. Una oleada de asco le llenó la boca de saliva, no tanto por el desaliñado aspecto del hombre sino por la peste a sudor que envolvía al individuo, casi como una niebla espesa e invisible que le rodeaba. Elisa no pudo impedir dirigirle una mirada de rechazo que el hombre no debió de interpretar bien porque le correspondió con una enorme sonrisa y un amable saludo.

«En la clínica de Néstor estaríamos en una habitación para nosotros solos —pensó Elisa, irritada— y no rodeados de gente enferma. ¡Aquí lo único que te puede pasar es que cojas lo que no tienes!»

Al cabo de un largo rato, nunca podría calcular cuánto, una enfermera llamó:

—¡Acompañantes de Patricia de Solís!

Elisa se puso de pie como impulsada por un resorte y

agradeciendo en lo más profundo de su ser el tener al fin una excusa más que razonable de poder abandonar el contacto humano impuesto por el hombre obeso, y salió corriendo al encuentro de la enfermera que ya caminaba hacia las consultas interiores sin dignarse a esperarla ni a mirarla. Cuando llegaron a una sala, cuya única puerta era una cortina blanca, rota por varios sitios, la enfermera se volvió y le dijo con sonrisa amable y cansada:

—Esto es Observación. El médico ha decidido dejar ingresada a su hija a la espera de unos análisis que le hemos hecho. Aquí no puede estar nadie con ella —le dio un papel—; tome, estos son los horarios y las normas. Ahora puede quedarse unos veinte minutos, yo le diré cuándo debe salir. Si tiene alguna pregunta, en el mostrador de Información de Pacientes en Urgencias le informarán de lo que precise y, cuando el médico necesite hablar con ustedes les llamarán por megafonía. Y no se preocupe —añadió al ver el gesto de desagrado de Elisa—, su hija está aquí muy bien atendida.

Pasaron en Observación dos días más. Veían a su hija un rato por la mañana y otro por la tarde. No les dejaron quedarse con ella y Patricia tampoco quería que lo hicieran. Elisa no podía entenderlo y Eduardo no decía esta boca es mía. El médico no les llamó y no habló con ellos en ningún momento. Patricia los intentó tranquilizar diciéndoles que el médico la informaba a ella a diario y varias veces, al ritmo que iba recibiendo resultados de análisis. Que tenían que ingresarla, pero no había cama libre.

Estaba claro que su hija no quería decirles qué le sucedía. Lejos de lo habitual, aparecía callada y reservada. Les daba vagas explicaciones sobre las pruebas y el diagnóstico. Elisa no podía entender por qué. Estaba convencida de que embarazada no estaba. Por tanto se reconcomía buscando un motivo aceptable. Eduardo insistía en que debían dejar a la muchacha a su aire.

—Ya es bastante mayorcita para llevar sus propios asuntos con responsabilidad. Cuando crea que tiene algo que decir, lo hará.

—Tú siempre tan tolerante y tan tranquilo, como en todo lo demás.

Era domingo. Al fin les habían dado cama la madrugada anterior. Se encontraban en la planta 13, medicina interna. Elisa guardaba el sueño de su hija, Patricia. La joven había comido muy poco y sesteaba intranquila. No terminaba de acostumbrarse a tener el cable del suero en el brazo; le daba miedo moverlo y que se le saliera la aguja, de tal forma que lo mantenía estirado, rígido. Un insoportable dolor le atenazaba los músculos del antebrazo, como calambres. La fiebre había mejorado, pero nunca había bajado de treinta y ocho grados y por la tarde subía algo más. La joven presentaba un aspecto demacrado, con la piel amarillenta y seca; las ojeras le ocupaban la mitad de la cara.

Patricia seguía sin salir de su mutismo. El médico pasó un par de veces durante la mañana, pero solo contestó a Elisa con evasivas, mientras lanzaba largas miradas de entendimiento con Patricia. «Estos se traen algo entre manos.» El gesto grave del médico y la falta de alegría de su hija no le daba buena espina.

Con lo desagradable que supone estar en un hospital público, siempre tan masificado, tenían suerte de estar solas en la habitación. La cama de al lado estaba reservada para una mujer que tenía que salir de la UCI, pero que a última hora había empeorado y permanecería algunas horas más.

«¡Ojalá no ocupen esta cama, así estaremos solas!», pensó Elisa consciente de su egoísmo al recordar a tantos pacientes en Urgencias sentados en sillas o acostados en durísimas camillas, algunos aparcados a los lados de los pasillos con los sobres de las radiografías a los pies.

—Mamá.

Elisa se sorprendió. Pensaba que su niña dormía. La miró. No se había movido, estaba acostada de lado y la observaba con ojos lagrimosos. Su aspecto le producía punzadas en el alma. Aparecía ojerosa, flaca, pálida. La fiebre hacía estragos en su hermoso rostro. Sus ojos parecían tener el doble del tamaño habitual y los huesos de la cara resaltaban exageradamente.

—Mamá, tengo que contarte algo —suspiró y cerró los ojos—. Te pido que no me interrumpas como siempre haces. —Patricia levantó una mano y tomó la de su madre que ya iba a protestar con alguna de sus ácidas réplicas—. Por favor.

Elisa asintió. Patricia no soltó la mano de su madre, la besó, tomó aire y se fijó en los finos y cuidados dedos, en la impecable manicura, incapaz de mirarla de frente.

—Mamá, tengo una enfermedad muy grave. Bueno, es una enfermedad a consecuencia de una infección. Aún no tiene cura pero..., pero tiene tratamiento. Mami... —Se le quebró la voz por el llanto que le oprimía la garganta—, mami, tengo sida.

Elisa soltó la mano que su hija le apretaba dolorosamente y se puso en pie.

—¡NO, no, eso es imposible...!

—¡Mamá, eso es así y es del todo posible! ¡Déjame que me explique, déjame que te diga cómo!

Ahora era la madre la que no podía afrontar la mirada de Patricia, que volvió a coger la mano de Elisa; necesitaba asirse a algo porque temía caer a un abismo, necesitaba su calor, su consuelo. Tenía tanto miedo...

—¿Te acuerdas de aquel verano en Ibiza, el que papá y tú alquilasteis un chalet? Bueno, yo os engañé un poco. No salí con mis amigos, con Vanesa o con Lidia. Ellas iban a su rollo y yo fui al mío. Lo único que les pedí fue que cuando quedáramos juntos, con sus padres y con vosotros, pues que me cubrieran las espaldas, que no me delataran. Y así lo hicieron y vosotros no os imaginasteis nunca adónde iba en realidad. Yo..., bueno, conocí a un hombre un poco mayor que yo. En ese momento me pareció interesante y hasta creí enamorarme de él. Total que en su apartamento pasamos mucho tiempo juntos. En esa época era una niñata y me creí todo lo que me dijo. Yo ya tomaba la píldora, ¿te acuerdas?, por el problema ese que tenía de la regla, y pensé que el único riesgo importante era un embarazo. Él me dijo que no hacía falta que utilizásemos preservativo, que no había ningún riesgo de nada, que con la píldora estaba todo cubierto.

»Tenía un aspecto tan elegante, tan limpio, tan impecable, que jamás pude imaginar que tuviera ninguna infección ni nada. Hace un par de años me llegó la noticia, por un conocido común, de que ese hombre había muerto de sida en un hospital de Mallorca. ¡Me quedé helada! Busqué en internet toda la información que pude, toda desalentadora para mí; y llamé al teléfono ese de información que hay y me dijeron que el periodo de incubación podía ser de varios años, incluso diez. Me recomendaron hacerme las pruebas, para poder actuar en consecuencia. Pedí cita en una clínica de Salamanca, aprovechando los cursos de verano que hice allí cuando finalicé la carrera. Pero no fui. No me atreví. Me daba terror pensar que diera positivo. Me encontraba bien y pensé que quizás el tipo aquel no estaba infectado cuando estuvo conmigo. Me hice mi propio cóctel de ideas y me quedé tan tranquila. ¡Qué tonta fui, qué boba soy!

Las lágrimas rodaban por sus mejillas sin control, pero su tono de voz no había cambiado ni se había elevado. Seguía hablando en un susurro. Su madre hacía tiempo ya que no la escuchaba. La palabra «SIDA» —así, en mayúsculas se la imaginaba en su cabeza— la había bloqueado y no le permitía razonar más. Continuaba sujetando la sudorosa mano de su hija, pero lo mismo podía estar sujetando un pegajoso pez. La soltó sin poder evitar cierto asco y se secó la palma en la pernera de su impecable pantalón. Se levantó, tomó su bolso, musitó una despedida y se fue.

Eduardo abrió la puerta, despacio, procurando no hacer ruido por si su hija dormía. Se la encontró sentada en un sillón junto a su cama. Miraba la televisión que colgaba de la pared sobre un soporte. La cama contigua aún seguía vacía. Cuando Patricia vio a su padre, apagó la tele con el mando a distancia. Lo miró con sus bellos ojos castaños.

«¡Por Dios, qué demacrada está! ¿Estaba así hace tres noches?», pensó sin poder evitar una intensa pena.

—¡Hola, papá! Me alegro de que hayas venido.

Eduardo se acercó y besó a su hija en el pelo; tomó una silla que estaba junto a la pared y se sentó frente a ella. Patricia sintió una punzada de dolor en el corazón. Su padre siempre la besaba en las dos mejillas y en la frente. Quizá tendría que acostumbrarse a estos gestos de aprensión si quería permanecer con ellos. Evitaba mirarla a la cara. ¿Era eso? Patricia comenzó a llorar otra vez, quedo. Le escocían los ojos de tanto limpiarse lágrimas. Pero debía ser así. Ahora ya no existía vuelta atrás. Sabía adónde había llegado y debía aceptarlo. Pero no podía dejar de llorar.

Tras un prolongado silencio roto solo por el llanto de su hija, Eduardo la tomó de las manos. Tocó sus suaves y finos dedos. Tenía la piel fresca; quizás esa tarde no tenía fiebre, pensó. La miró a los ojos y se encontró que ella estaba esperando, anhelando, su mirada. Aún entre lágrimas le sonrió. El padre no pudo contenerse más y se acercó a ella y la estrechó entre sus brazos, intentando sacarle el mal que la consumía, buscando aplacar el dolor que había oscurecido su bella mirada. ¡No, a él no le importaba qué infección de sombrío nombre consumía el cuerpo de su pequeña!

—¡Lo siento, papá! ¡No sabes cuánto, cuánto lo siento!

—Mi pequeña —susurró a su oído—. Yo solo lo siento por ti. Sea como sea yo estaré a tu lado. Estaré siempre a tu lado. Todo saldrá bien, ya verás. Hay tratamientos, se puede controlar esta puta enfermedad. —Contuvo el llanto a duras penas—. Estaré contigo, mi niña. Todo saldrá bien, todo saldrá bien...

En lo más profundo de su alma, Eduardo rezó para que sus palabras se hicieran verdad.

## MARIAN

Por fin he llevado a cabo mi plan de renovación.

He iniciado un plan dietético al que me niego a denominar «régimen». Decidí tomar más verduras y hortalizas, más fruta y desterrar por completo los platos preparados, los alimentos fritos y los pasteles, zumos embotellados, panes de molde... He descubierto que me gusta esta nueva planificación alimentaria y que no paso hambre ni me aburre, aunque debo reconocer que anhelo un bocadillo de chorizo o una tortilla de patatas.

Fui a una peluquería de moda y me dejé cortar el pelo. El nuevo corte me despeja la cara y me hace parecer más joven. Eso me llena de satisfacción, sobre todo cuando alguien me lo dice —«Marian, pareces más joven»— y yo sonrío de oreja a oreja feliz a más no poder.

También fui a las rebajas y me compré algunas prendas algo más desenfadadas de las que me compro habitualmente, pero sin olvidar por completo mi propio estilo y la sobriedad de la que siempre hago gala. Tengo muy en cuenta que paso de los cuarenta y que siempre he despreciado a los vejestorios con ínfulas de *jovenzuelismo*, término ideado por mí y que utilizo en escasas ocasiones en voz alta.

Hace unos días me decidí a pesarme en la báscula de una farmacia y descubrí asombrada que había bajado dos kilos en un mes. Eso me subió los ánimos a la Luna y por fin empezaba a encontrarme bastante a gusto conmigo misma. Pero sigo echando de menos las pizzas de mi restaurante preferido o los montaditos de jamón serrano con salmorejo que preparan en la tasca de mi calle. ¡Qué sacrificio más espantoso, para solo dos kilos! A ese paso tardaré milenios en conseguir el tipito con el que sueño.

He decidido hacer un trato con mi fuerza de voluntad que me tiraniza sin piedad. De lunes a viernes, llevaré, sin salirme un milímetro, mi plan dietético; los fines de semana me daré pequeños homenajes, sin abusar. Así mataré el gusanillo y podré aguantar. En definitiva, entre semana me dedico a los vegetales, legumbres, carnes de ave sin piel y derivados, todo al vapor, a la plancha o asado, y los sábados y domingos ataco sin piedad los fiambres y las grasas. No consigo perder demasiado peso, ni a la velocidad que a mí me gustaría, pero no se me muere la moral en el intento.

Además recibí el nuevo año tomando todas las uvas en el tiempo que duraban las campanadas, y bebí una copa de cava con un anillo de oro en el fondo. ¡Vamos, así sí que no puede fallar nada! Mi vida será un auténtico lecho de rosas. Además, la llamada providencial de mi madre me dio un ánimo que creía desterrado para siempre. Uno de los fines de semana que tenga libre en el trabajo cogeré el coche y le haré una visita; de repente tengo unas ganas irrefrenables de ver a mi familia, aunque por ahora eso es un poco difícil.

Con mi nueva imagen, mis energías renovadas y mi ego algo más ufano decido encarar con optimismo el futuro que se me presenta.

Hoy me voy a trabajar con la sensación de que algo extraordinario va a suceder, y probablemente no me equivoque.

Aparco en un buen lugar, cercano a la puerta de Urgencias y muy bien iluminado. Me topo con el guardia de seguridad —¡mi guardia de seguridad!— que me trae por la calle de la amargura desde la lluviosa noche en que lo conocí.

Le sonrío de oreja a oreja intentando decirle con ese sencillo gesto lo mucho que me agrada el verle. Pero de mis labios solo sale un «¡Hola!» extremadamente chillón. Él me corresponde con un gesto de la mano y poco más, sin interrumpir la acalorada discusión en la que se encuentra enfrascado con una mujer ataviada con el mismo uniforme de su empresa de seguridad y que, por cierto, es una morenaza muy guapa.

Mientras me coloco el uniforme en el vestuario de las mujeres no puedo dejar de sentirme ridícula al pensar que no se ha fijado en mi cambio de imagen. Bueno, está claro que este muchacho ocupa mi mente pero no es un interés recíproco. «¡No pasa nada, chica, no pasa nada, este no es para ti, ya está! Además, recuerda, alma cándida, que es mucho más joven que tú y eso no te gusta nada.»

Tenemos a dos compañeras enfermas con gripe y se niegan las libranzas por necesidades del servicio. Los recortes, los miserables recortes en sanidad, se dejan notar una vez más en nuestra plantilla y, por lo tanto, en nuestra capacidad de rendir y llevar a cabo nuestro trabajo de forma adecuada.

Benigno está más feliz que nunca al tenernos a todos con la cuerda corta. Y el muy cerdo no puede ocultar que disfruta como un crío en una feria cuando niega un día libre: sonríe de oreja a oreja con evidente satisfacción cuando da tan molesta noticia. Para nosotros sí que se trata de una auténtica cuesta de enero. Y todos los años pasa igual.

Me enfrasco en mi trabajo en cuanto llego. La planta está llena a rebosar. Hay muchísimo que hacer, muchas altas, muchos ingresos como casi todos los días. Muchos sueros y medicación parenteral; mucho enfermo grave y encamado; nada que me sorprenda. No me puedo sentar en toda la tarde.

Los médicos de guardia van al mismo ritmo frenético que nosotras, por lo que las peticiones de analíticas urgentes y electrocardiogramas se suceden sin interrupción. Los timbres no paran de sonar y las auxiliares, junto a los celadores, tardan en dar la vuelta más de una hora y media, cuando en los tiempos de normalidad suelen tardar una media hora o cuarenta minutos como mucho.

El aparato de electrocardiogramas es nuevo. Nos lo han traído hace unos días; se trata de una maravilla de la ciencia, una especie de ordenador portátil con un teclado y cuatro botones pero muy complejo y tremendamente caprichoso, y esta tarde no desea complacer mi sencillo deseo de hacer, de una puñetera vez, un simple registro electrocardiográfico a Simón, un enfermo de cuarenta y cinco años que sufre de angina y que en este momento se queja de dolor en el pecho.

He seguido las instrucciones al pie de la letra; he puesto los electrodos en los sitios correctos, he pulsado las teclas que así lo requieren y en el mismo orden que establecen las instrucciones, y ¡el dichoso aparato no me da la tira de registro! Me palpitan las piernas y la espalda de dolor. El sudor me corre por el cuero cabelludo. Mi cabreo crece a la velocidad de la luz. Recoloco los electrodos por enésima vez. Pido disculpas una vez más al pobre Simón, que permanece tumbado con los ojos cerrados concentrado en su dolor mientras se recoloca en la cara la mascarilla de oxígeno. Se abre la puerta tras un leve toque con los nudillos: es Piedad.

—La señora de la 14B se queja de dolor en la vía, Marian.

—Dile que estoy con una urgencia, que en cuanto termine voy a verla.

La puerta se cierra.

Le doy al botón de *«Intro»*. El puñetero aparato no responde y el registro sigue sin salir. Lo único que me contesta es un irritante pitido y un mensaje entre signos de admiración en la pantalla LCD: «¡F10!» Giro el repelente cacharro y busco en la leyenda que tiene pegada en un lateral lo que me quiere indicar con «F10».

Toque en la puerta. La puerta se abre: Piedad.

—La señora de la 14B. Que el dolor es insoportable, que si puedes ir a verle la vía. Ya le he dicho que estás...

—¡Coño, Piedad! Dile que ahora estoy con una urgencia de otro paciente, que no voy a dejarle a él para ir a verla a ella. Ciérrale el suero. Solo se trata de un salino para mantener la vía. ¡Que en cuanto termine voy!

El sudor me corre por la cabeza y por el cuello y me resbala por la espalda. Recoloco los cables y los electrodos. Le doy al «*Intro*».

Toque en la puerta. La puerta se abre: Piedad.

—Marian...

—¡Piedad! —Reconozco que le he gritado. Simón da un respingo. Lo que le faltaba a su corazón—. Pídele a Mari Cruz que se pase por la habitación de esa mujer y, por favor, ¡no me vengas otra vez con que le duele la vía!

Se cierra la puerta.

«F10.» Pitido.

Hago verdaderos esfuerzos por no darle una patada al asqueroso cacharro y estamparlo contra la pared.

Simón me mira con pena.

Se oye un nuevo pitido, con una cadencia esperanzadora. En la pantalla desaparece el mensaje de «F10» y lo sustituye otro de «*Recording*». Inmediatamente, por la ranura del papel, empieza a aparecer un maravilloso registro electrocardiográfico. El éxtasis es máximo cuando el aparato me indica «OK».

Pitido, silencio. Simón me sonríe.

Le retiro los electrodos de las muñecas, los tobillos y el

tórax y le cubro con la sábana. He de reconocer que me siento algo violenta por mi salida de tono.

—Estos aparatos de última tecnología pueden llegar a volverle a uno loco.

—¡Qué razón tiene, Simón! —Le coloco la pastilla pautada debajo de la lengua y le retiro el manguito de la tensión—. Déjela debajo de la lengua y no trague saliva hasta que se deshaga por completo. —Simón asiente con los labios apretados—. Disculpe mi salida de tono de hace un momento...

—No hace falta que se disculpe, Marian, es lógico que se enfade. —Su voz es gangosa al intentar que la pastilla no se mueva de su sitio; hace un vago gesto con la mano—. El aparato, la señora de la 14B... Tienen hoy muchísimo trabajo.

Le sonrío. Salgo en busca del médico de guardia para enseñarle el electro.

En el pasillo me topo con Mari Cruz y le pregunto por Eladia Monchón, la paciente de la 14B. Me dice que no ha encontrado nada fuera de lo adecuado, le ha cambiado el apósito y el sistema de suero ya que la mujer le ha indicado, con cierto retintín, que hoy no se lo habían cambiado y que seguro que le dolía por eso. Así que me quedo tranquila con el tema.

Media hora más tarde, tras sentarme en el control para revisar el nuevo tratamiento que Eustaquio le ha pautado a Simón, suena un timbre. Miro el monitor de las habitaciones: llaman de la cama 14B. He de reconocer que me invade cierta ira. No es correcto, lo sé. Pero soy humana. Y esa condición fue lo que me llevó al caos que no tardó en embargar mi vida en pocos minutos.

Atiendo a la llamada desde el interfono.

«¡Por favor, que venga la enfermera, que esto me duele mucho!»

—Ya voy.

Antes de ir a la habitación de Eladia Monchón preparo

una batea con el material necesario para coger una vía. He decidido cortar de una vez con tanta llamada en una tarde tan caótica. Se la voy a cambiar. Eustaquio le ha dicho a Mari Cruz que es demasiado pronto para pasarla a medicación oral, ya que aún tiene un foco agudo de infección y precisa los medicamentos por vía parenteral, incluso se estaba planteando subir la sueroterapia.

Entro en la habitación con gesto serio pero saludo con corrección y en un tono de voz adecuado. La mujer, en cuanto me ve entrar, empieza a soltar por su boca todo lo que se le ocurre... y gritando.

—¡Hay que ver, he llamado veinte veces! —Eso es total y absolutamente cierto, y solo son las siete de la tarde—. Tengo un dolor inhumano en el brazo y ustedes ahí, sin hacerme ningún caso...

—Señora Monchón —le replico, cortándole su interminable río verbal—, no he podido venir yo personalmente, eso es cierto, pero otras enfermeras de la planta la han atendido adecuadamente, así que no tengo nada más que añadir. —Mi cabreo es bastante evidente aunque el tono de voz con el que me dirijo a ella no deja en ningún momento de ser educado y correcto.

Me pongo manos a la obra. El enfado y la sobrecarga de trabajo me hacen ir demasiado deprisa, con demasiado nervio, demasiado imprudente. No dejo de pensar en lo mucho que me resta aún por hacer. Además la tensión que se respira en la habitación me impulsa a ser breve y a irme lo más pronto posible. Mi frágil condición humana me juega una mala pasada.

Retiro los apósitos de la vía, que se ven limpios, impolutos, dado lo poco que hace que Mari Cruz los ha cambiado. Miro el punto de punción: normal, ni el más mínimo enrojecimiento. El suero cae y refluye bien. Palpo con cuidado la vena y el tejido alrededor del catéter. La mujer chilla como si le estuvieran arrancando el alma con tenazas al rojo vivo. La miro.

—¡Ahí, ahí me duele! ¡No puedo soportarlo, no!

—Le voy a cambiar la vía y se la pondré en otro sitio.

—¡Eso, eso es lo que debería haber hecho desde el principio!

Me muerdo la lengua. Prefiero no contestarle. Mi cabreo sigue creciendo y solo podría empeorar las cosas. Me obligo a recordar una de mis máximas en el trabajo, que dice que a cada uno le duele lo suyo, que no podemos nunca juzgar ni criticar el dolor ajeno y que esta máxima se debe respetar ante todo y sobre todo.

Pero mi cuerpo no responde a mis mantras mentales. Me dejo arrastrar por los nervios y por las prisas. Así que, al retirar el catéter del punto de punción, lo hago excesivamente deprisa; es muy largo y yo no tengo eso en cuenta, por lo que sale de tal forma que se sacude, como lo haría una vara, y lanza unas gotas de sangre con enorme rapidez al espacio. En su recorrido, esas gotas se tropiezan con una parte de mi cara, concretamente con mi ojo derecho. Cada vez que rememore este instante recordaré cómo he visto las gotas de sangre volar hacia mí. Cómo se meten en mi ojo. Cómo se me nubla la visión, que se tiñe de rojo. Cómo me quedo helada de terror y espanto.

Coloco con temblorosos dedos una gasa y un esparadrapo en la mano de Eladia, taponando el punto de punción al que he liberado de su tortura. Murmuro una excusa y salgo de la habitación como una exhalación. La mujer ha debido de darse cuenta de lo que me ha pasado y, sorprendentemente, no me dice nada ni me increpa como suele hacerlo desde el mismo instante en que ingresó.

Me dirijo al baño del personal y comienzo a echarme agua fría en el ojo accidentado. Por el rabillo de mi visión veo una botella de lejía al lado del inodoro. Una parte de mi cerebro me propaga el impulso, frenado de forma coherente por la parte más racional de mi conciencia, de coger la botella del corrosivo desinfectante y dejar nadar mis ojos en él. ¡Me encuentro desesperada! Me obligo a recordar lo importante que es lavar sin límite los ojos cuando suceden estos accidentes y también recuerdo, inmovilizada por el pánico, el motivo de ingreso de Eladia Monchón. Mis lágrimas manan sin control mezclándose con el agua que ya me escuece en las conjuntivas. La mujer de la 14B ha ingresado por un cuadro infeccioso, que se podría considerar casi banal en la mayoría de las personas de este mundo, excepto en las que padecen la misma enfermedad que ella: sida, en avanzado grado, además de un cuadro de hepatitis causado por el virus conocido como C.

Mi llanto y el jaleo que estoy liando en el aseo atraen a Piedad y a Caridad. Me sacan como pueden del lavabo y me llevan al cuarto de medicación. Allí me instilan a litros y a chorro suero fisiológico y no sé qué colirio antiséptico que me pone Caridad. Piedad no deja de hablarme con cariño, intentando tranquilizarme. Yo no puedo parar de llorar y lamentarme. Al poco rato tengo mi estiloso cabello empapado y hecho unas greñas. Los ojos, rojos como tomates, me escuecen espantosamente y me cuesta parpadear. Tras más de media hora de lavados sin interrupción, deciden dejarlo y avisar al supervisor de guardia que está esa tarde de miércoles, que no es otro que nuestro inefable Benigno.

Para mi sorpresa, me trata con un tono y una actitud que podrían semejarse al afecto. Me hace muchas preguntas intentando componerse una idea de lo que ha pasado. Toma notas e intenta tranquilizarme explicándome que es muy raro poder contagiarse con el Virus de la Inmunodeficiencia Humana —VIH— por vía conjuntival —«¿Y del virus de la hepatitis C me puedes decir lo mismo?»—, que he tomado las medidas más adecuadas tras el accidente; es decir, lavar los ojos con agua y suero abundantes y sin límite de tiempo. En definitiva: que me tranquilice.

Me da el parte que ha rellenado como mi superior en el turno de tarde y me insta a que acuda al Servicio de Medicina Preventiva del hospital al día siguiente a primerísima hora. Su tono es en todo momento tranquilizador y respetuoso —aunque yo no me tranquilizo ni a tiros, cuanto más pienso más me aterro— y, para mi sorpresa, no me gasta ninguna broma ni me cuenta ningún chascarrillo de mal gusto como siempre gusta hacer. Esto solo me confirma lo que yo ya sé: he tenido un accidente laboral muy serio dadas las características de la enferma con la que me he topado y puedo tenerlo muy difícil a partir de este momento.

Por el gesto de su pétreo rostro y las miradas que me dirige hasta puede que Benigno esté preocupado y todo. ¡Quién lo iba a decir!

Piedad me lleva a casa en mi coche porque, con lo que me escuecen los ojos, apenas veo y no puedo conducir. Se ofrece a quedarse conmigo en casa a pasar la noche, pero yo me siento algo ridícula al acaparar tanta atención de todos y declino su oferta entre lágrimas y mocos.

Cuando cierro la puerta de mi piso y me veo sola se me hunde el suelo bajo los pies. Me acuesto pero las negras ideas y vaticinios con los que mi cerebro me regala me dejan en vela toda la noche, dando vueltas en la cama y casi muerta por la angustia.

He pasado una noche de perros: aullando y llorando sin freno. Ha llegado un momento en que de tanto lamento me dolía la cabeza, la cara, el cuello. No he podido conciliar el sueño.

Al final el reloj se decide a marcar las ocho. Yo ya llevo esperando en la puerta del Servicio de Medicina Preventiva desde las siete. Pensé —¡ilusa!— que quizás alguien empezaría su trabajo antes de la hora que se indicaba en un papelito pegado a la puerta. Aun así no llega nadie hasta las ocho y cuarto.

La primera persona que aparece es una enfermera a la que ya conozco de otra vez que acompañé a Socorro por un corte que se hizo en una mano con un bisturí usado: alguien se lo había dejado entre los paños sucios en una cura y cuando fue a retirar el material y a limpiar el carro de curas se lo clavó.

La susodicha enfermera del servicio de Preventiva avanza por el pasillo con enervante parsimonia. ¡Qué envidia, cuánta tranquilidad se respira en algunos sitios de este bendito hospital! La mujer no se da excesiva prisa en abrir la puerta de la consulta. Incluso se detiene unos instantes a departir, con toda la pachorra del mundo, con la limpiadora que en ese momento pasa la fregona cerca a la puerta de la sala. Tras unas carcajadas interminables, por fin la enfermera abre la puerta. Me levanto lo más rápidamente que puedo y me acerco a ella presentándole el parte que me dio Benigno.

—¡Buenos días! Vengo a dar un parte de accidente...

—¿De usted?

Asiento. El llanto amenaza otra vez con abrir sus espuertas y siento un nudo en la garganta con el esfuerzo de contenerlas. Me toma el papel de las manos pero apenas lo mira.

—Espere aquí a que me cambie y que abra el ordenador. De todos modos —añade con la puerta ya casi cerrada tras ella—, hay que esperar a que llegue la doctora.

Me cierra el resto de la puerta casi en la cara. Decido sentarme a esperar. Efectivamente, en algunos servicios del hospital no se sufren agobios ni se oyen timbres impacientes de enfermos o familiares nerviosos. Mi mente se deja arrastrar por pensamientos poco caritativos y en absoluto afectuosos, dirigidos contra los que podrían ser más aventurados que yo en lo que a trabajo hospitalario se refiere, pero me obligo a recordar a mi querida Auxi que siempre me regaña cuando me dejo llevar por ideas preconcebidas hacia los demás. Seguro que ella me explicaría con su tono siempre educativo que estas personas sufren otro tipo de presiones y agobios y que los que nosotros padecemos en medicina interna no tienen por qué ser los peores.

Intento imbuir mi espíritu con este pensamiento. El ambiente de este servicio a las ocho y media de la mañana de un jueves no tiene nada de estresante ni trabajoso. Todo el mundo entra a sus consultas con una velocidad que podría ser perfectamente superada por los caracoles de mis macetas. Los pacientes no se agolpan en sus puertas intentando que se les atienda a ellos los primeros. Los teléfonos no repiquetean con ansiedad. Llego a la conclusión, tras otros quince minutos de atenta observación —«ya son las nueve menos cuarto: ¡lo que tarda esta mujer en ponerse el uniforme!»—, de que en esta profesión sí existen remansos de paz laboral. Podrán tener algún día malo y fastidioso, seguro, pero este no parece ser uno de ellos, sin duda. En esta sala de espera enorme solo estoy yo y la señora que se encuentra limpiando en este momento y que canta «María de la O» con gorgoritos muy logrados.

Por fin se abre la puerta y sale una mujer embutida en una bata de hospital con el aspecto de una niña de once años.

—¡María Angustias Censor! —anuncia con voz chillona.

«¡Válgame Dios, qué torrente de voz para un cuerpo tan menudo!» El reloj que está colgado en la pared sobre mi cabeza tiembla y su cristal casi cruje con la vibración que se ha originado en la garganta de esa minimujer. Me levanto lo más rápido que puedo y me acerco a ella. Quizás está enfadada por algo y yo lo voy a pagar; un mal despertar lo puede tener cualquiera. Y, por cierto ¿por dónde ha entrado a la consulta si yo no la he visto pasar? ¿Ha estado todo el tiempo dentro y me han hecho esperar tanto tiempo...? ¡¡¡Nooo!!!

La doctora Salvatierra me hace pasar a la consulta, me siento y mientras ella lee el parte que escribió Benigno me limito a observar a mi alrededor: el despacho está decorado con un gusto muy peculiar. Plantas de diferentes tamaños y tipos aparecen repartidas por todos los rincones, en estanterías, en el suelo, en las repisas de las ventanas. Lo curioso no es eso, son los recipientes: cajas de gasas vacías de plástico, contenedores pequeños de material punzante peligroso sin tapadera, cajas vacías de plástico de suturas... Muchas de esas plantas son pequeños esquejes, clara evidencia de que su dueña da una oportunidad de vida a todo trozo desgajado de cualquier tipo de planta. La sala es, en definitiva, un pequeño hospital de plantitas. Todo ser vivo tiene derecho a una segunda oportunidad para la pequeña y chillona doctora Salvatierra.

El contrapunto se encuentra en las paredes de la consulta. Media docena de carteles de películas de ciencia ficción se esfuerzan inútilmente en esconder el feo color chocolate que algún desalmado decidió que era el idóneo para el departamento de Medicina Preventiva. Curioso cómo la casualidad o una malévola y traviesa intención ha llevado a presentar a un horripilante Alien en actitud de engullir un pequeño pensamiento de trémulas y aterciopeladas hojitas. Sus nauseabundas babas colgantes casi llegan a tocar el verde intenso de sus tiernos brotes.

—Está claro que este accidente presenta un alto riesgo.

Su voz es así de estridente, no la ha forzado en ningún momento. Estamos en una consulta situada al fondo del Servicio de Preventiva; la puerta está cerrada; pero podría jurar que todas y cada una de las palabras que pronuncia la doctora Salvatierra se pueden oír en todo el recinto hospitalario y en parte de la provincia. Intimidad médico-paciente, cero.

Miro a la doctora. Ella me observa a su vez consciente de mi gesto de incredulidad ante tal desatino decorativo y, la verdad, si le molesta no me lo deja entender en ningún momento. «A esta mujer el mus se le debe de dar de escándalo.»

Me han abierto una historia clínica entre la enfermera desagradable y la doctora. Me han explorado, tomado la tensión, hecho una radiografía y un electrocardiograma, me han sacado sangre —nada menos que diez tubos. ¡Y luego algunos de mis pacientes se quejan cuando les saco dos o tres tubitos!—, me han administrado una vacuna de recuerdo de tétanos y difteria en el glúteo y de hepatitis B en el deltoides. Ahora nos encontramos en la fase en la que la doctora Salvatierra debe darme toda la información respecto a mi accidente y el pronóstico, así como las vías de actuación que se seguirán.

—Los accidentes de este tipo presentan más riesgo de contagio para la hepatitis C que para el VIH. Aun así, las probabilidades de que una de ellas te desarrolle enfermedad son escasas aunque siempre presentes. Para el virus de la hepatitis C no podemos hacer nada: solo vigilar y esperar. Como profilaxis para el VIH existe la posibilidad de que tomes dos medicamentos durante unos meses, pero estos principios activos tienen una serie de inconvenientes; se toleran con dificultad, pueden desencadenar efectos secundarios importantes...

La doctora Salvatierra va desgranando la información de forma decidida pero amable, haciéndose cargo, sin duda, de que su paciente —yo— se encuentra asustada e impresionada ante las graves consecuencias que podría tener el desgraciado accidente que supone el que te salte un goterón de sangre infectada en un ojo. Las posibilidades de contagio son pocas pero no nulas. ¿Quién me asegura que yo no seré ese tanto por ciento o por mil de positivos que aparece en todas las estadísticas?

—Es conveniente, imprescindible diría yo, que utilices preservativo en tus relaciones hasta estar completamente seguros de que no ha existido contagio. Por supuesto descarta por ahora un embarazo, por lo menos de aquí a un año.

Me alarga sobre la mesa un librito informativo realizado con alegres y optimistas caricaturas, tipo cómic, en el que se me informa con detalle de cuáles deberán ser mis hábitos cotidianos durante unos seis a doce meses. Con el corazón encogido recojo la receta que la menuda doctora me ha extendido y que me permitirá retirar de la farmacia del hospital la medicación que debo tomar durante unos tres meses si todo se da bien, claro. Prefiero no ser negativa. Dejaré pasar el tiempo e iré afrontando las cosas, las posibles complicaciones, según vayan apareciendo.

Con este torrente de pensamientos positivos, y tras terminar todas las gestiones en la farmacia del hospital y en Personal, me meto en mi coche y con la mayor tranquilidad del mundo me pongo a llorar desconsoladamente.

Cuando termine me iré a casa con el corazón pleno de optimismo y buenas vibraciones.

# PEDRO

Estaba contentísimo. Por fin le había tocado algo en la Primitiva de los jueves. Eran solo unos cientos de euros, pero, después de tantos años apostando sin conseguir que le tocara nada de nada, era una alegría desconocida.

Antes de retirar el premio en metálico de la entidad bancaria ya sabía en qué se lo gastaría: le compraría a su querida Ana el bolso al que le había echado el ojo semanas atrás en aquella zapatería tan cara del centro. Cada vez que pasaban por delante de la tienda le hacía parar y miraba con gesto distraído el escaparate, como si solo curioseara, pero Pedro veía cómo sus preciosos ojos color miel se posaban sin remedio en el susodicho bolso de piel color caoba. Siempre echaba un vistacito con el rabillo del ojo a ver si su marido captaba a dónde se enfocaba su atención y, tras un siempre sonoro suspiro, reemprendían el camino, sin decir ni mu.

Ya con el regalo envuelto y metido en una más que incómoda, por lo aparatosa, bolsa de plástico, tomó el camino hacia su casa, feliz a rabiar, imaginándose la cara que pondría Ana en el momento en que le viera entrar con el bolso y el brillo de sus ojos cuando lo abriera y comprobara de qué se trataba.

La verdad es que desde que se jubiló no había tenido muchas ocasiones de hacerle regalos como ese. La pensión que le había quedado era mucho más esquelética que su magro sueldo cuando estaba en activo. Algunos meses se veían en la necesidad de apretarse un poco el cinturón, sobre todo cuando llegaban los recibos de la contribución, del seguro de la casa, el del coche...

Aún con ciertas estrecheces en su economía doméstica sabía que a su querida mujer eso le importaba poco. Se apañaba bien, ella gestionaba a las mil maravillas sus escasos ingresos y pocas veces se habían quedado en números rojos, ni siquiera cuando sus cinco hijos eran pequeños y el dinero estaba gastado antes de tenerlo ingresado.

Se sentía muy afortunado. Su esposa, sus hijos y una salud de hierro eran sus bienes más preciados. Nunca había estado enfermo y lo mismo podía decir de su familia. Salvo las afecciones banales propias de los niños y alguna que otra gripe, estaban todos como robles y eso no tenía precio. Veía con pena cómo sus amigos de toda la vida o sus propios hermanos, menores que él, estaban sufriendo un achaque tras otro desde años atrás. Sobre todos destacaba su hermano Miguel, diez años más joven que él, que era un auténtico cascajo y aún no había llegado a la edad de jubilación, aunque a ese paso no llegaría a los sesenta y cinco, pensó con pena.

Pedro estaba estupendo: ágil, activo. Siempre se había cuidado; había hecho ejercicio a diario y había observado con esmero su dieta. Claro que esto no habría sido posible si Ana no se hubiera ocupado casi de todo. Sonrió. La verdad es que si no hubiera sido por ella él no podría estar tan bien como estaba.

Le quedaban solo unos metros para llegar a su portal y se paró de repente. Se le nubló la vista y sintió un mareíllo que le obligó a agarrarse a una farola para no caer. Se pasó la mano por la cara y se sorprendió al comprobar que estaba empapado en sudor. Quizá había hecho demasiado ejercicio ese día y el cuerpo le pedía alimento. ¡Sí, sí, tenía que ser eso!

—¡Pedro!, Pedro, ¿qué tiene, qué le pasa? —La señora Remedios, de la panadería, le agarró de un brazo, mientras le daba aire con un periódico.

—¡Hombre, pero si está usted empapado en sudor! ¿Quiere que llame a Ana?

—¡No, no llame, Remedios! Se me pasa, ya se me está pasando, de verdad.

Se pasó la mano por la cara una vez más. El sudor estaba secándose, pero le temblaban las manos. Se había llevado un buen susto y por eso estaba tan descompuesto, con ese temblor en las manos, en la cabeza.

—Ya me encuentro mejor, no se preocupe. —Se enderezó y agarró, agradecido, la mano de la panadera—. Voy a casa y tomaré algo. Hoy he caminado demasiado y seguro que esto que tengo es porque el cuerpo me pide alimento.

Sonrió, aunque un dolorcillo le empezaba a martillear en la cabeza. Doña Remedios se apartó, no del todo convencida, pero vio cómo Pedro se dirigía hacia su portal y decidió no insistir. Aun así, esperó hasta que le vio abrir la puerta del portal y perderse dentro.

Pedro entró en su edificio. Se guardó la llave del portal en el bolsillo y de repente todo fue oscuridad y vacío.

Cuando le encontraron en el suelo, inconsciente, el paquete con el bolso reposaba bajo su rostro, humedecido levemente por sus lágrimas.

Despertó y todo era oscuridad. Intentó abrir los ojos pero los párpados no le respondían. Sentía un intenso dolor en toda la cabeza, el cuello y la cara. Algo le palpitaba con furia en el cerebro, causándole una tortura indescriptible. Intentó moverse, pero solo consiguió agitar levemente el tronco. Ninguna parte de su cuerpo respondía a su voluntad. Una ola de pánico recorrió como una descarga eléctrica todo su cuerpo, el miedo le dejó un sabor rancio en la boca que encontró seca y pastosa. Notaba la lengua como un trozo de cuero inerte entre sus dientes y no se movió cuando intentó remojarse los agrietados labios. «¡Es una pesadilla, tiene que ser una espantosa pesadilla!» Instantes después, nuevamente la inconsciencia.

Las voces le sacan de un pozo de vacío, sin sueños. La imagen de su esposa lo llena todo y vuelve a cerrar los ojos. Intenta, nuevamente, abrirlos. Nada. Oye con nitidez cómo Ana habla con alguien muy cerca de él. Intenta llamarla. De su garganta solo sale un débil quejido que parece que nadie oye. El corazón le late como loco en el pecho. Se esfuerza nuevamente, con desesperación, en abrir los ojos, en hablar. Todo en vano. Siente cómo se le cierra la garganta por el llanto, aunque de sus ojos no brota lágrima alguna.

La voz de su mujer se aleja. Sus titánicos esfuerzos no son percibidos. Oye cerrarse una puerta. Alguien está junto a él. Percibe un suave perfume a lavanda, muy agradable. Cerca de su cabeza debe de haber alguna repisa; oye cómo esa persona —una mujer, por la fragancia— deja algo metálico, oye el roce de su ropa, su respiración tranquila y serena. Una fresca mano le toca el brazo; no, no es solo un roce, se ha posado en su antebrazo.

—Pedro, ¿me oye? —Pausa—. Pedro, sé que se siente nervioso, asustado. Tranquilo. Se encuentra usted en el hospital, está ingresado.

Pedro asimila la información. Intenta hablar, se esfuerza tanto como puede, pero de sus labios solo sale un suave quejido.

La mujer aprecia su esfuerzo.

—¡No, no se ponga nervioso, no se altere, por favor! ¡Sabe lo que le pasa, lo ha notado!

—¡Tranquilo, tranquilícese, Pedro! Su familia y su mujer están en el pasillo.

La mano de la mujer no se ha apartado de su antebrazo y se lo presiona con cuidado, intentando infundirle unos ánimos que no siente, que jamás podrá sentir mientras sea incapaz de moverse, de ver, de hablar. El llanto vuelve a oprimirle la garganta. Su respiración se vuelve dificultosa y ruidosa.

—Pedro, no se ponga nervioso. Sé que está angustiado, que quiere hablar, moverse y no puede. Tranquilo, ahora eso es normal. —La voz de la mujer es tan agradable, tan aparentemente sincera, tan comprensiva que Pedro siente que algo en su interior empieza a serenarse—. Mire: mi nombre es Marian, soy la enfermera que le atiende esta tarde. Son las cuatro y ha ingresado en la planta 13 hace una hora escasa. Ha estado usted varios días en la UCI. —Pausa—. Ahora necesito tomarle la tensión. Le voy a colocar un manguito y notará una presión fuerte en el brazo.

Pedro escucha a la enfermera. Su voz es música para sus oídos. En ningún momento deja de agarrarle el brazo o la mano, y eso es reconfortante, porque él necesita desesperadamente asirse a algo para no sentirse perdido en su propia oscuridad. No puede moverse pero siente esas cosas al igual que siente el pinchazo cuando le saca sangre para una analítica, pero no le duele, solo nota entrar la aguja en su carne.

—Pedro —la mano de la mujer, suave, cálida, en la suya—, su esposa va a entrar y va a estar con usted. También esperan fuera dos de sus hijos. Van a irse turnando para que no se agobie. En la habitación, por ahora, no hay más pacientes. —Nuevo apretón—. Sé que por ahora se siente angustiado porque no se puede comunicar, pero dele tiempo a su cuerpo para que vaya superando lo que le ha pasado. Ahora está estable y quizá lo peor ha pasado. Procure estar tranquilo. Dentro de un ratito volveré a ver cómo sigue, el médico viene enseguida a hablar con usted.

Sale la enfermera. Oye una silla al ser arrimada a su cama. Alguien se deja caer en ella haciéndola crujir. Ana, esa fuerza poderosa que percibe junto a él, y que le toma la mano con cuidado como si fuera un paño caro y delicado. Pedro intenta apretarla en la suya, pero nada. Oye más que siente el beso de su esposa en su piel y la garganta se le vuelve a agarrotar por la impotencia, el miedo, la desesperación.

—Mi amor. —Su hermosa voz está ronca por el llanto—. Mi vida, estoy aquí contigo y aquí estaré hasta que te recuperes. —Otro beso, esta vez en la mejilla y una caricia. Siente su aliento cercano a su boca y se moriría por besarla una vez más.

—Papá —solo un susurro; su hijo Miguel—, no te preocupes por nada...

Se le quiebra la voz y oye cómo sale apresuradamente de la habitación.

—Mi vida —pausa para contener el llanto—, esto que te ha pasado parece que se ha estabilizado ya. Fue hace varios días. Tienes un coágulo en algún sitio de la cabeza, pero dicen que se está disolviendo con el tratamiento y...

Ana no puede seguir hablando y llora, ahora sin control. Acerca su cara a la mano de Pedro y le besa una y mil veces. Si pudiera acariciarla, verla, responder a sus besos... Si pudiera decirle que con su presencia, con sus manos, con sus lágrimas se siente más fuerte, más reconfortado... Sí. Habrá que dejar que pasen las horas, los días, las semanas. El miedo que le ha embargado cuando se ha despertado en la más absoluta oscuridad ha desaparecido porque no está solo. Una mano le guía. La mano de Ana.

# MARIAN

Siento el estómago revuelto. La verdad es que las dichosas pastillas me están sentando como un tiro. Vuelvo de la habitación del paciente de la 17A, Pedro Roca, de hacerle un cambio postural junto a Socorro. El pobre hombre no puede hablar, ni casi abrir los ojos, ni moverse, ni nada. Debemos evitar las úlceras por presión y las contracturas musculares, así que, por ahora, cambios cada dos horas y ejercicios pasivos siempre que se pueda para evitar en la medida de lo posible las contracturas, los edemas y las deformidades.

Del malestar que siento en el estómago, en la habitación he tenido que hacer verdaderos esfuerzos por no vomitar o que se me escapara otra cosa. Pero es dificilísimo. ¡Qué mal me está sentando esta medicación y aún me quedan dos meses! Encima tengo que tomar las pastillas en ayunas y una de ellas es enorme. Cuando la tomo siento cómo recorre mi esófago y cómo cae al vacío de mi estómago casi como si chapoteara.

En el control de enfermería encuentro a Salvador con la historia de Pedro. Está escribiendo. Mañana le van a realizar un nuevo TAC y está modificando el tratamiento. El enfermo evoluciona lentamente, pero parece que las expectativas no son terribles. De todos modos hay que ser prudentes y esperar. Muchas veces me pregunto qué sentirán estas personas cuando de repente se despiertan y el cuerpo no les funciona. ¡Debe de ser terrorífico! Por lo menos él no está solo y parece que su mujer y sus hijos le quieren, le acompañan.

—Tienes muy mala cara, ¿te encuentras bien, Marian?

—Sí, gracias, Salvador.

—¡Quién lo diría! Juraría que estás a punto de vomitar...

No ha levantado la vista de lo que está escribiendo. Vaya ojo clínico que tiene. ¿No será que mi estómago habla por mí...?

—No te preocupes, estoy estupendamente.

Debo hacer verdaderos esfuerzos para contener una náusea. Supongo que mi cara debe de tener ciertos tonos verdosos.

—¿Sigues haciéndote los controles y los análisis?

—Sí.

—¿Todo bien?

—Todo bien, gracias.

—Si necesitas algo —levanta la vista del teclado y del PC y me mira por encima de las gafas, que le hacen equilibrios en la punta de la nariz— sabes que solo tienes que decírmelo, ¿verdad?

—Lo sé, Salvador; eres muy amable.

—Mari Cruz me ha dicho que le has pedido unos días libres a Benigno y que te los ha denegado.

Salvador se ha quitado las gafas y me mira con esos fabulosos ojos color verde aceituna. Las pobres gafas, después de sufrir el vértigo de una posible caída por hacer acrobacias sobre el puente de su nariz, son guardadas a buen recaudo en el bolsillo superior de su bata, donde deberán luchar por un mínimo espacio entre múltiples bolis, una pluma, una linterna, varios depresores de madera —que nunca usa— y dos rotuladores de los gordos; ha terminado de escribir y se levanta. Se pone frente a mí.

—Yo creo que te vendrían bien unos días de descanso y hacer otra cosa que no sea trabajar. Así que he llamado a Benigno a su casa esta tarde y se lo he dicho.

Le miro como miraría a un pingüino tocando la trompeta en medio del pasillo. No doy crédito. ¡Cómo se puede meter en mis cosas de esa forma! Del asombro más absoluto paso al cabreo más inmenso en milésimas de segundo.

—¿Cómo te atreves, Salvador?

He levantado demasiado la voz. Dos enfermos que están paseando por el pasillo me miran sorprendidos. Intento recuperar el control. Él sigue impasible, arrasando mi aplomo con su hermosa mirada serena pero firme en su decisión y en la certeza de que ha hecho lo correcto.

—¡Yo puedo solucionar mis cosas por mí misma!

—No quería molestarte. Y no te vayas a creer que Mari Cruz y yo chismorreamos de ti a tus espaldas. —Hago un gesto de protesta, pero levanta la palma de la mano hacia mí, como un guardia urbano controlando el tráfico—. Te lo aseguro, no es así. Te tengo mucho aprecio. Y sabes que Mari Cruz también, y estamos preocupados. Aquel estúpido accidente quedará en nada, ya lo sabes. Pero necesitas tomarte un tiempo para tranquilizarte, te hace mucha falta. Se te ve muy cansada, tienes mal aspecto, y si sigues así uno de estos días vas a sufrir un capotazo.

Me ha tomado ambas manos entre las suyas. Se me llenan los ojos de lágrimas. Es cierto, necesito descansar. Necesito irme a mi casa de Granada, con la familia que tanto tiempo llevo sin ver y dejarme querer y cuidar. ¡Lo necesito! He perdido peso por la angustia y la preocupación: «¡Qué vida esta: una de las cosas que más deseaba y ahora es un síntoma negativo!» Apenas puedo comer por las náuseas y demás molestias que me está ocasionando el tratamiento, duermo a tumbos, estoy de un humor de perros.

Y aún no se me ha pasado el susto.

—Ya sabes lo ceporro que puede llegar a ser Benigno, pero al final lo ha entendido. ¡Hasta creo que está preocupado por ti, la verdad!

Sonreímos.

A mí siempre me ha gustado Salvador. Es un tipo atractivo, aun a su edad. Y en mi fuero interno envidio a Mari Cruz por tenerle casi a diario en su casa y en su cama, compartiendo tantas cosas mundanas e íntimas. Ahora, mirándome como lo está haciendo, con esos fabulosos ojos, he de reprimir las enormes ganas que me están entrando de besarle... en los labios. Desecho ese pensamiento por ser un pecado venenoso. ¡Lujuria y envidia, solo, solo es eso y no más!

—Gracias, de verdad. —Suelto sus manos no vaya a ser que le lleguen mis ideas lascivas por vía cutánea—. ¡Ahora he de seguir, que tengo mucho que hacer aún!

Me levanto, cojo mi libreta con las anotaciones de mi turno y me dispongo a salir del control. Salvador ya no me mira. Sonríe de oreja a oreja, como nunca me ha sonreído a mí «como nunca lo hará»; se le ha iluminado la expresión con un brillo increíble que le resta veinte años de encima como por ensalmo, y mira más allá, al fondo del pasillo: no me hace falta volverme para saber que Mari Cruz se dirige hacia nosotros.

Hoy me las he arreglado para salir un poco antes. Ni Mari Cruz ni Caridad han puesto ninguna objeción. A las nueve y media me ha llamado Benigno para decirme que puedo disponer de siete días a contar desde el lunes. Estamos a viernes y este fin de semana libro, así que, entre pitos y flautas, me veo con nueve fantásticos días para mi pleno disfrute. ¡Luego me los descontarán, claro está; esto no es ningún regalo! Solo me dejan disfrutar de ellos ahora, cuando más falta me hace. Ya casi no recuerdo cuándo pude juntar más de dos días seguidos aparte de las vacaciones... ¿En el Neolítico o fue en el Cretácico?

Estoy a punto de llegar a los vestuarios de las mujeres, en el semisótano, cuando alguien me llama.

—¿Marian?

Durante los segundos que tardo en girarme, mi mente rebusca a velocidades vertiginosas en todos sus recovecos, en todos los archivos de voz existentes de «personas conocidas» para poder ponerle cara a esa voz tan agradable. Y no lo logra. Así que me giro sin saber quién me llama. solo sé que se trata de un hombre o de una mujer amiga de la cazalla. Cuando termino de volverme mi corazón deja de latir automáticamente. ¡Se trata de mi vigilante de seguridad del alma!

—¡Hola!

Mi voz deja a las claras la sorpresa que me ocasiona tal encuentro. Sincera y encantada.

—No tenía ni idea de que supieses cómo me llamo.

—Bueno, lo he preguntado por ahí. Muchos te conocen.

¡Ha preguntado por mí y se ha interesado en saber cómo me llamo! Empiezo a sentir un calor enorme por todo el cuerpo. El corazón hace rato que va a su aire. Los pulmones están pidiendo prestado espacio para poder respirar. «¡Por favor, hija, no digas ninguna sandez, no la cagues!» Me quedo algo parada ya que no se me ocurre nada ingenioso que decir. Ante mi indecisión, él continúa.

—Bueno, hemos hablado varias veces y yo aún no me he presentado. Mi nombre es Rodrigo.

Se acerca a mí con la mano extendida. Yo se la estrecho. La sensación es estupenda. Una mano firme, fuerte. Su tacto me electriza y vuelve a meter algo de calidez en mi agostado espíritu. Estoy tan cansada y, a la vez, tan emocionada, que no soy capaz de articular palabra. Pero, gracias a los dioses del Olimpo, él no se arredra por mi falta de iniciativa. Debo de parecer tan boba...

—Si quieres espero a que te cambies y te acompaño a tu coche. Hoy lo tienes algo alejado y no me gustaría que te pasara nada.

Mi incredulidad es absoluta. ¿Qué ha pasado hoy? ¿He dormido durante días, ha cambiado el mundo y yo no me he enterado? Miro a mi alrededor por si se trata de una broma y alguien está apostado en un rincón esperando que me ilusione para decirme: «¡Inocente!» Me resisto a dejar escapar una oportunidad tan increíble.

—Tardo cinco minutos. Si no te importa esperar...

—Aquí estaré.

Cuando cierro la puerta del vestuario tras de mí él sigue allí sonriendo.

No puedo recordar alguna ocasión anterior que me impulsara a cambiarme a la velocidad en que lo hago. Hoy no llevo mis mejores prendas precisamente, así que me abrocho el abrigo hasta las orejas. Menos mal que hace frío. Cuando voy a salir al pasillo me paraliza una oleada de pánico. ¿Seguirá allí? Me asomo por una rendijilla de la puerta y le veo, de espaldas, hablando por el transmisor con una anónima voz de lata. Cuando oye que salgo, se gira y me regala una de esas sonrisas suyas que me hacen estremecer. Es atractivísimo, esperemos que no sea imbécil.

¿Es que ya no me preocupa que sea más joven que yo? Por lo que se ve, no. Es algo que en estos momentos me importa un pimiento.

Rodrigo me acompaña al coche —que, efectivamente, he aparcado algo lejos— mientras mantenemos una de esas conversaciones incómodas entre dos personas que apenas se conocen pero que están interesadas en impresionar al otro. Me encanta caminar a su lado, su presencia, su porte. Me gusta la naturalidad con la que lleva el uniforme y todos sus adminículos. Me gusta cómo me cede el paso en sitios estrechos y cómo me agarra suavemente el brazo cuando pasamos por algún sitio con el firme irregular. Si a él le desagrada algo de mí, no lo demuestra. Se ríe de lo que él llama mis «ocurrencias» y me escucha con atención cuando soy capaz de hilvanar frases con más de tres palabras seguidas.

Y cuando llegamos al sitio donde está aparcado mi coche, se apoya en el vehículo de al lado, con los brazos y los pies cruzados, con el porte propio de quien no tiene ninguna prisa y que está donde desea estar. Esto es una de las cosas que más me gustan. Creo que estamos conversando cerca de media hora. Llega un momento en que me da la sensación de que llevo hablando con él toda la vida, que le conozco de siempre. Ya no rebusco las palabras para resultar ingeniosa. No me hace falta. Él me inspira toda la confianza que preciso y digo lo que deseo decir.

Cuando entro en el coche, dispuesta ya a marcharme, sujeta la puerta que yo empiezo ya a cerrar y me da su número de teléfono apuntado en un papel. Yo me quedo de piedra sin poder apartar los ojos de sus dedos y de los elegantes números escritos en negro. Ya casi nadie escribe su número en un papel.

—Este fin de semana no trabajo.

Mi madre me llama esta misma noche. Me estoy poniendo el pijama y decidiendo si cenar o dejarlo para otro día cuando suena el teléfono. Parece que mi madre me ha leído el pensamiento y ha captado alguna vibración sobre mi intención de ir a verlos. Siempre nos ha pasado eso. Tenemos los mismos pensamientos a la vez. Y cuando vivía con ella era exagerado. A veces, tras horas de silencio, mientras ella cosía y yo estudiaba, empezábamos a hablar al mismo tiempo y con la misma frase. ¡Llegaba a impresionar!

Mi hermano Jorge nos animaba a escribir a algún programa de televisión o de radio para contar nuestro sobrenatural caso. Pero era algo espontáneo e imposible de reproducir a nuestra voluntad. Hubo un par de veces, por insistencia de Jorge, que intentamos escribir en un papel dibujos o letras al mismo tiempo; luego comparábamos el resultado y nunca conseguimos hacer ningún trazo similar. Lo que fuera que nos pasaba no podía jamás ser intencionado. Pasaba y ya está.

—Mamá, he pensado ir a casa este lunes y pasar allí unos días.

—¡Marian, nena, que ilusión me hace que te hayas decidido! Últimamente estoy tan sola...

—Bueno, mamá, solo serán cinco o seis días. Espero que por ahora eso te baste.

—¡Pues claro que me basta! Mañana iré a la plaza para comprar avíos para hacerte el potajillo que tanto te gusta y pan de hogaza para unas migas y...

—¡Mami, mami, no vayas a ser tan exagerada como siempre, ¿eh? ¡Que nos conocemos! Luego soy incapaz de comer tantas cosas y vuelvo con setecientos kilos de más. Además, llevo unos días con ciertas molestias en el estómago que...

—Marian, cariño, no te preocupes, si no te lo comes tú ya habrá alguien que lo haga...

—¡Sí, bueno, alguno de los hurones de mis hermanos!

—¡Nena, tengamos la fiesta en paz, tengamos la fiesta en paz! A ver si para una vez que vienes te vas a poner a discutir con todo el mundo. No vayas a hacer como siempre.

—Bueno, mamá, vale. Mira, ahora tengo que dejarte, acabo de llegar del hospital y estoy reventada. Tengo pensado salir para allá el lunes, ¿vale?, o sea, que el domingo te llamo por la tarde.

—Claro, hija, claro. Siempre se me olvida que llegas tan tarde del trabajo.

—Un beso, mami. Hasta el domingo.

—Un beso, cielo mío, hasta el domingo, si Dios quiere.

Estoy muy ilusionada con mi viaje. Necesito que alguien me cuide porque me siento muy sola. Mi madre me va a dar lo que necesito en ese momento. Bueno, parte de lo que necesito. La idea de unos días de cambio y de no trabajar es a todas luces fantástica.

Me acuesto con la sensación de haber dedicado todo el día a transportar piedras en una cantera con mis manos desnudas. Me pesan las piernas y un espantoso dolor en la cintura me impide respirar con profundidad. Me pongo la manta eléctrica en la zona lumbar y apago la luz.

Pero recuerdo algo. Enciendo nuevamente la lamparita de mi mesilla, me levanto, tropiezo con la alfombra y casi me dejo los dientes en la cómoda. Me dirijo al cesto de la ropa sucia; rebusco hasta encontrar los vaqueros que he llevado esa tarde. Miro un bolsillo tras otro hasta que localizo, siento más que oigo, el crujido de un papel doblado. Lo recupero. Vuelvo a la cama. Apago la luz y me meto el papel en el bolsillo del pijama. Tardo en caer dormida cinco con siete nanosegundos.

La conversación por teléfono con Rodrigo ha sido un poco absurda. Si ya me costaba dirigirme a él en persona, por el móvil ha sido penoso. Me temblaba la voz y el corazón se me salía por la garganta.

Ha habido un instante en que hasta he creído que me estaba gastando una broma de mal gusto y que en el otro extremo del aparato solo oiría una risa burlona y sarcástica, pero lo que realmente he oído ha sido su voz manifestando que tenía muchas ganas de quedar conmigo para cenar algo, tomar una copa y charlar. Mientras yo seguía flotando en una nube, hemos acordado que nos veríamos en una cervecería del centro, en la que ponen muy buenas tapas, y así podíamos hacer una cena informal. Me ha parecido una idea muy buena y muy afortunada para una primera cita: no tendría que vestirme especialmente elegante y podría ir cómoda. Hemos quedado para hoy mismo, sábado, a las nueve.

Aunque no me tengo que tomar la medicación hasta las once, me la tomo antes de salir de casa, porque no me apetece que me vea sacar las pastillas en medio de una conversación o de otra cosa. Total, que se me empieza a revolver el estómago nada más salir a la calle. Cojo un taxi y, cuando me deja prácticamente en la puerta de la cervecería, los ardores son ya de campeonato. ¡Qué suerte tengo, madre!

Bueno, me queda la esperanza de que con las tapas, las cervecitas y la compañía la cosa termine por calmarse y desaparecer.

Cuando llego a la puerta del establecimiento él ya está esperando.

—¡Hola, Marian! ¡Qué puntual eres!

Y me planta dos besos, uno en cada mejilla. Me sorprende, pero es lo que hacen los amigos en el siglo XXI cuando quedan para salir. Se ve que hace mucho tiempo que no quedo con nadie y que nadie me da besos en las mejillas. ¡Y no vayamos a entrar en más profundidades! O quizás es que no me imaginaba ese gesto tan familiar viniendo de uno de los vigilantes del hospital.

Se me hace muy raro verle vestido de calle. Va muy guapo. Unos vaqueros verde oscuro, un jersey de lana color café algo ajustado, que deja adivinar un tórax musculoso, y un chaquetón marrón oscuro de piel vuelta, muy desgastado pero muy bonito. No lleva colonia pero emana un sugerente perfume a jabón y loción de afeitado que me acelera el corazón. Yo voy muy sencillita, con una falda de lana burdeos algo entallada y un jersey corto a juego, pero él, muy educado y cortés, me asegura que estoy muy guapa. Quizás es una frase propia del momento, pero he de reconocer que me siento muy halagada. Encantada.

Sonrío.

Me toma por la cintura; tampoco me lo esperaba, por lo que mi cuerpo reacciona de forma instintiva: meto la tripa y me yergo porque necesito tener todo en su sitio y que no rebase ningún michelín. Entramos en el local, que está bastante lleno pero, por fortuna, aún hay alguna que otra mesa libre. Nada más sentarnos, se nos acerca un camarero. Pedimos cerveza y una tabla de montaditos serranos. Los nervios por la llegada de un momento tan anhelado me producen un pellizco en el estómago, lo que sumado a los omnipresentes ardores, hace que mi apetito sea escaso. Doy pequeños sorbitos a mi cerveza a ver si me relajo.

Nuestra conversación fluye con naturalidad desde el principio. Primero hablamos del trabajo, lo único que nos une por el momento. Más tarde hablamos de nuestras respectivas ciudades de origen. Me cuenta que nació en Santiago de Compostela y que tiene dos hermanos mayores que él, pero que pronto se trasladaron a León, ya que su padre era militar y cambiaba de destino con relativa frecuencia. Allí estuvo durante casi toda su infancia, hasta que volvieron a trasladar a su padre, esa vez a Gijón. Viene de una familia acomodada oriunda de Zamora, de Benavente, aunque ya no le queda nadie allí. Todos son militares y se encuentran repartidos por toda la península. Incluso algún primo suyo está destacado por estas fechas en Irak, creo que es el sitio que me ha dicho. Yo le miro embelesada y no me molesta que se me note; sobre todo, a partir de la segunda cerveza.

Cuando Rodrigo habla el hoyuelo de su mejilla aparece y desaparece con sus gestos; cuando sonríe toda su expresión se vuelve radiante y los ojos pasan a convertirse en dos ranuras de color azul oscuro que brillan peligrosamente. Sus dedos juguetean con unas cortecitas que han caído del pan.

—Cuando yo era pequeño, ser militar era un agobio para las familias; ya sabes, por la posibilidad de que se sufriera algún atentado, aunque por fortuna ese temor casi ha desaparecido ya. —Asiento con gesto grave y con evidente pesar—. Mi padre perdió a varios compañeros y sufrió algunas amenazas. Mi madre vivía una angustia perpetua desde que mi padre salía por la puerta y no se tranquilizaba algo hasta que volvía por la noche. Imagínate cuando tenía que salir de maniobras...

Hace un gesto vago con la mano. Bebe un sorbo de su cerveza y me mira. Un incómodo silencio se deja caer sobre nosotros. De repente sonríe y me pregunta:

—¿Y tú, cómo has llegado a esta ciudad desde tan lejos?

Me coge desprevenida. Rodrigo ha hablado durante casi todo el tiempo y yo le he escuchado con mucho interés. Me cuesta salir de su relato y meterme en mis propias vivencias.

—Bueno, trabajé allí, en Granada, durante los primeros diez años, aunque también estuve un tiempo en Almería, prácticamente siempre en hospitales. Se convocaron oposiciones en esta comunidad, me presenté, saqué una plaza y me vine aquí. Desde entonces estoy en el mismo hospital y en el mismo servicio.

Breve, conciso, exacto.

—¿Y no te hubiera gustado cambiar?

—De qué, ¿de hospital, de ciudad, de servicio...?

—De servicio. No sé, quizá cambiar un poco: quirófano, UCI... —Sonríe. Indiscutiblemente este hombre es atractivísimo.

—¡Ni soñarlo! Espero que no te moleste que te lo diga —hago un gesto con la mano pidiendo disculpas y paz—, pero todo el mundo piensa igual. ¡Los servicios más fascinantes: la UCI, Urgencias, quirófano! Sí, quizá sea así, pero son servicios que no nos gustan a todos los enfermeros. Como enfermera ya me considero especialista en medicina interna, aunque esa especialidad no exista, por ahora... —«Y a este paso no existirá nunca», pienso—. Yo ya no podría trabajar en esas unidades tan específicas, lo mismo que a muchos enfermeros de UCI o de quirófano les costaría adaptarse a un servicio como el mío. ¡La culpa de tanta idea preconcebida con respecto a los hospitales y centros de salud la tienen las series de televisión!

—¿Tú crees?

—Pues claro que lo creo. Minifaldas y escotes para las enfermeras en una serie televisiva de hace un montón de años, ¿recuerdas? —Rodrigo asiente—. Se llamaba *Médico de familia*... Denigrante. Series de Urgencias, tanto extranjeras como nacionales, acciones trepidantes en la UCI y en los quirófanos, en las que todos se lían con todos. Sangre, vísceras, heridas imposibles... Evidentemente, no se puede discutir que esos servicios dan mucho juego a nivel dramático: acción, riesgo, drama, violencia... Pero no siempre son fieles a la realidad. ¡Aunque, la verdad, no me imagino una serie que se titule *Medicina interna* u otra que se llame *Oftalmología.*

Reímos.

Ambos hemos abierto las puertas a nuestra vida personal, por lo que decido indagar algo más.

—¿Y tú? —Él enarca las cejas, expectante—. ¿Por qué te hiciste vigilante de seguridad?

Se pone serio, pero solo un instante. Ha sido como una especie de sombra que ha velado su gesto. Durante esos pocos nanosegundos he creído que le había molestado mi pregunta, pero inmediatamente vuelve a regalarme su preciosa sonrisa aunque ya no es tan abierta. Sus ojos no brillan divertidos como antes.

—Bueno. Primero fui a la Academia General del Aire. Estuve unos años. Llegué a oficial. Tuve un problema y me fui. —Se le nota incómodo, aun así prosigue—. Se me planteó la posibilidad de trabajar en esto y la empresa de seguridad que me contrató me destinó en el hospital. Empecé a estudiar Derecho por la UNED, pero lo dejé enseguida; estudiar ya no es lo mío, la verdad. Me gusta lo que hago y, por mi cargo, me pagan bien; tengo buenos compañeros y me siento a gusto.

Me mira sonriente, pero aún tenso. Está muy claro que algo gordo pasó, muy gordo, pero no va a hablarme de ello, claro. Me está contando muchas cosas de su vida y eso me sorprende gratamente. El primer día no se va a saber todo de todo, fundamentalmente cuando a la otra persona apenas la conoces. Yo aún no le he dicho casi nada de mí ni de mis relaciones, y me he prometido a mí misma antes de salir de casa que no lo haré. Por lo tanto, si no es un *quid pro quo...*

El bar se va llenando por momentos. Aún sentados, estamos muy apretujados con las mesas cercanas. Se oye a un grupo especialmente escandaloso que se ha apostado en la barra. Celebran un cumpleaños y no paran de corear el nombre del homenajeado, gritando a más no poder. La conversación se hace cada vez más dificultosa.

Rodrigo y yo reímos. Me ha contado un chiste de gallegos; para entender lo que dice tengo que acercar mi cara a la suya. Siento sus labios casi rozarme la oreja, su aliento en mi piel. Es un increíble instante de intimidad en medio de tanta jarana que me eriza la piel. En ese momento alguien le zarandea por los hombros mientras chilla su nombre.

—¡Rodrigo, tío! ¡Qué sorpresa! —Se gira hacia los demás, el grupo del cumpleaños—. ¡¡¡Eh, peña, está aquí Rodrigo!!!

Se trata de una mujer. Va embutida en unos vaqueros increíblemente estrechos e indecentemente bajos de cadera, dejando al descubierto su abdomen hasta mucho más abajo del ombligo, casi en el pubis. La cinta del tanga, de encaje negro, sobresale por encima. Por arriba se «cubre» con un corto top en forma de camisa que deja al descubierto buena parte del sujetador, a juego con el tanga, por supuesto. De larga cabellera rubia y rizada —natural en color y textura— que le llega a los hombros, con ojos negros y boca sensual, es un auténtico bellezón. Borracha hasta las trancas, agarra a Rodrigo por el jersey, trastabillando por el esfuerzo.

Él se levanta sonriente y aparentemente feliz del encuentro. Ella le planta dos gigantescos besos en la boca, en el último de los cuales le explora el estado de sus empastes con su sonrosada lengua. Yo permanezco sentada, cortada e incómoda. Una marabunta de jóvenes se acerca a Rodrigo rodeándolo mientras le palmean sonoramente los hombros y la espalda, gritando a pleno pulmón.

—¡Tío, qué bueno que estés aquí! ¡Te hemos llamado...! ¡El cumple del Paco! ¡Tío... la peña de marcha!

El bombón rubio vuelve a besarle y, para qué negarlo, él no parece oponer mucha resistencia, mientras pasa su brazo por la desnuda cintura. Su mano no se mueve de ese destino en ningún momento y ella le sujeta con la suya con un significado evidente de confianza, posesión e intimidad.

Me siento fuera de lugar. Todos me ignoran, nadie repara en mí y Rodrigo conversa con ellos sin volverse ni una vez. Dejo pasar unos eternos minutos de indecisión. Mi absoluta falta de confianza en estos menesteres me dicta mis actos más inmediatos. Me levanto, cojo mi bolso, murmuro un «¡Hasta luego!» que queda náufrago en aquel mar de vozarrones y me voy.

No tardo demasiado en darme cuenta de lo equivocado de mi forma de actuar. Sé que otra persona más espabilada o más dicharachera se habría metido en el grupo y se habría presentado, intentando restar espacio al bellezón o arrancando a Rodrigo sin más de sus garras. Pero nunca he podido presumir de mucha confianza en mí misma, esa es la cruda verdad. Debo reconocer que esta cita me parecía un sueño hecho realidad, algo inalcanzable que se había materializado ante mis narices de una forma asombrosa.

Además me ha dicho que tiene treinta y seis años y, aunque no he notado ninguna expresión extraña cuando le he dicho que tengo cuarenta y dos ni se ha caído de la silla, la diferencia de edad me provoca cierto escozor; y lo sucedido en la cervecería hace más que patente el abismo insalvable que existe entre nosotros al ver a sus amigos y a su amiga. Me he comportado como una niñata y no como una mujer hecha y derecha. Ea, ya está hecho.

De camino a mi casa, en el taxi, descubro que se me ha pasado el dolor de estómago y que, por primera vez en muchos días, no tengo ganas de llorar. Visto lo que me acaba de suceder me parece algo inaudito. He llegado a una clara conclusión: Rodrigo no es para mí, no pegamos y no hemos empezado bien y ya se sabe el dicho ese tan manido de que lo que mal empieza... Un problema menos para el futuro. Así de claro parece que lo tengo pero, como es lógico, seguro que me equivoco.

Al llegar a mi casa lo primero que hago es ducharme. Necesito quitarme la peste a sudor y hormonas que flotaba como una espesa nube en la cervecería y que se me había pegado como una segunda y nauseabunda piel.

Cuando acabo son las once y media. No me apetece irme a la cama, así que me pongo un DVD mientras me tomo una infusión en la que he mezclado manzanilla y té. Elijo para una ocasión tan especial *Arsénico por compasión*: necesito reírme un poco.

La película lleva poco más de media hora cuando suena el móvil: es Rodrigo. Dirijo nuevamente la vista a la película y miro sin ver; de reojo observo el teléfono, pero no lo cojo. Suena cinco veces y para. No vuelve a sonar más. Apago el televisor y me voy a la cama, aunque sé que me va a ser difícil poder conciliar el sueño. Una idea no deja de martillearme en la cabeza y me mortifica.

No debí marcharme de la cervecería.

Hoy ha sido un domingo triste y lluvioso. Por la tarde he llamado a mi madre. Ha insistido hasta la saciedad, pero no he querido decirle a qué hora pensaba salir; ni, mucho menos, la hora probable de llegada. Si lo hubiera hecho la tendría llamándome al móvil cada cinco minutos cuando viera que había llegado la hora a la que ella me esperaba y yo no había hecho acto de aparición.

Luego me ha llamado Rodrigo, dos veces, pero no he cogido el teléfono. Me siento demasiado avergonzada.

## MARINA

Elena y yo nos encontramos en la puerta del cine Granada, que coge de camino desde mi casa hasta la de Marisol, ubicada no lejos de allí, cerca de la Gran Vía y del Sagrario.

Mi amiga se ha arreglado para la ocasión como si en lugar de una reunión de amigos fuéramos a una recepción con el Caudillo, pero me da igual. Yo voy con un sencillo vestido de algodón, zapato bajo y una rebeca. A esta hora aún hace calor, pero a las nueve, hora que tengo previsto regresar a casa, seguro que hará fresco.

Charlamos para hacer el camino más ameno y, como no puede ser menos, nuestro trabajo en común en el hospital centra nuestra conversación. Nos reímos recordando una anécdota resultado de un malentendido con una de las religiosas con la que compartimos trabajo... bueno, más bien, nosotras estamos bajo su responsabilidad.

Llegamos a la puerta de la casa de Marisol Miranda, una bonita construcción de varias alturas, con una escalera de acceso que me hace pensar que, más que una casa nos encontramos ante un palacio, pero así son casi todas en esa calle y de la zona cercana al Sagrario. En la entrada coincidimos con varias amigas de Elena que van acompañadas precisamente de Jorge Miranda. Vienen con las manos cargadas de paquetitos de una confitería cercana. Sonrío por la doble ilusión que me hace el poder comer dulces que por lo general se alejan de mi presupuesto y que Jorge, efectivamente, vaya a estar en el guateque.

Cuando subimos los escalones de la elegante entrada pasamos a un patio interior que lleva al fondo de la casa, en uno de cuyos salones algunos ya bailan al son de la música que brota a todo volumen de un flamante tocadiscos. Un chico que no conozco selecciona las canciones que va a poner. Tiene una buena colección de discos.

Al fondo, junto a una columnata de corte clásico que resulta discordante con el ambiente joven de ese momento, una mujer vestida con uniforme de servicio va sirviendo las bebidas y colocando bandejas con canapés y bocadillos sobre una mesita auxiliar a la que le han puesto mantel y todo. No deja de resultarme chocante ser invitada en casas en las que, si la vida no me hubiera sido benévola, ahora me encontraría sirviendo yo, tal como lo hace esa joven. Recuerdo que no mucho tiempo atrás yo llevaba un uniforme negro como ese y una cofia como la que lleva esa mujer. Soy afortunada.

Al rato estoy bailando junto a unas chicas que conozco de hablar un par de veces; Jorge no me hace mucho caso y charla con unos chicos que me han presentado hace un ratito, pero de los que no recuerdo el nombre. Y, de repente, se forma un revuelo de saludos y grititos juveniles.

Me giro y veo llegar a alguien a quien no me esperaba ver allí: en este instante, entra en la sala el hijo de doña Virtudes, Ángel. Tiene un porte como de estrella de cine que él explota al máximo dejándose querer por la tropa de chicas que se han lanzado a recibirle. Es realmente un chico muy guapo, con un porte principesco, joven y atlético, vestido con elegancia y buen gusto. Su sonrisa esquinada da a entender que se encuentra en su salsa, encantado de provocar tal admiración en los que le rodean

Los chicos le palmean la espalda con energía. Le felicitan y no es para menos: ha sacado una plaza a Notarías y eso es muy difícil. Ciertos rumores malintencionados han dejado caer que las buenas relaciones de su padre con ciertos altos cargos del régimen, unido a la fortuna familiar, han facilitado bastante las cosas para que tuviera éxito. La verdad es que, aunque serví en la casa hasta que conseguí mi primer trabajo como enfermera en Granada, a Ángel apenas le conozco y no he convivido con él nada más que unos meses, ya que casi siempre estaba estudiando en colegios caros de Madrid y Francia o de viaje.

Para mi sorpresa, Ángel se gira hacia mí y me saluda con un gesto. Me sorprende porque durante mi tiempo como interna en su casa jamás me dirigió la palabra.

A las nueve la fiesta sigue, más bien está en su apogeo, pero yo prefiero considerarla ya por finalizada. Mañana trabajo y no quiero llegar al hospital cansada o con problemas para centrarme en lo que hago. Me despido de Elena, que se queda, y de Marisol, no sin agradecerle que me invitara a un guateque tan divertido. Jorge me da la mano y se acerca más de lo adecuado, pero cada uno va a lo suyo y nadie aprecia este detalle. Me habría encantado que me hiciera más caso o que bailara conmigo, pero los amigos con los que ha pasado todo el tiempo le han tenido alejado de mí y de las ganas que tenía de estar con él.

Recojo mi bolso de mano y mi rebeca, que me pongo y abotono. Efectivamente, tal como me supuse, hace un fresquete curioso. Ya casi es de noche, pero aún caminan por la calle bastantes personas; de todos modos, aprieto el paso. De repente, alguien me llama.

—¡Marina!

La voz no me resulta conocida, pero me giro; es prácticamente un reflejo. Casi me caigo de la sorpresa al ver que se trata de Ángel, el hijo de doña Virtudes, que corre hacia mí con un trote cansino.

—¿Adónde vas tan pronto? —me dice con una media sonrisa.

—Mañana trabajo y entro temprano.

—Te acompaño, tengo el coche aquí delante.

—No es necesario que se moleste...

Su tono de voz al replicar mi protesta me suena algo brusco, pero no me detengo a valorar nada más.

—No es molestia, mujer. Lo hago encantado. Eres casi de mi familia.

A poco más de cinco metros en esa misma acera tiene su coche aparcado, un coche negro no muy grande, de los que se llevan ahora. Me abre la portezuela y me ayuda a sentarme. Me acomodo y le devuelvo la sonrisa que él me regala, pero no puedo evitar cierto resquemor dentro de mí, un nosequé que me lleva a sentirme inquieta.

Arranca y, cuando lleva unos metros recorridos, afirma sin mirarme:

—Es muy pronto para irse a casa. Vamos a tomar una copa y luego te llevo. —Su tono suena a orden.

—Pero... —acierto a balbucir.

No me contesta. No me siento cómoda, pero no quiero que se moleste y no digo nada más. Supongo que por tomar un refresco con Ángel no pasará nada. Ya no trabajo en su casa, aunque me da vergüenza que doña Virtudes o su esposo se enteren de que he salido con su hijo a tomar algo.

El estupor me embarga cuando conduce hacia las afueras de Granada. Aprieto los ojos con fuerza y tomo aire.

—Señorito Ángel, mañana tengo que trabajar —afirmo

procurando que mi voz suene firme. Y me gustaría retirarme temprano, es que...

—No te preocupes, Marina. Será solo un ratito.

Se detiene junto a una zona arbolada. Se me cae el alma a los pies cuando compruebo que allí no hay ningún bar ni cafetería. La noche está cerrada del todo y apenas hay una luz mortecina procedente de una farola solitaria, cercana a la carretera. ¿Dónde estamos?

—¿Y esto?

Mi pregunta suena estúpida y así lo debe de apreciar él porque suelta una carcajada socarrona.

—Aquí estaremos tranquilos. Yo traigo la copa... —me dice.

Y acto seguido saca una botella medio llena con un líquido ambarino, no conozco la etiqueta. Quita el tapón y le da un largo trago, se seca los labios con el dorso de la mano y me ofrece. Su media sonrisa me produce escalofríos. Niego con la cabeza, no bebo alcohol. Ángel se encoge de hombros ante mi negativa y le da otro trago. Cuando termina, la botella está prácticamente vacía.

—Tú y yo apenas hemos hablado en estos años... ¡y anda que no nos conocemos hace tiempo ya!

Me doy cuenta de que debe de estar bastante bebido aunque su voz es firme. Son sus ojos turbios y su mirada desenfocada lo que me deja patente que está borracho.

—Siempre me han llamado la atención tus ojos felinos, jajajajaja, pero eso seguro que ya te lo han dicho muchas veces.

Aparto la mirada. Quiero irme de ese coche, regresar a mi cuarto y mis cosas. Acostarme y pensar solo en el trabajo que me espera mañana en mi sala del hospital.

—Cuando mi madre te trajo a casa eras apenas un gato sarnoso, flaco y feo. Pero —me toca el cabello— te has convertido en un animal muy hermoso... enfermerita.

Aparto la cabeza y me giro buscando la manija de la puerta para salir, pero él es más rápido que yo y sujeta la puerta, que no se abre por más que forcejeo. Huele a sudor y a licor. Se me encoje el estómago.

—¡Déjeme salir! —susurro a duras penas.

—¡Marina, si solo estamos charlando! —Ríe—. ¿Qué diría mi madre si le cuento que me huyes y no deseas mantener una conversación amistosa conmigo?

Ensucia todo lo que su madre supone para mí con esa mención tan rastrera. Para mí doña Virtudes lo es todo en esta vida, es casi una madre. Ella me ha dado un futuro, la vida que ahora vivo.

Sin mediar palabra, Ángel se echa sobre mí y me besa en el cuello deslizándose por mi piel, buscando mis labios. Forcejeo, pero solo consigo que se ría en mi cara manchando mis mejillas con su saliva. Sin ningún gesto que me sirva de advertencia me propina un puñetazo en el estómago. No puedo doblarme porque él se me pone inmediatamente encima y, entonces sí, me besa en la boca. Me muerde con rabia los labios y su lengua se apodera de mi boca con furia.

Sus manos sobetean todo mi cuerpo; con una mano me aprisiona un pecho al tiempo que mete la otra bajo mi falda. Le oigo respirar con dificultad. Aprovecho y le empujo con todas las fuerzas que consigo reunir haciéndole caer sobre su asiento. La sorpresa dibuja un gesto estúpido en su rostro... son unos segundos de oro que me sirven para abrir, ahora sí, la manija de la puerta y salir como puedo del coche. Una parte de mi cerebro razona de forma ridícula y me grita que me he dejado el bolso dentro, pero ignoro todo lo que no sea darles órdenes a mis piernas para que echen a correr a toda velocidad de allí y alejarme de ese monstruo.

No me da tiempo de nada: no sé cómo, Ángel ha salido del coche y, cuando ya estoy alcanzando un grupo de árboles entre los que deseo esconderme, él me agarra con extrema violencia del pelo y me hace caer hacia atrás. Se sienta a horcajadas sobre mi cintura y oigo que dice:

—¡Te pillé! —Sus carcajadas me hieren como latigazos.

Manoteo intentando librarme de sus garras al tiempo que me revuelvo como puedo con las piernas y el cuerpo. Sus manos son tenazas en mis brazos. Su risa, lejos de menguar, arrecia. Suena como un loco y eso me produce una mezcla de horror y desesperanza porque se nota que está disfrutando al tratarme de esa forma tan brutal. Me sujeta con fuerza con una sola mano, al tiempo que empieza a golpearme la cara con la otra cerrada en un puño. Los impactos me hacen pitar los oídos y pierdo momentáneamente la visión.

Todo se vuelve negro por un instante y no puedo moverme mientras siento que me levanta la falda y me arranca las bragas. El algodón se rasga sin dificultad. Un grito sale de algún lugar de mi cabeza y tardo unos segundos en entender que en realidad soy yo quien está gritando.

—¡¡¡Nooooo, nooo... noooo, por favoooor, no!!!

El Monstruo entierra su cara en mi cuello y comienza a morderme, jadea como un animal. Reúno fuerzas aprovechando que recupero la visión y le golpeo en el rostro, le araño al tiempo que aúllo de rabia y de miedo, pero él aparta mis manos como si de un insecto se tratara. Me rasga el vestido por el escote y deja mis senos al descubierto. Gime de forma grotesca y me soba con una mano, metiendo sus dedos en mi boca al tiempo que con la otra mano se saca el cinturón, se baja la bragueta y libera su miembro.

Pateo de nuevo y él me propina un brutal puñetazo en un lado de la frente que me deja de nuevo mareada y sin visión, con un espantoso zumbido en los oídos que me aleja de todo, pero no es suficiente para que no sea consciente de cómo me penetra, el dolor intenso, lacerante y humillante que me produce al tiempo que me muerde los senos.

Algo me obliga a abandonar la lucha. He perdido, me ha

vencido. Mi espíritu se avergüenza de mi debilidad al ritmo de sus embates, de sus gemidos, de sus quejidos de placer. Después de un tiempo que se me hace eterno, las embestidas de su cuerpo se detienen y se deja caer, vencido. Sin preocuparse en entender que su cuerpo está aprisionando el mío, que su pecho me aplasta la cara, le oigo decir en un susurro:

—Deliciosa, Marina, eres deliciosa.

Mi cuerpo se ha quedado frío y yerto. Solo soy capaz de respirar y ojalá pudiera dejar de hacerlo y morirme allí mismo. El Monstruo se incorpora con evidente esfuerzo, vencido por la acometida, y se ajusta de nuevo el pantalón que apenas ha necesitado bajarse un poco para colmar sus deseos, para humillarme.

Me obligo a mirarle para que mi cerebro registre perfectamente que esto no es un sueño, que ha sido él, Ángel, el hijo de mi queridísima doña Virtudes, el que me ha hecho algo tan horrible; que no es una pesadilla ni es fruto de mi imaginación.

Se arrodilla a mi lado y, de forma harto estúpida, suelta una carcajada mientras me dice:

—¡Tápate, mujer!

Me baja la falda y entonces algo me hace reaccionar. Me cubro los senos con los brazos.

—Si dices algo de esto, Marina, diré que tú me provocaste, diré que me provocaste todo el tiempo que viviste en casa, que te metiste en mi cama decenas de veces cuando eras mi criada —remarca esta última palabra—. Imagínate lo que mamá pensará de ti, nena. Pensará que eres una puta.

—¡Eres un mierda! —acierto a decir.

Él ya se ha levantado y se está quitando el polvo de los pantalones. Consigo incorporarme, pero mi estómago se rebela y, aún de rodillas, vomito. Sus pies están demasiado cerca y le mancho los zapatos y la parte baja de los pantalones.

—¡¡¡Pero qué, qué... qué zorra eres!!!— aúlla.

Y me asesta un golpe en la cabeza con la rodilla. Me caigo de bruces y se hace la oscuridad.

Bendita oscuridad.

# MARIAN

Me quiero tomar el viaje a Granada con mucha tranquilidad, quiero pasar unos días agradables y gratificantes, y por ello debe comenzar bien.

No me gusta mucho conducir y el viaje es largo, por lo que decido salir temprano e ir parando en los sitios que me apetezca. Me paro a tomar café en un sitio, a comprar agua en otro. A media mañana decido hacer un desayuno ligero en una vía de descanso.

Una hora más tarde me detengo para ir al aseo y echar gasolina en otra vía de servicio y me tomo mi tiempo viendo una tienda de artesanía contigua a la gasolinera. La dueña me mira con ansiedad y sigue mis movimientos en los más de treinta minutos que estoy curioseando entre ollas, jarras, juegos de café, vajillas y botellas de todos tipos y colores. Estoy tentada de comprar algo para llevárselo a mi madre pero cambio de idea al recordar la cantidad de cachivaches inútiles que ha ido coleccionando a lo largo del tiempo gracias a los recuerdos de cada uno de los múltiples viajes que sus cinco hijos han realizado a lo largo de cuarenta años. No me hace falta cerrar los ojos para ver la eterna sucesión de cacharritos que debía retirar, limpiar y volver a ordenar cada vez que mi madre me ordenaba que limpiara el polvo. No, ni uno más.

La dueña de la tienda de artesanía debe de sentir auténtico odio hacia mi persona cuando comprueba que al final de tanto mirar y tocar me voy sin comprar nada.

De camino me da por pensar en mi familia...

Mi madre es una mujer realmente estupenda. Sé que mucha gente piensa lo mismo de la suya. Pero es que, de una forma absolutamente objetiva, mi madre lo es. Se llama Rosa y tiene sesenta y ocho años. Se casó a los dieciséis con Otilio, mi padre, diez años mayor que ella y taxista de profesión.

Él era de un pueblo de Huesca, no recuerdo el nombre pero, según afirma mi madre, era un pueblo de montaña. A los veintitrés años le tocó irse a la mili a Almería y ya no volvió más a su pueblo, porque, según aseguraba, había descubierto el calor y el sol y estaba harto de nieve y frío y de cuidar ovejas. Trabajó en casi de todo. Fue peón, carnicero, panadero y, cuando trabajaba de transportista de pescado, decidió quedarse a vivir en Granada. Poco a poco, con mucho esfuerzo, reunió un dinerillo que le permitió comprarse una licencia y un taxi. No sé si tenía hermanos vivos. Mi madre me contó que había tenido dos hermanos mayores que él pero que murieron durante la posguerra a consecuencia de unas fiebres. Sus padres hacía tiempo que habían fallecido, así que lo había criado una abuela de nombre y características desconocidas para mí. En casa se la llamaba solo «la abuela de papá».

Mi madre procede de una familia adinerada. Conoció a mi padre en una fiesta de Navidad que se celebraba en la parroquia de su barrio. Él se encaprichó de ella nada más verla y ella creyó enamorarse nada más hablar con él. Aunque los dos creyeron haber encontrado por fin el amor verdadero, mi padre no fue bien aceptado por la familia de mi madre ya que no tenía posibles, por lo que el aragonés, negándose en rotundo a ser descartado como posible candidato a marido, decidió tomar la calle de en medio. Se la llevó una tarde con él y pasaron la noche juntos —sin tocarla, ni nada indecoroso, ¡no te vayas a creer!— en casa de unos amigos. Porque resulta que en esa época daba igual si hacías algo malo o no: solo con parecer que lo habías hecho ya estabas condenado.

Parece ser que la deshonra para la familia de mi madre fue tal que, tras pegarle una paliza a mi padre que lo dejó desvencijado para el resto de su vida, casaron a Otilio con la niña Rosa en la sacristía de su parroquia, a las siete de la mañana de un lunes. Mi abuelo, Germán, les compró un piso modesto en las afueras de la ciudad y borró a mi madre de toda posible herencia, que había y mucha. Además, no quiso saber nada más de ella ni de su familia de gorrinos, como el buen hombre gustaba llamarnos. De hecho, murió sin que mi madre volviera a verlo.

Bueno, la verdad es que mi madre no salió ganando con el negocio. Mi padre era una mala bestia que lo mejor que podría haber hecho era quedarse en la montaña con las ovejas. La pegó e insultó desde el primer al último día que vivió con ella. Incluso durante los cinco embarazos de sus cinco hijos, de los que yo soy la cuarta.

Ninguno de los siete hermanos de mi madre hicieron nada por ayudarla y, menos aún mi abuelo. Sabían de sobra cuál era su situación porque, según se comentaba, mi madre siempre llevaba moratones en la cara y los brazos o cojeaba a consecuencia de los golpes. Todo el mundo sabía de su miserable vida pero nadie movió un músculo por darle apoyo. Cuando mi madre tenía treinta años y estaba embarazada de mi hermano Jorge, mi padre tuvo un accidente de tráfico y se mató. Yo tenía casi cuatro años, pero juro que recuerdo a mi madre en el momento en que la Guardia Civil le dio la noticia. Con su barriga de ocho meses apuntando a la pareja de la Benemérita apostados en el descansillo de mi portal, les dio las gracias, cerró la puerta tras ellos y dijo: «Bien, pues esto se ha acabado.»

Desde el mismo día que le enterró hizo borrón y cuenta nueva con respecto a su miserable experiencia matrimonial. Estoy segura de que consideró que la vida le había dado una nueva oportunidad de llevar una existencia normal.

Comenzó a trabajar limpiando casas, lavando y planchando ropa, cosiendo y cocinando para casas adineradas. Nos dejaba a todos en el colegio a primera hora de la mañana; al principio se llevaba a mi hermano Jorge, hasta que tuvo edad escolar, y nos recogía por la tarde a las cinco en la misma puerta donde nos había dejado por la mañana. No la recuerdo nunca enferma. Sé de buena tinta que llegó, incluso, a trabajar para familias conocidas o amigas de mi abuelo y él jamás se movió de su decisión. Había decidido borrarla de su familia cuando se casó con mi padre y fue definitivo. Tampoco mi madre hizo nunca nada, o eso creía, para reconciliar una relación totalmente muerta y jamás le pidió ayuda a su padre.

Se desvivió para que sus hijos tuviéramos una carrera. Así que todos hemos estudiado lo que nos ha gustado. Se deslomó para que no nos faltara de nada. Nosotros estudiamos y nos dejamos los codos hasta conseguir un título que nos permitiera valernos por nosotros mismos y ganarnos la vida. Adoro a mi madre. La admiro. Y sé que todo, absolutamente todo lo que soy, se lo debo a ella. Mis hermanos supongo que también tienen presente este hecho y que deben de sentir lo mismo que yo, porque si no sería muy injusto.

En un viaje que no suele durar más de tres o cuatro horas, yo tardo seis y media.

Es cerca de mediodía cuando entro en Granada. Mi madre vive en uno de sus fabulosos barrios de la periferia, donde todo el mundo se conoce y la vida casi es igual a la de un pueblo. Su piso es el primero en un bloque de cuatro alturas, con solo dos vecinos por planta. No tiene ascensor, pero como solo tiene un tramo de escaleras no le resulta muy dificultoso entrar y salir.

Seguro que mi madre ha estado asomada al balcón vigilando la entrada de la calle y mi llegada, porque cuando paro el coche delante del portal está esperándome con los brazos abiertos y una sonrisa enorme como tajada de melón. De verdad que parece que por ella no han pasado los tres años que hace que no nos vemos. Sigue estando llenita, que no gorda. Su pelo blanco, recogido en un moño en la nuca con un par de rebeldes mechones que le enmarcan el rostro. Sus inteligentes y sinceros ojos marrones, atentos a todo, me escrutan mientras me da uno de esos abrazos que solo las madres son capaces de dar: reconfortantes, intensos, cálidos.

Echándome un rápido vistazo aprecia de inmediato los cambios que he sufrido. Sé que no le hace gracia mi evidente pérdida de peso. A su lado están sus dos vecinas, doña Paca y doña Pastora, que me saludan como si fuera una especie de hija pródiga que es preciso mostrar para constatar su retorno. Me besan como si fuera de la familia y, la verdad, es que se puede decir que lo son. Paca y Pastora son cuñadas. Se fueron a vivir al mismo edificio cuando se casaron, un año antes de morir mi padre, y comparten descansillo, el del segundo piso. Son una especie de guardaespaldas de mi madre. Ellas fueron las únicas personas en este mundo que prestaron algo de ayuda a mi madre en sus días más infernales y, desde que se quedó viuda, así ha seguido siendo. Las considero algo así como dos tías adoptivas. Y las quiero con toda mi alma.

Tras un batiburrillo de saludos, besos, abrazos, conversaciones decenas de veces iniciadas e interrumpidas consigo sacar mi equipaje del coche y subir con las «tres Marías» a casa.

Mi madre me ha preparado una montaña de comida. Entre otras cosas, migas y guiso de carne con tomate. He comido como si fuera un náufrago rescatado tras cinco años de ingerir solo cocos y hojas. Aparte de mi madre, de Paca y Pastora —sus maridos son camioneros y pasan días, a veces semanas, fuera y sus respectivos hijos viven todos fuera de la ciudad—, han venido mi hermano Jorge y su mujer, Lucía; mi hermano José y su mujer, Sole.

Hemos compartido mesa, risas, historias y una agradable conversación. Por un par de horas se me ha olvidado todo lo que he dejado atrás. En algún momento me ha vuelto, como una cuchillada, la imagen de Rodrigo besándose con la bella tarántula. Pero un sorbito de cerveza y una ración de guiso han sido suficientes para arrinconarla y anestesiarla. ¡Fíjate qué cosas: no he tenido ni náuseas ni ardores! Nada como comer en casa.

Mis hermanos y sus mujeres se han ido ya. Los cuatro son policías nacionales y están destinados en las mismas dependencias. Hoy no les tocaba trabajar, así que han venido a comer, ya que «la niña ha vuelto». Da gusto ver a mis hermanos tan bien avenidos con sus parejas y con esa química especial que da una correcta mezcla de cariño, amistad, respeto y amor. ¡Qué gusto y qué envidia!

Paca y Pastora han preparado café que acompañan con unos bollitos de hojaldre y unas tortas de aceite, esas de Castilleja de la Cuesta que tanto me gustan. Mi madre se ha sentado a mi lado en el sofá y me agarra la rodilla con una ternura que me hace saltar las lágrimas. Poso mi mano sobre su suave y estropeada mano llena de durezas y grietas de tanto fregar. Las vecinas hace rato que están abducidas por el efecto de una telenovela de emisión diaria y acentos caribeños. Mi madre me mira.

—¡Cuéntame, nena, cuéntame cómo te va!

La miro.

No sé si puedo decirle todo lo que me ha pasado. No quiero que se preocupe.

Miro la tele sin ver.

Suspiro.

Y hablo.

Al final le he contado todo. La soledad tras el abandono de Benigno. Mi vacía vida fuera de mi trabajo y lo mucho que este me gusta y me llena de satisfacciones; lo sola que me encuentro. Le comento, solo de pasada, que tuve un accidente laboral. Lo sola que estoy... Pero Rodrigo, no. A él prefiero dejarlo guardado en un repliegue de mi memoria, porque aún no sé qué hacer, ni qué pensar. ¡Y me escuece tanto el alma cuando pienso en él...! Bueno, el sentido del ridículo que me embarga a recordar la escenita del bar prefiero dejarlo de lado.

Paca y Pastora hace un rato que no miran la televisión y me observan en silencio con cara desencajada y ojos húmedos. ¿Para qué van a ver una telenovela si tienen una versión reducida sentada a su lado en el salón? Mi madre, el rostro sereno y los labios apretados. Yo llorando a moco tendido y con hipo. Hacía tiempo que no hablaba de mis cosas con nadie de confianza, y tanta angustia guardada durante tanto tiempo tenía una capa de polvo impresionante. El hablar con personas tan queridas y tan añoradas ha producido el efecto de un embalse reventado por exceso de agua que ya resulta imparable. El agua corre sin control y lo hará hasta que el depósito quede vacío.

—Ese Benigno no era bueno para ti, hija. ¡Gracias a Dios que te diste cuenta!

—¡Mamá, pero si me dejó él!

—¡Menos mal, cariño, menos mal! Las dos veces que vino fue como si congelaran el aire. Allí, sentado, tan estirado y mirándonos a todos como si fuéramos monos escapados de un zoo ensuciando su limpio e impoluto vestuario y contaminando el aire que respiraba.

—Yo creía que le quería, de verdad.

—¡No hija, no! Lo que te sucedía es que te agarrabas a él por miedo a que se tratara de la última oportunidad que la vida te brindara. ¡Tú te mereces algo mejor, cielo, y no ese Madelman!

—Bueno, más que un Madelman, yo creo que es un Geyperman.

Reímos a coro.

—Mamá, nunca me dijiste que no te gustara, ni siquiera cuando yo te preguntaba. Siempre me contestaste con frases vagas... Sin excesivo calor, cierto, pero nunca dejaste entrever que Benigno no fuera de tu gusto... —Aunque, la verdad, debo reconocer que ese hombre le gusta a muy poca gente considerada como normal.

—Hija, no quería hacerte daño. Quizás el hombre ese te quería y era la persona que la vida te tenía asignada. Yo no quería meterme en tus cosas y que te enfadaras conmigo. Bastante te estaba separando de nosotros sin necesidad de decir yo nada.

—¿Sigue siendo tu jefe? —Paca pronuncia la palabra «jefe» como si fuera venenosa.

—Bueno, más que mi jefe es mi supervisor de planta. Sí, sigue siéndolo. Pero me trata igual que a todos los demás. Con la misma indiferencia.

—La verdad es que ese tipo tiene la pinta de ser igual de cariñoso que una piraña caribeña —apunta Pastora.

Mi madre deriva la conversación hacia conocidos de mi infancia. Me informa de bodas, nacimientos, defunciones. Por un ratillo se me olvida mi monotonía y me veo inmersa en vidas y circunstancias muy ajenas a mí pero que no dejan de impresionarme, como cuando me cuenta que mi primer «novio», Leandro, murió de cáncer de pulmón hace seis meses. Le recuerdo guapo, rubio, con gafas oscuras de pasta, dicharachero, ingenioso, simpático... No puedo imaginarme su aspecto antes de fallecer, y una pena inmensa me inunda.

Mi madre me lee el pensamiento.

—Marian, ¿sabes quién se ha casado hace un mes?

Niego con un gesto. Paca y Pastora sonríen de oreja a oreja.

—¿Te acuerdas de Toñín, el hijo de Mari, la de la droguería?

—¿Toñín?

Recuerdo, recuerdo... Recuerdo a un chico muy delgado y espigado. Muy amanerado, afeminado y frágil, al que los niños y niñas del barrio atormentábamos con frases y dichos crueles, que corría como una gacela cuando una marabunta de niños armados con piedras le perseguían mientras le gritaban «¡Mariquita, mariquita!».

—¡Pues se ha casado! —Paca se lleva una mano a la cara con fingido asombro—. ¡Se ha casado con un decorador de Bilbao, un tipo guapísimo y grandote, y se han ido a vivir a Madrid!

Las tres mujeres se parten de risa entre carcajadas y gritos. Yo me sonrío. Está claro que son buenas, muy buenas personas, pero moralmente son arcaicas. Es indiscutible que la vida ha cambiado mucho en muy poco tiempo, afortunadamente. Ellas y personas como ellas, educadas en las más rancias y estrictas costumbres, lo tienen muy difícil para adaptar su entendimiento a los nuevos derechos y cambios sociales, inevitables y más justos. Muchos lo intentan. Pero la inmensa mayoría no. Por lo menos, mi madre, Pastora y Paca solo se ríen, pero no lo critican; aún les cuesta un poco imaginarse a dos hombres —o dos mujeres— con la intimidad propia de una pareja heterosexual.

—Me alegro por Toñín. Por fin puede ser como realmente es sin que nos vayamos riendo de él por las calles. ¡Espero que le vaya bien!

Las tres mujeres dejan de reír al mismo tiempo como por ensalmo.

Mi madre evita a propósito ahondar en mi accidente en el trabajo con Pastora y Paca delante. Mi madre confía mucho en estas dos mujeres pero la palabra «sida» sigue siendo sinónimo de apestado para el ciudadano de a pie.

Espera a que se vayan, una hora más tarde, para entender lo que me ha sucedido, para pedirme que le cuente con todo detalle lo que eso supone o puede suponer en un futuro.

Yo se lo explico e intento tranquilizarla y dejarle claro que lo más probable es que no me pase nada, aunque eso solo lo sabremos con absoluta certeza cuando termine los análisis por completo, dentro de nueve meses. Mi madre me besa en las mejillas y la frente. Ese sencillo y familiar gesto me hace tanto bien como jamás me podrá hacer el medicamento más milagroso. Me pone las manos en las mejillas y me susurra «Todo se va a solucionar». Y en ese momento me doy cuenta de que la creo. Todo se va a solucionar, sin lugar a dudas.

Salimos a dar un paseo por el barrio. Mi madre me nombra, intentándome hacer recordar, a cada vecina o vecino que se acerca a saludarme. Ella me muestra como un bien precioso y muy preciado. Su niña.

—¿Te acuerdas, Marian, de Isabel? Su hija iba contigo a la catequesis e hizo la comunión contigo.

Besos. Saludos.

Unos pasos más tarde:

—¡Hombre, Esteban! ¿Qué tal? ¿Te acuerdas de mi nena?

Más besos. Más saludos.

Así hacemos todo el paseo. Siento la satisfacción de mi madre al caminar conmigo a su lado, el orgullo que yo le hago sentir, cómo mira a todos los lados de la calle buscando a más vecinos a los que mostrarme. ¡Qué tristeza debió de sentir cuando yo dejé de visitarla y de llamarla! Cuando la olvidé, cuando la relegué por una relación con un hombre vacío y necio que, según ella, no me merecía ni me llegaba, como persona, a la altura de los zapatos.

Somos cinco hermanos. Yo soy la única chica. Mis dos hermanos mayores viven en Málaga. No los veo desde hace muchísimos años, ya casi ni me acuerdo. Han organizado sus vidas alrededor de las familias de sus esposas. El mayor, Juan, de cincuenta y un años, es ingeniero y tanto él como su mujer, Marta (que tiene una tienda de ropa muy pija) están forrados. El segundo, Carlos, tiene cuarenta y nueve, es médico, concretamente traumatólogo, y está casado con Lourdes, que también es traumatóloga; parece que se están haciendo de oro atendiendo dolencias —meniscos, codos de tenista, dedos en martillo— a extranjeros con fuerte poderío económico. En resumen que, junto a José, dos años mayor que yo ,y Jorge, cuatro años menor, somos la descendencia de mi querida madre. Solo estos últimos se ocupan de ella y la visitan casi a diario o van a comer a su casa cuando se encuentran cerca. Por lo demás, vive sola.

Yo siempre había tenido una relación muy especial con ella, como en este país solo una hija puede llegar a tener con su madre. Desde siempre la había ayudado a limpiar, a comprar, a lavar, a coser —mientras mis hermanos veían la tele o estaban jugando en la calle o cazando moscas—... muchas horas juntas, muchos momentos compartidos, muchas conversaciones relativas a sus cosas y a las mías. Eso crea un vínculo sin igual, una intimidad muy especial. Cuando me fui de Granada, tras aprobar las oposiciones y conseguir plaza fija en el hospital, sé que estuvo muy triste y muy apagada. No entendía por qué no podía buscarme un trabajo fijo más cerca de mi familia y no tan lejos y tan al norte. Sintió que algo le era arrebatado, pero nunca me hizo ninguna muestra de protesta o me manifestó queja alguna. La relación que mantuve con Benigno fue la puntilla. Pero hoy he vuelto y para siempre.

Tras un largo paseo, que más parecía una presentación en sociedad y puesta de largo que otra cosa, regresamos a casa agarradas del brazo, felices, y riendo de nuestras cosas.

Esa noche, acostada en la que fue mi cama de jovencita, leo un libro mientras mi madre ve una serie de televisión que trata de un grupo de la policía científica en la ciudad de Las Vegas —mi madre me sorprende; jamás podría haber imaginado que le gustaran estas teleseries—. Intento concentrarme en una novela de moda que me ha recomendado y prestado Pastora. Parece ser que se trata de un éxito de ventas pero, la verdad, ya llevo más de ciento cincuenta páginas y a mí no me parece que se vaya animando. La historia va sobre unos cuadros de un pintor del Renacimiento y de un museo y de un historiador y de una trama misteriosa que ancla sus raíces en tiempos muy remotos.

Me estoy aburriendo.

Suena el móvil. Antes de responder, aliviada de que algo me salve de la compleja e insustancial trama de la novela, miro el visor para comprobar quién me llama: se trata de Auxi.

—¡Auxi, chica, qué sorpresa!

—Ho-hola, Marian —me dice titubeante.

—¿Pasa algo?

—Bueno..., nada que deba preocuparte. Sigues oficialmente de permiso. Pero es que... se ha presentado aquí en la planta uno de los guardias de seguridad, un tal Rodrigo, preguntando por ti. Como no sabía nada de él, me ha extrañado que se interesara de una forma tan personal por ti, la verdad, y he desconfiado. Me ha dicho que te ha llamado varias veces pero que tú no has respondido, parecía preocupado por si te había pasado algo. Le he dicho que no sabía nada de ti y te he llamado.

Se me encoge el estómago. Las manos me sudan, la oreja me arde, el aparato tiene vida propia.

—¿Está aún ahí, Auxi?

—No, chica. Se ha ido hace un minuto, lo que he tardado en llamarte. ¡No me digas que tienes un rollete con él!

Reconozco que su tono burlón y que le llame «rollete» no me hace mucha gracia. ¡Con razón no le he contado nada, porque luego pasan estas cosas!

—¡La verdad, Marian, es que el muchacho está para mojar pan!

—¡Qué antigua eres, Auxi! Eso ya no se usa.

—Marian, el tal Rodrigo ¡está que cruje! —Oigo su estruendosa risa por el aparato; más aún, creo que mi madre y todos sus vecinos la han oído y están detrás de la puerta estirando la oreja a ver qué pillan.

—Auxi, no chilles tanto que te va a oír toda la planta.

—¡Que me va a oír toda la planta! —dice con sorna—. El muchachote ha venido cuando estaba el control lleno a rebosar: Mari Cruz, Caridad y yo; aparte, Salvador, Eustaquio, Piedad, Socorro y dos celadores. Creo que también Paz, la limpiadora, se ha quedado con la boca abierta al ver al bomboncete. No dábamos crédito a nuestros ojos y oídos. ¡Marian con un tío buenísimo como este y no nos lo ha contado!

Oigo su risa al otro lado de la línea y me cabreo. Quiero mucho a Auxi. Es de las pocas compañeras que considero, además, mi amiga, pero me está cargando y me está tocando las narices. Me dejo llevar por la ira, otro de los defectos que caracteriza mi más plena humanidad. Así, que no razono. solo veo rojo y es en rojo como le contesto:

—¡Auxi, por favor, no me hinches las narices! —La risa

cesa de golpe—. Si ese vigilante de seguridad vuelve a preguntar por mí le dices, por favor, que volveré el lunes de la semana que viene, ¡y nada más!

Creo que le he chillado. He perdido el control, como siempre. Intento arreglarlo.

—Perdóname, por favor. No quería chillarte.

—Bueno, no te preocupes que así lo haré y... perdona por haberme metido en tus cosas.

Su tono es pesaroso, está dolida. No me da tiempo a contestarle. Corta bruscamente. La imagino golpeando el móvil al cerrarlo. Me arrepiento en este mismo instante. Estoy tentada de llamarla de nuevo. Tecleo su número: desconectado. Marco el número de la planta. Suena una vez. Cuelgo. Mejor no. Estas cosas hay que arreglarlas cara a cara.

Me tumbo de nuevo en la cama. Miro el techo.

He de reconocer que me ha sorprendido que Rodrigo fuera a mi servicio a preguntar por mí. Seguro que está molesto porque no di la cara tras mi estúpido comportamiento del sábado por la noche. Tendría que habérmelo imaginado, ya que para saber mi nombre estuvo preguntando por el hospital y, si había hecho eso, ¿por qué no iba a preguntar por mí? Sin duda quiere localizarme y es ese interés el que realmente me sorprende. Cojo el móvil. Busco en el menú la agenda y localizo su número. Ahí lo dejo. Lo miro pero sé que no voy a ser capaz de llamarle. Este es otro asunto que debo arreglar en persona. En cierto sentido me siento halagada porque haya ido a buscarme a mi planta. Evito pensar en él pero mi mente se niega a borrarle. No con esos ojos, con esos hoyuelos, no con esas manos y esa voz.

Tomo la novela y abro las páginas por el punto en que lo había dejado. Leo una, dos líneas. Indiscutiblemente, este libro es un rollazo.

## MARINA

No sé cuánto tiempo he estado inconsciente, pero cuando abro los ojos el Monstruo ya no está; y mi bolso y mi rebeca están tirados a un lado.

Me cuesta dios y ayuda ponerme de pie y vencer el mareo que siento. Tardaré una eternidad en recorrer a pie el camino hasta la ciudad. Me fallan las piernas y vuelvo a caer.

Me topo con una familia de gitanos que van al mercado. Al verme, la madre de familia manda detener el carro en el que llevan sus mercancías.

Me ayuda a levantarme.

—¡Virgen Santa, niña, ¿qué te ha pasado?! —Escupe en el suelo y afirma—: ¡Ayyyy, yo sé muy bien qué ha sido, mala *puñalá* le den a ese miserable! —Y me da una blusa limpia que me permite esconder lo que mi escueta rebeca no es capaz.

Entre ella y sus hijos me suben al vehículo, me acomodan entre la carga de frutas, hortalizas y flores; me dan leche tibia y amabilidad a raudales.

Se desvían de su ruta para dejarme lo más cerca posible de mi casa. Doña Paca, que así se llama la mujer, me planta dos besos y me seca las lágrimas con un pañuelo estampado de flores que huele a romero.

—De esta no te quedarás preñá —me anuncia—, lo veo en mi corazón; vive tu vida y olvida. ¡A ese ya se ocupará Dios de que le llegue de vuelta tanto daño como te ha hecho! —Nuevo beso en la frente—. Buena suerte, niña.

Cuando llego a la casa de huéspedes son ya las cinco de la mañana.

Tengo que llamar al timbre para que me abran. Doña Angustias no les da llaves del piso a las chicas solteras, así puede controlar la hora de regreso y, si ella considera que es indecorosa, pone a la muchacha de patitas en la calle.

Así que ella acude a mi llamada a la puerta, me abre, me mira de arriba abajo y, sin mediar palabra, me lleva al cuarto de baño, y llena la bañera con agua fría.

—A estas horas no puedo ponerme a calentar agua —me dice—, molestaría a mis huéspedes. —Y me da toallas limpias.

—¡Virgen santa, Virgen santa...! —la oigo susurrar mientras trajina.

Supongo que se imagina que se me ha torcido una noche de amor con mi novio o con un amante esporádico. Me lo dice su gesto rudo y adusto, sus prejuicios y su sentencia que aparecen grabados a fuego en cada arruga, en cada mirada que clava en mí.

No quiero aclarar nada. No voy a explicar nada. Lavo mi horror y mi vergüenza lo mejor que puedo y me curo las heridas tal como lo hago a diario con mis pacientes.

Una hora más tarde estoy en la cama arrebatada por la fiebre y cegada por el delirio.

Por la mañana pongo un aviso dirigido al hospital indicando que estoy enferma. Y, poco a poco, todo regresa de forma lenta y sosegada a la normalidad.

Cuando regreso a mi sala del hospital, la hermana Rosario me observa con ojos de pasmo.

—¡Santa Teresa bendita, hija mía, qué penita da verte esta cara!

Voy perfectamente arreglada, peinada y uniformada, pero por mucho que lo he intentado los moratones y heridas de la cara no he podido esconderlos. Ha pasado ya una semana de... de «aquello» y los cardenales están más amarillos que otra cosa, pero las costras marrones son como alambres en mis labios y en mis mejillas y me impiden gesticular con demasiado brío.

Saludo a todos los que están en la sala de enfermería y me sumerjo en mi trabajo al instante. Es un bálsamo pensar en otra cosa, porque todos me miran con un gesto de lástima que me escuece. Creo que más de uno se imagina —o, peor, sabe— lo que me ha pasado en realidad.

Para los efectos de mi baja laboral que me ha tenido alejada del hospital, sufrí una caída doméstica. Pero pocos se imaginan que por una caída de ese tipo la cara pueda parecer un mapa; el severo uniforme blanco que debo llevar tapa el resto de traumatismos que tengo aún repartidos por todo el cuerpo: arañazos, mordiscos en los pechos y el cuello, moratones y un corte bastante grande en el muslo cerca de la ingle que el Monstruo me hizo con la hebilla de su cinturón; si hubiera ido al médico, en esa herida me habrían dado puntos, pero me lo curé yo misma y los bordes aún están por cerrar.

Me dan igual, o eso creo, las heridas de la cara y de mi cuerpo porque se cerrarán y no dejarán rastro alguno salvo pálidas cicatrices que me importan un comino. Son mi corazón y mi alma los que están heridos de muerte.

Me siento aplastada por la vergüenza, la culpa, la rabia, el odio... Me cuesta trabajo dormir porque en cuanto cierro los ojos esas horribles imágenes me asaltan y llenan mi oscuridad. Vivo en un terror perpetuo al pensar que algo así vuelva a sucederme. No me siento cómoda cuando se me acerca un hombre; a los médicos les contesto mientras escribo o preparo medicamentos o material para curas. No puedo mirarlos a la cara.

No le he contado a nadie lo que me ocurrió esa noche, no podría, me da demasiada vergüenza.

Según va pasando la mañana, en mi mente voy dibujando una nueva decisión que logra aligerar un tanto la desazón que me aplasta el alma y que me dobla los hombros por tanto peso que no me veo capaz de portar.

No puedo seguir más tiempo en Granada, no puedo tropezarme ni una sola vez con el Monstruo, algo bastante factible dado que cada poco visito a mi mentora, doña Virtudes.

Dejaré este trabajo y me iré a otro sitio, no sé dónde..., lejos. Esta tarde sin falta pondré una conferencia a mi amiga Luisa, que trabaja en un hospital de provincias; tengo el teléfono de la casa de huéspedes en la que vive. La llamaré y le preguntaré si donde trabaja necesitan enfermeras.

Sí, me iré y espero no tener que mirar nunca hacia atrás.

## MARIAN

El martes lo dedico a hacer un pequeño recorrido por los lugares que más cariño tengo de la ciudad de Granada. Siempre, cuando era jovencita, había conseguido colarme en la Alhambra. Conocía a uno de los que trabajaban en las taquillas y me las arreglaba para entrar, dar un paseíto y a casa. Pero este hombre, Gerardo, ya no está. Me acerco a la entrada e intento echar un vistazo, que no me resulta fácil porque está llenísimo de turistas que se apretujan con arrebolado rostro conformando una cola de dimensiones kilométricas. Esto ya no es lo que era, ahora semeja la entrada de un ministerio con tanto arco de seguridad y tanta mampara ultrarresistente.

Decido volver a la ciudad y recorrer el Albaicín. Consigo a duras penas llegar al mirador de San Nicolás. Parece ser que medio mundo ha pensado lo mismo que yo y el mirador está tan concurrido como el metro en hora punta. A codazos me hago un hueco y logro asomarme un poco y echar un vistacillo a la Alhambra, que se muestra a mis ojos tan fascinante y hermosa como siempre.

Tras un agobiante paseo en el que me veo obligada a evitar torrentes y torrentes de turistas cámara de fotos o palo de *selfie* en ristre, decido tomar algo en la Plaza Nueva. Hace un sol muy agradable como solo aquí puede hacer, de tal forma que transforma esta fresca mañana aún invernal en un pequeño esbozo de la primavera que ya llama a la puerta, preparada para hacer acto de presencia. Tras sentarme en la terraza de uno de los bares de la plaza y esperar casi media hora a que uno de sus camareros se fije en mí, me tomo un refresco y una tapita mientras hojeo el periódico. El sol me deslumbra y necesito buscar mis gafas de sol en el bolso.

—¿Marian?

Con los ojos medio cerrados y cegados por el sol intento localizar el origen de esa masculina voz.

Ante mí se encuentra un hombre que parece ser un poco mayor que yo, alto y robusto, de cabello rubio cortado a cepillo, que hace que su cabeza parezca un melocotón pálido, inmaduro. Lleva unas oscuras gafas de sol último modelo que se retira al tiempo que me sonríe de oreja a oreja y se inclina hacia mí a la espera de un abrazo o un beso que yo no termino de darle. No tengo ni la más mínima idea de quién es, pero está claro que el tipo sí que me conoce.

—¡No me reconoces! —El tipo se sienta con toda su cara, porque yo no le he invitado—. Soy Julio, el hermano de Toñín... Bueno, de Antonio. Mi madre es María y tiene una droguería en la calle de tu madre...

Ya caigo. Su hermano es el que se casó hace poco con un decorador de Bilbao y se fue a Madrid.

Evidentemente, Julio ha cambiado muchísimo desde la última vez que lo vi, quizás hace más de quince o veinte años. Lo último que supe de él es que se había ido a estudiar a Inglaterra o a Francia o a Alemania o a otro sitio. Y lo recuerdo con el pelo a la altura de media espalda, lacio y grasiento, millones de granos a punto de reventar en su cara, una barba desaliñada que le daba un indiscutible aspecto de piojoso y unos ridículos aires de tipo duro de película, con el paquete de tabaco en la ceñida manga de la camiseta y gafas de sol que no se quitaba ni siquiera cuando el sol hacía horas que se había marchado. ¡No le habría reconocido jamás, jamás! La verdad es que el hombre sigue sin ser guapo, pero no se puede negar que ha mejorado, y mucho, el aspecto que tenía en la adolescencia. De un vampiro raquítico ha pasado a ser un elegante cuarentón bastante apuesto.

—¡Ah, claro, claro que sí! Julio, el hermano de Toñ... de Antonio.

Le ofrezco la mano, pero él me agarra y me planta un húmedo beso en cada mejilla. Me sonríe.

—Ayer me dijo mi madre que habías vuelto de visita.

—Sí. Estoy pasando unos días en casa de mi madre.

—Te parecerá todo tan distinto...

—¡No, qué va! Todo está igual a como lo recordaba.

—Sí, claro...

No soporto los momentos tensos. No se me ocurre qué decir y a él parece ocurrirle lo mismo.

—No sé... ¿quieres tomar algo?

—Claro, estupendo. —Hace un gesto al camarero que pasa en ese momento a nuestro lado—. Teo, unas cervecitas y unas tapas de la casa. —Me mira y me explica—: Es mi primo.

A mí me había costado más de media hora conseguir que el camarero me atendiera y llega este tío, levanta un dedo y Teo le trae al momento lo que desea. ¡Es lo que pasa!

Empezamos una insustancial conversación sobre el tiempo. Continuamos con una banal conversación sobre nuestra infancia. Pasamos por una sosa conversación sobre nuestros amigos de la infancia. Hasta que llegamos a la conversación que serpentea por el terreno de las ocupaciones profesionales, un recurso que casi siempre suele dar buenos resultados.

—Soy médico.

Está claro que ni de vacaciones me puedo librar de ese eterno tufillo a antisépticos, sueros y paracetamol.

—Yo soy enfermera, trabajo en medicina interna.

Ambos reímos.

Terreno conocido.

—Yo soy pediatra. Ahora trabajo en un centro de salud y hago guardias en las urgencias de un hospital, aquí, en Granada.

—Debe de ser difícil compaginarlo con la familia...

—No, estoy soltero y no tengo pareja fija en estos momentos, aunque tengo dos hijos con una alemana con la que estuve durante cuatro años. La alemana se ha afincado definitivamente en Salobreña, así que veo cuando quiero a los niños.

Habla de su expareja con tal frialdad, con tanta distancia, sin dibujar o esbozar cómo puede ser ella, que me siento un poco apenada. Supongo que así es como debe de referirse Benigno a mí, sin nombrarme, sin hacerme un hueco en su pasado o en su vida.

Nos lanzamos al consabido intercambio de información: pacientes, compañeros... Lo de siempre. Pero he de reconocer, a mi pesar, que la conversación con mi nuevo compañero me gusta.

Entre cervecillas y tapas me desgrana cientos de anécdotas sobre sus pequeños pacientes. Indiscutiblemente, se le da bien contar historias y es muy entretenido, muy divertido. El tiempo pasa casi sin darme cuenta.

—Te invito a comer.

Su ofrecimiento no me coge desprevenida, por lo que decido aceptar de inmediato. Llamo a mi madre y le explico con quién estoy y que me voy a quedar a comer algo por el centro; me sorprende que no le sorprenda. Ya hablaré más tarde con ella.

Julio me lleva a Pedro Antonio de Alarcón, una conocida calle y zona de marcha nocturna muy frecuentada por los jóvenes y por los miles de estudiantes de la ciudad, pero que durante el día tiene una interesante oferta de restaurantes y cervecerías. Me encuentro a gusto con Julio y eso no deja de llamarme la atención. Me resulta un poco extraño que le conociera desde mi infancia, que hubiéramos compartido amigos y conocidos y que trasteáramos por las mismas calles. Y sin embargo, hoy, para mí es un total desconocido, aunque hablo con él como si nos viéramos a diario. Esto no es propio de mí, que por lo general soy muy desconfiada con los extraños y me cuesta abrirme y distenderme. Con la conversación de Julio, con su trato fácil, estoy recibiendo todo el vapor y a la presión necesaria para que me abra como una almeja en un guiso de fideos.

Me doy un buen homenaje en el que las migas y el jamón de la Alpujarra son los protagonistas.

No me molesto en ningún momento en sumar las calorías de lo que me he comido y bebido. Ya llegarán nuevamente los tiempos de lechuga y verduritas a la plancha. Con lo bien que se come por estas tierras ni me planteo la posibilidad de controlar mi dieta. El tiempo pasa perezoso y sin que nos demos cuenta el bar se ha quedado desierto y los camareros carraspean disimuladamente en un intento de que cortemos la cháchara y nos marchemos de una vez.

No consiento que Julio pague toda la cuenta. Llego casi hasta el enfado cuando me argumenta que paga él porque me había invitado. Hay algo en su actitud, altanera y autosuficiente, quizá, que me impide aceptar que sea su dinero el que sirva para abonar la exorbitante cuenta de nuestra pantagruélica comida. Quizás es porque me lo ha dicho con un tono algo condescendiente. No lo sé. Lo único que tengo claro es que no me da la real gana de que él pague toda la cuenta. Tan burra me pongo que no le queda más remedio que aceptar. Está claro que el tiempo ha sido benévolo con aquel descarado y malhablado adolescente y se ha vuelto un hombre bien plantado, muy educado, muy caballeroso. Su gesto de evidente fastidio es rápidamente sustituido por otro de deportividad al aceptar que ha perdido en nuestro tira y afloja y permitir que yo abone la mitad.

—Bueno, Marian, ¿qué te parece si vamos a visitar la Cartuja, la Catedral, el mausoleo...?

—Me parece una idea fabulosa. Eso me ayudará a bajar lo comido y evitar que se instale en mis superpoblados glúteos.

Julio ríe con franqueza. Ambos deseábamos algún punto de escape para la tensión que había enfriado lo que hasta ese momento había sido una distendida y agradable comida.

Pasamos una tarde muy entretenida. Aparte de visitar todos los lugares que tantas ganas tenía de volver a ver, hablamos durante horas. Su inteligente conversación fluye con naturalidad y me anima a opinar, a explicar mis puntos de vista —casi siempre opuestos a los suyos, la verdad—. Me hace reír a carcajadas con su fabuloso sentido del humor.

Las horas pasan sin casi sentirlas. Y cuando me quiero dar cuenta es de noche.

—Vamos a darle a este fantástico día un final de ensueño. ¿Te parece bien?

—Claro, claro.

Para un taxi y no deja que oiga la dirección que le da al taxista.

El vehículo nos acerca a una de las puertas de la Alhambra y se detiene frente al Parador. Me quedo boquiabierta. Nunca he estado dentro y a esa hora y con la estudiada iluminación que lo adorna de forma tan artística parece un lugar encantado.

—¿A que es impresionante?

Asiento.

Julio me invita a entrar con un gesto mientras me agarra de la cintura. Ha tenido cientos de gestos similares durante toda la jornada: tomarme de la mano, besarme en la mejilla, pasarme un brazo por los hombros... una familiaridad a la que no doy demasiada importancia.

Cenamos.

Charlamos.

Paseamos.

Tomamos una copa en un bonito bar de moda, acompañados de música suave y melodiosa.

Julio me pasa un brazo por detrás, apoya su mano en mi hombro y me habla directamente al oído. Puedo sentir su aliento en mi oreja. Mi piel se eriza pero no de forma agradable precisamente. Sus labios rozan mi oreja. Me aparto un poco, discretamente, pero no le dejo las cosas claras para no crear una situación violenta, y algo me grita con fuerza en mi interior que estoy cometiendo un enorme error.

Por fin encuentro la típica excusa perfecta:

—Vaya, si ya es la una, yo mejor me voy, que mañana tengo que hacer muchas cosas...

—Sí, claro, vámonos. Tengo el coche aparcado cerca de aquí.

—No te molestes, ya cojo un taxi.

—No, no, te acompaño. —Vuelvo a notar esa altanería y autosuficiencia de horas atrás, pero esta vez no insisto.

Llegamos a donde tiene aparcado su coche deportivo.

Julio conduce hasta un apartado lugar que no conozco.

—¿Adónde vamos? —pregunto, ahora ya alarmada.

—Ya lo verás, es una sorpresa —me responde con una sonrisa intrigante.

Bueno, quizá nos dirigimos al barrio por un camino distinto. Es normal que yo no conozca esta zona, ya que la ciudad ha crecido muchísimo desde que me marché.

Mi sorpresa es mayúscula cuando aparca al lado de un camino de tierra. Apaga el motor y cierra las luces. Se gira en su asiento, me agarra la cara con las manos y me besa sin mediar palabra. Sus labios fuerzan los míos. Su boca abre la mía.

Una oleada de desagrado me recorre como una corriente eléctrica. Aparto su cara e intento apartarlo, pero no lo consigo. Huele a alcohol y a sudor, supongo que igual que yo, pero no puedo evitar una oleada de asco. En este momento se me amontonan en el cerebro todos y cada uno de sus gestos de acercamiento, gestos inequívocos que yo he aceptado con mi pasividad. Cruzo los brazos ante mi pecho para protegerme y él me agarra la cara y el cuello, me está haciendo daño.

—¡No, déjame! —Mi grito atrona en mis oídos.

Él sigue forcejeando, ignorando mi negativa.

—Venga, Marian, no te hagas la estrecha...

Me siento furiosa, muy furiosa. Es posible que le haya dado señales equivocadas con mi pasividad. Lo admito y lo siento; quizás ha sido el alcohol, quizá que al principio me encontraba realmente a gusto, pero eso ahora da igual, porque estoy dejando diáfanamente claro que no me apetece magrearle o dejarme magrear por él. Sus húmedos labios se encuentran pegados a mi cuello; me recuerda a un baboso caracol y me inunda una inmensa sensación de repugnancia y de repelús.

—¡Te he dicho que me dejes, gilipollas! —Me cuesta un auténtico triunfo apartarlo de mí.

Se queda estupefacto. Sus ojos pasan de una cierta sensualidad ebria a la cólera más devastadora en cuestión de milésimas de segundo. Limitado por el estrecho espacio del cubículo toma impulso con la mano y me suelta un enorme bofetón mientras me regala uno de los apelativos favoritos en los tíos como él:

—¡Puta!

Me lo suelta a dos milímetros de la cara, de tal forma que algunas gotitas de saliva me saltan a los ojos y los labios haciéndome pestañear. La rabia y la indignación me hacen temblar; el asco que siento me revuelve el estómago y me impele a salir del vehículo a toda prisa; me escuece la cara, por el golpe, y el alma, por la indignación, por la rabia. Salgo del coche casi a gatas y me apoyo en la portezuela. Estoy mareada y enferma.

Él pone en marcha el motor con la puerta aún abierta y arranca a toda velocidad, pero no con la suficiente. Sin hacerlo a propósito, mi estómago le devuelve todo lo ingerido durante horas y lo deposita sobre el asiento delantero, la puerta y la carrocería del deportivo con asombrosa prontitud y equidad.

El imbécil de Julio y su coche se pierden a toda pastilla por el camino de tierra dejándome tirada en mitad de la noche en solo Dios sabe dónde. ¡Menos mal que he agarrado el bolso a tiempo, si no, me quedo tirada y sin dinero!

Qué tipejo más desgraciado... No he captado su sonrisa de tiburón ni he querido escuchar su tonillo zumbón. Me encontraba tan a gusto que he bajado la guardia. Y encima, como una idiota, no he querido dejarle las cosas claras antes por si se molestaba...

Cojo el móvil: mierda, aquí no hay cobertura.

Una intensa realidad se apropia de mi dolorida conciencia: ¿dónde estoy? Hace bastante fresco y está muy oscuro. No se ve ninguna luz cerca de donde me encuentro y me entra miedo. Gracias a que hay luna llena puedo ver los desniveles del terreno.

Me arrebujo lo que puedo en mi chaqueta de entretiempo y, haciendo caso omiso de la vocecilla de mi cerebro que me dice lo muy idiota que he sido, empiezo a caminar sin tener nada claro adónde me dirijo.

Llevo caminando unos diez o quince minutos cuando oigo unos pasos detrás de mí. Una oleada de pánico me inunda repentinamente. Miro hacia atrás y vislumbro un par de sombras que caminan tras mis pasos. Mi corazón intenta escapar de mi cuerpo tomando como puerta de salida el estómago. Mis piernas reaccionan sin esperar mis órdenes y aceleran el paso. Un sudor frío me empapa entera en cuestión de segundos. Los pasos empiezan a caminar a mi ritmo, con evidente intención de alcanzarme. No lo dudo y empiezo a correr, enloquecida por el pánico. Varios pies corren a su vez; oigo voces masculinas. Tardo unos momentos en comprender que se dirigen a mí:

—¡Oiga, señorita! ¡Señorita, no corra!

Pero yo sigo corriendo. Los pies que me siguen me están alcanzando. Yo intento dar más brío a mis piernas, pero hace tanto tiempo que no les daba un trabajo como este que se encuentran oxidadas, desentrenadas. Un intenso dolor en el costado me avisa de que mis momentos como velocista están llegando a su fin. Me doy cuenta de que he comenzado a rezar un padrenuestro y que lo repito una y otra vez como un mantra que me ayude a salvarme.

—¡Señorita, que no vamos a hacerle *na*!

«Sí, claro, y yo voy y me lo creo.» Mi mente es un torbellino que anhela desesperadamente un final feliz a una velada indiscutiblemente desastrosa.

—¡Pare, mujer!

Como no puede ser de otro modo, los pies perseguidores me alcanzan. Unas manos me agarran por un hombro intentando poner freno a mi loca carrera.

Mi cuerpo ya no puede más, así que se niega a responder a mis órdenes de que continúe la carrera y se para. Me duele enormemente la cabeza, las piernas, el pecho. Tengo que doblarme por la cintura y bajar el tronco para poder dar entrada al aire en mis pulmones que me escuecen con rabia. Mis perseguidores no están tan afectados como yo por el inesperado esfuerzo y esperan tranquilamente a que me reponga. ¡Increíble actitud para unos ladrones en potencia!

Tras unos momentos de respiración forzada, consigo recuperar el resuello y me estiro lo que puedo, plantando cara a quienes me han seguido con tanta insistencia; sujeto mi bolso con ambos brazos y lo aprieto contra el pecho.

Se trata de dos hombres jóvenes; no tendrán más de dieciocho o diecinueve años. Son muy altos y delgados. Sus características físicas me indican que, posiblemente, sean gitanos. Sonríen, pero su sonrisa, más que amenazadora, es amistosa, afable. No puedo evitar que mi estado de alerta roja se enfríe un tanto, uno o dos grados.

—No se asuste, que no le vamos a hacer *na*.

Se mantienen un par de pasos alejados de mí y no hacen ningún intento por tocarme a mí o a mi bolso. En las manos no llevan nada que pueda parecer un arma; visten ropa deportiva y el más alto agarra con el brazo izquierdo un balón de fútbol.

—Este sitio es muy peligroso, señorita. No conviene que vaya sola por aquí. —El muchacho se pasa el balón al otro brazo.

—Hemos visto cómo el tipo del deportivo la ha echado del coche, ¡el muy cabrón! —añade el otro chico haciendo un gesto indefinido con la mano— Si le parece, la acompañaremos. Cerca de aquí hay una parada de taxis y podrá llegar a la ciudad.

Sonrío con cierta reserva. Parecen sinceros y no me queda más remedio que creerlos. Su actitud es en todo momento amistosa.

Empezamos a caminar; ellos, un paso por delante, con gesto cauteloso. El del balón comienza a pasárselo de una mano a la otra y a darle golpecitos con la frente con evidente habilidad. El más bajo se mete una mano en el bolsillo de la chaqueta del chándal. Se me pone el vello como escarpias... ¡Pero qué narices va a sacar!

—Hemos anotado la matrícula por si necesita denunciarle por algo.

Me alarga un papelito. Lo cojo. Se trata de un billete de

autobús usado; los números y letras están escritos al dorso con escritura clara y cuidadosa. «¡Soy idiota! ¡Un papel, solo se trata de un papel!»

—Gracias, pero no me ha hecho nada que sea digno de denunciar, solo me ha dejado tirada.... —hago un gesto con el brazo que intenta abarcar el universo entero— aquí.

Reímos, más para distender el ambiente que por otra cosa, porque, la verdad, para mí la cosa tiene muy poca gracia. El muchacho alto virtuoso del balón ríe aún con el esférico anclado en su cogote, lo que le obliga a caminar algo inclinado hacia delante.

—Yo soy Marco —dice el más alto señalándose el pecho.

—Yo, Rubén.

—Encantada, yo soy Marian. ¿De dónde venís?

—Hemos ido a jugar un partido de fútbol en un instituto que está al otro lado —responde Marco.

—¿Y no tenéis miedo de andar por aquí?

—Qué va —me dice Rubén—. Vivimos cerca y nos conoce todo el mundo; solemos tomar este camino porque es el más corto, así nos ahorramos media hora larga de caminata; además, nuestra madre nos espera. —No es por nada, pero me recuerda a Caperucita.

Al poco llegamos a una zona en la que ya existen farolas. A la luz amarillenta que nos brindan puedo observar sus rasgos por primera vez: son idénticos pero distintos. Es decir, no pueden negar que son hermanos; pero la diferencia de estatura y un no sé qué deja patente que se llevan cierto tiempo, aunque no mucho. Morenos, pelo negro y largo, ojos oscuros, dientes perfectos que enseñan constantemente con sus amplias y francas sonrisas. No guapos, pero tampoco feos. Y con una actitud natural y sincera que me tranquiliza casi al instante. ¡Con lo cobarde y miedica que yo soy y me fío de ellos con solo unas palabras! Indiscutiblemente, Marco y Rubén emanan un aire especial que invita a confiar en ellos.

¡Cómo es la vida! Si en otro momento y lugar, caminando por una calle oscura y solitaria me encontrara a Julio en una acera y a Marco y Rubén por otra siempre me habría ido a la acera por la que caminara Julio.

Llegamos a la parada de taxis, donde hay tres vehículos, y nos dirigimos al primero de la cola.

Les estrecho la mano con inmensa gratitud. Se han portado tan bien conmigo, sin conocerme, que me siento emocionada hasta las lágrimas o quizá sea el sueño el que me hace llorar.

Entro en el taxi y Marco cierra la puerta. Bajo la ventanilla desde el asiento trasero. Rubén sigue haciendo florituras con el balón. Me pregunto si también comiendo o duchándose le dará golpecitos al balón con la cabeza; quizá duerma con el balón en la almohada. Les digo adiós con la mano y me recuesto en el asiento, mientras le indico al taxista la dirección de mi madre. Cierro los ojos, suspiro agotada y cruzo los brazos sobre el pecho.

Creo que me he dormido. Abro los ojos justo en el momento en que el taxista para frente al portal de mi madre. Le pago la exorbitante cantidad que me pide y le doy un par de euros de propina. El hombre gruñe, supongo, que un agradecimiento. O quizás es que se esperaba más y me considera una agarrada. No tengo la más mínima idea y, sinceramente, no me importa.

Abro la puerta del portal anhelando quitarme los zapatos, enfundarme mi pijamita y meterme en la cama. Cuando me acerco al descansillo del primer piso oigo jaleo en la puerta de mi madre. Qué raro: son casi las tres de la madrugada, ¿qué hace mi madre levantada a estas horas? Espero que no haya decidido aguardar a mi regreso levantada como hacía cuando era jovencita. La puerta se abre justo cuando voy a meter la llave en la cerradura. Mi madre está a punto de salir junto a Pastora y mi hermano Jorge.

—¿Mamá, adónde vas a estas horas? —Su gesto es muy grave—. ¿Qué ha pasado?

—Mi padre ha muerto hace unas horas. Me ha llamado mi hermano Rufino hace un rato y me lo ha dicho.

Me quedo de piedra.

Yo creía que mi abuelo había muerto hacía bastantes años. Al menos, eso me había dejado pensar ella. ¡Y ahora a las tres... no, a las tres y media de una noche asquerosa, ¡va y me entero de que se ha muerto esta misma tarde!

—¿No va a venir José? —le pregunto a Jorge mientras mi madre se va a buscar el abrigo.

—No, mañana trabaja y además, como tiene los niños... Total, para lo que vamos a hacer, con que venga yo ya es suficiente. —Lo dice quitándole importancia, pero se nota que le molesta estar a esas horas tan lejos de su casa y de su cama.

—¿Siempre te llama a ti?

—Sí, como no tengo hijos soy más libre de ir y venir cuando mamá me necesita.

Mi madre camina resuelta escaleras abajo. Jorge la sigue. Pastora me hace un gesto con las cejas —incomprensión, sorpresa— y les sigue. Con un suspiro de fastidio y aún con la llave en la mano, doy una patada al felpudo de nuestra puerta, que nos saluda con alegres dibujos, y les sigo, cabreada. ¡Muy cabreada! Estoy agotada hasta la extenuación y helada hasta la cianosis, y tengo que volver a salir otra vez a la fría noche. ¡Pues salgo!

¡No soporto las obligaciones familiares, son tiránicas!

Minutos más tarde, arrebujada en el asiento posterior del cochazo de mi hermano y con el trasero pegado a los enormes glúteos de Pastora, reconsidero mi egoísmo. Mi madre me necesita a su lado. Su padre ha muerto y ella cree que debe acudir a darle el último adiós. Para mí es incomprensible, pero está claro que mi madre no es tan transparente como yo siempre he supuesto y tiene secretos pensamientos y recónditos sentimientos a los que, según parece, no llega casi nadie, ni siquiera yo.

Vete a saber por qué nos hizo creer que mi abuelo Germán había fallecido hacía ya tiempo. Lo que también me sorprende es que mi madre tuviera relación con uno de sus hermanos. Mis abuelos tuvieron ocho hijos. Mi madre era la menor. De los seis primeros, todos varones, no recuerdo el nombre, pero sé que todos están muertos. Solo tengo referencia de Rufino, el séptimo, al que alguna vez, de lejos, he visto; es el único, que yo sepa, que ha mantenido un cierto contacto con mi madre. Vive en un pequeño pueblo cercano a la ciudad. Es abogado y se dedicaba a trabajar para importantes empresas nacionales y europeas hasta que se jubiló. Pero parece ser que aún lo suelen contratar como experto en determinadas transacciones de importancia. Seguro que está forrado. No está casado y no tiene hijos conocidos. Yo en mi fuero interno me regodeo en la maliciosa idea de que debe de tener unos gustos que nunca fueron del agrado de mi arqueológico abuelo. Pero la hipocresía hace verdaderos milagros, y lo que no se quiere saber nunca se sabe... aunque todos lo murmuren al calor de sus hogares. Cuando vivía con mi madre, a veces me llegaban rumorcillos malintencionados que hablaban de los «novios» del hermano de mi madre.

Llegamos a uno de los barrios con más solera de Granada. Sus hermosas y elegantes casas le dan un aire señorial difícil de igualar. Este había fue el hogar de mi madre. Aquí se crio, en sus calles correteaba. ¡Me resulta tan extraño imaginarme a mi madre como una «niña bien»...!

Jorge aparca y nos bajamos del coche. Entramos en un bonito edificio. La puerta nos la abre un portero muy solícito que porta un impertérrito gesto grave, el más adecuado a la situación, junto a un impoluto traje negro con corbata a juego. No deja de tener cierto mérito el estar de esa guisa a estas horas, por lo que deduzco que mi abuelo ha debido de tener mucho peso en la vecindad y que este portero es un profesional de lo suyo.

Subimos a un primer piso en el que solo hay una vivienda, con la puerta abierta de par en par.

Entramos en una espaciosa casa. Hay mucha gente para la hora que es. Todos hablan en susurros y con semblante contenido por la emoción. Mi madre no saluda a nadie. Nada más entrar se hace un sepulcral silencio, a tono con la situación, la verdad. Entra con paso decidido en una de las habitaciones interiores. Mi hermano y yo, junto con Pastora, nos quedamos en la entrada. No hemos hablado pero las miradas de entendimiento que nos dirigimos dejan patente que los tres nos encontramos fuera de lugar. Las elegantes personas que tenemos delante nos dirigen curiosas miradas no exentas de altanería.

Murmullos ultrasónicos, cabezas que se acercan a otras cabezas, gestos y miradas de soslayo, indiscretas. Se estarán informando unos a otros sobre nuestra identidad. Inmediatamente siento un enorme desprecio por estos desconocidos. Reconozco a mi tío Rufino salir del cuarto en el que supongo que tendrán el cuerpo presente. Nos mira con indiferencia y no se acerca. Se queda plantado a la puerta del dormitorio con cierto gesto estúpido. Intento dirigirle mi más aviesa mirada de desprecio. No sé si la ha captado, pero lo que queda clarísimo es que le da igual nuestra presencia. No se siente obligado a hacernos más grata la estancia en la casa familiar ni a recibirnos aunque solo sea por compromiso, impulsado por la hipocresía de la que se suele hacer gala en estas situaciones.

Mi madre ha estado dentro del cuarto con el cadáver de

su padre unos diez minutos. Cuando ha terminado lo que tenía que hacer, sale. Su semblante no me indica nada. Ni dolor ni odio ni alivio. Ni pena. Sale tan resuelta como ha entrado. No mira a nadie, solo hace un escueto gesto con la cabeza a su hermano que, para mi más absoluta sorpresa, le corresponde con una desdibujada sonrisa y una leve inclinación de su enorme cráneo calvo.

—¡Vamos!

Nos ponemos en movimiento en pos de mi madre como si fuéramos un hato de obedientes ovejas. Bajamos la escalera. Salimos a la calle por la puerta que el portero de gesto adusto nos mantiene abierta y nos metemos en el coche de Jorge. Nadie abre la boca ni para bostezar. Creo que nos encontramos sorprendidos por la situación que acabamos de protagonizar. Regresamos a casa en el más absoluto silencio.

Cuando por fin me meto en la cama son cerca de las seis de la mañana. El fresco de las sábanas es un maravilloso bálsamo para mi cuarteado cuerpo. Me duele todo, todo. Acabo de descubrir, por efecto de un intenso dolor fruto de las agujetas, que tengo músculos de los que desconocía su existencia en los brazos, en las piernas, en el abdomen. La cama me engulle con un suspiro de alivio, dejando visible de mi cuerpo desde fuera solo una oreja, un ojo y un mechón de pelo. Tardo unos dos segundos en quedarme dormida. Ni el más enorme de los problemas me va a quitar el sueño en este momento. ¡Faltaría más! Solo podré digerir el fallecimiento de mi abuelo cuando haya descansado.

El sueño es reparador para mi cuerpo, pero no del todo para mi mente.

Sueño toda la noche con Rodrigo.

Han pasado ya dos días desde que murió mi abuelo. Apenas he salido, ya que he considerado más adecuado estar con ella que zascandileando por esas calles de Dios haciendo el bobo. No le he contado lo que me pasó con Julio para no preocuparla. Mi madre tampoco me ha preguntado, así que asunto zanjado.

La noto muy triste. Es evidente que su padre le hizo mucho más daño del que yo jamás creí posible. Ella nunca ha dejado de quererle, aunque el rencor que él destiló por los cuatro costados dificultara un acercamiento padre-hija durante todos estos años. No hay ninguna duda de que mi madre se equivocó al elegir a su novio y futuro marido. Bastante pagó ese error durante demasiado tiempo, hasta que por fin mi padre murió.

Hoy, jueves por la tarde, aprovecho que estamos solas en casa para hablar con ella.

—Mamá, realmente, ¿nunca volviste a ver a tu padre?

—Bueno, hace casi diez años, intenté ir a visitarlo a su casa, ya que un conocido me dijo que estaba muy enfermo. No llegué a verle: el portero no me dejó pasar por orden expresa «del señor Germán, del primero principal». Y el otoño pasado volví a intentar acercarme a él. Ya estaba en las últimas y yo tenía la necesidad de verle antes de que fuera demasiado tarde. Tampoco me dejaron pasar esa vez.

—Pero a tu hermano Rufino sí que le has visto alguna vez, ¿verdad?

—Sí, aunque pocas. Fue el único que tuvo la suficiente decencia de ir informándome de vez en cuando e, incluso, intercedió ante tu abuelo para posibilitar un encuentro conciliador. Pero no sirvió de nada. Al final, me di por vencida. No hice ni un solo movimiento más. Esperé pacientemente hasta que Rufino me llamó la otra noche. Y ya ves, ahora la muerte ha hecho la reconciliación totalmente imposible.

—¿Y qué sentiste cuando le viste el otro día?

—Pues, sinceramente, cuando vi a mi padre tumbado en ese elegante ataúd, no sentí ni pena ni rencor ni dolor. Solo me embargó una enorme lástima por él, por la soberbia que había controlado todos los actos de su vida, por ese orgullo extremo que solo consiguió separarle de los que consideraba que le habían fallado, sin importarle lo que sintieran por él. Le di un beso en las manos y le dije que le perdonaba. —Hace una pausa—. Estoy segura de que necesitará esas palabras cuando sea recibido por el Señor en su trono de justicia.

Sé que es sincera, estoy convencida de que le perdona de todo corazón.

Entiendo su dolor y su impotencia ante la cerrazón del viejo, pero nunca podré entender por qué no nos dijo que el abuelo había seguido vivo hasta unos días atrás, aunque no se lo pregunto para nò importunarla. ¿Qué temor debía tener para creer que eso era necesario? No lo sé.

Pero ya da igual.

# MARIAN

El sábado por la mañana me voy de Granada mucho más triste que cuando llegué. El anticipo de primavera que he disfrutado durante mis días de permiso ha dado por concluida su generosidad, dando paso a un frío glacial y a una lluvia pertinaz que solo consiguen bajar mi estado de ánimo unos cuantos grados más.

El camino se me hace muy pesado, muchísimo. Paro varias veces, pero solo el tiempo necesario para ir al servicio, tomar un bocadillo o echar gasolina.

Los dioses del cielo deben de sentirse ofendidos por mi humor de perros y por los malos pensamientos que no dejan de pasearse a sus anchas por mi espíritu y por ello me castigan con un pinchazo en plena autovía. El servicio de asistencia en carretera tarda casi una hora en llegar y, cuando lo hace, me echan en cara que les he dado el punto kilométrico equivocado, de ahí su tardanza. Me cambian la rueda de mala gana y se largan sin darme tiempo a devolverles el boli con el que he firmado el recibo del parte de asistencia.

Llego a a casa bien entrada la tarde, ya casi de noche. Hace mucho frío y está a punto de nevar. ¡Pero ¿es que no va a cambiar el tiempo nunca?! ¿Cuándo va a llegar la primavera, el sol? Dejo la maleta en un rincón de mi cuarto; ya la vaciaré cuando tenga ganas. Y ese momento no llegará hasta mañana o hasta pasado. ¡Vete tú a saber! Creo que pocas cosas hay más deprimentes que volver de un viaje y tener que deshacer el equipaje. Eso y volver a una casa vacía. Me siento incapaz de afrontar ambas cosas al mismo tiempo.

Llamo a mi madre desde el fijo.

—¿Diga?

—Hola, mamá, soy yo, ya he llegado.

—Hola hija, ¿has tenido un buen viaje?

—Sí, claro, sigo de una pieza e ilesa. —Decido no relatarle mi incidente «michelín» porque no me apetece que me regale ninguno de sus consejos, de esos que ella tiene para todas y para cada una de las situaciones de la vida.

—Bueno, me alegro...

—¿Estás bien, mamá? —La noto triste y apagada.

—Sí, mujer.

—¿Estás sola?

—No, Paca está conmigo, y pasará la noche aquí, ya que Antonio —el marido de Paca— está llevando una mercancía a Barcelona y no volverá hasta mañana.

—Siento mucho no haber podido quedarme más días, mamá, de verdad... —Me siento fatal por el hecho de que, justo cuando más me necesita, yo debo volver a mi casa, tan lejos de ella.

—No te preocupes tanto, de verdad, hija, estoy bien. Ahora descansa, que debes de estar agotada.

—Vale, mamá, te llamo mañana, buenas noches. —Y le lanzo un beso, el beso más cálido que soy capaz de enviar por el frío cable de teléfono.

—Hasta mañana, hija, buenas noches.

Acabo de colgar cuando suena el móvil. El corazón me da un vuelco casi doloroso: es Rodrigo.

¡Rodrigo me llama después de una semana sin dar señales de vida!

Dudo una eternidad en cogerlo. El irritante sonido me pone los nervios de punta. Los latidos de mi corazón me hacen eco en las sienes, en el estómago. Solo hay una forma de parar ese irritante sonsonete: atender la llamada.

Me acerco el aparato al oído con aprensión. Cuando por fin escucho, ya ha colgado. Por supuesto he tardado demasiado en reaccionar. Indiscutiblemente no es mi mejor momento y esto ya dura semanas. Me dejo caer en el sofá. Estoy agotada en todos los sentidos, no tengo ganas de pensar ni de hacer nada. Casi es mejor que Rodrigo haya colgado, no tengo ánimo de mostrarme interesante o de darle explicaciones. No se me pasa por la cabeza devolverle la llamada. Antes de salir de viaje a Granada había decidido que Rodrigo y yo levitábamos en mundos distintos y con distinta cronología: yo, la Edad de Piedra; él, la Contemporánea. Así que decido programar mi pensamiento en esa idea.

Rodrigo no es para mí.

Tras una frugal cena acorde con mi plan dietético renovador, me acuesto. La casa está aún muy fría ya que la calefacción no ha podido caldearla todavía como a mí me gusta. Me arropo con el edredón pero no es suficiente. Me doblo sobre mí misma como un ovillo y me coloco de lado. Me siento muy sola. No tengo más remedio que recordar aquellos tiempos en que a mi lado había un cálido cuerpo que se apretujaba al mío cuando yo temblequeaba de frío. Echo de menos... ¿a quién? ¿A Benigno? ¡Ni hablar, ni hablar! Echo de menos a... un cuerpo.

Cierro los ojos. A dormir.

Una imagen me llega como un relámpago: los ojos de Rodrigo, su boca cuando se ríe. Aprieto los párpados con fuerza intentando evitar tan doloroso recuerdo. Pero es inútil. Como todos los días desde hace una semana, me acuesto con su imagen pegada a mis recuerdos, esa fantástica imagen que se niega a facilitarme la tarea de hacer de «lo nuestro» una historia pasada.

Ayer me fui a dormir enormemente decaída, un desánimo que afectaba más a mi espíritu que a mi cuerpo. Así que me he concedido un lujo que hacía años que no me regalaba: he dormido más de doce horas. Me he despertado cuando la mañana del domingo estaba bastante madura, pero me ha dado lo mismo.

Desayuno como una reina y me pongo a recoger todo lo que había dejado pendiente tras el viaje. Cuanto antes me ocupe de la ropa sucia mejor. Además cambio las sábanas, pongo dos lavadoras y dos secadoras y lo dejo todo planchado y recogido. Como con mesura y me siento un rato a ver una de mis películas antiguas favoritas, *Cumbres borrascosas*, la película ideal para elevar mi ánimo y darme energías positivas.

Paso el resto de la tarde leyendo y vegetando, y decido no cenar. Me tomo la medicación con un poco de leche y listo. De todas formas se me revuelve el estómago: volver al trabajo me causa una cierta desazón a la que no estoy acostumbrada. Ignoro el motivo; aunque mi conciencia me indica que tal intranquilidad es de carácter desconocido, mi subconsciente me susurra, chivato, insistente: «Rodrigo, Rodriiigo.» Con los nervios a flor de piel, me acuesto.

Tras un par de horas dando vueltas sin conseguir conciliar el sueño, me rindo a lo evidente. Debo llamar al origen de todas mis ansias. O le llamo o me va a dar algo. Me levanto. Voy a la sala de estar y cojo el teléfono y respiro antes de buscar su número en los contactos del móvil. El corazón me late a todo gas y hace eco en mis oídos. Sufro una repentina apnea.

No, no, no. No me atrevo a llamar... ¡Me cagüen... qué tonta soy...!»

Con el corazón aún haciendo *cross* en mi pecho, me meto en la cama.

# TERESA

Cerró el libro. No podía mantener la vista fija en las letras. Le escocían demasiado los ojos. Estaba sentada en uno de los sillones de polipiel de la habitación. Las auxiliares y el celador la habían dejado muy cómoda, con las almohadas estratégicamente colocadas, pero ya hacía más de una hora que estaba en la misma postura y necesitaba acostarse. Le dolía la espalda, le palpitaban las piernas. No quería llamar al timbre porque sabía que ese día estaba siendo especialmente trabajoso para el personal de la planta y no quería molestar. Había oído los timbres, que no paraban de sonar en el control de enfermería, y había visto a las enfermeras y auxiliares cómo iban de un lado para otro sin parar; se las veía acaloradas e, incluso, agobiadas y pensó que podría esperar a que le tocara el turno para acostarse.

Cerró los ojos. Recostó la cabeza en el cojín que tenía a la altura del cuello y la cabeza. Se lo había traído su hija Marisa. Muy mullido por dentro, la funda era de suave algodón verde mar y hacía juego con otros tres que tenía en el salón de su casa. Le encantaba tener objetos de su hogar con ella ya que conseguían hacer que la fría e impersonal habitación del hospital fuera más acogedora, más de ella. Sabía que era muy difícil que pudiera regresar y necesitaba encontrarse como en casa.

Ya llevaba dos semanas ingresada y tenía toda la mesilla llena con las fotos de sus cuatro nietos. Los echaba mucho de menos y no podrían ir a visitarla, eran demasiado pequeños. El más mayor solo tenía seis años y el más chico, dos. Con sus fotos los sentía más cerca, sobre todo cuando se ponían al teléfono y le contaban lo mucho que se acordaban de ella y las cosas que hacían en el colegio, los nombres de sus amiguitos. Había pegado en la pared algunos dibujos en los que la habían retratado con rasgos ingenuos y entrañables.

También se había traído sus camisones, suficientemente anchos para que se pudieran poner y quitar sin esfuerzo, sin topar con las vías venosas ni los sueros, y una bonita manta a cuadros escoceses, de suave lana en tonos marrón y crema. Sus zapatillas de felpa hacían juego con su bata. Un par de toallas limpias con el bordado que ella misma les cosió estaban colgadas en los toalleros del cuarto de baño. Una pila de libros sobre la mesilla de la cama vecina —vacía desde hacía dos días— era una breve muestra de la enorme y variada biblioteca que tenía en su casa. Definitivamente, esa minúscula habitación era una pequeña, pequeñísima, representación de su vida, de su hogar, de su persona. Necesitaba que la que iba a ser su última morada fuera lo más cercano a ella.

Hacía un año ya que le dieron la noticia. Hasta que se llegó a un diagnóstico firme, pasó más de tres meses de médico en médico, intentando dar explicación a un bulto que se encontró por casualidad en una mama. Mamografías, punciones, biopsias, análisis sin fin. Ella lo barruntaba. A cada nueva prueba, a cada nuevo paso, lo veía llegar.

Sus hijos propusieron a su médico que no le dijera la verdad. Adujeron que probablemente se derrumbaría con la noticia y que no sería capaz de superarlo ni de afrontar el tratamiento. Afortunadamente, el médico no dio su consentimiento a tan descabellada propuesta: «los que realmente tienen el derecho a ser informados son los pacientes, y si Teresa desea saber qué tiene, lo sabrá», dijo el médico. La citó una mañana en la consulta y se lo explicó con palabras amables, claras y mortíferas.

Teresa se quedó anonadada cuando el médico le contó lo que sus hijos le habían propuesto: ¡cómo se atrevían a decidir qué era ella capaz de soportar o de no soportar! Pero, por otro lado, se entristeció al entender que ellos la infravaloraban tanto como para considerar que la noticia de una grave enfermedad la derrumbaría como para impedirle afrontarla con la fuerza necesaria. Querían protegerla de la verdad, aislarla y, por qué no decirlo, engañarla. En definitiva, su tristeza mayor fue que ellos nunca hubieran llegado a apreciar el valor que había derramado a raudales a lo largo de toda su vida. Demostraban que no la conocían en absoluto.

«Cáncer», esa era la palabra que tanto miedo producía con solo oírla. Se lo había imaginado pero, aun así, se quedó helada. En todo momento se había puesto en lo peor. Pero no era lo mismo imaginarlo que oír la verdad absoluta: tenía un cáncer de mama.

«Cáncer, cáncer, cáncer, cáncer...» Si repetía la palabra muchas veces y muy deprisa perdía su veneno y se volvía solo eso, sonidos, fonemas. Para muchos el cáncer ya no era sinónimo de muerte. La ciencia había avanzado tanto en tan pocos años que si te descubrían uno a tiempo ya no morías. Pero Teresa no tuvo esa suerte: cuando a ella se lo encontraron ya había clavado bien sus garras. A veces creía sentir cómo se extendían las malévolas células asesinas por los huecos recónditos y absolutamente desconocidos de su sangre, de su sistema linfático, de su carne. Una lucha más que tenía que afrontar y, a diferencia de todas las demás batallas con las que había tenido que bregar en su vida, esta sabía de antemano que estaba perdida.

No había tenido una vida fácil. Se había casado a los veinte años y había dejado de trabajar como asistenta cuando tuvo al primero de sus cinco hijos. Había cuidado de ellos hasta que se casaron y se fueron a vivir a su propia casa. Se ocupó igualmente de Manuel, su marido, cuando, con solo cuarenta y ocho años, le dio un infarto cerebral y se quedó postrado en una cama durante veinte años. La pensión de invalidez que le quedó era demasiado exigua, por lo que Teresa tuvo que ponerse a trabajar otra vez limpiando casas, colegios, oficinas... lo que hiciera falta con tal de ganar algo de dinero.

Se jubiló a los sesenta y cinco y se quedó viuda a los sesenta y seis. Dos meses más tarde descubrió el bulto en el pecho y comenzó su particular calvario. Según el médico que le dio el diagnóstico, el tumor no había aparecido de la noche a la mañana. Debía de haberse desarrollado en el plazo de unos dos años, más o menos. Toda la vida la había dedicado a los demás y no se había preocupado de sus propias necesidades. El espantoso bulto había estado ahí, creciendo y envenenándola.

La operaron rápidamente. Le quitaron el tumor, la mama y un montón de ganglios de la axila. El cirujano no se anduvo por las ramas cuando le informó tras la intervención: había metástasis y la situación era muy grave. Quimioterapia y radioterapia. Palabras que hasta ese día le habían sido totalmente ajenas pasaron a ser una espantosa y dura realidad de dolor, náuseas, fiebre, cansancio y lucha encarnizada a vida o muerte. Lo peor no fue la caída del pelo, la fatiga o la angustia constante; lo peor fue que siempre supo que la batalla estaba ya perdida. Que el duro tratamiento solo servía para alargarle la vida unas semanas o un mes más, y que con tan cruel terapia se pretendía disminuir al mínimo posible los devastadores síntomas que podrían ocasionarle una muerte atroz. Una muerte que cada día, cada minuto, estaba más cerca.

Teresa afrontó su enfermedad como lo había hecho con todas las desgracias con las que se había topado a lo largo de su vida. Entendió que ese era su destino y lo aceptó con resignación. Aun así, no pudo evitar un pensamiento de rabia y de fiera rebeldía ante lo que la vida le tenía reservado. Y por fin, en los últimos coletazos de su penar, se encontraba serena y expectante; satisfecha por que se le hubiera dado la oportunidad de dejar sus asuntos resueltos y en paz; triste por no poder ver crecer a sus nietos ni ver madurar a sus hijos. Gracias a los avances médicos el dolor era casi siempre soportable, aunque sabía que aún le quedaba uno de los caminos más áridos y el más desconocido. Había rezado y había hecho las paces con Dios y poco más le restaba que esperar.

Abrió los ojos. Su hija Marisa estaba tardando demasiado. Tenía que dejar a su pequeño, Luis, en casa de su suegra y esperar a que su marido la trajera al hospital. Miró el reloj despertador que tenía en su mesilla: había pasado casi una hora desde que la llamó, diciéndole que ya salía hacia allí. De pronto, se abrió la puerta y apareció Piedad, la auxiliar, tan sonriente y amable como siempre. La acompañaba un celador desconocido que respondía al nombre de Fito. ¡Por fin la meterían en la cama! Teresa intentó decir algo, pero las palabras quedaron bloqueadas en su pecho. Un intenso dolor la fulminó, recorriendo cada una de las partes de su exiguo cuerpo. Y después, la oscuridad.

Marisa salió del ascensor en la planta 13. Estaba agotada. Llevaba más de seis noches junto a su madre en el hospital y no se encontraba bien. Ninguno de sus hermanos se había ofrecido a sustituirla; todos le repetían hasta la saciedad lo muy ocupados que estaban con sus importantes trabajos. Daban por supuesto que era ella la que debía ocuparse de su madre por dos razones: porque no trabajaba fuera de casa y porque era la única chica. Sus cuñadas se hacían las tontas y Marisa no tenía el suficiente valor para pedirles —no, para suplicarles—, que le echaran una mano, que la sustituyeran al menos una noche; una sola para poder pasarla en su casa, en su cama, con su hijo y su marido. Su madre empeoraba por momentos y necesitaba tener a alguien a su lado de forma constante.

Por si fuera poco, Ricardo, su marido, se estaba hartando de que pasara todas las noches en el hospital y esa tarde, al acercarla con el coche, dejó claro su malestar y su enfado por ser ella la única que se ocupaba de su madre. Lógicamente, habían discutido: «Ricardo, debo estar con ella y punto, tienes que entenderlo. Además, si se tratara de tu madre harías exactamente lo mismo que yo. ¡Así que esto es lo que hay!» Aún le retumbaban estas palabras en los oídos, al igual que el portazo con que las había rubricado al salir del vehículo. Le desagradaba enormemente despedirse cabreada de su marido, ya que hasta el día siguiente no podrían volver a hablar con tranquilidad. Estaba cansada, harta de todo. Y sabía que su situación solo iba a tener una salida. Ante ese panorama, el egoísmo de sus hermanos la tenía más enfadada aún si cabe.

Con un humor de perros entró en el pasillo de la planta. Había mucha agitación. Varios enfermos y acompañantes estaban cuchicheando en corrillos. El corazón comenzó a desbocársele en el pecho cuando comprobó que todas las miradas se dirigían a ella y que una enfermera salía a toda prisa de la habitación de su madre y se dirigía al control de enfermeras. Intentó entrar pero un celador grande como un rascacielos le cerró el paso:

—Señora, no puede pasar. —Le apoyó una mano con inesperada delicadeza en el brazo—. El médico está dentro con la enferma. —Retiró la mano. Su tono de voz era muy agradable y amable—. ¿Es usted familia de Teresa Prieto?

Marisa asintió. El nudo que tenía en la garganta amenazaba con asfixiarla.

—Soy su hija.

—Pues no se preocupe. El médico está con ella. Cuando termine le informará de lo que ha pasado.

—¡Lo que ha pasado! ¡¿Y qué es lo que ha pasado?!

—Su madre se ha desvanecido cuando la iban a acostar. —Una voz femenina que le resultaba conocida habló a sus espaldas.

Marisa tenía sus ojos fijos en el número de la puerta de la habitación de su madre. Por la razón que fuera no podía separar la mirada y dirigirla a la persona que le estaba hablando. «¡Mamá se ha desvanecido y yo no estaba con ella!»

Un brazo, blandito y cálido, le cubrió los hombros presionándolos suavemente, intentando infundirle un valor que estaba lejos de sentir. Por fin miró a la dueña de la voz y del amable abrazo. Sí, conocía a esa mujer: era la esposa del señor de la habitación del fondo, no recordaba el número. Al hombre lo habían ingresado por un problema renal. Estela, ese era su nombre, sí. Cincuenta y tantos, pelirroja, ojos verdes muy bonitos, piel blanca lechosa y plagada de pequitas que le daban un cierto aire de niña traviesa.

Sin poder evitarlo, Marisa se fijó en que Estela llevaba unas zapatillas de felpa marrones y un chándal azul turquesa. Ella también debía de tener la necesidad de no separarse de su marido durante su ingreso y había optado por la comodidad en el vestir antes que en la idoneidad o la elegancia, algo muy habitual en los hospitales. «Tendrían que inventar un uniforme para familiares: un pijama o un chándal con zapatillas a juego», se dijo.

Marisa no se movió de la puerta, expectante; Estela no se separó de ella ni un momento.

Pasaron unos eternos minutos. Nadie entraba o salía de la habitación desde hacía mucho rato. Por fin la puerta se abrió. Salió la enfermera de la tarde, Caridad, con el enfermero de la noche, Florencio. «Desde luego, qué aspecto más horripilante tiene este pobre hombre, por Dios.» Marisa se avergonzó de tener tan irreverente pensamiento en momentos tan graves. Dirigió una miradilla de reojo a Estela por si había interpretado su gesto de desagrado y comprobó con satisfacción que, por la cara que ponía, la buena mujer debía de estar diciéndose otro tanto en su fuero interno.

Marisa conoció a Florencio el primer día que Teresa había sido ingresada y sabía que era un profesional como la copa de un pino; su trato siempre era agradable e, incluso, afectuoso. Pero cuando era él quien trabajaba por la noche debía de reconocer que se había llevado más de un susto cuando este buen hombre entraba en mitad de la noche en la habitación de su madre, en plena oscuridad e iluminado tenuemente por una linterna.

Tras los enfermeros apareció un médico. Marisa no le conocía. Iba vestido con un uniforme de dos piezas de color verde, un pijama. Del bolsillo superior le colgaba una tarjeta identificativa con su nombre: «Lázaro Mencía García, médico.» El hombre, de mediana edad, no debía de medir más de un metro sesenta y era completamente calvo. Sin embargo, por su arrogante actitud, se evidenciaba que no eran los complejos los que le iban a amargar la vida. La miró directamente a los ojos, para lo que tuvo que elevar algo la cabeza. Ella supo que su enorme parecido físico con su madre había facilitado al médico la localización de los familiares de su paciente entre tanto curioso.

—Buenas noches, señora. Acompáñeme al despacho y hablaremos.

El médico tomó camino pasillo adelante y Marisa le siguió.

Cuando llegaron a uno de los despachos del fondo abrió la puerta y la mantuvo cortésmente abierta para que ella entrara; la luz estaba encendida, tanto la del techo como la de un pequeño flexo que proyectaba una agradable luz amarillenta sobre la mesa.

Cuando ella se sentó en una incómoda silla de desgastada lona verde, el médico se apresuró a ocupar el sillón principal del despacho. Se colocó unas ridículas gafas con cristales increíblemente pequeños y sin montura que extrajo del bolsillo superior del uniforme y pasó a detallarle lo que le había sucedido a Teresa unos minutos antes de que ella llegara al hospital. Tenía una bonita voz de barítono. Utilizaba palabras y términos sencillos para que Marisa pudiera comprender sus explicaciones. La miraba directamente a los ojos y no consultó ninguno de los papeles de la gruesa historia clínica perteneciente a su madre que descansaba inerte sobre la mesa del despacho; ahora todo estaba informatizado, pero su madre ya era clienta antigua, desde mucho antes de la era digital. En una de las muchas pausas que hizo en su prolija exposición, sacó un pañuelo de papel de otro de los bolsillos de su uniforme verde y se limpió sonoramente la nariz.

Marisa descubrió que no podía atender a las palabras del médico y que no podía dejar de estudiar los gestos del hombre. Su mente se negaba a aceptar lo que pretendía decirle.

Su madre se moría. Nadie, nadie podría asegurar cuánto le quedaba. Unas horas, unos días... quién sabe. El desvanecimiento que había sufrido la había dejado totalmente postrada y solo quedaba esperar. Su enfermedad estaba en sus últimas fases. No se podía hacer nada más.

—Dado que el desenlace de su enfermedad es inminente, le ofrezco la posibilidad de llevársela a casa.

Fue como si a Marisa la hubieran encendido con un interruptor oculto en su cerebro.

—¿Pretende que me la lleve a casa tal y como está? —Su voz no fue más que un ronco susurro pero sonó con todo el desprecio del que Marisa fue capaz de reunir.

—Señora, su madre no va a mejorar. Además, ella me lo ha pedido así.

Marisa miró al médico de arriba a abajo y, por fin, fijó sus ojos anegados de terror en los de él. No sabía qué decirle. Su madre le había pedido al médico que la enviara a casa para morir entre sus cosas, en su cama. «¡No puedo llevarme a mi madre a casa, no puedo! ¿Qué haré cuando se ponga peor, qué haré cuando llegue el momento? ¿Qué le digo a Ricardo, cómo le explico...?» Las palabras bullían en su cabeza sin control. Unas preguntas se solapaban a otras incapaz de controlarlas, haciéndola sentirse más y más ruin, más y más culpable. Con lágrimas en los ojos y gesto de súplica, su madre le había rogado que cuando llegara el momento la llevara a morir a su casa, con sus cosas, en su ambiente, y que llamara a un sacerdote para que preparara su alma y la dispusiera en condiciones de ser recibida por Dios. Se lo había dicho tantas veces... Y ella, otras tantas, había hecho como que no la había oído.

Lázaro leyó en su rostro y comprobó que Marisa se sentía atrapada por lo espantoso de la noticia, por la penosa carga. Entendió que la posibilidad de llevarse a su madre a casa no le atraía lo más mínimo y decidió no hacer ningún juicio de valor. Había aprendido en su corta pero intensa carrera como médico que nunca se deben tener ideas preconcebidas de las personas. Las decisiones que cada uno toma en un momento de extrema gravedad están casi siempre respaldadas por una razón de peso y él, como facultativo, pocas veces se había considerado el más adecuado para cuestionar a los demás y a sus actos. Esa mujer estaba evidentemente agobiada ante la situación de muerte inminente de su madre y sus motivos tendría para no llevársela fuera del ambiente frío del hospital.

—Señora, no es necesario que tome ahora esa determinación. —Marisa le miró a los ojos, agradecida, esperanzada por la pequeña puerta de escape que le brindaba—. Puede esperar un poco, meditarlo o consultarlo con su familia. Eso sí, cuando haya tomado una decisión, le agradecería que me lo hiciera saber de inmediato: hay que poner en marcha algunas gestiones. Si decidiera llevársela se dispondría todo de tal forma que no estaría sola, un equipo especializado estaría cerca y la ayudaría a usted y a su familia en todo lo necesario o en los imprevistos que surgieran.

Marisa asintió y se levantó. El médico la imitó. Extendió su mano; ella la tomó y la apretó tal como se esperaba que hiciera.

—Muchas gracias. Le agradezco que haya sido tan claro y tan considerado.

Marisa deseó con todas sus fuerzas que su tono de voz sonara tan sincero como necesitaba y que no se viciara con ningún tonillo irónico, que estaba muy lejos de desear plasmar. La mirada del médico no cambió, le sonrió con amabilidad y no dijo nada más.

Encontró a su madre muy desmejorada. Parecía que había adelgazado decenas de kilos desde la última vez que la había visto, esa misma mañana. La cara muy pálida, los ojos hundidos, la nariz afilada. Los enfermeros le habían puesto más frascos de suero y un aparatito en un dedo de la mano, como una especie de pinza con una luz roja, conectado a un monitor que marcaba una cifra en números verdes. La respiración era pausada y profunda; parecía dormir plácidamente. Marisa fijó su mirada en el caer de la gota de suero mientras su pensamiento se distanciaba; pensó en Ricardo, en su pequeño Luis, en sus hermanos.

—Hija, ¿qué te ha dicho el médico?

Marisa se sobresaltó. Teresa no emitía más allá que un sibilante susurro, pero el silencio en la habitación era tal que su voz había semejado un trueno. La miraba con ojos vacíos, cansados. Los labios apenas estaban entreabiertos.

—Marisa, siéntate a mi lado.

Sabía lo que quería decirle. Sabía qué quería explicarle. Pero ella no deseaba oírlo. Con actitud airada, acercó una silla y se sentó.

Si Teresa se dio cuenta de ello, no lo manifestó, se limitó a tomar entre las suyas la joven y cuidada mano de su hija. Marisa se esperaba una perorata suplicante, pero su madre solo cerró los ojos y se quedó así, cerca de su niña, alimentándose de su calor, de su suave tacto.

A los pocos minutos, Teresa dormía con un sueño profundo y tranquilo. Mientras, la hija lloraba en silencio y las lágrimas quemaban su ánimo y ahogaban su espíritu.

«No. Lo siento mamá. No puedo llevarte conmigo. Tengo demasiado miedo, estoy sola en esto y no puedo. Me angustia ver cómo te apagas sin nadie que me ayude. ¡Perdóname, mamá! ¡Perdóname, pero no puedo!»

Dos días más tarde, Marisa permanecía en el sillón de polipiel de la habitación. Teresa respiraba con dificultad, su garganta emitía un ronquido angustioso, enervante. Tenía la cabecera de la cama elevada y una mascarilla de oxígeno ocultaba casi todo su rostro. Los sueros se habían reducido al mínimo imprescindible. Le habían ajustado la dosis de analgésicos para evitar que padeciera ningún dolor. Desde que había perdido el conocimiento no había ingerido ni agua ni alimentos y había pasado casi todo el tiempo dormida.

Aun así, gemía en sueños y se quejaba. Su piel aparecía transparente y tirante sobre los huesos descarnados.

Estaban solas.

Había llamado por teléfono a sus hermanos explicándoles la gravedad de su madre. Había hablado con Ricardo describiéndole la situación; para su sorpresa, se mostró más comprensivo de lo que esperaba: «Tómate el tiempo que precises, mi amor, yo me ocupo de todo por aquí.» No había vuelto a casa desde entonces, aunque llamaba cada dos por tres. Ricardo le había traído ropa cómoda y alguna que otra muda limpia. Se aseaba en el cuarto de baño que su madre ya no utilizaría. Comía lo que las enfermeras y auxiliares le daban; siempre sobraba algo de leche con café y galletas o un plato con algún fiambre o pasta, lo que fuera. De todas maneras no tenía hambre, y engullía por pura supervivencia.

Decidió que no llamaría nuevamente a sus hermanos: si querían saber algo que se preocuparan ellos. Uno de ellos había aparecido el día anterior por la tarde. Estuvo cinco minutos y se largó, aduciendo que, como estaba dormida, no quería molestarla. «Eso sí, Marisa: llámame para lo que necesites o para lo que sea.» Ni siquiera la besó antes de marcharse. Habría deseado decirle cuatro cosas pero estaba demasiado agotada para discutir.

Desde entonces, salvo el personal de la planta, no entraba nadie. Esa misma mañana volvió a visitar a Teresa el médico de dos noches atrás, Lázaro Mencía. Esa vez no llevaba el pijama verde. Iba muy elegante con una bonita camisa y pantalón de vestir con corbata a juego, bajo una bata impecablemente planchada y blanca como la nieve. Su gesto no era tan arrogante como la otra vez que le vio. Le informó en el pasillo de la planta, para no importunar a Teresa. No le recordó la oferta que en su momento le hizo. Asumió que la respuesta era negativa y ya está. El objetivo en ese momento era esperar, mantener a Teresa tranquila y sin dolor. Tal como estaba evolucionando, el desenlace no estaba lejos.

Los enfermeros y auxiliares la aseaban y le hacían cambios posturales, más para facilitarle la respiración y para que estuviera cómoda que para otra cosa. Decidió que esa misma tarde preguntaría por la posibilidad de que un sacerdote pasara a visitar a Teresa para darle la extremaunción. Aunque su madre estuviera inconsciente, Marisa estaba convencida de que, de alguna forma, recibiría la paz y el sosiego que tantas veces le había dicho que su religión le proporcionaba, como ninguna otra cosa era capaz de conseguir.

Y entonces, inesperadamente, Teresa abrió los ojos. Apretó la mano que sujetaba la suya.

Marisa se incorporó y acercó su cara a la de su madre. Algo quería decirle. Movía los labios pero no emitía sonido alguno. Levantó un poco la mascarilla y se acercó un poco más a ella. La pobre mujer hacía un esfuerzo titánico, pero Marisa seguía sin oír nada.

—Mamá, perdona, pero no te oigo.

—Gracias... gra-gracias, Marisa.

—No tienes nada que agradecerme, mamá.

Una vez más el llanto le agarrotó la garganta provocándole un enorme dolor. Pero ese dolor no se podía comparar con el que le rompía el corazón. Decidió dejar que las lágrimas corrieran libremente por su rostro. Su madre tenía los ojos entreabiertos, pero tenía la mirada perdida solo Dios sabía dónde.

—Hija, gracias por llevarme a casa a morir...

Marisa estalló en un llanto convulso, incontrolado.

—... entre mis cosas queridas... de mi vida.

—¡Mamá, mamá...!

Marisa le besó las manos. Le retiró hacia un lado la mascarilla de oxígeno y le besó la cara, la frente, los ojos.

—Con mis hijos...

—¡Mamá, mamá!

Se abrazó al esquelético cuerpo de Teresa.

—¡Hija, cuánto me alegra de que estés en casa con... migo!

—Sí, mamá. Estamos en casa todos juntos. Aquí estoy, no te preocupes, aquí estoy. Los niños están jugando en el parque. Como a ti te gusta, todos juntos.

La respiración se hizo evidentemente dificultosa; un ronquido abrió su boca.

Marisa se incorporó y la miró. Se asustó. Estuvo tentada de llamar al timbre y pedir a las enfermeras que vinieran. Lo pensó mejor. Agarró fuertemente las manos de su madre y se sentó a su lado.

Teresa volvió a perder el conocimiento. Su respiración se hizo dificultosa y espaciada. Pero la hija no prestó atención. Siguió hablando y hablando, intercalando besos y apretones en sus manos, caricias y abrazos. Necesitaba inyectarle todo el cariño, toda la ternura que llevaba dentro.

## MARIAN

El lunes ha llegado casi sin darme cuenta. Finalmente, esta noche he podido dormir profundamente. Aunque he tenido un agradable sueño en el que me sentía atraída... no, apasionadamente enamorada de un caballo... ¡En fin!

Tras mi cotidiana odisea buscando un sitio cercano para dejar el coche, entro en el recinto del hospital. En mi camino hacia la puerta de Urgencias paso cerca de una de las garitas de vigilancia. Aminoro algo el paso y estiro el cuello un poco fuera de mi abrigo, intentando atisbar algún rostro conocido —solo uno— tras los cristales ahumados. Nada. Entro en el hospital y me dirijo a los vestuarios. Es increíble: hace más de una semana que estoy fuera, pero al colocarme el pijama blanco parece que nunca me he ido. Me da la impresión de que fue ayer mismo cuando terminé mi último turno. El uniforme conforma ya una segunda piel en mi cuerpo después de tantos años. Cojo mi fonendo, mis bolis, mis rotuladores y cierro la puerta de la taquilla. Otras voces cercanas a mí se ríen comentando chascarrillos de sus respectivos servicios. Deseo con toda mi alma que esta tarde sea tranquila. Me encuentro algo fuera del tono que yo suelo derramar a raudales cuando trabajo.

Desentrenada, desganada. Desanimada.

Salgo por la puerta del vestuario y casi me doy de bruces con una auxiliar de quirófano que entra a toda prisa. Nos disculpamos ambas y salgo.

Mi cuerpo se niega a caminar más de dos pasos, me quedo totalmente helada: ante mí se encuentra Rodrigo.

Nada en su gesto o en su actitud me indica que pueda estar enfadado. Va ataviado con su uniforme de vigilante y el chaquetón reglamentario. Nada más verme, me sonríe y se acerca.

—¡Hola, Marian! ¿Qué tal te ha ido en Granada? —me pregunta mientras me da dos besos, uno en cada mejilla.

¿Es mi imaginación o su sonrisa se muestra algo rígida, algo forzada?

—Hola, Rodrigo.

Sí, indiscutiblemente está intentando ser natural, espontáneo y desenfadado, pero en sus ojos falta ese brillo especial que ciega cuando sonríe con sinceridad. Decido facilitarle la tarea, porque hasta ahora lo está haciendo él todo.

—Debes de estar molesto conmigo por haberme ido de aquella forma...

Silencio.

—Y no haberte llamado...

Más silencio.

—Y no haber contestado a tus llamadas.

Rodrigo ya no sonríe. Me mira fijamente, lo que me está provocando un colapso. Me acerco a él y poso mi mano en su brazo.

—Rodrigo, perdóname, por favor. Sé que me he portado como una idiota y que, encima, me largué sin dar explicaciones. No es propio de mí, de verdad.

Su mirada se va suavizando al ritmo de mis palabras. Tengo que aguantarme unas irresistibles ganas de besarle. Sus ojos no se apartan de los míos, pero no mueve ni un músculo ni articula palabra. Está claro que espera más. Decido esforzarme. Suspiro.

—Mira, Rodrigo, no estoy en mi mejor momento y eso me hace sentir insegura, hacer tonterías sin pensar en nada. No nos conocemos y puedes dudar de mi palabra, pero...

—Me debes una explicación. Así que podemos intentarlo otra vez, quedar y hablar.

Su tono de voz es tan cálido que siento que me derrito. Sin hacer ningún gesto previo que me ponga en alerta, me da un beso en los labios. Su aliento huele a menta y su piel es suave y calentita. Mi cuerpo toma sus propias decisiones y me creo morir.

—Cuando a ti te parezca mejor —logro articular.

—Hoy tengo turno doble, pero, si te parece bien, mañana después del trabajo podemos ir a tomar algo a un sitio tranquilo.

Asiento. No tengo la certeza de que la voz me vaya a salir con un tono normal. Lo que menos falta me hace en estos momentos es soltar un gallo.

—Pues mañana, entonces.

Asiente.

Otro delicioso beso.

Ya se marcha. Yo me quedo plantada en el mismo sitio incapaz de moverme; tampoco puedo apartar la vista de su fantástico físico. De repente se detiene. Algo le ha hecho cambiar de parecer y se vuelve otra vez hacia mí.

—¿Has aparcado cerca?

—Sí, aquí al lado.

—Pues entonces hasta mañana y que tengas un buen turno.

—Tú también.

Le veo perderse por la puerta que da a Urgencias. Siento tal temblor interno que me avergüenzo por parecer tan ridícula, tan tonta. Tardo unos segundos en recuperar la compostura. No puedo evitar dirigir una mirada a mi alrededor por si alguien me ha visto en un momento tan íntimo con un vigilante...

Me arrepiento al instante de mis estúpidos pensamientos. ¡Cómo puedo ser tan clasista! ¡Rodrigo no es solo un vigilante... es Rodrigo!

Tengo que hacer un titánico esfuerzo para recordar dónde me encuentro. Miro el reloj: «¡Por Dios, ya son menos cuarto!» Acelero el paso hasta los ascensores. Cuando por fin pulso la tecla que me llevará a la planta 13, no puedo evitar oír la vocecilla diabólica, ya familiar, que me repite una y otra vez: «Pero ¿no te habías jurado a ti misma que no volverías a salir con él? ¿Es que te has olvidado de que Rodrigo es más joven que tú? ¿No habías decidido...?»

—¡Basta ya!

Alzo excesivamente la voz y la supervisora —estúpida— de la planta 6 se me queda mirando con un gesto de asombro que la hace parecer más bruja aún de lo que ya es con su desagradable cara en *stand by*.

Mi mente se está desdoblando en dos personalidades opuestas. Pues a ver cuál de las dos gana la batalla. Por lo pronto, yo me he llevado dos besos —de los sencillitos— sin comerlo ni beberlo. Si me he puesto como me he puesto con besos así, ¿cómo sería con los besos-como-Dios-manda? El caso es que hoy entro en la planta y en mi servicio con una sonrisa de oreja a oreja más grande de lo normal, como tajada de sandía.

El servicio está como lo dejé: liadísimo. Los compañeros que han estado enfermos ya se han recuperado y, por ahora, no tenemos a nadie de baja. A ver lo que dura.

Esta tarde me toca turno con Ana, una compañera de la mañana que ha hecho un cambio con Caridad, y con Mari Cruz que, en cuanto me ve llegar, me recibe con dos rotundos besos en sendas mejillas —hoy me estoy poniendo morada— y un cálido abrazo.

—Se te ve muy bien, Marian, ¡y muy radiante!

Se limita a constatar lo evidente sin entrar en más análisis. No habría dicho lo mismo si hubiera visto cómo he salido de mi casa de camino al trabajo solo una hora y media antes.

Tenemos un par de altas y un par de ingresos. A uno de ellos, un señor con una cirrosis, tenemos que cogerle una vía central, un *drum.* Me ayuda Mari Cruz. Le pido que realice ella la punción del catéter; estoy nerviosa y con la mente demasiado dispersa como para tener la certeza de que voy a hacerlo bien, y con este enfermo no me puedo permitir el lujo de fallar —no me lo puedo permitir con ninguno, la verdad—, porque es la última posibilidad en condiciones que le queda y necesita mucha sueroterapia aún. En cuestión de media hora el hombre tiene la vía cogida, su correspondiente control radiológico realizado y listo para que lo valore el internista de guardia.

No es una tarde en la que tengamos mucho tiempo para hablar. Además, Mari Cruz no es una de las compañeras a las que yo les realizo demasiadas confidencias sobre mi vida personal.

Antes de las meriendas, Marisa, la hija de una de las enfermas a mi cargo, Teresa Prieto, se acerca al control para pedir que el sacerdote del hospital visite a su madre. La atiende Esperanza, una auxiliar de enfermería nueva en nuestra planta, pero con una dilatada carrera profesional de más de veinte años; una mujer muy suelta y muy práctica, el tipo de auxiliar con el que a mí más me gusta trabajar.

Esperanza contacta con centralita para que le pongan un «busca» al sacerdote. La muerte de Teresa es inminente. Su hija lleva, según me cuentan mis compañeros, más de tres días sin separarse de su lado por miedo a que fallezca mientras se ausenta, por lo que se le está proporcionando comidas y cenas, algo no habitual en la política del hospital pero que nosotros sí llevamos a cabo en casos como este. A Marisa se la ve desmejorada, ojerosa y con los ojos hinchados por el llanto, el agotamiento y la pena.

Al dar la vuelta, acompaño a las auxiliares cuando entran en la habitación de Teresa. La mujer está extremadamente mal. Justo en ese momento sale el sacerdote, un hombre de gesto neutro que se despide con voz queda.

—¿Crees que su espíritu ha recibido algún tipo de alivio? —me pregunta Marisa—. No ha hecho el más mínimo movimiento...

—Seguro que sí —le respondo, posando mi mano encima de la suya.

Decidimos no moverla, alisar la ropa de cama y limitarnos a cambiar las prendas sucias. Ajusto el suero, reviso la bolsa de orina y el agua del oxígeno: todo está correcto. Recuerdo a su hija que no dude en avisarnos por el timbre si su madre necesita algo o empeora.

He tenido muchísimo trabajo durante todo el turno, pero me las arreglo para dar una vuelta cada poco tiempo por la habitación de Teresa. Salvo la visita del sacerdote y del médico de guardia, madre e hija han permanecido todo el tiempo solas.

Tras repartir la medicación de la cena vuelvo a pasar a ver cómo están. Marisa aparece tumbada en la cama, junto a su madre. Tiene cogidas sus manos mientras llora y le susurra ininteligibles palabras. No me ha llamado y es muy evidente que su madre ya ha fallecido. Marisa mira a Teresa a los ojos aún abiertos, vacuos, y con trémulos dedos le cierra los párpados. Besa su rostro, besa sus labios, besa sus manos. Acurruca su cara junto a la de su madre y la abraza. Y llora desconsoladamente.

Me acerco a la hija mientras presiono el botón del timbre. Con la mayor delicadeza de la que puedo hacer acopio, la ayudo a incorporarse. La mujer obedece, sumisa sin dejar de llorar ni de llamar a su madre. Me parte el corazón cuando, antes de dejarse separar de ella, toma su cara entre las manos, la besa con ternura y le susurra «Te quiero, mamá, te quiero mucho».

En ese momento, Esperanza asoma la cabeza por la puerta. A un gesto mío, se encarga de Marisa. Se la lleva a la sala de estar de enfermería; le dará una tila y le dejará el teléfono para poder avisar a la familia. Indiscutiblemente, nuestra nueva compañera, Esperanza, es muy competente y tiene un sentido especial de la oportunidad y la delicadeza en momentos difíciles. Me gusta.

Tomo mi fonendo y ausculto a Teresa mientras tomo su mano aún caliente: «Buen viaje, amiga.» Miro el reloj y salgo a avisar al médico de guardia.

Cuando alguno de los enfermos a mi cargo muere siempre me asalta la misma sensación. Llevo un montón de años trabajando con personas que padecen enfermedades graves o terminales y nunca podré acostumbrarme a su muerte, aunque sea esperada. Ante su pérdida me siento sobrecogida y emocionada. Algo ha pasado delante de nosotros. Algo inexplicable, que es capaz de transformar a una persona viva, que late, que respira, en un cuerpo inerte. Algo debe de escapar de ese cuerpo, algo invisible tiene que deslizarse fuera de una persona para que exista tanta diferencia entre una persona inconsciente, moribunda, y una persona fallecida. Es un «no sé qué» que sucede en cuestión de segundos, ante nuestros ojos. Y yo siempre siento cierta impresión, una congoja que me deja un tanto parada; no mucho, pero lo justo para que no me quede jamás indiferente.

No puedo evitarlo, necesito entrar un momentito en el aseo y enjugarme las lágrimas que me arrasan los ojos. Solo un par de minutos... Respiro hondo y vuelvo a salir.

En el tiempo que Esperanza y yo tardamos en arreglar a Teresa, aparecen un montón de familiares suyos. Unos llorando desconsolados, otros con gesto grave. Dejamos el cuarto completamente recogido de enseres clínicos y a la mujer tapada hasta la barbilla con una sábana limpia.

Al salir, veo a Marisa alejada del resto de sus allegados. Está sola y ya no llora. Estruja entre sus pálidas manos un pañuelo de papel. Me llama la atención su mirada; sus ojos fulminaban a cuatro corpulentos hombres que lloran y hacen aspavientos, rotos de dolor. Me parece ver cierto destello de rabia y creo entender el gran esfuerzo que Marisa está realizando para no destrozar a bofetones la cara de esos cuatro hombres. Pero quizá solo son imaginaciones mías. Paso de largo a los familiares y me dirijo directamente a ella. Apoyo mi mano en su brazo, un gesto en el que pongo toda la calidez de la que soy capaz. Ella me corresponde apoyando su mano en la mía.

—Marisa, los del tanatorio no creo que tarden mucho. —Me hace un gesto de asentimiento mientras las lágrimas brotan nuevamente de sus cansados ojos—. Si mientras tanto necesita algo, no dude en decírmelo, ¿vale?

—Muchas gracias por todo, Marian. Se han portado ustedes muy bien con mi madre y conmigo.

Su voz está ronca. Aprieto nuevamente su brazo a modo de despedida.

Veo llegar a los empleados del tanatorio justo cuando yo me voy hacia los ascensores, más allá de las diez y media. Marisa sigue sola, apartada del grupo. Le deseo lo mejor, desde lo más profundo de mi corazón.

Efectivamente, llevo muchos años trabajando y he visto morir a muchos enfermos. Y me siento muy satisfecha ante el hecho indiscutible de que la muerte de todos y cada uno de ellos me ha causado una honda impresión. Aún sigo sintiendo lo mismo que el primer día, la costumbre solo me ha ayudado a que no me afecte en exceso, pero no me ha formado un callo en el corazón.

## MARINA

Doña Marcela agoniza.

Me entero justo cuando me dispongo a irme de la sala, dado que mi turno ha finalizado. Hoy apenas me ha dado tiempo a estar aquí, porque he tenido que ayudar al doctor Bonis en varias paracentesis; así se me ha recomendado para que las pacientes no vieran mi rostro y se sintieran incómodas. Se ve que eso es lo único que importa, que mi cara golpeada incomoda. A pocos les interesa saber cómo me encuentro yo, si estoy triste o asustada. Pero me da igual... tendré que verlos poco tiempo ya.

Al ver que doña Marcela empeoraba a ojos vistas, la hermana Rosario ha pedido a primera hora que el sacerdote, don Esteban, le diera los santos óleos. Le llamó a él expresamente porque sabe que es un hombre mundano —y amable— y nunca juzga a nadie por la vida que ha llevado o le ha tocado vivir.

Saber que Marcela se va a morir me pone muy triste y decido que no voy a dejarla sola. Un día se lo prometí y me veo en la necesidad de ser fiel a mi palabra.

La cama ha sido velada con cortinas para que haya una cierta intimidad dentro. El acto de abandonar este mundo debe ser un paso que se tiene que dar fuera de la vista de los demás, sin ser molestado por miradas curiosas, pero sé que también se hace para que los demás enfermos que copan la sala a ambos lados del pasillo no tengan que ver el fracaso de la medicina y los cuidados sobre su capacidad de curar los cuerpos. Todos los pacientes deben confiar en que casi siempre ganan los buenos, los médicos y su arte, las enfermeras y sus cuidados. Y no es agradable ver morir a nadie a tu lado.

Cojo una silla, entro en el recinto delimitado por las cortinas y me siento a su lado. A doña Marcela se la ve más pequeña, más frágil; su piel tiene un aspecto de cuero amarillento cuyo tono contrasta de forma casi obscena con el blanco de las sábanas. Se le ve un hilillo de sangre en la comisura de los labios. Lleva vomitando sangre desde ayer y me pregunto cómo ha podido aguantar tanto. Tomo su mano y al instante abre los ojos que aparecen apagados, hundidos.

—Ha venido... —Su voz es apenas un susurro, una pequeña brisa que apenas mueve sus labios.

—Doña Marcela, no está sola. Se lo dije. Yo estoy con usted.

—Marina, llámame por mi nombre, por mi nombre verdadero, Benita. No quiero ser una farsa cuando me reúna con la Virgen allá arriba. Y tutéame, por favor.

—Benita, no te canses, respira pausado.

—Ya por fin voy a descansar, amiga, nunca pensé que Dios me tendría preparada una muerte tan fea. Me ha castigado a base de bien. Los pecados no quedan impunes.

Parece que por fin se fija en mi rostro magullado.

—¡Ay, ángel mío, ¿quién te ha hecho esto, qué cabrón ha sido capaz de golpearte de esa forma tan horrible?!

—Tranquila, mujer, parece más de lo que es en realidad. —Me tiembla la voz al intentar mentir, no puedo referirme a ello sin temblar como una hoja—. Estoy bien, no es nada.

—Ese malnacido, porque eso te lo ha hecho un hombre,

debería tener su castigo... —Se ha excitado demasiado y apenas puede hablar.

—Chissst, ahora esto no importa. Descansa.

Cierra los ojos y se queda adormecida al instante. No suelto su mano. Le ajusto el embozo de la sábana. Parece una muñeca rota, vencida, abandonada y triste. Me da muchísima pena y mis propias desgracias me parecen banales a su lado.

Susurra en sueños, se agita un instante y regresa a su sopor.

Varias horas más tarde, ya es noche cerrada, Marcela abre los ojos y me mira pero no me ve a mí, porque esboza una sonrisa llena de amor, un amor que debía de estar anclado en un rincón de su memoria y que deja asomar a las puertas de la muerte. Suspira y nada más.

Se ha muerto con la sonrisa aún esbozada en sus labios, un gesto que la hace hermosa por primera vez en mucho tiempo, los ojos entrecerrados buscando una estampa que ya no está en este mundo.

Por fin ese Dios en el que ella tiene tanta fe ha querido llevarla con Él. Un Dios del que cada día dudo más de su existencia, porque no entiendo cómo puede hacer sufrir tanto a una persona antes de llevarla a su presencia, no entiendo por qué tanto dolor, tanta pena, tanto padecer para morir. Y tan sola...

Con mucho cuidado dejo su mano sobre la colcha. Le arreglo el pelo y le doy un beso en cada mejilla. No quiero taparle el rostro con el embozo porque quiero recordarla así y no como un cadáver bajo un sudario.

—Adiós, Benita, bella Marcela. Descansa allá donde estés y espero que por fin ya seas feliz.

Salgo del pequeño recinto delimitado por las cortinas. A la enfermera que pasa la sala a esa hora la informo que doña

Marcela ha muerto; ella asiente en silencio, se santigua y entra en la zona cortinada.

Miro a mi alrededor y observo la doble hilera de camas a lo largo de la enorme sala de mujeres. Los rumores de las voces quedas de enfermas, enfermeras y monjas me llegan lejanos y creo que también me resulta ya algo completamente ajeno. Entonces me doy cuenta de que, efectivamente, ya no quiero estar más en este lugar, en este hospital, en esta ciudad. Necesito irme lejos, empezar de nuevo y tomar las riendas de mi vida.

Salgo de la sala de mujeres con paso decidido y me descubro rezando, rogando a Dios para que, en su día, no me deje tan sola como a doña Mar..., como a Benita.

Ruego para que la vida me dé la oportunidad de amar y ser amada y recorrer los últimos pasos de mi existencia en este feo mundo con alguien de mi mano.

## MARIAN

El martes lo comienzo con unas ganas desconocidas en mí desde hacía tiempo; no me sentía así por lo menos desde antes de mi accidente laboral.

No voy a contarle a Rodrigo el tiempo que tardé en dormirme anoche recordando el episodio de la víspera. No voy a contarle tampoco que esta mañana me he depilado y me he dado un baño con sales perfumadas —las tengo en un rincón del baño desde hace años; espero que estas cosas no caduquen—; tampoco le contaré que me he puesto el conjunto de ropa interior que me he comprado esta mañana en mi tienda favorita, de color coral... ¡precioso!

Estoy emocionada, aunque no quiero hacerme ilusiones. Ya en otras ocasiones me he llevado chascos de campeonato y no tengo ganas de oír cómo se hace añicos mi ilusión. Prefiero estar expectante, a ver cómo discurre todo.

No. No quiero llevarme una desilusión, pero mi pensamiento me traiciona y me dirige hacia derroteros demasiado sensuales. Además me quema la desazón porque no puedo compartirlo con nadie. Mi relación con Benigno me aisló de las pocas amistades que tenía.

Y en estos momentos no tengo a nadie a quien considerar un amigo de verdad, excepto Auxi. He intentado varias veces desde mi vuelta a la ciudad llamarla por teléfono para hablar y disculparme por la salida de tono que tuve con ella mientras estaba en Granada, pero tiene el móvil apagado o, quizá, cuando ve mi número como llamada entrante sencillamente no lo coge. Puede que sea mejor así, porque estas cosas siempre me ha gustado resolverlas cara a cara. Según indica la planilla, Auxi no volverá a trabajar hasta el viernes: parece que la Facultad de Enfermería la tiene muy ocupada. Decido esperar. Pero mientras tanto me estoy muriendo de impaciencia por no poder arreglar mi exabrupto y, sobre todo, por no poder compartir con ella mis preocupaciones.

Las circunstancias me están llevando a vivir todo esto sola, a no poder expresar a nadie mis dudas e, irremediablemente, este hecho me está haciendo excesivamente recelosa con las buenas —supuestas— intenciones de Rodrigo. Necesito rabiosamente otra opinión, otro punto de vista más positivo y mundano.

Antes de salir hacia el hospital me miro por última vez al espejo para valorar el resultado de mi aspecto después de varias horas de preparar, cortar y retocar. Debo reconocer que mis esfuerzos, en general, han dado sus frutos, pero poco puedo hacer con mi cara, que nunca ha sido demasiado atractiva y mis aún excesivas redondeces corporales que, aunque se encuentran en proceso de reducción lenta pero constante, me restan seguridad en mí misma. No, eso no debe condicionar mis expectativas de esta noche.

Veo a Rodrigo a mi llegada al hospital, esperándome cerca de mi vestuario; ya se está convirtiendo en una costumbre que vigile desde la garita o desde su vehículo hasta ver mi coche y que aguarde a que yo termine de cambiarme, esperando en el pasillo. Ha hecho amago de darme un beso en la boca y yo, estúpida, he girado la cara y le he ofrecido la mejilla. Ha dudado solo un instante y al final me ha dado dos besos y me ha susurrado unas palabras que resumían las muchas ganas que tiene de salir esta noche conmigo. En los escasos cinco minutos que charlamos, quedamos al final de nuestros respectivos turnos en la salida de Urgencias. Iremos a comer algo y a charlar. Me mantengo en todo momento alejada de él para no darle opción a que se tome alguna libertad, no en público ni en el hospital.

Sí, estoy muy ilusionada con esta cita pero, sin lugar a dudas no le voy a poner las cosas fáciles a Rodrigo. Y desconfío de él.

Con la mente llena de pájaros tipo buitre leonado, me dirijo a mi planta.

Cuando llego a mi servicio, me llevo una enorme sorpresa: hay un nuevo enfermero. Benigno nos ha reunido a todos, los del turno de mañana y los de tarde, para presentarnos a nuestro nuevo compañero. Mari Cruz y yo nos dirigimos una mirada llena de entendimiento. Las auxiliares, Piedad y Esperanza, captan nuestro gesto y se sientan junto a mí, inquietas. Todo resulta algo extraño. No nos habían informado de que se iba a incorporar alguien más. ¿Habrán despedido a alguien? No sería extraño que, de repente, las altas esferas hubieran decidido que sobraba alguien. Concretamente, a Caridad le tocaba renovar su contrato por estas fechas, no es santo muy de mi devoción, pero no me atrae en absoluto la posibilidad de que no le renueven el contrato. Ya se sabe que va a misa ese sabio dicho: «Más vale malo conocido...»

—Os presento a Justo Serrano Prados, enfermero. Viene a sumarse al equipo de tarde, en principio. Pero será una especie de refuerzo para los tres turnos, algo así como un correturnos.

El silencio en la sala de estar de enfermería es sepulcral. Todos estamos sentados, excepto Benigno y Justo que están uno al lado del otro, frente a nosotros.

De unos treinta años, Justo es un tipo peculiar. Jamás podría pasar desapercibido, ni siquiera en medio de una bulla de Semana Santa. Moreno, de pelo y barba negros, perfectamente recortados. Ojos oscuros —¿negros?— y gafas de gruesa pasta oscura de última moda retro. Complexión media y muy atlético; los músculos pugnan por escapar de la tela de su uniforme. Debe de darse unas buenas sesiones de gimnasio. Por último, el tipo es endiabladamente guapo, pero su gesto de autosuficiencia le resta atractivo, por lo menos a mis ojos. Alguien podría compararlo con nuestro supervisor, pero se equivocaría: su estilo es muy distinto. Su actitud general es contenida, prudente, expectante, pero sus ojos incomodan. Benigno jamás habría sido capaz de proporcionar tanta dosis de inteligencia a su mirada, ni en mil años que ensayara ante el espejo.

—Bueno, aquí os lo dejo. —Benigno me mira—. Marian, Mari Cruz: esta tarde estará con vosotras. Yo ya le he explicado cómo se distribuye la planta, las carpetas en el sistema informático, las historias... en fin, todo. Vosotras decidle qué habitaciones le corresponden y, ya sabéis, ayudadle en lo que precise.

Mari Cruz y yo asentimos en silencio.

—Marian, ven un momento.

Benigno me lleva aparte, mientras me toma por un brazo.

—Ayer no te pude ver. ¿Cómo te encuentras? ¿Te han venido bien los días libres?

Me coge de sorpresa: ¡Benigno se preocupa por mí! Hacía muchísimo tiempo que no me hacía una pregunta personal y, por su tono de voz, parece sincero. No puedo captar ningún deje sarcástico de los que suele derrochar a raudales cuando se dirige a mí.

—Sí, muchas gracias. Me han sentado muy bien los días libres. Fui a ver a mi madre, a Granada.

Estoy a punto de añadir «y me preguntó por ti», pero decido morderme la lengua. Él no siente un especial cariño por mi madre y, aunque nunca me dijo nada desagradable de ella —¡faltaría más!—, siempre pronunciaba su nombre con cierto deje despectivo. Por primera vez en mucho tiempo, mi supervisor es amable conmigo de una forma sincera y no seré yo quien enturbie tan dulce momento con mi sarcasmo. Nuestra relación personal hace mucho tiempo que ha salido del Purgatorio y sería muy adecuado que, por lo menos en el ámbito laboral, estuviéramos en paz.

Sonrío. Benigno eleva las comisuras de sus labios hacia arriba correspondiendo a mi gesto —¿eso se supone que es su sonrisa?—. ¡Esto es el colmo! ¿Qué ha pasado en la planta los días que he estado fuera? Un escalofrío me recorre la espalda. No me gustan nada los cambios. ¿Por qué mi supervisor, de repente, es tan considerado y amable? Y por último y no menos importante: ¿qué nos quiere colar este tipo para que se comporte así? Con Benigno nada es gratis, todo lo da por un motivo. Desconfío, y mucho. Si alguien le conoce, esa soy yo.

Encuentro a Mari Cruz explicando a Justo la distribución de la sala de medicación. El chavalote tiene en la mano la plantilla de los pacientes que llevará esta tarde. Miro la numeración de la etiqueta. Como siempre, Mari Cruz ha hecho gala de su buen fondo y le ha dejado la parte que contiene el menor número de camas, y da la puñetera casualidad de que se trata de los enfermos más estables y con menor cantidad de medicación parenteral. Y da la asquerosa casualidad de que esas eran las habitaciones que me correspondía llevar a mí. Mi compañera capta al instante el gesto de protesta que le hago a las espaldas del nuevo. Impertérrita, me ignora. Ella es la más antigua de las dos y si dice que así va a ser, pues así será. Pero yo necesito dejar claro mi total desacuerdo y así lo hago.

La tarde es más tranquila de lo que yo esperaba, aun con la paracentesis que se le realiza al enfermo de la 16A, Epifanio Rincón, y que me ha tenido atareada más de una hora.

Justo ha ido a su aire; se nota que tiene tablas. Apenas nos pregunta nada, ni a nosotras ni a las auxiliares. Eso sí, tanto a Esperanza como a Piedad las trata con cierta distancia, y las cosas que precisa de ellas las ordena más que pedirlas; ni Mari Cruz ni yo le hemos oído, pero no creo que ninguna de las dos tenga motivos para mentirnos, cuando más tarde nos lo cuentan en la sala de la medicación, entre susurros. El tipo les da órdenes con cierto tono militar que les molesta, algo así como «tú haces esto porque te lo digo yo». Sea cierto o no, lo que está claro es que no está empezando con buen pie en su relación con ellas. En nuestro servicio todos nos consideramos compañeros, un equipo, y en el turno de tarde jamás hacemos una distinción jerárquica entre enfermeros y auxiliares. Todos vamos a una y se ayuda en lo que se puede. Por eso funcionamos tan bien. Nos respetamos y nos ayudamos por igual, lo que nos permite salir airosos los días en que el trabajo es infernal. Está claro que Justo no piensa igual. Y eso podría ser muy malo para el buen ambiente de la planta.

Cuando llega el momento de repartir la medicación de las nueve, estalla una pequeña crisis. A Mari Cruz le han llegado dos ingresos muy seguidos a media tarde. Uno de ellos viene sin vía y, como se trata de un enfermo con una cardiopatía importante que precisará medicación parenteral desde el primer momento, el médico de guardia y ella se decantan por cogerle una vía central, un *drum.*

—Marian, ayúdame tú —me pide Mari Cruz.

Mientras me ocupo de preparar el carro de curas con todo el material clínico que vamos a precisar, Mari Cruz se acerca a Justo.

—Si nos retrasamos un poco, haz el favor de repartir las cuatro cosillas parenterales de las nueve, para mis enfermos y para los de Marian.

—Lo siento, Mari Cruz, pero no. —No da más explicaciones. Su cara es seria, circunspecta.

Mari Cruz se queda petrificada y adopta su típica cara de póquer, a la que suele recurrir en momentos tensos.

Mari Cruz no cambia el gesto y, cuando le habla, su tono de voz sigue siendo tan amable como al principio.

—No hay problema, Justo.

Le mira a los ojos, pero él gira la cabeza y se pone a trajinar con sus cosas. Mantener la mirada de Mari Cruz cuando está enfadada es todo un reto, y el nuevo no lo puede superar. Mi compañera y yo salimos con el carro de curas hacia la habitación del enfermo recién ingresado. Ella no me hace ni la más mínima referencia a la contestación que Justo le ha dado, pero sé que por dentro bulle y rebulle por lo desagradable de la situación.

Cogemos la vía en un santiamén y, cuando terminamos de recoger todo, repartimos nuestra medicación, más allá de las nueve y media.

Justo cuenta sus incidencias a Job, el enfermero del turno de noche, adelantándose a nosotras dos sin pedirlo. Le aborda apresuradamente a la entrada y no deja que el pobre hombre suelte su bolsa ni que se quite la bufanda ni que saque el boli. Tampoco se presenta como un nuevo compañero; nosotras tampoco lo hacemos. Job, cuyo nombre refleja fielmente su carácter, lo mira con evidente gesto de sorpresa. Se debe de estar preguntando «¿Quién demonios es el tipo este?», pero no dice nada. Le escucha sin tomar notas, asintiendo y diciendo «Sí, sí... sí». En todo este tiempo, el gesto y el tono de autosuficiencia de Justo me están provocando náuseas. Cuando termina su perorata, sale escopetado hacia los ascensores; los tres nos quedamos mudos de la impresión.

Nadie dice nada, nadie critica nada. Nuestras caras ya constituyen un mensaje suficientemente elocuente.

Tal como sale el nuevo, entra Esperanza en el control y nos lanza:

—¡Pero, bueno, y este gilipollas de qué va!

Todos nos echamos a reír.

El ambiente se deshiela y vuelve a ser el de siempre, cálido y estupendo.

## EPIFANIO

Abrió los ojos. Se sintió desconcertado. ¿Dónde estaba? ¿Adónde había ido su esposa? Recorrió la vista por la habitación. No le resultaba familiar, pero por la cama y por los demás enseres tenía pinta de ser un hospital. La cama de al lado estaba vacía. Por la ventana entraba la fría luz de un día nublado y lluvioso. ¿Qué hora sería? Se pasó la lengua por los resecos labios. Sentía una sed espantosa.

Levantó lo que pudo la cabeza con gran esfuerzo y miró a su alrededor: un palo metálico sostenía varios frascos de sueros de diversos tamaños y un aparato lleno de lucecitas y cifras de color rojo regulaba la velocidad de goteo de uno de ellos.

Se miró los brazos: en el izquierdo tenía un aparatoso apósito blanco; le habían colocado la aguja para los sueros en esa flexura y una muñequera de algodón le tenía sujeto a la cama para que no doblara el brazo. Dejó caer la cabeza en la almohada con un golpe sordo, agotado por el enorme esfuerzo. ¡No era la primera vez que le tenían que atar a una cama! Intentó mover las piernas y, efectivamente, sintió en ellas la presión de sendas cinchas de algodón que debían impedir que se levantara. El brazo derecho también estaba sujeto.

Otra vez había pasado.

¡Una vez más se veía en esa horrorosa situación!

Desde joven le había gustado beber. En el bar se reunía con sus hermanos y con sus amigos y pasaba unos estupendos ratos con ellos jugando a las cartas, viendo algún partido de fútbol o charlando de cualquier cosa. Nunca había tenido la sensación de hacer nada malo: todos los hombres de su edad lo hacían.

Luego conoció a Julia, se casaron y ella se encargó, a partir de entonces, de que siempre tuviera su vaso de tinto en casa cuando volvía de trabajar o una fría cerveza en las calurosas tardes de verano, así no se veía en la necesidad de bajar al bar a beber. Julia necesitaba tenerlo en casa, sobre todo desde el nacimiento de sus dos hijos. Pero él, en la casa, se aburría como una ostra. Los pañales, los baños, las papillas... todo eso eran cosas de mujeres. Los hombres hacían otras cosas y a él le gustaba estar con sus amigos.

Trabajaba en la construcción. Al estar a la intemperie, tenía por costumbre tomar una copita de anís o un sol y sombra junto con el café del desayuno para poder afrontar la helada de la mañana. Con el almuerzo siempre caían unos vinos o unos cuantos botellines de cerveza y, al terminar la jornada, se tomaba unos chatos con sus compañeros. Ya en su hogar, antes y durante la cena, bebía lo que le apetecía, y cada día era más.

Los fines de semana se tomaba unos vermuts de aperitivo, y unos cubatitas con los amigos o con sus hermanos por la tarde, cuando iba a visitar a sus padres, o viendo con ellos un partidillo de fútbol de los que echaban por la televisión.

Cuando le diagnosticaron la hepatitis se quedó asombrado. En el momento en que el médico le preguntó cuánto alcohol bebía a lo largo del día, él contestó lo único que le parecía razonable y sincero:

—Doctor, bebo lo normal.

—Epifanio y, usted, ¿qué es lo que considera «lo normal»?

Tras meditarlo unos segundos, pasó a relatarle las copas, chatos, botellines y cubatas que conformaban su rutina. La misma que seguían todos sus compañeros de la obra, la que había seguido su padre durante toda su vida y la que seguían sus hermanos.

El médico, impertérrito, anotó las unidades y los gramos de alcohol que eso suponía. Evidentemente, se encontraba ante otro alcohólico que no creía que lo fuera.

Con el tratamiento médico se le recomendó el abandono total de la ingesta de alcohol y eso fue lo peor para Epifanio. Que le pidieran que no comiera grasa, que le pidieran que no tomara marisco, que le pidieran que no comiera pescado azul o sal en las comidas —años atrás se consideraba que el pescado azul y el aceite de oliva eran nocivos para determinadas dietas—... Todo eso lo haría sin problema. Pero que le exigieran que dejara el vino o las cañas... ¡pero si eso no es alcohol! Con esta actitud afrontó su nueva situación de hombre enfermo a los cuarenta años.

Al principio llevó su nuevo régimen de vida a rajatabla, tal y como los médicos habían establecido, y mejoró de forma impresionante, pero como jamás reconoció que tenía un problema, como jamás reconoció su adicción al alcohol, pues su propuesta de cuidarse fracasó estrepitosamente. Además, él se encontraba estupendamente. Primero fue una cervecilla un día que hacía mucho calor. «¡Total, una no va a hacerme daño!» Y como esa no le hizo daño, tomó otra y otra; y más tarde un vino y luego otro. En seis semanas había vuelto a su hábito en todo su esplendor.

Julia se esforzó sin éxito para que dejara de beber. Cuando intentaba hablar con él discutían y la bronca culminaba en que Epifanio aceptaba, aparentemente sumiso, su plan de cuidados. Por ello, un día, decidió que haría lo que le diese la gana pero a escondidas de su esposa, así no tendría que oír sus peroratas y sermones. Al principio lo hacía bien: solo bebía unos chatos y, antes de volver a casa, se comía un chicle que disimulaba aceptablemente su fetor a alcohol. Poco a poco fue ganando en confianza. Su engaño era todo un éxito e incluso se burlaba de su mujer en el bar con sus amigotes. Estos consideraban que si un hombre hacía caso de lo que ordenaba una mujer solo se le podía considerar una cosa: un calzonazos. Y Epifanio era muy hombre, los pantalones en su casa solo los llevaba él, y Julia no era nada ni nadie para decirle lo que tenía o no que hacer.

El tiempo y el alcohol no tuvieron tregua y un buen día encontraron a Epifanio inconsciente en su puesto de trabajo. Le llevaron al hospital y avisaron a su mujer, que llegó a Urgencias llorando desesperada. Cuando habló con el médico de guardia este le explicó que su esposo no había sufrido un desvanecimiento, que lo que le había sucedido es que estaba borracho y se había caído de un andamio. Gracias a que se trataba de una escasa altura, no sufrió más lesión que un tobillo torcido y una contusión en las costillas. Julia entró en cólera. Una vez más le había tomado el pelo. Nunca había dejado de beber, y lo único que había hecho durante todo este tiempo fue engañarla.

Epifanio volvió a casa totalmente curado del tobillo y dolorido, aunque su hígado iba de mal en peor. Estaba a un paso de la cirrosis y por ello era imprescindible que abandonara definitivamente el alcohol. Con el informe de alta se adjuntaba una cita para la consulta con un psiquiatra que debía ayudarle a superar su alcoholismo. Pero Epifanio se negaba a reconocer que era alcohólico. Él podía dejar de beber cuando quisiera. Y lo dejaría. ¡Palabra!

Julia le dio un ultimátum: o ponía de su parte y dejaba definitivamente de beber o le dejaría; se llevaría a los niños y no volvería a verles el pelo. Epifanio recibió este mensaje en su casa, sin haber bebido y sin amigotes que le jalearan. Por ello aceptó las condiciones de su querida mujercita sin rechistar, pero en el fondo la odió. Le tenía agarrado por un sitio que a él no le gustaba que le tocaran. Y, aun enfermo, los pantalones los seguía llevando él.

Pasaron varios meses en los que no bebió ni una gota. Regresó al trabajo y recuperó su antiguo puesto tras rogar e implorar. Acudió a la consulta del psiquiatra y a la del digestivo de forma puntual. Hizo dieta y ejercicio, dio paseos, y llevó una vida familiar que nunca había conocido.

Julia creyó que, por fin, su esposo estaba curado. Presentaba un aspecto estupendo como hacía mucho tiempo que no había tenido y volvía todos los días a casa nada más terminar el trabajo. Eran una familia, la que ella había soñado tener desde niña.

Pero Julia no sabía que a Epifanio esta vida no le hacía ninguna gracia. Se sentía sometido, subyugado por su esposa. Se sentía un calzonazos, alguien digno de las crueles chanzas de sus compañeros de tasca. Por ello en su cotidiano paseo empezó a incluir una nueva y conocida ruta: el bar. Al principio se contuvo, pero en dos semanas bajó nuevamente la guardia y un día regresó tres horas más tarde de lo habitual y completamente borracho. Cuando abrió la puerta, Julia le propinó un humillante, más que doloroso, bofetón. Le dejó solo en su dormitorio y se fue a dormir con los niños.

Al día siguiente, cuando despertó con un espantoso dolor de cabeza y una desconocida resaca, Julia se había largado con los niños. Descubrió, sorprendido, que le daba igual. Mejor era que se fuera y le dejara hacer lo que le diera la gana.

Pasó un año. El descontrol y la enfermedad avanzaron de la mano, inexorables. Sin nadie que le dijera lo que debía hacer o que le cuidara, Epifanio cayó en un pozo sin fondo y sin vuelta atrás.

Y otro año... y varios más.

Con la cirrosis apareció la diabetes. Le ingresaron varias veces. Los médicos intentaron incluirle en el protocolo de trasplantes pero el abandono que se había autoimpuesto había dañado irremediablemente varios órganos que tenían que estar completamente sanos para poder soportar los riesgos que implicaba un trasplante, aparte de que no estaba suficientemente claro que hubiera abandonado el alcohol, así que la unidad de valoración lo descartó definitivamente; fundamentalmente, por su alcoholismo. Epifanio aprendió el significado de palabras como «insulina», «varices esofágicas», «ascitis», «encefalopatía» o «paracentesis».

Julia sintió pena de él. Con cincuenta y cinco años parecía un cascajo de noventa. Demacrado y esquelético, su enorme barriga resultante de la perenne ascitis le confería un aspecto de niño raquítico que le llenaba los ojos de lágrimas. Su piel amarillenta y apergaminada, sus hermosos ojos marrones ensuciados por la ictericia, los pies hinchados por los eternos edemas... no le reconocía. Era el padre de sus hijos, el hombre que un día amó; así que hizo de tripas corazón y se ocupó nuevamente de su persona, más por lástima que por otra cosa: estaba completamente solo y nadie más le cuidaría.

Epifanio ya no bebía. Pero entonces era porque ya no podía desplazarse por sí mismo y debían ayudarle a caminar. Su día a día estaba repleto de pastillas, jarabes de lactulosa e insulina, y su ingesta estaba medida al milímetro en lo que respecta a proteínas, hidratos de carbono y líquidos. Todo, hasta lo más nimio, podía romper ese débil equilibrio y llegar a lo que los médicos llamaban «descompensación, encefalopatía y coma». Bastaba con que se bebiera un solo vaso de agua de más para que llegara el desastre.

Lloraba a diario y recordaba su estupidez. Si se hubiera cuidado no habría llegado a eso. Moriría pronto, sin posibilidad de un trasplante o de cualquier otra esperanza por haber negado lo evidente: su alcoholismo. Si se paraba a meditar con detenimiento debía reconocer que, si se le hubiera dado la oportunidad de volver varios años atrás, siempre habría hecho lo mismo. Jamás habría reconocido que tenía un problema con el alcohol. Todos los hombres que él había conocido habían hecho lo que él y ninguno había enfermado. No, nunca habría hecho otra cosa que lo que hizo. Algunas veces recordaba lo fresca y sabrosa que le sabía una cerveza helada en las tardes de verano o el gustillo afrutado de un buen tinto recién descorchado. En su imaginación paladeaba el maravilloso néctar y se dejaba llevar por su calor.

Aunque llevaba una vida ascética y se cuidaba escrupulosamente, cada cierto tiempo debían ingresarle para que le sacaran líquido de su enorme barriga. Este exceso de líquido acumulado en su abdomen le dificultaba la respiración y el tránsito intestinal, y alteraba la circulación sanguínea, lo que facilitaba otra de sus perennes torturas: la encefalopatía. Ya había sufrido tres y en una de ellas había entrado, incluso, en coma. Tras un intenso tratamiento había conseguido salir airoso, pero durante su inconsciencia se había autoagredido, se había quitado sondas y catéteres y, por ello, el personal de enfermería se había visto en la necesidad de ponerle medidas de contención mecánica para impedir que se hiciera un daño irreparable. Humillante, pero absolutamente necesario.

Epifanio suspiró.

Una vez más debía de haber sucedido y por ello se encontraba de esta guisa: sujeto a la cama de pies y manos. Lo cierto es que apenas recordaba nada.

La puerta se abrió. Julia traía un café y algo envuelto en papel de aluminio, quizás un bollo o un pastel.

—¿Qué hora es?

Julia se volvió hacia él, sorprendida.

—¡Oh, Epi, ya estás despierto!

Se acercó y le dio un beso en la frente. Sintió una punzada de remordimiento en la boca del estómago. «¡Tanto mal que le he hecho y ella sigue siendo cariñosa conmigo! Sigue siendo tan hermosa...»

—Son las cuatro de la tarde. Estamos a martes.

Julia tocó el timbre que estaba sobre la cabecera de la cama y tomó asiento en el sillón a tonos verdes. Cogió una servilleta de papel y la extendió sobre su regazo. A continuación abrió el envoltorio de aluminio y sacó un cruasán.

La puerta de la habitación se abrió y entró la enfermera.

—Señorita Marian, mi marido ya parece que está despierto del todo.

—Sí, ya veo. —La enfermera entró y cerró tras ella, se descolgó el fonendo que llevaba al cuello y le tomó la tensión—. ¿Cómo se encuentra, Epifanio?

—Estoy muy cansado y un poco mareado.

—¿Sabe dónde está, qué es lo que le ha pasado?

—Sí.

La enfermera esperó que siguiera hablando, pero el paciente se limitó a cerrar los ojos.

—Lleva inconsciente tres días. ¿Recuerda algo? —Silencio—. Avisaré al médico de guardia que da la casualidad de que es su médico en la planta. —Ajustó los sueros, miró los frascos, revisó la bolsa de orina, le miró las manos y los pies, le palpó edemas y pulsos...—. Si necesita algo, pídale a su mujer que nos llame. Y como está tranquilo y colaborador creo que no necesita esto por ahora.

Le retiró las sujeciones de manos y pies. Arregló las sábanas, comprobó con ojo atento el orden que dejaba en la habitación y salió. Epifanio seguía con los ojos cerrados, pero ello no fue obstáculo para que se le escaparan las lágrimas. Segundos después entró en otro profundo sueño.

Julia le miró. Se sacó un pañuelo del bolsillo del vestido y enjugó con él las lágrimas de su marido. Le besó en la mejilla y se sentó nuevamente en el sillón a tomarse el café, pero antes cogió la estropeada y edematosa mano de su marido y la apretó. Y así quedó a la espera de la visita del médico: con un café en una mano, con la mano de su esposo en la otra y el corazón roto por el dolor y la pena.

# MARIAN

Mientras le contamos el turno a Job, aparece por el control de enfermería nuestro internista de guardia, que no es otro que Lázaro Mencía. Se sienta con la delicadeza habitual en él y cruza las piernas no sin antes eliminar una pequeña arruguilla de su impoluto pijama verde. Este médico se cree un dandi, un icono de la elegancia, y siempre tiene una actitud demasiado almibarada y forzada. Me cae fatal. Es un engreído de mucho cuidado. Es un acosador nato. Como facultativo no tengo nada que objetar, pero como persona y como compañero es un lerdo machista.

—Veo que os han encasquetado al imbécil.

Los tres levantamos la vista hacia el médico, asombrados. Nos quedamos mudos.

—¿Qué? —Sin ser nuestra intención, preguntamos los tres al unísono.

—Pues que me parece que os han colado a uno de los tíos más impresentables que hay.

—¿Te refieres a Justo? —dice Mari Cruz.

—Al mismo. Vuestro nuevo compañero tiene un contrato interino. A ese tipo no lo querían en ninguna planta ni servicio; su fama le precede. Pero vuestro fabuloso supervisor no ha tenido inconveniente en dejar que se quede aquí, con vosotros, a cambio de algunos favorcillos.

—¡No puede ser! —objeta Job.

—¿Y qué favorcillos ha podido pedir Benigno? —le pregunto.

Lázaro me mira con gesto burlón. Es evidente que está disfrutando del momento.

Ignora por completo mi pregunta, se levanta con un largo y sonoro suspiro y, tras colocarse el pantalón del pijama y quitarse una mota microscópica de una manga, se despereza con delectación.

—Que sepáis que ahora mismo sois objeto de lástima en este hospital. Os ha caído en suerte el capullo más desagradable de toda la profesión. Y Benigno no tiene intención de pasarle a otro turno. ¡Job, date por contento! —Se ríe con sorna—. Os lo vais a comer vosotras dos en vuestro turno. —Vuelve a reír—. ¡Que os aproveche!

Se marcha por el pasillo camino de los ascensores mientras silba una conocida musiquilla, muy bien por cierto. Probablemente se va a cenar. Deseo con todas mis ganas que le amarguen los pimientos.

El motivo de su regodeo quizá se deba a que hace unas semanas tuvimos él y yo un pequeño altercado a consecuencia de su manía de arrimar su pelvis a la mía cuando me cruzo con él en un pasillo demasiado concurrido, en la habitación de un paciente, en el despacho de los médicos... donde sea. Sé que no lo hace solo conmigo, otras compañeras me han contado episodios similares, pero como nunca le he visto esa asquerosa actitud con otra mujer, pues tuve que cantarle las cuarenta por la parte que a mí me toca. Estábamos solos y nadie se enteró de nada; además yo me cuidé mucho de contarlo. Estas cosas son difíciles de demostrar. Lógicamente se sintió muy ofendido por mi acusación, que negó categóricamente; tuvimos un tira y afloja que duró unos minutos pero que fue definitivo para que me odiara sin cuartel, sentimiento que, ciertamente, es mutuo. Desde ese día me atiborra a peticiones de electrocardiogramas urgentes que luego resulta que no lo eran tanto, visitas inesperadas a todos sus pacientes en medio de una tarde horrorosamente liada en las que al final no modifica ni un solo tratamiento, pero que me hace estar todo el tiempo pendiente de él y revisar posteriormente todo y, por último, no me dirige la palabra. Su aspecto físico —de complexión no precisamente atlética, de corta estatura, calvo y más bien feíllo para mi gusto— podría causar en otro que no fuera él todo tipo de complejos y problemas de autoestima; pero a Lázaro no: él tiene el aplomo de cien galanes de cine.

—¡Menudo capullo!

—Marian, este listo seguro que exagera. Ya sabes lo que disfruta haciéndonos rabiar.

—No, Mari Cruz, yo le creo. Ya has visto cómo se ha portado el nuevo durante toda la tarde. Primero como un corderito, aprovechándose de ti, que de mí se ha aprovechado poco, la verdad y al final te sale con una fresca cuando eras tú la que le pedías ayuda. Y no me vas a negar que la actitud de *machoman* que ha derrochado con las auxiliares es como para granjearse amigos nuevos.

—Yo creo que Lázaro está en lo cierto —afirma Job—. O sea que, chicas, os recomiendo que os andéis con mil ojos. Este tío os la mete a la primera ocasión que tenga.

Mari Cruz tuerce el gesto con desagrado. Quizás esperaba que Job no se dejara convencer por las palabras del médico y por las mías. Luego levanta la vista por encima de mi cabeza: hay alguien en la puerta del control.

—¿Necesita usted algo?

—No, solo estaba esperando a que Marian termine.

¡Esa voz...!

—¿Rodrigo?

Me levanto corriendo y salgo al pasillo. Me había olvidado por completo que habíamos quedado. Y me había olvidado de él.

—Son las once menos cuarto. Como no salías pensé que...

—¡Perdona, por favor, hemos tenido una tarde algo liada y ahora...!

Me siento incomodísima y me he puesto roja como un tomate, el intenso calor que siento por toda la cara me lo asegura. Jamás me habría imaginado que vendría a buscarme.

—Bueno, pues te espero abajo. ¿Te parece?

—Sí, sí, claro. Enseguida termino y bajo.

Se marcha hacia los ascensores camino de los vestuarios.

Mari Cruz está contándole a Job las incidencias de sus pacientes durante el turno. Cuando entro nuevamente en el control me mira con gesto cansado.

—Parece que has quedado. Si tienes prisa puedes contar tú primero...

—No, Mari Cruz, gracias. Termina.

No oigo nada de lo que mi compañera relata. Solo tengo una idea en mi mente, fija como una mancha de tinta: que Mari Cruz no haya reconocido a Rodrigo; no quiero que me vea con un vigilante. En el mismo instante en que este pensamiento toma forma en mi cerebro, me arrepiento: otra vez me comporto como una estúpida clasista.

Cuando diez minutos más tarde estoy ya en el semisótano camino de los vestuarios pienso con hastío que quizá no ha sido tan buena idea quedar con él. No me apetece dar explicaciones ni escuchar excusas. Estoy cansada, ha sido una tarde muy engorrosa y me duelen las piernas y la espalda; lo único que me apetece es irme a casa y ponerme el pijama. «¡Pero qué triste eres, hija, pero qué triste!»

Salgo de los ascensores y le veo. Está apoyado en una máquina de refrescos, esperando, mientras ojea un periódico de días atrás. Me siento como una asquerosa traidora. En la planta no me había fijado, pero está muy elegante, aunque sencillo, como en aquella otra cita, como aquella fastidiosa noche.

Levanta la cabeza y me ve e, inmediatamente, sonríe. ¿De verdad este hombre se alegra de verme... a mí? ¿Podría alguien ser tan extremadamente falso como para poder mentir con gestos tan aparentemente espontáneos? Cierra el periódico y se incorpora. Me acerco a él. Su olor me embarga como una niebla invisible, cálida y mortífera. El corazón pugna por salir de mi cuerpo a través de la garganta, impidiéndome respirar. Sin poderlo evitar —y sin quererlo evitar—, me besa largamente. Decido que no voy a oponer más resistencia. Mi cuerpo tiene sus propias ideas y está llevándome a su antojo ciego por la pasión...

Parpadeo.

Vuelvo como por ensalmo de un sueño y la imagen desaparece. Rodrigo sigue leyendo el periódico apoyado en la máquina de refrescos y me mira. Su semblante es serio. No parece el mismo de ayer. Me acerco y sonrío con gesto contenido.

—Has tardado mucho. Creí que se te habías olvidado o que quizás habías cambiado de opinión.

—He tenido una mala tarde y no he podido terminar mis cosas pronto. Siento haberte hecho esperar.

Esboza una sonrisa.

—No te preocupes. Anda, cámbiate. Te espero aquí.

Su sonrisa se ensancha y brilla.

Mientras me quito el uniforme y me pongo la ropa que con tanto cuidado he elegido esta mañana, la idea de salir por ahí a dar una vuelta ya no me resulta tan atractiva. Una pesada manta de cansancio me cae sobre los hombros; el intenso dolor que siento en la espalda y en las piernas aumenta al colocarme los zapatos. Mi mente empieza a bullir y a buscar posibles excusas que darle a Rodrigo para cambiar nuestros planes. Cierro la puerta de mi taquilla con excesivo ímpetu, haciéndola resonar en el silencio del vestuario como si de una bomba se tratara, y me dirijo a los lavabos. Me lavo las manos y la cara. Me pongo un poco de carmín y me peino. Mi inútil retoque finaliza con unas gotas de colonia fresca. Me pongo el abrigo y suspiro mientras me miro en el reducido espacio del minúsculo espejo que hay colgado sobre el lavabo.

Cuando salgo de los vestuarios Rodrigo me agarra por el brazo con familiaridad. Caminamos hacia la salida.

—Estás muy guapa.

Sonrío.

—Tú también, Rodrigo.

Reímos a la vez. Son las mismas palabras que dijimos casi dos semanas atrás en nuestra fallida noche de jolgorio, pero la risa no me libera de la sensación de incomodidad. Salimos por la puerta agarrados de la mano. Me siento extraña, así, con un contacto tan cercano; mi mano suda. ¿Se dará cuenta?

Al salir, el frío polar que nos recibe nos hace detenernos. Empieza a llover con fuerza. El fuerte viento introduce las gotas de gélida lluvia por los pliegues del abrigo. Los dos vamos muy elegantes, pero ninguno ha caído en la fabulosa idea de llevar paraguas. Nos miramos, tomamos impulso y corremos hacia mi coche. Las gigantescas gotas de agua me entran por los ojos, dificultándome ver por dónde voy; el pelo se me pega a la cara. ¡No sé para qué cuernos me he peinado...! Saco las llaves mientras intento no meter uno de mis caros zapatos de piel en algún charco.

Para mi satisfacción, Rodrigo está pasando los mismos apuros que yo; apenas se le ve la cabeza que embute a duras penas en el cuello subido de su chaquetón de piel vuelta. Cuando llegamos a mi utilitario, abro a toda velocidad la portezuela del acompañante. Rodrigo duda pero, a un gesto mío, entra en el asiento del acompañante: se ve que no está acostumbrado a que conduzcan otros... u otras. Corro al otro lado, abro, entro y cierro con un golpe seco.

La tormenta, casi huracán, se queda fuera; el sonido de la lluvia nos llega amortiguado, parece lejano. Ambos estamos empapados, el pelo chorreando, los zapatos anegados. Yo tiemblo de frío. De nuestras bocas el aire sale en forma de espesas nubes de vapor. ¡Por Dios, qué ganas de ponerme el pijama!

—¿Adónde te apetece que vayamos? —me pregunta.

—No sé. La verdad es que es muy tarde.

—¿Tienes hambre?

—Sí, mucha. ¿Tú no?

—También... Venga, sorpréndeme.

—¿Sí? ¡Pues hala!

Arranco y no dejo de sonreír como una boba durante todo el trayecto.

Él no deja de mirarme ni un solo instante.

Antes de subir al coche ya sabía que le propondría que fuésemos a mi casa. Las ganas de ponerme cómoda y las malas pulgas que ensombrecían mi espíritu me impulsaron a sugerir esta opción.

Rodrigo recibió mi propuesta con una sonrisa que no supe descifrar. Me daba igual que me viera en actitud demasiado directa, pero esa no fue en ningún momento mi intención. No he buscado en ningún momento llevarle a mi terreno, lo único que buscaba era ponerme mi pijama y mis zapatillas. El chaparrón ha sido tan espectacular que ha dejado la ropa de Rodrigo tan empapada e inservible como la mía. Le di un pijama y una toalla limpia y le dije «ahí está el cuarto de baño». Salió a los pocos minutos con la naturalidad propia del que se ha visto en este tipo de situaciones a menudo; o quizá, mi querido amigo es capaz de aparentar la naturalidad e indiferencia que la situación requería. Salía seco, repeinado y sonriente, emanando tranquilidad; más que un pijama parecía que llevaba un traje de gala. Coloqué sus vaqueros y su camisa en la secadora y colgué su jersey y su chaquetón en una percha que acomodé en el cuarto de baño. Con la calefacción a toda marcha, esperaba que en pocas horas estuviera todo perfectamente seco sin estropearse demasiado.

Una hora más tarde, estamos cenando.

Son poco más de las doce de la noche. Comemos una pizza de beicon con queso y aceitunas que hemos pedido por teléfono y la ayudamos a pasar con un delicioso Ribera del Duero que tenía en casa mientras Cary Grant pugna por domar a Katharine Hepburn en *La fiera de mi niña*, que nos llega en blanco y negro por la reducida pantalla del televisor de mi salita: es una de las películas clásicas que más me agradan; algo ligero, distendido y divertido.

Según me asegura, a él también le gusta mucho el cine clásico. Agradezco que podamos comer sin tener que hablar. Necesito reponer fuerzas y volver a sentirme a gusto. Cary Grant suele ser capaz de atraer mi atención hasta hacerme entrar en una especie de catatonia temporal, pero esta vez he de reconocer sin rubor que no puedo apartar los ojos del maravilloso perfil de mi querido vigilante.

Se me hace extrañísimo tener a Rodrigo sentado en mi sofá, con un pijama de franela que tenía guardado en el altillo de un armario y que un día fue un regalo para el inefable Benigno y que no llegó jamás a ponérselo; ni siquiera lo sacó del envoltorio de plástico en el que venía. Por lo tanto el hecho de verlo en el fantástico físico de Rodrigo no puede abrir portezuelas herméticamente cerradas tiempo atrás. No es por nada, pero le queda fenomenal... un poco largo, quizá...

El «*The End*» y los títulos de crédito llegan y me sorprenden con la mirada fuertemente anclada en sus ojos, en su hoyuelo que nada tiene que envidiar al de cualquier fallecido actor. Me mira y me sonríe y yo aparto la mirada, confundida. Se arrebuja en la manta de cuadros escoceses con la que nos tapamos y se vuelve hacia mí.

—De verdad que me has sorprendido.

—Me alegro.

Por fin me encuentro relajada, tranquila. De verdad, me encanta tenerle sentado junto a mí, en el sofá donde durante tantas y tantas noches me he lamentado de mi soledad. Le miro y parece que siempre ha estado ahí, junto a mí.

—¿Quieres tomar una copita o algo?

—No, no, gracias. Con lo que hemos comido apenas puedo respirar.

Reímos.

Me siento de lado y apoyo la cabeza sobre mi mano.

—Rodrigo, creo que te debo una disculpa por largarme aquella noche de una forma tan inesperada. Yo...

Me mira fijamente. No tengo ni la más mínima idea de cuáles pueden ser sus pensamientos y me está poniendo nerviosa. No sé cómo continuar. Pedir disculpas es siempre engorroso y si encima se las tengo que dirigir al objeto de mis sueños la cosa resulta penosa. Alarga su mano y la coloca sobre la mía.

—No tienes que darme ninguna explicación. Yo debí haberte presentado a mis amigos o quizá no, pero lo que está claro es que no debí dejarte sola...

—Bueno...

—Hacía mucho tiempo que no los veía. Estaban como cubas y, si en condiciones normales no son muy considerados, borrachos se vuelven auténticas bestias. —Hace un gesto que interpreto como de fastidio—. No pensé que te fueras a molestar.

—Sí, últimamente me comporto de una forma un tanto infantil.

—Aunque te dejé sola y eso no tiene excusa.

Ambos sonreímos. Sigo sin ser capaz de interpretar su mirada o su tono de voz, pero me parece que está reconociendo que quizá sí tuvo algo que ver en que yo me sintiera incómoda aquella noche. Esto hace que me encuentre mucho mejor. Necesito saber más, hurgar en la herida.

—Esa mujer tan guapa...

—Con «esa mujer tan guapa», como tú dices, y que se llama Reyes, estuve saliendo hace ya tiempo.

Procuro que no se note que se me ha congelado la sangre en las venas. Mi sonrisa, plastificada por la impresión, me duele y siento calambres en las comisuras de los labios. Sin poderlo evitar, me dejo arrastrar por el gesto infantil y ridículo de apartar mi mano de la suya. Eso me permite mover la cabeza y retirar el rictus de mis labios.

—Así que salisteis juntos...

—Sí, durante un tiempo; lo dejamos por varias razones. Mejor dicho, me dejó ella a mí. —Me mira fijamente a los ojos y ya no sonríe—. Ella es también oficial en la misma compañía en la que yo estaba. No le hizo gracia que decidiera dejar el Ejército: ella no sale con civiles. —Toma nuevamente mi mano—. No me apoyó cuando le expliqué mis motivos y me dejó. No hubo broncas ni disculpas, lo dejamos y ya está.

—Y ahora sois amigos con derecho a beso.

—Bueno, más o menos.

Su arrebatadora risa llena la habitación, silenciosa a esas horas de la noche. Mientras ríe me aprieta la mano con ternura.

—Veo que tienes muchas cosillas que tendré que descubrir... —Al comprobar que mi frase podría entenderse de distintas formas intento rectificar—. Bueno, me refiero que parece que tienes más de un secretillo.

—¿Y quién no lo tiene? ¿No tienes tú los tuyos?

—Sí, alguno tengo. —Mi voz me suena algo seca—. Quizá demasiados.

De repente, Rodrigo se acerca a mí. Me sorprende.

—Oye, Marian, creo que estás incómoda. —Se acerca tanto que siento su aliento en mi cara, dulce, calentito—. He cenado muy bien y me encuentro muy a gusto, pero quizá ya sea el momento de que me vaya.

Me mira a los ojos y me embriaga. Afirma que cree adecuado irse, pero no se mueve ni un milímetro ni hace ademán de levantarse. Me hipnotiza y me impide pensar con claridad. Decido apartarme unos centímetros; pero no demasiados, los justos para que su mirada deje de matarme.

En este momento en la calle retumba un relámpago que hace temblar el edificio y acto seguido un crepitar de granizo golpetea las persianas y los cristales. Lo interpreto como un coro de protesta del cielo por mostrar tanta estupidez por mi parte en tan corto espacio de tiempo.

—Rodrigo, no creo que debas marcharte. Tu ropa no está seca y por aquí no suelen pasar taxis. Quizá te preguntas por qué te he traído a mi casa.

Una vez más, su hermético gesto no me facilita la tarea de entender qué está retumbando por su cerebro. ¿Estará jugando conmigo? ¿Este hombre es consciente de que cada vez que se acerca a mí estoy tentada de perder el control? Para terminar de ponerme histérica comienza a juguetear con mis dedos. Un escalofrío me recorre de los pies a la cabeza.

—No, Marian. En ningún momento me he planteado para qué me has invitado a tu casa. —Me sonríe con simpatía y le creo—. Sé que hemos venido a tu casa porque no te apetecía ir por ahí a buscar un sitio para cenar. —Me besa la mano—. Si he de ser sincero, a mí tampoco me apetecía buscar un bar con este tiempo y esta lluvia. He cenado de maravilla y me ha encantado saber que te gusta el cine clásico. Me encuentro muy a gusto... —me coge la otra mano y también la besa—... contigo.

—Yo también me encuentro muy a gusto contigo.

—Marian, me gustas mucho. —Me sigue hablando a escasos milímetros de la cara; me siento morir. Yo no soy capaz de articular sonidos inteligibles, así que él continua—. Me gustas mucho, desde el día que nos encontramos en el parking del hospital. Tienes algo diferente, divertido, inquietante. No tengo ni idea de lo que es y me gustaría descubrirlo. —Sus dedos tocan mi cara con suavidad; ni que decir tiene que el corazón se me para—. Tú desconfías de mí, lo sé. Aquel episodio con mis amigos y con Reyes no me ha ayudado, pero te pido que me creas: me encanta estar contigo. Y me encantas tú.

Me besa con suavidad en los labios. Solo un beso.

Se aparta y nos miramos.

Sonrío y me sonríe. Tomo sus manos y las pongo a ambos lados de mi cara. Necesito decirle algo, así que me lanzo sin pensar en las palabras que salen de mi boca.

—Soy mayor que tú.

—¿Y qué?

—Quizás a ti no te importe, pero a mí sí.

—Pero a mí no.

Sostengo su mirada. Esta vez no me siento tentada de mirar a otro sitio. Me veo impelida a escrutar sus ojos, a buscar cualquier mínimo guiño, parpadeo o desvío que me induzca a pensar que me está mintiendo y que solo está diciéndome lo que yo quiero oír. Tras unos segundos de silencioso pulso me doy por satisfecha. No aprecio nada que me haga desconfiar o puede que yo no sea muy hábil en descubrir engaños.

Me acaricia la mejilla y yo apoyo mi cara en su mano. En solo una hora me ha dado más muestras de cariño y de ternura de las que he recibido en años.

—Tengo demasiados prejuicios con respecto a la diferencia de edad y con respecto a salir con compañeros del trabajo.

—Tú y yo no somos precisamente compañeros.

—No, pero trabajamos en el mismo sitio. —Por primera vez soy yo la que poso mi mano en su mejilla y le acaricio—. Desconfío de ti porque no entiendo por qué te has fijado precisamente en mí, no me gusta que mi pareja sea más joven que yo, no me gustan las personas que trabajan con armas... Sí, tengo demasiados prejuicios. Y tú reúnes todos mis pretextos para rechazar a alguien. En estos días he intentado evitarte, para qué negarlo, he buscado los motivos posibles que me ayudaran a apartarte de mí. Pero he fracasado. Me gustas mucho y tienes algo que me obliga a olvidarme de mis estúpidos escrúpulos. Me da miedo equivocarme, pero no puedo dejar de pensar en ti...

Nos besamos, esta vez de verdad. Muchas veces he imaginado cómo sería besarle. ¡Pues es infinitamente mejor! Bueno, ya no hay vuelta atrás. Me rindo a lo evidente y decido no pensar tanto.

Hablamos durante horas. Me cuenta cosas de su infancia y de su juventud, de cómo viajaba de un sitio a otro con su familia. Le cuento cosas de mi vida, de mi madre y hermanos; se sorprende mucho cuando le digo que dos de ellos son policías, al igual que sus mujeres. Descubro que me encanta escucharle y que no me molesta que sepa cosas de mí; ¡yo, en otros tiempos tan reservada y tan celosa de mis cosas! Me maravilla que me resulte tan natural hablar de todo y opinar de todo. No me critica, solo me escucha atentamente. Me mira de tal forma que me hace sentir la mujer más guapa y atractiva de todo el universo; me toca la cara y me acaricia como si mi piel fuese una fruta fresca y no un melocotón que se está empezando a pasar. Supongo que se trata de eso. Esta noche he descubierto que nunca me habían mirado de esta forma. Esta noche he descubierto que nunca antes me había enamorado de alguien. Mi corazón se encadena al suyo y, sí, sé que ya no hay marcha atrás. Ya no.

Por fin, a las cuatro de la mañana decidimos acostarnos. Le acomodo en el sofá-cama de la salita. En ningún momento insinúa la posibilidad de que durmamos juntos, ni siquiera bromeando. Nos turnamos en el cuarto de baño y nos damos las buenas noches con otro beso. Me voy al dormitorio y dejo la puerta abierta como siempre hago. Le oigo revolverse en su cama y ahuecar la almohada antes de apagar la luz. Ruego para que no ronque y ruego para que no ronque yo. En mi fuero interno me alegro de que esté aquí, donde siempre deseé tenerle desde que le conocí. Y me gusta, me encanta esta sensación.

Antes de dormirme me pregunto cómo será por la mañana. Siempre he pensado que la noche es mágica y hace ver las cosas y a las personas bajo un velo de misterio, bajo encantamientos secretos. Por el día reaparece la calabaza y nos muestra su más cruda realidad. Los cabellos desordenados y las legañas son las mejores y más duras pruebas a las que nos enfrentamos cuando estamos conociendo a otras personas. Si se es capaz de pasar esa experiencia, se puede con casi todo.

## MARIAN

Desayunamos mientras vemos las noticias de la tele. Recogemos la salita y los restos de la cena mientras escuchamos la radio. Descubro que tiene un fantástico sentido del humor y que canta muy bien. No nos gusta la misma música y me explica con detalle cuáles son sus grupos preferidos, entre los que se encuentra gente tan variopinta como Celtas Cortos —aunque él era un crío cuando tuvieron sus mayores éxitos—, Dani Martín, Amaral o Mozart. Nos reímos de sus múltiples ocurrencias. Charla de todo y bromea constantemente. Me está regalando una maravillosa mañana y su simpático semblante es el mejor estimulante para un día de trabajo. Cuanto más conozco de él más fantástico me parece, y no me puedo creer que esté aquí conmigo. Su forma de mirarme, franca, sincera y su trato amable, afectuoso, me ayudan a expulsar de mi espíritu toda posible desconfianza. Sus ojos me dicen a gritos que le gusta lo que está viendo y «eso» no es otra cosa que yo. Le dejo que se duche antes que yo, así aprovecho para plancharle el pantalón y la camisa y revisar el jersey. No están especialmente arrugados pero necesito tocar su ropa, aspirar su olor, impregnarme de él.

—Vaya, no era necesario que me plancharas la ropa, ya

podría hacerlo yo, estoy acostumbrado —me dice cuando sale del cuarto de baño.

—Invita la casa.

Cuando se va, cerca de las doce del mediodía, siento miedo de que todo haya sido solo un sueño. Mi espíritu debe acostumbrarse a ser optimista y a pensar que un hombre tan potencialmente estupendo como es Rodrigo está conmigo y solo conmigo, pero las cosas no son tan simples como las estoy viendo en este momento. Las cosas se pueden complicar siempre. Y el único origen de nuestras complicaciones cotidianas no es otro que nosotros y nuestros secretos. Porque, ¿quién no tiene un secretillo?

Con la llegada de Justo y el nefasto mensaje transmitido por Lázaro sobre las características de tan desagradable personaje se me ha nublado la razón. Soy muy sensible a todo tipo de cambios en mi sitio de trabajo y me afectan espectacularmente en mi forma de ver las cosas. También soy muy temperamental y me lo tomo todo muy a pecho. Desde hace años considero mi servicio como un espacio muy grato para desarrollar mi labor profesional, una especie de paraíso terrenal, algo mío. No puedo soportar ni tolerar que algo o alguien cambie esto. Ya tuvimos que superar, dos años atrás, la llegada huracanada de Caridad. ¿Cómo puede una persona llevar ese nombre y ser como es ella? Esa sí que es una inquietante incógnita, sin duda.

Caridad es una mujer de metro cuarenta, redonda como un balón de playa y con el pelo rizado y corto, teñido de rojo. De treinta años de edad, es una anciana en el cuerpo de una persona joven. Nació en Badalona y, aunque ya lleva viviendo aquí más de veinte años, conserva un marcado acento catalán. Toda su familia es de Guadalajara y solo vivió en la ciudad catalana unos pocos años tras nacer ella. Auxi me asegura que su acento no es natural, que lo fuerza para dejar claras su procedencia y su originalidad, dado que no hay ningún catalán más en nuestro hospital, por lo menos que yo sepa. Indiscutiblemente no hay nadie más que hable como Caridad.

Según ella, nació para ser enfermera, aunque yo creo que esa afirmación es un tanto exagerada porque yo no conozco a muchas personas que valgan tan poco como ella para desarrollar esta profesión. No sé de dónde sacó esta buena mujer su vocación. Es taimada e hipócrita. Nada en su semblante te puede hacer entender que te encuentras ante una persona tan estúpida y egoísta como es ella. Su gesto sonriente, cándido, incluso amable, es pura máscara. La muy guarra es lo más falso que uno se puede echar a la cara.

Está soltera... a la fuerza. Está desesperada por cazar un hombre al que llevar al altar. Porque, eso sí, ella tiene que casarse. Con este objetivo —o no, vete tú a saber— se ha enrollado con todo ser vivo que llevara calzoncillos y que trabajara en el hospital, importándole muy poco si el individuo en cuestión estaba casado, emparejado o soltero. Eso sí, una condición era indispensable en los machos que capturaba: debían ser médicos o enfermeros, ni una categoría menos. Con ello ha ocasionado más de una bronca marital de la que ella se desentendía con un desagradable encogimiento de hombros. No tuvo ningún escrúpulo en compartir sábanas y fluidos con Benigno, y encima presumía de ello. El desprecio que este hecho nos inspiró no tuvo límites posibles. Ya no podía caer más bajo. O eso creímos en su día. Por supuesto, para Benigno sus coitos con Caridad solo supusieron una muesca más en su... registro particular. A los dos días de haberlo dejado con ella, ya ni recordaba quién era o cómo se llamaba, salvo que en la plantilla de nuestro servicio ella es la enfermera número seis. De hecho las contadas ocasiones en que se ha dirigido a ella de forma directa, tras acabar con su relación, siempre la ha llamado «Oye, tú».

Caridad llegó a nuestro servicio con un contrato temporal de tres meses. Acababan de resolverse los traslados de Atención Especializada en el Servicio de Salud. En nuestra planta se había producido una importante estampida: dos enfermeras y dos enfermeros pusieron tierra de por medio y se largaron a servicios más de su gusto.

Siempre suele pasar: muchos trabajan en medicina interna porque no les queda más remedio, aunque no todos. Es tal la carga de trabajo, es tal el grado de estrés y de agotamiento casi cotidiano, son tan pocos los incentivos y los beneficios profesionales, que muchos se queman rápido. Así que no es extraño ni criticable que, cuando surge la ocasión, se vayan a otros destinos más agradables o menos trabajosos.

La salida de estos enfermeros supuso un importante menoscabo en nuestras fuerzas vivas. Por ello contrataron a tres interinos —entre los que se encontraban Job y Amparo— y a nuestra «querida» Caridad. Nada más conocerla nos encantó: derrochaba simpatía y ganas de agradar. La cosa fue estupendamente durante dos días. El tiempo en que todos los del turno de tarde comprobamos cómo trabajaba. Desordenada, desorganizada, desastrosa, se dejaba todo por hacer y se perdía por las habitaciones hablando con los enfermos o sus acompañantes. Contestaba de mala manera a cualquiera que le llamara la atención sobre su trabajo, fuera quien fuese. Pasaba de todo y de sus obligaciones y no tenía ningún reparo en dejar que otros atendieran a sus enfermos las muchas veces que se perdía fuera del servicio. Si se la buscaba nunca se la encontraba. Siempre tenía a algún conocido ingresado en otra planta o le surgía la imperiosa necesidad de ir a saludar a alguna amiga o amigo de otro servicio. Estar con ella era de lo más desagradable. Siempre te tocaba cargar con sus pacientes, con su trabajo, con sus obligaciones. Cuando se le decía algo o se la recriminaba por su falta de atención a sus obligaciones nos soltaba alguna fresca. Por esos días estaba enrollada con Benigno. Debía de tenerle bastante contento porque a él le importaban un bledo nuestras quejas y la defendía sin razón. Nunca había visto a Mari Cruz chillar a nadie, pero una tarde, tras las meriendas, le cantó las cuarenta a pleno pulmón. Ante los gritos de Mari Cruz, Caridad sonreía. Cuando alguien le decía algo que no era de su gusto, como no tenía argumentos para rebatir, se callaba y sonreía de tal forma que nos entraban unas enormes ganas de barrerle la cara a sopapos. Hasta Salvador tuvo una pequeña trifulca con ella en mitad del pasillo de la que siempre se avergonzó.

Su relación con nosotros era pésima; con los enfermos era algo mejor, depende de cómo le cayeran. Su pericia en diferentes técnicas de enfermería dejaba mucho que desear, lo que levantaba no pocas protestas por parte de los enfermos y sus familias. Al principio le ofrecíamos nuestra ayuda pero la rechazaba llamándonos «listas sabelotodo». La situación era insostenible. No solo porque hacía que el ambiente del servicio fuera agobiante e insoportable sino porque el trabajo no salía. Nadie quería estar con ella, ni auxiliares ni enfermeras. Benigno no puso nada de su parte para solucionar tan horripilante problema. Nos dejó heladas cuando nos contestó por escrito: «Arregladlo como sea, pero no me deis la coña.» Solo él es capaz de mandar una nota semejante sin importarle lo más mínimo que se nos pudiera ocurrir enseñárselo a la Dirección de enfermería. Así es Benigno.

¿Y cómo lo solucionamos? Como habíamos intentado hablar con ella y las palabras se las pasaba por un sitio muy feo, pues utilizamos las mejores armas diplomáticas que pudimos encontrar: nos negamos a hacer cambios de días libres con ella, nos negamos a ayudarla cuando lo solicitaba —eso nos costó muchísimo, porque nos preocupaba que algún enfermo pudiera salir afectado— y la dejábamos sola siempre que podíamos, en connivencia con algunos médicos procurábamos que las altas siempre estuvieran en sus habitaciones, de tal forma que pasaba casi todas las tardes atendiendo una media de tres y cuatro altas y, por lo tanto, tres y cuatro ingresos. A los profanos estas medidas pueden parecerles suaves, inocentes. Pero el que se dedica a esto seguro que llega a entender que estas medidas, bien dosificadas, son un auténtico infierno. Pudimos regocijarnos al ver a Caridad sudar como una loca, congestionada hasta rozar el infarto, correr por los pasillos desesperada con miles de cosas por hacer, con cientos de timbres sonando solo para ella, con los papeles de las altas y de los ingresos acumulándose en el mostrador del control de enfermería, mientras nosotras hacíamos nuestro trabajo con un suave devenir, sin sobresaltos, ayudándonos entre nosotros y solo echándole una mano *in extremis*, es decir, solo cuando veíamos que algún enfermo podía salir perjudicado o cuando había que hacer algo urgente.

Caridad solo aguantó una semana. Siete días en los que tocó el infierno con los dedos. Yo creo que hasta perdió bastante peso, la vi menos oronda. Lo mejor de todo fue que su estúpida y soberbia sonrisa se borró como por ensalmo. Tras un espeluznante domingo, en el que llegó a discutir con el más enervante de todos los médicos, Lázaro —yo no trabajé esa tarde, pero me contaron que él y Caridad llegaron a las manos en el control de enfermería—, se nos presentó un lunes en la sala de estar pidiendo hablar, «para intentar resolver esto de una vez», nos dijo con un puchero. Esa tarde trabajábamos con ella Auxi y yo, aparte de Socorro y Piedad. Salvador estaba con nosotras charlando y decidió quedarse. La situación había llegado a tal extremo que Caridad lo miró con insistencia para que nos dejara solas, pero él no hizo el más mínimo ademán de irse. Se repantigó en su asiento dispuesto a escuchar lo que nuestra compañera tenía que decir, con un gesto de satisfacción que no se molestó en disimular. Ella lo dejó estar; sabía que no podía exigir nada. Había perdido la batalla, lo tenía que reconocer. Si no, no le quedaba otra opción que irse. Tenía un contrato breve, susceptible de no ser renovado. Necesitaba un empleo e ingresos, por lo que se veía empujada, por las duras circunstancias en las que se había sumergido ella solita, a solicitar nuestro perdón y a prometernos que trabajaría en equipo, todos a una. Lo hizo entre lágrimas. A mí me jorobó bastante, pero a Auxi llegó a enternecerla. Por ello decidí ser yo la que tomara las riendas de la reunión.

Le dejé claro que debía trabajar como una más y colaborar con todos, a todo, o el infierno en el que había estado inmersa no acabaría nunca, le daríamos definitivamente la espalda. Salvador sonreía como un bobo y lo miré con deleite. Ella juró entre llanto, lágrimas, mocos y babas que reconocía que no había empezado con buen pie y que haría todo lo posible por colaborar por el buen funcionamiento del turno. El cambio debía ser inmediato y muy, muy evidente. Juró por sus antepasados que se corregiría. Me llamó enormemente la atención que durante esta breve pero intensa reunión su marcado acento catalán desapareciera por completo y llorara y moqueara con dejes manchegos.

Dicho y hecho. Los milagros existen. Las metamorfosis son algo que puede acontecer ante nuestros ojos y nosotros, los del turno de tarde de la planta 13, podemos contar a nuestros nietos que fuimos testigos de uno totalmente fantástico. Caridad se reformó. A partir de ese día trabajó al mismo nivel de esfuerzo que todos los demás y se comportó de forma correcta con compañeros y pacientes. Nunca me ha gustado, pero desde ese momento no hemos podido reprocharle prácticamente nada, y cuando se dirige a alguno de nosotros lo hace con corrección y amabilidad, como lo hago yo con ella. No pedimos que sea la alegría de la huerta, solo le pedimos que sea educada y correcta con todos sus compañeros y que trabaje en colaboración con nosotros, que sigamos siendo un equipo. Nos necesitamos los unos a los otros en la selva de la medicina interna.

Después de haber solucionado los problemas que tuvimos con Caridad creíamos que el mal ambiente había quedado atrás para siempre. ¡Ilusos e ingenuos! Los auxiliares y enfermeros que han ido viniendo en este tiempo a sustituir en vacaciones o en bajas laborales siempre han estado encantados por el ambiente que hemos sido capaces de tejer. Hasta ahora hemos sido famosos en el resto del hospital por el buen rollo. Pero todo llega a su fin, y este final lo sellará Justo.

La mañana ha sido breve pero gustosa. Cuando Rodrigo se marcha me arreglo y como un poco antes de ir a trabajar. Una sonrisa de boba se ha quedado anclada en mi cara y no me veo capaz de sustituirla por otra. Me he enamorado a una edad algo talludita, pero no voy a privarme de cierto entusiasmo pueril y un poco idiota. Mientras me visto suena el móvil y troto como una adolescente mema para cogerlo y grito como un camionero cuando me golpeo el pie desnudo contra la pata del sofá. Anhelaba que la llamada fuera de mi nuevo amor, y me llevo cierta desilusión cuando compruebo que es mi amiga Auxi. Con un suspiro de autorreproche tomo el aparato y atiendo la llamada.

—¡Hola Auxi, cuánto me alegra que me llames!

«¡Por Dios, pero qué falsa soy, qué falsa!»

—¡Hola, Marian! —Su tono de voz es el de siempre, amable y cantarín—. He visto varias llamadas perdidas tuyas. Estos días he estado liada en la facultad y además el ceporro de mi exmarido me ha estado fastidiando con unas cosillas... ¡Total, que había apagado el teléfono!

—Auxi, no tienes por qué dar ninguna explicación. La verdad es que pensé que estabas molesta conmigo por lo que pasó la semana pasada...

—¿Por lo que hablamos cuando estabas en Granada?

—Sí, bueno... sí.

—¡Hija mía! —Se ríe a carcajada limpia; me encanta su risa tan estupenda—. Eso está olvidado. ¡No ves que te conozco y sé la mala baba que gastas! Cuando me sales con alguna de las tuyas me enfado en el momento, para qué negarlo, pero no te hago ningún caso y me olvido. ¡Total, siempre me pides perdón!

¡Qué mujer tan estupenda, no me la merezco!

—Pues no sabes cómo me alegro de que no estés molesta, pero de todos modos te debo una disculpa. ¡Ya sabes: yo siempre termino pidiéndote perdón!

Reímos. Su fantástica risa hace parecer a la mía el rugido de un camión.

—Bueno, nena, esta tarde estamos juntas. Se lo he cambiado a Caridad.

—¡No me digas! ¡Qué noticia tan buena!

—Sí, sé que te alegras. Quizás esta tarde podría haber sido un pequeño infierno para ti estar con ella y con el nuevo.

¡Por Dios, lo de esta mujer es algo más elaborado que lo de Radio Macuto! Debe de trabajar en el CNI.»

—Bueno, la verdad es que sí. El nuevo es un *peazo* de cab...

—¡Marian, por favor!

A Auxi no le hace ninguna gracia que yo sea tan mal hablada. Gracias a su ayuda he reducido el número de palabras malsonantes que brotan de mis labios en una conversación normal, pero nunca lo consigo cuando mi verborrea irrefrenable es producto de un enfado monumental. En esos momentos nada ni nadie me impide decir lo que se me pasa por la cabeza, malsonante o no.

—¡Perdona, perdona! El nuevo es un... un... —Sustituir «cabrón» por otro apelativo igual de contundente es una misión prácticamente imposible—. ¿Impresentable y un imbécil redomado?

—No te preocupes, Marian, me hago a la idea. He hablado con Lázaro. Necesito que me haga unos favorcillos; he quedado con él esta mañana para desayunar y me ha explicado con todo lujo de detalles lo que pasó ayer por la tarde.

—¿Hablas con Lázaro y no se te pone los pelos de punta? A mí ese chulo machista me da grima.

—No, Marian. A mí Lázaro me cae bien.

—¡Por Dios, chica, pero qué poco criterio tienes! ¿Es que a ti no te mira los pechos cuando te habla ni te deja caer la mano en el culo, así, como sin querer cuando...?

—¡Ya sabes que yo no siempre veo las mismas cosas que tú ni de la misma manera!

¿Es mi imaginación o Auxi está molesta por haberme metido con el médico más prepotente de toda la planta? Su tono ha sonado tirante, áspero.

—Marian, ese... «chulo» —Sí, sí, noto cierta acritud en su tono— me está ayudando con mi madre; ya sabes que está algo delicada y hay que hacerle unas pruebas. Se está portando estupendamente y en este momento no puedo pensar como tú.

Efectivamente, se ha enfadado. Últimamente no doy una con Auxi, ¡madre del amor hermoso!

—Perdóname, cielo. Ya sabes... ¡ya sabes!

Volvemos a reír. Dos veces perdonada en menos de tres minutos. ¡Qué carrerón llevo, madre!

—Bueno, ya está. El caso es que esta tarde estamos juntas frente a un nuevo y potencial enemigo.

—¿Potencial? Nena, tú no le viste ayer. El muchacho se las gasta con vitriolo puro. Es un prenda de mucho cuidado y me parece a mí que nos va a dar más de un disgusto. Lo de Caridad va a ser un estornudo comparado con la gripe que este tío nos puede traer. Este es de los que no dicen nada, calladito, calladito, pero que cuando te das la vuelta te la mete...

—¡Muy gráfico, guapa, mucho! Veamos esta tarde por dónde nos sale. Tenemos de guardia a Eustaquio...

—¡Ese...!

—¡Otra vez, Marian! Pero ¿es que no te cae ningún médico bien?

—Sí, Salvador, Gracia, Iris... Cesáreo.

—Bueno, pues ellos no están, y nos tendremos que apañar. Ya sabes que Eustaquio aguanta pocas tonterías.

—Sí, sobre todo las mías. ¡Si él supiera lo poco que aguanto yo las suyas...!

—Marian, esta tarde nos las arreglaremos lo mejor posible. No te pongas a la defensiva. Igual lo de ayer fue un mal día...

—Hija, tu optimismo me pone el vello de punta. —Decido cambiar de tercio—: Auxi, tengo algo que contarte, algo bueno, buenísimo.

—¿Tiene algo que ver con el vigilante-mazas que vino aquella tarde a la planta?

Me quedo pasmada. ¡Esta mujer sería la perdición de cualquier revista del corazón! Me quedo muda.

—Chica, no te ofendas. Es que he llamado a Mari Cruz y me ha contado que anoche tuviste una cita con un muchachote bastante guapetón de ojos espectaculares y yo he deducido el resto. Además, ya sabes que en el hospital es bastante difícil mantener algo en secreto.

—Sí, claro, ya lo sé.

—Cuéntame, ¿qué pasó? —me pregunta ansiosa.

—Bueno, el caso es que le invité a cenar a casa y ha dormido aquí y...

—Chica, no te andas con rodeos, ¿eh? —Oigo su risita a través del auricular.

—¡Que no es eso, mujer! Bueno, nos besamos, eso sí, pero ha dormido en el sofá-cama. Necesito conocerle un poco mejor; y, además, mientras siga medicándome prefiero no hacer tonterías...

—Pues a mí este chico me produce buenas vibraciones, Marian.

—Sí, ya sé que tú eres muy mística, pero no es que te puedas caracterizar por tener demasiado buen ojo con las personas.

—¿Y por qué lo dices?

—Mujer, a todo el mundo le ves algo bueno, hasta a los más impresentables. Solo hay que ver a Gerardo. Me parece increíble que un día pudieras considerar a tu exmarido como un buen hombre.

—Sí, ahí sí que tengo que darte la razón. —Se ríe—. Aunque cuando le conocí no parecía tan malo.

—Auxi, ese tío es un lerdo y lo seguirá siendo. No creo que sea algo que se adquiere durante la vida; y tampoco pienso que alguien se lo ha contagiado. Lo que Gerardo tiene es algo con lo que se nace.

—Vaaale, tienes razón otra vez. —Y vuelve a reírse.

—Aunque a mí Rodrigo también me produce buenas sensaciones. Necesito creer que así es, o sea que me alegro de que te produzca buenas vibraciones. —Necesito que todo el mundo le quiera mucho y le considere un buen tipo.

—Chica, que se nos va a hacer tarde. Venga, te dejo. Nos vemos dentro de un rato.

—Sí, además yo todavía tengo que comer. Estoy en el hospital desde esta mañana y aún tengo algunos alumnos que ver. Nos vemos más tarde. Hasta luego.

—¡Adiós!

Una hora más tarde entro en el parking del hospital. Otra vez llueve y ese es motivo más que suficiente para que casi todos los humanos de esta ciudad hayan sacado su vehículo a la calle, con lo que apenas queda un sitio disponible. Detengo mi coche cerca de la garita de los vigilantes. Como no podía ser de otra forma, Rodrigo está pendiente de mi llegada. Le veo, me hace un gesto con la mano y me paro. Se acerca a la puerta del acompañante, abre y entra. Está guapísimo, tanto como esta mañana cuando se fue de mi casa.

—¡Hola! —Me da un beso en la boca con tanta naturalidad que se me llenan los ojos de lágrimas. «¡Qué rápido me estoy acostumbrando a tanto afecto!», pienso sin poder evitar cierto pellizco en el estómago—. Por aquí va a ser imposible que puedas aparcar. Será mejor que gires y te vayas a la zona de atrás de Urgencias, cerca del tanatorio.

Hago lo que me dice y, justo al torcer la esquina del edificio, veo un hueco entre dos todoterrenos. Aparco, paro el motor y me giro sonriente hacia él. Entonces me agarra con suavidad y me vuelve a besar. ¡Pero qué bien huele!

—Espero que hoy tengas un turno bueno y que no se te compliquen las cosas.

—Gracias, Rodrigo. Con este recibimiento no podrá ser de otra forma.

—Cuando termines esta noche te estaré esperando como estos días atrás para acompañarte al coche. —Me acaricia la cara y los labios—. No quiero que te pase nada.

Salimos del coche y nos dirigimos hacia la puerta de servicio de Urgencias. Nos damos un discreto beso de despedida y nos separamos sonrientes. Creo que a él tampoco le hace mucha gracia que le vean besándose por las esquinas con una enfermera y, la verdad, le agradezco la discreción. Me da miedo pensar que Rodrigo lo tiene todo bueno. Me da miedo pensar que sea tan perfecto y considerado en todo. Por ello, prefiero no pensar. Esta vez me dejaré llevar por la intuición.

Entro en el edificio y me dirijo a los vestuarios. En el mismo instante que cruzo la puerta, cae sobre mi espíritu una sombra de preocupación, espesa y amenazante. No sé qué me aguarda en la planta, pero espero poder afrontarlo. «Bueno, bueno, no seamos agonías. Veamos qué hay y luego Dios dirá... Quizá lo estoy exagerando todo demasiado.»

Justo en la puerta de los vestuarios me encuentro a Auxi. Está manteniendo una acalorada discusión con una de sus alumnas en prácticas, una joven rubia con la cara llena de acné y gestos nerviosos. La muchacha se encuentra al borde de las lágrimas y con las manos juntas ante mi compañera parece suplicar una comprensión que, por el gesto adusto de Auxi, deduzco que no va a llegar.

—No, Adela, no. Ya te lo he explicado —Auxi saca a relucir su tono docente, tipo señorita Rotenmeyer que solo utiliza en las situaciones de enorme gravedad—, esto tiene que ser resuelto por tu tutor. Lo que ha sucedido es muy grave y no puedo dejar de informar. Ya eres mayorcita para comprenderlo.

—Pero Auxiliadora, usted sabe que ha sido sin querer... —La muchacha ya está llorando a moco tendido, la voz entrecortada por el hipo.

—Claro que sé que ha sido sin querer, ¡faltaría más, Adela! —Auxi levanta una mano, gesto que pretende ser conciliador—. Mira, sé que ha sido sin querer pero te he visto hacer el tonto con Hugo. Estoy completamente segura de que no te habrías equivocado con esa insulina si hubieras estado atenta a lo que debías estar y no a las payasadas de tu compañero. Gracias a Dios, no ha pasado nada, pero tú debes recibir una sanción que te haga ser más responsable. ¡Estamos tratando con personas, Adela, no con sillas y mesas, y eso significa estar muy pendiente de lo que se está haciendo en todo momento!

La joven está llorando a lágrima viva, las manos en la cara, sus delgados hombros agitados, convulsionados, por un hipo ya del todo descontrolado. Auxi me mira y pone los ojos en blanco mientras se acerca a Adela y le pone una mano en el hombro. La muchacha ya no tiene consuelo.

—Adela, nena, este no es el sitio más adecuado para hablar. —La toma suavemente de la barbilla y la obliga a levantar la cabeza—. Mírame. ¡Mírame! —Rebusca en el bolsillo de su bata y saca un pañuelo de papel arrugado, que desecha con un gesto. Rápida como una centella le alargo un paquete de pañuelos nuevecito. Saca uno y se lo da a la pobre y llorosa alumna—. Mañana con toda tranquilidad vamos las dos a ver a don Ramón. No hay nada como demostrar que una es consecuente con sus actos y con sus errores, ¿vale? —La muchacha asiente con vehemencia, mientras se seca los ojos, que aparecen rojos como tomates—. Espero que hayas aprendido algo con este incidente y que el hecho de que no haya pasado nada irreparable no te haga sentirte satisfecha. Como sé que vas a pensar con todo detalle en lo que ha sucedido, no te insisto más. Venga, vete a estudiar. ¡Hasta mañana!

La muchacha se gira, masculla una despedida y se va trotando. Pocos metros más allá la espera un muchacho de casi dos metros de alto, con gafas y una hirsuta barba que le hace parecer mayor. Me acerco a Auxi y la beso en las mejillas. Hago un gesto con la cabeza señalando a la pareja.

—Ese debe de ser el tal Hugo.

—Ese es. ¡Hola Marian, cuánto tiempo!

—¡Hola, Auxi! ¡Cuántos disgustos te dan tus ovejitas!

Entramos en los vestuarios. Su taquilla está justo al lado de la mía. Auxi tiene puesta una bata blanca que se quita con gesto distraído y saca una percha con su uniforme, de pantalón y chaquetilla, igual que el mío, del interior del armario metálico. Mi amiga viste un pantalón de lana color marrón y una bonita blusa de color caramelo. Viene muy arreglada y está muy favorecida. Sus preciosos ojos destacan mucho más aún gracias al poquitín de rímel y de sombra que se ha aplicado con bastante destreza, esa que yo desearía tener para que me quedara el maquillaje así de bien. Ha cuidado su aspecto mucho más que otras veces. «Quizá quiere estar guapa para que alguien la vea», pienso con malicia.

—La niña esta me tiene harta. —No sé de qué me está hablando y mi gesto se lo debe de estar dejando claro—. Adela, Marian. Te hablo de Adela.

—¡Ah, sí, Adela!

—Era una de mis mejores alumnas, pero desde que está saliendo con ese vikingo, Hugo, no es capaz de controlar sus hormonas. Sabía que algo así iba a pasar y en parte es culpa mía. Debí separarles de servicio en su día, cuando me enteré de que estaban tonteando. Pero pensé que no debía inmiscuirme en sus asuntos personales y lo dejé estar. De ser una de las mejores alumnas en prácticas ha pasado a ser una de la más pavas, siempre está en la inopia, siempre bailando alrededor del barbudo. ¡Y mira, hoy la muy... boba, por no estar a lo que debía le ha pinchado una insulina a la paciente que no es!

Hago un gesto de asombro, justo lo que Auxi espera de mí para que no pueda dudar de que atiendo su explicación con todos mis sentidos. Cuando Auxi tiene algo que contar lo mejor es dejarla hablar hasta que ha soltado todo lo que lleva dentro. Mientras tanto me pongo mi uniforme y los zuecos.

—Yo estaba en el control hablando con la supervisora, Manoli, cuando la chica ha vuelto de la habitación, blanca como la pared. —Me mira y yo la miro a la par que cojo mis rotuladores, mis bolígrafos y mi fonendo—. Bueno, no te voy a marear con las cosas de mis...

—... ovejitas.

—... alumnos. Marian, parece que se te olvida que tú también has sido alumna en algún momento de tu larga y fructífera carrera. —No puedo negar que su tonillo irónico me molesta.

—No, querida, estás muy equivocada. A una servidora puede que se le puedan olvidar muchas cosas, pero su época como alumna jamás podrá borrarla de su memoria. Cuando tenga noventa años y esté totalmente demenciada y arrugada reviviré una y otra vez los tormentosos momentos que sufrí en mis prácticas.

—Cuando llamas a mis alumnos «ovejitas»...

—Les llamo «ovejitas» porque van de blanco y son tiernos, y lo digo siempre con mucho cariño, claro.

Auxi se ríe mientras coge su uniforme y lo saca de la percha.

—¡Qué falsa eres!

Me río. Miro el reloj: son menos veinte.

—¡Anda, date prisa, que con tanta cháchara vamos a llegar tarde!

Justo ha acaparado toda la atención de nuestros compañeros del turno de mañana. Cuando Auxi y yo entramos en el control están todos a su alrededor escuchando algo muy gracioso que el guapo de Justo narra con indiscutible gracejo.

Benigno destaca como un iceberg en medio del océano, enorme, gélido. Escucha con atención mientras en su rostro se puede intuir un gesto de satisfacción. En la rocosa superficie de su cara veo una grieta informe que la recorre de lado a lado: ¡no puede ser, Benigno está sonriendo! ¡Y, además, se ríe! ¡Este es nuestro fin!

Justo nos ve entrar e, inmediatamente, interrumpe su relato. Nos mira sonriente. De repente, un opresivo silencio se cierne sobre la sala. Enfermeros, auxiliares y supervisor giran sus cabezas todos a una y nos miran. Auxi y yo permanecemos en la puerta sin saber muy bien qué debemos hacer. Me hallo totalmente fuera de lugar, como si hubiera irrumpido en una fiesta a la que no he sido invitada. ¿Y por qué soy tan idiota? Pues porque parece que a todos les cae bien menos a mí.

Auxi sonríe con gesto divertido intuyendo que algo gracioso fluía por el grupo antes de llegar nosotras. Lamento enormemente que hoy no esté Mari Cruz, único pilar de coherencia al que me puedo agarrar por ahora.

—¡Bueno, en otro momento continúo la historia!

Todos se levantan sonrientes. Justo tiene don de gentes y a los de la mañana y a Benigno los tiene ganados. Auxi me mira con un significativo gesto. «¡Este es el monstruo del que me han hablado!», parece decirme. Dolores se me acerca y me pregunta si me puede contar las incidencias de sus pacientes, que llevaré yo durante la tarde. Me siento junto a ella y me dispongo a atender a lo que me tiene que contar mientras oigo a Auxi:

—¡Hola, supongo que tú eres Justo! Yo soy Auxi.

—¡Encantado, Auxi!

Se oyen los chasquidos de dos sonoros besos. Los veo sentarse, mientras parlotean animadamente. Amparo y Gloria, las otras enfermeras de la mañana se sientan junto a ellos para cumplir con el protocolo de las incidencias.

Termino de hablar con Dolores y me despido de ella hasta mañana. Amparo mira con ojos golosos al nuevo. ¡¿Pero esta no era lesbiana?! Cuchichean oreja con oreja. Me siento un poco ridícula: ¿y si me he equivocado y resulta que es un buen tío? Indiscutiblemente, Amparo babea ante los bíceps del nuevo.

Transcurre la tarde con mayor lentitud de la que yo desearía. Justo no parece el mismo de ayer. Se comporta de una forma amable y se desvive por ayudar a Auxi. Es correcto con auxiliares y celadores. A mí me ignora. Esperanza y Piedad me miran y se encogen de hombros. Aprovechan un momento en que nos quedamos solas en el control y Piedad me susurra:

—Quizás el muchacho se ha dado cuenta de que ayer se portó como un capullo, ¿no crees, Marian?

En lo de «capullo» es en lo único que estoy de acuerdo con Piedad. La miro, pero no puedo contestar nada. Lo que siento no puedo traducirlo en palabras. Creo que, simplemente, ha cambiado de táctica. Recuerdo lo que Lázaro nos contó anoche; me cae como una patada en la boca del estómago pero he de reconocer que no se suele tirar faroles. Si él dice que Justo es un impresentable, aunque me cueste reconocerlo, yo estoy con él. Pero no puedo expresarlo con claridad, así que opto por permanecer callada.

—Sí, Piedad, puede que sea eso.

¡Ojalá que sea eso!

Mis palabras no me han salido con un tono muy convincente, pero ella me cree. En el fondo deseo que sea verdad. No seré yo quien crispe el ambiente.

A las nueve de la noche nos disponemos a repartir nuestra respectiva medicación parenteral. Por el fondo del pasillo, procedentes del despacho, veo aparecer a Eustaquio, el residente, y a Gracia, la adjunta de medicina interna. Ambos van con pijama verde y bata blanca, ya que están de guardia. Cuando se cruzan con nosotros nos saludan.

—Nos vamos a cenar —me informa Eustaquio.

—¡Que os siente bien!

Caminan hacia los ascensores.

De repente, Gracia se gira y viene corriendo hacia mí. Es una rubia escultural de metro ochenta y tantos, guapa como una diosa y grácil como una sirena. Mientras estudiaba Medicina, hace ya unos años, fue celadora y trabajó en Urgencias y Quirófanos de este mismo hospital. Le debieron de hacer sufrir tantas malas pasadas y sus compañeros fueron tan crueles con ella que ahora es el azote de los celadores. Los trae por la calle de la amargura; no sabemos cómo lo hace, pero cuando ella pide que se traslade a un paciente, que se le lleve a hacer alguna prueba o que simplemente se le acueste antes de la hora de dar la vuelta con las auxiliares, todos obedecen al instante. Se podría decir que, solo con verla, se cuadran como si fueran quintos en su primer día de mili. Tiene algún secreto poder sobre ellos y lo hace valer en todo momento.

—¡Oye, Marian! —Me paro y ella trota hacia mí. Me habla en susurros—. No vayas a pensar que soy una cotilla, ya sabes que a mí esas cosas no me van —«Claro, por eso te faltó tiempo para cotorrear por todo el hospital que Luisa Peña, la residente de pediatría, se había quedado preñada del ponente de cirugía noruego que había sido invitado para el Congreso de Cirugía de la Mano», pienso mientras sonrío afable y simpática—... pero ¿tú sabes si Lázaro está liado con alguna de esta planta? He oído algo y a él le veo un poco rarillo. ¡Tú me entiendes!

Ríe, coqueta.

«Pues claro que te entiendo, cotorra.»

—No, Gracia. No tengo ni idea. Yo a Lázaro le veo tan rarillo como siempre.

—Bueno, bueno, me voy que Eustaquio me espera. ¡Hasta luego!

—¡Hala, hasta luego!

¡Pero qué tía más... más...! No, no, «puta» no es la palabra.

Eustaquio y Gracia desaparecen tras las puertas del ascensor.

Termino de repartir la medicación y de revisar los sueros. Todo en orden. Busco a Auxi por las habitaciones. La encuentro hablando con la hija de uno de sus enfermos, la batea vacía apoyada en la cadera. No parece tener demasiado lío. Como no me apetece ser hipócrita no me molesto en ver cómo le va a Justo.

Vuelvo al control. Tiro las agujas y jeringas al contenedor de punzantes y limpio un poco la batea antes de dejarla en el carro. Suena un móvil: el de Auxi. Se lo ha dejado al lado de su carpeta, lo cojo y miro la pantalla de su smartphone. Junto a un simpático dibujito de un auricular dando brincos aparece un nombre: «Lázaro», y coronando todo el conjunto una foto, un *selfie* de Auxi y Lázaro con los labios juntitos mientras miran al objetivo. O sea que la muy, la muy... de Gracia tenía razón. Ese cerdo está liado con una de las enfermeras de la planta.

Disimulo lo que puedo, pero estoy enfadada con Auxi. Cuento las incidencias después de Justo, que se larga exhibiendo una sonrisa falsa como un euro de plástico. Remoloneo y hago tiempo antes de bajar a los vestuarios. Necesito hablar con Auxi y que me cuente, que me aclare lo que tanto me preocupa.

Ella se despide de Florencio, que responde con un gesto de la mano que me recuerda a un indio de las películas del oeste. Auxi parlotea sobre Justo. Es evidente que le ha caído bien y que está encantada con el nuevo fichaje. Decido no llevarle la contraria: cuando toma una decisión es difícil convencerla de lo contrario. Llegamos al semisótano. Rodrigo no está. Miro el reloj; aún faltan cinco minutos para las diez y cuarto. Auxi sigue con su monólogo y no se ha dado cuenta de que no la escucho. El vestuario está lleno de compañeras de otras plantas cambiándose. Abrimos nuestras respectivas taquillas y comenzamos a quitarnos el uniforme. Procuro hablar bajito para no dar el notición a posibles oídos indiscretos, pero se me escapa cierto tono de enojo e irritación. «¿Se me escapa?»

—Auxi, ¿por qué no me has contado que te estás viendo con Lázaro?

He decidido ser directa. Mi compañera me mira pasmada. Se ha quedado paralizada con su bonita blusa a medio poner.

—¿Quién te ha dicho algo semejante?

Sus ojos evidencian dolor. «¿Por qué?»

—Gracia me ha dicho que se cotorrea por ahí...

—Sí, es muy propio de ella. —Su tono de voz me obliga a arrepentirme inmediatamente de mis palabras—. Veo que en este jodido hospital la vida de los demás sigue siendo de dominio público.

¡Qué mal lo he hecho, qué mal!

—Auxi...

—¡Pues que sepas que de ti se hablará en breve y de tu novio el de la porra!

—¡Auxi, perdóname, por favor! —Me rechaza con un gesto y sigue vistiéndose—. Me ha fastidiado que no me lo dijeras, que no confiaras en mí, que sea con ese médico precisamente...

—¡Claro, con ese «chulo de mierda» que a ti no te gusta nada!

¡Estoy metiendo la pata cada vez más profundamente!

—No, Auxi, es que...

—¡No, Marian! —Ha levantado la voz sin darse cuenta. Se hace el silencio en los vestuarios y Auxi baja la voz hasta convertirla en un hilillo susurrante sin perder ni un ápice de su acidez—. Tú te puedes enrollar con un segurata y todo está bien. ¡Porque así es como debe ser, porque no importa en qué trabaje, porque a ti te gusta y ya está! Pero yo, no. ¡No, yo dirijo mis ojos a alguien que a ti no te gusta y ya no está tan bien! Tengo que oír día a día los insultos que le dedicas a Lázaro, lo estúpido que tú dices que es, lo impresentable y, entonces, la cosa cambia. Ya no está tan bien, ¿verdad, Marian?

La miro directamente a los ojos y por primera vez en mucho tiempo no sé qué decir para intentar borrar mi error, para pedirle disculpas a la que es mi única amiga en este lugar.

—Eres una chica lista y podrás deducir tú solita por qué he esperado a contarte nada. No has perdido el tiempo en hablar de mí con esa cotilla rematada de Gracia. ¡Eres una amiga estupenda, Marian!

Ha terminado de vestirse. Se pone los zapatos y coge su abrigo. Cierra la taquilla con un estruendoso portazo que me hace dar un respingo.

—¡Auxi, por favor, escúchame! —La agarro con suavidad del brazo. Ella me mira desafiante—. No he cotilleado sobre ti con nadie, ha sido Gracia la que me ha preguntado y la que me ha dicho que se rumoreaba que Lázaro estaba con alguien, pero no sabía quién era. Yo le he dicho que no sabía de qué me estaba hablando y nada más. ¡Te lo prometo! Cuando estabas repartiendo la medicación ha sonado tu móvil. He mirado quién llamaba para cogerlo, como solemos hacer tú y yo con nuestras llamadas, y entonces he visto que era Lázaro. Auxi, yo lo he deducido por tu foto con él, no he hablado de ti con nadie.

—Marian, más me ha molestado el tono de crítica de tu pregunta que la pregunta en sí...

—Auxi, no he estado muy fina, cierto...

—Estoy muy sola, tú lo sabes. Y muy necesitada de todo. De cariño, de compañía y, por qué no decirlo, de sexo. —Me avergüenza que mi amiga me dé explicaciones, porque por ser mi amiga no tendría que hacerlo; me obligo a mirarla a los ojos—. Tú dices que es un estúpido machista, pero conmigo es amable y educado, simpático y atento. Es el primero que se fija en mí desde que me divorcié y mi círculo social es muy limitado: o la facultad o el hospital. Cuando el otro día tu vigilante vino a la planta a preguntar por ti, esa noche me la pasé llorando muerta de envidia preguntándome por qué tú encontrabas a alguien y yo no...

—Auxi, no...

Me toma las manos y me las aprieta hasta hacerme daño. Tiene los ojos llenos de lágrimas y el gesto lleno de dolor. Sus explicaciones son puñales que se clavan en mi corazón.

—Por eso acepté la invitación de Lázaro a cenar. ¿Me gusta de verdad o es que estoy desesperada? ¡Pues no lo sé, pero hasta que lo descubra voy a darme todos los homenajes que esto me permita! Si te parece bien, fenomenal, y si no te parece bien, Marian, ¡pues que te den por culo!

Debe de estar muy, pero que muy enfadada para que en poco más de cinco minutos haya soltado una de las expresiones que ella considera innecesarias y groseras.

Auxi me suelta las manos, me da un beso, susurra una despedida y se va.

¡¿Cómo he podido meter la pata de esta forma, cómo?!

Diez minutos después de que Auxi se haya marchado, salgo del vestuario. Durante ese lapso de tiempo he sido incapaz de moverme o reaccionar. Rodrigo me está esperando. Le encuentro de espaldas hablando por el aparatito ese que lleva en el hombro. Como si tuviera ojos en la espalda se gira y me mira. Me hace un gesto con la mano indicándome que espere un instante a que termine.

—... sí, en la zona dos. Cierro.

Me da un beso en la mejilla y me agarra del brazo con suavidad, instándome a que me dirija a la puerta de salida.

—Marian, ¿es que tú nunca sales a tu hora? Creo que ha salido todo el turno de tarde antes de que aparecieras. —Su gesto es simpático y su sonrisa ilumina esos preciosos ojos azules.

De repente me siento cansada, culpable, fatal. Necesito disculparme por mi tardanza.

—Perdona. He salido a mi hora, pero es que he tenido una discusión de trabajo con Auxi y no me he dado cuenta de la hora.

—Sí, la he visto salir. La bronca ha tenido que ser buena.

—Sí, lo ha sido.

Mi coche se encuentra tan cerca de la salida que llegamos en un momento. Abro la puerta y me giro. Nos besamos.

—Anda, vete a casa. —Me acaricia los labios, las orejas, las mejillas. «¡No sigas que si no, no podré conducir...!»

—Vale —consigo decir.

Me subo al coche. Rodrigo sostiene la puerta.

—Marian, te veo muy triste. —Asiento—. Mira, ahora tengo algo de lío, pero sobre las doce, más o menos, estaré tomándome un café. Si no te parece muy tarde te llamo y hablamos un ratillo.

—¡Vale, me parece muy bien!

Nos besamos otra vez y Rodrigo cierra mi puerta.

Durante el camino hasta casa el sentimiento de culpa que me arrasa ha adquirido dimensiones descomunales. Espero que no se haya roto algo con Auxi que ya no tenga arreglo. ¡Me siento fatal!

En cuanto llego a mi casa, la llamo para intentar solucionar el malentendido, pero tiene desconectado el teléfono.

Al día siguiente vuelvo a trabajar con Mari Cruz y con Auxi. Cuando nos vemos me trata como si no hubiera pasado nada, aunque la noto ligeramente tirante, lejana. Es solo un destello, pero lo suficiente como para que me provoque una inmensa sensación de pérdida y me invada una enorme tristeza. Está claro que a mí no me puede ir todo bien.

A la hora del café nos quedamos solas en la sala de estar de enfermería y hablamos de nuestra pequeña trifulca. Ambas reconocemos nuestra parte de culpa y lo damos todo por zanjado. Estoy tentada un par de veces de explicarle por qué considero a Lázaro un asqueroso sobón pero, acertadamente, decido no hacerlo.

Cuando la llamé ayer por la noche estaba con Lázaro, me explica. Me voy acostumbrando a la idea de que en este momento es la pareja de Auxi y eso me tranquiliza. Necesita que yo lo acepte y yo lo acepto. La veo muy contenta y espléndida. Está claro que hasta las personas más despreciables pueden tener su puntito entrañable y a lo mejor este sea el caso. O quizás es que Auxi es capaz de ver oro puro donde los demás solo vemos cobre del malo. Él debe de proporcionarle lo que mi amiga tanto necesita y se lo debe de dar a grandes dosis porque irradia satisfacción a chorros.

«¿No será que me siento celosa porque ahora, al estar Lázaro, Auxi me relega a un segundo plano en su vida?», me pregunto mientras observo la cremita tostada que flota en el centro de mi café, girando y girando hasta que se queda pegada a un lado de la cucharilla. «No, no —me contesto—, es que Lázaro es un sobón.»

Pero acto seguido tengo claro que debo aprender a no expresar mis opiniones cuando no se me han solicitado. La amistad supone aceptar al otro tal y como es y eso debe incluir sus decisiones en todos los aspectos de la vida. No veo que exista un riesgo real para la integridad física de Auxi, por lo que debo asumir que son pareja, mantenerme a un lado y permanecer calladita hasta que ella me necesite.

## MARIAN

Ha pasado una semana que se ha caracterizado por ser totalmente tranquila. Justo se ha hecho con el trabajo y se organiza muy bien. No le gusto, eso es evidente. Pero él a mí tampoco me gusta. Nos miramos y con cada mirada nos decimos lo mucho que desconfiamos el uno de la otra. No me pide ayuda y yo no se la ofrezco. Mantenemos la distancia y punto.

Cuando llego a la planta esta tarde y veo que me toca compartir turno con Justo y Caridad he de reconocer que se me eriza el vello del cogote, lo que puedo traducir como que me he quedado helada. Deben de haber hecho un cambio, porque esta tarde me tocaba con Salud y Mari Cruz.

Desde que le ha puesto los ojos encima a Justo, Caridad no ha dejado de comportarse como una mosca zumbona. Ha desplegado su secreto arsenal de lo que ella considera como estupendas armas de seducción femenina. Yo, que ya la he visto en acción en otras ocasiones, tengo que presenciar, arrebatada por la vergüenza ajena, cómo revolotea alrededor de un estirado Justo que la deja hacer.

He de reconocer que tal numerito, visto desde la lejanía que me he impuesto a tan indescriptible personaje, me produce cierto sentimiento de lástima hacia él. Indiscutiblemente, nuestro nuevo compañero es un tipo muy listo, muy intuitivo y la ha calado al momento. Para tenerla siempre de su lado no ha hecho nada para rechazar su oferta, aunque es evidente que está muy lejos de sentirse atraído por ella. Lo que ha hecho el muy ladino ha sido dejarse querer, permitir que se le insinuara y seguirle el juego, dejando una puerta abierta a sus ilusiones.

Ella ha caído irremediablemente a sus pies y ha adoptado una actitud a todas luces ridícula que la lleva a babear con descaro en cuanto lo ve aparecer por la puerta, mirándolo con ojos arrebatados, hablándole con meliflua voz.

Justo me lanza punzantes miradas llenas de significado cada vez que nos cruzamos: «Sé lo que piensas, sé muy bien lo que piensas, pero Caridad come en mi mano y a ti no te soporta. ¿Ves lo bien que me lo monto? Tú terminarás quedándote sola.» Evidentemente, nadie se da cuenta de nuestras particulares conversaciones visuales. Me siento como debía de sentirse el niño de *El sexto sentido*. Este tío cada día me gusta menos, y sus miradas contribuyen a ello, sin ninguna duda.

Mari Cruz le ha aceptado sin mediar palabra y sin hacer la más mínima referencia a su mal inicio con nosotras. No quiere hablar conmigo de él. Sabe que yo solo busco que me confirme mis malas sensaciones y ella no quiere entrar en el juego. Cuando intento sacar el tema ella siempre me corta con un gesto apaciguador: «Déjalo estar, Marian. Deja las cosas como están.»

Supongo que Mari Cruz tiene razón. Me dominan unas ganas enormes de que alguien me diga que Justo es como yo creo que es, pero tampoco me atrevo a fomentar las malas opiniones contra lo que creo que no es si no hipocresía. Mis compañeros le han recibido estupendamente, como a todos los que llegan nuevos a trabajar con nosotros, creen que es un buen tipo y yo no puedo intentar cambiar eso porque lo único que conseguiría es que se volvieran contra mí y eso es algo que yo no podría tolerar. Necesito sentirme bien en mi trabajo, necesito tener la sensación de que es el mejor sitio del mundo para una enfermera como yo. Porque hasta ahora lo ha sido y deseo que lo siga siendo. Reconozco que debo hacer acopio de algo de lo que hasta ahora he carecido: paciencia, junto a altas dosis de diplomacia e hipocresía. ¡Qué remedio!

A Rodrigo apenas he podido verle estos días: se ha celebrado un congreso de Medicina Nuclear en el hospital y ha estado muy liado con los turnos. Algunos de sus compañeros estaban de baja, así que se ha visto en la necesidad de doblar sin librar ni una sola jornada.

Hemos hablado todos los días por teléfono y hemos descubierto que somos capaces de estar más de cuarenta minutos charlando sin que se nos quemen las orejas o se nos abrase el cerebro por efecto de las radiaciones del móvil.

Solo pudimos salir a cenar una noche y fue estupendo. Me he acostumbrado a estar con él y ya me muestro natural y espontánea. Habla de sus cosas, de su familia y un poco, aunque no demasiado, de su trabajo. Me choca que no haga ninguna referencia a su vida en el Ejército, pero prefiero no hurgar en lo que él no me da libremente. Aún no tenemos suficiente confianza, o más bien, aún no la tengo yo, porque él me pregunta sin parar sobre todo lo mío: mi familia, mis parejas, mis trabajos, mis pensamientos... Y yo le contesto sin quedarme nada dentro, porque es capaz de sacarme todo sin que yo dude acerca de si debo contárselo o no.

Él me dice que le encanta mi forma de ser y yo me muero por saber cómo será en la cama. Mientras habla me lo imagino en toda su plenitud, besándonos, abrazándonos, enredados en posturas imposibles... debo hacer titánicos esfuerzos para que mi gesto no deje evidenciar lo que se me pasa por la cabeza y hacer ver que su narrativa fluida y susurrante me emboba. Es evidente que estoy muy necesitada de contacto corporal extremo e intenso, pero por ahora no hemos tenido la ocasión. O no la hemos propiciado, más bien. Me besa y le beso con pasión. Me ha tomado las medidas corporales con detalle y yo a él, pero se muestra muy prudente y comedido. Eso, he de reconocer, me sorprende. A un hombre como él me lo imaginaba más lanzado, y tanto Rodrigo como yo ya tenemos edad para ser más directos. Aun así, no tengo tanta confianza en mí misma y además yo soy de la vieja escuela. Hoy hemos quedado a cenar en mi casa y yo, por si acaso, he cambiado las sábanas antes de salir a trabajar.

¡Quién sabe, a lo mejor hoy es el día!

# CAROLINA

Carolina debía su nombre a la pasión que su madre sentía por una de las princesas más destacadas y glamurosas del mundo del corazón, pero, a diferencia de la famosa de Mónaco, ella no fue la protagonista de su casa. Gracias al elevado poder adquisitivo del que su familia hacía gala, siempre tuvo una acomodada existencia en uno de los barrios más exclusivos de Madrid. Ni ella ni ninguno de sus cinco hermanos se vio nunca en la siempre dura vicisitud de tener que plantearse un futuro, ya que lo tenían sobradamente planeado y solucionado: la fortuna de papá y sus excelentes relaciones eran capaces de abrir todas las puertas. Los seis hermanos estudiaron en los mejores colegios extranjeros de la ciudad. Sus padres consideraron que debían recibir la educación más exquisita y exclusiva y así se hizo, de tal forma que entre todos hablaban siete idiomas y todos estudiaron carreras de más de tres años, ya que papá consideraba que las diplomaturas eran para los inútiles y para los obreros.

Las bodas de altísimo postín no tardaron en irse consumando, una a una. Carolina no tuvo jamás un novio concreto, por lo que nunca se llegó a plantear un enlace que fuera del gusto de su exigente madre. Sin necesidad de cerrar los ojos era capaz de ver su adusto gesto y su fría mirada de un azul imposible. La desaprobación fue el sentimiento que más veces le dedicó con el hielo de sus ojos. En los veintitantos años que vivió con ella no le puso nunca la mano encima, pero sí sufrió en innumerables ocasiones sus venenosas miradas de desprecio que siempre le escocieron en la carne como si de bofetones se trataran.

Ella fue consciente de que nunca estaría a la altura de las expectativas que su madre había grabado a fuego en su piel desde el mismo momento de su nacimiento, por ello un día, no podría concretar cuál, llegó a la conclusión de que no merecía la pena que lo intentara más. Descubrió que llevar su propio camino era mucho más divertido, más fascinante, sobre todo si era opuesto al que su madre tenía pensado para ella.

Cerró los ojos. Saturnina, la señora de la cama de al lado, no paraba de quejarse. Acababan de ponerle la cuña para que pudiera hacer sus necesidades y la pobre mujer, que en su demencia gritaba a todas horas, alcanzó una agitación sin límites conocidos; cuando la movían por cualquier motivo los berridos que profería llegaban a ser insoportables, y este era, sin duda, uno de esos momentos.

Miró a la anciana. Tenía los ojos llenos de lágrimas y su doliente boca desdentada profería sonidos casi imposibles. Carolina se tapó la cabeza con la almohada en un vano intento de aislarse de tan desagradable realidad. Vicenta, la hija de la pobre anciana, no encontraba palabras que consiguieran consolar a la mujer. Su voz sonaba cansada, hastiada, aunque cariñosa y cálida.

—¡Vamos, madre, que es solo un momentito! —Le acariciaba la cara, las manos—. En cuanto haga sus necesidades se la retiramos. ¡Aguante solo un poquito más!

La joven sintió un alivio indescriptible cuando vio entrar a la auxiliar junto a un celador que en un santiamén limpiaron y acomodaron a Saturnina en la cama con lo que los gritos cesaron automáticamente siendo sustituidos por un ronroneo tolerable, casi un regalo tras el duro castigo sufrido en sus tímpanos y en su paciencia.

Saturnina no tardó en quedarse dormida y Vicenta aprovechó para sentarse en el sillón y, apoyando la cabeza en un lado de la cama de su madre, descabezar un sueñecito.

«No sé cómo puede aguantar este calvario, día tras día, a todas horas. ¡Yo me volvería loca!», pensó.

Los ronquidos no tardaron en llenar la habitación. Carolina no aguantó más. Se levantó, se quitó la mascarilla de oxígeno y se colocó una bata azul sobre los esqueléticos hombros. Nadie había ido a verla desde que ingresó, así que debía conformarse con la ropa que el hospital le proporcionaba. La bata era espantosa, de basta tela de algodón; y el camisón, abierto por detrás y excesivamente grande, era incomodísimo, pero no podía elegir. Agarró el palo de suero que sostenía el frasco de salino que caía gota a gota con parsimoniosa cadencia con la misma mano en la que portaba la vía para la medicación intravenosa y lo desplazó sin esfuerzo gracias a unas pequeñas ruedas que tenía en su base. Sus movimientos eran sueltos, seguros, lo que dejaba a las claras su experiencia como paciente hospitalaria. Esta era la décima vez que ingresaba en un hospital y era el cuarto centro en el que lo hacía. Y estaba absolutamente convencida de que, si conseguía que le dieran el alta algún día, no sería el último.

Salió al pasillo. Parecía un fantasma y era consciente de ello. Había dejado muy atrás sus días de niña bien, siempre arreglada, siempre a la última, esbelta y hermosa; ahora su aspecto le traía sin cuidado. Llevaba el largo y arratonado cabello rubio recogido en una coleta de la que se habían salido varios mechones que le colgaban a ambos lados de la cara. Extremadamente delgada, sus brazos y piernas recordaban a los de una famosa muñeca; parecían palos que sobresalían penosos por las mangas y el vuelo de la bata. Su piel, un día lejano hermosa, morena e intacta, aparecía pálida y llena de cicatrices, costras y arañazos. Caminaba encorvada como si sostuviera un peso inmenso, como si del mítico Atlas se tratara, y tuviera que acarrear un descomunal planeta de dimensiones imposibles con paso titubeante y torpe. Tan solo dos días atrás guardaba cama, incapaz de moverse por efecto de los medicamentos y la fiebre. Había recuperado mucho en muy poco espacio de tiempo y agradecía el poder moverse otra vez y estirar las piernas.

Los primeros porros se los fumó en la Facultad de Derecho. Le encantaba el humo acre de olor dulzón y esa agradable sensación que la envolvía, que le hacía flotar y que la aislaba de casi todos los dolores y preocupaciones. No entendía por qué algo tan inocuo como un canuto podía producir tanto escándalo entre la gente. Peores o iguales efectos se encontraban en el alcohol y nadie lo había retirado del mercado, seguía siendo legal y cotidiano; y qué decir del tabaco. Se entregó con delectación a la «maría» creyendo que era algo que tenía que probar, ya que era joven y eso le permitía cruzar ciertos límites impulsada por su espíritu inquieto y curioso.

Pronto llegaron sustancias más fuertes y emocionantes. El hecho de que todas fueran ilegales y conformaran un terreno prohibido para la sociedad de las personas responsables, el hecho de que para comprar hubiera que localizar al camello de forma discreta y al abrigo de todas las miradas, lo hacía para ella mucho más atractivo, y una experiencia infinitamente más excitante. Sabía que estaba atravesando un peligroso camino que podría tener consecuencias irreparables pero este hecho, lejos de llevarla a pararse y meditar, le producía un agradable cosquilleo de placer que la impelía a apretar más aún el acelerador ya sin control de su loca vida.

A su madre todo lo que sonara o evocara la imagen de las drogas le producía un estridente rechazo y su adusto gesto alcanzaba tintes pétreos. Carolina debía reconocer en lo más profundo de su corazón que esto incentivaba hasta límites no conocidos aún su ansia de experimentar y de meterse de todo.

En la facultad encontró al tipo de amistades y de conocidos que le abrieron de par en par las puertas de ese mundo sombrío y prohibido que a ella tanto le fascinaba, y antes de terminar la carrera ya había probado todo lo que circulaba en esa época, no solo por la universidad, sino también en zonas de marcha y discotecas, excepto la heroína inyectada, ya que su malsana curiosidad jamás llegó a hacerle superar la patológica aversión que le causaban las agujas. Sentía repulsión por los zombis que veía con relativa frecuencia caminar tambaleantes hacia cualquier chabola de mala muerte para aprovisionarse con un chute que les anulara los sentidos durante algunas horas. Ella no era así. Ella controlaba y siempre sería capaz de parar a su antojo. Los otros eran unos arrastrados que no tenían nada que ver con ella. Su necesidad de probar solo era una fase que se permitiría pasar, algo temporal. Carolina se prometió a sí misma que cuando obtuviera su licenciatura y consiguiera un trabajo todo debería acabar. Ella podía parar cuando quisiera. Ella sí.

Terminó la carrera pero ella no paró.

Una enfermera con el pelo rojo se cruzó con ella por el pasillo y se detuvo a su lado para revisarle el suero y la vía. La gota no caía, así que la tomó de la muñeca y manipuló la goma. Cuando le elevó el brazo el líquido empezó de nuevo a caer con alegre ritmo.

—Carolina, no olvides mantener el brazo a esta altura. —Le señaló la cintura con la mano—. Si lo pones más abajo el sistema se llenará de sangre y la vía se obstruirá. No tienes muchas vías en buen estado para que te podamos coger otra, o sea que cuídala.

—Sííí, vaaale —«Que te den por culo, gorda»—. El brazo siempre a la altura de la cintura.

La enfermera reguló el ritmo del suero y se alejó por el pasillo en dirección al control de enfermería mientras Carolina le hacía un obsceno gesto con el dedo medio de su mano libre.

«Qué putas son estas tías. ¡Anda, vete a cascársela a un médico y deja de joderme!»

Carolina siguió caminando arrastrando los pies. De una de las habitaciones del fondo del pasillo salió un enfermero. No sabía su nombre pero le había visto unas cuantas veces ir y venir por el pasillo a través de la puerta abierta de su cuarto.

«A este sí que se la chuparía yo.»

Cuando se cruzó con ella, el enfermero le lanzó una radiante sonrisa de dientes perfectos al tiempo que la saludaba. Carolina correspondió a su saludo pero evitó enseñar los pocos dientes que le quedaban en su ya entonces desastrosa boca de encías mondas y ulceradas. Decidió dar por concluido el paseo y se encaminó nuevamente a su habitación. Había sido un tramo muy corto y muy pocos pasos, pero se encontraba muy fatigada.

Pasó por delante de Vicenta y de su madre que aún roncaban en la misma postura en que las había dejado quince minutos antes. Con gran esfuerzo y apoyándose en el sillón se encaramó a la cama. No se quitó la bata ni abrió la colcha y se tumbó de lado; tras realizar un ademán hacia la mascarilla decidió que no se pondría el oxígeno por ahora. Cerró los ojos. «¡Coño con la viejas, roncan como vacas! A ver si la loca se muere de una puta vez y me dejan tranquila.»

Encontró un trabajo en una importante gestoría gracias a las influencias de su padre, ya que el tío de Jeremías, el dueño, veraneaba en la costa con la familia de Carolina y compartía la pasión por los barcos de lujo con su padre.

El día que la recibió, Jeremías le dejó bien claro que no iba a tener miramientos con ella. Sería una enchufada pero debía demostrar que se merecía la oportunidad que le habían brindado. Trabajaría las mismas horas que los demás y al mismo ritmo. Más aún: como estaba tan verde en muchos aspectos, debería apretar más duro que sus compañeros hasta que se pusiera a su nivel. Sus avances serían siempre valorados en su justa medida y sus errores tolerados, pero siempre en base al nivel de sus progresos.

Carolina aceptó el reto. Se creía capaz de eso y de mucho más, y vete tú a saber si en menos de lo que canta un gallo no tenía a todos, Jeremías incluido, comiendo en su mano.

Su aplomo y su decisión duraron lo que tardaron en llegarle tareas complicadas de gran responsabilidad que requerían de ella toda su dedicación y esfuerzo. Le aterraba cometer algún error irreparable que llevara a todos a la conclusión de que no valía un pimiento, de que el puesto le venía demasiado grande. Nunca había fallado en nada —lo cierto era que tampoco había hecho mucho aparte de sus estudios— y por ello no estaba acostumbrada a afrontar el fracaso.

Como por las noches se encontraba tan agotada y tensa empezó a tomar pastillas para dormir. Y como por las mañanas le costaba tanto despejarse y ponerse en funcionamiento, volvió a las anfetaminas. Pronto descubrió la coca y comprobó que una rayita a media mañana le ponía las pilas y le aclaraba la mente, haciendo trabajar su cerebro a un ritmo brutal. Un par de meses más tarde también precisó otra por la tarde. Y luego algunas más.

Su compañera de despacho, Susana, no le quitaba ojo con tanto ir y venir al cuarto de baño y no se le escapó que sorbía demasiado por la nariz o que algún restillo de polvos blancos permanecían en la entrada de sus fosas nasales. Eso y su extremada euforia cuando escasos minutos antes se movía como si arrastrara el peso del mundo. Susana debió de comentar algo con Jeremías, porque él no tardó en llamarla a su despacho y soltarle un sermón sobre la responsabilidad en su trabajo y sobre la necesaria sobriedad de sus hábitos, por lo menos durante las horas de oficina. En su vida privada podría hacer lo que le viniera en gana, por supuesto.

Se fue de casa de sus padres en cuanto encontró un piso que podía pagar. No soportaba que su madre vigilara hasta sus más mínimos movimientos, bien de forma personal o utilizando para ello a la cotilla de la chacha filipina, a la que en más de una ocasión sorprendió toqueteando entre las cosas de su dormitorio. Ya era adulta y necesitaba su propio espacio y entrar y salir sin rendir cuentas a nadie. Para ello precisó de tiempo y de alguien que accediera a compartir piso con ella.

Ese alguien fue Roberto, un compañero de su facultad que estaba estudiando su segunda carrera, Empresariales, mientras era adecuadamente mantenido con el dinero de su padre. El tipo no tenía que preocuparse de trabajar mientras estudiara. El nivel de vida que derrochaba Roberto era fantástico; compartía sus mismos hábitos y siempre disponía de suficientes suministros para los dos, aunque no le regalaba nada. El muy cabrón era un jodido camello que se estaba forrando a costa suya y de todos los pringados de la facultad. Tenía en su habitación una pequeña caja fuerte en la que guardaba sus suministros y el dinero que le quitaba de las manos con una agilidad increíble.

Un día Carolina se quedó sin dinero y aún faltaba casi una semana para cobrar. Coqueta, intentó que Roberto le fiara solo durante unos días, solo unos gramos. Ese día descubrió que un buen polvo era una moneda de cambio inmejorable para obtener lo que según pasaban los días se iba haciendo más y más necesario para poder llevar una existencia mínimamente normal.

El sueldo no le duraba gran cosa. Las anfetaminas y las pastillas para dormir las obtenía gracias a las recetas que un conocido le vendía, pero los envases cada vez duraban menos y ella cada día necesitaba más. Al escasear el dinero se le cerró automáticamente el grifo de las recetas y los medicamentos. Creyó enloquecer sin sus pastillitas, por lo que empezó a utilizar el vodka y la ginebra para poder conciliar el sueño, aunque el efecto solo duraba unas horas y se levantaba con el cuerpo revuelto y una resaca mortal.

Su aspecto físico empezó a deteriorarse al ritmo que el tren de su vida ganaba en velocidad. Perdió peso, aparecía pálida y ojerosa, la voz quebrada y la lengua pastosa, las manos temblorosas. Pocos días llegaba a su hora a la oficina y su rendimiento bajó a niveles bajo cero. Susana seguía vigilándola y Jeremías también, pero a ella le daba igual. Sus fallos empezaron a ser muy frecuentes y sus aciertos casi nulos. El ambiente estaba tenso y se notaba que pocos de sus compañeros toleraban su presencia, y todos cuchicheaban a sus espaldas.

En la gestoría ciertos pagos se realizaban en efectivo; Carolina sabía que algunas veces ese dinero era negro y que no estaría registrado en ningún sitio. No era muy frecuente, pero en ocasiones las cantidades llegaban a alcanzar cifras de consideración. La tentación fue irresistible. Debía afrontar demasiados pagos y su compañero de piso ya no aceptaba como moneda una mamada o un polvo a cambio de unas rayas. Además, llevaba dos meses sin pagar su parte del alquiler y Roberto estaba a punto de mandarla a tomar viento fresco de una patada en el culo: veía que el dinero escaseaba y quería que se le pagara en el momento, ya no le fiaría más.

También sus días en la oficina estaban contados, eso era evidente, por lo que no tenía mucho que perder si se apropiaba de un poco de ese dinero difícil de justificar y por el que nadie tendría cojones de denunciarla. Ya estaba harta de ese sitio y de sus jodidos y estirados compañeros. Hasta ella se sorprendió de lo fácil que le resultó sustraer tres pequeños fajos de billetes de cien euros que luego resultaron ser una cantidad exorbitante. En casa tenía preparada su maleta con cuatro cosas, lo imprescindible para tirar un tiempo. Decidió que cambiaría de ciudad mientras se dirigía como una loca al aeropuerto. Eligió Ibiza.

Se había quedado dormida cerca de una hora. La auxiliar, Pura, la despertó mientras abría la mesita abatible de la mesilla y colocaba encima la bandeja con la cena.

—Que aproveche.

Ni se molestó en contestar. La amabilidad forzada del personal de la planta le daba asco. Levantó la tapa de la bandeja térmica. La comida venía tibia o fría, como siempre, porque de los platos no salía nada de vapor. «¡Qué novedad!» Una crema verdosa con trozos indeterminados flotando en un bol, un filete empanado con patatas fritas y verduras hervidas y un yogur natural de postre. Carolina cogió el filete con la mano y lo mordisqueó con desgana. No tenía hambre y la comida fría no ayudaba demasiado a abrirle el apetito.

Vicenta llamó al timbre y le pidió al auxiliar cuando apareció si se podía calentar un poco la comida de su madre en el microondas del office.

—Sí, Vicenta, tiene usted razón. Montan los carros a media tarde y, cuando llegan a la planta, todo está más frío que el mármol. —La auxiliar se giró y se dirigió a ella—. ¿Quieres que también te caliente a ti lo tuyo?

Carolina tiró el filete empanado sobre la bandeja, lo que hizo que se cayera el bol de puré. Vicenta, que no se esperaba tal salida, dio un gritito de sorpresa.

—¡Por mí te lo puedes meter por el culo!

Pura no se sintió intimidada por la mirada de desprecio de Carolina.

—Si no quieres comer no te preocupes, que nadie te va a obligar.

Pura se dispuso a salir con la bandeja de Saturnina.

—¡Oye, no serás capaz de irte sin recoger esta mierda! —Carolina señalaba la bandeja y el puré derramado.

La auxiliar se giró y con un evidente esfuerzo por controlar el tono de su voz le contestó:

—Enseguida recojo la bandeja y mando a la limpiadora para que pase un paño.

Carolina supo sin lugar a dudas que si no hubieran estado Vicenta y su madre las palabras y el tono de voz de la auxiliar habrían sido otros, mucho menos contenidos, mucho menos correctos, así que se sintió crecida por la presencia de las dos mujeres.

—Guarras, asquerosas, que me tratáis como si fuera un despojo humano. ¡No sé qué os creéis que sois! ¡Putas, eso sois!

Pura prefirió no entrar a trapo en la provocación, se dio la vuelta y salió de la habitación sin añadir nada más.

Carolina sonrió al oír cómo la auxiliar despotricaba de ella en el pasillo, seguro que comentando a la pinche lo muy estúpida y desagradable que era la drogata.

Saturnina permanecía con los ojos cerrados y parecía completamente ausente; no aparentaba haberse enterado de nada.

Vicenta se sentó en el sillón y simuló ver la televisión que colgaba de un soporte en la pared, se sentía acogotada por la paciente que compartía habitación con su madre. Hacía varios días ya que había solicitado que la cambiaran de habitación y la alejaran de esa drogadicta peligrosa que buscaba bronca a todas horas y que insultaba a todas las enfermeras, pero la planta estaba llena a reventar y, en ese momento, un cambio era del todo imposible. A ella y a su madre nunca les había dicho nada, ni bueno ni malo. Las ignoraba como si no existieran, pero les dirigía unas venenosas miradas que a Vicenta le ponía de los nervios. Protestaba sin dirigirse a nadie de los programas de televisión que sintonizaba pero, como no compartía los gastos de alquiler del aparato, no consideraba que Carolina tuviera ningún derecho a elegir. Si hubiera sido algo más educada y amable, seguro que habría sentido pena por ella y habría dejado que opinara alguna vez.

Carolina sentía su corazón latir como loco en el pecho. Su intento de montar bronca y desahogar la furia que la consumía por dentro no había sido adecuadamente correspondido. Sentía cómo el aire le costaba entrar en su consumido pecho, sentía la frente perlada de sudor. Cerró los ojos e intentó controlar su furiosa respiración.

Su padre había abonado a la gestoría la cantidad de dinero robada por Carolina, acordando con Jeremías que no pondría una denuncia ya que este se sentía lo suficientemente satisfecho por haberse librado de una petarda como ella, que ni trabajaba ni rendía ni producía y que si no la había despedido antes había sido por respeto a la amistad que unía a su tío con el padre de la chica; además, bastante castigo era ya para el pobre hombre el tener que bregar con una hija como esa.

El destino que corrió el dinero que con tanta suerte le había llegado a las manos fue desigual. Las tres cuartas partes se las pulió entre el vuelo en primera a la isla y tres días a todo tren en un hotel de cinco estrellas de una de las zonas ibicencas de moda. Algo más lo gastó en coca y anfetas en cantidades suficientes para que no se tuviera que agobiar por unos días.

Los pocos cientos que le restaron se los robaron en los

servicios de una cafetería junto a las drogas, mientras hacía sus necesidades sin tener la precaución de no separarse de su bolso. Tras la rabia inicial que descargó contra el espejo de los aseos decidió que debía valerse por sí misma para buscarse un sitio donde dormir y un medio para conseguir alguna raya o pastilla. Desde esa misma noche no dudó ni un instante en acostarse con quien hiciera falta o hacer cualquier favor sexual a cambio de dinero o drogas. Aún estaba en relativa buena forma física y seguía siendo atractiva, aunque sus ojeras y su demacrado cuerpo echaran para atrás a más de uno y a más de una.

Mantener una habitación era demasiado caro, así que se compró una tienda de campaña de segunda mano y la instaló en una recogida calita de dorada y fresca arena junto a una panda de colgados tan arrastrados como ella que se autodenominaban *«neohippies»* y a los que rápidamente consideró sus colegas porque compartieron con ella todos los canutos que se liaban: «¡Que rule, que rule!» La tienda y un camping-gas eran todas sus posesiones. Era primavera y el buen tiempo que hacía y que se esperaba que durase le permitirían vivir aceptablemente durante bastantes meses. Supo que eso no iba a ser así cuando tres semanas después vio acercarse por la arena al que más tarde sabría que era un detective contratado por sus padres, que se la llevó casi a rastras a Madrid.

Los muy cerdos de sus padres podrían haber dejado las cosas como estaban y permitirle llevar la vida que había elegido, pero no, tenían que joderla aún un poco más. La tuvieron encerrada en casa durante una semana.

Solo salió a la calle para ir al centro de desintoxicación que le habían buscado y que estaba adecuadamente alejado de ellos, en el Pirineo aragonés. No tuvo ninguna opción a escapar ya que la escoltaron dos vigilantes de seguridad, un hombre y una mujer, que no la dejaban sola ni para ir al servicio. Se trataba de un centro de lujo destinado a corregir los vicios de los hijos díscolos de las familias adineradas. Debía de costar un riñón pero cumplía con su principal objetivo, que no era otro que intentar extraer de los maltratados cuerpos de los niños bien todo resto de drogas y aplicar novedosas terapias encaminadas a evitar recaídas en el consumo de sustancias nocivas. Unos pocos, muy pocos, salían «curados» y sin ganas de consumir. La mayoría fracasaba y no duraba ni un mes fuera sin volver a las andadas.

A los amigos, conocidos y familiares de sus padres se les justificó la ausencia de Carolina explicando que la niña estaba haciendo un máster de Economía en Estados Unidos. Su situación era una auténtica vergüenza para la familia, que no fue a visitarla ni una sola vez y que, por exigencias del estricto programa, tampoco la llamaron por teléfono. Carolina puso en práctica cuatro intentos de fuga que resultaron frustrados, pero se escapó con éxito al quinto. Hizo dedo por las carreteras y consiguió llegar a Barcelona, por cuyas calles vagó durante unos tres meses antes de que sus padres volvieran a encontrarla.

Otro centro de rehabilitación, esta vez menos selecto. Otra escapada.

Esa vez se dirigió a Bilbao. Sus padres no tuvieron que molestarse en buscarla, porque al mes de su desaparición la Policía Nacional se ponía en contacto con ellos para informarles de que Carolina estaba arrestada por robo con intimidación y lesiones. Se libró de la cárcel por los pelos gracias al experimentado quehacer del abogado que pagó su padre y por las influencias que no dejaban de fluctuar por donde quiera que él fuera. Más centros de rehabilitación y psicólogos; más escapadas.

Todo acabó cuando sus padres fallecieron en un accidente de tráfico mientras se dirigían a ayudarla una vez más, esta vez a Castellón. Había cometido un robo con agresión de resultas de la cual una mujer de treinta años había sufrido importantes lesiones. Así que su suerte cambió. Nadie más iba a velar por ella; sus padres habían desaparecido definitivamente y sus hermanos estaban todos deseando perderla de vista. Para conseguir este fin la cárcel era un sitio tan bueno como otro cualquiera. De la herencia le correspondió muy poco de la inmensa fortuna que tenía su familia porque su padre había tenido la precaución, visto el camino que llevaba la niña, de poner todo a nombre de sus hermanos. Y se lo pulió tan rápido como todo lo que hasta entonces había llegado a sus manos.

Prostitución, robos, agresiones, enfermedad, drogas de todo tipo y administradas por diferentes vías. Hacía tiempo que ya no le hacía ascos a inyectarse heroína, y ella misma formó parte de la procesión de zombis que se dirigían con torpe paso a cualquier chabola que le dispensara una papelina a buen precio sin importarle un pimiento con qué basura la cortaban. Hasta la violaron dos veces.

Los anticuerpos del VIH junto a los de la hepatitis B se los descubrieron la última vez que estuvo en la cárcel, en Valencia. Aún no había desarrollado la enfermedad, pero eso no era lo peor que iba a sufrir.

Ya en Madrid, y libre de nuevo, se vio en la necesidad de vivir en la calle, utilizando cualquier banco del parque como cama, cartones como colchón y periódicos como mantas. Su valor como prostituta había bajado a niveles mínimos. Pocos aceptaban su ofrecimiento de un «francés» cuando observaban su aspecto de pordiosera, su boca sucia y desdentada, solo algún que otro desesperado o despojado como ella pagaba por ese instante, siempre breve, de placer. Aun así hubo de ser ingresada una noche de urgencias porque sufría una hemorragia vaginal grave. No se podía tratar de la regla que hacía ya unos meses que no veía. Su desgastado y consumido organismo no se podía permitir perder ni un gramo de sustancia ni siquiera para mantener un ciclo que sería del todo normal en una joven de veintiocho años. Cuando la atendieron en el hospital le confirmaron que se trataba de un aborto espontáneo asociado a una infección que requería que fuera intervenida de inmediato.

En el momento en que se recuperó y pudo asumir su nueva situación, la noticia de que habían tenido que extirparle el útero y uno de los ovarios a consecuencia de unos quistes o de algo por el estilo la dejó como si nada. Aun así se permitió unos segundos de sorpresa por el hecho de haber estado preñada. El cirujano que la había intervenido le aseguró que se trataba de un feto de unas diecisiete semanas, cerca de cuatro meses, y que se trataba de una niña. Se le llenaron los ojos de lágrimas, aunque solo fue un ínfimo y fugaz desliz, ya que enseguida pestañeó y la posible pena que pudiera encoger su corazón por la pérdida de una vida que era tan suya desapareció; fue relegada a empujones a la parte más seca de su corazón, al mismo sitio que guardaba el proyecto de vida normal y feliz que cuando era niña deseaba con tanta ilusión que se hiciera realidad. Ese día su corazón terminó de secarse definitivamente y fue sustituido por un trozo de frío y negro carbón.

Una mañana, mientras hacía cola en la puerta de una ONG que repartía bolsas con jeringuillas, preservativos y bocadillos al tiempo que te recordaban que podías acudir a ellos cuando lo precisaras, Carolina cayó al suelo tras perder el conocimiento.

Se despertó en una cama de hospital. La situación era similar a aquella que hacía tanto tiempo había decidido no recordar, pero esa vez se trataba de una neumonía y de algo más. En principio se sospechaba que se trataba de una tuberculosis, infección muy frecuente entre los drogadictos que vivían en la calle y entre los indigentes, pero en un par de días se descartó esta posibilidad; el alivio momentáneo que Carolina sintió fue rápidamente sustituido por algo bastante peor: sus pulmones se encontraban dañados por una fibrosis pulmonar, enfermedad degenerativa muy grave que casi con toda seguridad se había desencadenado por el constante consumo de drogas, una gran mayoría por vía respiratoria y en miles de ocasiones cortadas con productos adulterados por sustancias químicas no inocuas. Su futuro, siempre incierto, adquiría en esos momentos unos tintes oscuros que no sabía cómo afrontar. Estaba sola en este puto mundo. Se sentía cabreada con toda la humanidad, despreciaba a todos y odiaba a los que decían querer ayudarla, a esos que se decían y se creían normales, con vidas y familias normales. Podrían darle el alta cuando mejorara pero le esperaba irremediablemente un futuro plagado de médicos, medicamentos, oxígeno y dolor.

Y no solo estaba sola: estaba asustada.

Vio entrar a la limpiadora que recogió con una fregona el puré del suelo y pasó un paño húmedo por la mesilla. La mujer no le dirigió una palabra, ni siquiera se dignó mirarla.

—¡Oye, tú, puta, cuando se entra en una habitación se saluda!

Sus palabras se quedaron suspendidas en el aire, opresivas, retadoras. Nadie pronunció réplica alguna; el silencio era espeso, agrio, solo roto por el runrún de los anuncios televisivos.

La limpiadora colocó el sillón en su sitio tras pasar la fregona escurrida, murmuró una despedida y salió, sin echar ni un solo vistazo a la iracunda paciente. Vicenta no apartó la vista de la pantalla del televisor, aunque con el rabillo del ojo estaba expectante por la reacción de Carolina. La única que la miraba con enorme curiosidad era Saturnina. La joven sintió cómo su cara y su cuerpo bullían por efecto de la rabia.

—¡Puta, zorraaa! ¡Zorra tú y zorras todas!

Se levantó haciendo gala de una agilidad asombrosa y empujó el sillón con un pie con tal fuerza que salió despedido y chocó contra el de al lado, en el que se encontraba sentada Vicenta, que no pudo evitar un grito de susto y miedo, mientras se levantaba como propulsada por un resorte. Saturnina seguía observándola con grandes y asombrados ojos. Su hija tocó el botón del timbre con temblorosos dedos, pero justo en el momento en que se encendía el pilotito rojo que se encontraba sobre la puerta apareció la misma enfermera que se había encontrado antes en el pasillo, atraída, sin duda, por los gritos y el ruido.

—¿Qué está pasando aquí? —Su mirada se dirigió directamente a Carolina. Indiscutiblemente la limpiadora ya le había informado de sus insultos—. ¿Es que se te olvida que estás en un hospital y que no estás sola?

—¡No seas gilipollas, tía!

Carolina permanecía de pie, su actitud era amenazante, los puños cerrados. La enfermera no se arredró: había pasado muchas veces por situaciones similares. Lo único que debía intentar era evitar que la bronca llegara a más, fuera cual fuera el motivo que la había ocasionado, e intentar calmar el ambiente. Se acercó un par de pasos a la iracunda paciente.

—Venga, Carolina, tranquilízate. Estás respirando fatal y tienes los labios...

La enfermera no pudo concluir su frase. Tan rápido como una bala el frasco de suero se estrelló contra su cabeza. Lo último que oyó antes de caer inconsciente al suelo fue el grito al unísono de Vicenta y de Saturnina, tan agudo que le hizo reverberar los tímpanos.

# MARIAN

Hoy me corresponde llevar a los enfermos de Lázaro. Tengo todas las camas llenas y está todo tranquilo. Ellos, Justo y Caridad, han tenido algo más de jaleo, algún ingreso, alguna analítica o electrocardiograma urgente, pero poca cosa. Entre los dos se lo han guisado y comido. Me ignoran como si yo no existiera. Caridad se hace fuerte con su ídolo y comprueba que con él no me necesita y que junto a él puede dar rienda suelta al desprecio que siente por mí.

Piedad sigue encantada con Justo, y descubro que también Pura, otra auxiliar; incluso me han comentado que hoy se ha ofrecido a dar la vuelta con ellas y a ayudarlas a hacer los cambios posturales ya que solo ha subido un celador en lugar de los dos habituales, que encima ha tenido que salir corriendo porque un compañero le ha llamado para una urgencia en la planta 6. «¡Qué majo, ¿verdad?!» Pura sonríe y me muestra unos *brackets* de un gris metálico que en su enorme boca me llegan a parecer incluso amenazantes. «Sí, sí, mona, muy majo —pienso a modo de silenciosa respuesta—, pero yo voy con vosotras a dar la vuelta muchas más veces que él y nunca me dices nada ni le dices a los demás lo *guay* que soy.»

Todos y todas están encantados con Justo y soy consciente de que esta batalla la tengo totalmente perdida. Estoy sola porque, como en *El sexto sentido*, únicamente yo veo los espíritus.

Veo a Carolina paseando por el pasillo. No debería caminar ni hacer ningún esfuerzo físico aún. Según comentó esta mañana Amparo en el cambio de turno, debe guardar reposo absoluto porque aún tiene fiebre y precisa oxígeno constantemente. Levanto la vista de la gráfica en la que estoy trabajando y reprimo el impulso de levantarme —la joven tiene los labios azulados y respira con cierta rapidez—, que queda definitivamente reprimido cuando veo cómo Caridad se acerca por el pasillo, se detiene junto a la joven y, mientras le manipula el suero, intercambia unas palabras con ella. «No es mi problema —pienso mientras procuro mantener la mirada en las cifras de tensiones que estoy pasando al sistema—, que ella se arregle con sus enfermos.» Aun así, no puedo evitar levantar la mirada hacia Carolina con cierta precaución. Cuando Caridad se aleja de ella, aprovechando que ya no puede verla, percibo que la joven le hace un gesto con los dedos a sus espaldas. No puedo contener una sonrisa, porque yo me uno maliciosamente a ese gesto «¡Que te den, nena, que te den!» Mi sonrisa se borra por arte de magia cuando veo aparecer a Justo por el pasillo y saluda a la chica, así que vuelvo a mis cosas. Para mi tranquilidad la joven regresa a su cuarto con paso torpe pero decidido.

Termino de repartir la medicación de la cena y veo salir a Pura de la habitación número 3, la de Carolina. Veo que Pura presenta un evidente gesto de enfado y hace aspavientos con una mano, haciendo peligrar la integridad de la bandeja que sostiene con la otra. Habla con la pinche. Oigo que está despotricando de Carolina. Deben de haber discutido. Pura pasa por mi lado como un huracán y se mete en el office. Con el gesto adusto que airea por el pasillo y el rictus de su boca, los *brackets* parecen más espantosos que nunca. Está claro que la impotencia que se siente cuando algún enfermo o acompañante te suelta alguna fresca puede fastidiar el carácter de cualquiera. Pura no es muy buena como auxiliar, a veces torpe, siempre lenta, pero es un trozo de pan y rara vez se enfada. ¿Qué le habrá dicho la enferma para que se haya molestado tanto? Me voy a escribir las incidencias antes de preparar la medicación parenteral de las nueve. Tengo bastantes cosas que contar de alguno de mis enfermos y prefiero hacerlo despacio y tomarme cierto tiempo ya que dispongo de él.

No hago nada más que abrir la página del sistema cuando oigo gritos procedentes de la habitación 3. Otra vez. Está claro que la discusión, lejos de ser apaciguada, ha ido creciendo. Carolina está insultando a pleno pulmón a alguien. Intento no meterme, me obligo a recordar que no debo inmiscuirme en los asuntos de Caridad, pero es superior a mis fuerzas. Me levanto y me dirijo lo más rápido que puedo a la habitación de la que proceden las voces.

Un grito intensamente agudo me recibe al asomarme por la puerta, en el preciso momento en que una iracunda Carolina estampa el frasco de suero que hace unos segundos colgaba por su asa en el gancho del palo de suero, en la cabeza de Caridad, que cae al suelo como un saco lleno de piedras. Me acerco horrorizada. Consigo agarrar a la enferma justo en el momento en que iba a golpear nuevamente a mi compañera. La sujeto por las muñecas con toda la fuerza de la que soy capaz, pero no es fácil, la joven parece un gato salvaje que se me escurre entre las manos. Siento cómo mis dedos están apretando el catéter venoso que tiene en su mano izquierda y un relámpago procedente de alguna parte estúpida de mi cerebro me indica que como siga apretando de esa forma voy a dañar el punto de punción. Como pensamiento estúpido e inoportuno que es lo ignoro y sigo sujetando a la gata como puedo, pero la joven tiene una fuerza impresionante. Está balanceando el frasco como si fuera un pequeño bate de béisbol y noto cómo pasa a escasos milímetros de mi frente, haciendo agitarse uno de mis mechones de pelo. Carolina sigue forcejeando y yo estoy a punto de ceder a su impulso cuando veo cómo un potente brazo aparece como por ensalmo detrás de mí y estampa un puño de dimensiones gigantescas contra el abdomen de Carolina que, bajo su destructor impulso, exhala de golpe todo el aire de su tórax con un ruido sibilante, al tiempo que me suelta y se desploma inconsciente sobre la cama, como una desmadejada muñeca.

Yo sigo sujetando una de sus manos. El silencio es impresionante. Me giro y veo a Justo, alto, enorme, impasible. Dirijo mi mirada a la cama de al lado. Vicenta ha dejado a su madre sola. Seguro que ha salido despavorida al pasillo cuando ha visto el cariz que tomaba la situación. Si se repartían guantazos ella no se iba a llevar uno, faltaría más. Así que en los cinco segundos escasos que ha durado todo nadie ha sido testigo de nada. Compruebo que Carolina respira con cierta normalidad, aunque está bastante cianótica; le coloco la mascarilla de oxígeno y le subo la cabecera de la cama. Me agacho para comprobar en qué estado se encuentra Caridad. Fuera, en el pasillo, se oyen unas voces que dominan el barullo general.

—Vuelvan a sus habitaciones y despejen el pasillo, por favor. Despejen.

Debe de tratarse de uno de los vigilantes de seguridad o de algún celador. Una mujer uniformada de azul oscuro y negra porra en su cinturón, bajita y pelirroja, se asoma por la puerta pero no entra; se queda ahí y echa un vistazo a su alrededor intentando hacerse cargo de la situación.

—¿Necesitáis ayuda?

—No, gracias, todo está controlado. Pide a las auxiliares que vengan, por favor —dice Justo.

Tras hablar, Justo se arrodilla a mi lado para ayudarme a incorporar a nuestra compañera que ya se rebulle, dolorida. Tiene la cara y la frente llenas de sangre y un enorme boquete de feos bordes negruzcos en uno de los laterales de la cabeza. Conseguimos sentarla en el sillón y echamos el respaldo hacia atrás, al mismo tiempo que el reposapiés se eleva. Con ello, Caridad queda ligeramente recostada. Sigue sangrando con profusión y está obnubilada.

—Será tu palabra contra la mía. —Justo me habla a escasos milímetros de mi oreja, su voz es un susurro ronco.

—¿A qué te refieres? —le pregunto extrañada.

—Si dices que la he pegado diré que has sido tú.

No salgo de mi asombro, no puede estar diciéndome esto.

—Justo, has sido tú quien la ha golpeado. Yo no voy por ahí aporreando a los pacientes. —Lo intento, pero no consigo que mi voz salga con un tono autoritario y decidido.

—Yo tampoco. Recuerda... tu palabra contra la mía. Si dices que yo...

Piedad entra en la habitación junto a Eustaquio y Cesáreo, los internistas de guardia. No ha terminado su frase pero la mirada de acero que Justo me ha lanzado directamente a los ojos no me ha dejado lugar a dudas de su significado.

Un escalofrío me recorre entera. Está claro que me voy a meter en un buen lío por culpa de este jodido cabrón.

# RODRIGO

«Tenemos una agresión en la planta 13 de la general —ruido crepitante—... a una enfermera.»

Tras recibir el mensaje, Rodrigo no lo duda ni un instante, sale del cuarto de guardia como una exhalación. Su compañero se queda asombrado por la exagerada reacción del jefe de guardia. Por desgracia las agresiones son totalmente habituales y extraño es el día en que no resulta golpeado algún trabajador del hospital. Lo más frecuente es que las víctimas de tal situación sean médicos, enfermeros y auxiliares, pero no es raro que el agredido sea un celador, alguien del personal de limpieza o un pinche. Por lo general, son situaciones de bajo riesgo y se resuelven sin mayores consecuencias, no suelen existir más armas que las manos o los puños y la actuación a llevar a cabo se resume en sacar al agresor e inmovilizarle. Este caso no parece ser diferente y encima en una planta de medicina interna, uno de los lugares donde estos casos se dan con mayor frecuencia, por desgracia, junto con el servicio de urgencias.

—¡Rodrigo, ya están allí Carlos y Pilar y no...!

Rodrigo no cree necesario dar ninguna explicación y ni siquiera se vuelve a mirar a su compañero, cuyas últimas palabras quedan enmudecidas por la puerta batiente al cerrarse.

Aprieta con insistencia el botón del ascensor mientras dirige la mirada hacia el visor luminoso que le indica en qué planta se encuentra. «En la planta 10 y subiendo... ¡Hasta la segunda tardará una eternidad!» Con evidente nerviosismo, golpea con el puño la pulida puerta del ascensor y sale corriendo hacia las escaleras.

Cuando llega a la séptima planta, se asoma al recibidor, ve un ascensor vacío que cierra sus puertas y se lanza como un loco al interior. Los familiares que se encuentran junto a la máquina del café se encogen impresionados y acongojados por la brusquedad de movimientos del vigilante.

Su forma física es excelente gracias a un exhaustivo plan de mantenimiento que se impone a diario; sin embargo, está sin resuello. Necesita doblarse por la cintura y apoyar las manos en los muslos para conseguir expandir los pulmones y ayudar a que el aire entre más y mejor; el sudor le cubre la cara y las manos y siente cómo le empapa la camisa. Se alegra de encontrarse solo en el ascensor porque es consciente de la pobre imagen que debe de estar dando. En el fondo de su mente debe reconocer que su mal estado físico no es tanto por el esfuerzo que ha llevado a cabo sino más bien por el estado de nervios que le encoge el corazón.

El ascensor se para en la planta 12 y se abre. Rodrigo se incorpora como activado por un resorte. Nadie entra. La puerta se cierra con una lentitud enervante. «¡Vamos, vamos, joder!» Con un sordo chasquido la puerta se abre en la planta 13. Sale corriendo, lanza un rapidísimo vistazo a su alrededor y se dirige al pasillo en el que ve más jaleo, aquel que está lleno de curiosos estirando el cuello y murmurando entre ellos. El pasillo C, el de Marian.

No duda en hacer uso de su autoridad para poder pasar entre la gente que se agolpa en la puerta de la habitación 3.

Inmediatamente localiza a sus dos compañeros, Pilar y Carlos, que están dispersando la manifestación de curiosos. Pilar intenta que una oronda mujer de cardado cabello gris y que chilla como una loca se aleje de la puerta.

—¡Mi madre está dentro!

Rodrigo se acerca a Carlos, que no puede evitar un gesto de asombro y evidente fastidio ante la inesperada presencia de su jefe de guardia. La situación está controlada y no entiende por qué tiene que controlarlos.

—Rodrigo, solo se trata de una drogata que ha aporreado a una enfermera. Cuando hemos llegado ya estaba todo resuelto, los otros enfermeros la han reducido sin dificultad.

—¿Están dentro?

—Sí, han llegado los médicos y aún están ahí los enfermeros y un celador. ¿Hay algún otro problema?

—No, no, tranquilo. Todo está bien. Dad una vueltecita y comprobad que todo queda en orden antes de volver. Luego hablamos.

Rodrigo entiende que su presencia no es bien recibida por sus compañeros y, viendo que no puede ir más allá sin que se malinterprete su insistencia, se gira dispuesto a marcharse.

En ese momento la puerta de la habitación se abre y sale Marian. Como intuyendo su presencia le mira directamente a los ojos. Su actitud aparentemente tranquila le indica que no ha sido a ella a la que habían agredido, aunque presenta restos de sangre en las manos y enormes manchas en el uniforme.

Rodrigo le sonríe aliviado y Marian, sin mostrar ningún indicio de sorpresa por encontrarle allí, le devuelve el gesto al tiempo que se le llenan los ojos de lágrimas. Rodrigo malinterpreta este hecho achacándolo al miedo, a la tensión del momento y al alivio porque todo haya acabado bien.

La saluda con un casi imperceptible guiño y se dirige a los ascensores.

## MARIAN

Llego al control de enfermería y me apoyo en el mostrador. Las lágrimas de rabia y desesperación ruedan ya sin control. Oigo voces tras de mí. Me limpio la sangre de Caridad que aún tengo en la cara y me vuelvo.

—No te preocupes, Marian. —Cesáreo me sonríe con calidez y me apoya una cauta mano en el hombro—. Caridad se pondrá bien.

—Claro, si es que...ya sabes. ¡Los nervios!

—Me hago cargo, chica. No te preocupes.

En este momento una camilla saca a Caridad de la habitación 3. Un celador dirige la camilla por la parte de los pies y Justo empuja por la parte de la cabecera mientras aprieta una compresa estéril sobre la cabeza de nuestra compañera, que se agarra con ambas manos al fornido brazo de Justo con gesto posesivo. Antes de que la camilla se pierda de camino a los ascensores, Justo me lanza una última mirada amenazante: «Estás avisada.»

El muy cerdo consigue su objetivo; me estremezco de furia, de desesperación y de miedo.

Rodrigo me acompaña a casa y se queda conmigo.

No tenemos precisamente la cena romántica que había planeado para hoy.

Presiente que me pasa algo más que no le cuento, algo que va más allá del hecho de que mi compañera haya resultado herida tras una agresión. No hace ningún ademán de marcharse, y su presencia en mi casa es del todo natural y esperada. Se lo agradezco desde lo más profundo de mi ser. Sé que va a ser una noche horrible. Decido que debo tomarme una pastilla ansiolítica para intentar tranquilizar los nervios, que de tan tensos como los tengo parecen cuerdas de violín; aunque presiento que no podré conciliar el sueño, es conveniente que me relaje un poco.

Rodrigo me prepara un vaso de leche con galletas que yo me tomo a regañadientes. La bola que me aprieta el estómago no permitirá que entre ningún alimento por las buenas.

—Tú mejor que nadie sabes que no se deben tomar medicamentos con el estómago vacío.

Su maternal e ingenuo comentario me hace sonreír por primera vez en horas y es su afectuosa mirada más que la leche la que hace entrar algo de calor en mi atemorizado espíritu. Las lágrimas brotan al mismo ritmo que bebo y trago.

Rodrigo se siente perdido.

—¿Qué te pasa, qué ocurre?

Me acaricia el pelo y eso me reconforta, pero no es suficiente. No me siento con fuerzas de contar todo, de explicar nada. Él solo conoce retazos sueltos de mi relación con mis compañeros de planta, si quiero que entienda mi actual estado de nervios debo explicarle tantas y tantas cosas...

No, no puedo, me da rabia, me pesa como una losa de cementerio enorme, fría, gris.

Me abraza y me aferro a él. Me siento tan a gusto a su lado, me transmite tantas cosas con este gesto tan sencillo que casi sin darme cuenta le voy contando todo, desde mis inicios con Caridad, mis broncas con ella, pasando por la llegada de Justo a nuestro servicio, su brusquedad la primera tarde y su cambio de terna al día siguiente; lo bien que les cae a todos y lo poco y nada que me gusta a mí, lo sola que me siento, mis dudas y temores que no han tardado en hacerse realidad. Cuando le cuento cómo ha resuelto el forcejeo entre Carolina y yo y cómo después me ha advertido..., no, cómo me ha amenazado, vuelve a abrazarme.

—Rodrigo, me ha dicho que si digo algo será su palabra contra la mía. Todos saben que a mí no me cae bien, que he renegado de él desde que pisó la planta por primera vez. Incluso he tenido que oír por ahí que resulta que yo le propuse que saliera conmigo, vamos, que le pedí una cita, y que no le trago porque me rechazó, que estoy despechada, que... ¡Pero es que a todos les cae tan bien, tan bien... Y el muy cabrón me hace gestos a espaldas de los demás, gestos que solo veo yo y que nadie pilla y que hace que me parezca cada vez más y más cabrón...!

—Marian, esta noche va a ser difícil que lo creas, pero ya verás como todo se va a solucionar. —Me besa en los labios acariciándolos—. Todo se va a solucionar y volverá a ser como siempre. Ya verás.

Me acompaña a la cama y me ayuda a acostarme.

Después, con la mayor naturalidad del mundo, se desnuda y, en ropa interior, se acuesta a mi lado. Me abraza por detrás y siento su piel directamente sobre la mía, suave, calentita, y así se queda durante unos minutos sin hacer ningún gesto más, su cara en mi pelo. En este momento me doy cuenta de que ya no hay vuelta atrás porque estoy totalmente enamorada de él y le deseo como nunca pensé que llegaría a desear a nadie. Escucho su respiración y siento sus manos en mi cintura. «Gracias por estar aquí.»

Me giro y acerco mi cara a la suya, mis labios a los suyos. Por la ventana entra una gran claridad gracias a las farolas de la calle, pero a mí me resulta la más bella luz de luna que da a sus hermosos ojos una profundidad que me reconforta. Porque a Rodrigo le gusta lo que estaba mirando, porque lo que mira soy yo.

Su boca besa la mía y nuestros besos son besos largos, lentos, rápidos, cariñosos, fieros. Sus manos recorren mi cuerpo, mis caderas, mis pechos, mis brazos; y su tacto suave, cálido, sereno, me hace sentir que le gusta todo lo que encuentra. Y mis labios recorren su pecho, su cuello, y todo es como si fuera la primera vez. Pero no lo es. Yo sé lo que más deseo y él me lo da y sí, esta es la primera vez que es así. Nunca ha sido así. Y su fantástico cuerpo se funde con el mío y es a mí y es conmigo con quien disfruta y se hunde. Sus manos dirigiéndome, mis dedos dirigiéndole. Sus labios golosos en mi boca, en mi pecho, en mis muslos, su nombre en mis suspiros. Y cuando emerge y cuando emergemos se queda pegado a mi piel, acariciándome, yo acariciándole. En un momento dado me duermo, en una hora desconocida de la noche, mientras su cuerpo, su olor, su sabor permanecen en mis sentidos; ninguna amenaza consigue entonces que mis sueños se oscurezcan. Su aliento acaricia mi boca, mis manos rozan su pecho y tras mis párpados solo está el brillo de los ojos de Rodrigo, y es solo mío.

## MARIAN

Al día siguiente me informan de que Carolina ha sido trasladada al servicio de cirugía respiratoria, que la ha acogido a regañadientes, pero no existía otra opción. Tras la exploración a la que la sometieron Cesáreo y Eustaquio, pudieron comprobar que presentaba un importante impacto en el abdomen. Su esquelético cuerpo había acusado el enorme golpe y se evidenciaba un gran hematoma negruzco en la zona del epigastrio. No le había ocasionado ningún daño interno, pero la chica no dejaba de quejarse y de increpar al personal de enfermería. Según ella, había sido golpeada sin piedad y sin mediar palabra. No debían de tener la más mínima duda de que les iba a denunciar a todos, a los enfermeros, a los médicos y al hospital. Cuando el responsable médico y el responsable de enfermería presentes esa tarde la interrogaron no supo concretar quién la había golpeado.

El rostro de Justo no ha sufrido el más mínimo rubor cuando ha asegurado esta tarde que cuando él entró en la habitación la paciente ya estaba inconsciente. Ha dicho que no vio nada y no puede asegurar que su compañera fuera la responsable de la agresión. Me lo imagino sonriendo de forma afable, cordial y sincera, tanto que nadie ha dudado de que estaba diciendo la más cristalina de las verdades. Ante esta declaración, que nadie ha cuestionado, todas las sospechas han recaído, como no podía ser de otra manera, sobre mi persona.

Así que, cuando me han interrogado y me he quedado bloqueada porque no sabía qué contestar, el responsable médico y el responsable de enfermería han llegado a la ya inamovible conclusión de que fui yo y nadie más que yo. Si la paciente denuncia me afectará a mí.

Caridad ha tenido que ser ingresada en neurocirugía. Presenta un traumatismo craneoencefálico leve, una conmoción cerebral y una brecha impresionante en la frente, que ha requerido más de veinte puntos de sutura. Por mediación de su abogada, que ha resultado ser su hermana, ha puesto la correspondiente denuncia en la comisaría contra Carolina.

Cuando la interrogaron sobre lo ocurrido no pudo dar muchas explicaciones, salvo que me vio entrar en la habitación hecha una furia. «Nunca la había visto de esa manera», dijo, según me han contado.

Mi desesperación va en aumento: Caridad no me vio entrar en la habitación, ella acababa de caer al suelo inconsciente cuando yo entré por la puerta. En ningún momento pudo haber observado cuál era mi estado de ánimo.

Está claro que ella y Justo se han puesto de acuerdo para que todas las culpas que puedan derivarse de este horroroso episodio recaigan solo en mí. El muy bestia le dio a Carolina un brutal puñetazo en el abdomen cuando podría haberla reducido sin mayores complicaciones sujetándola por los brazos. Su hercúlea musculatura no habría tenido oposición alguna con el consumido físico de quien se ha pasado la tercera parte de su vida metiéndose todo tipo de drogas y solo Dios sabe qué cosas más. Pero no, él tenía que ejercer de boxeador y cargarme a mí el mochuelo.

Me siento indignada, cabreada y sola.

Aparte de la bronca que me echa Benigno y que me trago sin mediar palabra mientras Justo espera fuera del despacho para que nuestra conversación quede entre nosotros, dentro de la más absoluta confidencialidad, lo que resulta del todo imposible dados los decibelios que llega a alcanzar el vozarrón de Benigno.

Justo sin duda disfruta como un enano con mi funesta situación y por todo lo que me estoy tragando. Aguanto el chaparrón como puedo y en ningún momento dejo caer algún comentario acusatorio hacia el cabrón de mi compañero.

No sé cómo voy a resolver este marrón, pero me juro a mí misma que voy a dejar mi nombre más limpio que una patena.

# MARIAN

El hospital, en la persona de la trabajadora social, se ha encargado de asesorar a Carolina con respecto a su deseo de denunciar la agresión de la que fue objeto. Al final no lo ha hecho, yo creo que ha debido de valorar que el golpe que recibió fue un intento extremo aunque excesivo por parte del personal de la planta de evitar que agrediera nuevamente a la enfermera con el frasco de suero. No está bien que el personal sanitario lleve a cabo tales medidas, eso es evidente, y no precisa más aclaración, pero con ello se pretendió evitar, dicen, males mayores, como que hubiera desgraciado de por vida a Caridad con lesiones de mayor envergadura o algo peor. Nadie se habría puesto del lado de Carolina, nadie.

Caridad se ha enterado de que estuvo en la cárcel y por qué motivos y no ha tenido ningún rubor en ir aireando el pasado de la chica y de cotorreárselo a todo el que se haya sentido tentado a escucharla, cometiendo con ello una falta muy grave, todo hay que decirlo. Por tanto, sus antecedentes penales por delitos de lesiones y robo no juegan demasiado a su favor.

Eso sí, el hospital se ha encargado de que esto no se vuelva a repetir y ha actuado con inusitada rapidez, dado que la jodida de Carolina ha amenazado con contárselo a todo el que quiera escucharla, medios de comunicación incluidos, especialmente al magazín diario que se emite por televisión, *Provincia directa*, y que está siempre a la caza y captura de noticias como esta, lo que contribuye a que sea uno de los programas con mayor audiencia de la parrilla televisiva.

Por tanto se me ha abierto un expediente sancionador por falta grave y se me ha sometido a un «juicio» con carácter de urgencia que, bajo mi subjetivo punto de vista, es totalmente injusto. La acusada soy yo. Y el único testigo de la situación, y por tanto de cargo, Justo, al que no he visto en ningún momento durante tan penoso episodio.

Menos mal, porque no creo que hubiera podido soportar su asesina mirada sin saltarle a la cara y arrancarle los ojos con mis manos, detalle que no creo que hubiera sido muy bien aceptado por el comité disciplinario que me valoró. En mi descargo no intervino nadie. He sabido más tarde que algunos de mis compañeros redactaron un escrito en el que se detallaba mi correcta actuación con enfermos y familiares durante años, pero no debió de ser muy efectivo. Yo, por mi parte, me hice acompañar de un representante sindical que hizo gala de una labia indiscutible. Relató todo mi currículo y lo correcto de mi actuación en todos los distintos destinos en los que había desarrollado mi labor como enfermera, así como durante los largos años de desempeño de mi trabajo en este hospital y bla, bla... Sí, sí, todo muy bien, todo muy cierto, pero esta vez mi comportamiento no había sido correcto. Había agredido a una paciente cuando podía haberme limitado a reducirla. No existía excusa.

La impotencia que siento no tiene posibilidad alguna de ser descrita con palabras, quedaría demasiado limitada por sonidos y letras. Yo no pegué a la paciente, yo solo la sujetaba, el que la golpeó era mi compañero y no puedo demostrarlo, no puedo plantear siquiera esa posibilidad, porque ya sé de antemano que nadie me creería. Se consideraría un intento cobarde y ruin de intentar eludir mis responsabilidades. Me encuentro en un círculo vicioso que me humilla, y hace crecer la rabia que me quema hasta dimensiones increíbles, y me duele tanto que me hace llorar cada vez que pienso en ello.

Tan rápido como empezó, termina todo. El resultado: se me ha «castigado» con un mes de suspensión de empleo y sueldo que, al final, ha quedado reducido a una semana no sé aún por mediación de qué o de quién. El caso es que se me ha informado por escrito de cuál es mi «sentencia» y de que el inicio de tal suspensión es con carácter inmediato.

Unos días libres nunca vienen mal, pero no así; así, no.

## MARIAN

Llevo dos días de castigo y no me habitúo a la nueva situación de tener tanto tiempo libre.

Rodrigo se ha ido a las siete y media a arreglar no se qué papeles suyos y, como estos días la rabia contenida no me deja paz alguna, a estas horas ya soy incapaz de conciliar el sueño, por lo que ya me he levantado y, aún en pijama, me estoy tomando un café con leche y una tostada de pan con aceite y tomate al tiempo que veo las noticias por televisión cuando a las ocho en punto Auxi me llama.

—Marian, ¿te apetece que quedemos hoy para comer? No tengo clase y libro, así que he pensado que te gustaría que pasáramos un rato juntas para charlar, que hace mucho tiempo que no quedamos. ¿Qué te parece?

—Pues me parece una gran idea. Ya estoy harta de estar en casa.

—¿Qué tal a las dos en el italiano?

—Perfecto.

—Vale, pues hasta luego.

—Hasta luego, un beso.

Esta mañana tengo que ir al hospital a sacarme sangre en el departamento de medicina preventiva para revisar la presencia de marcadores y, salvo eso, no tengo nada más que hacer, por ello toda ocasión que se me presenta de hacer algo que no sea estar tirada en el sofá viendo la tele o limpiando la casa como un ama de casa poseída por el espíritu de Don Limpio la valoro como si de oro puro se tratara.

A la una y media ya estoy sentada en la mesa que ella ha reservado, tomando una cerveza y mordisqueando unos picos de pan. Aunque el restaurante es italiano también incluye ciertos platos griegos y portugueses, y se encuentra muy cerca de casa de Auxi, en una zona residencial de casitas monas y caras de ladrillo y patios con arbolito.

—¡No veas cómo lo siento!

Auxi me da dos besos. Se disculpa pero solo se ha retrasado cinco minutos. Huele muy bien y me fijo en el detalle de que ha cambiado de perfume. El que usa ahora es de una marca cara, lo sé porque el otro día me fui de compras y en la perfumería de unos grandes almacenes una chica excesivamente maquillada, y con el cabello recogido en un moño imposible de soportar para un profano de lo estirado que lo llevaba, me ofreció una tirita de papel con forma de hada sobre la que vaporizó un ambarino líquido de exquisitas reminiscencias... Me gustó mucho, pregunté cuánto valía y tuve que evitar que mi sonrisa degenerara en estupor cuando me dijo el precio de un pequeño frasquito de cincuenta mililitros, así que disimulé lo que pude, congelé los labios y me excusé indicando que aún tenía mucho perfume del que usaba de forma habitual. No se puede ir explicando por ahí que no puedo destinar una cuarta parte de mi sueldo en comprar un perfume cuando el agua de colonia hace el mismo efecto y refresca más... o eso me digo a mí misma para consolarme. Pues bien, Auxi lleva ese mismo perfume y huele estupendamente.

Está muy guapa, mucho. Está claro que desde que sale con Lázaro ha mejorado en todos los aspectos, hasta podría decir que ha adelgazado, se le ven menos arrugas, está más joven; en su día pensé que sería imposible pero tiene los ojos más bonitos que nunca. Sí, sí señor, no puede existir duda alguna de que lo que le da Lázaro, sea lo que sea, le sienta maravillosamente.

Además, va muy elegante para la simple ocasión que supone comer conmigo. Yo voy muy sencilla, con unos vaqueros y un jersey, pero ella lleva un pantalón ligero de lana gris muy bonito y una chaqueta a juego pero algo más oscura. Noto algo extraño; me fijo unos instantes y constato que se trata de algo tan simple como que no lleva tacones, sus zapatos son muy elegantes pero sin tacón.

—Vas muy guapa y muy elegante, Auxi.

—Sí, bueno, gracias. Es que esta tarde he quedado con Lázaro. Quiero estar contigo todo el rato que te apetezca, sin prisas, y ya me he arreglado por si no me daba tiempo a pasar por casa para cambiarme.

—Te va muy bien con él, ¿verdad?

—Sí, la verdad es que sí.

Nos miramos y en su rostro no veo nada de rencor por mi metedura de pata de aquel día. En su lugar observo cierto rictus de preocupación. Tengo la penosa sensación de que los acontecimientos de los últimos meses nos han separado en algún sentido. Yo me siento orbitando en un sistema solar distinto del suyo desde que salgo con Rodrigo y a ella la noto algo más sofisticada, menos espontánea, menos cercana, aunque lo más seguro es que solo sean sensaciones mías ocasionadas por mi suspensión laboral, por lo injusto de mi castigo, por mis negativos pensamientos relativos a Justo y que nadie más de la planta parece sentir. Es como si estuviera enfadada con ella por no haberse puesto de mi lado ante mi desconfianza por ese desgraciado, porque le hubiera aceptado con una sonrisa en los labios sin concederme a mí el beneficio de la duda.

Sí, lo único que me pasa es que me siento sola, e incomprendida por mis colegas de trabajo, y eso me hace tener alucinaciones paranoicas. Auxi sigue siendo la misma, la de siempre. Solo que más feliz; esa es la diferencia y no otra.

Está feliz y lo transmite por todos los poros de su piel.

—¿Qué te han dicho en Preventiva?

Necesito unos segundos para centrarme en su pregunta, así que me demoro unos segundos más saboreando mi cerveza.

—Bien, todo bien. Esta semana termino con la medicación y eso ya será un pequeño triunfo. Hasta ahora todos los marcadores han resultado negativos.

—Me alegro tanto... —El camarero le sirve a Auxi una copa de vino tinto de un hermoso color sangre y se va. Ella juguetea con la copa haciéndola girar entre sus dedos—. Debes de estar pasándolo fatal.

No sé por qué pero una rabia turbia y enfermiza me brota desde dentro como un huracán fuerza cinco. Algo espeso, rancio, enquistado se desborda aprovechando una rendija.

—¿Fatal por qué, Auxi, por qué? —A duras penas controlo mi tono de voz. Mi aspecto puede que recuerde a Jack Nicholson en *El resplandor*, desagradable, furioso. Auxi no me mira a los ojos pero ya no juega con la copa—. ¿Por la medicación que me está jodiendo el estómago, porque me siento más sola que la una en la planta, porque el cabrón de Justo es más que un simple cabrón o porque me han suspendido injustamente de empleo y sueldo?

Está claro que tengo mucho resquemor dentro de mí. Compruebo atónita que estoy mucho más enfadada de lo que creía cuando me he levantado esta mañana, cuando me he sentado a esta mesa hace algo más de media hora.

—De todos modos te agradezco que te preocupes —continúo, al tiempo que recompongo mi aspecto y el tono de mi voz a duras penas—, teniendo en cuenta que eres la única que ha mostrado el mínimo interés por mí.

—No tienes por qué ponerte como un basilisco, Marian. Todos en la planta estamos preocupados y no nos podemos creer que te encuentres en esta situación. No es propio de ti.

—¿Qué no es propio de mí? —La furia vuelve a campar a sus anchas.

—Insisto, Marian, no tienes que ponerte así. —Sus preciosos ojos verdes son más verdes que nunca, más bonitos, más grandes y por fin me miran directamente—. Sabes que te apreciamos mucho. Espero que no dudes de mi palabra. Sabes que para mí eres mucho más que una compañera con la que trabajo bien. —Me toma una mano por encima del mantel; semejamos dos amantes. No puedo evitar que se me llenen los ojos de lágrimas—. Sé que lo estás pasando fatal, que estás viviendo un infierno y es indiscutible que la mala suerte te ha llevado a que se junte todo. Quiero que sepas... —me aprieta los dedos, me corta la circulación—, quiero que sepas que no estás sola. Es cierto que algunos en la planta dudan de tu inocencia, pero yo creo que tú no eres capaz de hacer eso de lo que te acusan y por lo que te han castigado.

—Yo no soy capaz de pegar a un paciente...

—Marian, hemos pasado mucho juntas, nos hemos visto en muchas broncas en el servicio y sí, no se puede negar que a veces eres un poco... jodidilla, que tienes la lengua muy larga y la boca muy grande, pero nunca has levantado la mano a nadie. Creo... ¡sé! que algo pasó en la habitación y que tú has salido perjudicada directamente.

—Yo no pegué a esa chica. —Retiro mi mano de la presión de la suya, de sus dedos.

—¡Vale, muy bien, tú no la sacudiste, te creo y lo sé! Pero ¿por qué no te defiendes, por qué no dices quién le pegó? Lo que no me cuadra es que tú, que siempre estás hablando, que no te callas ni debajo del agua, no hayas explicado nada. Todos han dado por seguro que has sido tú y tú no has dicho quién fue en realidad.

—Justo le dio un enorme puñetazo en el estómago a esa chica mientras yo forcejeaba con ella para que no golpeara otra vez a Caridad. Fue él.

—¡Muy bien, fue él! ¡¿Y por qué narices no lo dices, por qué no lo dijiste cuando se lio todo esto?! —Auxi hace grandes esfuerzos para no subir el tono de su voz.

—Porque el muy cabrón me avisó que sería mi palabra contra la suya.

Auxi hace un aspaviento con las manos y se echa hacia atrás en su silla.

—¡Y si ese tío te dice que un burro vuela te lo crees!

—No seas gilipollas, Auxi. —Mi amiga me fulmina con la mirada y con razón. Jamás la he llamado de una forma semejante—. Desde que ese capullo llegó a la planta todos habéis mariposeado a su alrededor como si fuera la leche. Cuando yo afirmaba que no me gustaba todos me decíais que eran impresiones mías, que es un buen tipo y que yo soy muy desconfiada. Todos deseaban trabajar con él. «¡Justo da la vuelta con nosotras, Marian! ¡Justo me ayuda a tomar las tensiones, Marian! ¡Justo esto, Justo lo otro!» —digo con tono burlón y haciendo muecas—. Os habéis pasado más de un mes alabándolo como si de un dios griego se tratara. Decidí tragarme mis pensamientos y mis sospechas porque todos estabais encantados con él y todos lo consideráis un tipo estupendo, un tío legal. Era sobradamente conocida mi desconfianza hacia él porque yo no me había cortado en dejarla clara y evidente. Cuando ese mamón me dijo que sería mi palabra contra la suya supe que era verdad: mi acusación sería otro intento de desprestigiarle, uno más de los que no había dejado de lanzar desde que llegó y nadie me creería. Además, a él le preguntaron primero y dio su versión, por lo que, cuando me tocó a mí, ya era la culpable oficial. No importó que yo lleve diez años en el servicio tragando mierda sin haber dado nunca problemas y él solo unas semanas. Nadie dudó de él y todos creyeron que decía la verdad y eso ha sido lo que más me ha dolido. No oí voz alguna que dijera: «Oye, ¿no crees que es un poco raro que Marian haga algo así?» Nadie me defendió, nadie me llamó para preguntarme. Entonces supe que Justo había ganado y que mi palabra no valdría una mierda frente a la suya.

Las lágrimas me corren por las mejillas pero mi tono de voz no se ve afectado, la rabia puede mucho más en mi espíritu que la autocompasión. El camarero ha debido de estar pendiente de nuestra escenita porque en cuanto guardo silencio se acerca y nos pregunta si ya sabemos qué es lo que vamos a comer. No me molesto en mirarlo ni en contestarle y me limpio la cara con un pañuelo de papel.

Auxi se recompone mejor que yo y pide por las dos. Han sido muchas comidas juntas y sabe de sobra lo que más me gusta: la celulitis de mis muslos y el tejido adiposo de mi abdomen tienen mucho de las horas que ya llevo pasadas en ese restaurante.

—Marian, no te falta algo de razón —Auxi ha vuelto a coger mi mano sobre el mantel una vez que el camarero se marcha—, pero de todos modos creo que deberías haberte defendido. No es propio de ti dejarte arrastrar por todo esto sin revolverte. Y ahora resulta que te has visto expedientada y castigada por algo que no has hecho y eso no se borra así como así. Es cierto que en la planta no se han levantado clamores a tu favor —la miro subrayando sus palabras—, cierto. Pero Lázaro no cree que tú hicieras eso, ni Salvador, aunque Mari Cruz no dice nada, pero seguro que piensa que no eres culpable. Tampoco lo cree Dolores, ni Job, ni Florencio. No son todos, es verdad. Algunos no dicen nada y otros están convencidos de que, efectivamente, tienes el puño de Conan el Bárbaro. Pero deberías haberte defendido, solo digo eso.

—Gracias.

—Soy tu amiga, no lo dudes nunca. —Me aprieta aún más la mano—. ¡Nunca!

Llega la comida y su sabroso olorcillo me reconforta y me hace salivar más que a aquellos famosos y desgraciados perros. Me pregunto qué podría haber estado circulando por mi arrugado cerebro para que llegara a desconfiar de Auxi y de sus intenciones. Los platos humeantes en la mesa nos hacen sonreír a las dos. Está claro que no tenemos la talla cuarenta y cuatro por que nuestra dieta sea a base de lechuga precisamente. Me encuentro mucho mejor, aliviada, y ahora sé que en ningún momento he estado sola. Comemos durante un rato sin articular palabra, disfrutando del momento.

—¿De verdad Lázaro cree que yo no hice eso?

—Claro. —Auxi mastica y traga ayudándose de un sorbo de vino—. Te voy a decir exactamente lo que dijo: cree que eres imbécil y mucho, pero que sabe que tú jamás harías una cosa así. —Me mira circunspecta.

Mi tenedor se ha quedado paralizado camino de mi boca. Miro fijamente a mi amiga. Y al unísono soltamos una carcajada.

—Por cierto, estoy segura de que no sabes una cosa. —Sigue sonriendo ampliamente, nuestras carcajadas aún flotan en el ambiente cálido del restaurante—. Creo que debes saber que alguien medió para que tu sanción se redujera de un mes a una semana.

La miro expectante. Me limpio los labios con temblorosa mano; ya he terminado mi plato y decido que no voy a pedir postre porque...

—Benigno.

... estoy segura de que me puede sentar mal tanta comida.

Después de comer vamos a dar un largo paseo que nos ayuda a minimizar el peso de todo lo que hemos comido.

Poco a poco voy sintiendo cómo mi ánimo se va suavizando, serenándose. Todo ha adquirido un cariz distinto y es gracias a nuestra conversación. Ahora comprendo que si hubiera hablado antes con Auxi no habría sufrido tanto. Me he comportado como una idiota, creyendo que todos confabulaban a mi alrededor, dudando de todos. Además, ver lo feliz que es mi amiga me hace entender lo poco que podemos llegar a conocer a los demás, aun conviviendo con ellos a diario.

Hacia las seis y media entramos en una cafetería mientras esperamos a que Lázaro venga a buscar a Auxi.

—¡En la cama es increíble, Marian! —me suelta a bocajarro.

—Así te veo yo tan radiante, querida mía. Este te está quitando las telarañas...

Nuestras carcajadas se disuelven en el murmullo general de voces, vasos entrechocando y máquinas de café que envuelve el ambiente.

—Y no solo me está quitando las telarañas... —le cuesta mucho trabajo contener la risa—, ¡es que me está enseñando cada cosa! No, en serio. Con Gerardo el sexo no me interesaba demasiado... bueno, cuando llevaba cierto tiempo de abstinencia reconozco que sí, me ponía el parche y listo. Pero con Lázaro nunca pensé que sería tan... tan variado, que se podía derrochar tanta imaginación. ¡Bueno, tú me entiendes!

—Sí, sí, claro que te entiendo. Así tienes tú esa sonrisilla de boba permanentemente pintada en la cara.

—Marian, no es solo la cama. Lo sabes, ¿verdad? —Asiento y le devuelvo la sonrisa—. Me he enamorado de verdad y creo que él siente lo mismo por mí. Desde Gerardo nunca había sentido nada igual...

Lázaro aparece a eso de las siete. Va tan elegante e impoluto como siempre y, me cuesta trabajo reconocerlo, pero así es, se le ve muy atractivo. Algo en él se ha dulcificado y puedo comprobar que se trata del rictus eterno de su cara, ese que mostraba autosuficiencia y un ego de dimensiones titánicas: ha desaparecido. Se le ve un gesto relajado, natural, de sonrisa fácil que jamás le he observado en el hospital y que me muestra unos desconocidos dientes blancos perfectamente alineados; incluso parece más joven.

Mira a Auxi con un brillo que debía de tener muy escondido y comprendo al instante que el sentimiento de amor que une a mi amiga con uno de los médicos más estúpidos del hospital es totalmente mutuo y sincero. Esto nunca se puede explicar con palabras y es difícil de falsificar. Cuando Auxi se levanta para recibirle con un ligero abrazo y un casto beso en los labios comprendo al instante por qué se ha puesto unos zapatos tan planos y tan poco habituales en mi estilosa amiga: le saca media cabeza. «Para Auxi el amor no solo es ciego sino enano.» Me arrepiento de mis malos pensamientos en el mismo instante de haberlos dejado brotar en mi retorcido cerebro. Pero, sí, indiscutiblemente se les ve muy bien y muy contentos.

Lázaro se gira hacia mí.

—Marian —me alarga la mano que yo aprieto con fuerza—, espero que estés bien dadas las circunstancias.

—Sí, muchas gracias. Dadas las circunstancias, no estoy mal.

Me mira fijamente, lo que no deja de incomodarme. Hasta este momento solo había sentido desprecio por este tipo y ahora debo acostumbrarme a mirarle a la cara y a suavizar mis sentimientos si quiero conservar la amistad de mi compañera. Va a ser una ardua tarea, sin duda. Por otro lado, una ridícula vocecita de falsete en un recóndito resquicio de mi cerebro me indica que no debo olvidar que ha sido uno de los pocos en la planta que me han defendido en la injusta acusación de agresión a Carolina. Sí, desde este preciso momento debo empezar a establecer nuevos valores en los viejos conocidos.

Y esto debía incluir a Benigno. Auxi se ha negado en rotundo a darme más explicaciones tras su explosiva declaración y me ha indicado que si deseo más información me dirija al origen de la noticia y punto. He decidido que, en lo que respecta a mi supervisor, esperaré a momentos mejores y más tranquilos para pensar en ello.

Auxi y Lázaro se van agarrados de la mano y yo me voy paseando hacia la Plaza Mayor, lugar en el que me recogerá Rodrigo. Mientras les veo alejarse no puedo evitar una sonrisa.

Se ha enamorado.

Y yo también.

Voy andando hasta donde he quedado con Rodrigo, y mientras paseo pienso en mi relación con él.

Cuando salí de la habitación de Carolina y le vi al lado de la puerta junto a otros dos vigilantes entendí que había subido a la planta por mí. Él no suele encargarse de las dependencias del hospital; solo se ocupa de todo el recinto circundante y de los aparcamientos, bien en una de las garitas o patrullando con un coche como la noche en que lo conocí. Indiscutiblemente si estaba allí era porque se había enterado de que había problemas en mi planta y necesitaba comprobar que yo estaba bien. No tuvo que explicármelo ni yo se lo pregunté después. Su mirada destacaba como un faro en la oscuridad entre tantas cabezas de familiares, pacientes y cotillas. Sus ojos me lo decían todo y me reconfortaban. Todo podía ir jodidamente mal y torcerse en giros imposibles, pero mientras él estuviera allí, a donde mi mirada se dirigía, todo sería un poco menos malo.

Desde ese día, desde esa fabulosa noche, hemos estado

juntos tanto como hemos podido. No se ha venido a vivir a casa como tal, pero casi. Sus cosas están en mis armarios, su ropa se lava en mi lavadora y la plancho junto a la mía. Dormimos en mi cama y comemos juntos casi todos los días. Me gusta mucho los derroteros que ha alcanzado nuestra relación, todo es natural y espontáneo, sin negociaciones ni explicaciones. Nos gusta estar juntos y lo estamos.

Me encuentro con Rodrigo en el centro y decidimos cenar fuera. Desde el día en que pasó todo no he estado muy sociable y apenas hemos salido. Hace una tarde preciosa. Mayo ya nos ha mostrado de lo que es capaz y no deja de regalarnos días como este, luminosos, cálidos, perfumados. Miro a Rodrigo. Está muy serio. Desde la tarde en que creí que mi vida ya no tenía arreglo solo me he centrado en mis problemas, en mi desastrosa situación y en poco más.

No he dudado ni un instante que le agrada estar conmigo, y a mí me vuelve loca estar con él, su presencia.

¿Ha cambiado algo?

Él está perdido en sus pensamientos. Cuando nos hemos encontrado en la plaza mayor, me ha saludado algo distraído y enseguida me ha propuesto que vayamos paseando por las callejuelas de la zona antigua hasta una de las tascas que más nos gustan, El Pote. Está claro que estos días voy a lavar mis penas laborales a base de una impresionante variedad gastronómica y, la verdad, me importa un pimiento las consecuencias que esto pueda tener en mis muslos.

Le miro, pero él tiene la mirada fija en algún punto lejano. Le aprieto la mano, pero no corresponde a mi gesto. Le agarro del brazo y apoyo mi cabeza en su hombro. Tarda unos segundos —¿demasiados?— en responder a mi achuchón, retorna de su ensimismamiento y me abraza al tiempo que me regala una de sus maravillosas sonrisas. Me siento algo más tranquila aunque no puedo evitar la necesidad de rebuscar en su mirada algún indicio de cambio, algo que me pueda indicar si su actitud hacia mí va a ser otra desde ahora mismo. ¿Es que siempre tengo que estar temiendo algo?

—¿Todo va bien, Rodrigo? Pareces preocupado.

—Sí, todo va bien, solo estoy distraído.

Recuerdo que hoy tenía que hacer ciertas gestiones que no me ha llegado a explicar con detalle; se ha levantado más temprano que nunca y se ha ido sin darme casi explicaciones. La verdad, tampoco tiene por qué hacerlo.

—Lo que tenías que hacer hoy...

—Sí, sí —me corta con rapidez—, lo de hoy ha sido papeleo de rutina, nada más.

Me da un beso en la mejilla —¡por Dios, qué bien huele!— y me abraza más fuerte al tiempo que llegamos a la puerta de la tasca. Mientras nos sentamos en una de las pocas mesas libres que quedan no puedo evitar que cierto tufillo de desconfianza ensombrezca mi trastabillado espíritu. ¡Hay que ver, que siempre tengo que estar igual! No tengo arreglo. No, no lo tengo.

# TOMÁS

Apagó el televisor. No aguantaba esos programas en los que se ponía verde a todo el mundo y se cotilleaba sobre las relaciones de los demás, pero es que en las horas de la sobremesa no ponían otra cosa. O estos programas o las más diversas y horripilantes telenovelas, por ello lo más conveniente para su salud psicológica era apagar el aparato.

En la cama de al lado, Fernando, su compañero de habitación, roncaba a pecho partido. Estaban solos, ya que la esposa Fernando se había marchado a recoger a los niños del colegio y no volvería hasta más o menos la hora en que les traerían la cena.

Tomás se giró en la cama e hizo ademán de coger la novela que había comenzado esa mañana. Decidió que no le apetecía leer; lo que realmente le apetecía era pasear, pero el médico le había prohibido expresamente que hiciera ningún esfuerzo físico ya que su delicado corazón no lo podría soportar. Apenas le dejaban levantarse al sillón o ir al servicio; incluso le estaban dando laxantes para que no tuviera que hacer fuerza al hacer sus necesidades. Fernando no había tenido reparos en contarle con evidente sorna que no era el primero que se había quedado tieso en el váter al hacer de vientre. Bueno, su compañero había utilizado otra palabra menos fina pero sí muy explícita. «Fíjate si se debe de hacer fuerza cuando lo que tiene que salir no sale, que el corazón no aguanta tanto trabajo y... ¡pom, se para!»

El primer dolorcillo en el pecho lo sintió mientras estaba haciendo el amor con Sonia, su novia del verano anterior. A sus cuarenta y un años, Tomás disfrutaba de una buena posición social ya que era abogado en un prestigioso bufete, y adoraba su libertad; no entendía la monogamia, no compartía los compromisos sentimentales. Le gustaban las mujeres, y mucho, y no tenía un tipo de fémina ideal: rubias, morenas, pelirrojas, altas, bajas, gorditas, flacas... Todas tenían algo capaz de hacerle vibrar, de despertar su deseo; lo único que buscaba en ellas era un mínimo de inteligencia y cierto atractivo físico. No soportaba la estupidez y no era de ese tipo de hombre que considera y sostiene que las mujeres como más guapas están es calladitas. Tan machista comentario se oía muy a menudo en el mundo en el que Tomás se desenvolvía. El feminismo había logrado cambiar muchas, muchas cosas, eso era una verdad incuestionable, pero jamás conseguiría impedir que muchos hombres siguieran buscando mujeres tontas para que la escasa inteligencia con la que la naturaleza les había dotado a ellos brillara como el lucero del alba. Antes esta máxima se gritaba a los cuatro vientos e incluso se presumía de ello, pero los tiempos habían cambiado, lo que llevó a que la actitud de este tipo de hombres fuera la misma pero ahora solo susurrada y solo entre los amigos más cercanos. Socialmente se rechazaba al machote machista, y para ser aceptado en esta sociedad, cada vez más dominada por las mujeres, no convenía airearlo... por lo menos a pecho descubierto. En las redes sociales se seguía haciendo sangre de las mujeres y del feminismo.

Cerró los ojos intentando conciliar el sueño. Llevaba varios días que conseguía ignorar con cierto éxito los rugidos y ruidos guturales de su vecino de habitación y así poder dormir, pero el descanso se estaba convirtiendo en un lujo que no le era concedido; algo se enroscaba en su mente y no le daba reposo. Acomodó mejor la cabeza en la almohada. Los ronquidos de Fernando disminuyeron algunos decibelios.

No creía haberse enamorado nunca. Sí se había encaprichado o encariñado en multitud de ocasiones, lo que le había llevado a tener relaciones más duraderas que los múltiples escarceos amorosos de un fin de semana que conformaban su abultado currículo sentimental. Sonia le había hecho ilusionarse durante un verano entero y le había mostrado que era capaz de desear abrir los ojos por la mañana solo para poder ver su rostro, su hermoso cuerpo apenas cubierto con una sábana, desear salir solo con ella a desayunar y a pasear y a la playa durante las vacaciones... y no anhelar que en su cama hubiera otra mujer que no fuera Sonia. Hubo un momento en que hasta creyó que por fin Cupido había encontrado su corazón y le había disparado una flecha con efectos ya irremediables; por ello, ya en septiembre, decidieron irse de vacaciones juntos a Menorca.

Sonia estaba como loca de contento y todo fue un sueño hecho realidad hasta que el objeto de su pasión se mostró más que dispuesta a mostrarle sus cartas, embravecida por la confianza y la cercanía. Una noche, la última que iba a pasar con ella, aunque ninguno de los dos aún no lo sabía, mientras cenaban en un bonito restaurante del puerto deportivo de Mahón, en el transcurso de una conversación intrascendental, le había dejado caer que estaría bien que se casaran y que formalizaran su situación; las palabras de Sonia eran espontáneas, sencillas, sinceras, apasionadas. Ambos eran ya mayorcitos y no tenían que aguardar a una larga relación para estar seguros de que eran el uno para el otro.

A Tomás se le encendió un pilotito de emergencia en algún lugar de su calculador cerebro y ajustó sus expectativas al tiempo que en su rostro brillaba la más encantadora de sus sonrisas. En cuestión de segundos el encantamiento bajo el que Tomás creía estar hechizado desapareció casi como por ensalmo y supo que no podría soportarla más allá de esa noche. A la mañana siguiente le daría el boleto de ida sin retorno de la isla y de su vida, pero esa noche se la tiraría, ¡faltaría más! «Esta noche, polvo, y mañana, ¡aire!»

Y fue aquella noche, acostado y con Sonia bajo su cuerpo, sudoroso, jadeante, mientras intentaba que su entrenado físico diera una respuesta que no terminaba de llegar, cuando sintió ese dolorcillo. Al principio fue solo una punzada, pero enseguida se convirtió en una presión, como si un puño invisible le apretara bajo el esternón. En ningún momento llegó a ser insoportable pero sí experimentó cierta desazón, como si le costara respirar. Por fin el orgasmo, tan anhelado y buscado, llegó, pero fue turbio, ligero, insatisfactorio. Solo cuando se separó de Sonia y se permitió unos minutos para recobrar el aliento, el dolor de su pecho empezó a ceder y, tal como desaparecía la desagradable molestia, Tomás recuperó nuevamente la tranquilidad, la serenidad. «Quizás he cenado demasiado o me ha sentado mal el vino; solo eso.»

Mientras Fernando seguía roncando, sintió cierta molestia en el brazo, un hormigueo, e inmediatamente el dolor de su pecho reapareció, tenue, inoportuno. Abrió los ojos e intentó controlar la sensación de pánico que le embargaba. Pensó que sería conveniente llamar al timbre para que viniera su enfermera tal y como le tenían avisado, pero decidió esperar. Se puso boca arriba en la cama y colocó las manos en el pecho, sobre el esternón, como hacía cada vez que el dolor aparecía. Controló la respiración, inspirando profunda y lentamente, espirando con suavidad, expulsando el aire por la boca y frunciendo los labios. Inspirar, espirar, lento, suave, los ojos cerrados, la mente en blanco; solo era consciente de su pecho, de su músculo cardiaco, de su pulso, de sus pulmones. A los pocos minutos su respiración estaba bajo control y los latidos de su corazón eran rítmicos y con una frecuencia adecuada. El dolor cedió y desapareció. Otra vez lo había conseguido. Sonrió, aún con los ojos cerrados, y decidió no cambiar de postura, no hacer el más ínfimo esfuerzo.

Aún recordaba la cara de Sonia cuando la ayudó a acomodarse en el asiento trasero del taxi y le cerró la puerta mientras se despedía de ella con la mano. Como brava mujer que era no pudo evitar lanzarle ciertos improperios que la puerta cerrada y la creciente velocidad que iba tomando el vehículo con dirección al aeropuerto le impidieron oír, pero sus labios le escupieron con absoluta claridad un apelativo que, lejos de ser laudatorio, era una absoluta y rotunda realidad: «¡Cabrón hijo de puta!» Tomás era rotundamente consciente de que su comportamiento no era el más adecuado como para que se le pudiera calificar de caballero, pero era el más idóneo para el tipo de vida que hacía tiempo había elegido llevar; sin ataduras, sin compromisos, con la más completa libertad de acción. Sonia no tenía lugar en sus planes, ni ella ni ninguna otra mujer con sus proyectos de una vida en común y de envejecer juntos viendo a los hijos crecer. Vio alejarse al taxi y se giró sobre sus talones dispuesto a dar un paseo por la playa mientras silbaba una tonadilla de moda. Todavía hacía un tiempo magnífico en la isla y aún le restaban unos días de vacaciones que estaba dispuesto a disfrutar hasta el último minuto.

El verano pasó y se sucedieron los meses uno a uno. A Tomás se le olvidó por completo aquel episodio al que le dio una escasa importancia. Siguió acudiendo al gimnasio tras jornadas agotadoras y eternas en el bufete y practicó todo tipo de disciplinas, algunas de ellas extremas, que hacían que se mantuviera en una forma física espléndida, inmejorable. A su edad aún se podía considerar joven y en plena forma, por ello, si de vez en cuando se metía alguna raya o se permitía una noche de juerga y de ciertos excesos, el perfecto mecanismo que era su organismo lo aguantaría sin darle ninguna preocupación; esa era su idea, esa y no otra. El futuro era suyo y de nadie más. Su vida era única y pensaba beberse hasta la última gota sin privarse de nada. Sí, esa era su idea y su proyecto vital hasta que la noche de Reyes, cuando volvía a su piso tras una espectacular fiesta que se celebró en casa de su amigo y colega Andrés entendió bruscamente que estaba equivocado.

Cerró la puerta con llave y colgó el abrigo en el perchero, se dirigió al dormitorio, se quitó los zapatos, la chaqueta, la corbata y la camisa. En ese momento sintió cierto mareíllo al tiempo que un intenso dolor que se extendía al estómago y a su brazo le atenazó el pecho y le cortó brutalmente la respiración. No le dio tiempo a sentir más. Cayó al suelo enmoquetado de su cuarto y así lo encontró la asistenta dos horas más tarde.

Elisa trabajaba para Tomás desde hacía seis años. Se ocupaba de la casa y de los asuntos domésticos, lo que incluía en numerosas ocasiones atender a sus múltiples amantes, algo que, debía reconocerlo, no le hacía ninguna gracia. Indiscutiblemente, se trataba de una joven muy eficiente y su jefe era muy generoso con su sueldo, bajo la condición de que fuera escrupulosamente discreta y que atendiera sus obligaciones todos los días, sin tener en cuenta días libres ni fiestas, fueran estas cuales fueran. Este detalle fue el que ayudó a salvar la vida de Tomás.

Esa mañana del día de Reyes acudió a casa de Tomás un

poco más temprano que de costumbre. Había pasado la noche junto a su amiga Eva en la fiestecilla que se celebraba en su bar favorito, en el centro. No había dormido pero prefería ir directamente al trabajo que acudir a su casa y, una vez que concluyera con sus escasas obligaciones, irse directamente a casa a descansar. No le gustaba beber ni consumir otro tipo de sustancias, por lo tanto su bajo nivel físico se debía exclusivamente a las muchas horas de bailoteo y a la falta de sueño más que a otra cosa.

Metió la llave en la cerradura. Solo necesitó girar una vez para que la puerta se abriera. «Ya ha llegado y, como casi siempre, no estará solo.» No pudo evitar cierta desgana y un regustillo de desagrado. Esas situaciones la incomodaban y... algo más que no podía o no deseaba precisar. «¡Bueno, cada uno con su vida hace lo que le parece...!» La luz del dormitorio estaba encendida. Se acercó con prudencia y decidió dejar patente que estaba en la casa.

—¡Hola, Tomás!

No hubo respuesta. Se acercó con precaución al dormitorio cuya puerta se hallaba abierta. Quizá se estaba duchando. Cuando se asomó por la puerta de la habitación se quedó de piedra. Tomás estaba en el suelo, boca arriba. Respiraba de una forma extraña y sus labios estaban espantosamente azulados en un abismal contraste con el tono cerúleo de su piel. Se arrodilló a su lado y lo sacudió suavemente por los hombros con cierto temor, al tiempo que sacaba el móvil del bolsillo de su pantalón y marcaba el teléfono de Urgencias.

Le ingresaron en un centro privado. Tras un par de días de agónica espera y de decenas de pruebas de difícil pronunciación, le diagnosticaron una importante miocardiopatía de tipo isquémico.

Le hicieron centenares de pruebas más que no hicieron sino confirmar el diagnóstico inicial: su corazón tenía la circulación muy afectada y no soportaba ningún esfuerzo, ni siquiera el más nimio. Se trataba de una lesión congénita que se había agravado con los años. Probablemente su estilo de vida había sido decisivo en la evolución y el cariz que había tomado la situación, sobre todo por el consumo de drogas. Decidió, animado por el consejo de uno de los cardiólogos, que sería más adecuado que le atendiera el servicio público de salud ya que no se descartaba la posibilidad de un trasplante cardiaco.

Nunca hubiera podido imaginar que aquella fiesta de Reyes iba a ser la última que su organismo le iba a permitir. Sentía una rabia indescriptible, aún se sentía joven y lleno de vitalidad, pero su corazón no le iba a permitir disfrutar de la vida que siempre había deseado llevar.

Y además estaba solo.

Jamás se planteó que llegaría a lamentar no tener a nadie a su lado. Sus amigos no eran tan íntimos como su actual situación precisaba. Alguno de ellos lo había llamado interesándose por su salud, pero siempre en un tono distante y con las frases de cortesía que la ocasión requería. Ninguno lo había visitado. Nadie le echaba tanto de menos como para necesitar verlo y ninguno valoraba tanto sus necesidades como para plantearse que lo que realmente ansiaba es que le dieran calor y apoyo. Sus padres habían fallecido hacía ya muchos años y no tenía hermanos ni primos ni tíos ni nada. Estaba completamente solo.

La única persona que iba a verlo era Elisa. Ella le había acompañado al hospital la primera vez y se había quedado con él en la sala de observación hasta que habían decidido ingresarlo. Una vez acomodado en una habitación le había traído su ropa, su pijama, sus zapatillas y se había encargado de que no le faltara qué leer ni su móvil. Y en ese momento era la única persona que se acercaba día sí día no para verlo y asegurarse de que no le faltaba nada. Y cuando no iba lo llamaba puntualmente por teléfono y le informaba de la correspondencia que había recibido, de las llamadas del bufete, de la inexistencia de llamadas personales y de las escasas incidencias de su hogar. Elisa era la única conexión que tenía con el género humano fuera del recinto hospitalario.

La perspectiva de vida que se le presentaba no era muy halagüeña. Le habían puesto en la lista de espera de trasplantes hacía solo unos días tras realizarle un montón de pruebas que establecieran que su organismo estaba en buen estado de conservación para poder soportar la enorme misión que suponía una intervención de ese tipo. Llevaba un mes ingresado y aún le quedaban por lo menos un par de semanas más. Estaba estable, pero esta situación era solo aparente: en cualquier momento se podría desencadenar una crisis y empeorar.

Necesitaba desplazarse en silla de ruedas y para dormir le habían pautado oxigenoterapia. No podía comer lo que le apetecía, solo alimentos pobres en grasas y sal, con una preparación muy simple y en cantidad moderada. Se acabó el alcohol, se acabó el tabaco, se acabó el deporte, se acabaron las fiestas, se acabó el ritmo frenético de su vida y de su trabajo. Y se acabó el sexo. Se había puesto fin, en definitiva, a la vida que había elegido libremente vivir y disfrutar. Había sacrificado todo por ese objetivo y todo se había ido a la mierda en un solo segundo. El segundo, de un desconocido minuto, de solo Dios sabe qué hora de aquella noche en que un tenue dolor le rasgó el corazón para siempre.

Aun con los ojos cerrados las lágrimas le escocieron tras los párpados. Sintió cómo se le agarrotaba la garganta por el llanto. Se giró en la cama y se acurrucó en posición fetal, abrazándose las piernas. Sus hombros se agitaban convulsos y decidió no aguantarse más las ganas de llorar y desahogarse.

Y lloró.

Lloró como no lo hacía desde que era un niño.

La puerta de la habitación se abrió sin apenas ruido.

Una figura se quedó observando desde el quicio. Sus ojos se posaron en Tomás y con su cálida mirada de caramelo acariciaron con dedos invisibles y lo besaron con un calor hasta entonces desconocido, cohibido, reprimido durante mucho tiempo.

Dudó.

Dudó pero solo fue un efímero instante. Sin plantearse la posibilidad de ser rechazada, Elisa se acercó y lo abrazó. Tomás se dejó hacer y correspondió al contacto de la joven. ¡Necesitaba tanto que le dieran calor, consuelo! Hundió su cara húmeda de lágrimas en el perfumado cabello; apretó los ojos, los labios, la frente en el hueco del cuello de Elisa y aspiró su esencia, la más dulce, la más embriagadora.

—No me dejes, no permitas que me quede solo.

—Aquí estoy. Contigo.

Su voz, apenas un susurro. Sus palabras, el más preciado de los bálsamos.

Poco a poco el llanto fue cediendo, su convulso cuerpo se fue relajando y dejó caer su peso en aquellos brazos que le recogían con fuerza y decisión. Se sentía algo avergonzado pero no deseaba separarse de la piel y del aroma de Elisa.

«Contigo.»

Tomás hizo suyas esas palabras. Le pertenecían. Las necesitaba.

Fernando se despertó y se desperezó. Se giró en la cama y se encontró al estirado de su compañero de habitación abrazado y haciéndose arrumacos con la chica que le traía el periódico y la correspondencia.

«¡Qué cosas!»

Se volvió nuevamente, esta vez mirando a la ventana. En

el pasillo se oía, amortiguado por la puerta cerrada de la habitación, el ruido del carro de las meriendas. Se incorporó y alargó la mano hacia la bandeja inferior de la mesilla. Allí, a salvo de la vista de las enfermeras y las auxiliares, Sara, su esposa, le había dejado un termo con un fantástico café negro y espeso, como a él tanto le gustaba, no ese aguachirle descafeinado que siempre le traían y que le querían hacer engullir con la promesa de que no le perjudicaría. Le había pedido a Sara que le echara unas gotitas de anís o del coñac Napoleón que guardaba en el mueble bar del salón, pero ella se había negado en redondo. Mal estaba que le llevara café pero no iba a consentir ponerle ningún tipo de alcohol. La verdad es que Fernando se sorprendió de la respuesta de su mujer. Ella siempre hacía lo que él le decía, se lo ordenara o solo se lo sugiriera, y esta negativa lo dejó estupefacto. Bueno, ya arreglaría las cosas cuando llegaran a casa. O se iba ella a creer que podía decirle que no así como así.

La habitación se impregnó de un fabuloso aroma a café recién hecho, y eso que el termo llevaba algunas horas en la mesilla. Se sirvió un poquito en la taza que hacía las veces de tapadera y lo saboreó. Fuerte, espeso, recio, fantástico, amargo. Se apresuró a cerrar el termo y volverlo a colocar donde lo tenía escondido cuando las voces del auxiliar y de la pinche se acercaban a su puerta.

# RODRIGO

Rodrigo apaga el ordenador. Un impresionante dolor de cabeza le martillea las sienes. Hace más de una hora que se ha tomado un ibuprofeno pero el dolor no cede y no cederá, de eso está absolutamente seguro. Más que analgésicos lo que necesita es tranquilidad y poder pensar con calma. Está pendiente todo el tiempo del teléfono y de la llamada de Marcial, su abogado. Desde hace varios días no tiene sosiego. Apenas come y las escasas horas de sueño de las que puede disfrutar se ven ensombrecidas por terribles sueños llenos de angustia, sangre y dolor.

Coge las llaves del coche patrulla y su gabán. Fuera está lloviendo a mares. Mejor saldrá a dar una vuelta, la lluvia le encanta, le serena, y el ambiente fresco le vendrá fenomenal para su malestar. Paco, que está pendiente de las pantallas de vigilancia, se vuelve hacia él.

—¿Vas a salir, jefe?

—Sí, voy a echar un vistazo por el aparcamiento de los velatorios.

—¡Ah, es verdad! A ver si arreglan pronto la cámara. De todos modos ya está por allí...

—Sí, ya le he dicho a Silvia que se vuelva, que yo la sustituyo. Llegará en unos minutos.

Paco vuelve la vista a los monitores y atiende una llamada por la radio. Es bastante frecuente que Rodrigo decida salir a patrullar por los alrededores del hospital, ya que no le gusta la inactividad y estar encerrado en la sala de vigilancia le pone los nervios de punta. Es de los pocos responsables de guardia que no tiene inconveniente en hacer el mismo trabajo que el resto de los vigilantes de su turno.

Rodrigo sale por la puerta de servicio en dirección al parking. Un tejadillo de metacrilato le protege de la tromba de agua que está descargando en estos momentos. En el suelo los charcos alcanzan dimensiones oceánicas, pero no se molesta en evitarlos; sus gruesas botas le protegen de la humedad. Justo cuando abre la puerta del coche de vigilancia, se acerca otro vehículo conducido por una mujer morena, que cuando le ve sonríe de oreja a oreja. Él no puede evitar cierta incomodidad; hace más o menos un año que salieron durante un par de meses, pero la cosa no llegó a arrancar y no pasaron de varias cenas y varias noches de sexo. Siempre ha sido consciente de que los rollos en el trabajo son un arma de doble filo, que pueden ir muy bien, pero también pueden joderte la vida. Sí, una verdad como un templo aquel explícito dicho de que donde tengas la olla no metas nada que no debas... Silvia no se tomó a mal la que se podría llamar ruptura de su breve relación con Rodrigo. Lo aceptó y lo comprendió, sin borrar en ningún momento su preciosa sonrisa de dientes grandes y perfectos que hacían resplandecer unos increíbles ojos esmeralda de seductor brillo capaz de derretir los hielos perpetuos del Himalaya.

La verdad es que se lo tomó muy bien. Pero no se da por vencida y cada vez que tiene ocasión, tanto si delante hay más personas o si están en la más absoluta soledad, no pierde ocasión de insinuarse, pasarle el brazo por la cintura o los hombros, posar su abultado busto en su brazo o en su pecho... Incluso últimamente ha tomado por costumbre recibirle con un beso demasiado lento, demasiado húmedo y demasiado cercano a los labios cada vez que pasan más de veinticuatro horas sin verse.

Rodrigo, con tantas tablas, con tanta capacidad de organizar a sus subalternos y compañeros, siempre capaz de bregar en las más arduas situaciones y de disolver con éxito las más violentas situaciones, se ve incapaz de frenar a esta fémina voluptuosa e insinuante, cuya actitud rozaba peligrosamente el acoso sexual. Ya han tenido más de una discusión, hasta una vez les pilló Marian en plena bronca.

Debió pararle los pies desde el primer momento, y ahora podría ser demasiado tarde, y tendría consecuencias nefastas. Conoce el carácter de Silvia a la perfección y tiene la más absoluta certeza de que cualquier comentario que le haga con respecto a su actitud insinuante será malinterpretado y tergiversado, haciéndole parecer un machista, un acosador, o algo peor... si es que podía existir algo peor. Y en la situación en que se encuentra en estos momentos no está para más problemas. Podría perjudicarle y mucho, así se lo ha especificado su abogado: debía tratar este tema con mucho tacto porque las secuelas podrían ser extremadamente negativas.

Silvia cierra la puerta de su vehículo y se acerca a él sonriente, moviendo excesivamente las caderas, levantando notoriamente el busto, mientras ajusta la porra en la sujeción de su cinturón. Rodrigo la ve acercarse como si de un tsunami se tratara. Para su consternación siente cómo le tiemblan las piernas y el corazón le late más rápido y con más fuerza, aumentando la migrañosa palpitación de su cabeza. Cuando no quedan más de dos pasos para que se le eche encima, el móvil empieza a berrear en su bolsillo. «¡Salvado por la campana!»

Avergonzado por tener que recurrir a tan pueriles recursos, se apresura a coger el teléfono al tiempo que con la otra mano saluda a su compañera, indefinido gesto que tanto sirve para decir «¡Hola!» como para espantar a una mosca cojonera, y sin echar a perder tan fabulosa ocasión se mete rápido como un rayo en el asiento del coche.

Silvia corrige en el último momento su ruta y, sin siquiera corresponder a su saludo pero sin borrar la pérfida sonrisa de su bonito rostro, se pierde por la puerta de servicio en el interior del edificio. «Tengo que encontrar la forma de sacarla de mi grupo o esto me puede joder, pero bien.» La espinosa cuestión es cómo hacerlo sin que parezca lo que realmente es.

Quien le llama es su abogado.

—Hola, Marcial.

—Hola, Rodrigo. Oye, ya se ha decidido la fecha.

—Muy bien.

«¡Muy bien y un cuerno!»

—La vista se ha acordado para dentro de tres semanas.

—¿Tan pronto?

—Ya sabías que esto quieren resolverlo lo más rápidamente posible.

—Pero es que han estado tres años sin...

—Sí, tienes razón, pero precisamente por eso ahora quieren darle aire y resolverlo lo más pronto que se pueda. Espero que estés preparado. —El profesional tono de voz de su abogado le resulta acusatorio.

—La cuestión no es si yo estoy preparado, la verdadera cuestión es si lo estás tú —responde en tono seco, áspero, sin duda desagradable.

Silencio.

Se ha pasado, cierto, pero en la persona de su abogado necesita descargar lo de Silvia, su migraña y su desesperación. Se supone que para eso están, para eso se les paga, para actuar con cabeza fría cuando el cliente está desesperado y al borde de un abismo y de una crisis nerviosa. La palabra «pánico» nunca ha tenido tanto sentido para él como en este momento.

—No te preocupes, Rodrigo —el tono de voz del abogado es conciliador, sosegado; está ganándose sus honorarios—, ya sabes que tengo perfectamente establecida nuestra estrategia de defensa y todo irá bien. Necesito que nos veamos mañana por la mañana. ¿Te viene bien?

—No, pero haré lo necesario para poder estar en tu despacho a las nueve.

No consigue que su tono de voz se suavice, no tiene tanto control.

—Mejor a las nueve y media.

—Estupendo. Hasta mañana, entonces.

Apaga el móvil, se lo guarda nuevamente en el bolsillo y se deja caer sobre el volante, la cabeza entre los brazos. El corazón se le va a salir del pecho y hasta siente unas penosas ganas de llorar. Si tuviera que describir su interior en ese momento la única palabra que se le viene a la mente es «terror». Sabe que no tiene muchas posibilidades de librarse de este problema sin que el mundo se derrumbe a su alrededor y lo pierda todo.

De repente recordó algo, a alguien:. «¡Marian!»

Las lágrimas corren ya libremente por sus mejillas.

«¡¿Qué voy a hacer con Marian, cómo voy a explicarle esto?!»

Levanta la cabeza. Aún con los ojos cerrados intenta controlar la respiración y el miedo que le ha hecho derrumbarse de una forma tan penosa. «¡Espero que no me haya visto nadie!». Abre los ojos que, por efecto de las lágrimas, aparecen más añiles que nunca, hermosos, tristes. Se limpia la cara con las manos y mete la llave en el contacto. Arranca y se encamina a la vía de servicio para dirigirse al edificio de los velatorios. Baja la ventanilla y una refrescante ráfaga de aire y gruesas gotas de lluvia entran por el hueco, como si hubieran estado esperando una oportunidad para colarse dentro. Agua y viento, un bálsamo para su acongojado espíritu.

Sí, sin duda debe hablar con Marian, explicarle el aprieto, el enorme marrón que le está amargando la vida y que seguro se la joderá para siempre. La quiere, la quiere mucho y es lo mejor que le ha pasado en toda su vida. Nunca había conocido a alguien como ella. Una mujer buena, inteligente, simpática, con un fascinante sentido del humor y, espera, suficientemente comprensiva. Pero la cuestión es si podrá soportar algo como lo que él tiene que contarle. Ella ya tiene bastantes problemas en su vida laboral y ahora él...

El vehículo se pierde entre la lluvia, y los negros nubarrones que hacen que sea ya noche cerrada a las siete de la tarde engullen los pensamientos de Rodrigo.

## MARIAN

La vuelta al trabajo es más penosa para mí que nunca. Jamás había sentido tanta inquietud ante el regreso a mi servicio tras un permiso, a tener que afrontar nuevamente la mirada de mis compañeros y sus más que probables comentarios críticos. Durante mi semana de castigo no me he molestado en llamar a ninguno que no fuera Auxi, con la que he mantenido eternas charlas que han puesto a prueba nuestras orejas y nuestro bolsillo. Ella ha intentado tranquilizarme indicándome que, tras mi suspensión, las aguas han vuelto a su cauce y que ya nadie habla del asunto. No me lo termino de creer, la verdad. Yo conozco a todos los que trabajan conmigo y sé la mala baba que gastan algunos.

En mi retorcida mente me los imagino sentados en el control de enfermería o en la sala de estar con un cafecito en la mano y un bollito de leche en la otra y diciendo lo fatal que les ha parecido que no supiera actuar ante la crisis nerviosa de una paciente, que mi castigo es merecido y que aún se podría considerar que han sido suaves... y que bla, bla. Lo más seguro es que haya pasado así, o quizá no, pero yo sé que de una forma u otra se me ha despellejado y se me ha criticado hasta la extenuación. Lo sé porque he visto cómo se han descarnado los restos aún tibios de los pocos que han caído en desgracia y cómo, en algunos casos, se ha hecho mofa de su mala fortuna. No me refiero a Auxi, ni a Mari Cruz, ni a la mayor parte de mis colegas del turno de tarde, pero sí me refiero a muchos de la mañana y, especialmente, a Caridad. Ella seguro que no ha perdido ripio ni la excepcional ocasión de desmembrar mi persona con sus propias manos estrujando mis palpitantes órganos internos entre sus dedos ni de beber mi sangre aún chorreante y caliente. Estoy totalmente convencida.

Los únicos que no sé dónde colocar en mi esquema mental son Benigno y Justo. Para situar al primero prefiero esperar a hablar con él, que no me quedará más remedio que hacerlo porque no he respondido ninguna de sus muchas llamadas en estos días. No me apetecía hablar con él y soportar su sorna o su jodido sentido del humor. Al segundo, a Justo, esperaré a verle la cara para centrar mis pensamientos. En mis más que generosos sueños me lo he imaginado arrodillado ante mí pidiéndome perdón con ojos lacrimosos y boca suplicante, temblorosos los labios. Es una idiotez pero me encantaría que así fuera. Una vez que tengo hecho este espectacular cuadro mental, una grieta lo hace resquebrajarse en mil pedazos. Imposible. Ese elemento es una sabandija que jamás reconocerá que me metió en un avispero para poder salir él incólume de un auténtico atolladero en el que yo solo tuve la mala suerte de estar presente.

No dejo de pensar y de retorcer mi pensamiento en un bucle que me repite hasta la saciedad «¿Qué habría sucedido si yo no hubiera ido a la habitación?» Nada de esto me hubiera pasado. Pero, claro, tengo esa costumbre de meterme en todo lo que no me incumbe, hasta en los charcos, y de pensar que puedo estar en todos los asuntos de la planta. Ese ha sido, indiscutiblemente, mi mayor error y de ello debo aprender. Más vale tarde que nunca y a evitarlo en un futuro me debo aplicar. Pero llegar a la conclusión de que todo ha sido en parte culpa de mi irrefrenable manía de acudir al lugar en el que oigo algún indicio de bronca no me tranquiliza lo más mínimo. Si eso es posible, esta realidad me hace sentir más desgraciada que antes.

Me he metido en un lío por metomentodo... No, me he metido en un lío por intentar ayudar a una compañera.

Rodrigo me apoya hasta las últimas consecuencias. Sabe que yo tengo razón y me intenta tranquilizar. Le necesito más que nunca y no puedo imaginar qué sería de mí si todo esto me hubiera sucedido sin tenerle a mi lado. La verdad es que prefiero no pensarlo. Le tengo conmigo y punto. Bien para mí.

Rodrigo.

Creo que estos últimos días le estoy haciendo poco caso. Está algo tristón, más callado de lo habitual y como ausente, circunstancia que, lejos del agradable sentimiento que inspira al famoso poeta, a mí no me hace ninguna gracia ni me atrae. De hecho, me preocupa sobremanera. Él me abraza, me besa, me mima y me cuida sin descanso en los momentos en que me dejo vencer por la desesperación, pero algo ha cambiado y no sé qué es. Cuando le pregunto me contesta con palabras vagas o me indica que solo son sensaciones mías porque me encuentro muy sensible. «¿Es eso verdad? ¿Soy yo que siento, que veo, lo que no es?», me pregunto a menudo. Pues una impertinente vocecilla de pito en el fondo de mi cerebro, la de siempre, me contesta: «No, a Rodrigo le pasa algo y no me lo cuenta. No me lo cuenta. Y si no me lo cuenta es porque no confía en mí.»

Sin ir más lejos hoy me ha traído al trabajo en mi coche. Él libra y me recogerá cuando yo termine mi turno. Me ha dicho que tenemos que hablar de algo y que podríamos cenar en casa para estar más tranquilos. Tiene que hacer un recadillo y luego se pasará por el súper a comprar lo necesario para preparar unas tapitas y otras cosillas para la cena. A mí me ha parecido estupendo, claro, pero mi sonrisa se ha congelado en mi cara, porque, como soy tan optimista, lo primero que he pensado es que quiere dejarme, darme boleto. Creo que ya me va conociendo bastante y ha interpretado mi rictus en su justa medida por lo que, dándome un cálido beso en la boca, me ha dicho que no me vaya a imaginar lo peor, que no vaya a ser tremenda, que lo que pretende es contarme algo suyo, algo que le tiene un tanto preocupadillo estos días. Eso, cierto, me ha tranquilizado en parte, pero no he dejado de apreciar una leve sombra de tristeza que empañaba sus preciosos ojos, esos que me traen por la calle de la amargura.

Cuando salgo del vestuario, ya con el uniforme puesto, estoy nerviosísima. Me siento como una novata en su primer día. Cojo el ascensor. En tan asfixiante y reducido espacio coincido con dos enfermeros de la UCI. Me conocen y me saludan. Puede que sea mi imaginación pero cuando me miran me da la sensación de que lo hacen con cierta sorna... ¡No, no son imaginaciones mías, es mi paranoia. Me bajo en mi planta. Me topo con Paz, la limpiadora, que me saluda y me da un par de besos. No me dice nada referente a «lo mío», pero me da un intenso apretón en el brazo que es más elocuente que todas las palabras de la Biblia. Le agradezco su gesto, que me resulta totalmente sincero, con una sonrisa al tiempo que siento cómo se me hace una bola en la garganta por la emoción.

Me aproximo al control de enfermería con cierta aprensión. Me asomo a la puerta abierta. Dentro están mis compañeros de la mañana y de la tarde, algunos médicos y Benigno. A estas alturas el corazón me ha saltado al cuello y amenaza con ahogarme, sus latidos me producen chiribitas en los ojos. Cuando me ven se hace un silencio eclesial que contribuye a hacerme sentir mucho peor. Dos decenas de ojos se posan en mi persona y yo me siento morir. Opto por la salida más sencilla para mí.

—Hola.

Los miro a todos aunque no me fijo en sus caras. Hago acopio de todo el valor que tengo en mi espíritu para mirarlos a la cara, abiertamente, con un aplomo que jamás he tenido, pero ellos no lo saben, no pueden leer en mi interior; solo observan lo que yo les muestro. No tengo nada que esconder ni de qué avergonzarme porque no he hecho nada malo. Y a los que piensan lo contrario mi actitud debe retarles en silencio, aunque se me pare el corazón y me muera. En un último y titánico esfuerzo, me acerco a una silla y me siento. Me tiemblan las piernas. Saco mi boli del bolsillo, cojo mi libreta y, con la mirada fija en todos esos ojos, pregunto:

—¿Qué enfermos me toca llevar? —Silencio. Necesito que me trague la tierra—. ¿Nadie va a contarme las incidencias?

Se miran entre ellos. Solo ha sido una décima de segundo pero aprecio cierta sorpresa. Por fin Amparo se mueve y se sienta frente a mí.

—Yo llevo los enfermos de Cesáreo. —Silencio sepulcral—. Si no me equivoco son los que te corresponden a ti esta tarde.

Amparo me mira a la cara, directamente a los ojos. No es precisamente santo de mi devoción, pero esta vez me transmite algo que no sé definir con palabras pero que me da fuerza y me ayuda a mantener el aplomo que ya se me está agotando.

—Bien, cuando quieras.

Por fin el opresivo silencio se rompe y no es por mi voz. Un batiburrillo de voces impregna el ambiente: saludos, despedidas, relatos de incidencias. Sin mediar más comentario, Amparo me pone al día de los enfermos de los que me voy a ocupar. Termina, se levanta y me desea buen turno. Me levanto yo también y me guardo el boli y la libreta en el bolsillo. Amparo se dispone a marcharse, coge su mochila y se la cuelga en un hombro. Da dos pasos y se detiene. Se gira y con un recio tono de voz que llena todo el cuarto, me dice:

—Marian, puede que a mí me parezcas un poco lerda, que me lo pareces y mucho, pero jamás creeré que seas capaz de golpear a nadie y menos a un enfermo, me lo diga quien me lo diga.

Sin mirar a nadie se gira y se va, dejándonos a todos con la boca abierta.

Antes de que salga, Benigno se dirige a mí.

—Marian, mañana ven media hora antes, tenemos que resolver unas cuantas cuestiones.

No estoy muy segura de si me lo ha pedido o me lo ha ordenado; lo noto muy molesto conmigo, seguro que es por no haberme dignado responder a sus llamadas de estos días. A estas alturas de la película creo que me da igual lo que tenga que decirme, pero sinceramente no espero nada bueno, por lo menos si me atengo a la venenosa mirada que me ha dirigido.

Caridad ni se ha acercado a mí. Solo me lanza estúpidas miradas de vaca que supongo que ella pretende sean maliciosas pero que a mí me recuerdan a esa bruja loca de cabello rojo de bote que llena las sobremesas en los programas del corazón. De resultas de la brecha que Carolina le hizo con el frasco de suero, le ha quedado una fea cicatriz en la frente que no ayuda demasiado a mejorar su aspecto.

Mari Cruz me da dos besos.

—Oye, mantente alejada de Caridad, no me des la tarde metiendo cizaña —me dice susurrando—. Estoy convencida de que harás todo lo humanamente posible para conseguir que las aguas vuelvan a su cauce y que nuestro servicio vuelva a ser un remanso de paz como en su día lo fue.

Mientras la escucho, atónita, a sus espaldas, Salvador me

lanza una cándida sonrisa y me hace un gesto indicándome que no le lleve la contraria y que no le replique.

Espero que nadie más haga referencia al que ya estoy empezando a denominar mentalmente «mi asunto», pero en cuanto salgo del control de enfermería me topo con Gracia.

—Marian, de esto has sacado algo positivo de lo que puedes estar contenta —la miro expectante, sus preciosos ojos me hipnotizan, me elevan—: ¡has perdido mucho peso y se te ve estupenda!

Lanza una carcajada y se va por el fondo del pasillo, hacia el despacho de los médicos.

Yo me quedo en la misma pose que ella me ha dejado y no me veo capaz de moverme.

—¡Esta tía es una cabrona de verdad! —me dice Aquiles viniendo por el pasillo. Me abraza por los hombros y me da un achuchón—. No le hagas caso, que no merece la pena.

Piedad se acerca a nosotros y me aprieta un brazo, intentando infundirme ánimos, y me sonríe.

Lo único que saco en claro con mi llegada es que se han dividido las opiniones pero no tengo nada claro quiénes ganan: los que me defienden o los que me ven más culpable que Judas.

Hoy es uno de esos días en que no ha habido ninguna alta y todo transcurre con una cadencia lenta. A mí la tarde se me está haciendo eterna y no veo el momento de salir para afrontar mi otro asunto de marras. Me corroe la curiosidad sobre lo que Rodrigo me va a decir. En estos pensamientos me hallo mientras me tomo un café en la sala de estar cuando oigo jaleo en el pasillo y un estridente grito que, por el temblor que ha ocasionado en todos los cristales del edificio, solo puede provenir de la garganta de Caridad.

—¡Parada, parada en la 6A!

Salgo rauda hacia el control pero me topo con Mari Cruz, que me frena con una mano, un enorme ariete sobre mi esternón.

—No, tú te quedas aquí. Voy yo. —Por Dios qué seria está esta mujer conmigo—. Ve a avisar a Lázaro y a la Unidad de Paradas.

Hago lo que me dice mientras la veo correr con el carro de paradas en dirección a la habitación donde se ha producido la emergencia. En ese momento aparece Lázaro con paso presuroso que me indica que llame a centralita. Así lo hago mientras miro el panel de distribución de enfermos ingresados y veo que en la habitación 6 hay dos hombres: Fernando Sanabria y Tomás Calderón.

Me contesta una operadora en la centralita y yo solo me limito a decir:

—Parada en la 6A.

—En la 6A, de acuerdo.

Se llevan al paciente, Fernando Sanabria, para ingresarlo en la UCI. Gracias a una rápida intervención se le ha podido recuperar, aunque está muy grave; está intubado y monitorizado. Padece una importante cardiopatía isquémica.

—Ya ves —me dice Lázaro; ahora parece que nos caemos mejor, ¡fíjate qué cosas!—, el tipo se atiborraba a cafés sin descafeinar que le traía su mujer. La cafeína le ha ocasionado una enorme subida de tensión y se le ha parado el corazón.

Suena mi móvil: Rodrigo. Me voy al control de enfermería para hablar más tranquilamente.

—¡Hola!

—Hola, Marian —Su tono de voz es menos afectuoso de lo que yo espero—. Es que me acaba de llamar mi jefe porque resulta que un colega ha tenido un pequeño accidente, así que esta noche le tendré que sustituir. —Suspira—. Lo siento mucho, pero tendremos que postergar nuestra cita y la cena para otro momento... De verdad que lo siento, yo...

—No te preocupes, cielo. Lo podemos aplazar para mañana cuando salgamos de trabajar. Dejaré todo preparado por la mañana y así será llegar y picar. ¿Qué te parece?

—Vale, sí... Tengo que entrar a las nueve de la noche, pero te esperaré en el sitio de siempre para darte las llaves del coche cuando termines el turno.

—Perfecto. Un beso.

—Un beso, Marian.

Así que esta noche me quedo sin saber lo que me tenía que contar...

Apago el teléfono y lo guardo nuevamente en el bolsillo del uniforme. Me siento un poco-muy decepcionada. Necesitaba saber qué era lo que me tenía que contar, lo necesitaba. Y ahora tengo que esperar.

La cara de hogaza de Caridad aparece en la puerta. Siento un inmenso regocijo interno al comprobar que está agobiada, el rostro rubicundo y sudoroso. Me cuesta un colosal esfuerzo el contener una sonrisa de satisfacción. Ella se da cuenta y me clava los ojos con una mirada que pretende ser aviesa, venenosa, pero solo consigue un vago efecto que exacerba su aspecto de ternera.

Se deja caer sobre una silla que cruje con peligrosa cadencia y cuyo asiento recoge a duras penas sus fofas carnes que sobresalen más de un palmo por todos los lados. Coge una carpeta y la abre, para lo cual golpea la mesa con demasiada fuerza. Supongo que pretende molestarme. Y lo cierto es que lo consigue, pero antes muerta que demostrarle que algo de esta estulta mujer me llega o me roza.

Pasan uno, dos minutos de tensión extrema en los cuales el aire del control de enfermería es espeso, rancio. Intentamos ignorarnos mutuamente pero existe demasiada carga de desprecio entre ella y yo.

Piedad entra —gracias a Dios, ¡aire fresco del bueno!— en el control. Al igual que Caridad, se deja caer en una silla abatida por el cansancio más moral que físico y que suele ser muy común cuando se afrontan este tipo de emergencias. Mientras que se está atendiendo una parada existe una enorme tensión, una despiadada lucha contra el tiempo, contra los minutos de falta de oxigenación en los tejidos, en el cerebro, en los riñones, que podría conllevar una irreversibilidad difícil de aceptar, que puede suponer el fino hilo que separa una vida de la muerte; o quizá, la diferencia entre salvar a una persona con todas sus facultades o recuperar un cuerpo con el cerebro irremisiblemente dañado. Hoy la batalla la hemos ganado nosotros, bueno, mis compañeros, pero si algo tenemos bastante claro es que la siguiente vez quizá perdamos el enfrentamiento y, junto a la fatiga posterior, nos acompañe esa eterna sensación de desaliento que nos invade cuando la muerte arrebata a alguien que no estaba previsto que se llevara.

Piedad me mira. Le sonrío, pero vuelvo enseguida a mis cosas, a mi carpeta del sistema de enfermos y a la hoja de medicación. Reviso los inyectables que debo administrar a las nueve. Aún es demasiado pronto para empezar a prepararlos y remoloneo entre los papeles. Me niego a salir del control de enfermería. Podría irme a la sala de estar y ojear una revista o tomarme un zumo fresquito que me apetece, y mucho, pero me niego a cederle el espacio físico a la cretina de Caridad. Me fastidia su presencia, pero solo la tolero porque sé a ciencia cierta que a ella le fastidia también que yo esté cerca. Pondría la mano en el fuego, y estoy segura de que no me quemaría, al afirmar que esta bruja tuvo la esperanza de que el castigo que se me impuso por mi supuesta falta supondría mi alejamiento del servicio y el traslado a otra planta. No le voy a dar el gustazo de alejar mi persona de ella, en este enfrentamiento no voy a ser yo la que pierda. De eso estoy plenamente convencida.

Sí, en este enfrentamiento no voy a perder.

No.

—Piedad, ¿qué tal te va con tu bombero? —pregunta Caridad.

—Muy bien —ríe—, ya sabes que me va estupendamente.

—Has tenido mucha suerte de encontrar a alguien bueno, a una buena persona...

—Sí, la verdad...

Caridad no está escuchando lo que le responde Piedad.

—Alguien que te ayude a olvidar lo que pasaste...

—Sí...

Caridad no está hablando a Piedad.

—Alguien sin un pasado del que avergonzarse, sin algo oscuro que te lleve a pensar que no es un buen tipo... —Caridad me está mirando—. No como otro que ahora trabaja de vigilante en este hospital, que sale con una enfermera...

Piedad la mira, estupefacta, y sigue la dirección del odio de sus ojos.

—Uno con un enchufe muy conveniente para conseguir trabajo aun teniendo una causa penal pendiente... —Caridad me está mirando a mí y sonríe con desprecio—. Uno que tiene una denuncia...

Siento cómo la sangre se agolpa en mi cara, en mis ojos. Se me nubla la vista. Una ira tremenda me crece desde un lugar desconocido de mi cerebro.

—Una denuncia por violación...

Me pongo de pie tan deprisa que mi estómago no me acompaña en mi brusco movimiento. Por una milésima de segundo, mis manos, llevadas por un impulso propio, han estado a punto de arrancar esos ojos que son capaces de destilar tanto odio, pero un resorte de prudencia me permite reaccionar a tiempo y salir del control a toda velocidad.

Ya estoy en el pasillo, pero Caridad no me va a dejar tan fácilmente. Eleva la voz. Su tono melifluo me sigue.

—¡El juicio comienza en menos de tres semanas y es por violación!

Oigo su asquerosa risa que me envuelve y me llena de asco, provocándome náuseas. Estoy apoyada en la pared del pasillo. Los pacientes pasan a mi lado y me miran. La palidez de mi cara, mi espantoso aspecto general, les debe de hacer creer que estoy al borde de un síncope. Y no están equivocados. Estoy segura de que en este momento me voy a morir.

Piedad me abraza. No oigo lo que me dice, pero me sujeta, me da calor, me susurra algo.

Por arte de magia me veo sentada en la sala de estar. Tengo algo en las manos, pero no lo veo. Bebo de un vaso pero no saboreo.

Es increíble, pero no soy capaz de llorar.

Tengo tanto dolor en el corazón que no siento nada.

Solo me repito una y otra vez, sin mover los labios, sin articular sonido: «Era eso, era eso, era eso, era eso...»

Una hora más tarde todo tiene distinto color.

He repartido la medicación. He revisado los sueros. He escrito las incidencias.

Me sorprendo de que, tras el caos que arrasó mi espíritu en un primer momento, sintiera una serenidad extraña en lo más profundo de mi ser que me ha ayudado a centrarme plenamente en mi trabajo, en las tareas que debía realizar; aún me quedaban cosas por hacer antes de terminar el turno y debía hacerlas, y hacerlas bien. Por primera vez en mi vida he sido capaz de mantener los problemas en el sitio que les corresponde y aplazar su revisión hasta un momento más adecuado.

Caridad se ha ido a las nueve, tras repartir la medicación y escribir las incidencias. Del resto de sus tareas se ha ocupado Mari Cruz. Parece ser que ha pedido permiso a Benigno que, sorprendentemente, no le ha puesto ninguna objeción y le ha dado el visto bueno: muchas cosas han cambiado desde mi ausencia.

Mari Cruz me ha preguntado si me encuentro bien. Supongo que no se le ha escapado lo lamentable de mi aspecto, mis ojos como pelotas de baloncesto, mi palidez. No recuerdo lo que le he contestado, pero se ha quedado conforme y ha seguido a lo suyo. Reconozco que todo lo acontecido durante esas semanas y su toma de posiciones tan lejanas de mí me ha molestado; sobre todo estoy enfadada con ella porque no ha creído en mí, ella que me conoce desde hace tantos años que casi ni me acuerdo y que debería saber de lo que yo soy o no soy capaz. Sí, eso es lo que más me duele de Mari Cruz, sin lugar a dudas.

Una vez cumplidas todas mis tareas, me he lavado las manos, me he dirigido al aseo del personal, he cerrado por dentro, he bajado la tapa del inodoro y me he sentado encima. He apoyado los codos en las rodillas y me he contemplado las manos como si las viera por primera vez.

Me asombra lo rápido que ha cicatrizado el corte que me hice hace unos días en el dedo con el cuchillo de jamón. Apenas me quedará cicatriz. Rodrigo apareció en casa con una paleta de jamón de Jabugo. Quería que celebráramos que ya llevábamos juntos tres meses y deseaba que fuera por todo lo alto. Como él es gallego y yo andaluza, decidimos por mayoría absoluta que yo era la más indicada para cortar adecuadamente esa delicia sin estropearla. Llevo cortando jamón desde los dieciséis años y en casa era la que mejor lo hacía, aunque mis hermanos se negaban a reconocerlo. Casi había llenado el plato con finas lonchas de tan exquisita delicia cuando coloqué el dedo índice demasiado cerca del chuchillo y el resultado fue el único que se podía esperar. El tajo fue muy superficial, apenas un arañazo, pero Rodrigo reaccionó como si me hubiera amputado una pierna. Eso me enterneció. Me pareció tan sincera su preocupación que el corazón me estalló de amor, sobre todo cuando antes de ponerme la tirita me dio un beso. Este recuerdo me hace estremecer y se me llenan los ojos de lágrimas. Esa misma noche, tras nuestra fantástica cena de celebración, hicimos el amor con tanta pasión que me sorprendí que yo fuera capaz de dar tanto, de ser tan entregada, tan espontánea. Con Rodrigo todo es como la primera vez. Todo. Está sacando de mí tantas cosas, me muestra facetas de mí que yo desconocía, me mira con ojos nuevos, desempolva mis rancios temores y los lava al sol. Ve tantas cosas en mi interior que yo creía inexistentes que me hace sentir renovada y estupenda.

Rodrigo es muy bueno conmigo.

Él no puede haber hecho nada tan malo.

Beso la tierna y aún rosada cicatriz del dedo. Quiero que mis labios toquen lo que los suyos acariciaron. Necesito tenerle cerca. Necesito que me abrace y me diga que todo es mentira. Lo necesito.

Lloro.

Lloro con rabia, con furia. Me gustaría tener delante a Caridad y arrancarle la garganta con los dientes y hacerle tragar sus palabras, sus mentiras. Me niego a que esa puta sea capaz de hacerme tanto daño. Esa batalla no la quiero perder. No. No puedo tener tanto dolor por algo que ella me diga.

La puerta del servicio se abre.

Creía que había echado el pestillo.

Piedad.

—Marian, cielo. Se te oye llorar en todo el pasillo. —Se arrodilla frente a mí y me toma las manos, me acaricia el pelo y me lo echa por detrás de la orejas—. No llores, mujer. Marian ¿no te das cuenta de que Caridad solo pretende hacerte daño? —Los ojos de Piedad se me muestran sinceros, amistosos, hermosos.

Saca un pañuelo de papel que exhala un tenue aroma a jabón y me limpia las mejillas. Yo lo cojo y me limpio la nariz. Piedad toma una silla que siempre tenemos allí por lo que pueda pasar —por ejemplo, algo como esto— y se sienta frente a mí. Solo he llorado escasos minutos, pero un hipo bestial, incontenible, me impide articular sonidos con claridad o respirar con normalidad. Necesito que mis palabras sean inteligibles, nítidas. Mi voz es un ronquido gutural espantoso.

—¿Tú sabes si lo que ha dicho esa guarra es verdad?

Mi compañera se echa hacia atrás intentando alejarse de mí. Sé que se esperaba esa pregunta. Cierra los ojos y suspira. Tarda demasiado en contestar. La dicharachera Piedad de rápidas réplicas, con una facilidad de palabra asombrosa, no encuentra una respuesta adecuada a mi pregunta. Malo.

—Bueno... —mala, muy mala forma de empezar—, Caridad tiene una prima que fue víctima de una violación hace tres o cuatro años, no sé con exactitud. —Piedad por fin me mira—. Ella dice que el viol..., que el tipo que le hizo eso trabaja en este hospital de vigilante de seguridad. Lo que no tengo ni pajolera idea es de a quién se refiere. Tú sabes que Caridad siempre está jodiendo la marrana y que lo único que pretendía era provocarte. Eso es lo que ha pretendido con todo lo que ha dicho. Ella sabe, todos sabemos, que sales con un vigilante de seguridad de este hospital y te ha lanzado un puyazo que has cogido al vuelo. Has caído en su provocación y ella se ha ido tan feliz a su puta casa.

La miro. Necesito creer en sus palabras. Quizá sea cierto. Quizá.

Rodrigo debía decirme algo que le preocupaba muchísimo. Supongo que es por este tema por lo que estos días está tan apagado y distraído. Hace más o menos una semana recibió una llamada. Cuando sonó el móvil él se estaba duchando y lo cogí yo. En la pantallita indicaba que se trataba de «Marcial, abogado».

«Espere un momento, por favor, enseguida se pone.»

«¡Rodrigo, te llaman!»

Él se puso una toalla a la cintura y se secó la cara mientras tomaba el móvil que yo le acercaba.

«Hola, Marcial...»

Y desde esa llamada, desde ese momento, ya nada ha sido igual. Bueno, sigue siendo igual de atento, de cariñoso, de amable, pero una nube cubre sus ojos. Su sonrisa ya no llega a ellos. Se queda callado durante minutos, abstraído en sus pensamientos, o le sorprendo mirándome con la mirada nublada por lo que yo solo puedo identificar como tristeza. En esos días me he encontrado inmersa en mi vorágine particular y le he necesitado más que nunca. No me ha fallado ni una sola vez pero siento que algo pasa, algo le turba enormemente.

Cuando esta tarde Caridad me ha dicho lo del vigilante acusado de violación algo en mi cerebro ha saltado y he dado por supuesto que se trataba de Rodrigo.

¿Por qué, por qué he aceptado tal acusación si ella en ningún momento ha dado el nombre?

Quizás eso es lo que más me corroe.

He aceptado que era él y no otro.

—Marian, anda, no llores más. —Piedad me pasa una vez más el pañuelo de papel por las mejillas y me da un beso—. Estás pasando unos momentos un poco malos y estás muy sensible con todo lo que se te dice, y Caridad lo sabe. Se ha aprovechado de tu mala racha.

Me pongo de pie y me estiro el uniforme.

—Gracias, Piedad. Seguro que tienes razón.

Sonrío o al menos eso creo que hago cuando tuerzo las comisuras de los labios hacia arriba. Ambas salimos del servicio y nos topamos con Mari Cruz.

Piedad se va pasillo adelante hacia el control.

—¡Ah, estabas aquí! —Me mira de arriba abajo—. Te he cambiado el suero de la señora de la 14 B. El que se ha acabado era el de dieciséis a veinticuatro. He puesto un glucosado limpio y muy lento; que a las doce le pongan el que le corresponde hasta las ocho con la medicación. —Me mira a la cara y duda—. ¿Te pasa algo, Marian?

—Muchas gracias, Mari Cruz, por cambiar el suero.

—Ya ha llegado el turno de noche.

—Pues vámonos a casa. Yo cuento primero si no te importa.

No espero a que mi compañera me conteste y me dirijo con paso rápido al control. Necesito irme.

Necesito verle.

## RODRIGO

A las seis recibió una llamada del hospital. Se trataba de Julián, el jefe de guardia. Paco había tenido un accidente de tráfico, nada importante, solo tenía unos arañazos y un chichón, pero esa noche no podría ir a trabajar. «El único disponible para sustituirle con tan poco margen de tiempo eres tú, Rodrigo. ¿Podrías venir esta noche?» Pues claro que podía, él siempre podía. Había pedido demasiados favores a la empresa para negarse a realizar este tipo de servicios extra. Además se encontraba en una especie de cuerda floja y no deseaba ponerse a nadie en contra, sobre todo teniendo en cuenta lo que le quedaba por afrontar en las siguientes semanas.

Nunca le ha importado doblar turno o renunciar a días libres por necesidades del servicio, pero esta vez sí que le angustiaba aplazar su conversación con Marian. Ella es la única que de verdad le preocupa.

Empujó el carrito del supermercado y retiró de los estantes lo último que le faltaba de la lista —la pasta de colores y la salsa de tomate— y se dirigió a la zona de las cajas para pagar.

Una vez que hubo cargado el coche con la compra y se sentó tras el volante tomó aire y llamó a Marian: «No te preocupes, cielo. Podemos aplazar nuestra cena para mañana cuando salgamos de trabajar. Dejaré todo preparado por la mañana y así será llegar y picar.»

La risa cantarina de Marian al otro lado del teléfono resultó como un bálsamo para su dolido corazón, que tiene espantosamente encogido desde que supo la fecha del juicio. Claro que se había mostrado decepcionada por tener que aplazar su cita, pero entendía que estas cosas pasan y sabía lo responsable que es él con su trabajo; este detalle lejos de molestarla parece que le da más tranquilidad y le confiere más confianza en su nueva relación. Un hombre trabajador y responsable con lo que hace siempre suele ser garantía de buena persona; o casi siempre.

Rodrigo no pudo evitar sentirse cada vez más apabullado por la angustia. Creía que esa noche por fin iba a sincerarse con Marian, que por fin iba a abrirle la ventana de sus asquerosas preocupaciones, pero no. El capullo de Paco tenía que saltarse un semáforo y estamparse con otro coche que salía por una calle lateral. ¡No podía pegarse la hostia otro día, tenía que ser precisamente hoy!

Rodrigo golpeó el volante con furia. Metió la llave en el contacto, arrancó y salió del parking.

En un par de horas dejó el piso de Marian recogido, la compra en la nevera, la ropa planchada y en los armarios. En la cocina le dejó una tortilla de champiñones y jamón para que cenara cuando llegase. La conocía y sabía que cuando regresaba tarde y cansada solía cenar cualquier cosa. Le gustaba mucho cuidarla. Se notaba que no estaba muy acostumbrada a que alguien que no fuera de su familia se preocupara por ella, así que cada vez que le veía tendiendo la ropa, haciendo la cama o guisando le miraba como si fuera un marciano. Y a Rodrigo le encantaba verla sonreír con ese gesto tan suyo, tan espontáneo, que resaltaba ese hoyuelito que tiene cerca de la boca y que a él le gustaba tanto besar.

Cerró los ojos y suspiró. «Como no me dé prisa todavía llegaré tarde al hospital.» Cogió el uniforme que acababa de planchar y se fue al dormitorio a cambiarse.

Media hora después aparcó cerca de la puerta de Urgencias, el sitio que más le gustaba a Marian para dejar el coche cuando debía volver sola a casa, ya que se encontraba suficientemente iluminado y a la vista de las decenas de personas y familiares que hacían tiempo a la espera de noticias de los muchos pacientes que a diario acuden a Urgencias.

Cogió su mochila y cerró la puerta del vehículo. Podría entrar por la puerta de servicio que a esas horas aún permanecía abierta pero, por una razón desconocida a la que no se preocupó en buscarle una explicación, decidió entrar precisamente por la puerta de Urgencias. Quizás esperaba «¡qué tontería!» ver a Marian pasar o dirigiéndose a su vestuario en busca de algún objeto olvidado. Pasó de largo los vestuarios de las mujeres y se dirigió al ascensor. Miró el visor: enseguida llegaría, estaba en la segunda planta y descendía. Un «¡clin!» llenó el vestíbulo. La puerta del ascensor se abrió: solo había una persona dentro.

Rodrigo la miró desconcertado mientras sentía cómo una punzada le atravesaba el estómago y le impedía respirar.

La otra persona se llevó una sorpresa idéntica a la de él. Tras el impacto inicial que su desagradable rostro había manifestado en toda su plenitud, su fofa boca se retorció en una repugnante sonrisa.

—¡Hombre, mira tú qué casualidad! Hace solo un ratito estábamos hablando de ti.

La puerta del ascensor empezaba a cerrarse. Caridad estiró la mano con extrema rapidez y la sujetó; la puerta volvió a abrirse y ella salió colocándose a solo un paso de Rodrigo. Interpretando erróneamente el silencio de él como una pequeña victoria, la mujer se creció. Ensanchó su sonrisa y escupió:

—¡Qué pena me da mi queridísima amiga Marian que dentro de poco va a tener que visitar a su novio en la cárcel!

Rodrigo sintió cómo una furia inmensa le nublaba la vista. No estaba seguro de poder controlar lo que bullía endemoniadamente por salir de su cuerpo, así que decidió alejarse de esa bruja y dio un paso atrás.

Caridad se creció más aún. La reciente cicatriz de la frente tomó el mismo tono rojo intenso que el del carmín de su boca, y a Rodrigo le pareció que le sonreía con el mismo desprecio que lo hacía con sus gruesos labios.

—Tendréis que solicitar el vis a vis. —Rio y acercó su cara de pan a la de Rodrigo, que sentía su estómago revolverse por el asco—. Me han dicho que los polvos en la cárcel son la leche.

Rodrigo agradeció que Caridad se alejara en ese momento de él y se fuera riendo a carcajadas hacia los vestuarios. Si hubiera permanecido un segundo más tan cerca de él no habría podido evitar agarrarla por el cuello y estrangularla o aplastar su asquerosa sonrisa contra el suelo. Todo lo que hubiera hecho habría tenido fatales consecuencias y le habría perjudicado miserablemente en el juicio que tenía a la vuelta de la esquina. Caridad se había salido con la suya, se había burlado de él, y Rodrigo no había reaccionado. Le jodía; sí, le jodía mucho no haberla puesto en su sitio aunque solo fuera con una contestación adecuada.

Siempre entendió que Marian la despreciara como la despreciaba o que le revolviera las entrañas tanto como lo hacía. Ella no sabía que Rodrigo conocía a Caridad pero...

«Hace solo un ratito estábamos hablando de ti.»

Rodrigo se llevó las manos a la cara.

Miró el reloj: las nueve menos diez. Si se daba prisa podría subir a la planta de Marian. Necesitaba verla con urgencia y saber de qué habían hablado y...

—¡Rodrigo, tío, qué bien que has llegado ya!

Un sonriente Julián apareció por el pasillo de Urgencias. Cuando llegó a su altura le dio una explosiva palmada en la espalda y le pasó un brazo por los hombros.

—Tío, qué jodido lo de Paco. Con un poco de suerte será cosa de unos días; de todos modos he llamado a la central y me han asegurado que mañana...

Rodrigo y Julián se metieron en el ascensor. Se bajaron en la primera planta, en la que el servicio de seguridad del hospital tenía la sala de control y de pantallas. El jefe de turno seguía explicando las vicisitudes del día y los ajustes de personal, pero no se percató de que Rodrigo no le escuchaba. Tenía el alma congelada desde que se dio cuenta de lo tremendo de las palabras de Caridad y de lo que eso suponía.

Y estaba seguro de una cuestión: aunque se hundiera el mundo, aunque se derrumbara el hospital, a las diez en punto esperaría a la puerta de los vestuarios hasta que apareciera Marian. Hasta ese momento sabía que estaría muerto, porque hacía cinco minutos que su corazón había dejado de latir.

# MARIAN

Son las diez en punto. Hacía mucho tiempo que no salía a esta hora. Quizás es algo pronto para que Rodrigo esté esperándome. Pero no puedo esperar a bajar; tengo la pueril sensación de que cuanto antes llegue antes le veré. Estoy plenamente convencida de que en el mismo instante en que le vea todos los nubarrones que atestan mi cerebro se verán disipados por su sonrisa, por sus preciosos ojos llenos de sinceridad. Él, ajeno a toda esta mierda, me besará, y yo tendré la más absoluta certeza de que todo va bien.

El ascensor llega al sótano uno y la puerta se abre.

Rodrigo se encuentra junto a la máquina de refrescos con la vista fija en el ascensor de servicio. En cuanto me ve se lanza como un loco hacia mí sin darme casi ni tiempo de salir del ascensor. Me toma de la mano, me acerca a él y me abraza con fuerza, pegando su cara a la mía, sus labios a los míos. Todo su cuerpo tiembla por una emoción profunda, casi diría que dolorosa.

—¡Marian, mi querida Marian!

Me separo unos milímetros de él, lo suficiente para poder mirarle a los ojos. El dolor y la angustia que veo en ellos me desgarran el corazón. Me sujeta por las manos y yo no me resisto.

—Marian, tenemos que hablar de algo muy...

—Caridad me ha dicho algo espantoso de ti.

Rodrigo cierra los ojos y respira profunda y dificultosamente.

—Sí, me he encontrado con ella y me ha dicho que te ha contado...

—¡Conoces a Caridad!

Me suelto de sus manos, no doy un paso pero siento que me alejo de él. Sus ojos se humedecen.

—Sí, la conozco y tendría que habértelo dicho hace tiempo. —Su voz es un susurro ronco y profundo. Noto el inhumano esfuerzo que hace por contener las lágrimas. No estoy acostumbrada a este tipo de reacciones en un hombre—. Sé que te ha dicho algo terrible de mí. Sí, ahora lo sé. ¡Por favor, Marian, necesito explicarte esto con tranquilidad, por favor!

Miro al hombre que tengo delante. Esperaba miles de reacciones: rabia, furia, indignación... pero jamás, jamás, habría esperado tanto dolor, tanta angustia.

—Ahora tengo que volver al trabajo. —Suspira profundamente—. Salgo a las siete. En cuanto llegue a casa te lo cuento todo. Todo.

Me siento hipnotizada por sus ojos. En ellos busco algo que me indique que me está mintiendo y no lo encuentro. Su mirada es tan intensa, tan angustiada, tan suplicante... Tan sincera... Rodrigo percibe mis dudas.

—Marian, esta noche te lo iba a explicar todo pero el jodido trabajo me lo ha impedido. Tendría que haber previsto que Caridad te lo contaría más tarde o más temprano, pero no me planteé esa posibilidad; además, se suponía que hoy te lo iba a contar yo. —Otro intenso suspiro—. Por favor, no te creas nada de lo que ella te haya dicho hasta que yo te refiera lo que de verdad pasa.

—Ella dice que eres un violador. —Me muerdo los labios en cuanto pronuncio estas palabras.

Rodrigo se echa hacia atrás como si le hubiera dado un bofetón. Algo en lo más profundo de sus ojos se ensombrece. Dolor, pena.

Siento el daño que le han hecho mis palabras. ¡Soy una jodida bocazas!

Rodrigo fija la vista en sus pies. Por vez primera ha dejado de mirarme. Vuelve a sostener mis manos y las aprieta con más intensidad que antes.

—Pues no lo soy, aunque se me acusa de ello. —Vuelve a mirarme, suplicante—. Espera a que yo te lo explique todo, es lo único que te pido. Después toma la decisión que creas más oportuna. Solo te pido que me escuches primero.

—De acuerdo.

—Toma, las llaves del coche. —Me tiende el llavero y yo lo cojo—. Está aparcado al lado de Urgencias, ya sabes.

—Sí. Te espero mañana a partir de las siete.

—Allí estaré.

Rodrigo aprieta el botón de llamada del ascensor. Yo me vuelvo camino del vestuario.

—¡Marian! —Rodrigo está dentro del ascensor y sujeta la puerta con un pie—. Esta noche, cuando estés acostada dándole vueltas a la cabeza, podrás pensar muchas cosas, dudar de otras... Solo te pido que tengas presente una: que te quiero con toda mi alma como jamás he querido a nadie.

—Y yo a ti, Rodrigo.

Él sonríe con tristeza. Aparta el pie y la puerta del ascensor se cierra. Me quedo unos segundos mirando la superficie metálica de brillos satinados en la que destacan los restos grasientos de los miles de dedos y de manos que la tocan a lo largo del día.

Me dirijo a los vestuarios convencida de que esta misma tarde han cambiado tantas cosas, se han derrumbado tantas ilusiones... Pero una cosa es segura, clara y diáfana: amo a Rodrigo y lo amaré hasta que me muera.

Mi vida sí podía empeorar, claro que sí, y muy seriamente.

No sé cómo he llegado a casa. Cuando aparco cerca de mi portal, me doy cuenta de que he conducido todo el camino como una autómata, sin ver las calles ni los semáforos o los demás vehículos que circulaban a mi alrededor. Doy gracias a Dios en una muda y breve oración por no haber tenido ningún percance.

Siento el corazón encogido. Casi no puedo respirar por efecto de la presión que siento en el pecho. Tengo tanta pena, tanta angustia, que me invade la sensación de que puedo morirme en cualquier momento.

Entro en casa. Está tan silenciosa que me zumban los oídos. Enciendo la luz de la entrada y dejo las llaves sobre la mesita. Un delicioso tufillo me recibe y me hace crujir el estómago, aunque lo último que me apetece es comer. Me dirijo a la cocina. Pegada con cinta adhesiva a la puerta del microondas hay una notita. La apretada letrilla de Rodrigo atrae mi atención. Me acerco y leo:

> Marian, te he dejado una tortilla para la cena. ¡No te vayas a dejar nada, que es muy pequeña! Siento mucho que tengas que cenar sola.
>
> Un beso de esos que te gustan tanto.
>
> Cuando regrese te daré mil más.

No puedo más.

Tomo la nota y la beso mientras un llanto tan lleno de dolor que se me parte el alma me arrebata todo el resto de cordura.

No puedo más y lloro.

# RODRIGO

Se sobresalta al recordar que ha apagado el móvil. Lo saca del bolsillo de la camisa y lo enciende. El apelativo más suave que se dedica es «imbécil». «Mira que si Marian me ha llamado y yo tenía el teléfono apagado...»

Cinco llamadas perdidas de Marcial, ninguna de Marian; una mezcla de alivio y decepción le hace suspirar con fuerza. Son las once y media. Echa un vistazo a las pantallas de vigilancia del hospital: todo en orden. En una de ellas ve a uno de sus compañeros de esta noche revisando las puertas de servicio, cerca de las cocinas. Comprueba que la radio esté encendida y la coloca en la mesa.

Con desgana llama a Marcial mientras una extraña sensación de desastre le invade: «¡Nada más puede joderse ahora; no, nada más!»

—¡Rodrigo, hombre, ¿dónde estabas?!

El tono angustiado en la voz de Marcial no le augura nada bueno. Se le seca la boca.

—Estoy en el hospital. A última hora me han llamado para sustituir...

—¡Llevo buscándote horas! —Marcial suspira, haciendo evidentes esfuerzos para contener los nervios—. Te juro que no tengo ni idea de qué es lo que ha pasado; sé que esto no te sonará muy profesional, pero así es. Estaba todo bajo control...

—No te andes con rodeos y dime de una puta vez lo que pasa.

Rodrigo ya no puede respirar.

Sí, todo puede ir mucho, pero que mucho peor.

—... la acusación ha presentado —un zumbido procedente de su cerebro le impide entender algunas palabras, pero no se le escapa lo que ya suponía—... debes presentarte mañana a las nueve sin falta en el juzgado; por supuesto, yo te acompañaré en todo momento...

«Marian me espera mañana por la mañana...»

—... lo más seguro es que el juez dicte prisión inmediata...

«Necesito explicarle todo esto...»

—... nuevas pruebas inculpatorias... Tenemos que vernos ahora para valorar tu situación y establecer una estrategia...

Rodrigo ya no escucha más. Mira las pantallas y busca. Al final localiza lo que necesitaba: ve a Silvia en la puerta de Urgencias hablando con un hombre mientras fuma un cigarrillo.

Habla al móvil.

—Marcial, quedamos en tu despacho a primera hora.

—Rodrigo, te juegas mucho, vente al despacho ahora mismo.

—Tío, no te preocupes, que no tengo intención de cagarla. Te digo que estaré allí mañana.

—Rodrigo, tienes que venir aquí ahora. Tenemos...

—¡Que te digo que estaré a primera hora! —Respira profundamente intentando controlar la desesperación que amenaza con volverle loco. Inspira nuevamente y consigue contener el pánico que ya le domina sin vuelta atrás—. Marcial, ahora tengo algo muy urgente que hacer. Te prometo que mañana estaré allí sin falta. Tío, sé muy bien lo que me juego y no tengo intención de fastidiar nada, créeme.

Silencio al otro lado del teléfono. Un nuevo suspiro lo llena todo.

—Vale, Rodrigo. Nos vemos en el despacho a las siete y media. Estaré trabajando en lo tuyo esta noche por si necesitas llamarme...

—De acuerdo.

—Tómate esto en serio, si por cualquier razón no te presentas se te pondrá en busca...

—No insistas, Marcial. Iré.

Corta la comunicación. Está aterrado. Sí, indiscutiblemente algún dios juguetón y cabrón debe de estar partiéndose de risa allá arriba.

Dos llamadas.

Una con la radio para hacer regresar a Silvia a la sala de pantallas. Siempre le manifiesta su deseo de hacerse cargo del turno y mangonear a sus compañeros; pues esta misma noche va a hacer su sueño realidad. La sonrisa de triunfo que ilumina su rostro cuando entra en la sala de pantallas es muy elocuente y mucho más lo resulta su estúpido gesto de poder cuando toma la radio y las llaves del armero de las manos de Rodrigo, que no puede evitar compararla con el ser verdoso de aquella conocida película, sí, ese que consideraba el anillo su tesoro.

Por otro lado, la relación tan tensa que mantenía con Silvia se ha solucionado totalmente desde que ella ha empezado a salir con uno de los enfermeros del turno de mañana.

La otra llamada la realiza para avisar a Julián de que tiene que ausentarse de su puesto por un problema de extrema gravedad y que deja a Silvia a cargo de todo. «No, no voy a volver esta noche.» Rodrigo se ahorra las explicaciones. De todos modos no podrá volver al trabajo en una larga temporada y su jefe no tardará en enterarse del motivo. Intenta alejar de su mente la imagen de sus compañeros cotorreando de su desgracia. Sí, con toda certeza será la comidilla del hospital en los próximos días. Pero en estos momentos lo único en lo que desea pensar es en cumplir con una cita que no debió ser aplazada. Sin lugar a dudas, le quedaban pocas horas de libertad y el hospital era el último lugar en el que deseaba pasarlas.

Recoge su ropa de calle de la taquilla, deja su arma en el armero y, aún con el uniforme, sale a la calle. Varios taxis dormitan en uno de los accesos a la puerta principal, cerrada durante la noche. Se dirige a uno de ellos y se acomoda en el asiento trasero. Veinte minutos y veinte euros después se baja frente al portal de Marian. Ya lleva la llave en la mano. El corazón le late como loco en el pecho. En el portal le recibe el resonar hueco de sus propios pasos en la escalera. El ruido de la llave en la cerradura le resulta atronador e inmediatamente le recibie ese aroma tan amado del que considera su segundo hogar desde hace escasas semanas.

Una vocecilla en la habitación más lejana del piso, asustada, preocupada:

—¿Quién es?

Tendría que haberla avisado de que venía.

—¡Marian, soy yo!

—¿Rodrigo?

Se enciende una luz tras ella que delinea su contorno.

—¿Qué haces aquí...?

Rodrigo se lanza hacia ella. No desea nada más que estar con ella, abrazado a ella.

La abraza.

Ella duda unos dolorosos segundos, pero no tarda en corresponder a su cuerpo y se aprieta a él.

Con la cara en su cuello, con sus cabellos entre los dedos, Rodrigo le susurra:

—Teníamos una cita esta noche. —Se aparta unos milímetros, escruta sus ojos—. Hoy tenía que contarte algo, lo necesito.

Marian asiente en silencio.

Esta noche la cita no transcurre como se había imaginado.

Entran en el dormitorio y cierran la puerta.

# MATILDE

Le habían diagnosticado diabetes tipo 2 hacía unos diez años, cuando rondaba los cuarenta. Su madre había padecido la misma enfermedad y había muerto antes de llegar a los sesenta, ciega y con las piernas arrasadas, carcomidas, por las úlceras. Cuando supo que padecía ella también el mal que le había arrebatado a su madre de una forma tan horripilante se pasó un día entero llorando, incapaz de arrancar de su ánimo un inmenso y frío terror ante la posibilidad de morir como lo hizo ella, entre enormes sufrimientos.

El médico de cabecera se imaginó que podría padecer diabetes cuando le contó, en una de sus visitas rutinarias, que padecía una serie de síntomas inespecíficos y vagos tales como sed intensa, ganas constantes de orinar y unos profusos sudores que la empapaban y la obligaban, en algunas ocasiones, a lavarse y cambiarse de ropa.

Matilde creía que aquello era fruto de los nervios o que todo se resumía a los preliminares de una menopausia precoz. Recordaba haberle indicado otros síntomas sin aparente importancia; esperaba que el médico le sonriera y le soltara una perorata tranquilizadora cuando se tropezó con su gesto grave y circunspecto al tiempo que rellenaba con ilegible letra una petición de análisis de sangre y orina.

—Esto se lo hace mañana a primera hora. No olvide cenar ligero y venir a sacarse sangre en ayunas...

—Sí, ya sé cómo debo venir, no se preocupe. —Tomó la hoja con el corazón encogido—. ¿Tan preocupante es lo que le he contado?

El médico la miró fijamente a los ojos. Lo que le iba a decir iba en serio de verdad.

—No la voy a engañar. Su madre tenía diabetes y por los síntomas que me explica puede que usted también la tenga, sobre todo teniendo en cuenta que ya en sus embarazos tuvo diabetes gestacional. Existe la posibilidad de que me equivoque pero, dado lo que me cuenta y sus antecedentes personales y familiares, creo que no. Con este análisis lo más probable es que salgamos de dudas.

El médico le entregó los papeles y Matilde los miró sin ver.

—Entréguelos en el mostrador y que le den el frasquito para la orina. Ya sabe usted cómo se debe recoger. Los análisis no son urgentes, la verdad, pero creo que deben tener cierta preferencia y así lo he reflejado, por eso se los debe hacer mañana sin falta. Espero que el resultado esté en unos pocos días, de todos modos dígale a Irene que le indique cuándo puede pedir cita para verme otra vez ya con los resultados de los análisis. Mejor, que le dé la cita ya.

Matilde se dirigió hacia la puerta. La lengua se le secó hasta semejar lija; la sentía pegada al paladar. La posibilidad de padecer diabetes le ocasionaba una angustia sin límites. Aún tenía fresco en el corazón el rastro que le dejó el sufrimiento de su pobre madre hasta que se murió. El médico captó el rictus de pánico que había enmudecido a la siempre parlanchina Matilde, una de las pacientes que mejor recibía por su actitud optimista y por su contagiosa simpatía. No podía impedir cierto regusto de culpabilidad al haberle adelantado un diagnóstico que no estaba aún confirmado por un resultado específico.

—Matilde —ella se giró con los ojos nublados por el miedo y la angustia—, no le dé vueltas a la cabeza hasta que lleguen los resultados. Quizá yo estoy en un error. —Matilde asintió en una muda aceptación a sus palabras, pero el rictus de su gesto denotaba lo contrario—. Pero, aunque fuera cierto y tuviera diabetes, en estos años los tratamientos han cambiado mucho y no tiene por qué ser todo tan nefasto ni a usted irle tan mal como le fue a su madre.

Matilde salió de la consulta y dejó al hombre con la palabra en la boca. Dobló las peticiones de analítica, se las metió en el bolso y se dirigió a la salida del centro de salud. Tenía que hacer unos recados y realizar unas compras, pero se fue directa a su casa. Por la tarde los haría o quizás al día siguiente.

No, no se haría los análisis. Ella no tenía nada de nada y menos aún diabetes. Se sentía estupendamente y no iba a dejarse asustar por el médico. Por unos síntomas tan banales ese mequetrefe no podía darle ese mazazo. ¡Diabetes, ni más ni menos! Ese médico no tenía ni idea. Su madre sufría palpitaciones, mareos; una vez, incluso, perdió el conocimiento y la encontraron caída en el pasillo de casa, esto fue lo que indicó que sufría algo más serio. Pero ella no. Ella solo tenía ciertos sofocos, orinaba demasiado, hambre... Intentó rebuscar en su memoria qué otras cosas le habían motivado la necesidad de consultar a su médico de cabecera. Decidió no pensar más. Sin duda el que busca encuentra y si seguía hurgando en su memoria seguro que se acordaría de algo, algún otro estúpido detallito que lo más probable es que no tuviera ninguna relación.

Lo último que necesitaba era asustarse. Su familia la necesitaba mucho esas semanas: sus hijos acababan de empezar el último año de bachillerato y estaban agobiados ante la carrera universitaria que afrontarían el curso siguiente, y su marido, Juan, había conseguido trabajo como portero de una finca y estaba muy nervioso ante el hecho de realizar una nueva tarea tras dos largos años de inactividad y paro forzoso. Ella no podía dejarse llevar por el temor; lo único que le sucedía, lo que realmente le estaba pasando, era que se sentía excesivamente presionada por su situación familiar, por las novedades, por las expectativas de un incierto futuro.

Nada más. No le sucedía nada más.

¡Diabetes, ni más ni menos, qué majadería!

Cuando llegó a casa escondió las peticiones de análisis en el cajón de la cómoda, en su dormitorio. No tenía ganas de escuchar la perorata de Juan si descubría que el médico le había mandado unos análisis y no se los había hecho. Antes de cerrar el cajón no pudo evitar echar un vistazo bajo los pañuelos. Allí, envuelto en una funda negra de imitación a piel, había un aparatito no mayor que una tarjeta de crédito y una caja grande, casi sin usar, de tiras reactivas. Allí reposaban ambos objetos desde que los usó la última vez con su madre, hacía ya más de dos años, y su utilidad no era otra que determinar la glucemia. Con el corazón galopando como loco en su pecho, cerró el cajón con un estruendoso golpe que le hizo respingar y salió escopetada de su cuarto. No debía perder un segundo más; debía hacer la comida o se le echaría la hora encima.

Tras la comida, los chicos se habían ido a jugar al fútbol y Juan había ido a hacer unos recadillos para la finca y ella se quedó transpuesta mientras veía un documental sobre el Sahara en la televisión. Se despertó sobresaltada. Un pringoso sudor le bañaba todo el cuerpo; sentía las manos húmedas pero frías, y un incontrolable temblor hacía que se movieran casi con voluntad propia. El corazón le palpitaba por todo el cuerpo y no consiguió enfocar la vista hasta pasados unos eternos minutos que aumentaron su temor y su angustia.

«¡Esto no es normal, no, no lo es!»

Consiguió ponerse en pie con mucha dificultad y se dirigió al cuarto de baño. Sentía unas enormes ganas de orinar y le costó evitar que se le escapara un poco de orina antes de poder sentarse en el inodoro. Cuando terminó se lavó las manos y la cara y bebió un largo sorbo que no consiguió apagarle la sed ni refrescar el desagradable sabor que le enranciaba la boca.

Algo más aliviada, comprobó que el pulso volvía a recuperar un ritmo casi normal y que el sudor se le iba secando. «Quizá todo ha sido debido a una pesadilla que ya no recuerdo. Sí, ha tenido que ser eso.» Decidió prepararse una infusión de manzanilla que siempre le producía un efecto milagroso, a ver si esta vez le quitaba la sensación que le oprimía el estómago.

Habían pasado ya más de dos semanas desde que había ido a la consulta y Matilde no terminaba de encontrarse bien. Los síntomas iban y venían cada vez con más frecuencia e intensidad. Ella lo achacaba todo a que el médico le había metido el miedo en el cuerpo y siempre había una parte de su cerebro dándole vueltas al asunto. Sabía que no podía dar la espalda por más tiempo a esa situación. Debía decidirse de una puñetera vez.

Una mañana de lunes se levantó temprano, preparó el desayuno para los chicos y para su marido, pero ella no tomó su acostumbrado café con leche que tenía la virtud de despejarla y prepararla para las siempre arduas e ingratas labores domésticas.

Cuando Juan cerró la puerta de la calle tras él y ella le dijo adiós desde el balcón, se fue directa a su dormitorio. Abrió el cajón de la cómoda y sacó la petición de analítica que le había rellenado el médico hacía ya una eternidad. Con enorme aprensión, levantó los bonitos pañuelos blancos de batista bordada y sacó el estuche negro y la caja de tiras reactivas que descansaban al fondo del mueble. Comprobó la fecha de caducidad de las tiras con la esperanza de aplazar tan incómoda decisión si ya estaban fuera de fecha. Comprobó con una extraña mezcla de alivio y desilusión que solo hacía dos días que habían caducado. Sabía a ciencia cierta que eso no significaba nada, el resultado que obtuviera sería totalmente fiable. Otra cuestión muy distinta sería si llevara caducado un mes o más, pero por un par de días podían cumplir su objetivo más inmediato de una forma adecuadamente fiable.

Tomó todo y se dirigió al cuarto de estar. Ya tenía preparado algodón y suero fisiológico. Con manos sobradamente expertas colocó las pilas del aparato, comprobó el código y se aseguró de que fuera el mismo que portaban las tiras. Sacó una de su envoltorio de plástico, la insertó en la ranura adecuada y el aparato respondió con un «pip» que a Matilde le resultó ensordecedor en la soledad de su casa. Se limpió el dedo corazón con un algodón impregnado en suero, se apretó la yema y se pinchó con una lanceta. Una enorme e intensamente roja gota de sangre manó al instante. La limpió con un algodón seco y apretó más fuerte; otra gota de sangre salió al momento, entonces acercó la tira reactiva que absorbió la cantidad precisa de muestra y el aparato nuevamente pitó. Matilde sentía que se iba a ahogar; notaba el corazón en la garganta y no conseguía meter suficiente aire en los pulmones. Solo debía esperar doce segundos, pero para ella fueron casi doce años.

Por fin, el aparato cerró el asunto con otro estridente pitido. Matilde miró la pequeña pantallita sabiendo lo que vería antes de que su cerebro terminara de interpretar las cifras. Cerró los ojos con pasmo al corroborar que su médico estaba en lo cierto. En ayunas, tras casi doce horas sin haber ingerido nada de alimento excepto agua, su sangre portaba una cantidad de glucosa casi imposible. Se secó el dedo con movimientos bruscos. Pensó en repetirse la prueba pero inmediatamente desechó la idea, ¿para qué negarse a la evidencia? Con gesto cansado recogió la mesa y tiró a la basura todo lo que había utilizado. Cogió su abrigo, la petición del médico y salió a la calle camino del centro de salud.

Y desde ese momento para Matilde empezó una nueva versión del infierno que siempre creyó que había dejado definitivamente enterrado el día que falleció su pobre madre, solo que esta vez lo padecía en carne propia. Unos completos análisis confirmaron un diagnóstico sobradamente conocido. El médico le pautó antidiabéticos orales y ella se ocupó de seguir una estricta dieta que no tenía ningún secreto para ella, pero aun así las cifras no mejoraban.

En menos de tres semanas el médico le remitió a la consulta del especialista en endocrinología y se le pautó insulina sin más dilación.

Tardó en conseguir unas cifras aceptables de glucemia más de seis meses, pero no sería un éxito duradero. Su organismo se negaba a dejarse llevar por factores externos y subía y bajaba los niveles de azúcar a su antojo. No tardaron en descubrirle incipientes lesiones vasculares en la retina, lo que le hizo precisar tratamientos de láser que le aplicaba el oftalmólogo con una periodicidad pasmosa, pero de tibios resultados. Sin embargo, no le aparecieron úlceras en las piernas ni en los pies, ya que ella se cuidaba con una escrupulosidad casi enfermiza.

Su cuerpo respondió con una versión rebelde de la enfermedad y en unos cinco años empezó a manifestarse el que llegaría a ser un fallo renal irreversible. Su particular calvario no hacía nada más que aumentar.

Necesitó ser atendida por el servicio de nefrología que le pautó una dieta más restrictiva aún y que le limitó la ingesta de líquidos a un máximo de un litro al día, tanto en verano como en invierno. Cuando el fracaso renal fue absoluto necesitó someterse a hemodiálisis cada dos días, terapia que le limpiaba la sangre de todo tipo de impurezas y toxinas que sus enfermos riñones no eran capaces de eliminar. Inmediatamente y tras descartar mediante meticulosas pruebas diagnósticas que sus órganos estuvieran dañados por alguna otra lesión, el equipo médico que la atendía se decidió a incluirla en la lista de trasplantes, tanto para riñón como para páncreas.

Matilde apagó el móvil. Su hijo Juanito vendría a recogerla en media hora. En su neceser llevaba el informe del médico y, metido en una pequeña nevera portátil, los bolígrafos de la nueva insulina que le habían pautado durante su estancia en el hospital. Quizás esta vez fuera posible regularle los niveles de glucemia que, desde hacía unos meses, se habían descontrolado hasta el aburrimiento, como si el azúcar de su sangre tuviera vida propia y hubiera decidido amargarle la existencia... Interesante paradoja, la verdad.

Se ajustó la chaqueta. Hacía calor en la habitación y habría estado mucho más cómoda con la blusa de manga corta que llevaba, pero no le gustaba que la gente le mirara los brazos: la fístula que le habían realizado los cirujanos vasculares en el antebrazo izquierdo era demasiado llamativa; partiendo de la muñeca hasta el brazo, una enorme y latiente vena le abultaba la piel en un recorrido tortuoso, dando el aspecto de una raíz saliendo de la tierra.

Eso y los restos en forma de cicatrices y costras de los cientos de pinchazos que le habían practicado en los casi cuatro años que llevaba de hemodiálisis, con una frecuencia de tres veces por semana, o incluso cuatro.

En muchas ocasiones había reparado en la mirada fija de algunas personas sobre su fístula, mirada en la que se evidenciaba un algo de asombro no exento de cierta aprensión. Por eso prefería cubrir la fístula con mangas o fulares.

Además, cuando algún familiar o conocido la agarraba del brazo por casualidad y percibía un fuerte latido acompañado de una intensa corriente de fluido por la gruesa vena, retiraba la mano como si hubiera recibido una corriente eléctrica. La sensación al tocarle el recorrido de la fístula no era desagradable, pero sí inesperada y sorprendente.

Así que procuraba que nadie le tocara el brazo, ya que le aterrorizaba que la pudieran dañar o que por un accidente dejara de fluir sangre con normalidad y dejara la fístula inútil para el fin único para el que estaba diseñada, y que no era otro que proporcionar un flujo de sangre adecuado para que el aparato de diálisis pudiera extraerla de su cuerpo, limpiarla y volver a introducirla a un volumen y velocidad correctos. Si la fístula dejara de cumplir su cometido tendrían que colocarle un catéter de dimensiones considerables en el cuello o en la ingle para poder acceder a su torrente sanguíneo para las sesiones de hemodiálisis, mientras le practicaban, quirúrgicamente, una nueva fístula en otra parte de uno de los brazos.

Todo era muy complejo. Todo era muy duro.

Sabía que había niños en la misma situación que ella y se preguntaba cómo afrontaban lo que para ella supuso el fin de una vida normal; el fin de una vida como persona sana. Los niños que no habían vivido nada, que no habían visto casi nada del mundo, que no habían podido aún hacer sus sueños realidad... debían verse atados a un aparato que limitaba sus expectativas de llevar una vida como la de los demás niños.

Porque ella miraba a los demás, a las personas aparentemente libres de enfermedad, y los envidiaba cuando les oía hablar con despreocupación sobre sus familias, sus trabajos, sus planes de matrimonio o de vacaciones, les veía comer o beber sin preocuparse de medir volúmenes, proteínas o hidratos de carbono. Pero no, la verdad es que no les envidiaba a ellos sino su cotidiana despreocupación, su supuesta normalidad.

Necesitaba volver a ser ella cuando no sabía que estaba enferma y la vida estaba llena de miles de cosas, banales unas, importantes y transcendentales otras, como es lo habitual. Quería volver a ser como cuando tenía salud y todas las fuerzas del mundo para plantarle cara a lo que fuese, cuando no estaba atada a un aparato del que dependía para poder vivir; se sentía vulnerable. Mirar atrás, más allá de su enfermedad, le causaba tanta angustia y dolor por lo que había dejado de vivir que intentaba no mirar fotografías de épocas pasadas. Si alguna vez lo hacía no podía evitar pensar: «Mira, en esa época yo estaba preocupada por los exámenes de los niños y no me daba cuenta de lo que estaba a punto de perder, de lo que me iba a cambiar la vida. ¡Si hubiera sabido lo que Dios me tenía reservado!»

Se sorprendía de cómo fue capaz en tan poco tiempo de incluir en su vida, en sus conversaciones, en sus tareas cotidianas, palabras como «creatinina», «potasio», «fósforo», «fístula», «hemodiálisis», «eritropoyetina», «heparina»... Se extrañó de cómo fue capaz de incluir en el devenir normal de su vida cuatro horas de sesión, cada dos días, conectada a un aparato; o su habilidad, desarrollada tras largos años de sufrir pinchazos, de saber a simple vista si un enfermero o enfermera era o no novato, solo observando sus movimientos a la hora de pincharla para conectarla al dializador.

Su vida había cambiado no solo para ella, también para su familia. La adquisición de nuevas habilidades y conceptos les afectó muy directamente a ellos y la modificación de sus hábitos y su cotidianidad; les cogió a todos de pleno por igual, al no poder irse de vacaciones así como así o por no poder planear un simple fin de semana de excursión si no era ajustando sus sesiones de diálisis.

Ni siquiera se le permitía improvisar una comida familiar, ya que los alimentos que podía tomar no solo estaban restringidos, si no que requerían una preparación especial, muy elaborada, toda improvisación estaba descartada. La ayuda que recibió de su pequeña familia y su apoyo incondicional fue decisiva para que Matilde pudiera afrontar su particular calvario con decisión y aplomo, plantándole cara a un futuro difícil y siempre incierto. Sin ellos todo habría sido muy diferente, todo habría sido imposible.

Desde que la habían incluido en la lista de candidatos a trasplante una nueva esperanza había iluminado su, hasta entonces, angustiosa vida plena de enfermedad y sufrimiento. Con el trasplante no conseguiría ser nuevamente una persona sana, era consciente de ello y lo asumía, aunque sí mejoraría y mucho su situación actual, para ella y para los suyos. Matilde era consciente de que el tiempo corría en su contra. Tenía casi cincuenta años, el deterioro que sufría su organismo era real e imparable, aunque todas las pruebas que le habían realizado hasta el momento indicaban que su situación era la adecuada para seguir teniendo expectativas.

Su esposo y sus hijos se habían ofrecido como candidatos para donarle uno de sus riñones, pero habían resultado totalmente incompatibles. Por ello debía esperar a la generosidad de un donante y tener paciencia hasta que llegara su turno.

Aun siendo consciente de que las cosas debían seguir su propio curso y estar expectante ante una posible llamada a cualquier hora del día o de la noche, Matilde debía reconocer que se sentía llena de esperanza y de ilusión. Saber que podría alcanzar un nivel de vida digno, saber que se le brindaba una nueva oportunidad cuando creía que el final de su vida ya estaba cerca, era el mejor regalo que se le podría haber hecho jamás. Un día todo cambiaría, todo volvería a tener otro color. Lo sabía con toda la certeza que le había proporcionado el ver a dos compañeros suyos en su misma situación, prácticamente curados de la diabetes y con una función renal casi normal tras recibir un doble trasplante de riñón y páncreas que les realizaron en una sola intervención. No podía evitar mirarlos, cuando se los encontraba en las numerosas revisiones hospitalarias en las que a menudo coincidían, y verse a sí misma cuando le llegara su turno. Con la misma sonrisa que ellos, con la misma ilusión brillándole en los ojos, con el mismo paso firme ante la nueva etapa que se les había brindado gracias a la inmensa generosidad de un donante desconocido. Enorme milagro era aquel, sin duda, que permitía dar vida al que cruzaba el umbral de la muerte.

Matilde consultó su reloj: ya eran las tres y media. Si su hijo no llegaba pronto debería merendar en el hospital. Levantaba la vista nuevamente hacia la bolsa que contenía las escasas pertenencias que había utilizado durante su estancia ingresada cuando se abrió la puerta de la habitación y un joven de unos veintitantos años, muy alto y corpulento, rubio y feíllo, entraba con radiante sonrisa.

—¡Hola, mamá! —Se acercó a su madre y le dio dos sonoros besos en las mejillas, para los que tuvo que doblarse en una postura casi imposible para llegar a ella—. ¿Estás preparada?

—Sí, hijo, ya estoy lista y tengo todo recogido. —La mujer se incorporó hacia delante con cierto esfuerzo—. Anda, cariño, dame la mano y ayúdame a levantarme, que el asiento es algo bajo para mí y para mis piernas.

Juanito alargó un muy musculoso brazo hacia su madre y agarró con su manaza la menuda mano de ella, al tiempo que con un leve movimiento conseguía elevarla del asiento sin hacer ningún gesto evidente que denotara esfuerzo. Luego cogió las pertenencias de su madre y le ofreció el brazo para que ella se agarrara.

—¡Enhébrate, guapa, que te llevo! —le dijo, a modo de invitación, con una hermosa sonrisa.

Matilde pasó su brazo con gesto exagerado y cómico por el de su hijo, salieron de la habitación y juntos se alejaron por el pasillo camino de los ascensores; ella bajita y menuda; él gigante, enorme. Marchaban con andar pausado y tranquilo, charlando animadamente; él, contando anécdotas y chascarrillos; ella, riendo sus gracias. Pronto volverían, seguro que sí, pero quizá la siguiente vez el motivo no sería una descompensación de su diabetes o una infección respiratoria. Quizá la próxima vez sería para darle otra oportunidad para vivir y para poder llevar una existencia mejor.

# MARIAN

El dormitorio está a oscuras. Por la ventana, que tiene las persianas subidas, entra la luz de las farolas, que, más que iluminar, aumenta las penumbras y las sombras. Todo está en silencio. Rodrigo y yo estamos sentados sobre la cama, apoyados en el cabecero.

Él no se ha quitado aún el uniforme y yo llevo una gruesa bata sobre el fino camisón. Falta poco para que finalice la primavera, pero las noches son frescas aún, por ello nos arropamos con una manta que agarramos firmemente bajo la barbilla.

—Ingresé en el Ejército porque todos los hombres de mi familia son militares de carrera desde hace al menos dos siglos; para todos ellos ha supuesto mucho más que un trabajo, es una forma particular de entender la vida, un orgullo. Desde el mismo momento de mi nacimiento se dio por supuesto que ese sería mi futuro y mi ocupación. Al igual que mi padre y mis hermanos, opté por hacer las pruebas de ingreso para el Ejército del Aire. Entré en la Escuela General del Aire tras realizar unas durísimas pruebas de acceso; estuve los cuatro primeros años formándome en San Javier, en Murcia y otro más, el último, en Armilla, Granada, en la llamada «Ala 78», para poder terminar mi formación como piloto de helicópteros. Tardé muchísimo en terminar mis estudios porque, a diferencia de mis hermanos, no me gustaba ese mundillo, me costaba aceptar la autoridad, la estricta jerarquía y porque mi verdadera vocación era ser abogado, pero eso en mi casa era absolutamente imposible y se consideraba completamente ridículo. Un día incluso me atreví a expresarle a mi padre mi ilusión por estudiar Derecho. Me contestó diciéndome que en su familia no habían existido ni existirían jamás «maricones», que cerrara el pico, que cumpliera con mi obligación militar y que demostrara que tenía cojones. Jamás volví a hablar con mi padre de ese ni de ningún otro tema que no fuera planteado previamente por él.

»Durante los dos primeros años estuve a punto de abandonar cientos de veces, pero no lo hice porque tenía la certeza de que mi padre no volvería a dirigirme la palabra y aún creía que le quería y que le necesitaba. Intenté buscar apoyo en mi madre, pero ella solo se limitaba a darme cálidos abrazos y a decirme que con el tiempo me acostumbraría y llegaría a gustarme. Mi abandono de la carrera militar habría sido tomado como una ofensa personal hacia mi padre, como una mancha vergonzosa en su impoluta y brillante carrera que, como ya casi había tocado techo, debía verse ramificada en la de sus tres hijos. Por suerte, mis dos hermanos mayores le tenían bastante satisfecho con sus logros y me dejaba un poco a mi aire, no me daba mucho la lata por mis mediocres resultados y mi escasa ambición. Yo debía limitarme a permanecer y a ser.

»Terminé mi formación y, tras tres años en algunas misiones que prefiero no recordar, me destinaron cerca de aquí, en el SAR,* el servicio de búsqueda y salvamento del Ejérci-

* Las siglas corresponden a Servicio Aéreo de Rescate. Aunque también se corresponden a su significado en inglés: *Search and Rescue. (N. de la A.)*

to del Aire. Solicité esa plaza porque era lo que me parecía mejor dentro de lo poco que me gustaba y la mejor forma de dejar pasar los nueve años que me restaban antes de poder pedir mi retirada voluntaria del Ejército. Fue un trabajo interesante, siempre emocionante, y me dejaba bastante satisfecho porque servía para ayudar a otros.

Rodrigo mira al frente, la vista perdida en la oscuridad. Su voz apenas es un susurro. El silencio en la calle y en la casa sigue siendo sepulcral, por ello sus palabras tienen un efecto estruendoso en mis oídos.

Le miro como hipnotizada, pendiente de cada sonido que brota de sus labios. No entiendo por qué me cuenta cosas de su familia, de hace tantos años, aunque me doy cuenta de que apenas conozco nada de él, de sus padres y de sus hermanos. Soy consciente de que Rodrigo me va a explicar algo muy importante y no deseo interrumpir. Sé que sus palabras van dirigidas solo a mí, pero en estos momentos su mirada, sus pensamientos están perdidos en un pasado al que yo no pertenezco. Se me hace extraño imaginarme a Rodrigo pilotando un helicóptero, volando de acá para allá. Aunque ya me dijo que había estado en el Ejército yo siempre lo he visto solo como un vigilante y no me lo imagino haciendo otra cosa.

—Mientras que estaba de servicio era un oficial modélico, trabajador, responsable y respetaba a mis superiores. Era lo que de mí se esperaba, no deseaba otra cosa que dejar pasar el tiempo y, cuando llegara el día, largarme. Eso sí, cuando estaba de permiso me dedicaba a desfogarme, me emborrachaba a la mínima ocasión y era capaz de estar de juerga durante dos días seguidos. Encontré a amigos que me proporcionaban la diversión que yo buscaba como un loco. Entre esos amigos estaba Reyes, de la que supongo que te acuerdas. Con ella era capaz de pasar dos, tres días colgado o borracho, lo mismo daba. No existía freno, no había límites.

Cuando se me acababa el permiso, me colocaba el uniforme y volvía a ser el oficial, el piloto perfecto, sin tacha, sin fallos. Aún hoy me pregunto cómo era capaz de soportarlo, de llevar una existencia tan vacía, tan asquerosa. Nunca me pillaron en los controles porque me supe buscar la vida, y un día antes de entrar en servicio nunca consumía nada de nada, para que no afectara a mi trabajo.

Rodrigo sigue con la mirada perdida en sus recuerdos. En ningún momento me mira a los ojos, como si no fuera capaz, como si sintiera vergüenza o temor.

Yo, sin embargo, soy incapaz de apartar los ojos de sus labios, pendiente de cada sílaba, del tono de su voz.

—Durante unas vacaciones de verano, hace cuatro años ya, volví a casa de mis padres. Yo no tenía ningún control sobre mi vida pero ellos se ocupaban de organizarme el futuro a su santa voluntad y siempre a su exclusivo y exquisito gusto. Como en mis planes más inmediatos no se incluía el buscar una pareja adecuada, acorde a sus estrictos criterios, se ocuparon de buscarme una mujer que cumpliera sus expectativas. ¡En pleno siglo veintiuno me apañaban una relación con el único fin de que me casara y tuviera hijos! No me lo podía creer. Si ya había llegado a alimentar hacia mi padre, hacia mis padres, un odio brutal sin vuelta atrás, cuando me presentaron a la estirada joven que estaba destinada a ser mi novia creí que iba a enloquecer. Mi padre y yo nos enfrentamos por primera, y creo que última, vez. Le dije todo lo que pensaba de él y del futuro que me había impuesto. Saqué con crueles palabras todo lo sucio que llevaba dentro, toda la mierda que había acumulado durante años, todo el desprecio que él me inspiraba. Él no me replicó. Se limitó a mirarme como si yo fuera un insecto insignificante y me escupió: «Por lo que a mí respecta, estás muerto.» Aquel día salí de mi casa y desde entonces no he vuelto, y no creo que lo haga jamás.

Rodrigo cierra los ojos y se lleva las manos a la cara. Me doy cuenta que para él recordar es muy duro, muy difícil... Sin girarse hacia mí, me toma una mano y la besa. Sin ser consciente de ello me aprieta tanto la mano hasta que me corta la circulación de los dedos.

—Volví a mi casa en mi coche. —Ahora su voz ha cambiado, no tiene vida, no tiene calor alguno—. Paré en unos cuantos bares en los que me tomé unos cuantos coñacs. Ahora lo veo como algo ridículo, pero necesitaba beber, emborracharme, atontar mis sentidos para dejar de oír la voz de mi padre, para dejar de ver sus cadavéricos ojos sobre mí. Por suerte no me encontré demasiado tráfico y no choqué con nadie. ¡Lo único que me faltaba era atropellar o hacer daño a alguien! Si eso hubiera pasado no tengo la menor duda de que me habría pegado un tiro.

Siento un gélido escalofrío que me recorre todo el cuerpo. Rodrigo parece un ser desconocido. No puedo evitarlo: me dan miedo sus músculos en tensión, las órbitas oscuras que no dejan ver sus hermosos y siempre cálidos ojos azules, el rictus de su boca de labios apretados que se abren y cierran como los de un autómata para dejar salir un eco lejano en forma de voz.

—Ya entrada la noche, no sé a qué hora, llegué a mi piso, que compartía en el centro con Reyes y con cuatro oficiales más. Cuando abrí la puerta me recibió un estruendo de voces y música. Mis compañeros habían organizado una fiesta y pensé: «¡¿Por qué no?! ¡Una fiesta es lo que me hace falta ahora para quitarme el moho y el olor a rancio que se me ha quedado pegado en la casa de mis padres!»

»Me bebí todo lo que encontré y todo lo que me ofrecieron. Estoy convencido de que si me hubieran dado un vaso con lejía la habría apurado como si del mejor licor se tratara. Fumé de todos los canutos que me pasaron, que debieron de ser bastantes. Alguien me presentó a un par de tías; eran civiles. Una de ellas se me pegó y yo me dejé llevar. Por esa época llevaba una relación más o menos estable con Reyes, aunque nunca fue una cosa demasiado seria, por lo menos para mí. En la cama era fantástica, de juerga era increíble, divertida, inteligente, pero en lo cotidiano era insoportable. Creía que debía demostrar constantemente su valía como militar y como mujer, dentro y fuera de la cama, dentro y fuera del cuartel. No pasábamos un solo día sin discutir una, dos, tres veces. Pero tampoco sabíamos estar muy lejos el uno del otro. En la fiesta la había visto tumbada en un sofá comiéndole la boca a un tipo que no había visto jamás, pero que luego supe que era un alférez de nuestra unidad. Yo, por mi parte, me llevé a mi recién conocida amiga a una de las habitaciones. Recuerdo que era rubia y que no dejaba de reír, de reír por todo. Antes de cerrar la puerta del dormitorio recuerdo que miré a Reyes. Ella me miraba fijamente y me sonrió; le devolví la sonrisa y cerré.

Una pausa. Solo se oye la entrecortada respiración de Rodrigo. Me doy cuenta de que las palabras que vienen serán las más difíciles, las más dolorosas. Yo me descubro conteniendo el aire en los pulmones: tengo la infantil sensación de que si respiro se romperá un hechizo y no puedo consentir que Rodrigo deje de hablar.

—Como te puedes imaginar, estaba muy bebido, muy pasado, pero te juro por mi vida que recuerdo todo como si acabara de suceder. La chica se desnudó y me ayudó a desnudarme a mí. Me debió de creer poco receptivo por lo que no dudó en utilizar los recursos más socorridos para conseguir que me excitara. No quiero ser más explícito pero te aseguro que esa chica sabía lo que hacía con las manos, con la boca. Al poco estábamos en la cama revolcándonos como locos. Ella me daba y yo tomaba. Se reía y me hablaba al oído, excitándome más y más.

»Fue sexo nada más, pero consentido por ambos, eso seguro. No sé a qué hora de la noche o de la madrugada me quedé dormido, pero recuerdo perfectamente que antes de eso ella me abrazó, me besó y apoyó su cabeza sobre mi pecho.

No puedo evitar un ramalazo de celos. Cierto que todo eso pasó hace ya tiempo, mucho antes de conocerme a mí, pero no puedo evitar sentirlos. Aparto mi mano de la de Rodrigo.

—Siempre he sido consciente de que sería difícil que aceptaras esta historia, e incluso que te sintieras humillada con los detalles. Es lógico, ya que el primero que se avergüenza de muchas de las cosas que he hecho soy yo.

Por primera vez desde que ha empezado su relato vuelve la vista y afronta mi mirada.

—Marian, te juro que fue eso lo que pasó, lo recuerdo perfectamente aunque puedes pensar que estaba demasiado borracho y que me he querido inventar una historia que me permitiera exculparme. Pero no. Esa noche me fui a la cama y tuve sexo con una mujer que buscaba y deseaba lo mismo que yo.

»Me desperté demasiado temprano, teniendo en cuenta la noche de juerga que había pasado. Y fue porque llamaban a la puerta con insistencia. Me levanté y me espabilé como pude. Miré el reloj: eran las cuatro de la tarde. En el piso no había nadie más que yo, aunque todo estaba revuelto y sucio, con una peste a tabaco, porros y alcohol insoportable. Aparte de llamar al timbre, también aporreaban la puerta. "¡Abra, policía!", dijeron. Pensé que igual se había producido una emergencia en el bloque y yo no me había enterado. Me preparé para que me dieran cualquier mala noticia y abrí. Me encontré en el descansillo con un montón de agentes, unos de paisano, otros de uniforme. Inmediatamente me preguntaron mi nombre, se identificaron como policías y acto seguido se dispusieron a arrestarme. Supongo que en la retahíla que me soltaron incluirían el motivo, pero no era capaz de captar con precisión sus palabras. La resaca, la falta de sueño y la incredulidad me tenían atontado.

»Al instante entraron un montón de personas con monos de trabajo que portaban unos enormes maletines. Todo me parecía un sueño increíble, como en las películas, pero delante de mi propia cara. Me quedé aturdido sentado en una silla. Un policía se me acercó y me indicó que lo mejor era que me vistiera, aunque no me iban a permitir que me duchara por el momento. A ese mismo agente le pregunté cuál era el motivo de que me detuvieran. "Se lo hemos indicado antes de entrar en su piso: es usted sospechoso de violación." Me recomendó que llamara a un abogado antes de salir hacia la comisaría, que él mismo me marcaría el número que yo le indicara.

Rodrigo busca insistentemente con sus ojos los míos, pero yo he bajado la cabeza y me tapo con la manta hasta prácticamente la nariz.

—¡Por favor, Marian, mírame, te lo suplico, mírame!

Me toma por los hombros y se sienta frente a mí.

—¡Marian, necesito que me creas, necesito que tú me creas! Te juro que yo no le hice daño a nadie, soy totalmente incapaz de hacer daño así, sin más.

No lo puedo soportar más y me echo a llorar. Entonces Rodrigo me abraza y, tras unos segundos de frágil resistencia, me dejo abrazar. Mi doloroso llanto llena toda la habitación. Él me acaricia el pelo, la cara. Entonces abro los ojos y le miro, y por su mirada sé que está viendo en mí todo el dolor y la tristeza que siento. Me besa en la frente con muchísimo cariño, sé que me necesita tanto...

—La denunciante fue la chica con la que me había acostado aquella noche. Yo no le había preguntado el nombre, pero los policías me dijeron que se llamaba Mari Carmen Guijo Torres; supe poco después que se trata de la hija de un conocido comisario de esta misma ciudad. —Rodrigo se separa de mí unos centímetros y me habla casi al oído—. Me llevaron a la comisaría. Allí me esperaba un amigo abogado que me hizo el favor de asistirme en un momento tan difícil, pero que se dedica a asesoría de empresas y no controla estos temas, por lo que venía con un colega suyo, Marcial, que es el que ahora lleva mi caso. La policía me trató bastante bien, la verdad. Fueron muy correctos y me explicaron todo el barullo en el que me veía inmerso. Yo no terminaba de creerlo, pero te aseguro que cuando te ves allí dentro se te pasan todas las tonterías. Me detallaron de qué me había acusado esa mujer, qué pruebas existían en mi contra, qué pruebas médicas le habían realizado y qué había encontrado el médico cuando la exploró. Todo era tan exacto, todo parecía tan claro que hasta llegué a dudar de mi inocencia. Si había bebido y fumado podría haber hecho algo así y no recordarlo.

»Tras casi veinticuatro horas hasta que me interrogó el juez había perdido ya toda noción del tiempo y de mí mismo. El juez que se encargó de la instrucción me dejó muy claro cuál era mi situación y a lo que me enfrentaba. Todo quedaba pendiente de un juicio. Me dejaba en libertad con cargos, antes debía pagar una fianza, bastante alta para mí, por cierto, y punto... y aparte.

»Esa misma tarde, cuando volví a mi piso, mis compañeros me pidieron que recogiera mis cosas y que me largara. Reyes me defendió, pero los demás ya me habían juzgado: no me querían en el piso y se acabó. Recogí mis cosas y me fui a una pensión. Reyes no me acompañó. La verdad es que no me importó, quizás hasta me alegré de no tenerla revoloteando a mi alrededor en esos momentos. A partir de ese día nos vimos algunas veces, pero pocas.

»Agoté mi periodo de vacaciones con la idea de marcharme en cuanto tuviera ocasión. Expuse mi situación a mis superiores a los que, como te puedes imaginar, no les hizo la más mínima gracia, ni puñetera falta que hacía. Pedí una baja por enfermedad común, concretamente por depresión, y dejé pasar el periodo establecido para poder salir definitivamente del Ejército. Solicité una excedencia voluntaria que se me concedió casi sin trabas y por fin volvía a ser civil. ¡Había pasado más de la tercera parte de mi vida como militar! Reyes me llamó al día siguiente de adquirir mi nueva condición de ciudadano civil. Me informaba de que había decidido que era mejor que dejáramos de salir: como ya te dije, no le interesan los hombres que no sean militares. Le agradecí la información y la verdad es que me daba igual. Que se fuera con quien le diera la gana.

»No he vuelto a tomar drogas desde aquella noche. Las asociaba con todo lo que me había pasado y su solo recuerdo me ocasionaba, y me ocasiona, repugnancia. El alcohol solo lo tomo con las comidas y nada más allá de vino o cerveza. ¡Qué tristeza pensar que tuviera que pasar por un trago así para darme cuenta de mi error! A veces me planteo qué hubiera ocurrido si no me hubieran acusado de algo tan horroroso, ¿habría dejado las drogas, me habría pasado algo más espantoso, habría llegado a consumir en mis horas de servicio y habría llegado a tener un accidente? Por suerte no tengo que plantearme estas cosas.

»Cuando me quedé sin ingresos un conocido me indicó que en una empresa de seguridad de aquí estaban buscando vigilantes que tuvieran experiencia con armas de fuego. Hice un curso de preparación, me presenté a una entrevista y les gusté al instante. Cuando me indicaron que podía firmar un contrato les informé de mi situación legal, por lo que decidieron prescindir de mis servicios. Un mes más tarde el jefe de personal de la misma empresa me volvió a llamar: había cambiado de opinión. Me contrataba por un mes a ver qué tal se me daba; si valía, me quedaba, si no, a la puñetera calle. Hasta que se me juzgara no era culpable de nada. Desde entonces hasta ahora ya han pasado tres años...

Empieza a amanecer. Una luz anaranjada se adueña poco a poco de la habitación. La voz de Rodrigo se ha ido apagando al mismo ritmo que los rayos del sol van acariciando el aire, desvaneciendo la noche.

Me abraza. Aprieta su cuerpo al mío con tanta fuerza que parece que quiera fundirse conmigo para siempre. Esconde su cara en mi cuello, aspira mi aroma y me besa con suavidad.

—Y una espantosa noche de lluvia de hace ya siete meses me tropecé con una mujer que buscaba su coche. Y esa mujer eras tú. Creía que mi vida estaba acabada, que había tocado fondo definitivamente y te encuentro a ti, la persona más maravillosa que he conocido jamás.

No puedo contener una triste sonrisa. Recuerdo perfectamente el ridículo que hice aquella fría noche que me resulta ya tan lejana.

—Marian, te amo, con todo mi corazón. Jamás, jamás, pensé que sería capaz de sentir algo igual. —Me aparto de su abrazo y le miro a los ojos, esos ojos que tanto adoro y que tanto necesito, y que ahora me miran con tanta tristeza, con tanto dolor—. Créeme, por favor. Necesito que tú me creas, que confíes en mí, en mi inocencia, en lo que siento.

Leo en sus ojos, ellos son la verdadera puerta del alma, del corazón. Le creo. Sé que lo que me dice es verdad.

Tomo aire y hablo casi por primera vez en toda la noche.

—Sí, Rodrigo. Te creo; creo que es verdad lo que me has contado. No puedo negar que ahora me resultas una persona desconocida, diferente de la que aquella noche me ayudó a encontrar mi coche. Pero hay algo que me dice que tú no eres capaz de algo así, que debe de haber algún error. Y, además, Rodrigo, yo también te amo. Estoy contigo en esto.

«¡Y que sea lo que Dios quiera!»

# MARIAN

A las siete y media de la mañana estoy con Rodrigo en la puerta del bufete de su abogado. Ha dejado que le acompañe pero se niega en rotundo a que me quede con ellos en el despacho o a que entre con él en los juzgados.

—Rodrigo —insisto—, puedo quedarme contigo, acompañarte al juzgado...

—No, ya es bastante vergonzoso para mí, Marian. No quiero que me veas rodeado de policías o esposado en el caso de que decidan arrestarme otra vez. Te tendré informada de todo, te lo prometo. Si no puedo hacerlo en persona se lo encargaré a Marcial.

Se me encoge el estómago ante esta funesta posibilidad: eso solo indicaría que le meten en la cárcel.

Nos besamos. Me siento como si le despidiera para irse a la guerra. Tengo una mala sensación en las entrañas. Lo abrazo como si fuera la última vez que lo voy a ver en mucho tiempo. Él siente lo mismo que yo y corresponde a mi fervoroso abrazo. Llama al timbre del despacho mientras aprieta mi mano.

—Te quiero, Marian.

—Yo también te quiero.

Marcial abre la puerta y Rodrigo nos presenta. Se trata de un tipo no más alto que yo, pelirrojo, muy guapo y muy fuertote, de los que se dan unas buenas sesiones en los gimnasios. Rodrigo me regala una de sus mejores sonrisas intentando infundirme un valor que a él le falta, sin duda.

—Te llamo en cuanto sepa algo. Ya verás como todo se va a arreglar.

Asiento sin mucha convicción.

Me voy. Una sensación muy desagradable se ha apoderado de mi estómago y amenaza con no abandonarme hasta que reciba esa llamada. No sé muy bien qué hacer, así que decido irme a casa y ducharme, recoger...

He llegado a casa a las ocho.

Llevo sentada en el sofá desde hace casi una hora. Soy totalmente incapaz de pensar o de hacer nada que no sea observar el reloj. Estoy bloqueada. No termino de digerir lo que ha pasado y no dejo de asombrarme por la mala suerte que tengo. Nunca se me dieron muy bien las relaciones con los hombres. En mi adolescencia solo había tenido algún rollito de verano, y luego solo líos de noche de fiesta y copas, hasta que tuve una relación de cinco años con el diplodocus de Benigno que estaba cantado que tenía que finalizar porque éramos incompatibles. Al fin, un día, la vida me regala el conocer a una persona aparentemente normal como Rodrigo y resulta que tiene pasado. ¡Y vaya pasado, por Dios!

Suena el teléfono fijo. La casa está en absoluto silencio y me he asustado.

—Diga.

—Espero no haberte despertado. —¡Benigno!

—No, la verdad es que llevo despierta bastante rato.

—Me alegro. Necesito saber a qué hora vas a pasarte por el hospital: si no me equivoco, tenemos una conversación pendiente. —No puedo evitar que un escalofrío me recorra todo el cuerpo dejándome una mala sensación—. ¿Te viene mal que nos veamos a las once?

Rebusco en mi cerebro una respuesta adecuada que me permita librarme de tan indeseada cita, pero estoy embotada y no consigo articular nada coherente que no sea...

—Bien, a las once estoy en tu despacho.

—Mejor nos vemos en la biblioteca. A estas horas no hay aglomeraciones precisamente para estudiar.

Benigno me recibe con una sonrisa en los labios y, por lo que le he llegado a conocer, parece sincera. Va vestido de calle pero lleva una bata del hospital encima de su ropa. A duras penas encaja su enorme físico en una de las sillas de la biblioteca y la mesa le queda a una altura ridículamente baja. Se le nota preocupado. Podría afirmar que hace años que no le veo así.

Me siento frente a él. No tengo ni idea del motivo de su llamada, por lo que prefiero estar separada de su bestial fisonomía por si las moscas. No vaya a ser que lo único que quiera sea buscar bronca.

—Teníamos que haber hablado cuando te pasó lo de la agresión. —Me mira fijamente; me incomoda, la verdad—. Evitaste mis llamadas y no diste señales de vida hasta que te has reincorporado después de tu sanción...

—Benigno, ve al grano por favor. Tengo muchas otras cosas de las que ocuparme aunque no lo creas.

—Sí, ya sé que a tu novio lo han metido en el trullo.

Soy incapaz de articular palabra. El aire se me ha quedado estancado en la garganta y creo que me voy a asfixiar. Como no hablo ni replico, Benigno se encarga de llenar el vacío.

—Sí, la verdad es que tengo fuentes de información que

me tienen al día de todo. Para que veas que voy de buena fe, te diré que la pelota de Caridad me ha llamado para cotorrearme la noticia. ¿Y cómo coño lo sabe ella? ¡Pues mira tú por dónde que esta ceporra es prima hermana de la víctima y estaba con ella la noche que pasó todo, en la fiesta y en el piso del pobre hombre acusado de violación, o sea, tu novio! ¿Por qué, te preguntarás, considero a tu novio un pobre hombre y más víctima que verdugo? Pues porque resulta que a Rodrigo, aunque él creo que no se acuerda de mí, le conocí hace unos quince años o quizá más: su hermano Roberto estuvo conmigo en la base militar de...

—¿Tú eres militar?

—¿Nunca te lo había contado? Pues sí, estuve en los paracas...

¡Esto ya es el colmo! ¿Cuántas cosas más me tiene reservada la vida? Iba a recriminarle que vivimos cinco años en común, como pareja, y no me contó nunca algo tan..., pero por el contrario digo:

—¡O sea que ella, Caridad, era la otra civil que estaba con la rubia que se le pegó a Rodrigo aquella noche!

—A esa tía rubia, Mari Carmen, Mamen para los más íntimos, y su prima Caridad, nuestra querida compañera, les encantaba irse de juerga y trajinarse a cuantos tíos se les ponían por delante, han tenido mucha fama de ser... cómo lo diría para que no suene muy mal... —Benigno se lleva un dedo a la frente con gesto teatral que le hace parecer hasta divertido—, eran dos putones...

—¡Benigno, por favor! ¡Los tíos siempre tan machistas! Si un tío se va con muchas mujeres es un machote, un portento. Si una tía hace lo propio es un putón. ¡Ya está bien! ¡Nosotras también tenemos derecho a hacer lo que nos dé la gana sin que se nos juzgue o se nos insulte!

Benigno suspira... ¿por el hastío? Y prosigue con su discurso.

—Esas dos hacían una pequeña competición entre ambas para ver cuál se llevaba más tíos a la cama. Estaban tanto tiempo abiertas de piernas que dudo de que les diera tiempo de llevar bragas. Eran bastante famosas entre los militares destinados aquí y los estudiantes de la universidad... A los únicos que evitaban como a la peste son a los cuerpos de policía y de Guardia Civil porque el padre de Mamen es un importante comisario de esta ciudad. Bueno, ¡qué te voy a contar que no sepas de la fama de nuestra querida Caridad en el hospital! Se ha pasado por la piedra a todo el que se le ha puesto a tiro, entre los que se me puede incluir sin ningún género de dudas.

Me mira con una irónica sonrisa que, de verdad, le da tanta vida a su expresión que me parece que estoy frente a un extraño. Por raro que parezca no se me ocurre nada que replicar a tan sorprendente e inusitada declamación por parte de mi supervisor.

—De todos modos —continúa—, que la moza sea una fulanilla, me refiero a Mamen, no es excusa para una violación y su denuncia debía ser tenida en cuenta de una forma adecuada. Cada persona es muy libre de negarse a tener relaciones sexuales con quien le parezca oportuno, sea cual sea su estilo de vida, promiscuo o no. ¿Estás de acuerdo?

—¡Claro que estoy de acuerdo! A mí me importa un cuerno lo que haga con su vida sexual. Pero me niego a creer que Rodrigo le haya hecho algo tan grave como violarla, ni a ella ni a ninguna.

—No olvides que el amor resta objetividad...

—¡No me vengas con monsergas! Tú mismo me has dicho que crees que Rodrigo no es capaz de algo así porque le conociste hace años.

—Sí, cierto. Yo creo que se trata de un tipo legal. Particularmente creo que algo huele a rancio en todo esto. Sobre todo el hecho de que el padre de la chica sea comisario. Quizás alguien la sorprendió aquella noche en la cama de tu amigo, la amenazó con chivárselo a su padre y ella no tuvo otra idea mejor que acusar al pobre que echó un polvo con ella... No sé.

Me quedo nuevamente sin habla. Estoy tan cansada que soy incapaz de enhebrar dos palabras seguidas que tengan sentido.

Benigno me deja helada con su siguiente gesto: alarga su manaza sobre la mesa y ¡me coge una mano! Observo su enorme y pecoso antebrazo muda por la impresión y luego le miro a él. ¡Me sonríe!

—Marian, ya verás como todo esto se soluciona, de una forma o de otra, se solucionará. —Me da un apretón para reafirmar sus palabras: creo oír un crujido de huesos rotos, los míos—. Estoy convencido de que a tu novio le han metido en un *fregao* por el hecho de estar donde no debía. Todo se arreglará, ya lo verás.

Otra sonrisa.

Me suelta la mano. Creo que ya no me volverá a servir para tomar tensiones.

—Bueno, no te he hecho venir a esta hora para hablar de tus rolletes. —La buena sintonía no podía durar mucho—. Necesito que me ayudes en otro asunto. Hace semanas que te lo iba a pedir pero todo se ha jodido demasiado rápido. Ahora no me interrumpas y escucha: se trata de Justo.

¡No vale, ya no puedo más! ¡Primero Caridad y ahora el cerdo de Justo! Voy a vomitar.

—¡Mira, Benigno, me importa un cuerno lo que me tengas que contar de ese capullo, no me interesa...!

—¡Calla y escucha...! —Me ha chillado.

Una mujer vestida con el uniforme azul y gris propio del personal de administración del hospital se nos acerca rauda con gesto serio, enfadado. Supongo que se trata de la encargada de la biblioteca.

—¡Hagan el favor de contener el tono de voz y no molestar! —Miro a mi alrededor: la biblioteca está completamente desierta, a excepción de una mosca que ignora que el sistema de desinsectación del hospital es de los mejores del país y otea el universo con giros monótonos y aburridos—. ¡Aquí se viene a estudiar y a consultar textos, no a charlar!

—¡No seas lerda, que no estamos molestando a nadie! —La mujer reacciona como si le hubiera dado un bofetón. Benigno se lo piensa mejor, compone el gesto y el tono de voz intentando ser amable; enarbola su mejor sonrisa falsa—. Hablaremos más bajo y no molestaremos a nadie, ¿vale?

La mujer asiente en silencio y se va.

¡Estoy soñando, todo esto es tan absurdo que seguro que me he quedado dormida en el sofá de casa y dentro de poco me voy a despertar y...!

—A lo que vamos. Mira, Justo es un enfermero que tiene varias plazas en propiedad. Una de ellas en el Ayuntamiento, la otra en los servicios sociales de la comunidad. Bien, el trabajo en cada uno de estos destinos no le suponía un esfuerzo muy grande, pues trabajaba en ambos destinos a la vez, lo que, como imagino que ya sabes, no está permitido por la incompatibilidad y todo eso. Indiscutiblemente, el objetivo no era otro que cobrar dos sueldos, dos sueldazos, sin partirse el lomo, la verdad. Por si esto fuera poco, hacía guardias por la noche en las urgencias de una clínica ginecológica privada que se llama Afrodita o Atenea o Venus o algo así clásico.

»Bien, una de las dos administraciones, no sé cuál ni me importa, le ha pillado y se le ha sancionado en ambos destinos echándole temporalmente. Como el tío tiene enchufes hasta debajo de las piedras no ha faltado quien le facilitara un contrato en nuestro hospital. No se le puede hacer interino porque no tiene la suficiente antigüedad para poder aparecer como tal en la bolsa de trabajo, pero sí está en la lista de contratación con una buena puntuación. Su «padrino», uno de los jefazos de este centro, ha logrado que se le haga un contrato por acumulación de tareas y lo ha enviado al servicio donde el supervisor no pinta nada de nada en ningún sitio. Ese servicio es nuestra planta y ese supervisor yo. No sé si sabes, aunque creo que te lo puedes imaginar, que no se me quiere demasiado en las altas jerarquías.

»El primer día le recibí con alegría ya que nos hacían falta más manos. Parecía un buen tipo, con ganas de agradar y de colaborar, pero he ido indagando sobre él y me he quedado pasmado con lo que he descubierto. Me he enterado de que varios usuarios de sus anteriores trabajos le intentaron denunciar por algo que no hizo bien, pero los hechos no estaban suficientemente claros y no prosperaron las denuncias. Cuando pasó lo de la agresión en nuestra planta no tuve ninguna versión convincente de cuáles habían sido los verdaderos detalles del suceso, pero solo el hecho de que él estuviera en medio ya me dio mala espina. Investigué y me enteré de que uno de los últimos intentos de denuncia había sido por agredir a un usuario. En mi fuero interno tenía la absoluta certeza de que tú no habías puesto la mano encima a esa paciente, por lo que intenté defenderte.

Mi cara debe de ser un auténtico poema. Incredulidad, asombro, estupefacción. Hasta la muy limitada capacidad de observación de Benigno le debe permitir leer lo que mi rostro grita pero mi garganta silencia.

—Sí, Marian: nunca me creí que tú hubieras pegado a esa tía y sí tenía la certeza de que había sido Justo. En el comité disciplinario intenté defender tu inocencia pero no se aceptó mi declaración, que debió de quedar reducida a mi rúbrica en el panfleto en el que se habían recogido firmas apoyándote. Lo único que conseguí es que solo te suspendieran por una semana. —Recuerdo que esto último ya me lo dijo Auxi—. Todo fue muy raro y anómalo. No creo equivocarme si afirmo que el alto jerarca del hospital que enchufó a Justo posibilitó que todas las culpas cayeran sobre ti. Como tú no te defendiste, pues fue facilísimo. Esa fue una capullada más de las que te caracterizan: a veces te quedas alelada y no eres capaz de reaccionar...

Prefiero no entrar al trapo de sus provocaciones. Como siempre, me da una de cal y otra de arena. Prefiero ir al grano, aunque no puedo evitar la enorme incredulidad que me produce la posibilidad de que él me defendiera. Suspiro y le digo:

—Bueno, historias aparte, dime de una vez qué es lo que quieres de mí.

—Marian, sé que te va a sonar extraño lo que te voy a pedir, pero quiero que seas mi topo en la planta.

¡Y tanto que me resulta extraño; no, mejor, me resulta RIDÍCULO! Así, con mayúsculas y todo.

Una carcajada resuena en el silencioso ambiente de la biblioteca y es mía. Hasta la mosca ha cesado en su monótono recorrido y me ha mirado a los ojos. La encargada de la biblioteca es rauda como una bala y me insta a guardar silencio chistándome con furia.

—Siempre te he dicho, Benigno, que ves demasiadas películas de misterio.

Me levanto, pero él es más rápido que yo y me agarra del brazo.

—Siéntate, Marian. Escúchame y, cuando termine, me das tu opinión. —Su manaza me aprieta la muñeca hasta hacerme daño. Decido sentarme y escuchar. O eso, o me arranca un brazo. No hay opción—. Quiero que estés atenta a todo lo que hace ese gilipollas. Necesito que salga de nuestro servicio cuanto antes, se me hace insoportable el saber que me han colado a un tipo como él. Necesito que le observes, que escuches qué dice y a quién y que luego me lo cuentes a mí.

—Se te olvida, Benigno, que Justo y yo ya no podemos

vernos y no me va a resultar fácil vigilarle o escuchar sus conversaciones sin que se dé cuenta, ¿no crees? Supongo que te podrás imaginar la que se puede liar si alguien...

—Confío en tus habilidades y en tu inteligencia. Y sobre todo necesito que seas discreta y no le cuentes esto a nadie. Nadie debe saber que hemos mantenido esta conversación. Ni siquiera tu querida Auxi. Me imagino que tú tienes tantas ganas como yo de perder de vista a ese imbécil y que el ambiente de nuestra planta vuelva a ser el remanso de paz que antes era.

Me mira fijamente. Se me hace incómodo tenerle tan cerca, aunque todos los años que pasamos juntos me vuelven a la mente como por arte de magia y no me cuesta trabajo recordar la intimidad que llegamos a tener y compartir.

Me sonríe.

—¿Te acuerdas de los años que pasamos juntos? Realmente no estuvieron tan mal, ¿verdad? —Me ha leído el pensamiento. ¡Qué *jodío*!

Le devuelvo la sonrisa. Pero no le puedo contestar. No encuentro una respuesta lo suficientemente sincera y espontánea.

—Bueno, Benigno, lo único que te puedo decir es que haré lo que pueda. A mí me apetece mucho más que a ti perder de vista a ese capullo. Pero no esperes demasiado. Mari Cruz ya está bastante molesta conmigo y...

Suena mi móvil.

Durante una milésima de segundo lo miro como si fuera una bomba. Inmediatamente aparece la bibliotecaria y vuelve a chistar son fuerza. Creo que llego a ver varias gotas de saliva salir despedidas desde su boca hacia el mundo infinito. Hago un gesto apaciguador con la mano mientras tomo el teléfono para atender la llamada, que es desde un número que no tengo registrado. Salgo al pasillo. Supongo que Benigno me esperará hasta que termine de hablar.

—¿Diga?

—¿Marian?

Una voz casi desconocida. Supongo que es una mala señal.

—Sí, soy yo. ¿Quién es?

—Soy Marcial, el abogado de Rodrigo.

—¡Ah, hola!

—Seré breve: a Rodrigo le van a meter en prisión preventiva hasta el juicio.

Siento cómo me tiemblan las piernas.

—El juez cree que existen suficientes motivos para pensar que se fugará y evitará sus responsabilidades penales. Últimamente no paraba mucho por su domicilio y como ha recibido una importante suma de dinero en las últimas semanas... ¿Me oyes? ¿Estás ahí?

—¡Sí, sí, estoy aquí y te oigo! Perdona que te haga una pregunta: ¿dices que Rodrigo ha recibido una importante suma de dinero?

—Efectivamente: hace un mes falleció su padre y le dejó un buen pellizco.

—No tenía ni idea de que había muerto su padre.

Mi voz es un susurro quedo. Hago verdaderos esfuerzos para no dejarme arrastrar por el llanto.

—Bueno, supongo que sabes que Rodrigo no tenía una relación demasiado fluida con su familia.

«¡Claro que lo sé! ¡Lo sé desde hace solo unas horas y llevamos juntos tres meses!»

—Marian, disculpa, pero debo colgar. Rodrigo te llamará en cuanto le sea posible. Me ha pedido que te diga que no te preocupes, que estará bien.

—Y tú, Marcial, ¿qué opinas? ¿Crees que no debo preocuparme?

Silencio al otro lado de la línea. Un profundo suspiro me llega por el auricular casi como una brisa de aire abrasador.

—Te diré algo que luego juraré solemnemente no haber dicho: creo que Rodrigo lo tiene muy crudo, nada más.

—Gracias.

—De verdad, debo colgar. Rodrigo te llamará en cuanto pueda.

—Hasta pronto.

—Adiós.

Guardo el móvil en el bolsillo del pantalón. Entro otra vez en la biblioteca. Benigno continúa donde le dejé, aunque no está solo: un hombre vestido con la bata del hospital y un pijama verde, de los que se suelen usar en quirófano, charla relajadamente con él. Carraspeo para hacer notar mi presencia. Benigno me mira como si no esperara encontrarme allí.

—Bueno, Benigno, nos vemos esta tarde en la planta —le digo.

—Claro.

Apenas me ha mirado y sigue su animada conversación con el hombre.

Mejor. La verdad es que no me apetecía seguir hablando con él después de la penosa noticia que he recibido.

Salgo a la calle. El dolor que aplasta en estos momentos mi corazón se debe a dos razones de mucho peso, no sabría decir qué es lo que me ha dejado más apabullada: el hecho de que hayan metido a Rodrigo en prisión o el hecho de que él no me contara sus cosas, que no compartiera conmigo su pérdida. Bueno, si lo medito con tranquilidad —que me hace mucha falta en estos momentos— quizás era demasiado pronto que me hiciera ciertas confidencias de su vida, sobre todo las referentes a su vida familiar, todos sus trapos sucios, sus rencillas. Recapacito. No, sinceramente creo que no debo ponerme quisquillosa en estos momentos. Debo tener paciencia. Si confío en su inocencia, en la que confío plenamente, es imprescindible que sea prudente y espere a ver cómo evoluciona la situación y...

Saco el móvil de mi bolsillo y marco el número de la única persona con la que de verdad me apetece hablar.

—¡Hola!

—Auxi, ¿estás en el hospital?

—¡Pues sí!

—¡Qué bien! ¿Te viene mal que nos veamos ahora, por favor?

—No, claro que no. Estoy en el aula de tutoría terminando con un grupo de alumnos.

—Estupendo, voy para allá.

Mi amiga está en el aula de tutoría terminando con un grupo de alumnos.

Llego en cinco minutos. Auxi está con unos diez alumnos en un aula pequeña y sin ventanas. Como el aula está muy cerca de los lavaderos llega un intenso olor a jabón y a lejía, y en el ambiente flota una humedad incómoda. Están todos sentados formando un círculo con las sillas, incluida ella. No parece una clase magistral, sino más bien una sesión distendida. Auxi, que está frente a la puerta, me ve llegar. Me hace un gesto invitándome a que me siente. Localizo una silla vacía en un rincón.

—Chicos, os presento a Marian. —Diez cabezas se giran hacia mí. Veinte ojos me escrutan con desgana—. Trabajamos juntas en la planta 13, en el servicio de medicina interna. Si no os molesta, se unirá a nosotros.

Un murmullo de indiferencia recorre la sala. Tomo la silla y me coloco tras una alumna pelirroja, procurando permanecer en todo momento en un segundo plano. No pensaba que Auxi me iba a hacer entrar en su clase. Creía que ya iba a terminar.

—Como os decía, no debéis olvidar que sois alumnos de cuarto. Debéis intentar aprovechar al máximo las prácticas porque en unas pocas semanas estaréis desarrollando vuestra labor en un servicio de hospital o en un centro de atención primaria. Una vez que os graduéis tendréis que valeros por vosotros mismos. A veces podréis consultar con otros compañeros más veteranos, pero otras no.

Paseo la mirada por los rostros de los futuros enfermeros. No puedo evitar una sonrisa de desencanto. A todos ellos les importa un pimiento lo que Auxi les está contando. Deben de tener mucha confianza en su capacidad profesional porque, salvo la pelirroja que tengo delante, el resto está en la inopia. Supongo que mi compañera es consciente de ello y quizá no le da demasiada importancia en este momento. Pero la verdad es que presentan un conjunto bastante triste. Posiblemente se trata solo de estos alumnos y puede que el resto de la promoción tenga algo más de sangre en las venas.

Asombrada compruebo que una de las chicas tiene puestos unos auriculares cuyos cables oscuros se pierden entre su cabello y el uniforme. Indiscutiblemente está escuchando música desde un iPod o desde el móvil; mi suposición se ve confirmada al observar cómo lleva el ritmo con uno de sus huesudos pies.

Ajena a todo, Auxi sigue con su arenga en pro de la labor enfermera.

—Creo... No: estoy completamente segura de que varios de vosotros os habéis equivocado al elegir la carrera. No sé qué expectativas movían vuestros impulsos, pero esto no es lo vuestro.

Silencio.

Ni un solo gesto por parte de los jóvenes me permite saber si les ha molestado tal afirmación. La escena es algo absurda, surrealista. Ellos gravitan en un universo que no es el nuestro.

—Los enfermeros y enfermeras de la vida real no son

como los de vuestras series de televisión preferidas. Los enfermeros de carne y hueso no son minimédicos, ni supermodelos, ni están esperando a que sucedan cosas fantásticas, ni se van a forrar con los sueldos miserables que reciben. Los verdaderos profesionales trabajan día a día, se dejan la piel y la mente en su labor, no esperan constantemente un reconocimiento, que por desgracia casi nunca reciben, ni un protagonismo que no tienen —Auxi suspira exasperada—, porque el único protagonista es y debe ser siempre el enfermo y sus necesidades, las personas que atendemos. Chicos, es triste que os lo tenga que decir a las puertas de la finalización de vuestras carreras. La enfermería es un trabajo de fondo, es saber cooperar con otros profesionales en un equipo multidisciplinar, es estudiar y formarse de una forma constante y lógica, es estar alerta, es observar y analizar, es razonar las órdenes y las pautas que recibimos de otros profesionales, es utilizar el razonamiento científico, buscar evidencias científicas que aplicar en nuestra práctica diaria, es investigar para mejorar la atención enfermera.

Reacción cero.

Auxi podría muy bien estar hablando en una lengua asiática. El efecto sería el mismo.

La perorata continúa unos diez minutos más aunque sus efectos sobre los cerebros de los alumnos no es el que quizá se espera. Cuando mi compañera da la sesión por finalizada, todos los alumnos se levantan con más vitalidad de la que se podía suponer dada su actitud de unos minutos antes. Auxi los mira con pena. La pelirroja espera a que todos sus compañeros abandonen el aula y se acerca a la tutora. Me animo a escuchar lo que esta chica tan mona tiene que decir.

—Auxi, ¿puedo comentarle algo?

—Claro, Elvira.

—Mire, espero que me crea cuando le digo que lo de la encuesta fue un error.

—Sí, Elvira, pero el hecho de que respondieras esas estupideces me hace necesario incluirte en estas tutorías de orientación.

—¡Por favor, usted sabe que me encanta el trabajo de planta y...!

—Sí, sí, lo sé. Pero entiéndeme: que tú hicieras una apuesta con Julio Polo a mí me importa un bledo. Puedes estar contenta: has ganado y él te pagará lo que acordarais. Pero tu castigo por tal infantilidad va a ser tragarte las tres semanas de tutoría de Orientación Profesional. Y me importan muy poco tus explicaciones. Ya eres bastante mayorcita para que te tomes los asuntos de tu carrera en serio. Por lo que sí puedes estar contenta es porque tu castigo sea tan pequeño, si por mí fuera...

Auxi simula quedarse sin palabras y hace un gesto muy elocuente y directo a Elvira para que abandone el aula. Digo que simula porque la facilidad de palabra y de expresión oral en Auxi y su elocuencia son tan prodigiosas que el día que ella no encuentre en el diccionario de la Real Academia una palabra adecuada para expresar lo que en ese momento tenga que decir será el día del fin del mundo.

La alumna abandona el aula con gesto compungido, pero con mirada desafiante. Está claro que mi compañera hace gala de una capacidad de justicia muy particular. Si a mí me hubiera utilizado para ganar una apuesta, directamente le suspendería dos o tres asignaturas. No puede existir duda alguna de que la docencia gana mucho con no tenerme entre sus filas.

Mi amiga recoge y guarda cuidadosamente todos sus papeles en una cartera de piel oscura muy bonita y se la cuelga de un hombro. Tiene un aspecto muy juvenil.

Luego me agarra del brazo.

—Vamos, Marian. Yo ya he terminado y es la hora del aperitivo. —Miro la hora en un reloj que cuelga de una de las paredes del aula: ¡ya es casi la una!—. ¿Tomamos una tapita antes de subir a la planta?

—Claro, por supuesto.

Mientras caminamos por los pasillos del hospital siento cómo me escudriña de arriba abajo, sin molestarse en disimular. Cuando ya estamos cerca de la cafetería del personal me dice:

—Chica, tienes mal aspecto.

Su tono de voz no deja lugar a dudas: lo sabe.

A estas horas debo de ser la comidilla de todo el hospital. Todos saben ya que el vigilante de seguridad que es mi novio ha sido enchironado. Una cierta paranoia se apodera de mi espíritu y siento cómo miles de ojos se posan en mí y se burlan de mi desgracia. Esto ya no hay quien lo pare. Lo único que me resta es esperar con toda la paciencia que sea capaz de reunir y anhelar la llegada del día en que los cotillas y cotorras del hospital encuentren nueva carnaza con la que ocupar sus fauces.

En lugar de contestar le lanzo a Auxi una mirada que pretendo esté llena de significado. Ella, que ha captado la inmensa tristeza que atenaza mi alma, me acerca a su imponente físico pasándome un brazo por los hombros. Me encanta que con ella no tenga que derrochar demasiadas explicaciones para que me entienda. Estoy hecha un asco por dentro y por fuera y no tengo que disimularlo.

La cafetería está a rebosar. Menos mal que ya no dejan fumar en el recinto hospitalario, si no se parecería a cualquier tasca de pueblo. Decenas de batas y pijamas blancos y verdes alternan con uniformes de color azul oscuro del personal de mantenimiento y con las blusas celestes del personal de limpieza. Todos a esta hora sienten el gusanillo del picoteo. Lo único que resulta diferente de cualquier bar de la calle a esta misma hora es que predominan los refrescos sobre las cañas que, aunque pocas, haberlas, haylas. Por lo demás, el aire se encuentra impregnado de igual forma de ese tufillo no siempre agradable a refrito y grasa que informa de lo poco saludables que pueden llegar a ser algunas de las viandas que se pueden ingerir, pero que por regla general están tan ricas.

Nos hacemos hueco a codazos entre tanta gente. Nos acercamos a las mesas del fondo justo en el momento en que una pareja se levanta de una de las mesas. Sin osar mirar a mi alrededor ocupo una de las sillas con tanta rapidez como la de un haz de luz en el espacio. Auxi me sonríe y se dirige a la barra a pedir. Al poco rato vuelve con una bandejita en la que porta dos refrescos de naranja «cero azúcares» y dos enormes bocadillos con un más que evidente contenido hiperlipídico, pero con un delicioso aroma que ejerce en mi voluntad el mismo efecto que un canto de sirenas. Cierra el conjunto un plato rebosante de patatas fritas.

—Auxi, si esto es lo que tú entiendes como una tapita, prefiero no intentar imaginarme cómo será para ti un menú de tres platos y postre.

Ríe a carcajadas.

—Hoy es un día, a todas luces, difícil. Vamos a llenar adecuadamente el estómago, no vaya a ser que nos ataque una malvada hipoglucemia. —Reímos—. Tú come, que esta tarde lo gastaremos cuando vayamos de un lado para otro por la planta como si nos hubieran metido un petardo por el culo. ¿Cómo lo llamas tú a eso...?

—*Zuecocross.*

—¡Eso, *zuecocross*!

No hay duda de que desde que mi amiga tiene novio está desconocida. Nunca hubiera creído que ella fuera capaz de decir algo como «petardo por el culo». Desde que sale con Lázaro ha cambiado tanto, aunque de una forma tan sutil, que estoy segura de que nadie ha apreciado nada. Para todos sigue siendo la buena de Auxi, la de siempre.

Atacamos nuestra comida. Siento cierta bola en la boca

del estómago provocada por los nervios, por la angustia de las últimas horas, pero me obligo a masticar. El bocadillo es de beicon con queso y está mortalmente delicioso. Prefiero no pensar cómo se depositará tanta grasaza no solo en mis arterias sino en mi barriga, en mis glúteos, en mis muslos. Ayudo a pasar un bocado con ayuda del refresco que me ha pedido Auxi.

Me doy cuenta de que he estado perdida en mis pensamientos mientras mi amiga hablaba sobre algo que le ha pasado a Marisol, la secretaria de medicina interna: son cosas ajenas a mi interés, la verdad.

Su ojo de águila no tarda en apreciar mi mirada ausente.

—No te estás enterando de nada de lo que te estoy contando.

—No, chica, lo cierto es que no. —Sonrío—. Perdona.

—Tranquila. Entiendo lo mal que lo estás pasando. Y supongo que a ti te da cuatro vueltas que Marisol se haya separado de su novio aun estando preñada de tres meses.

No creo que sea precisa una réplica por mi parte, por lo que me limito a dar otro generoso mordisco a mi estupendo bocadillo. ¡Qué cosas! Bocado a bocado me lo he comido casi todo en un tiempo récord. ¡Dios, por qué los problemas no me quitarán el hambre! Con lo que estoy pasando desde hace meses debería estar como un palo. Pero no, ni eso se me concede.

Terminamos el resto de nuestra comida casi en silencio. Solo nos ha interrumpido Chon, una enfermera de la planta 7, la de traumatología, que trabajó con nosotras hace casi un año durante una baja de Salud.

—¡Hola, chicas! ¿Qué tal todo? —nos pregunta.

—Pues ya ves, todo bien —le responde Auxi.

—Genial, besos, nos vemos.

—¡Chao! —le decimos al unísono.

Recogemos nuestras bandejas y, tras dejarlas en el carrito dispuesto al lado de la salida para este fin, abandonamos la abarrotada y ruidosa cafetería. El pasillo, aún lleno de gente yendo de un lado para otro, es un remanso de paz en comparación con el bullicio que hemos dejado atrás.

—Aún es pronto para subir a la planta. ¿Te parece que nos tomemos un cafecito en el despacho de profesores de enfermería? —me propone—. A estas horas no habrá casi nadie y podremos hablar de eso que tanto te preocupa y que tan mustia te tiene.

Acepto con un gesto.

No ha sido un cafecito si no tres los que nos hemos tomado.

He hablado sin parar durante mucho rato y le he contado a Auxi todo lo que me ha pasado en las últimas horas. Efectivamente, ha reconocido que ya lo sabía casi todo porque Radio Macuto la ha puesto al día esta misma mañana. Sí, el arresto de Rodrigo es la comidilla del hospital. Todo habría pasado algo más desapercibido si el sujeto en cuestión no fuera el novio de una de las enfermeras de medicina interna. ¡Así es la vida!

Como siempre, hablar con Auxi ha supuesto un agradable bálsamo para mi acongojado y sufrido corazón y me ha ayudado a ver las cosas bajo otra perspectiva.

—Creo que deberías ir a verlo.

—¿A la cárcel?

—Pues claro que sí, ¿adónde si no? Tú me aseguras que crees en su inocencia. Debe de estar más solo que la una y, según la rumorología, en la cárcel los violadores suelen tenerlo bastante crudo.

—Has visto muchas películas, Auxi. —No puedo evitar que cierta aprensión me encoja el corazón.

—Quizá sí. Pero Rodrigo está metido hasta las trancas —¡Por Dios... «hasta las trancas»!— en un lío muy gordo. Si fuera yo, me sentiría mejor si supiera que alguien de fuera me apoya y cree en mí.

—¡Eso él ya lo sabe!

—Eso lo sabía cuando estaba en la calle y libre como los pájaros. Pero ahora está dentro. Todos le señalan con el dedo, todos le creen un violador y eso debe de minar hasta las voluntades más férreas. Supongo que necesitará tener cerca, aunque sea por unos minutos, a la persona que asegura amar. Y esa, mi querida Marian, eres tú.

No sé qué puedo decir. La idea de ir a la cárcel me revuelve el estómago. Me imagino como la tonadillera aquella que hizo de las visitas a la cárcel a cierto alcalde, hace años ya, un acto de lo más glamuroso: enormes gafas de sol de diseño exclusivo que apenas cubrían un rostro roto por el dolor, chal de diseño, gesto apenado y actitud sobria y contenida, mientras innumerables periodistas intentaban recoger la imagen con sus objetivos o sus trémulas palabras que dejaban de manifiesto un sufrimiento sin igual.

—Supongo que no le hará gracia que le vea en esas circunstancias. ¡Si ni siquiera ha querido que le acompañara al juzgado para que no le viera en este trance tan vergonzoso!

—A ninguna mujer le gusta que nadie la vea tumbada en la cama de partos, con las patas abiertas de par en par y con todo al aire, la enorme barriga debatiéndose con vida propia, los pelos desgreñados, empapada en sudor, chillando histérica por el insoportable dolor, sin maquillar, sin depilar y fea. Pero prácticamente todas piden a gritos que estén con ellas sus parejas para que les agarren la mano, para que no las dejen solas, para que las apoyen en tan doloroso y trascendental momento, para que lleven a cabo juntos esas respiraciones tan inútiles y ridículas o para que graben en vídeo tan irrepetible momento. Porque para eso está la persona amada, Marian: para dar apoyo en los momentos más difíciles, para acompañar cuando estamos feos por el sufrimiento.

—Muy gráfica, Auxi. Te superas con cada nuevo reto dialéctico.

—Tienes que reconocer que tengo razón. Rodrigo te ha pedido que no fueras esta mañana porque quizá le asustaba ver la expresión de tus ojos cuando le vieras acompañado por la policía y ante un tribunal que le juzga por un delito muy grave. Probablemente le aterrorizaba captar un atisbo de rechazo o repulsión en uno de tus gestos.

Se me llenan los ojos de lágrimas.

—¿Estás intentando decirme que tendría que haber ido con él esta mañana? ¿Estás insinuando que he cometido un error al no acompañarle y darle mi apoyo?

—No, Marian. No estoy intentando decírtelo. Lo estás pensando tú y quizás así sea. Pero lo hecho, hecho está. Esta mañana has cumplido con sus deseos. Pero ahora ha tocado fondo y tiene que estar pasándolo fatal. Si de verdad le quieres no creo que debas dejar que su petición de alejarte sea una orden para ti. Quizás él piensa que no podrás soportar verle así. Pues tú debes demostrarle que eres más fuerte de lo que se imagina, que tu fe en él es firme y que te importa un comino lo que los demás opinen. La presunción de inocencia es un derecho básico, fundamental e inalienable. Si de verdad es inocente no debe avergonzarse, no debes avergonzarte de nada. De nada. Y será inocente, querida mía, hasta que finalice el juicio y se dé un veredicto.

La puerta de la sala de profesores se abre de repente. Entra un hombre de mediana edad y mediana estatura, feo como un demonio, pero con unos hermosos ojos de color miel enmarcados por unas espesas y largas pestañas que para mí las querría. No le había visto en mi vida, pero debe de trabajar en el hospital porque lleva una bata como la de Auxi.

—¡Hombre, Auxi, estás aquí! —Su voz es hermosa y grave. El tono, amable.

—¿Me estabas buscando, Manolo?

Auxi se levanta y se acerca a él. Le saca casi una cabeza, por lo que el hombre debe levantar la suya extendiendo las cervicales en una curvatura casi imposible sin sufrir una lesión. Mi compañera hace un gesto hacia mí.

—Te presento a Marian. Trabajamos juntas en la 13.

Me levanto y le ofrezco mi mano que él aprieta con firmeza.

—Encantado, Marian. —Sonrío y él hace lo mismo; su sonrisa le suaviza las facciones pero le hace aparecer mucho más feo, si eso es posible—. ¿Eres tú la Marian de la que se habla hoy por todos los rincones?

—Sí, supongo que soy esa Marian.

Me habría gustado escupirle a la cara y decirle lo horroroso que me parecía, pero supongo que eso no habría solucionado nada y es más que probable que sea una realidad que conoce de sobra. Tomo asiento de nuevo y no puedo reprimir limpiarme la mano que él ha apretado con la tela de mi pantalón. No me molesto en disimular el gesto, pero Manolo ya no repara en mí.

—Auxi, he estado hablando con Elvira.

—Suponía que lo haría dado que eres su tutor y ella es tu alumna favorita.

—No digas gilipolleces.

—Querido amigo, no me vas a negar que con respecto a esta alumna no eres nada objetivo.

Se están lanzando cuchillos con la mirada pero el tono de voz que derraman es melifluo y dulzón, educado y falso. Está claro que estos dos deben de tener un pasado de enfrentamientos y desigualdades sin parangón y lo de Elvira es solo un capítulo más de «suma y sigue».

—Lo que yo opine de Elvira no viene a cuento, Auxi. Lo que está claro es que la estás poniendo al mismo nivel que el resto de la morralla que has incluido en las tutorías esas que das y que no valen una mierda.

—Está claro que tienes la objetividad en el culo —sin comentarios por mi parte: ya no me asombro de nada con respecto al verbo y las expresiones que mi amiga derrocha sin límites en los últimos tiempos; ¡la hacen tan humana y entrañable!—, y no eres capaz de ver lo más evidente aunque lo tengas pegado a tu nariz.

—¡Y tú me vas a abrir los ojos! —A Manolo le ha costado controlar el tono de voz.

«Yo te los cerraría de un puñetazo.»

Auxi suspira con furia. Está haciendo verdaderos esfuerzos por contenerse y no perder las formas tan exquisitas de las que siempre hace gala, aunque, quién sabe, ¡a lo mejor me llevo una sorpresa!

Se pasa las manos por el pelo y toma aire procurando no perder el control.

—Mira, Manolo, en la encuesta que se realiza en el segundo trimestre de cuarto curso de carrera para intentar valorar los intereses profesionales de los alumnos que están a punto de finalizar sus estudios, tu querida pupila contestó a todos los ítems derrochando grandes dosis de choteo y mala baba. En uno de los apartados indicaba, y espero poder repetirlo de forma literal, que «me encantaría utilizar mi grado en Enfermería para entrar en la policía científica, porque estoy loca por el negro de *CSI Las Vegas*. Espero encontrar aquí uno igual y poder tirármelo mientras le tomo muestras de epiteliales, saliva, semen y pelo». En otro apartado indicaba que la técnica de enfermería que más le gustaba era el tacto rectal, y en otro que la especialidad que más le fascinaba era «urología, por razones evidentes». Más tarde aseguraba que no soportaba medicina interna porque «está llena de viejos, drogatas y terminales». Todo muy gracioso, como puedes comprobar.

Manolo no mueve un músculo de su feo rostro. Está claro que no sabía nada de lo que Auxi le está contando y que solo maneja la versión que su querida alumna le ha proporcionado, que no debe de parecerse en nada a lo anterior.

—Mira, Manolo, soy consciente y sé que Elvira es una de las mejores alumnas de cuarto, de esta y de todas las promociones desde que yo soy profesora de esta facultad, y de esto hace ya unos cuantos años, hasta en las diplomaturas. Es inteligente, brillante, intuitiva, observadora, lógica. En definitiva, reúne en su persona todas las cualidades que cualquiera de nosotros habría deseado para sí. —Auxi está mucho más calmada. Me sorprende cuando apoya una de sus manos en el brazo de su oponente, un gesto conciliador muy común en ella—. Pero es infantil y una mocosa irresponsable. Está claro que ha sido una broma; averigüé que se trataba de una apuesta entre ella y Julio Polo. Pero ello no me ha impedido que la incluya en las tutorías. Si eso la fastidia, si eso te fastidia, pues ajo y agua. En mi fuero interno una vocecilla me grita que tendría que haber sido más severa y abrirle un expediente. Pero no lo he hecho. Así que dile de mi parte que no se queje, que se aplique y que termine el curso de la mejor manera posible, no sea que me arrepienta.

Manolo baja la cabeza y adopta una actitud de meditación y reflexión, aunque yo creo que más bien ha bajado la cabeza porque le ha dado un tirón en las cervicales y en una de las articulaciones ha sufrido un esguince.

Unos segundos más tarde nos ilumina con su sabiduría.

—Mira, Auxi, te puedes meter tus consejos por donde te quepan. Lo de Elvira ha sido una chiquillada y punto. Está claro que no tienes sentido del humor. ¡Deberías follar más!

Manolo se separa de Auxi de forma brusca y se larga rápido como una bala por donde vino. El sistema hidráulico de la puerta le impide dar un portazo.

—¡Chica, cómo tenéis el ambiente por aquí, da asco!

—Ya ves, en todos los sitios cuecen habas.

Miro el reloj: las dos y diez. Mi compañera me lee el pensamiento.

—Anda, vamos a recoger esto un poco y nos vamos tranquilamente a cambiar.

Diez segundos de absoluto silencio consiguen serenar las malas vibraciones que nos ha dejado el feo Manolo.

Yo lo rompo. El silencio, claro.

—De verdad, no sé cómo podéis... Bueno, cómo puedes aguantar a los jóvenes de hoy día con lo insoportables que son.

—Chica, hablas como una vieja.

—Quizá sea así, pero no me vas a discutir que la gente joven de ahora no es como nosotras cuando teníamos su edad. Encima, todo puede ser mucho peor si nos referimos solo a los alumnos de la escuela de hoy día. Cuando tú y yo estudiábamos todo era excesivamente rígido, era casi como el ejército; había una jerarquía inamovible y demasiado recia que había que respetar sin rechistar. Cuando yo hacía prácticas, no podíamos entrar en el control de enfermeras sin pedir permiso y debíamos ponernos de pie y ceder nuestro asiento si entraba un médico.

—Sí, así era. Pero por fin eso ha quedado atrás. A mí me hacían preparar un cafecito al médico de turno o, incluso, alguna vez tuve que irle a por tabaco a un cerdo que me hacía la vida imposible. Eso, no me lo vas a discutir, era propio de trogloditas. Y no hablo de otros abusos que derrochaban a espuertas y que hoy se podrían considerar acoso.

—Está claro que aquello era una mierda. Pero nosotras estudiamos Enfermería por vocación, eso era lo que siempre habíamos querido. Trabajamos durísimo, nos preocupamos rápidamente por adquirir los conocimientos y la responsabilidad necesaria para un trabajo tan delicado. Estábamos dispuestas a hacer todo tipo de tareas que tuvieran relación con el cuidado del paciente. Nos enseñaron a hacer camas y lavar enfermos y lo hicimos cientos de veces acompañando a las auxiliares. ¡Dile tú hoy a un alumno de primero que haga las camas con las auxiliares, a ver qué te dice! Hemos dado de comer millones de veces a los que lo necesitaban, hemos puesto y retirado termómetros, hemos puesto y retirado cuñas y botellas, hemos aprendido que los timbres los debe atender el primero que los oye... Y aún hoy lo seguimos haciendo porque forma parte de nuestras obligaciones.

—Eres muy radical, Marian. No es tanto como cuentas.

—Auxi, antes la adolescencia te duraba hasta los dieciséis como mucho, porque si no tenías una situación acomodada debías buscarte la vida y planificarte un futuro. Yo trabajé desde los catorce hasta los veintiuno, cuando terminé la carrera, cuidando niños y ancianos al mismo tiempo que estudiaba, todo porque mi madre no podía con su raquítico sueldo costear todos nuestros gastos y éramos seis de familia; y en mi casa todos tenemos carrera. Tú trabajaste de dependienta y de peluquera hasta que conseguiste tu título. Hoy día la adolescencia llega más allá de los veintiuno. Los jóvenes exigen a sus padres y a la sociedad que se lo den todo hecho, que les proporcionen las herramientas necesarias para labrarse un futuro. Casi exigen que se les regalen los aprobados sin necesidad de esforzarse o de estudiar. Sí, lo nuestro fue excesivamente duro, pero lo que hoy buscan los jóvenes es excesivamente fácil. No se educa a los jóvenes en la cultura del esfuerzo, del trabajo, de la autorrealización; al que hace todo eso se le considera un *pringao* y los que sacan sobresalientes se avergüenzan porque no son *guays* o no son *frikis*... Solo tienes que ver la serie esa, *The Big Bang Theory*. La gente no tiene vocación de nada, solo busca aquello que le dé una buena vida y poco trabajo. El gran éxito de los *castings* de *Gran Hermano*, o de los *youtubers*, supongo que puede ser muestra de ello: fama y dinero por tocarse los huevos a la vista de todos.

—Creo que estás exagerando, Marian. Estás irritada y no ves las cosas en su justa medida. Tengo muchos alumnos que han estudiado por vocación y que están deseando trabajar y evolucionar... Tú solo has visto a diez de ellos. Hay doscientos más que merecen la pena, son trabajadores y serán buenos cuando trabajen.

—Supongo que te has fijado en el ramillete que tenías esta mañana en el aula de tutorías. —Mi compañera asiente y sonríe—. Pues a todos les daba igual lo que estabas diciendo. Si han llegado hasta el final del cuarto curso aventuro que prácticamente todos han llegado aprobando y estarán a punto de pasar los finales. —Nuevamente, Auxi asiente—. Pues querida, me da terror solo el pensar en la posibilidad de tener a esa panda de cernícalos ofreciendo sus servicios por los diversos rincones de la sanidad española. Tú les has dicho que se han equivocado de carrera y tú les has recomendado hace unas horas que se dediquen a otra cosa y eso solo puede ser porque piensas que han llegado tan lejos sin tener una vocación clara y tus conclusiones están más respaldadas que las mías. Dime, ¿qué crees que les ha animado a elegir esa y no otra profesión?

—Dímelo tú, que lo estás deseando.

Cierto.

—Yo creo que todas esas series de televisión de factura nacional y extranjera que se han puesto de moda desde hace ya bastantes años son las responsables de lo que te cuento. Cuando tú y yo elegimos nuestra carrera no habíamos pisado un hospital en nuestra puñetera vida, ¿estoy en lo cierto?

—Lo estás.

—Cuando pisamos uno por vez primera no llevábamos una idea preconcebida de lo que sería porque casi nadie nos había contado nada. Por ello nuestra vocación se puso a prueba, y fue una dura prueba. ¿Cierto?

—Cierto.

—Nos llevamos la versión más fea de lo que era esta carrera por lo que curramos, por lo que sufrimos, por lo que nos esforzamos, cuando la Enfermería no era la profesión de prestigio que es hoy. Conseguimos una diplomatura en una universidad pero aún se nos veía como practicantes y ATS, como meras ayudantes de los médicos. Y nuestra vocación, lejos de debilitarse, tomaba más fuerza. ¿Por qué? Pues porque nos encontramos con mucha gente que era desagradable, descuidada, injusta y nos decíamos «Cuando yo trabaje no haré esto así, lo haré mejor». Muchas veces los que te enseñaban en las prácticas tenían mucha menos idea que los alumnos que tenían a su cargo. Algunos no tenían ninguna base teórica y no la creían necesaria para poner una sonda o coger una vía. Sabíamos la importancia que podía tener esta profesión y nos revelamos ante la ignorancia de muchas enfermeras y el autoritarismo de los médicos. Y cuanto más sufríamos más seguras estábamos de lo que queríamos. Los futuros profesionales de hoy día lo tienen bastante más fácil, aunque queda aún mucho por hacer, pero no le sacan provecho, ¿por qué? Porque muchos no tienen vocación. Se han llenado la cabeza de pájaros con las series en las que les muestras acciones trepidantes, sangre, casos raros, romances, situaciones dramáticas, tíos y tías buenos, escenas alucinantes de quirófano. Y no ven nada más. La realidad es más fea, mucho más. El dolor no es divertido ni la muerte emocionante. Ellos solo ven vísceras, enfermedades, quirófanos, técnicas chulas... Y no ven a las personas que están detrás. Ven las enfermedades, no a los enfermos.

Tras mi apasionada perorata estoy ronca, agotada. He descargado todo lo que llevaba dentro con una vehemencia excesiva. Quizás Auxi está en lo cierto y estoy exagerando un poco.

—Muy elocuente, pero generalizas demasiado. No te falta algo de razón. Quizás esos alumnos de esta mañana sean los que respaldan tu versión, pero hay otros muchos que hacen que tus palabras estén erradas.

—¿Entonces?

—Entonces, ¿qué?

—¿Cómo piensas tú que se podría evitar que accedan a esta profesión los que no deben? Porque los de esta mañana, en cuanto aprueben los exámenes en junio, salen a la palestra y no me gustaría que llegaran a nuestro servicio, la verdad.

Auxi se repantiga en su silla.

—Siempre he pensado que no todos los que trabajan atendiendo pacientes deberían estar ahí; me refiero, sobre todo, a médicos y enfermeros y auxiliares. Está claro que no todos valen, que no todos ven este trabajo como de una enorme responsabilidad y no todos se molestan en hacer las cosas bien, en mejorar cada día, en aprender, en primar la seguridad de las personas que son sus pacientes por encima de otros intereses. No soy yo la más idónea para establecer cómo se debería realizar el filtro, pero se podrían utilizar ciertas herramientas como las que se usan en las pruebas de acceso para el Ejército o para la Policía. Quizás, incluir una prueba psicotécnica que recogiera ciertos indicadores... No sé, empatía, trabajo en equipo... ¡Puf, no sé! Descartar sobre todo a los sociópatas... Ya te digo que no soy la más idónea para decir qué se debe hacer. Lo cierto es que estoy harta de gente en este hospital que no se cansa de decir que para qué va a trabajar más, que para lo que les pagan...; o aquellos que se ríen diciendo que para qué van a hacer siete cosas si al final de mes les van a pagar igual, hagan una o diez. Así, no les importa dejar a un enfermo mojado por no cambiar un pañal, o dolorido como resultado de una flebitis por no cambiar una vía en su turno o evitan llamar al médico de guardia ante una situación necesaria porque este ha dejado claro que matará al que le mande llamar por algo que no sea un riesgo de muerte inminente. Estoy harta de los malos profesionales y estoy harta de que sigan trabajando tan felices porque casi nadie hace nada.

Estoy agotada. Desanimada. Apabullada.

—Sí, todo esto es bastante complejo.

—Lo que está claro es que tú y yo somos dos privilegiadas en nuestra profesión.

—¿Sí? ¿Por qué?

—Pues porque trabajamos en un servicio en el que se trabaja bien, nos gusta lo que hacemos, todos nos basamos en criterios de atención y cuidados similares, prácticamente todos arrimamos el hombro a una y...

—¡Auxi, pareces un manual de Enfermería Fundamental! Bueno, eso no incluye a la nueva Caridad o a Justo.

Nos levantamos. Debemos ir a cambiarnos para subir a la planta.

—Desde luego, Marian, cuando te da por algo... tú erre que erre.

—No me vas a discutir que ese filtro, si hubiera existido cuando ellos optaron para entrar en la escuela de la antigua diplomatura, habría sido muy útil porque les habría dejado fuera y nos habría evitado muchos disgustos.

—Yo te planteo otra cosa: ¿y si al aplicar el filtro en cuestión las que nos hubiéramos quedado fuera hubiéramos sido nosotras? ¿Qué me dices a eso?

No puedo contestar porque esa sí que es una buena pregunta. ¿Habría pasado yo ese filtro? Y me aterra no encontrar respuesta.

# CESÁREO

Cesáreo Roca tiene cincuenta y dos años. Nació en Madrid, pero cuando alguien le pregunta contesta con gesto de soberbio desafío que él es de Usera. Ni que decir tiene que la mitad de la gente de este país desconoce ese barrio de gente sencilla y obrera en el sur de la capital. Sus padres, que durante casi toda su vida rozaron con sus famélicos ingresos el límite de la pobreza, hicieron verdaderos malabarismos para dar a sus cinco hijos una educación y una formación académica que les permitiera valerse por sí mismos con suficiente holgura. Indiscutiblemente, las becas que el Estado concedía en esa época, aunque siempre demasiado magras, posibilitaron que tanto Cesáreo como su hermana menor estudiaran una carrera superior. Sus otros tres hermanos se conformaron con estudios de formación profesional que les permitieran un rápido acceso al mercado laboral; eso sí, todos tuvieron opción a las mismas oportunidades.

Cesáreo es una persona que está muy orgullosa de sus orígenes y no duda en relatar al primero que se le pone a tiro las vicisitudes que su familia sufrió durante años hasta que consiguió cierto acomodo económico gracias a los holgados ingresos que él y sus hermanos iban obteniendo con el paso del tiempo. Terminó la carrera y trabajó inmediatamente como médico generalista y no realizó el MIR en la especialidad de medicina interna hasta diez años más tarde, cuando ya estaba casado y tenía tres hijos.

Se trata de un hombre muy peculiar tanto en su forma de ser como en su aspecto físico. Muy alto, casi llega al metro noventa, pero muy delgado, con una eternamente despeinada mata de pelo rojizo como el cobre y los ojos marrones, recuerda a una brocha de pintar paredes, de esas antiguas. Es bastante feo, pero tan simpático y tan sonriente con los que le gustan que a muchos se les olvida su falta de atractivo cuando llevan un rato hablando con él. Cada día cuenta un chiste nuevo, muchas veces escandalosamente obsceno y que siempre finaliza con una carcajada enormemente contagiosa por su parte.

Con los pacientes conecta muy bien; es un gran profesional y muy humano, pero con el personal puede llegar a ser un auténtico tirano. Menosprecia la ignorancia y escupiría directamente entre los ojos a aquellos a los que considera superficiales o egoístas. No se lleva bien con todo el mundo y no tiene ningún reparo en decirle a cualquiera lo que piensa de él en toda su cara. Es un verdadero personaje, muy regalado de sí mismo y muy engreído. Dado lo mucho que ha luchado para conseguir lo que tiene no le faltan motivos para sentirse orgulloso, pero en su caso el orgullo excede demasiadas veces en soberbia, aunque si nadie le molesta, y si los que le rodean se abstienen de hacerle algún comentario personal, es un tipo bastante sociable.

Cesáreo se casó con su novia de toda la vida, Charo, una mujer gordita, rubia y tan poco agraciada como él. Hacían una pareja singular, él tan alto y tan flaco; ella tan canija y tan redonda. Nunca fue más certera aquella forma de describirlos: «el punto y la i». Llevaban siendo novios desde que tenían catorce años y se casaron, porque eso era lo que debían hacer, el día que ella se quedó embarazada, justo cuando él cursaba su último año de carrera. Cesáreo nunca se planteó si la quería o no. Debía casarse y eso hizo.

Terminó la carrera y se llevó a su mujer y a su recién nacido hijo hasta un pueblo de Soria en el que se le contrató para cubrir una breve baja del médico titular al que le había aparecido un bulto en la espalda y tenía que someterse a una sencilla intervención de cirugía menor. El bulto terminó siendo un cáncer de huesos con metástasis y la baja, en inicio de unas semanas, terminó siendo una interinidad de cinco años. Cuando volvieron a Madrid ya tenían tres hijos y Charo un hartazgo de pueblo y vacas tal que se le había agriado el carácter; o tal vez siempre fue así y Cesáreo no se había fijado en ese detalle. Ella necesitaba tener cerca una ciudad con cines, con coches y metro y con Corte Inglés, si no, no era capaz de dar sentido a su vida. Estaba hasta el moño de pañales, de cacas y de biberones, por lo que nada más llegar a la capital se puso a trabajar de lo único que sabía hacer: de peluquera. Le fue bastante bien y en dos años ya tenía negocio propio y unos ingresos regulares bastante considerables; no tardó en contratar a dos ayudantes y una esteticista. La holgura económica en la que se encontró el presupuesto doméstico en poco tiempo fue lo que animó a Cesáreo a prepararse las pruebas de acceso para el MIR. Ser médico generalista no estaba mal, pero no era lo que había soñado siempre. A él le apasionaba el trabajo hospitalario, las urgencias.

Hacía ya tiempo que era consciente de que lo que sentía por su esposa no era nada parecido al amor, solo era costumbre y una tibia amistad y, por qué no admitirlo, necesidad. Precisaba de ella para llevar una vida aceptablemente normal con respecto a sus necesidades domésticas y dependía de ella económicamente. Con sus ingresos como residente apenas habría podido sobrevivir, y la caja que su mujer hacía alcanzaba, algunos meses, las seis cifras de las antiguas pesetas.

Apenas hacían el amor y no recordaba la última vez que la había deseado. Sabía que eso solía pasar cuando la convivencia llegaba a un número considerable de años. Estaba cansado siempre y trabajaba demasiado, así que no le dio importancia a tan persistente inapetencia. Tampoco Charo le pedía mucho en la cama.

Un día, aún como residente en el Clínico San Carlos, se descubrió observando a uno de sus compañeros, un joven médico residente de cardiología de Málaga, guapo como un demonio y con un físico increíble. Estaban en los vestuarios poniéndose el uniforme para iniciar la jornada. Se quedó de piedra cuando descubrió que se excitaba al observar las increíbles formas del malagueño y que unas ganas irrefrenables de no sabía definir el qué le desasosegaban, cortándole la respiración. «¡Por Dios, ¿qué me está pasando?» Fueron unos minutos infernales y apenas pudo susurrar un «Hasta luego» cuando su compañero abandonó los vestuarios. Necesitó un buen rato, eterno, para conseguir que la erección que le mortificaba la entrepierna cesara. Se habría muerto si alguno de sus otros compañeros, que en ese momento se vestían a su lado, se daba cuenta de ello. Había sido una trampa de su cansado organismo. No podía tratarse de otra cosa. Se concentró en alimentar esa idea y tuvo bastante éxito. Pero ese día fue incapaz de borrar de su mente las formas perfectamente torneadas, musculosas y morenas del joven médico de Málaga.

Desde ese incidente se sumergió más aún en su trabajo y en sus estudios, si eso era posible. Se cruzó unas cuantas veces más con el malagueño, pero siempre procuró que no fuera en los vestuarios. Relegó a un rincón de la mente sus temores. Sí, indiscutiblemente todo había sido una mala jugada de su cuerpo a consecuencia de tanto trabajo y tanto estrés, y a la ausencia de una actividad sexual aceptable. Aun así, no buscó a su esposa en la cama las pocas noches que dormía con ella, cuando no tenía turno de noche, ni se molestó en saber si ella le necesitaba.

No tardó en descubrir que estaba totalmente equivocado.

Procuraba no ser consciente de las miradas furtivas que, cada día con más frecuencia, lanzaba a sus compañeros más atractivos. Si conversaba con uno de ellos se descubría incapaz de apartar la vista de unos labios carnosos y apetitosos o se perdía en la belleza de unos ojos de color indescriptible. Le fascinaban los cogotes bien recortados y morenos de aquellos compañeros que se decantaban por un corte de pelo más rapado o se preguntaba qué sentiría al morder un mentón bien formado u ornado con un fascinante hoyuelo.

Por las noches sus sueños estaban repletos de escenas de sexo con otros hombres; unas, con conocidos; otras, las más, con misteriosos desconocidos. Desde pequeño había tenido de vez en cuando sueños similares y nunca les había dado demasiada importancia, ya que pensaba que lo más probable era que a todo el mundo le sucediera algo similar, aunque jamás se atrevió a comentárselo a nadie. Cuando él era pequeño, si hacías algún comentario sobre sensaciones o sentimientos de ese tipo, te bautizaban automáticamente como «maricón» o «nenaza»; no había que ser muy listo para saber lo que habría pasado si hubiera compartido el contenido de sus sueños de adolescente. Pero desde hacía un tiempo la frecuencia era diaria. La incertidumbre le corroía la moral y un pensamiento, una posibilidad inquietante se abría camino poco a poco por su conciencia. Y, sobre todo, se moría de curiosidad.

Por fin, una noche de cena con los compañeros de trabajo en la que se celebraba la jubilación de uno de los más veteranos adjuntos de su servicio, el exceso de alcohol y los tres porros que compartió se cobraron su premio y terminó borracho en el asiento trasero de un coche compartiendo besos, achuchones y magreos con un enfermero de la planta en la que trabajaba como residente. Cuando se dio cuenta de hasta dónde había llegado, no se permitió seguir más. Dejó al pobre muchacho con los pantalones a la altura de las rodillas y enloquecido por la excitación, pero con tres palmos de narices cuando, sin previo aviso, Cesáreo abandonó el coche a toda prisa y concluyó con un ensordecedor portazo tan inesperado escarceo amoroso.

Ya no hubo marcha atrás. Su cerebro no paraba de repetirle, insistente y machacón, que debía concluir lo que había empezado, que se trataba de un camino solo de ida, sin retorno posible; que eso había sido siempre así pero que nunca se había permitido admitir la posibilidad de que su sexualidad no era la que él se había impuesto, y que le encantaban los hombres.

Indiscutiblemente, Cesáreo era homosexual... O no: quizás era bisexual, porque con su mujer siempre funcionó tal como se esperaba de él... ¿Podía ser así?

Debía serlo desde siempre y lo descubría más allá de los treinta y cinco. No, más bien se atrevía a reconocerlo. El eterno dilema. El serlo o no serlo y, peor aún, reconocerlo o no. La verdad es que nunca se lo había planteado. Por más que rebuscaba en su memoria no recordaba que hubiera tenido estas dudas en su adolescencia... aunque, si se paraba a analizar algunos detalles, quizá sí. Nunca le habían llamado la atención las chicas; nunca se volvía para mirar unas caderas o unos pechos turgentes, y eso que siempre había estado rodeado de mujeres. Si había salido con Charo fue porque ella no tenía reparos en hacerle todo lo que a él le apetecía sin pedir demasiado a cambio. Al final le había tomado cariño y les unía cierta amistad. Pero, si no se hubiera quedado embarazada, ¿se habría casado con ella? No lo podría asegurar, aunque probablemente no. Debía reconocer que las mujeres no le producían ningún efecto, no ansiaba acercarse a ellas o mirarles el escote o las piernas. Sin embargo se excitaba solo con pensar en el guapo residente de cardiología, en su piel, en su torso.

Acabó la residencia. Decidió que lo mejor era ser honesto y reconocer que su vida hasta ese momento había sido una farsa. Se sorprendió al comprobar que le producía cierto alivio, no exento de cierto temor, el plantearse que siempre había sido homosexual. Nunca había tenido relaciones con otro hombre, salvo el fallido intento con el enfermero y se preguntaba cómo sería. Era virgen, sí, y se moría de ganas de dejar de serlo. Necesitaba probar y quitarse la duda.

Se propuso dejar a su mujer y, en reconocimiento a lo bien que ella se había portado durante todos los años que habían pasado juntos, le explicó, sin tapujos, el motivo de su unilateral decisión aprovechando que los niños pasaban el fin de semana con los abuelos maternos en el pueblo. Como respuesta, Charo se rio de él en su cara y le propinó un sonoro bofetón. No le creía, eso era imposible. Probablemente le estaba poniendo los cuernos con otra y necesitaba una excusa, le dijo. Pero ¿por qué iba a elegir una excusa tan rebuscada? Podía dejarla sin más y no ser tan retorcido.

Discutieron durante horas y tras muchas lágrimas y muchos gritos, tras muchos reproches y muchas preguntas sin respuesta, decidieron separarse por las buenas; siempre se habían llevado bien y debía ser así. Los niños seguirían viendo a su padre con regularidad, aunque su «nueva» condición sexual acordaron mantenerla como un dato irrelevante por el momento. Cesáreo explicaría lo que tenía que explicar cuando lo considerara oportuno, y los chicos aún eran muy pequeños para poder entender ciertas cosas.

Abandonó la casa y Madrid. Había conseguido una sustitución por una excedencia en esta ciudad y en un gran hospital. Alquiló un céntrico piso de tres habitaciones bastante espacioso y no muy caro. Y se decidió a empezar de nuevo.

Se apuntó a un programa de doctorado y comenzó unos

estudios de posgrado que nunca creyó necesitar y que jamás le habría apetecido iniciar, pero el jefe del servicio, el doctor Castro, insistía en que su plantilla debía tener el título de doctor. Quería, decía siempre, que cuando los pacientes les llamaran «doctor» este título fuera una realidad y no una presunción. No toda la plantilla le había hecho caso, pero, en su ansia de iniciar una nueva vida y vivir una nueva ilusión, Cesáreo consideró culminar su formación con una titulación más. Quién sabe si algún día se decantaba por la docencia.

Descubrió, asombrado, que efectivamente las relaciones sexuales con otro hombre le colmaban de felicidad y le proporcionaban un placer que nunca había conseguido con su mujer. Se había encontrado a sí mismo después de un montón de años y estaba encantado de haberse conocido, por fin.

Al trasladarse a otra ciudad para empezar su formación como MIR de medicina interna, Eustaquio Canals había dejado en Santander a su novio, Paco, roto por la pena y enloquecido por los celos. No entendía por qué no se quedaba en su ciudad natal para realizar sus estudios. No comprendía que hubiera sacado una nota tal en el examen de acceso que le impelía a elegir un hospital tan lejano como el que había elegido, a casi quinientos kilómetros de su casa y de él. Eustaquio estaba bastante satisfecho dado que el servicio de medicina interna del hospital en el que por fin había obtenido plaza de residente tenía muy buena fama; y sus médicos, muy buena consideración. Podría haber sido mucho peor: que hubiera tomado una plaza en una ciudad mucho más lejana, o en una isla, o que no hubiera encontrado ninguna vacante en la especialidad que tanto deseaba conseguir. Había resultado todo bastante bien y lo sentía mucho por Paco, pero debía irse y conseguir aquello por lo que tanto se había esforzado. Su padre le había cerrado el grifo, vale, pero eso no iba a ser el fin del mundo y sería capaz de apañarse tan bien como cualquiera. Paco lloró durante semanas pero Eustaquio no cedió. Se iba y haría realidad su vocación.

Se instaló en una pensión en la que solo disponía de una microscópica habitación con una cama de ochenta, una mesa y una silla. No tenía armario, aunque tampoco habría podido poner uno en ningún sitio sin sacar antes la cama, así que tenía toda su ropa colocada en la maleta abierta en el suelo, como un libro desvencijado. Si le apetecía ver la televisión debía compartir el salón de uso común con los demás inquilinos, la dueña y la hija de esta, por lo que procuraba no hacerlo; eran personas extrañas y hoscas que le hacían sentir extremadamente incómodo.

Por las mañanas procuraba despertarse el primero, casi una hora antes de lo que debería ya que el hospital le quedaba bastante cerca y no tardaba más que unos minutos en llegar, pero lo hacía para poder entrar en el cuarto de baño el primero, ya que el primer día tuvo que guardar una cola de casi hora y media hasta que consiguió entrar; siete personas se encontraban esperando pacientemente con una toalla en un brazo y una bolsa de aseo en la otra, embutidos en batas de felpa, zapatillas, los cabellos desordenados y mostrando en las mejillas las marcas aún cálidas de sus almohadas. Así que esa mañana llegó tarde al hospital y se llevó una bronca impresionante del adjunto.

No podía permitirse un alojamiento mejor dado lo escaso de su sueldo. Solo en alimentarse y en la factura del móvil se le iba más de la mitad de sus ingresos. El alquiler de la habitación se llevaba otra buena cantidad, de tal forma que lo poco que le restaba volaba en un santiamén. Su familia no quería ayudarlo; su padre, un famoso empresario de la ciudad de origen catalán, consideraba que a su edad debía valerse por sí mismo. Le había costeado toda la carrera y todos sus gastos de estudiante acomodado, pero el grifo se había cerrado irrevocablemente. Ya estaba licenciado y era un hombre muy capaz de apañárselas por su cuenta.

Aun con las molestias que le reportaba su alojamiento, la ciudad y el hospital le encantaron. El doctor Castro, el médico tutor que se encargaba de él y de otros cuatro residentes más, resultó ser bastante aceptable en el trato y en su capacidad docente. Les exigía mucho y constantemente les recordaba lo mucho que de ellos esperaba, pero a cambio les proporcionaba las herramientas que, ellos como estudiantes y médicos novatos, tanto ansiaban adquirir para llegar a ser buenos internistas.

Apenas dormía, tenía poco tiempo para comer y muy pocos ratos de ocio, pero sabía que había llegado al lugar donde siempre había deseado estar. Apenas tenía ocasión para llamar a Paco y, menos aún, de ir a Santander. Lo telefoneaba de vez en cuando y su llanto constante y su quejumbrosa insistencia en ir a verle le exasperaban, así que poco a poco las llamadas, los mensajes de móvil y los e-mails se fueron espaciando en el tiempo, de tal forma que a los tres meses de su llegada recibió en su móvil un sencillo «Adiós para siempre, ahora salgo con otro» de Paco. Comprobó, aliviado, que se evitaba un enorme problema: el de romper con él y dejarlo. Su novio, bueno, su ya ex había llegado a ser más un lastre que una alegría. Mejor si había encontrado a otro que le diera lo que necesitaba.

Sabiéndose libre acarició la idea de encontrar a alguien. Decidió descartar a sus compañeros de hospital. No le hacía gracia que empezaran a comentar sobre su vida personal. No le gustaba, sin embargo, acudir exclusivamente a los locales de ambiente de su nueva ciudad. Prefería acompañar a sus colegas a bares de todo tipo y dejarse sorprender. Con lo poco que salía y lo poco que buscaba no había conocido a nadie en todo ese tiempo, aunque debía reconocer en el fondo de su corazón que tampoco le apetecía demasiado. Paco había llegado a ser demasiado absorbente y su nueva situación de soltero le permitía no tener que rendir cuentas a nadie de lo que hacía o a dónde iba. Su flamante libertad le encantaba.

Una mañana, uno de los adjuntos, el doctor Roca, anunció en el despacho de los médicos que había pensado compartir su piso para repartir gastos. Le habían subido el alquiler y necesitaba ayuda económica; su piso era muy espacioso y buscaba nuevo compañero o compañera. Eustaquio no se lo pensó ni un segundo y, tomando el cartel de las manos del adjunto, impidiendo que pudiera pegarlo al tablón de anuncios, le espetó con un tono de voz demasiado agudo:

—¡Yo, yo quiero compartir piso y gastos!

Todos los presentes lo miraron con pena, en su fuero interno sintieron cierta lástima del residente de primero porque no sabía dónde se metía. Estaba claro que el nuevo ignoraba que el doctor Roca era homosexual y que tenía fama de que le gustaban los hombres jóvenes y guapetones como él. Ese comentario no dejaba de ser cruel e injusto, porque efectivamente al doctor Roca le encantaban los hombres jóvenes, pero jamás se insinuaba a ninguno si no tenía la certeza de que compartía sus mismos gustos. Sin embargo sí había muchos médicos *heteros* que no perdían ripio con las médicas o con las enfermeras jóvenes y de buen ver llegando, en algunos casos, a rozar el acoso sexual más descarado.

Cesáreo observó con detenimiento a Eustaquio. A su mente solo acudió una palabra cuando terminó de mirarlo de arriba abajo: «Increíble.» Hizo acopio de toda su voluntad para que la expresión de su rostro no dejara ni siquiera entrever lo que bullía en su mente.

Vano esfuerzo.

El cartel que pensaba colgar del tablón de anuncios con su oferta de compartir piso le tembló tremendamente entre los dedos. El joven médico le tomó por la muñeca y cogió el folio mecanografiado. Cesáreo creyó morir. ¡Tenía que ofrecerse para compartir piso con él precisamente Eustaquio Canals! Tan alto, tan guapo, con ese cuerpo tan estupendo, con esos labios, esos ojos. Con esa voz de profundas vibraciones que tanto le hacía estremecer. Ese precisamente, ese novato, se ofrecía para compartir piso con él. Evidentemente Cesáreo no estaba al tanto de las vicisitudes que el pobre estaba pasando en la pensión y sin posibilidad de cambiar por no poder costearse un alquiler él solo.

Eustaquio, rebosante de felicidad, se trasladó a su nuevo hogar esa misma tarde. Antes se pasó por el que había sido su horripilante morada durante demasiado tiempo para recoger sus escasas pertenencias. Cerró la maleta tal y como estaba —y que aún descansaba en el mismo espacio del suelo en el que la había colocado el día que llegó— tras meter dos calzoncillos y una camiseta que se secaban sobre el raquítico radiador. Pagó a la patrona lo que le debía y se despidió de ella con un jadeante «Adiós», que en todo momento sonó a definitivo. Nadie lo retuvo, nadie le preguntó nada. Mejor, porque no tenía intención de dar ninguna explicación.

El piso que iba a compartir se encontraba en pleno centro, en una amplia calle peatonal en el casco antiguo. Ocupaba media planta de un edificio de tres alturas. De factura antigua y de gruesos muros, había sido reformado en fechas recientes y el resultado era sobrio y elegante.

Cesáreo le cedió un dormitorio bastante espacioso, con una cama de un metro diez, un enorme armario empotrado, dos mesillas con su correspondiente lámpara y una majestuosa y antigua cómoda de cinco amplios cajones realizada en preciosa madera de roble labrado. El efecto palaciego del dormitorio concluía con un balcón que daba a una bulliciosa calle ornada por una hilera de árboles centenarios y, al fondo, un parque.

Eustaquio parpadeó un par de veces y giró sobre sí mismo para volver a mirar y cerciorarse de que la información que le transmitían sus ojos no era una ilusión. Cesáreo no perdía detalle de los gestos del joven y sonreía complacido mientras se apoyaba en el dintel de la puerta del cuarto. El chico estaba entusiasmado con el piso y con su habitación, y Cesáreo estaba encantado con su nuevo compañero de hogar. «¡Qué pena que no pueda tocarlo y que no me convenga mirarlo!», pensó mientras se le llenaban los ojos de lágrimas por el encuentro de emociones en el que se hallaba inmerso.

—Compartimos todo a medias, incluyendo los gastos de luz, agua, teléfono y gas. Te presento las facturas a final de mes y listo.

—Muy bien.

El muchacho no dejaba de sonreír. Cesáreo temblaba.

—La limpieza más grande la hace una mujer que viene una vez por semana, cinco horas. Así que el resto del tiempo nos encargaremos de mantener todo recogido y limpio. El sueldo de la mujer también va a medias.

—Me parece muy bien.

Eustaquio abría y cerraba cajones, puertas.

—Cada uno se comprará y se guisará su propia comida. Nos repartiremos los armarios de la cocina, el frigorífico y el congelador.

—Me parece correcto.

El residente abrió el balcón y se asomó. Cesáreo se acercó con paso vacilante hasta tocar con la frente los impolutos cristales del ventanal.

—Somos ya bastante mayorcitos, así que por lo que respecta a la compañía... o sea a las amigas o novias... —Cesáreo carraspeó, incómodo—, bueno, cada uno puede hacer lo que le venga en gana pero sin molestar al otro. Quizá lo adecuado sería avisar que esa noche se tiene compañía...

Eustaquio entró nuevamente en el dormitorio y cerró la doble puerta del balcón. Cesáreo reculó hacia atrás y casi tropezó con la cama. La presencia del joven llenaba demasiado espacio, le apabullaba su enorme belleza y le mareaba el olor que su cuerpo desprendía con su constante y febril movimiento. El joven avanzó dos pasos y se plantó frente a él. Se metió las manos en los bolsillos de los vaqueros y le miró a los ojos. Cesáreo le sacaba unos centímetros pero se sintió menudo y frágil ante un hombre tan increíblemente atractivo.

Eustaquio habló.

—Me gustaría decirte algo que espero que no sea un problema entre nosotros. Supongo que no tendrás ningún inconveniente dado que te considero un tipo inteligente y al día. —Tragó saliva. Le temblaba ligeramente la voz—. En mi vida personal no hay chicas porque... bueno... Yo soy gay y... ¡ejem!, espero que esto no te suponga un inconveniente para aceptarme como compañero.

Cesáreo abrió desmesuradamente los ojos y se llevó una mano a la cara. Eustaquio interpretó equivocadamente su evidente gesto de pasmo y a la velocidad de la luz buscó cualquier explicación plausible que evitara el rechazo de Cesáreo. «¡Mira que si me quedo ahora sin este pedazo de chollo en forma de piso por ser gay!»

Pero no había explicación posible, no para estos casos. Uno es lo que es y punto.

En tono y actitud suplicante le tomó por los brazos. Temeroso de que se interpretara erróneamente su ademán le soltó:

—¡Por favor, por favor que esto no te suponga ningún problema! —le rogó—. De verdad yo no te voy a molestar. Si lo prefieres no traeré a nadie a casa, no te preocupes que tú no vas a...

Cesáreo, consciente de lo que su evidente asombro había

ocasionado, se recompuso lo mejor que supo e intentó tranquilizar al que consideraría desde entonces el mejor golpe de suerte, el mejor regalo que la diosa Fortuna le había proporcionado.

—No te preocupes, chaval. Te aseguro que para mí no supone ningún problema.

Una enorme sonrisa iluminó su rostro haciéndolo aparecer hermoso, resplandeciente.

Al cabo de un mes todo el hospital comentaba entre sonrisillas y susurros el notición: el doctor Roca y el R1 de medicina interna, Eustaquio Canals, eran pareja y compartían piso.

Eustaquio se enamoró de verdad de Cesáreo. Consciente de que nadie le creería y de que todos considerarían que utilizaba su cuerpazo como arma para conseguir un mejor trato en su formación como MIR, utilizó como mejor defensa el ataque, agrió el carácter y se volvió estúpido y altanero, autosuficiente y desagradable. Entre los enfermeros y auxiliares pocos le aguantaban, y él se esforzó en devolver lo que recibía en forma de indiferencia y despotismo. Desconfiaba de todos y siempre presuponía que se le estaba criticando. Eso lo convirtió en uno de los tipos más insufribles del hospital.

Cesáreo consideró que su vida era el colmo de la maravilla. Trabajaba en lo que más le gustaba, vivía en una hermosa ciudad y amaba y era amado por el hombre más maravilloso del universo. Tenía tres hijos fantásticos que consideraban el colmo de lo *guay* y de la modernidad el tener un padre gay al que visitaban con bastante frecuencia. Y sus padres habían aceptado bastante bien su recién descubierta condición sexual cuando por fin se decidió a contárselo. Su madre afirmó entre lágrimas que, cuando era pequeño, ella se lo imaginaba, pero que creyó que se había «curado» cuando empezó a salir con Charo y luego la había dejado preñada. Sí, sus padres lo sabían y lo aceptaron con resignación y muy poca alegría, la verdad. «Lo que no queremos es que sufras, hijo.» Cuando conocieron a Eustaquio comprendieron que el amor rebosaba el corazón de su hijo y que, además, era correspondido con creces, por lo que aceptaron la inesperada situación con la mayor naturalidad que supieron fingir.

Era feliz, sí, Cesáreo era feliz. Nunca pensó que llegaría a decir una cosa semejante. ¡Era tan infantil...!

Pasaron algo más de cuatro años.

Llevaba una racha un poco cansado. Se lo achacaba al estrés. Eustaquio estaba buscando datos e información para su tesis y él lo ayudaba en todo lo que necesitaba. Eso suponía muchas horas en bibliotecas o delante del ordenador consultando bases de datos. Había perdido algo de peso pero también estaba inapetente y era lógico que, con el ritmo de vida que llevaban, en algunas temporadas bajara de peso.

Esa mañana al salir de la ducha se mareó. Se agarró al borde del lavabo que crujió bajo su impresionante físico. Se sentó en el retrete. La puerta del cuarto de baño se abrió y una ráfaga de aire fresco llenó el cuarto de baño haciendo que el vapor que rebosaba el ambiente se moviera en bruscos remolinos.

—¿Te apetece que haga una tortilla de jamón? Esta mañana tengo mucha hambre.

Eustaquio estaba radiante y muy guapo. Ya se había afeitado y duchado y tenía el cabello húmedo y brillante.

—Sí, haz lo que más te apetezca.

Forzó una sonrisa.

La puerta se cerró de nuevo.

Limpió el espejo con la toalla del lavabo y se observó: estaba pálido y ojeroso. Presentaba, a sus ojos, un aspecto lamentable, aunque Eustaquio era evidente que no había notado nada. Se aplicó crema hidratante y se la extendió por la cara y el cuello. Sintió una desagradable molestia en el cuello. Se acercó al espejo y se miró, pero estaba más atrás, cerca de la raíz del cabello y no veía nada. Se palpó y se notó un bulto.

Se peinó y se puso la ropa interior.

—¡Cesáreo, el desayuno está listo!

—¡Ya voy!

Se miró una vez más en el espejo y salió del cuarto de baño.

Con la excusa de acudir a una representación de teatro en la que participaba su hijo pequeño, se desplazó a Madrid solo. Eustaquio tenía mucho trabajo entre las guardias, el horario habitual de la planta y la consulta, y no le pudo acompañar.

Él simuló una cierta desilusión que lo único que ocultaba era un alivio estúpido. Varios días atrás había llamado a un antiguo compañero de promoción al que aún seguía considerando un amigo y que trabajaba en el nuevo hospital Puerta de Hierro, en Majadahonda. Con sus hijos había quedado a las dos para comer antes de ir al instituto en el que se celebraría la actuación, por lo que tenía toda la mañana para hacerse las pruebas necesarias que le permitieran confirmar o descartar sus preocupantes sospechas.

Teodoro Pintado le realizó todas las pruebas en un tiempo récord. Lo había planeado a las mil maravillas; en unas cinco horas le realizó una batería de exámenes de distinta índole que, de otra forma, habría tardado días, quizá semanas, en completar. Sabía que era una burrada realizarse tanta prueba en un solo día, pero eso era lo que había. Ni por asomo se las iba a realizar en su ciudad y menos aún en su hospital. No tenía ganas de dar explicaciones a nadie y no deseaba asustar a Eustaquio. No sabría explicar el motivo, pero se veía incapaz de poder afrontar la preocupación o la angustia de su novio. Si todo quedaba en nada, fenomenal. Si todo se confirmaba, pues ya afrontaría su nuevo problema como fuera, pero primero necesitaba saber y necesitaba pasar por el calvario de la espera él solo, sin tener que leer en su querido rostro la preocupación o la angustia ante un mal resultado.

Con un pequeño apósito que cubría parte del lateral izquierdo de su cuello, salió del hospital más allá de la una y media. Le dolía la cabeza y se sentía mareado y con náuseas, pero no podía anular la cita con sus hijos. Tendría que inventarse un embuste que le daría más quebraderos de cabeza de los que ya tenía, así que prefería seguir con el plan y rezar para que todo terminara pronto. Tomó un taxi y se perdió en el agobiante tráfico de la ciudad.

Llegó a su casa ya de noche; Eustaquio estaba de guardia, por lo que Cesáreo no tuvo que buscar ninguna explicación que justificara el apósito que le cubría el punto por donde le habían atravesado la piel para tomar una muestra de tejido linfático y el enorme hematoma que se le había formado alrededor. Sabía que se enfadaría cuando descubriera que le había mentido, que le había engañado durante semanas escondiendo su malestar y guardándose para sí sus sospechas. Sí, sin lugar a dudas, Eustaquio se enfadaría muchísimo y con razón, cierto. Pero algo en su fuero interno le impedía decirle todo lo que le atormentaba. El motivo de esta flagrante falta de confianza en su pareja no podía ser otro que inseguridad. Temía que si se confirmaban sus sospechas y padecía cáncer Eustaquio le dejara. Injusto, pero real.

A las tres de la mañana se dio por vencido: no conseguiría conciliar el sueño. Tenía demasiado miedo. Miedo a la enfermedad, al dolor. Miedo a perder su proyecto de vida. Miedo a la muerte. Miedo a perder a la persona que amaba más que a su propia vida. Miedo a haber traicionado la confianza que siempre había mostrado hacia él. Siempre había sido sincero y honesto y no se merecía que le escondiera sus temores ante la ilusa posibilidad de que le abandonara. No, Eustaquio no merecía tan grosera y sucia falta de confianza. Se merecía el beneficio de la duda.

Y le necesitaba.

Se levantó y tomó el teléfono. Al segundo timbrazo alguien contestó al otro lado.

—Tengo que hablar contigo.

—¿Pasa algo? ¿Ha sucedido...?

—¡No, no, no te preocupes! No es nada malo. Pero es que necesito hablar contigo.

—¿Aquí, ahora?

—Prefiero no hacerlo por teléfono, si no te importa, en un rato estoy allí.

Las lágrimas corrían a raudales por sus mejillas y la emoción, a duras penas contenida, le agarrotó la garganta.

—Te espero, la guardia está muy tran...

Cesáreo no le dejó terminar. Apagó el móvil y se vistió con lo primero que encontró.

Tres días más tarde, Teodoro Pintado le llamó por teléfono. El patólogo aún no tenía el informe pero le había facilitado un análisis visual extraoficial, dada la insistencia que había mostrado en poder saber algo cuanto antes. La anatomía patológica del tejido que se había tomado en la biopsia mostraba que, efectivamente, se trataba de un linfoma Hodgkin, un cáncer en el sistema linfático.

Si quería que Teodoro fuera su oncólogo debía trasladarse a Madrid cuanto antes para realizarle más pruebas que permitieran conocer el alcance real de su enfermedad y, sin perder más tiempo, iniciar el tratamiento con radio y quimioterapia. Esta vez las cosas se harían bien: ingresaría unos días en el hospital y se procedería inmediatamente. «El tiempo es vital en estos casos, tú lo sabes bien.»

Cesáreo pidió la baja y se trasladó a Madrid.

Estuvo ingresado quince días. Las pruebas diagnósticas que le realizaron permitieron establecer que la situación era bastante mejor de lo esperado, dadas las circunstancias, y que se podía ser optimista. Lo habían detectado bastante a tiempo y el pronóstico era, a todas luces, halagüeño. Se empezó inmediatamente con las sesiones de quimio y radioterapia y en pocos meses la mejoría fue casi milagrosa. Pidió el alta voluntaria y se reincorporó a su puesto de trabajo. Se podía pensar que lo malo había quedado atrás.

# MARIAN

Al llegar a la planta nos encontramos todo demasiado tranquilo; no se ve a nadie por los pasillos ni en el control, salvo a Aquiles que conversa apaciblemente con Regla, la otra auxiliar que trabajaba esta mañana. Todos los pacientes deben de estar descansando en sus habitaciones tras la comida. Muchas puertas aparecen entreabiertas y de alguna de ellas nos llega el sonido amortiguado de la sintonía de un telediario local.

—¿Dónde están todos? —Auxi está tan sorprendida como yo. El ambiente aparece extrañamente calmado—. ¿Ha pasado algo?

—Nada grave. —Aquiles sonríe mostrando unos dientes grandes como los de un caballo e irregulares como los adoquines de una calzada romana—. Están todos discutiendo en el despacho de los médicos. Han comenzado charlando en tono amigable y al rato se estaban sacando los ojos. Por ello se han retirado a un lugar alejado de miradas extrañas.

Regla se ríe de una forma un tanto boba.

—Y aquí estamos esta y yo al mando de la nave.

Vuelve a reír la boba.

Efectivamente, si se aguza bien el oído, se pueden oír voces procedentes del fondo del pasillo. Auxi me da un golpecito en el brazo y nos dirigimos al despacho. Tal como nos acercamos a la puerta, las voces se transforman poco a poco en gritos que evidencian que dentro hay personas discutiendo acaloradamente. Hago amago de acercar la oreja a la puerta cerrada, pero no necesito tanto: la puerta casi se retuerce sobre sus bisagras bajo el efecto del vozarrón del doctor Castro. Una voz femenina le da la réplica: Soledad, una enfermera. Alguien agarra el picaporte y lo gira una cuarta y Auxi y yo damos un respingo hacia atrás. No quedaría demasiado bien si se abriera la puerta y nos descubrieran cotilleando al otro lado, la oreja oteando al viento.

La puerta se entreabre unos milímetros y nos llega la voz de Dolores. Muestra un intenso cabreo, algo muy poco habitual en ella.

—¡... ni idea de lo que dice. Son ustedes unos prepotentes!

—¡Y usted es una ignorante! ¡La prescrip...!

La puerta se vuelve a cerrar y apenas nos llega la voz de Amparo, que no está tan acalorada y por lo tanto no chilla. El murmullo entre los presentes nos indica que debe de haber mucha gente dentro, casi todos hombres.

El picaporte vuelve a moverse y Auxi y yo reaccionamos a tiempo y echamos a correr casi de puntillas hacia el otro extremo del pasillo. Agradezco en lo más profundo de mi ser que no haya ningún paciente o acompañante en el pasillo: mi compañera y yo no hacemos un cuadro muy digno. Cuando la puerta se abre por fin nos encontramos a mitad del pasillo y simulamos sorpresa al ver salir a Dolores, a Soledad y a Amparo, las enfermeras que han trabajado esta mañana, del despacho de los médicos con el gesto grave y echando chispas por los ojos.

—¿Qué pasa que hay tanto jaleo?

Auxi disimula muy mal, por lo que decido ir directamente al grano.

—¿Por qué discutíais con el doctor Castro?

El doctor Castro ha publicado un artículo de opinión en un diario médico de tirada nacional en el que establece, según su opinión, la escasa capacidad profesional, científica y de conocimientos de las enfermeras para llevar a cabo actuaciones que supongan una prescripción de cualquier tipo de producto de uso sanitario o medicamentoso. Indica que los únicos capacitados para diagnosticar y prescribir, según esa última ley publicada al respecto, son los médicos —aparte de los odontólogos y podólogos— y que no cree aceptable que se derogue nada de la actual ley del medicamento ni del añadido posterior.* Este artículo es un bofetón moral y ético a todos los avances de la Enfermería en los últimos años, nuestros diagnósticos de enfermería, nuestra formación universitaria de grado, el doctorado, nuestra capacidad de valorar a los enfermos y usuarios de la sanidad y prescribir cuidados y productos farmacológicos adecuados a los mismos en el ámbito de nuestras competencias... en fin, en un solo artículo ha echado bilis sobre todos los avances enfermeros de los últimos treinta, cuarenta años y sin pestañear.

Dolores lo ha leído y le ha sacado el tema. Habían empezado a charlar relajadamente una vez que todos, médicos y enfermeros, habían finalizado sus obligaciones de la jornada y, tras la nada inocente mención por parte de Dolores del susodicho artículo, se han enzarzado en una pelea en la que se han dicho de todo y se han chillado hasta desgañitarse. El resto de los médicos han actuado como en un coro de Verdi, dando el fondo musical, pero sin atreverse a destacar.

Menos mal que el doctor Castro delega casi todas sus funciones —esa es otra, ¡pero en fin!— en los residentes y a él no

* Real Decreto Legislativo 1/2015, de 24 de julio, por el que se aprueba el texto refundido de la Ley de garantías y uso racional de los medicamentos y productos sanitarios. *(N de la A.)*

le vemos apenas el pelo, pero no quiero pensar en el imbécil de Eustaquio, su único y más auténtico clon intelectual. Como poco, el ambiente va a ser vitriolo puro de aquí a las vacaciones de verano, como poco, con esta caja de Pandora que ha destapado Teófilo Castro... Porque no solo no apoya a los enfermeros, sino que nos ataca en sus artículos de opinión.

Dolores nos está contando muy acalorada lo que ha sucedido en el despacho. La indignación en el control de enfermería nos enciende a todos a la velocidad de la luz.

—No te pongas así, mujer, que ya sabes cómo es Teófilo.

Una voz masculina inesperada.

Giramos la cabeza al mismo tiempo, sobresaltadas. Amparo no puede evitar soltar un «¡Joder!», tan propio de ella, con ese tono tan varonil y tan característico en su persona. Nos encontramos a Cesáreo con los codos apoyados en el mostrador del control y sonriendo de oreja a oreja. Hace escasamente una semana que se ha reincorporado después de la última de sus largas bajas y presenta un aspecto tristón y apagado, aunque sus ojos siguen brillando con la misma fuerza y luminosidad de siempre. Tiene el pelo rapado al uno y su cabeza parece un rosado melocotón. Parece ser que todo va bien aunque nunca nos da detalles de su evolución, pero supongo que el hecho de que esté otra vez en activo es indicativo de que probablemente todo va como debe o se espera que vaya. ¿Bien?

Cesáreo es el único de todo el servicio que llama al doctor Castro por su nombre de pila. Nadie más tiene esa licencia, aunque, si debo decir la verdad, no me atrae lo más mínimo tutear a ese troglodita y llamarle «Teo».

—Sabéis de sobra que esta situación anómala de la prescripción de una forma u otra se tiene que resolver, no podéis estar en un limbo legal eternamente. Solo hace falta que los políticos dejen de escuchar únicamente a los médicos y presten atención a vuestros representantes.

—Castro es un gilipollas y un cabrón. —Amparo siempre tan fina y tan sincera—. Tú has oído cómo nos han llamado «chachas». Está claro que añora la época en la que las enfermeras le ponían la bata y le traían cafés. No lleva bien que los médicos ya no sean considerados nuestros jefes, que tengamos autonomía en nuestra labor. O que Auxi sea doctora y muchos de los adjuntos de la unidad, no.

Todos miramos a Auxi, pero ella baja la vista y no añade nada.

—Lo que no teníais que haber hecho era provocarlo, ¿no crees, Dolores? Sabes de sobra cómo piensa y que no va a cambiar porque tú le expliques lo que no necesita explicación.

Cesáreo rodea el mostrador y se sienta al lado de Auxi. Casi no nos queda espacio para movernos y tenemos las rodillas pegadas unas a otras. Dolores está muy enfadada, el cuello tenso, los labios apretados. A esta distancia sí que se le notan unas arruguillas alrededor de los ojos, en los labios y el cuello algo flácido...

—Teófilo es el tipo de médico cavernícola que no nos traga tal como somos ahora, que nos añora con la pata quebrada. Tú sabes que ya llevo muchos años trabajando con él y...

—¡Mejor me lo pones, Dolores! Cada vez quedan menos médicos así. Estamos en tiempos nuevos en la relación entre médicos y enfermeros, que tiene que ir a mejor, sí o sí... Que, de hecho, ya son mucho mejores que hace años. Se os respeta, y ese respeto os lo habéis ganado a pulso, a base de duro trabajo. Pero os queda mucho y os va a costar mucho como profesión y lo sabéis; tres son los motivos, a mi juicio —señala con los dedos al tiempo que enumera—: primero, sois una profesión tradicionalmente de mujeres que estuvisteis muchos años a la sombra de un estamento tradicionalmente de hombres... y muchos de los antiguos se niegan a daros paso en igualdad de condiciones. Segundo, no estáis nada unidos como profesión... nada; salvo puntuales movimientos reivindicativos en las redes sociales, cero patatero. Y, por otro lado, vuestros representantes no están a la altura, muchos de ellos tan chuscos y chabacanos como Teófilo. Y sabes que él no va a cambiar. Dolores, ¿te ha provocado y has entrado al trapo o es que te apetecía picarle?

—He de reconocer que me apetecía provocarle un poquito para oírle piar y que le subiera un poco la tensión. —Dolores sonríe maliciosa.

—¡Y casi te saca los ojos! —añade Soledad.

Se me escapa un gesto de desagrado. De verdad, no puedo soportar la voz de pito de Soledad. Cada vez que me cuenta las incidencias deseo morir o dejarme llevar por unas irrefrenables ganas de taparle la boca con mi zapatilla.

Auxi me da un pellizco en una pierna. A esta mujer no se le escapa una.

—Sí, somos todo lo ignorantes que él quiera, pero cuando ganamos aquel premio nacional por nuestro trabajo sobre la actuación de enfermería en enfermos anticoagulados bien que se dio aires y les dijo a todos que nuestros trabajos de investigación y publicación le daban categoría a nuestro servicio, y que todo ello no era sino el más fiel reflejo de la estrecha colaboración entre los médicos y los enfermeros de nuestro servicio.

—O cuando Auxi leyó su tesis doctoral o publicó aquel trabajo sobre pie diabético. Para darse bombo, solo le interesamos para eso.

De repente un estruendo espantoso nos hace dar un respingo y gritar a todos a la vez. Alguien ha golpeado el mostrador con una carpeta.

Benigno.

—¿Se puede saber qué estáis haciendo charlando sobre gilipolleces cuando ya son las tres y cinco? —Nos mira una a una directamente a los ojos y nosotros miramos nuestros relojes—. ¡No me digáis que la medicación se va a preparar solita esta tarde o que vosotras, las que tenéis turno de mañana, no tenéis ganas de iros a vuestra puta casa!

Nos vuelve a mirar una a una. Yo no dejo que vuelva a posar sus ojos en mí, así que tomo mi libreta de notas y pregunto:

—¿Quién me cuenta?

Cesáreo se levanta y se quita la bata quedando solo con el pijama verde. Está de guardia hoy y tiene poca prisa. Rodea el mostrador, se acerca al supervisor y le da una amistosa palmada en la espalda mientras le dice entre sonrisas:

—Benigno, tú como siempre tan cabrón. ¡No cambies! —Ambos ríen divertidos. Se vuelve hacia Auxi y hacia mí—: Me voy a comer, no dudéis en llamarme si necesitáis algo. ¡Chao!

Benigno me dispara una fulminante mirada que me hace estremecer. No sé qué sentido debo darle al veneno de sus ojos. Pero ¡qué más da! Quién diría que es el mismo de esta mañana.

Nuestro supervisor toma una silla y se sienta al lado de Amparo. Auxi está tomando notas de sus incidencias aunque escribe poco. Parece ser que la mañana ha sido tranquila y que no se le da a nadie el alta y, como no hay camas libres, pues no habrá ingresos. Buena noticia.

Benigno responde a la despedida de Dolores con un rígido movimiento de cabeza y se acerca a mí. Me pone una enorme mano llena de dedos gruesos como bananas en el hombro y me siento morir por la inquietud.

—Auxi —¿por qué se dirige a ella si me aplasta a mí?—, ha llamado Caridad, hoy no vendrá. Esta tarde estáis las dos solas. No sé si van a poner a alguien del retén aunque he hablado con Rosalía, que es la supervisora que hoy está de guardia, para que no os pierda de vista. Por lo que he oído, esta tarde parece que todo va a ir tranquilo, o sea que poneos las pilas y no perdáis más tiempo parloteando.

—¿Y por qué no nos ayudas tú hasta que llegue tu hora de salida? Si no me equivoco, no acabas hasta las cuatro. —Auxi ha pronunciado esas sencillas palabras con un tono tan ácido que creo que me han quemado al pasar.

Por supuesto, Benigno ha captado el tono y la intención, pero le trae sin cuidado, como todo lo demás. Retira la mano de mi hombro y yo siento cómo la sangre vuelve a mi brazo.

—Porque tengo que irme ya.

—Quizás es que se te ha olvidado tomar tensiones o cargar un suero, como no lo haces nunca...

Benigno se queda de piedra. No espera un comentario así de Auxi. De mí posiblemente, sí, pero no de ella. Se acerca un paso a mi compañera, aunque se lo piensa mejor y retrocede. Está claro que la respeta y no va a decir lo que debe de estar haciendo eco en su limitado cerebro. Por fin se decide y vocaliza.

—Tengo que irme ya. Hasta mañana.

Se gira y se va.

Tal como su enorme masa corporal abandona el control, mi compañera y yo reaccionamos a la vez: nos sentamos ante los ordenadores y nos ponemos a sacar la medicación de la tarde. Menos mal que este turno tan feo lo comparto con Auxi. Mi espíritu se relaja junto a ella y su profesionalidad.

Suena un timbre. Estiro el brazo para responder sin apartar la vista de la pantalla pero no me da tiempo: Piedad aparece como por ensalmo y aprieta el botón correspondiente.

—¿Qué quería?

Una voz con repiques de lata de conserva responde:

—¡La cuña!

—Ahora mismo voy.

Mientras Piedad saca unos guantes desechables de su bolsillo, se gira hacia la sala de estar y llama:

—¡Socorro, ayúdame con la 7B, que quiere la cuña!

—¡Va! —dice una voz que se acerca.

—Chicas, parece ser que esta tarde estáis solas al frente de la nave. —La bonita sonrisa de Piedad me relaja. Asiento en silencio—. No os preocupéis que las cuatro podremos con todo.

Y se aleja con Socorro pasillo adelante charlando con tono desenfadado mientras en lo más profundo de mi ser agradezco que las personas con las que voy a trabajar esta imprevisible y todo-está-por-ocurrir tarde sean las que son y no las que podrían ser.

El turno se desarrolla con total tranquilidad. Por supuesto nadie nos ha venido a ayudar ni se ha presentado ninguna supervisora para ver cómo nos va. Esto es bastante corriente en este hospital. Ningún supervisor de guardia llamará para ver cómo te va, no sea que les pidas ayuda. Si te va de pena o los ojos están a punto de salirse de tus órbitas ya les llamarás tú, y entonces se plantearán una solución de urgencia. Se les olvida con relativa rapidez que ellos y ellas también son enfermeros y que en un momento dado podrían dar un poco al callo. Quizás en algún otro hospital sea así, pero en este por supuesto que no.

Todos los enfermos han pasado una tarde tranquila, ninguno se ha puesto peor; y, salvo que Cesáreo quería que se le sacara una analítica urgente a una mujer que había ingresado en el anterior turno de noche para ajustarle el tratamiento, no hemos tenido que llamarle para nada.

La residente que trabaja con él hoy es Iris, una joven tan insulsa como yo en el aspecto físico pero tan inteligente que da miedo. Es del estilo de Lázaro, de aspecto perennemente arreglado e impoluto, de pijamas planchados e inmaculadas batas. Es una mujer brillante con una capacidad profesional excelente y aún por explotar, pero tiene un pesar del que todos estamos enterados aunque ella ignora que es *vox populi*:

está enamorada hasta la médula de Cesáreo. Tan inteligente y tan boba. O quizá sí es consciente de la homosexualidad del carismático Cesáreo, pero su sencillo espíritu se ha dejado arrastrar por la vana esperanza de un milagro, de una conversión *in extremis*. ¡Cosas de la vida! La verdad es que la chica no hace gestos llamativos ni aspavientos cuando está cerca de él. Solo lo mira. Lo mira y se pierde; y es tan evidente que da lástima. Supongo que la misma lástima que debía de dar yo hace meses cuando miraba a Salvador con languidez porque ya estaba pillado.

Auxi me da codazos constantemente porque la imito y me burlo de su mirada de oveja, pero no lo puedo evitar. Su recta y estoica inteligencia le resta picardía y, si se molestara algo más en disimular, yo no me metería con ella. Pero no la critico porque me da pena. Supongo que yo pondría la misma cara de lerda si tuviera cerca a Rodrigo y no me hiciera ni puñetero caso. ¡¡¡Rodrigo, está en la cárcel... se me había olvidado!!! Y yo criticando a los demás...

Ya son las diez y cinco, hemos contado nuestro turno al relevo de la noche y nos vamos camino de los vestuarios. Piedad y Socorro nos acompañan. Entre nosotras se respira cierto aire de satisfacción. Todo podría haber ido de pena pero ha ido como la seda. Porque esas cosas suelen pasar: cuanto peor piensas que te van a ir las cosas mejor te van.

Estar en casa sola me produce una pena insufrible. Todo huele a él. En el baño encuentro una de sus camisas que se ha dejado en el colgador de detrás de la puerta. La tomo y la acaricio como si fuera él. Es un gesto inútil y no consigue darme lo que tanto echo de menos, me deja vacía, insatisfecha; la arrugo y la tiro con rabia al cesto de la ropa sucia. Se me llenan los ojos de lágrimas, pero eso tampoco me consuela nada.

Me pongo el pijama y me dirijo a la cocina. Abro el frigorífico esperando una inspiración que, por supuesto, no llega: quizá si miro lo que hay me entren ganas de comer algo. Vano intento. Cojo la leche, lleno un vaso y decido que eso es lo único que voy a tomar. La enorme tristeza que siento me tiene ocupada la totalidad del espacio vital del estómago y sería inútil intentar hacerse hueco por la fuerza. Mientras bebo miro el teléfono. Me descubro esperando a que suene y sea él.

Tras lavarme los dientes y realizar una breve llamada a mi madre para ver cómo está —decido no contarle nada de lo de Rodrigo hasta que vea cómo pinta el asunto—, me meto en la cama, ya son las once. El corazón se me encoge en el pecho cuando siento su aroma entre las sábanas. Tomo la almohada y la abrazo esperando inútilmente que corresponda a mi gesto.

No soy consciente de cuándo me quedo dormida: la tristeza y el llanto me tienen demasiado ocupada.

## MARIAN

Acaba de empezar mi turno. Se me acerca Piedad y me dice con voz queda, casi al oído:

—Marina está abajo, en Urgencias, esperando cama para ingresar.

Una mezcla de pena y sorpresa me embarga a partes iguales. Marina tiene un cáncer muy avanzado que le están tratando con medidas paliativas, pero también tiene una cardiopatía y una IRC —Insuficiencia Renal Crónica— digamos leve, que a veces se descompensan, la llevan a empeorar y necesita ingresar. Le ha pasado ya unas cuantas veces, en unas ocasiones va a oncología y otras a mi planta.

—¿Admisión le ha dado ya cama? ¿Se sabe en qué planta ingresa? —pregunto.

—Creo que nos viene a nosotros, porque la hija me ha dicho que de nuevo va a estar con nosotras. Pero ya sabes cómo va esto...

—Cierto.

Espero que así sea y Marina nos ingrese a nosotros: tenemos dos camas libres de mujer.

Me gusta Marina y sus ojos de mar caribeño, su cálida sonrisa y los chascarrillos de cuando era joven que narra con tanto desparpajo.

Tiene ya noventa años. Ella también fue enfermera y da la casualidad —o no— de que también trabajó en este hospital desde que lo inauguraron, allá por los años sesenta, hasta que se jubiló. También es de Granada, como yo, de tal forma que paralelismos tan casuales nos ha llevado a sentirnos muy unidas. Quizás algo parecido a cuando dos españoles de la posguerra se encontraban en tierras extrañas fruto de un exilio no deseado, porque las dos añoramos nuestra tierra nazarí.

Pero aparte de nuestra afinidad de origen, nos une nuestra profesión. Ella es enfermera por absoluta vocación y no por casualidad o porque no supiera qué estudiar cuando se le presentó la ocasión. Amaba su trabajo y, por todo lo que nos cuenta, aún lo sigue amando.

Recuerdo una charla que mantuvimos hace unos meses, cuando ingresó la última vez. Yo le explicaba que me joroba que me llamen «ATS» cuando mi profesión es enfermera y mis estudios fueron de enfermera. No soporto tampoco que me llamen «profesional de enfermería», esa forma de eludir llamarnos, de evitar nombrarnos de forma correcta, esos circunloquios que a veces nos anulan o nos vuelven invisibles. A los médicos no les llaman «profesionales de medicina» ni a los psicólogos «profesionales de la psicología»... Marina me escuchó atenta y se rio de mi rabieta, sus ojos chispeantes de sorna, dado que le había lanzado una de mis proclamas vehementes más propias de un dirigente caribeño y que tanto me caracterizan.

—Hija —me dijo sonriendo, mostrando unos impolutos dientes postizos y haciendo brillar sus ojos de una manera espectacular, como siempre que la risa le brotaba del alma—, si eso te joroba, imagina cómo nos sentó a nosotras que se unificaran las titulaciones de Practicante y Enfermera bajo la denominación de ATS, allá en los cincuenta.* Ahí sí que nos

* Concretamente, en 1952. *(N. de la A.)*

anularon del todo, nos engulleron en unas siglas estúpidas y que no decían nada de nuestra profesión, de nuestro papel verdadero de enfermeras ¿«Ayudante Técnico Sanitario»? ¿Qué es eso, madre mía? Por supuesto, la supremacía galena brillaba en todo su esplendor y nosotros quedábamos bajo su sombra sin posibilidad de salirnos ni un milímetro de lo que nos marcaban, dictaban y permitían. Esos sí que fueron tiempos feos para nuestra profesión.

Desde luego que Marina lleva muchos años jubilada, pero la profesión le corre por las venas con un venenillo que no languidece jamás.

Me da pena que ingrese de nuevo, pero me alegra que pueda estar con nosotras, conmigo.

Marina es una sombra entre las sábanas. Y se me cae el alma a los pies al verla. Ha adelgazado de una forma impresionante y apenas es un poco de pellejo sobre sus huesos afilados. Llega medio adormilada, los ojos cerrados y globulosos que le bailan encajados en las órbitas, los labios perdidos en su boca sin dientes. No parece ella. La celadora me da el sobre con su historia y empuja la cama hacia la que será su habitación. Con Marina vienen su hija Laura y su nuera. En su gesto serio, sus ojos llorosos y sus ojeras leo lo definitivo de este ingreso.

Marina viene a morir.

—Ha pedido que la ingresemos —me dice Laura conteniendo a duras penas el llanto—. Los de Paliativos nos han atendido muy bien en casa, pero ella ha insistido en venir aquí en cuanto ha empezado a no respirar bien... —Se deja llevar por las lágrimas. Le aprieto con delicadeza una mano y espero paciente a que se siga explicando. Esta tarde tengo mucho lío, pero ella necesita su tiempo para explicarse—. Mi madre sabe que yo me agobio al verla así y me ha pedido que la traiga. Dice que aquí todo irá mejor.

—Has hecho bien, no te preocupes —le digo—. Tu madre sabe lo que hace y esta, en cierto sentido, es también su casa... —Ambas sonreímos, con una mezcla de cariño y tristeza.

Miro de nuevo a Marina y observo con detalle su rostro, que ahora aparece deslucido por las gafas nasales que le proporcionan el oxígeno que necesita, veo sus ojeras, la palidez extrema de su piel.

Se me llenan los ojos de lágrimas y pestañeo con fuerza mientras reviso la vía que tiene cogida en el antebrazo derecho y el suero que cae con lo que a mí se me antoja como pereza. Y, mientras, recuerdo los diversos momentos que he vivido con esta maravillosa mujer de humor ágil e inteligente, que se reía hasta de su sombra y que me narraba las vicisitudes por las que tuvo que pasar durante su larga carrera como enfermera como si hubiera sido una comedia, cuando demasiadas veces fue un auténtico drama. Me dejo llevar por el recuerdo de sus historias... mientras su hija me cuenta su fea realidad.

—El otro día la vi rebuscando en el cajón de la mesilla y cuando se vio sorprendida escondió algo bajo la almohada. Miré y me quedé helada al encontrar varias pastillas de MST,* no sé cuántas, seis o siete, da igual. Me miró sin decir ni una palabra, sin bajar la mirada, dejándome patente que le daba igual que la hubiera sorprendido. «No quiero sufrir más, hija, y sufro mucho, quiero que esto acabe de una vez», me dijo. Pero así no, Marian, así no...

Laura vuelve a dejarse llevar por un llanto inconsolable que me resulta desgarrador. No sé qué decir y creo que no debo decir nada; la abrazo. Algo me dice que ella siente lo mismo, que quiere mucho a su madre, no quiere que se muera pero no desea que sufra más. Su tiempo, su larga vida, toca a su fin, pero la naturaleza es caprichosa y será ella la que decida cuándo se acabó.

* Pastillas de morfina. *(N. de la A.)*

Marina está ausente pero algo dentro de mí me dice que nos está escuchando.

Diez minutos después entra el médico. Le toca guardia a Lázaro. Al igual que yo, conoce de sobra a Marina, pero aun así viene con su historia en la mano. Se pasa sus buenos quince minutos examinándola. Está tan pequeña y delgada que parece que se va a romper. Apenas entreabre los ojos.

—En Urgencias la hemos medicado para disminuir la disnea y la ansiedad... —dice Lázaro.

—Está muy tranquila y así es mejor, lleva sin dormir varias noches —nos dice Laura—. Mi madre no se lo quería contar a los de Paliativos. En cuanto ha empezado a respirar mal hemos llamado al 061.

—Has hecho bien. Aquí estaréis bien. Tranquila.

Sé que ella necesita saber que ha hecho lo correcto, que no le ha privado a su madre el morir en casa rodeada de sus cosas, de su vida, en su cama. En nuestro hospital no tenemos camas de Paliativos como tal, por lo que se quedará con nosotros. Se procurará tener bloqueada la cama de al lado, en la medida de lo posible.

Lázaro habla ya con la hija y con la nuera para plantearles que, en cuanto Marina esté más despejada y entienda completamente lo que se le explica, se le va a ofrecer la posibilidad de administrarle sedación paliativa. Marina, como es lógico, tiene miedo a sufrir, padece mucho más dolor que hace unas semanas y esta se establece como la posibilidad de tratamiento más adecuada dada la situación terminal en que se encuentra. Hay que evitar un sufrimiento innecesario en la agonía. Este control de síntomas, de dolor y de sufrimiento está perfectamente protocolizado.

Salgo de la habitación no sin antes recordarles a Laura y a su cuñada que me avisen si necesitan algo, regresaré en cuanto pueda. Miro unos segundos la figura minúscula y consumida de Marina y siento un pellizco de pena en el estómago.

# MARIAN

Los días trascurren con cuentagotas en el servicio. No me toca librar durante toda la semana, lo que me fastidia pero me alivia al mismo tiempo. No sé qué haría en casa esperando.

Vigilar a Justo tal y como me encargó Benigno no resulta una tarea fácil. No soporta verme como yo no soporto verlo a él, por ello cuando me acerco e intento escuchar lo que dice, me topo con sus endemoniados ojos. Desde luego, Benigno me ha asignado una misión que me resulta muy complicado llevar a buen fin. Por supuesto, estoy deseando que se encuentre algún motivo para que lo echen, pero no confío demasiado en que se pueda hacer algo así tan fácilmente. Por otro lado no dejo de repetirme que entra dentro de lo posible que Benigno me haya encomendado una misión trampa, en la que al final de todo este embrollo la que salga escaldada como un gato curioso sea yo y no Justo. Me apunto mentalmente no olvidar nunca esta última posibilidad. Benigno puede ser muy cabrón.

Y no vayamos a olvidar a Caridad: se ha convertido en el guardaespaldas de Justo y se interpone en mi camino cada vez que pretendo ir hacia donde va él. La muy ladina se huele algo y no para de vigilarme y de husmear a mis espaldas, más o menos lo que yo pretendo hacer con su amiguito. ¿Buscará el mismo objetivo que yo con ellos?

Esta es sin duda una situación surrealista y paranoica. En la planta se han separado los mares en dos bandos totalmente opuestos: o a favor de Justo o en contra. Cosa curiosa que nadie se sienta indiferente ante él.

Me duele especialmente que Mari Cruz se haya puesto de su lado sin dudar ni por un instante. Lleva semanas sin mostrarse franca conmigo y eso me pesa especialmente, sobre todo porque alinearse en el bando de Justo es considerar que yo soy culpable de todo de lo que se me acusa. Ella tendría que saber tan bien como otros que yo no soy capaz de hacer una cosa tan grave como agredir a una enferma. He recibido el apoyo de compañeros del turno de mañana y del turno de noche y no el suyo, que yo daba por seguro.

A media tarde Mari Cruz me espera a la salida del cuarto de baño del personal y me aborda. Tiene los brazos en jarras, como cuando se dispone a atacar. Saca el tema sin andarse por las ramas.

—Mira, no tengo ninguna razón para dudar de la palabra que Justo ha dado, estás exagerando tu animadversión hacia él y hacia Caridad, y yo no me dejo arrastrar por tus juegos y tus intrigas. Te has portado mal y punto. Ya es hora de que madures, Marian, te lo digo motivada por el cariño que te tengo y porque me duele ver el ridículo que estás haciendo al dejarte llevar por la antipatía que sientes por dos de tus compañeros.

»Estás malquistando el excelente ambiente que tanto trabajo nos ha costado conseguir a lo largo de los años que llevamos aquí. Madura, Marian, por tu bien te lo digo, eres una excelente profesional pero no paras de comportarte como una niña.

No puedo describir el dolor que me causan sus injustas

palabras. Ni que decir tiene que me quedo muda. Soy incapaz de reaccionar, ni siquiera se me llenan los ojos de lágrimas, reacción tan habitual en mí cuando me siento frustrada.

Al malinterpretar mi azoramiento como un sucedáneo de reconocimiento de culpa, me apoya una mano en el hombro y me da una especie de abrazo como señal de sus buenas intenciones y de su sincera amistad hacia mi pobre persona.

—Venga, vamos a seguir con nuestro trabajo, que el tiempo todo lo cura.

Comprendo con un enorme pesar que Mari Cruz no se ha enterado de nada y que, sobre todo, no desea que nadie le abra los ojos. Por muchos años que pasen, jamás se desprenderá de sus monjiles expresiones.

Con la más falsa de mis sonrisas me dejo llevar por ella hasta el control de enfermería deseando en lo más profundo de mi ser que Dios me permita algún buen día restregarle toda la verdad y sus palabras por la cara.

Me ha juzgado sin dejar que me defendiera. Ha llegado a sus conclusiones sin haber escuchado lo que yo sentía. Por supuesto, tengo que reconocer con pesar, Mari Cruz no es tan buena como yo siempre había creído, ni su juicio tan recto. Con ella queda mucho más afianzada mi máxima particular: «Tus compañeros de trabajo no son tus amigos y no esperes que se comporten como tal.»

He decidido que el fin de semana que viene iré a ver a Rodrigo.

Más tarde me llama Marcial y aprovecho para informarle de la decisión que he tomado.

—He decidido ir a ver a Rodrigo. Dime por favor cuáles son los pasos que debo seguir, ya que sé que no es tan fácil como podría parecer, sobre todo teniendo en cuenta de que no soy un familiar ni nada parecido.

—Sí, tienes razón, se debe pedir una autorización a la dirección del centro, pero ya me encargaré yo.

—Oye, ¿y cómo está Rodrigo?

—Pues, sinceramente, está muy decaído y desanimado.

—Se me encoge el alma cuando oigo estas palabras—. Esperar un juicio en la cárcel no es lo mismo que esperar en la calle, libre como el viento. Si te toca esperar en la cárcel es que de alguna manera ya eres un poco culpable y estás recibiendo un cierto adelanto de tu futura condena.

—Marcial, ¿puedo llevarle algo?

—Estaría bien que le llevaras algunas cosas personales como ropa y calzado cómodo, libros y fotos; poca cosa porque lo demás, como el dinero, ya se lo proporciono yo. Y, por favor, Marian, no te asustes cuando le veas: ha perdido bastante peso y le cuesta dormir por las noches, por lo que se le ve desmejorado... Ha tenido que ser visitado por el servicio médico de la cárcel ante la posibilidad de que hubiera caído enfermo.

—¡Pero Marcial, ¿por qué no me ha llamado?! Yo habría podido animarle, consolarle...

—Marian, tranquilízate, por favor... Mira, cuando habla conmigo termina casi siempre llorando. Está muy triste y no quiere que le oigas así.

—Pues entonces, quizá se niegue a verme...

—No lo creo. Puede que se plantee no verte, pero te quiere mucho y, sobre todo, te necesita, y estar contigo solo puede hacerle bien. Tu visita le dará unos ánimos que ahora no tiene y que le son muy necesarios para afrontar lo que se le viene encima.

No puedo evitar asustarme ante lo que me estoy enfrentando y no deja de provocarme escalofríos la frase del abogado: «lo que se le viene encima».

Es sábado, y tengo hora para entrar a visitar a Rodrigo a las doce del mediodía.

Me levanto temprano. He dormido fatal y he pasado la mayor parte de la noche en vela. La imagen que me devuelve el espejo es sobrecogedora. No sé cómo voy a conseguir tener un aspecto aceptable con la escasa habilidad y los pocos medios de los que dispongo.

Me revuelve el estómago ir al centro penitenciario y sé que a él no le hará ninguna gracia que lo vea allí, pero creo que Auxi tenía razón cuando me dijo que es preciso que lo visite. Necesita mi apoyo y necesita que yo crea en él, y la única forma de demostrarlo es estar a su lado todo lo que pueda.

Me obligo a desayunar. Me ducho y me lavo el pelo. Tengo que conducir más de una hora, por lo que he elegido ropa cómoda e informal. Los nervios me atenazan el abdomen y debo hacer titánicos esfuerzos para contener las náuseas. Me maquillo lo justo, pero el resultado es mediocre y sigo teniendo el mismo aspecto de muerta viviente que cuando me he levantado. Suspiro frustrada.

Cojo mi bolso, la mochila con las cosas que le llevo a Rodrigo y salgo. Bajo un tramo de escaleras pero me quedo paralizada por el dolor. Subo nuevamente los escalones, esta vez de dos en dos, y abro lo más rápidamente que puedo la puerta del piso. Tiro todo —bolso, mochila y llaves— al suelo de la entrada y me lanzo como una bala al cuarto de baño. Mi cabeza se vuelca sobre el retrete en el mismo instante en que mi estómago se debate contra mi equivocada decisión de desayunar.

Una hora y cincuenta minutos más tarde entro en el aparcamiento del centro penitenciario. El corazón me late dolorosamente en el pecho. Me arrepiento de no haber aceptado la oferta de Auxi de acompañarme. Mi empecinamiento por llevar todo este asunto sola me resulta en este momento bastante ridículo. Sé que la única razón por la que excluyo a mi amiga es por vergüenza. No me apetece que me vea en la situación de ir a visitar a Rodrigo a la cárcel. Y sé que es injusto que tenga este tipo de pensamientos, pero no lo puedo evitar.

Tal como me esperaba, el recinto es espantoso. El arquitecto que lo diseñó fue consciente en todo momento del fin para el que estaría destinado su diseño y no hizo ningún alarde imaginativo ni decorativo. El resultado es gris y el efecto deprimente.

Estaciono en el parking para visitas. Está casi lleno. Por lo que parece, no voy a ser la única que hoy vaya a visitar a uno de los inquilinos de tan espantoso edificio. Tomo aire y contengo el aliento. Tengo muchas ganas de ver a Rodrigo, pero con gusto me largaría rauda otra vez a mi casa. Me siento despreciable por pensar esto. Cojo la mochila y avanzo con paso que pretendo que sea decidido hasta la puerta de acceso a las visitas.

Paso varios controles. Los funcionarios son muy amables y me indican en todo momento qué debo hacer y por dónde debo ir. Hago entrega de la mochila con los efectos personales que le traigo a Rodrigo. Me informan de que se le entregará más tarde, cuando se haya revisado su contenido. Me toman los datos y me invitan a que me dirija a la sala de visitas.

Se trata de una sala muy luminosa, con enormes ventanales con vistas a un patio de azulejos estilo andaluz que se encuentra bellamente adornado con numerosos macetones repletos de frondosas plantas de un verde imposible y flores de mil colores. Sin lugar a dudas, es impresionante: un tono de inesperada belleza en un mar de cemento y hormigón. Una placa informa que el patio es cuidado por el grupo de floricultura de internos de la prisión. Me quedo asombrada ante tanta hermosura en un sitio tan feo, en un ambiente tan gris.

La sala está llena de familiares y visitas, aunque todos, ellos y yo, estamos separados por cristaleras que delimitan pequeños cubículos sin techo. La pequeña salita en la que me encuentro está decorada, si esa puede ser la palabra adecuada para definirlo, por cuatro sillas con brazos y una mesa baja sobre la que se encuentran varios folletos que pretenden avisarme de los riesgos de las drogas y el alcohol.

Se abre la puerta y entran dos personas. El funcionario me dirige un breve saludo y se va, dejando la puerta cerrada tras de sí. La intimidad es escasa porque a través de las paredes de cristal se puede ver todo. Dirijo mi mirada al hombre que se encuentra en la salita conmigo. Estoy a punto de llamar nuevamente al guardia para que me diga quién es este tipo cuando una voz...

—Hola, Marian.

Su voz.

Pero no es él.

Él no está tan delgado, ni tan ojeroso, ni tan pálido, ni tan encorvado. Él no tiene barba ni llevaría una ropa tan fea. Él no tendría jamás ese aspecto tan triste ni mostraría un gesto tan abatido, tan vencido.

Lo miro nuevamente. Es evidente que ha notado mis dudas y busca con ansiedad mi mirada. Ha cambiado tanto en tan poco tiempo que no parece él. Solo sus ojos, sus hermosos ojos de un azul añil como jamás antes había visto, me dicen que es Rodrigo.

Dudo. Y él sufre con mi recelo. Sufre tanto que su rostro muestra un rictus y su cuerpo se encoje de tal manera como si hubiera recibido un latigazo en plena cara.

Algo me empuja hacia él y, casi sin darme cuenta, me encuentro entre sus brazos, pegada a su cuerpo, emborrachándome con su familiar aroma que ese horroroso lugar aún no ha conseguido cambiar, mientras que mis labios solo pueden pronunciar su nombre.

—Rodrigo...

Me agarra con tanta fuerza que creo que me voy a asfixiar, pero no quiero que me suelte. Deseo que me apriete más y más, que se funda mi piel con su piel, que no me deje sola nunca más.

Su boca busca la mía y me siento rara cuando su barba y su bigote me arañan la barbilla y los labios. Su boca sabe a él, la reconozco y la saboreo y siento algo que me oprime la garganta por la emoción. Me toma la cara entre sus manos y se separa unos centímetros para mirarme.

—Marian, mi querida Marian. —Su aliento me acaricia las mejillas y yo me siento morir—. Necesitaba tanto verte... —me susurra.

Nos sentamos, pero nuestras manos no se separan. Él no cesa de tocar mi cara, como si no se terminara de creer que estoy allí con él. Su aspecto está tan cambiado que parece que han pasado años desde que nos separamos en lugar de las casi dos semanas desde aquella espantosa mañana. Ahora que le tengo cerca veo que tiene unas cuantas canas en la barba, en el bigote y en las sienes. Está envejecido.

—No dejaba de pensar que quizá te arrepentirías de venir y...

—¿Creías que no iba a venir? —Lo interrumpo con un tono de voz que pretende ser de ofensa pero que a mí me suena falso.

Me duele. Me duele enormemente que Rodrigo haya tenido un pensamiento tan fiel a la verdad y me avergüenzo de haber sido tan estúpida porque, efectivamente, a punto estuve de no ir.

—Lo que pasa es que deseaba tanto verte que me daba miedo que al final sucediera algo que te impidiera venir.

Le paso una mano por el pelo. Decido cambiar de tema.

—Estás tan raro con el pelo así y con la barba...

—No me sentía con fuerzas de afeitarme y con las maquinillas que dan aquí no me apañaba; cuando terminaba parecía que me había peleado con un gato. Por eso mientras no tenga una maquinilla eléctrica prefiero dejarla crecer.

Sonrío.

—Te he traído algunas cosas.

—Sí, me lo ha dicho Marcial. Cuando lo revisen todo me lo harán llegar.

—¿Estás bien...? Bueno, ¿te tratan bien?

Me sonríe y por un momento vuelvo a estar frente a ese Rodrigo que se quedó fuera de esta espantosa cárcel.

—Sí, me tratan muy bien.

—Es que se cuentan tantas cosas...

—Sí, todo el mundo cuenta cosas y el cine muestra un mundo lleno de terror en la cárcel. Por ahora estoy con gente que permanece aquí, como yo, esperando a juicio. No es un parque de atracciones y no todos los internos son Mister Bean precisamente, pero no es tan espantoso como se podría pensar y nos tratan bien.

—Se te ve tan... tan...

—Tan hecho polvo, ¿verdad?

Se me llenan los ojos de lágrimas y Rodrigo me besa, esta vez con más calma.

—Los primeros días creí que me moriría. Todo lo que me está pasando es demasiado espantoso. Si fuera culpable supongo que una parte de mí me diría que me lo merezco. Pero es que soy inocente y me rebelo ante la idea de estar aquí hasta que se celebre el dichoso juicio. Desde fuera todo se veía de otra forma y yo tenía más fuerza.

Me mira y yo solo veo dolor.

—Durante todos estos días me he enterado de cosas —intento que mi voz no refleje el malestar que esto me ocasiona: fracaso—, como que tu padre murió hace poco.

—Sí, falleció hace algo más de un mes y medio. —Su tono de voz es neutro—. Estaba pasando unos días en un pueblecito de la Costa Brava donde mis padres tienen una casa y le dio un infarto. Llegó con vida al hospital pero se murió al cabo de unas horas en la UCI. Me llamó mi hermano el mayor, pero me recomendó que no pasara por casa. No fui al entierro pero sí fui al funeral. Ese día te dije que tenía turno doble y me fui en coche. Vi a mi madre a lo lejos. No me invitó a acercarme, solo me miró con la misma calidez con la que habría mirado a una babosa.

»A los pocos días recibí una carta del abogado de mi padre en la que me indicaba que me había legado algunas cosas, entre otras dinero. Supongo que era consciente de que me estaba suponiendo un esfuerzo económico enorme poder costear mi defensa y le di pena. Me habría gustado devolverlo con una nota de desprecio, pero reconozco que ese dinero me hace falta y lo estoy utilizando. A estas alturas no me puedo permitir ciertos gestos de orgullo.

—Quizá me ha desilusionado que no me lo contaras en su momento. Esperaba que ya tuvieras suficiente confianza para que compartieras conmigo ciertas cosas.

—Me dio miedo contarte mi nefasta relación con mis padres porque entonces tendría que contarte el resto y no sabía cómo iba a hacerlo.

—¡Cómo se ha complicado todo en tan poco tiempo...!

Me pasa una mano por el cabello y yo me estremezco. Me mira de una forma tan intensa que solo siento no poder transmitirle tanto cariño como él me da en todo momento.

—¡Cuánto siento no haber podido darte la vida que te mereces, Marian! Me da pena y vergüenza no ser la persona que tú te imaginabas.

Lo abrazo y permanecemos así, mi cabeza en su pecho, su corazón latiendo a escasos centímetros de mi rostro. No tengo el valor de afirmar que lo que dice no es totalmente cierto.

—¿Qué va a pasar ahora?

Me besa en la frente y en los cabellos. Me acaricia. Me da tanto con tan sencillos gestos...

—No lo sé, cariño, no lo sé. —Su voz es apenas un susurro—. Supongo que aún me queda lo peor y no me puedo imaginar pasar por todo esto solo y sin saber cuál va a ser el resultado. —Toma mi cara nuevamente entre sus manos y acerca su rostro al mío—. Necesito que me creas, que creas en mi inocencia. ¡Te necesito, Marian! ¡No me veo pasando este calvario sin ti! ¿Tú me crees?, ¿crees que soy inocente?

Con el fuego de su mirada a escasos centímetros de mi cara es muy difícil pensar con coherencia. Me aturde, me embriaga, me emboba. No puedo dilucidar con claridad, no puedo pensar con serenidad, pero mis pensamientos creo tenerlos bien claros desde hace tiempo y no tengo que decidir nada importante en los pocos minutos que conforman mi visita a la cárcel.

—Sí, Rodrigo. Te creo.

Faltan unos cinco minutos para el final de mi visita. La idea de dejarle allí me atormenta, aunque lo veo algo más animado que a mi llegada; su voz es ya casi como siempre. Me pregunto si algún día volveremos a reír y a bromear como antes, cuando todo parecía ir bien. Miro a mi alrededor. De algunas de las pequeñas salitas de cristal salen mujeres sonrientes y familiares que hablan animadamente. Me pregunto cuánto tiempo —¿semanas, meses... años?— serán necesarios para tener ganas de bromear en un sitio como este. Miro a Rodrigo y escruto su rostro circunspecto y me respondo que a nosotros todavía nos queda mucho, demasiado, y rezo para no tener que llegar a habituarme a este lugar y a este tipo de visitas. ¡Menos aún puedo imaginarme estar en una sala de esas que se usan para los vis a vis!

Parpadeo con fuerza para eliminar de mi mente los malos pensamientos.

—¿Se sabe ya la fecha del juicio?

—Se ha retrasado.

—¡¿Por qué?!

—Parece ser que se ha pedido otra prueba pericial o algo así. Marcial me lo ha explicado pero no le he prestado demasiada atención, la verdad. El juez ha cedido y se ha aplazado la fecha.

—¿Cuándo empezará entonces?

—Empieza el 4 de julio.

Está angustiado; no le hace gracia hablar de esto, pero yo necesito saber.

—Rodrigo...

«Las visitas están a punto de finalizar. Por favor, vayan dirigiéndose a la salida. Gracias.»

El sistema de megafonía impide que se oiga lo que estaba diciendo. Un guardia se acerca a la puerta, da dos toques contundentes con los nudillos y abre asomando la cabeza.

—Disculpen. La visita ha terminado. Vayan despidiéndose.

Deja la puerta abierta.

Abrazo a Rodrigo. Mis brazos le aprietan con torpeza. Está tenso y apenas me corresponde, pero al final se rinde y me besa con fuerza en los labios, en la cara, en la frente.

—Marian, me tengo que ir. No olvides que te quiero mucho, muchísimo.

—Yo también te quiero, Rodrigo. Cuídate, por favor, y piensa que todo se va a arreglar.

Me sonríe, pero su gesto es tan triste que, lejos de darme fuerzas, me debilita y las lágrimas rebosan de mis ojos.

Estamos en una situación ridícula, irreal. Yo no estoy aquí, el que se va no es Rodrigo. Tengo ganas de que un rayo me fulmine. Parece como si estuviéramos inmersos en una mala película de los años sesenta.

Sale y se pierde por un pasillo lateral. Se gira y me dedica una última mirada junto a una sonrisa que deseo con toda mi alma que sea natural.

Ya no lo veo.

Una funcionaria me pide que salga y abandone la sala de visitas. Obedezco.

Cuando vuelvo a salir del edificio el cielo se encuentra cubierto por una capa plomiza de nubes. No corre ni la más mínima brisa. Un latido en las sienes me informa con detalle del dolor de cabeza que se me avecina. El ambiente es acorde con mi nefasto estado de ánimo.

El parking está prácticamente desierto. Parece ser que no solo he llegado la última, sino que también me marcho la última. Me subo a mi coche y arranco. Cuando venía hacia aquí había planeado parar en el pueblo más cercano a comer. Me habían recomendado un restaurante donde por lo visto sirven un pescado muy rico. Pero, tras ponerme el cinturón y encender el contacto, decido por mayoría absoluta que me voy a mi casa a tumbarme en el sofá.

La verdad es que mi visita no ha sido tan espantosa como yo me figuraba: sin lugar a dudas, ha sido mucho peor.

El domingo me levanto más allá de las nueve. No puedo dejar de imaginar qué estará haciendo en todo momento en ese edificio de espacios indefinidos, al que yo doy forma en mi imaginación. Está claro que la cárcel no es lo que nos pintan en las películas, entre otras cosas porque nuestro país no tiene nada que ver con aquel que domina el mundo más allá de la Mar Océana. Pero no deja de ser una cárcel en la que la gente que se encuentra dentro presuntamente ha cometido algún tipo de delito.

Tras una noche repleta de sueños informes y horripilantes, me he levantado casi fresca y aliviada por una decisión que he tomado en el justo momento en que he abierto los ojos: debo hablar con Marcial. Pero no tengo su número de móvil, solo me guardé el del despacho el otro día, y no creo que en domingo esté allí. Tras tomarme un café, que me resulta absolutamente imprescindible para poder hilvanar dos pensamientos con cierta coherencia, cojo el móvil e intento localizar el número que creo es el suyo, ya que me telefoneó desde los juzgados la mañana que arrestaron a Rodrigo. Busco el día. Aparecen tres números de móvil sin identificar. No sé cuál puede ser pero recuerdo más o menos la hora. Marco el que supongo que puede tener más probabilidades. Suena un tono e inmediatamente el oído se me ensordece por el mugido de una vaca, seguido de una cancioncilla de letra soez que está muy de moda por estos días. No creo que Marcial tenga este politono para entretener a los que desean hablar con él. Corto la comunicación y lo intento con el número siguiente. Suena un tono, dos, tres... seis y me sale un buzón de voz. La voz del abogado de Rodrigo me dice que ahora no puede atenderme, que le deje un mensaje y que ya me llamará él. Dudo unos instantes y como de mis labios no brota ninguna palabra con sentido, corto la comunicación. Dejo el aparato sobre la mesa de la cocina.

Debo darme una ducha, a ver si así la cabeza se decide por fin a colocarse en su lugar.

Estoy a punto de meterme en la ducha, el agua corriendo a toda potencia, el cuarto de baño inundado de vapor de agua y yo completamente desnuda, cuando oigo el móvil repiquetear desde la mesa de la cocina. Salgo a toda velocidad tal y como estoy y cojo el aparato.

—¿Diga?

—Hola, Marian. Soy Marcial. ¿Me has llamado hace un ratito?

—¡Sí, sí, he sido yo! —Vuelvo corriendo al baño y me cubro con una toalla. No puede verme pero me siento incómoda por hablar con un desconocido de esta guisa—. Perdona que te moleste en domingo, pero es que me gustaría hablar contigo sobre Rodrigo.

—¿Hubo algún problema en tu visita de ayer? ¿Ha pasado algo?

—No, no. Todo fue como me indicaste. —Estoy muy nerviosa y el aparato me tiembla en las manos—. Lo que pasa es que me gustaría hablar contigo, pero no por teléfono.

## MARINA

Sé que he hecho bien. Venir al hospital a morir es lo más adecuado; Laura siente un miedo cerril que no se ve capaz de disimular cuando me ve sufrir, cuando respiro mal, cuando no voy al baño al estar estreñida por los opiáceos, cuando no tengo ganas de comer, cuando sudo mucho, cuando vomito... Y supongo que para alguien que no está acostumbrado a estas batallas es algo normal. No quiero hacerla pasar por este trago, por lo que dejé de tomar las pastillas MST para ponerme realmente mal y que me ingresaran. Lo malo es que mi pobre niña pensó que me las quería tomar todas de golpe para acabar con todo. Sea como sea, he logrado mi objetivo y ya estoy aquí.

Tengo justo noventa años y mi existencia toca a su fin. Laura tiene cincuenta y siete años y la pobre parece un personaje de telenovela, llora por todo. No, no la critico, ella es como es y la quiero con una locura pausada como solo puede serlo el amor de una madre de noventa años por su hija adulta. Aunque me da pena que no sea como yo: osada ante la enfermedad, el sufrimiento, la sangre, las vísceras, la muerte. Ella ha salido a su padre, ese hombre bueno y único que me dejó sola y triste en el camino hace ya veinte años; de su muerte aún no me he recuperado y no ha pasado ni un solo día, ni uno, en que no haya deseado acompañarle. ¡Cuánto lo echo de menos!

Sé que en cierto sentido es algo injusto, tal vez cruel, pero me gustaría que mi hija fuera como Marian... o quizá, si soy honesta, y a las puertas de la muerte me permitiré el lujo de serlo, me encantaría que Marian fuera mi hija. Ella es como yo, me veo en ella, en su gusto por lo que hace, en su profesionalidad, en su humanidad... Eso sí, ella es más graciosa que yo. Le tengo un cariño que va más allá de la mera relación enferma-enfermera.

La medicación hace su efecto y arrastra todo el dolor y los síntomas que me aquejan desde hace días. Me duermo, sueño... y recuerdo.

Salí de Granada con un puñal clavado en el alma, la vida rota y sin saber cómo encauzarla, pero decidida a empezar de nuevo.

Solo me despedí de doña Virtudes, porque sabía que el desgraciado de su hijo estaba pasando unos días en la Alpujarra, por lo que me atreví y la visité en su casa para anunciarle mi decisión.

Le conté que creía que había llegado mi momento y debía irme, pero solo le expliqué que deseaba empezar en otro lugar. Permití que pensara que mis motivos de abandonar la ciudad se debían a un desengaño amoroso; creo que era *vox populi* que Jorge me gustaba mucho pero no me hacía ni caso, así que dejé que esa idea flotara entre nosotras. Le debía eso y mucho más. Su hijo Ángel era un malnacido, pero ella era la mejor persona que había conocido jamás; nunca lo sabría por mí.

Doña Virtudes lloró mi partida y me hizo prometerle que le escribiría y la mantendría informada de mi paradero. Y lo cumplí, dado que me carteé con ella hasta que falleció. Eso sí, no fui a su entierro ni a su funeral. El motivo es patente. En mi parroquia le dije una misa y la lloré en mi corazón.

Abandoné Granada un viernes; mis pasos me llevaron a Toledo, donde vivía mi amiga Luisa, y allí trabajé unos meses. Pero al poco me enteré de que en Madrid necesitaban enfermeras para una flamante ala del hospital San Carlos en su nueva ubicación de Ciudad Universitaria; hice la maleta y allí me planté. Era libre, una mujer joven con una maravillosa profesión que, en esos días, podía elegir dónde desarrollar su labor. En cierto sentido, y si soy sincera conmigo misma, huía de las relaciones, de las amistades, de echar raíces en ningún lugar, era un ser asustadizo que volcaba en su trabajo todas sus energías y su corazón.

Fue durante el tiempo que viví en Madrid en el que «sufrimos» la nueva reorganización de las profesiones enfermeras, es decir, la unificación de enfermeras, practicantes y matronas en el feo acrónimo de ATS... Y que nos persiguió durante décadas, incluso cuando la nueva carrera universitaria de 1977 nos reconoció de nuevo nuestra bonita denominación de «enfermeras» y «enfermeros». Pero en esos años de apogeo franquista casi nadie protestó y los pocos que lo hicimos —en mi caso con muy poca beligerancia y la boca chica, he de reconocerlo— vimos nuestros labios sellados al instante ante la amenaza de medidas coercitivas, no solo laborales sino penales.

Llevaba un par de años en Madrid cuando conocí al que sería mi marido, Álvaro, un fontanero nacido en Lavapiés, que me cautivó a base de dedicación y cariño. No fue un flechazo, no podía serlo porque mi corazón estaba herido y mi alma rota. Álvaro era grande y desgarbado, pelo rubio ceniza y poco agraciado, pero con una sonrisa cálida y amable que me hacía sentir única y hermosa. Le rechacé mil veces y otras tantas se acercó a mí con educación y buenas palabras.

No tenía estudios... bueno, en realidad había empezado la carrera de Ingeniería justo en 1935, y un año después tuvo que abandonar por la guerra en la que resultó herido leve en Madrid, y estuvo en la cárcel en Burgos seis meses, pero le soltaron de forma milagrosa. Cuando acabó el conflicto y regresó a Madrid se vio obligado a mantener a su madre y a su hermana discapacitada y ya no retomó jamás sus estudios.

Nos casamos en el 56. Él enamoradísimo de mí; yo encariñada de un hombre que me permitió seguir trabajando después de casada y me firmó los papeles que así lo acreditaban. Si no hubiera sido así, no me habría casado, me sabía más enamorada de mi profesión que de él mismo, y si me cortaba las alas me perdería. Y así fue siempre, Álvaro me amaba con un amor incondicional que nunca correspondí en igual medida... ¡cuánto me arrepiento ahora de eso! Ojalá la vida me diera otra oportunidad. En nuestra noche de bodas fue patente que no era virgen, pero él no me preguntó nada jamás... ni yo le expliqué. Esa zona de mi corazón estaba enquistada, cerrada en falso y jamás me planteé darle cura. La dejé ahí, inflamada, purulenta, dolorosa. Nuestras relaciones íntimas nunca me produjeron placer y las asumí como una obligación de mi responsabilidad como esposa y el paso imprescindible para tener hijos.

Nos trasladamos a esta ciudad movidos por su propio trabajo; Álvaro llegó a tener su propia empresa, a ser su propio jefe, algo que siempre deseó.

En este hospital empecé a trabajar a los pocos meses de ser inaugurado, en el año 60, y aquí me jubilé. Siempre me sentí en mi casa, me conocían allá por donde iba y yo conocía a casi todos y a todas con los que me cruzaba por los pasillos; no en vano pasé por diez servicios distintos durante mis más de treinta años de servicio en estas instalaciones. Aquí he sido verdaderamente feliz. He sido enfermera, el trabajo más bonito del mundo, sin duda alguna.

Tres hijos y un aborto. Toda una vida junto a mi querido Álvaro al que no le entregué mi corazón jamás, solo una especie de cariño, lo único que me creía capaz de dar.

Cuando Álvaro murió fui consciente de lo mucho que lo amaba y de que nunca se lo había dicho. Eso es lo único que no me perdonaré jamás. Solo esperaba el día en que pudiera reunirme con él. Por ello, cuando hace un par de años me diagnosticaron el cáncer, sentí una cierta satisfacción si es así como se le puede llamar a esa aceptación del horror que me esperaba, una puerta dolorosa que me reunirá con la persona que más amor le debo en esta vida. Y quizás un remedo de castigo por haber sido tan injusta con un hombre tan bueno y generoso, al que solo llegué a apreciar en su justa medida cuando se fue para siempre.

Pero pronto, pronto, me reuniré con él, mi querido Álvaro.

Oigo la voz de Marian, y miro los ojos de ese médico bajito y amable. Observo sus labios moverse. Me ofrecen justo lo que más deseo: huir del dolor y del sufrimiento.

—Marina, ¿entiende lo que le he explicado?

—Sí. —Mi voz apenas es un susurro lleno de flemas. Carraspeo y me aclaro la garganta; quiero que se me entienda a la perfección—. Sí, he entendido todo.

La mano de Marian aprieta la mía. La siento cálida en mi piel. Una corriente de cariño me sube por el brazo hasta el corazón. Esta mujer es especial, tiene un don, transmite humanidad en cada gesto, en cada mirada, en cada sonrisa, en cada toque de sus manos. Cuando está en la habitación sabes que estás a salvo, que ella te cuidará, que velará por ti. Es más que una sensación, es un aura que la rodea.

Me queda poco tiempo, la respiración apenas eleva mi pecho y paso más tiempo dormida que en vigilia. El dolor es constante, mi conciencia no presta atención a otra cosa. Es horrible y necesito que me liberen de esto. Veo a Laura sentada a un lado de mi cama, desfigurada por el pesar y la pena. Ella también necesita que esto acabe de una vez. Necesita recuperar su vida, regresar a su casa con los suyos.

La oscuridad me lleva entre algodones y el dolor es un rastro que los fármacos vencen de forma aplastante.

Abro los ojos. Presiento, más que oigo, a Marian. Efectivamente, está ahí, haciendo cosas, arreglando embozos, revisándome la piel, regulando el suero o vigilando que el agua del oxígeno que me llega por las gafas nasales no se agote. Y mientras hace todo esto me descubre despierta y me susurra que todo va bien, que esté tranquila; apoya su regordeta manita en mi brazo y me conecta a ella, me rescata de mí misma y me ata a ella con un cordón invisible. Adoro a esta mujer... Sí, ojalá fuera mi hija. Ella es como yo.

—Ma-Ma... rian —consigo enhebrar.

Acerca su rostro al mío. Sus labios sonríen. Su mirada, no. La veo triste y sé que es por mí. Ojalá pudiera darle alegría otra vez a esos ojos, a ese rostro tan honesto.

—Gracias por todo... —suelto del tirón.

—No me des las gracias, Marina.

—Enfermeras como tú hacen que el hospital no sea un sitio tan feo...

Marian sonríe. Si supiera lo hermosa que es cuando sonríe; aunque quizá por eso su gesto es mágico, porque no lo sabe.

—Tú me has enseñado muchas cosas con tus historias y tus experiencias, no lo olvides. Eres mi maestra.

—Ojalá hubieras sido alumna mía... ahora estaría muy

orgullosa por dejar a una profesional como tú haciendo un trabajo tan soberbio, tan humano.

Siempre ha sido nuestra broma particular. Nunca coincidimos en el hospital. Yo me jubilé en el 91 y ella no llegó hasta varios años después. Pero en el fondo siento que ella me hereda.

—No me sueltes la mano, Marian, no me sueltes hasta que me duerma...

—No te preocupes, Marina. Estoy aquí.

—Ma-Marian... —Hago un último esfuerzo—. Eres... eres una mujer valiente, acuérdate de lo que te digo... No mires nunca hacia atrás... Debes llevar siempre las riendas de tu vida...

## MARIAN

Me quedo con su mano en la mía hasta que se duerme. Tengo mucho trabajo esta tarde. Nadie grave, ningún enfermo que nos preocupe de forma especial, pero acaba de llegar un ingreso del que se está ocupando Auxi y aún faltan por realizar las glucemias de la cena. Pero no puedo soltarla, no sé por qué. Laura me ha pedido que la sustituya unos minutos mientras ella se fuma un cigarrito y, además, no quiero dejarla sola.

La respiración de Marina se hace regular. Su rostro se relaja. Bendita medicación, ya no tiene dolor y eso se nota, ya no presenta ese gesto crispado de cuando ingresó hace tres días. De pronto su cuerpo obra un cambio ínfimo, un algo sutil que no sé explicar.

No tengo que mirar su pecho ni palpar su pulso para saber que Marina ha muerto.

Sostengo su mano unos segundos más. Le arreglo el embozo y pongo su mano sobre la colcha. Suspiro conteniendo a duras penas el llanto que me oprime la garganta. Le arreglo el ralo cabello y le doy un beso en la frente.

Los espectaculares ojos color aguamarina ya no se volverán a abrir. Se van con ella.

«Hasta siempre, amiga.»

# MARIAN

Pongo el compresor de goma en el brazo de Begoña, un poco por encima de la flexura del codo. Busco una vena en condiciones de ser canalizada, por lo que prefiero localizar alguna lo más centrada posible en el antebrazo, sobre todo porque va a estar bastantes días con el suero puesto y la vía no debe limitarle la capacidad de movimiento con ese brazo. Palpo con los dedos índice y medio cubiertos con el guante de vinilo. Le giro el brazo para un lado y para el otro. Encuentro una lo bastante gruesa, recta y con suficiente recorrido como para soportar un catéter del 18G.

—... mis hijos eran entonces muy pequeños y yo rezaba todas las noches para que no les pasara nunca nada, para que no sufrieran con lo que veían todos los días...

Cojo una gasa estéril y la empapo en povidona yodada. Limpio la zona en la que voy a pinchar; soy bastante generosa y pinto unos seis centímetros de piel a cada lado de donde tengo pensado llevar a cabo la punción, delimitando un amplio rectángulo. Mientras se seca el desinfectante, compruebo que tengo cortados los esparadrapos que utilizaré para sujetar la vía, que el sistema está correctamente purgado con el suero que le voy a dejar pasando, sin burbujas, con la llave de tres pasos y la rueda de regulación de flujo conectadas.

—... en aquellos años, ya sabes, no se denunciaban estas cosas. Los hombres podían poner orden en su casa y a sus mujeres en cintura sin que nadie les dijera nada, y si te atrevías a denunciarlos a la policía corrías el riesgo de que te mandaran a tu casa con viento fresco. A mi vecina Asunción le pasó eso y luego su marido le dio una tunda cuando se enteró de lo que había intentado hacer. Era un bruto de mucho cuidado y ella muy menuda y muy poquita cosa, pero le echó cojones y lo abandonó llevándose a sus tres hijos y no le volvió a ver el pelo, pero yo no tenía tanto valor. No, yo no. Yo no tenía adónde ir ni trabajo ni sabía hacer *na* de *na*. Yo solo me limitaba a rezar todos los días para que cuando él llegara los niños estuvieran ya en la cama, la cena puesta y todo recogido.

Miro a Begoña a los ojos. Ella me sonríe con tristeza. Le aprieto la mano y ella me corresponde agarrando la mía con una fuerza increíble en tan frágil cuerpo, con esos minúsculos dedos de abultados nudillos y tortuosas venas. No, la vejez no hace los cuerpos feos, solo refleja en nuestra piel, en nuestros músculos, en nuestros huesos, toda nuestra vida, nuestro pasado y nuestro sufrimiento. Y eso es lo que quita belleza.

—Esto ya se ha secado. ¿Vamos allá?

—¡Vamos!

Saco el catéter de su funda de plástico y compruebo que el fiador se desplaza correctamente. Pongo el bisel del mismo hacia arriba mientras que con la mano izquierda sujeto el antebrazo de Begoña y tiro de la piel que voy a pinchar.

La anciana aparta la mirada y se muerde el labio con la encía superior. La vena se ha quedado más o menos fija bajo la piel tensa, por lo que al pinchar una atravieso la otra sin dificultad. Inmediatamente el catéter se llena de sangre en su extremo más distal.

—Ya la tengo. Ya está.

Begoña suelta todo el aire que había contenido en sus ajados y enfermos pulmones mientras sonríe sin molestarse en disimular el gran alivio que siente.

—Pinchas muy bien, Marian, casi no lo he notado.

Sonrío con satisfacción sin apartar la vista de lo que estoy haciendo. Me encanta pinchar a la primera y sin ocasionar más daño que el estrictamente necesario. Mantengo la piel de su antebrazo tensa mientras que hago avanzar el catéter por el interior de la vena, al mismo tiempo que voy extrayendo con cuidado el fiador metálico. Retiro el compresor, saco del todo el fiador y lo dejo sobre la batea en un lugar adecuadamente visible, para tirarlo después al contenedor de punzantes.

Cuando finalizo, la vena está perfectamente canalizada pero debo apretar para que no salga la sangre a presión. Conecto el sistema de suero, procurando con escrupuloso cuidado evitar que pueda entrar la más minúscula burbuja de aire. La sangre refluye tal y como espero en el tubo de plástico mezclándose con el líquido, abro un poco el suero que, al caer, arrastra la sangre nuevamente al interior de la vena. Con sumo cuidado fijo el catéter a la piel con una fina tira de esparadrapo haciendo una especie de corbata alrededor del cono rosa y evitando cubrir el punto de punción.

—Mis hijos nunca llegaron a entender que me separara de su padre. Aguanté treinta años. Treinta años hasta que se hicieron mayores y fueron capaces de vivir por sus propios medios. Al día siguiente de casar a mi pequeña, Cecilia, le dije a mi marido: «Dionisio, que te aguante tu... puñetera madre, que yo ya no te aguanto más» y me fui a casa de mi hermana que llevaba viuda diez años. Allí lo dejé, solo. Me llamó por teléfono mil veces, me esperó en la puerta del portal infinidad de ocasiones, me amenazó y, lo peor de todo, volvió a los chicos contra mí. Ellos tomaron partido a favor de él. Me dijeron de todo y me tacharon de mala mujer. ¡Eso fue lo que más me dolió!

Pongo una gasa doblada debajo de la unión del catéter con el sistema de suero para que no le vaya a producir una úlcera en la ajada y frágil piel por la presión continuada. Por fin, cubro todo con un apósito transparente que me permitirá observar en todo momento el punto de punción y detectar de inmediato cualquier signo inicial de una flebitis o de una extravasación.

Regulo la velocidad del suero y le pongo un frasquito con la medicación que le toca ahora conectada a la llave de tres pasos.

—¡Yo había aguantado todos esos años al bestia de su padre, sus malas palabras, sus insultos, sus golpes, sus borracheras y sus babas y sus manos manoseando mi cuerpo cuando a él le venía en gana o no estaba demasiado borracho. Yo había evitado que él la tomara con ellos y fui el muro donde descargaba sus golpes, para que a ellos los dejara tranquilos, ¡a ellos, que lo más bonito que les decía era bastardos o monos llorones de mierda! Pero no cedí, no regresé a casa, y cuando Dionisio nos amenazó a mi hermana y a mí con cortarnos el cuello lo denuncié a la policía. Y mis hijos se me echaron encima. ¿Te puedes creer, Marian? Y tuve que retirar la denuncia.

Asiento. No me veo con fuerzas de decir nada, de interrumpir su relato. Me limito a mirarla y a animarla con un gesto, con un apretón de mi mano sobre su hombro, mientras le coloco el manguito del aparato de tensión.

—Pero un día Dionisio se atrevió a pegar a mi pequeña. Él me estaba esperando en la calle y yo llegaba sola del mercado con las manos llenas de bolsas. Había quedado con mi hija en casa para ir a comprar ropa para el bebé que estaba esperando. Mi marido se me echó encima cuando abría la puerta del portal y en ese momento mi hija, que estaba aparcando el coche cerca de mi casa, lo vio todo. La pobre salió como pudo con su enorme barriga de ocho meses y lo agarró por detrás mientras él me apretaba el cuello con las manos...

Me quedo inmóvil, expectante ante el espantoso relato, que es más horripilante por el detalle de que es auténtico, verídico. Mi mano se cierra paralizada sobre la pera para llenar el manguito del tensiómetro.

—El muy cabrón no dudó en empujarla con todas sus fuerzas y tirarla al suelo, gracias a eso me soltó. Entonces se giró hacia ella y le arreó una patada en la barriga...

—¡Qué tío más cabrón! —se me escapa.

—Yo creía que me volvía loca. Agarré una botella de leche de litro y medio que llevaba en la bolsa de la compra y le di con ella una vez y otra hasta que le vi caer al suelo. Me cegué, perdí el control. Soportaba que a mí me hiciera casi cualquier cosa, pero a mis hijos, no. Al final, no recuerdo muy bien el resto; llegó la policía y nos separó a todos, que nos dábamos golpes a diestro y siniestro. Mi hija dio a luz esa misma tarde y gracias a Dios no le pasó nada y el niño estaba perfectamente. Juro por lo más sagrado que si llega a pasarle algo a alguno de los dos lo mato, ¡lo mato!

Reacciono y por fin aprieto el botón de inicio hasta que el aparato electrónico se llena de aire, entonces su sistema digital empieza la medición acompañado de otros pitiditos más tenues. Una voz en mi interior me dice que, dado lo frenético del relato, Begoña tendrá una cifra de tensión exorbitante. Pero me equivoco: ciento veinte setenta y dos y una frecuencia cardiaca de ochenta y tres. Lo anoto en mi libreta para pasarlo más tarde a la gráfica.

—Al final, resulta que yo le había roto la nariz y el hueso de la mejilla. —Me mira con gesto burlón—. ¡Y eso que la leche era desnatada, que si llega a ser entera me lo cargo!

No puedo hacer otra cosa que reír .

—Bueno, y a Dionisio, ¿qué le pasó? Pues poca cosa: lo arrestaron, le hicieron un juicio y le dijeron que no podía acercarse a mí. Pero el mejor castigo se lo dio Dios, porque al año siguiente le dio un derrame cerebral y se quedó pajarito. Ahora está en una residencia de monjas en Cáceres.

Me dispongo a recoger las cosas. La batea con los restos de la punción venosa, el aparato de la tensión y el frasquito de la medicación de las seis que ya se ha acabado. Cojo un vasito de plástico que hay sobre su mesilla y miro el interior.

—Begoña, no se ha tomado la medicación de la merienda.

—¡Ay, hija, se me ha pasado! Mira que la niña que se ha llevado la bandeja me ha dejado el vaso con el agua para que me la tomara.

Le acerco las pastillas que ella toma con sus sarmentosas manos y se las mete en la boca, al tiempo que las empuja hacia atrás con la lengua. Toma después el vaso y se toma dos buchitos minúsculos de agua que traga después junto con la medicación.

—Gracias, Marian. Eres estupenda, de verdad.

Sonrío nuevamente, esta mujer me cae cada vez mejor.

—Es mi trabajo, Begoña, no hay nada que agradecer.

—¿También es tu trabajo escuchar?

—Pues sí, la verdad es que debe de ir incluido en el servicio.

Begoña suelta una carcajada gangosa que me recuerda a la de la madrastra de Blancanieves. Me coge la mano y yo me siento algo violenta.

—Estoy muy contenta con todos los que trabajáis en la planta. Los médicos son estupendos y muy simpáticos...

Hago un esfuerzo por recordar quién es su médico: Gracia. Prefiero mantener mi gesto de falso asentimiento. Si por lo menos se tratara de Salvador o Lázaro o Cesáreo... ¡pero Gracia, simpática!

—Son muy buenos en su trabajo y cada vez que vengo me mandan a casa como nueva. Pero los únicos que escucháis de verdad, de verdad de la buena, sois vosotros, los enfermeros y los auxiliares; y, sobre todo tú, y eso muchas veces es mejor para una vieja como yo que todas las pastillas del mundo.

Se me cae el corazón a los pies cuando Begoña me besa la mano antes de soltarme.

—Begoña, no sea boba, que tengo la mano llena de talco de los guantes.

No puedo resistirlo y le paso una mano por la cara. Esta mujer me produce una ternura que me cuesta trabajo controlar. Recupero mi gesto más profesional y me dispongo a marcharme.

—Recuerde que tiene el timbre justo al lado del brazo del sillón. —Ella lo toca con sus nudosos dedos—. Si necesita algo, llame, ¿vale?

Antes de salir la miro una vez más. Se está colocando una sábana doblada sobre las rodillas. Veo a una mujer de casi ochenta años, con una artrosis brutal que le deforma todas las articulaciones, enferma de mil cosas, ninguna de las cuales por sí misma es mortal pero que juntas conforman un peligroso cóctel, y con una vitalidad y una paz consigo misma que me cuesta trabajo de entender. Si yo hubiera tenido que vivir la vida que a ella le tocó en suerte estaría renegando hasta el mismo día de mi muerte.

No dejo de asombrarme por lo maravilloso de algunas personas que han estado inmersas en el infierno durante años, pero que no dejan de ver el lado bueno y positivo de las cosas y que, sobre todo, no pierden el humor. Quizá, por eso mismo, por el hecho de haber sufrido esas espantosas situaciones, esos momentos de horror y de temor por la propia vida, saben apreciar mucho más las cosas más sencillas de lo cotidiano. Después de vivir durante años en la más absoluta oscuridad, la luz del sol y los colores de las cosas más simples les parecen mucho más hermosos.

He salido de la planta lo más rápidamente que he podido. Hoy no me he traído el coche ya que me va a recoger Auxi.

En el preciso instante en que llego a los ascensores y aprieto el botón, me llama Salvador. No está de guardia pero se ha quedado porque tenía una reunión con el director médico. Cuando finalizó a eso de las cuatro de la tarde, se acercó al control de enfermería y con gesto misterioso y voz susurrante me dijo que quería, que necesitaba hablar conmigo. Justo y Mari Cruz estaban cerca, por lo que decidimos dejarlo para cuando no hubiera nadie más, pero la tarde ha estado algo movidita y no ha podido ser. Me imagino que el tema será Mari Cruz. Sabe que mi relación con ella está bajo cero y seguro que quiere que volvamos a ser buenas compañeras, como era antes.

Salvador se acerca a mí con presuroso paso.

—Pensaba que te habías ido —le comento.

—No, he estado remoloneando en el despacho poniendo al día informes y preparando la consulta externa de mañana. ¿Podemos hablar ahora? —Ahora me viene muy mal hablar con él.

—Ahora tengo mucha prisa...

—Es necesario que hable contigo.

—Si es por Mari Cruz...

—No, no es por Mari Cruz. Es algo bastante importante relativo a...

En ese momento aparecen camino de los ascensores Justo y Caridad, que ha ido a recogerle. Salvador cambia inmediatamente lo que iba a decirme, disimulando con bastante habilidad y resultando del todo convincente.

—Y dile a Auxi que la necesito para que me asesore con respecto a una charla que me han pedido que dé a sus alumnos. Dile que me llame porque no me coge el teléfono.

—Así lo haré, no te preocupes.

Justo y Caridad se acercan a nosotros. Él aprieta el botón de llamada, que ya está rojo porque unos segundos antes lo he presionado yo. Me ignoran descaradamente, simulando que no estoy. Caridad se dirige directamente a Salvador.

—No sabía que estabas de guardia.

—Y no lo estoy. —Su tono es seco, cortante; apenas la mira—. No se te olvide, Marian, por favor. Hasta mañana.

Contestamos los tres, Justo, Caridad y yo, al unísono.

—¡Hasta mañana!

Salvador se va nuevamente hacia nuestro servicio, supongo que a su despacho y, en ese momento, aparece un ascensor vacío con indicación de que se dirige hacia las plantas inferiores. La pareja se mete en él y yo no hago el más mínimo intento de entrar con ellos: no me apetece compartir un espacio tan reducido, su escaso oxígeno, con esas dos sanguijuelas; solo de pensar que yo pueda respirar el aire que previamente han exhalado ellos de sus pulmones me produce auténtica repulsión.

Las puertas se cierran y el ascensor se va llevándoselos lejos de mí.

Veinte minutos más tarde me meto en el asiento del acompañante del flamante coche de Auxi. Cada dos años estrena coche porque le tocó en un concurso de la televisión un servicio de *renting* para veinte años. Mi amiga me recibe con una enorme sonrisa de satisfacción cuando comprueba que me quedo estupefacta ante el cochazo de brillante pintura metalizada en un azul muy bonito.

—¿A que es estupendo?

—Sí, sin duda es estupendo. —Me coloco el cinturón de seguridad mientras el tufo a nuevo me marea—. ¿Has buscado en el plano dónde se encuentra el bar de copas?

Como única repuesta se gira hacia los asientos traseros y

me da unos papeles que tienen toda la pinta de haber sido bajados de internet.

—Lo he impreso en varios tamaños y he señalado la ruta con bolígrafo rojo. O sea que solo tienes que irme indicando por dónde debo coger. No habrá posibilidad de que nos perdamos.

Ojeo los papeles. La verdad es que ha hecho un buen trabajo. Podríamos haber buscado en la aplicación del GPS del móvil, pero bueno, ella es así, le gusta nadar entre papeles. La miro y me sonríe con un gesto tal que me deja bien claro que está disfrutando con todo esto. Por lo menos, alguien disfruta.

—¡Anda, arranca ya!

—Ya está arrancado, pero su servo... nosequé lo hace extremadamente silencioso.

Resoplo fingiendo irritación.

—¡Venga, tira *p'alante* de una vez! Si no te molesta voy a abrir un poco la ventanilla, que este tufo a nuevo me nubla la visión.

Auxi ríe a carcajadas, feliz.

Llegamos a un barrio periférico de la ciudad. Se trata de una zona prácticamente nueva en la que han construido muchas casas y varios edificios de pisos y apartamentos, de no más de cuatro alturas, cerrados en urbanizaciones con jardines, piscinas y pistas de pádel. Predominan las amplias avenidas y calles arboladas. En la zona más comercial encontramos varios restaurantes y algunos bares. Entre un restaurante italiano y un *burger* encontramos el bar de copas que buscamos. A esas horas menudea la gente entre los locales de comidas, parejas de mediana edad y alguna que otra familia. Aún es pronto para que la gente joven salga de copas, por eso espero que el bar no esté muy concurrido y podamos hacer lo que hemos venido a hacer con toda tranquilidad.

Auxi consigue un sitio para aparcar en una calle lateral y

maniobra con una sola mano mientras me sonríe con sorna, indicándome de esta forma lo poco que le cuesta mover el volante, a diferencia de mi pobre utilitario de factura prehistórica que me deja sudando y agotada cada vez que debo hacer más de tres maniobras. Desde luego es una mala noche para traer su nuevo vehículo de última generación. Espero que Auxi esté bastante centrada en lo que va a ser nuestra misión.

Salimos del vehículo y entonces compruebo con estupor el atuendo de mi compañera: va vestida completamente de negro y calza unas botas de media caña que le dan un aspecto de motera poco propio en ella. Está claro que esta tarde ha ido de compras. Como colofón saca del maletero una cazadora de cuero viejo negro que, a simple vista y sin fijarse demasiado, es evidente que no le pertenece: ella jamás se compraría algo tan moderno y tan deportivo, es demasiado pija y no tiene nada en su fondo de armario que combine adecuadamente; bueno, no lo tenía hasta hoy. Indiscutiblemente, se la ha tomado prestada a Lázaro.

—No hace tanto fresco para una cazadora, Auxi.

—Ya sabes que soy friolera, para mí una brisa es aire polar.

—Espero que no te hayas sentido obligada a contarle a tu novio lo que vamos a hacer esta noche.

—¿Por qué crees que se lo puedo haber contado?

—Porque quizá te sentías en la necesidad de explicarle para qué querías una cazadora que de otra forma no te habrías puesto jamás.

—No, solo le he dicho que iba de copas. No le he explicado nada más. Que me gusta su cazadora y que si me la prestaba. Punto.

La miro. No tengo derecho a regañarla teniendo en cuenta que me está ayudando y que se ha ofrecido a llevar esto conmigo hasta el final. Ayer me aseguró que no se lo diría a nadie y no debo poner en duda su palabra, no sería justo.

—Vamos a ver qué nos encontramos. —Me pongo el bolso de tela de saco en bandolera y agarro a Auxi por el brazo—. Recuerdas todo lo que te dije, ¿verdad?

—No te preocupes, Marian. Sé todo lo que está en juego y lo único que deseo es ayudarte.

Nos dirigimos con paso decidido al bar de copas en cuestión, el Casus Belli: dado que sé quién es el dueño no me extraña tan contundente elección del nombre. Empujamos la puerta de entrada y nos recibe un ambiente oscuro y penumbroso salvo por varios focos indirectos en diversos rincones y sobre la barra, que aparece de esta forma perfectamente iluminada. La música no está especialmente alta y se oye una banda de heavy metal que no conozco. Avanzamos con paso que pretende ser decidido y nos acercamos a la barra.

Una exuberante camarera con unos vaqueros de cintura baja dos tallas menor de lo adecuado y un sujetador de encaje negro que no deja casi nada a la imaginación nos pregunta qué vamos a beber. Nos sonríe de oreja a oreja y muestra una hilera de dientes blanca y perfecta salvo por el detalle de que en el incisivo delantero superior lleva una especie de diamante, lo que me recuerda al famoso pirata del Caribe que protagoniza la conocida película.

Yo me pido una cola «cero calorías» con hielo y limón y Auxi se pide un refresco de naranja sin gas. La camarera no pierde en ningún momento la sonrisa y se dispone a servirnos con celeridad.

Mientras nos preparan nuestra consumición nos sentamos en una mesa alta rodeada de cuatro taburetes. El bar ya está empezando a llenarse. Hay varios grupos de jóvenes de ambos sexos en los diversos rincones del establecimiento. Me he esforzado en presentar en mi indumentaria un aspecto contemporizador, pero está claro que me encuentro a años luz de la moda de la gente joven de ahora. Tampoco era nuestra intención camuflarnos de ninguna manera, pero lo que sí pretendíamos era no llamar la atención. Quizás Auxi, con su atuendo de cuasi motera, está más a tono que yo, que recuerdo a la típica paleta que acaba de llegar a la capital en aquellas películas españolas de los años sesenta. Necesitamos encontrar a alguien y no queremos espantarlo antes de poder hablar con él. Otra camarera distinta de la primera nos trae las bebidas. La gran diferencia entre una y otra es que esta es morena, en el resto es un clon. Mientras espera a que le abonemos la consumición me decido a dar el primer paso en nuestra misión:

—¿Sabes si esta noche viene Sergio?

—No sé, unas veces viene y otras no. —La morena tiene acento francés aunque no puedo asegurarlo porque no ha parado de masticar un enorme chicle rosa entre fonema y fonema. Se va.

Doy un sorbito a mi refresco y miro por encima del borde del vaso. De repente la música que hasta ese momento había sido casi un murmullo ambiental empieza a sonar con estridencia haciendo que mi cerebro se vea empujado de un lado a otro con sus vibraciones.

Por supuesto, esto mata todo intento de iniciar conversación y por ello los jóvenes que están desperdigados por el local empiezan a moverse convulsivamente al ritmo de un archiconocido sonsonete, carente de toda armonía musical. Auxi me sonríe aunque la veo algo encogida. Está claro que ni ella ni yo somos carne de discoteca desde hace lustros. Acerco mi taburete al suyo y consigo así colocarme enfrente de la barra. Nos sonreímos.

La gente entra sin parar de tal forma que, cuando ya llevamos algo más de una hora, el bar está prácticamente repleto. Estiramos nuestras consumiciones como si fuera agua y nosotras dos desgraciadas perdidas en el desierto, pero al final no nos queda otro remedio que pedir otro refresco. Es casi un robo que nos cobren seis euros por escasamente doscientos mililitros de agua edulcorada y teñida con colorante, pero si no tomamos nada más se notará que no estamos allí por el mismo motivo que el resto.

Supongo que disimulamos a las mil maravillas porque al cabo de un rato se nos acercan dos chicos. No deben de tener más de veinte o veintidós años. Por triste que parezca que lo diga una persona como yo que se siente joven hasta la extenuación, estos mozalbetes podrían ser nuestros hijos. Auxi me lanza una mirada entre divertida y fastidiada. Los chicos se acercan y se colocan en medio de nosotras dos y se toman la libertad de pasarnos los brazos por los hombros.

—Estáis muy solitas aquí. —El muchacho no habla, chilla, y a la distancia que me encuentro de él veo cómo se le ingurgitan las venas del cuello con el esfuerzo.

La originalidad en el inicio de conversaciones en un bar no es un rasgo que se haya modificado con el devenir de los años.

No les veo muy bien los rasgos dada la penumbra que domina el ambiente, pero está claro por lo que consigo vislumbrar que no son muy agraciados y que, por lo tanto, nosotras somos su última oportunidad. La tristeza me embarga.

—Estamos esperando a alguien.

—¡Eso dicen todas!

—Pues, chaval, en nuestro caso es la más triste de las verdades.

Los chicos ríen. Lo adivino por el movimiento de sus quijadas, su boca abierta y llena de dientes y porque echan hacia atrás la cabeza, no porque les oiga. Su aliento apesta a alcohol. Supongo que ya deben de estar algo pasadillos.

Auxi se levanta y los dos deben doblar el cuello para elevar la cara y poder mirarla a los ojos.

—¡Chicos, idos con viento fresco, que estamos esperando a alguien!

Ellos se miran y sonríen: no se rinden.

—Nenas, tenemos unas chinas y si os estiráis un poco podemos conseguir algo de farlopa.

Auxi le mira fijamente.

El chaval cree que no le hemos entendido.

—Ya sabes, chocho: perico, nieve...

—¡Niños, por qué no os vais a cagar por ahí! —les chilla Auxi.

Lo imprevisto de la frase me produce una carcajada que me cuesta trabajo no dejar explotar en la boca.

Ya tienen claro que no van a conseguir nada, o sea que se giran dispuestos a irse; eso sí, se toman su tiempo, chuleando. Pero en un último instante uno de ellos se lo piensa mejor, se vuelve y nos lanza a gritos:

—¡O sea que de follar ni hablamos!

Y se largan partidos de la risa.

Auxi y yo nos miramos con fastidio. Ya estamos un poco hartas de estar aquí. A mí se me están durmiendo las nalgas por permanecer tanto tiempo sentada en un taburete tan estrecho y tan duro. Me levanto e inicio un movimiento que pretendo que sea rítmico con respecto a la música que suena en ese momento.

De repente, Auxi me da un codazo en un pecho. Un intenso dolor me recorre de los pies a la cabeza. Voy a decirle lo que pienso de ella y de su codo cuando observo que está mirando hacia la barra. Sigo su mirada con la mía y veo a un hombre de unos treinta y tantos, alto como un jugador de baloncesto y con unas espaldas de dimensiones hercúleas sirviendo copas. La camarera morena le dice algo al oído y nos señala, y él dirige su mirada hacia la mesa donde nos encontramos.

Como impelida por un resorte agarro a Auxi de una mano y nos dirigimos hacia la barra. En ese momento el hombretón hace un gesto negativo con la cabeza a la camarera; quizá le dice que no nos conoce, lo que es totalmente cierto.

Exhausta por los nervios y por lo tarde que es llego a la barra y lo llamo justo cuando el tipo se gira hacia la dirección contraria a la nuestra. Con el jaleo que hay no me oye. Debemos sortear decenas de cuerpos que, ajenos a nuestro interés de acercarnos al jugador de baloncesto, nos impiden avanzar. Él se dirige hacia el otro extremo de la barra. Vuelvo a intentarlo:

—¡Sergio, Sergio Alonso!

El muchachote se vuelve hacia el origen de mi voz. ¡Por fin!

Le hago un gesto con la mano y él retrocede unos pasos hasta llegar a donde estamos. Se echa un poco sobre la barra para poder oír lo que le digo. Me pongo de puntillas para poder hablarle lo más cerca posible.

—Sergio, ¿puedo... —miro a Auxi— podemos hablar un momento contigo?

—¿Qué es lo que quieres? ¡Ahora estoy muy ocupado, mira cómo está el local!

Tiene una intensa voz de barítono.

—Lo entiendo y sé que no es un buen momento, pero necesito hablar contigo de algo muy importante.

Me hace un gesto negativo con la mano y se dispone a marcharse nuevamente. Supongo que cree que intento ligar con él y que solo le pongo una excusa para captar su atención. La verdad es que no es mi tipo, me recuerda demasiado a Benigno, y por asociación tanto músculo por centímetro cuadrado me repele.

—¡Por favor, por favor, Sergio! —No se detiene y no sé cómo captar su atención otra vez—. Se trata de algo muy importante. —Camino en línea paralela a él, apartando cuerpos como puedo en mi avance y obteniendo a cambio algún que otro golpe; supongo que Auxi me sigue, pero no me paro a comprobarlo—. ¡Se trata de Rodrigo, de Rodrigo Montes! ¿Lo conoces? ¡Creo que tú lo conoces! ¿No es cierto?

Se detiene. Se vuelve hacia mí y me mira.

Y lo que veo en sus ojos es temor.

Pero solo lo veo yo.

La conversación ha durado apenas unos seis o siete minutos en los que el tal Sergio no se ha molestado en llevarnos a un lugar más tranquilo o que fuera más cómodo para poder mantener cualquier tipo de charla. La ensordecedora música sumada a los gritos de la gente joven que nos rodeaba ha resultado un mar bravío en el que era imposible hacerse oír o entender lo que se decía sin hablar a grito pelado.

Si le ha sorprendido que le preguntara por la noche de la violación no lo ha demostrado. Solo una pequeña arteria de su sien latía con demasiada prisa, dejándome ver que la tranquilidad que se desvivía por demostrar no era más que una fachada y que estaba nervioso a más no poder por tener delante de él a dos desconocidas preguntándole esas cosas.

Se ha aturullado, sobre todo porque en ningún momento nos ha preguntado sobre nuestro papel en todo este asunto ni qué acreditación nos permitía abordarlo de ese modo. El tipo ha debido dar por supuesto que éramos abogadas o algo por el estilo, lo que mostraba aún más su supuesta candidez, enorme incongruencia en un cuerpo tan grande.

Solo nos ha dicho que, efectivamente, estuvo en esa fiesta pero que él no vio nada; y que, por supuesto, no sabe nada de lo que pasó con aquella chica. Que estuvo todo el tiempo solo, que se tomó unas cuantas copas y se marchó. Y ha habido un detalle que a mí me ha resultado muy revelador: sin hacerle ninguna pregunta al respecto, me ha indicado que no tenía relación alguna con Reyes y que apenas la había visto un par de veces desde esa noche, y siempre en el cuartel.

Punto. Y final.

Nos ha dado puerta con la mayor amabilidad que ha sabido fingir y se ha perdido en el mar de gentes que a esta tardía hora abarrotaba su bar.

Auxi y yo regresamos a casa cansadas y algo desinfladas. Por supuesto esperábamos grandes revelaciones que no se han producido, justo lo que Marcial me había avisado. No sé por qué me había imaginado que este hombre, Sergio, tenía algo gordo que contar.

Aunque he conseguido muy poco, prácticamente nada, de nuestra conversación con Sergio Alonso, algo no se me va de la cabeza: estoy convencida de que nos ha mentido, y eso solo puede indicar que esconde algo o protege a alguien. Además, ha nombrado precisamente a Reyes entre todos los compañeros de piso de Rodrigo sin que nosotras hayamos hecho ninguna referencia a ella.

El estupendo coche nuevo de Auxi me lleva a mi casa y, tras dejarme en la acera y esperar a que abra la puerta del portal, se despide de mí con un bocinazo juguetón que acompaña a la esplendorosa sonrisa de satisfacción de mi amiga.

## MARIAN

Cuando llego a su bufete en esta mañana soleada, Marcial me espera con la sorpresa de que voy a poder hablar con Rodrigo por teléfono.

Es increíble el consuelo que proporciona el poder escuchar una voz amada, la voz de quien echas de menos y a quien necesitas tanto como el aire que respiras. No tienes sus abrazos, no tienes sus besos o su calor, pero, ante la realidad cotidiana de no tener nada de nada, una simple voz a través de un frío aparato es el mejor de los bálsamos para una pena tan grande como la que yo siento.

Marcial nos deja hablar a solas un ratito, escasamente cinco minutos y, si cierro los ojos, casi puedo sentir que lo tengo a mi lado. Su voz es la que yo recuerdo, esa voz tranquila, segura de sí misma, cálida.

Me asegura que me quiere más que a su propia vida y que... Bueno, me dice esas cosas que se suelen decir en estos casos y que a los oídos de terceras personas suenan tan cursis como una canción de Camela, pero nuestro tiempo de intimidad termina tan pronto como Marcial vuelve a entrar en el despacho.

Entonces le cuento a Rodrigo lo que me dijo ayer Sergio Alonso.

Oigo la voz cabreada de Rodrigo ante las mentiras de este tipo. Por fin ha dejado a un lado la apatía y el desconcierto que su inesperado arresto le ocasionaron y se encuentra tan enfadado que está dispuesto a dejarse la vida luchando para demostrar su inocencia.

La conversación telefónica con Rodrigo acaba al poco rato.

Marcial se enfada muchísimo por mi excursión con Auxi. Me indica que estoy poniendo en peligro todo el proceso y que eso solo puede perjudicar a Rodrigo. Aguanto el chaparrón, me disculpo sin sentir ningún pesar en mi interior por lo que hice y prometo no meterme en nada más y colaborar en lo que se me pida hasta la fecha del juicio, consciente como soy de que más que ayudar podría perjudicar, y mucho, con mis irresponsables actos.

El abogado insiste en que lo que diga el tal Sergio no sirve de nada si no acude a declarar y refrenda su testimonio tal como establece la ley.

Luego pasa el resto de la mañana detallándome al milímetro cuál será su línea de acción. Aún quedan unas cuantas cosas por hacer dada la nueva puerta que se nos abrió anoche. Y ninguna de ellas va a resultar nada fácil. Sobre todo para mí, dado que quedo definitivamente excluida del plan estratégico.

Aunque parezca increíble, a nadie se le había ocurrido interrogar a Sergio Alonso, el alférez que se estaba dando el lote la noche de la fiesta con Reyes en el momento en que Mari Carmen Guijo entraba en el dormitorio con Rodrigo. Constaba como uno de los presentes a la fiesta, pero debió de pasar totalmente desapercibido porque nadie le había citado en comisaría ni preguntado nada. Yo recordé ese detalle la noche del sábado cuando mi ser se abatía bajo una insoportable migraña; Rodrigo me había contado que Reyes estaba con un alférez esa noche y que él los vio.

Se lo pregunté a Marcial, él le preguntó a Rodrigo y este recordó que el tipo en cuestión tenía un bar de copas con alguno de sus compañeros de la base. Lo único que quedaba era acercarse de una forma inofensiva a cotillear, a ver qué pasaba, y sin poner al tanto a Marcial, ya que sabía lo que me iba a decir si le pedía su consentimiento. Sergio Alonso no me conocía de nada y no se pondría a la defensiva. Por supuesto me equivoqué de cabo a rabo: la sola mención de Rodrigo le puso en tal estado de tensión que el tipo no supo o no pudo disimular, y eso solo podía indicar que ocultaba algo aparte de las mentiras que nos soltó con su mejor cara de hielo.

Una vocecilla en mi interior me grita que hemos dado con algo pero, claro, no puedo saber con qué. ¿Por qué recordé un detalle tan aparentemente insignificante en medio de una larga noche de migraña, insomnio y sufrimiento sin fin?

Abatida por la bronca educada que me ha echado Marcial abandono el despacho y el edificio de oficinas. A estas alturas el abogado no siente mucha simpatía por mí.

Salgo a la calle dejando atrás el edificio de oficinas. Tengo aparcado el coche bastante lejos y como no me dé prisa llegaré tarde a trabajar. Ha sido una mañana bastante soleada y cálida, aunque las nubes que veo aparecer a lo lejos indican que quizás a media tarde se nuble, pero por ahora hace un tiempo buenísimo, de temperaturas suaves y agradables. Entonces, ¿por qué estoy sudando y tengo las manos y los pies helados?

La tensión, los nervios. Sí, eso debe de ser.

Acelero el paso y troto por la acera mientras en mis oídos aún resuenan las palabras de Rodrigo.

Por fin llego a mi coche y se me cae el alma a los pies. Tanto el coche que está delante como el estacionado detrás no estaban cuando yo dejé el mío esta mañana, y sus dueños los han aparcado de tal forma que me han dejado encajonada. Miro la parte trasera y la delantera intentando valorar si podría sacarlo a base de maniobras: imposible, apenas hay unos milímetros de separación entre los parachoques.

El que está justo delante del mío es un Mini último modelo muy nuevecito; no me extrañaría que lo hubieran sacado ayer del concesionario. Su dueño o dueña debe de ser un auténtico pazguato porque a mí me ha encajonado, pero en su delantera ha dejado más de metro y medio con respecto al siguiente vehículo, un monovolumen verde oscuro que sí estaba esta mañana.

Llevada por un arrebato de furia, descargo toda mi ira en forma de patadas contra las ruedas del Mini. Esto es una soberana estupidez, porque lo único que consigo es hacerme daño en los dedos del pie. Cojeando me dirijo a la parte de atrás del ridículo cochecito y hago un intento de empujarlo, por si acaso a tan estúpida criatura se le ha ocurrido dejar el freno de mano sin poner. Nada, el coche no se mueve de su sitio.

Una furgoneta roja se para junto a mi coche y pita. Me asusto porque por un instante pienso que puede ser el dueño que me ha visto cómo golpeaba su nueva joyita. La miro. Se trata de un furgón de esos tan enormes de bomberos, y dentro se encuentran cuatro tipos vestidos con uniforme azul, todos sonriendo de oreja a oreja. ¡Ahora estos capullos acaban de encontrar de quién burlarse!

Uno de ellos, el que está sentado en el asiento del copiloto, saca medio cuerpo por la ventanilla.

—¡Oye!, ¿necesitas ayuda para sacar el coche?

Me sorprendo.

—¡Es imposible sacarlo, me han dejado encajonada!

El bombero se baja sin dejar de sonreír.

—No creas, el Mini tiene un buen espacio vacío delante.

Los otros tres que le acompañan se bajan también del furgón rojo, que dejan en medio de la calle con el motor encendido y las puertas abiertas. Apenas se miran entre ellos y el que lleva la voz cantante me dice:

—Esto está hecho en tres saltos.

No tengo ni idea de lo que me quiere decir, se coloca un bombero en cada esquina del Mini y, a la de tres, empiezan a hacerlo botar en el suelo como si se tratara de un balón. Con cada salto hacen avanzar el coche un poco hacia delante y, efectivamente, en tres saltos el Mini ha avanzado más de un metro, dejando sitio más que suficiente para que yo pueda sacar mi coche sin ningún esfuerzo. Suelto una carcajada.

—¡No sé cómo daros las gracias!

En un abrir y cerrar de ojos los bomberos están otra vez dentro de su furgón rojo y cierran las puertas con un fuerte estruendo. Todo ha sucedido en menos de cinco minutos.

—¡No hay de qué, guapa! Nuestro trabajo es ayudar.

—¡Muchas gracias, de verdad!

Yo ya tengo las llaves en la mano y estoy abriendo la puerta de mi utilitario. El furgón se pone en movimiento, pero el que había llevado la voz cantante vuelve a sacar medio cuerpo por la ventanilla y me grita:

—¡Bueno si alguna vez nos encontramos por ahí me invitas a unas cervezas!

—¡Hecho!

Agito mi mano devolviendo el saludo del sonriente bombero; la enorme furgoneta roja se pierde a lo lejos casi como por ensalmo.

Arranco y saco el coche del sitio en el que parecía que iba a estar definitivamente estacionado. Calculo mal la distancia y «sin querer» le hago un pequeño rasponcito al Mini en la parte lateral del parachoques trasero. ¡Nada, no es casi nada, solo una tontería! Si uno no se fija mucho, apenas se ve.

«¡Lástima que tenga tanta prisa, si no, le dejaría mis datos apuntaditos en un papel!», pienso con retorcida ironía mientras me pierdo en el infernal tráfico de mediodía.

Definitivamente, hoy voy a llegar tarde al trabajo.

Cuando llego a la planta me llevo la descorazonadora noticia de que debo compartir turno con los increíblemente desagradables Justo y Caridad. Me tocaba trabajar con Justo y Mari Cruz como la tarde pasada, pero mi querida compañera se ha hecho daño en la espalda, una lumbalgia, creo, y va a estar de baja unos días. Por lo menos, pienso con relativo alivio, no me toca bregar en una planta repleta de pacientes solo con Justo; estando con su amiga Caridad supongo que el uno como la otra me dejarán a mi aire y tranquila.

Mientras saco la medicación, suena mi móvil: Auxi quiere saber cómo ha ido hoy con Marcial, le digo que ya le contaré y corto la conversación: no me apetece que estos dos gilipollas estén al tanto de mis cosas.

Tras sacar la medicación, la relación de las curas y demás cuidados que debo llevar a cabo a los enfermos que cuido durante la tarde, me dirijo al cuartito a preparar las pastillas e inyectables que debo administrar en la hora de la merienda, pero antes me lavo y seco las manos con escrupulosa dedicación. La verdad es que tengo bastantes sueros pero pocos dosificadores con medicación intravenosa para las cuatro, así que termino en un periquete. Lo dejo todo en una batea perfectamente organizado y etiquetado y lo cubro con un paño de celulosa limpio.

Seguidamente me pongo con la medicación oral. Al tener poca medicación intravenosa, esta sí que es más numerosa: muchos comprimidos, pastillas y jarabes, que dispongo en vasitos de plástico, uno por cada enfermo, adecuadamente etiquetados con el número de cama y el nombre completo, mientras oigo la estúpida risa de esos dos en el control. Creen que me fastidia escucharlos reír y cuchichear; seguro que se imaginan que yo creo que esas risillas van dirigidas a mi persona... ¡pues están en lo cierto! No solo lo pienso, sino que tengo la absoluta certeza de que se están riendo de mí, pero antes muerta que demostrarles lo mucho que me molesta, no solo su necia risa, sino su sola presencia.

Termino cuando aún falta más de media hora para las cuatro, hora de la merienda en nuestra planta, por lo que decido repartir la medicación oral e ir tomando algunas tensiones, al tiempo que doy la vuelta para ver a todos mis enfermos y reviso sueros y vías. Estos enfermos los llevaba esta mañana Gloria, que tiene la puñetera costumbre de dejar que se le retrasen los sueros, por no hablar de su más que sobrada «miopía» ante los signos de incipiente flebitis en los puntos de inserción de las vías venosas. Ella no revisa ni una vía y solo las cambia cuando el paciente está a rabiar de dolor... pero bueno, eso ya es otra cuestión. Por si las moscas yo lo voy a revisar todo, sueros y vías, no me gusta llevarme sorpresas a media tarde; además aún estoy sobrada de tiempo.

Me dirijo con la batea en una mano y el aparato de tensión en otra hacia las habitaciones del fondo, las que me corresponden, cuando veo a Salvador venir hacia mí procedente de su despacho, haciendo aspavientos con una mano intentando llamar mi atención. El pasillo está desierto. Me detengo ante la puerta cerrada de la habitación 7.

—¡Marian!

Intenta que sea solo un susurro, pero está todo tan silencioso que seguro que todos —enfermos, acompañantes y personal— le han oído.

—Salvador ¿qué...?

Sin dejarme terminar mi pregunta me agarra de un brazo con un gesto demasiado brusco para lo que es habitual en él y me conduce hacia el despacho. Tanto vaivén pone en peligro el equilibrio de los vasitos de la medicación oral en mi batea; de puro milagro no se me desparraman todas las pastillas en la bandeja. Salvador cierra la puerta tras de mí, no sin antes echar un vistazo al pasillo por si alguien nos ha visto.

—¡Pero bueno, Salvador! ¿Qué demonios te pasa? ¡Casi se me cae la batea!

—¡Chissst, Marian, por favor! —Me toma la mano y me lleva a un butacón. Me siento y él se sienta frente a mí, al borde de una de las mesas—. Ya te dije ayer que necesito decirte algo, pero no quiero que esos dos impresentables se enteren de que yo me meto en estas cosas.

Hago un gesto de incomprensión con los hombros.

—Salvador, por favor, que sea rapidito, que tengo bastantes cosas que hacer —comento mientras me señalo un inexistente reloj en la muñeca.

—¡Sí, sí, ya sé la hora que es! —Se sienta a mi lado en otro butacón—. Solo va a ser un minuto. —Suspira, en un evidente intento de centrar sus ideas. Posa en mí sus maravillosos ojos, por los que un día creí languidecer...—. Dos cosas. Primero: sé de muy buena tinta que Justo está muy bien recomendado. Un antiguo compañero del seminario tiene un sobrino... bueno, a lo que voy. Aunque parece ser que de su último trabajo salió por la puerta de atrás tras una denuncia que le puso un usuario, de aquí no se le va a mover así como así. Aquella denuncia no prosperó por oscuros motivos que podrían ser monetarios. Tiene una recomendación muy sólida en la dirección de este hospital y se piensa quedar. A mi mujer ya le ha comido el tarro y se está llevando a su terreno a casi todo el mundo, con su simpatía y su don de gentes.

»Y eso no es lo peor: lo realmente jodido es que está poniendo a todos en tu contra. Yo no me habría dado cuenta de cómo es el tipo si no hubiera pasado lo de aquella agresión en la que te viste envuelta por su culpa. Tengo la absoluta certeza de que tú nunca harías una cosa semejante, por lo que sé a ciencia cierta que fue él el que agredió a esa chica. Insisto, si no hubiera pasado aquello, no se habría destapado tan pronto la verdadera esencia agresiva de Justo y todos estaríamos tan felices con él. Pero ante situaciones de tensión con pacientes este imbécil siempre responde igual: sacudiendo la mano. Aparte de que me aseguran que sus dotes profesionales dejan bastante que desear. Y la fuente de la que te hablo es segura al doscientos por cien.

Me he quedado con la boca abierta. ¡Entonces lo que me dijo Benigno era verdad de la buena! Sigo con la batea en una mano y el aparato de la tensión en otra, pero apenas me doy cuenta de ello.

Salvador toma aire. Continúa.

—Te pido que tengas cuidado. Dos: el otro día que estaba yo de guardia se colaron Caridad y Justo en nuestro despacho para utilizar el ordenador. Quizás Eustaquio les había dado permiso pero yo no sabía que ellos estaban aquí. Abrí la puerta y cuando oí voces me quedé parado, sin llegar a entrar. No esperaba encontrar a nadie dentro porque Iris y Eustaquio estaban en Urgencias. Habría pasado hasta el fondo y les habría preguntado el porqué de su presencia aquí si no hubiera sido porque les oí cómo te nombraban, a ti y a tu novio, Rodrigo. Cuchicheaban pero se entendía a la perfección lo que decían. Comentaban algo del juicio y de que tu novio seguía en prisión hasta el juicio. Que les había costado mucho conseguir que el juez se decidiera pero que al fin se había mostrado conforme en meterlo en la cárcel. Entonces dijeron algo que he procurado recordar de forma literal por si para ti tenía algún sentido. Caridad dijo algo así como: «Reyes ya ha hecho lo que debía y a los de la fiesta los tiene bien cogidos por los huevos...» Dijo algo más pero no llegué a captarlo bien.

Dejo la batea y el aparato de tensión sobre la mesa y cojo las manos de Salvador, apretándolas con toda la fuerza que puedo reunir.

—¿No te enteraste de nada más? ¡Por favor, haz memoria, por favor!

—Lo siento, pero no. La única referencia al juicio que capté fue esa y no me dio tiempo a más porque se levantaron haciendo arrastrar las sillas, así que retrocedí y me metí en el aseo de los médicos. Recé para que a Justo no le diera por entrar a orinar, pero al final se largaron pasillo adelante sin añadir nada más que lo que te he dicho.

El corazón me golpea como loco en el pecho. Aún tengo las manos de Salvador entre las mías. «¡Desde luego si alguien entra en este momento pensará lo que no es!», me susurra una parte burlona de mi cerebro, por lo que suelto las manos de mi querido compañero como si de un perro pulgoso se tratara.

—Espero que lo que oí suponga algo para ti...

—¡No te puedes imaginar cuánto, Salvador, no te puedes imaginar cuánto!

Me pongo bruscamente de pie como impelida por un resorte y cojo mis cosas de encima de la mesa otra vez, cada una en una mano. Salvador permanece sentado con la mirada perdida, pensativo.

—Me daría mucha pena que estos dos bastardos consiguieran echarte de aquí. —Su voz es nuevamente la de siempre, pausada, tranquila. Me mira—. Sabes que te aprecio mucho y que te valoro mucho como persona y como profesional.

—Muchas gracias, Salvador. El sentimiento es mutuo. —Me sonríe—. Quizá consigan que me largue, porque tengo aguante pero no es infinito y no me suele gustar trabajar en un infierno, pero hasta que eso suceda, si llega a suceder, te aseguro que les voy a dar por... —Salvador levanta su dedo índice en un evidente gesto admonitorio, restos quizá de su etapa de sacerdote, por lo que corrijo a tiempo—... que les voy a dar guerra de la buena. Me resisto a dejarles ganar así como así.

Sonrío y salgo del despacho.

Miro el reloj de pared que hay a mitad del pasillo: las cuatro menos cuarto.

Dejo las tensiones para más tarde. Repartiré la medicación oral y revisaré a todos los pacientes a ver qué tal van.

Llamo levemente con los nudillos y entro en la habitación número 7.

—¡Buenas tardes, Vicente! ¿Qué tal ha pasado la mañana?

# SALVADOR

Salvador se queda sentado en la butaca. El perfume que Marian utiliza desde siempre impregna deliciosamente el ambiente. Se mira las manos. Aún siente el tacto de las suyas y cómo una pequeña tirita que ella llevaba en el dedo meñique le había rozado la palma. Sin ser capaz de oponerse a tan pueril impulso, se besa los dedos y se los pasa por la cara mientras cierra los ojos transportado por sensaciones que sabe que no debería despertar. Inmediatamente se siente mal por lo que tan sencillo gesto implica y revela de lo más profundo de su corazón.

Se levanta con dificultad. Por primera vez en su vida se siente viejo. Viejo al verla a ella tan joven, tan espléndida, tan rebosante de vida y de energía. Y de amor.

Como la planta está muy tranquila, decide bajar a dar una vuelta por Urgencias; además, ha dejado a una mujer en Observación pendiente de unos resultados para decidir ingresarla o darle definitivamente el alta.

Cierra la puerta del despacho tras de sí.

Debe reconocer, se dice mientras avanza por el pasillo, que es fantástico que Marian por fin haya encontrado a quien amar. El tipo parece ser que está metido en un buen lío, pero la felicidad de Marian, esa que exhala por todos los poros de su piel, le indica que es correspondida, aunque Salvador añora cuando era a él al que miraba cuando entraba o salía. ¡Se sentía tan dichoso de ser admirado por ella...!

Eso había quedado definitivamente atrás. Sí, Marian es de otro, como tiene que ser. Se merece ser feliz, pero él la echa tanto de menos...

Avanza por el pasillo con paso que pretende sea decidido y profesional. Pero al llegar a la altura de la habitación número 7 se detiene. La risa de Marian, siempre tan cantarina, llena todo el espacio. Mira discretamente hacia el interior de la habitación y la ve sonriendo al enfermo y a su esposa mientras deja en la mesilla un vasito con lo que seguro son unas pastillas.

Ha sido nada más que un segundo, pero su corazón se ha sentido tentado de llamarla y atraer sobre él la belleza de su mirada, esa de la que ella jamás ha sido consciente. Quizás, aunque fuera solo por una vez, podría volver a mirarle con la pasión de antaño.

Solo se ha detenido un segundo y vuelve a caminar pasillo adelante, en dirección a los ascensores.

# MARIAN

La información que Salvador me ha proporcionado me ha dado más fuerza y más decisión. Además ha abierto un mar de posibilidades que me dificultan poder concentrarme en mi trabajo. Pero aun así me esfuerzo y termino mi turno con todas mis tareas concluidas y con los enfermos tranquilos y descansando.

Cuando a las diez menos veinte veo llegar a Job al control de enfermería ya con el uniforme puesto y preparado para escuchar las incidencias, me adelanto descaradamente al intento de Caridad de contar la primera; Job me observa con gesto divertido, anota los cuatro detalles que destaco en mis incidencias y me largo de la planta lo más rápidamente posible.

Cuando llego a casa lo primero que hago es llamar a Marcial.

—Ya sabíamos que tu compañera Caridad y Mari Carmen Guijo son primas, y que estaban juntas en aquella fiesta la noche de autos.

Marcial es un buen profesional, sin lugar a dudas, pero la

falta de pasión que muestra me hace pensar que por sus venas no corre sangre, corre horchata. Y ya me estoy empezando a hartar.

—¡Sí, lo sabíamos! Pero no me vas a negar que no es un poco extraño que comente con Justo y con tanta naturalidad este tipo de asuntos... Es como si él estuviera en el ajo de alguna manera.

—Sí, Marian, en parte tienes razón, pero no debes olvidar que lo que me cuentas es una conversación que una tercera persona oyó en condiciones más que dudosas, y no nos vale de mucho. Si me dices, además, que Caridad tiene una relación muy estrecha con ese Justo, no es de extrañar que le haya puesto al corriente del tema. Considero que esa conversación no nos sirve prácticamente de nada.

—¡Hombre, Marcial, nos sirve para tirar del hilo, a ver por dónde sale todo esto! Además, Caridad dijo que Reyes tiene a los de la fiesta cogidos por los huevos. Eso explicaría que Sergio Alonso mintiera como lo hizo.

El abogado suspira al otro lado del teléfono con lo que creo que es un indicio de irritación. Supongo que soy muy pesada o muy ignorante o las dos cosas al mismo tiempo.

—Marian, queda escasamente un mes para el inicio del juicio. Yo sé que tú dudas de las causas que han llevado a Rodrigo a la cárcel, pero ya te dije que las pruebas tal y como se han presentado hasta ahora son inculpatorias. No tenemos medios ni tiempo para seguir «hilos» que no sabemos a dónde nos llevarían.

—Marcial, vas a ser capaz de dejar una sola posibilidad sin investigar porque no hay casi tiempo...

Mi tono ha sido intencionadamente acusatorio.

Posiblemente al otro lado del teléfono la temperatura ha alcanzado el punto de ebullición. Marcial hace verdaderos intentos por controlar la voz y no cortar la conversación de golpe, que supongo que es lo que más le apetece en estos momentos. He puesto en duda su capacidad profesional y eso debe de escocerle. Pero necesito que haga lo que considero que debe hacer, y si para conseguirlo debo disparar a bocajarro, pues disparo.

Suspira otra vez.

—Si de verdad esa mujer, Reyes, coaccionó a los de la fiesta, explicaría por qué la otra noche el tal Sergio no soltó prenda...

—Y mintió.

—Y, probablemente, mintió.

Una pequeña grieta está empezando a derribar el muro de hielo.

—Rodrigo contó que en las fiestas que solían hacer no solo tomaban mucho alcohol, sino también ciertas drogas y no solo porros. Puede que ese sea el motivo de la coacción. Se podría intentar hablar otra vez con el tipo ese... —Sonrío con satisfacción—. Pero esta vez no vas a ir con tu amiga. Esta vez enviaré a mi ayudante y...

—... ¡Y yo iré con él!

Otro suspiro de irritación, pero esta vez el aire exhalado por sus pulmones ha salido con tanta fuerza que me ha llegado a través del teléfono y me ha hecho parpadear.

—¡Marian! —Intento vano por parte de Marcial de contener el tono de voz y volver nuevamente a su ser—. Marian, podría ser peligroso aunque a ti no te lo parezca. Y tú no eres precisamente la persona más indicada para intentar descubrir de qué va todo esto. No nos encontramos en una película ni en una novela de acción trepidante.

—¡Sí, claro que no soy la más indicada y te agradecería que no me ridiculizaras, pero en los pocos días que llevo metiendo las narices en lo que no me llaman he proporcionado información que, mira tú por dónde, podría llevar a algo verdaderamente útil!

—Está claro que me estás echando en cara algo que prefiero ignorar. —Pausa muy tensa—. No, definitivamente no irás a ningún sitio. Prefiero citar a ese tal Sergio de forma oficial y eso me llevará un par de días. Estas cosas hay que hacerlas conforme a una serie de pautas establecidas para que sean legales y posteriormente consideradas adecuadamente. Mientras tanto procura no hacer ni decir nada por tu cuenta. Mañana por la mañana te llamará Rodrigo a mi despacho, a las diez. Yo estaré en el juzgado, por lo que no te veré.

—De acuerdo.

—Espero que tengas muy claro que no es a ti a quien tengo que rendir cuentas de mi trabajo.

—Lo sé. No era mi intención criticarte.

—Mientes fatal, pero prefiero no insistir más.

—Marcial, yo solo quiero ayudar.

—Sí, supongo que todo se reduce a eso. Procura ser puntual mañana, que Rodrigo solo dispondrá de unos minutos.

Nos despedimos en medio de un ambiente más que gélido. Le he ofendido y en el fondo de mi corazón me da igual. Yo solo quiero que salga la verdad a flote sobre lo que sucedió aquella noche y quiero que se haga todo lo posible por aclararlo. Si para ello debo ser un pedrusco en el ojo de Marcial, pues lo seré.

## MARIAN

Rodrigo llama puntual y me advierte de que solo podremos hablar unos diez minutos. Me riñe por meter las narices, pero con mucho tacto.

—No quiero que te pase nada.

—Lo sé.

—Además, si las investigaciones y los interrogatorios no se llevan a cabo de la forma establecida por las leyes el juez podría no aceptar los resultados de las mismas y todo tu esfuerzo sería en vano.

—Rodrigo, lo sé. Pero ¿por qué nadie investigó a ese tipo, el que se enrolló con Reyes?

—Ya sabes lo que puede pasar en estos casos. En la fiesta aquella noche había mucha gente que entró y salió y algunos detalles se pueden pasar por alto.

—Entonces tu abogado no debería enojarse conmigo porque yo recuerdo un detalle que cuando se comprueba puede ser una buena pista, más que nada porque el tipo podría estar mintiendo.

—Marian, no critiques a Marcial. Para mí es el mejor; entre otras cosas, porque no puedo costearme a nadie más a estas alturas, ¿lo comprendes?

—Claro que lo comprendo. Quiero ayudar, necesito ayudar y saber que estoy haciendo algo por sacarte de allí. ¡Necesito que esto se acabe y necesito que estemos juntos!

Se me quiebra la voz. Me recrimino duramente por mi debilidad. No me apetece que los pocos momentos que tengo para hablar con Rodrigo estén ahogados en un mar de lágrimas. Porque cuando empiezo a llorar ya no puedo parar.

—Sí, cariño. Yo también necesito estar contigo. Pero, por favor, debemos confiar en la capacidad profesional de Marcial. Sé que es bueno en su trabajo y debemos darle un voto de confianza... Marian, ahora tengo que colgar, espero que podamos volver a hablar pronto.

—Sí, eso espero yo también.

—Adiós, cariño.

—Adiós...

La conversación me deja un regusto agrio en la boca. Debo confiar en el abogado, pero en mi fuero interno sé que no está haciendo todo lo que debería; bueno, lo que yo considero que debería. Y aunque él me diga que queda poco tiempo estoy convencida de que es más que suficiente para tocar algunos palos.

Al salir del despacho busco en la agenda de teléfonos de mi móvil y localizo un número.

Dos, cuatro tonos de llamada y contestan.

—¡Hola, hermanita!

—¡Hola, Jorge!

Unos minutos de conversación introductoria; llevamos mucho sin vernos y sin hablar. Le pregunto por su mujer, por mamá, por nuestro hermano. En estos prolegómenos gasto unos dos minutos. Desde el tercero hasta veinte minutos después me dedico a darle datos y nombres y a contestar a las cuestiones que me plantea y a responder sus dudas.

Indiscutiblemente yo no puedo hacer mucho en todo este asunto, ni puedo investigar, ni puedo acceder a cierta información para seguir esos flecos que yo considero tan importantes.

Pero mi hermano el poli, sí.

—Quiero esta. ¿Cuánto cuesta?

Auxi y yo estamos en una tienda del centro que se dedica a vender material electrónico de vanguardia. Desde que Salvador me avisó ayer de las intenciones de Justo y Caridad, no se me va una idea de la cabeza. Cuando sucedió el incidente de la agresión a Carolina no hubo ningún testigo de lo que pasó en aquella habitación y al final todo quedó reducido a mi palabra contra la de Justo, con el consabido resultado de que fui yo la que salió perdiendo y la que fue acusada de algo que no hizo. Últimamente me toca trabajar con uno de los dos o con los dos y no me gusta la idea de que algo similar o incluso peor se pueda volver a repetir. Así que, siguiendo el sabio y experto consejo de mi hermano Jorge, he decidido comprarme una grabadora digital con un montón de horas tanto de grabación como de autonomía en la batería.

—Doscientos ochenta euros, con el IVA ya incluido —me dice el dependiente con sonrisa de tiburón.

Procuro que mi sonrisa siga siendo natural. El precio me parece exorbitante para una cosa tan pequeña. Auxi me da un discreto codazo, supongo que le parece demasiado caro.

—Es una micrograbadora digital que simula un mp3 con ocho gigas de memoria, lo que supone más o menos unas quince horas de grabación, con una calidad de grabado excelente, captura de audio optimizada, en un radio de unos diez o quince metros, dependiendo del ruido ambiental.

—Me la quedo.

—Ha hecho una elección excelente, señora.

—Eso espero, eso espero.

Mientras el dependiente, siempre sonriente, efectúa el cobro con mi más que magra tarjeta de débito y mientras yo ruego a los dioses que el banco me acepte el desembolso porque no sé cómo llevo los gastos de este mes, miro a mi amiga con la que pretendo sea una mirada de absoluto convencimiento. «Sé lo que hago, querida Auxi, sé perfectamente lo que hago» es el mensaje que deseo transmitir.

El dependiente me devuelve la tarjeta y mi carnet de identidad y me da los resguardos y el recibo. Tiene los dedos llenos de anillos, incluso en el pulgar, ¡cómo se nota que este pavo no friega!

Salimos a la calle con brioso caminar y mi amiga me toma del brazo. No me lo dice pero sé que está preocupada.

—Auxi, esto es necesario.

—Si tú lo dices... A mí me parece algo exagerado.

Me paro en seco y me pongo frente a ella.

—Estoy segura de que esos dos imbéciles me la van a jugar otra vez. —He levantado demasiado la voz y algunos transeúntes nos miran al cruzarse con nosotras—. Van a por mí y también a por ti, recuerda lo que dijo Salvador. La vez pasada salí bastante airosa para lo que me podría haber pasado, pero no me van a pillar otra vez de pardilla.

Reanudamos nuestro paso.

—Yo no pienso comprarme una grabadora, Marian.

Me río.

—Crees que estoy chalada, ¿verdad?

Auxi me coge la mano y la aprieta entre las suyas. Ojalá pudiera sentir en mi interior toda la fuerza que pretende transmitirme. En su lugar me ahogo en un inmenso océano de dudas.

—No, solo pienso que estás desesperada y me da rabia que tengas que pasar por algo así.

Suspiramos las dos al mismo tiempo. Si lo hubiéramos ensayado no nos habría salido mejor. Reímos a carcajadas y descargamos parte de la tensión que nos tiene tan acongojadas.

Caminamos en silencio con aire despreocupado y decididas a acabar con todos los que nos quieren aplastar, pero una vocecilla en mi interior me susurra: «Aún no se ve el final del túnel; esto solo acaba de empezar.»

# MARIAN

Falta una semana justa para el juicio. Necesito estar junto a Rodrigo en esos días tan crueles y por ello he decidido cogerme dos semanas de vacaciones del periodo estival, que empezarán el día del juicio, el 4 de julio, lunes, si no se cambia la fecha a última hora, claro.

Ante la inminencia de un más que merecido periodo de descanso me asalta una sensación de agotamiento aplastante que me hace dudar de todas las decisiones que he tomado y de que sea capaz de soportar todo lo que se me echa encima.

Hoy trabajo con Salud y Caridad. La planta está bastante tranquila. En las camas que yo llevo está todo cubierto, ni altas ni ingresos. Están de guardia Lázaro y Cesáreo, aparte de los residentes entre los que está Eustaquio. No me puedo quejar.

Caridad me mira, pero la muy simple procura no hacerlo de frente y siempre veo sus ojos de soslayo. Cuando Justo no está con ella ni se me acerca. ¡Qué pena!

Doy la vuelta mientras reparto la medicación de la merienda y repaso los sueros. En la habitación 9 encuentro a Antonia Manchón mirando por la ventana, nerviosa. Cuando me ve entrar, se gira y me habla hecha un manojo de nervios.

—¡Marian, estaba deseando verla para preguntarle algo!

—Antonia, está muy nerviosa, tranquilícese. ¡Ande, siéntese! —La mujer toma asiento, pero apenas apoya las nalgas en el borde del sillón.

—Es que su hija llega hoy de Barcelona a verla y le trae a su nuevo nieto, el que nació hace más de una semana. —Lo dice Rosa, la enferma de la otra cama, sentada en su sillón, las piernas reposadas en una silla, con las gafas nasales para el oxígeno y la vista fija en la telenovela de turno. Su tono de voz es neutro, carente de toda emoción, aburrido—. No ha parado desde esta mañana que le llamó el yerno para darle la noticia.

Me siento frente a Antonia.

—Pero es que no van a dejar entrar al bebé.

—¡Por eso, Marian, por eso estoy hecha un manojo de nervios! ¡Mi primer nietecito y no pude estar con mi hija cuando nació y ahora no voy a poderlo ver...! —Solloza—. ¡Qué tristeza, qué pena de enfermedad! ¡Qué pena de vejez!

Rebusco en mi cerebro. Alguna solución puede existir para que esta pobre mujer pueda ver a su familia, pero el corazón de Antonia está muy delicado, no puede dar dos pasos sin asfixiarse, precisa oxigenoterapia casi las veinticuatro horas del día y tiene un suero con medicación intravenosa que no se puede interrumpir. Ella no puede salir y los otros —el bebé más bien— no pueden entrar. Tomo las manos de la mujer.

—Antonia, voy a ver qué puedo hacer, ¿vale? —le aseguro. Ella me mira y asiente con los ojos llenos de esperanza y, por primera vez, sonríe—. Pero necesito que se tranquilice porque si por el estado de nervios en que se encuentra ahora empeora, entonces sí que no podré hacer nada.

Antonia asiente en silencio. La pobre mujer se recuesta en el respaldo y con las manos agarradas fuertemente a los brazos del sillón inicia una respiración profunda y controlada: inspiración lenta y profunda por la nariz, espiración lenta y pausada por la boca con los labios fruncidos. Le tomo una mano y con disimulo vigilo su pulso. Sigue rápido, pero nada fuera de lo que es habitual en una paciente con una severa patología cardiaca. Sus labios y dedos siguen algo azulados, pero la palidez que presentaba su rostro cuando entré ha desaparecido.

—Muy bien, Antonia. Así debe estar, tranquila, hasta que vea qué es lo que puedo hacer, ¿de acuerdo? Pero recuerde que no le prometo nada.

La mujer vuelve a asentir con los ojos aún cerrados y los labios fruncidos, controlando su respiración.

Me levanto y salgo de la habitación, no sin recordarles a ambas mujeres que llamen si necesitan algo.

He tenido una idea, un paso intermedio entre todas las soluciones que he barajado. Otras veces lo que hemos hecho es que los pacientes bajen al recibidor del hospital y se reúnan con los niños que vienen a visitarlos, siempre junto a otro familiar o acompañante y nunca durante más de unos pocos minutos, los suficientes para dar besos y abrazos y reconfortarse mutuamente por la forzosa separación, pero en este caso eso no es posible, ya que la situación de Antonia es muy delicada. Tampoco es conveniente hacer subir al bebé por varias razones, pero sobre todo porque sería una temeridad hacer entrar a una criatura tan indefensa en un medio tan microbiológicamente hostil como es la planta de un hospital, aunque en este caso algo hay que hacer, si no la pobre Antonia se morirá de pena y del disgusto.

Me acerco al despacho de los médicos. Hace unos instantes he visto pasar a dos de ellos y, con un poco de suerte, aún estarán dentro. Al llegar a la puerta oigo voces varoniles. Llamo con los nudillos y me indican desde dentro que pase.

En el despacho están Cesáreo y Lázaro tomando un café relajadamente. El primero, sentado en el sillón de oficina, con las largas y flacuchas piernas apoyadas en la mesa, el vaso de café entre las huesudas manos y un gesto de placentero reposo que me hace difícil creer que no está dormido. Lázaro, por el contrario, se encuentra sentado en una butaca de brazos de espaldas a la puerta trasteando en el ordenador. Según me acerco puedo ver que está navegando por internet.

—Siento interrumpir... lo que sea.

Ni Cesáreo abre los ojos ni Lázaro se vuelve hacia mí.

—Marian, menos choteo. ¿Querías algo? —La voz de Lázaro nunca dejará de sorprenderme: tan grave en un hombre tan pequeño.

—Necesito que me ayudéis. Tengo una paciente...

—¿Quién la lleva?

—De Gracia.

—Cesáreo, ahora es tuya.

El interpelado abre un ojo y lo dirige a mí. El resto de su cuerpo sigue en estado catatónico, pero es capaz de pronunciar varias palabras.

—¿Qué enferma es?

—Antonia Manchón, de la habitación 9, la que...

—Sí, ya sé quién es. ¿Qué le pasa?

Nadie me ha invitado, pero decido sentarme. Lázaro me echa un vistazo somero pero no me dice nada. «Los tiempos de Maimónides han quedado muy atrás, majo» me gustaría decirle, pero decido no hacer caso a su gesto.

Con pocas palabras le explico a Cesáreo lo que sucede y este, poco a poco, va saliendo de su letargo. Se incorpora en el asiento y se toma su aún humeante café a sorbitos cortos.

—Bueno, y ¿qué se te ha ocurrido, Marian?

—Lo que se me ha ocurrido es que montemos a Antonia en una silla de ruedas con el oxígeno y el suero y la bomba de perfusión. A la familia la hacemos subir discretamente a la sala de espera de las consultas de la segunda planta, que a estas horas está desierta y que se encuentren allí. A Antonia la puede acompañar una auxiliar o yo misma si el servicio está tranquilo, pero necesito que me deis el visto bueno dado el estado de la mujer.

—Esa mujer está muy delicada y no debería...

Lázaro se gira por primera vez en toda la conversación.

—Esa mujer podría quedarse cualquiera de estos días en el sitio solo con un golpe de tos o con un susto. Creo que sería un gesto por nuestra parte permitirle ver a su nieto antes de abandonar este mundo. Además estoy convencido de que sería mucho peor no dejarle ver al pequeño que moverla hasta la sala de espera de las consultas, tal como Marian propone.

Cesáreo me mira otra vez.

—Estoy de acuerdo, pero antes creo que debemos explicarle a ella y a su familia los riesgos que conlleva tal salida de la planta. —Suspira y tira el vaso de plástico ya vacío a una papelera que se encuentra tras una de las mesas de despacho—. Yo me encargo. —Se levanta—. Tú, Marian, deberás acompañarla, ve preparándola. ¡Y que no nos pase *na*!

Una hora más tarde empujo la silla de ruedas que lleva a Antonia. El suero con su bomba de perfusión titila en silencio en una serie de números de color rojo a la derecha de la mujer. Una pequeña bombona de oxígeno cuelga en un soporte en el respaldo, el humidificador borbotea perezoso.

La mujer se ha peinado y puesto un poco de carmín rosado. Se cubre el regazo con una bonita manta de cuadros en tonos azules y sobre los hombros lleva su bata rosa de felpa. Estamos bajando en el ascensor de servicio y paramos en la segunda planta con un timbre agudo. Las puertas se abren y veo a cuatro personas y una personita envuelta en una suave toquilla de tonos malva en brazos de la que a todas luces es su mamá.

Antonia da un pequeño gritito y se lleva las manos a la boca, embargada por la emoción. No puedo verle la cara pero estoy segura que las lágrimas bañan su rostro. Acerco la silla a su familia y me retiro a un lado de la sala.

No puedo evitarlo, pero una enorme satisfacción me llena de orgullo. Estos pequeños detalles son los que de verdad alimentan el espíritu de las personas enfermas; para una abuela lo más importante es conocer a su nieto esté o no enferma. Esto es lo que realmente supone cuidar a las personas... Verlos más allá de sus patologías, no perder nunca su lado humano, personal.

Observo la cara radiante de Antonia, sus ojos besando en silencio los rostros de sus hijos y de su esposo. La veo alargar los brazos a su nieto; veo cómo su hija deja al bebé con delicadeza en el regazo de la flamante abuela y no puedo evitar que se me haga un nudo en la garganta por la emoción.

Me gustaría formar parte de ellos. Me gustaría vivir un momento como este.

Ojalá yo pudiera algún día abrazar a mi nieto como esta mujer.

Al llegar a casa veo que el pilotito rojo del fijo parpadea. Lo cojo y miro el visor: tres llamadas perdidas de mi hermano Jorge, todas entre las seis y las siete de la tarde. ¡Este tío no se enterará nunca de que mi horario de trabajo es siempre de tres a diez! ¡También me podría haber llamado al móvil!

Me quito los zapatos y me desabrocho los vaqueros. Me duelen las piernas y estoy cansadísima. Tras ponerme cómoda en el sofá cojo el teléfono. Marco el número de la casa de mi hermano. Lo cogen al tercer tono.

—¿Diii... ga? —La persona que contesta se está partiendo de risa. Tapan el micrófono pero aun así oigo las carcajadas y un carraspeo en un intento de estabilizar la voz—. ¡Diga!

No reconozco la varonil voz.

—¿Está Jorge?

—¡Sí, sí, un momento, por favor!

Otra vez la risas.

Alguien coge el aparato y se aleja del barullo de fondo.

—¡Marian, te he estado llamando toda la tarde! Perdona el jaleo pero es que tengo visita.

Me ahorro todo comentario.

—Tengo lo que me pediste.

Ahogo un grito de alegría.

—¡Muchas gracias! ¡Cuánta rapidez!

—Te lo he enviado por mensajero y te llegará mañana a las ocho. Tenías razón, son personas con muchas cosas interesantes, sobre todo ella. Quizá sería adecuado que alguien les echara un ojillo. Era tal y como te pensabas. Como esto lo he hecho como un favorcillo nada oficial... ¡ya me entiendes!

—Jorge, no te preocupes que nadie se enterará dónde he encontrado esa información.

—De acuerdo, confío en ti. De todas formas, todo lo que te llegará mañana es información a la que se puede acceder, aunque no cualquiera ni tan rápido como tú lo vas a tener. No son papeles con secretos de estado, precisamente. De todos modos un coleguita de tu ciudad, que trabajó aquí unos años, me va a cubrir las espaldas, aunque no estaría de más que el abogado que os lleva el caso solicitara dicha información por una vía más adecuada para que pueda utilizarla legalmente en vuestro caso.

—Entiendo.

—Espero que algún día me pongas al tanto del asunto que te hace necesitar información como esta.

Cuando el otro día le pedí el favor no le di demasiadas explicaciones, solo le conté por encima que tenía un amigo en la cárcel y lo que precisaba. Mi hermano, que es una buena persona y se fía de mí, no me hizo preguntas y se comprometió a ayudarme. Eso no quita que sienta una más que justificada curiosidad por saber en qué se encuentra metida su hermana.

—En cuanto esto acabe te contaré con pelos y señales de qué va todo el asunto —prometo con intención sincera de cumplirlo—. No sabes lo bien que me viene la información que me has facilitado. Ahora debo dejarte, acabo de llegar de trabajar y...

—Sí, no te preocupes. Ya hablaremos.

—Claro. Un beso y gracias.

—Otro para ti y Marian, cuídate, por favor.

Tras cortar la comunicación me dejo caer en el sofá. Tengo la sensación de que los papeles que llegarán mañana van a ser de mucha utilidad para esclarecer todo este asunto en el que se encuentra metido Rodrigo y, por añadidura, yo también.

Siento una mezcla de expectación y temor; sí, temor, porque no puedo negar que todo esto me viene demasiado grande. Cuando en los libros o en las películas vemos a los personajes afrontar con valor y decisión duras pruebas y peligros infinitos, sin plantearse otro objetivo que dar con la verdad absoluta, no nos planteamos que esas cosas puedan sucederles a personas reales, porque sabemos que es una ficción. Yo soy una persona real y me encuentro en la búsqueda de la verdad absoluta y algo en mi interior me grita —esa vocecilla tipo mosca cojonera que no ha dejado de fastidiarme desde que todo esto empezó— que el final no será fácil, que quizá sería mejor dejar todo como está, que quizás estoy inmersa en una estúpida farsa en la que no soy yo precisamente la que se va a reír cuando baje el telón.

Debo hacer una última llamada, pero antes me quito definitivamente los vaqueros. Me aprietan demasiado y me duelen la tripa y las piernas. La regla ya me está rondando y las molestias son peores que nunca. Y la espalda me está martirizando.

Con el móvil aún en la mano me planteo dejarlo todo y llamar mañana. Pero no puede ser. Debo avisar a Marcial. Necesito verlo mañana sin falta y darle una copia de los papeles. Un agotamiento aplastante me dificulta el poder darle la orden a mis dedos para que, con un último esfuerzo, busquen su número en la agenda.

Marcial me contesta con desgana y con desgana accede a quedar conmigo mañana. No, no antes de las diez. Sí, le viene bien que sea en su despacho.

Cuando acabo la conversación estoy más agotada que si hubiera llevado yo personalmente la antorcha olímpica desde Grecia a Brasil pasando por el Tíbet y sin descansar tras descender a toda velocidad el K2.

Una hora más tarde por fin me dejo caer en la cama.

Pensaba que no iba a conseguirlo, sobre todo después de vomitar tres veces seguidas en el intervalo de veinte minutos...

... Y después de limpiar los restos de tal incidente en el sofá y en el suelo del salón y de meter todo en la lavadora. Ante todo no dejar nunca el trabajo sucio para el día siguiente: podría ser demasiado tarde y quedar impregnado en el ambiente el tufo que me recuerde esta horrorosa noche...

... Y después de ducharme para quitarme la ropa manchada y el malestar.

Sí, por fin consigo meterme en la cama. Me siento fatal pero no será nada que no puedan arreglar unas cuantas horitas de sueño reparador.

## MARIAN

Las horitas de sueño reparador han resultado ser verdaderamente un milagro en mi cuerpo. Me levanto recuperada y con unas ganas increíbles de afrontar lo que me resta por hacer hasta el inicio de mis vacaciones.

Me estoy tomando un café espeso y negro como un bidón de petróleo cuando llaman a la puerta. Una mujer vestida con el uniforme rojo y gorrita haciendo juego, propios de una conocida empresa de mensajería, me hace entrega de un grueso sobre de color crema. Tras cerrar la puerta y volver a la cocina, miro el reloj digital del microondas y compruebo con cierta sorpresa que son las ocho en punto. ¡Por Dios, la puntualidad de esta gente es casi sobrenatural!

Mientras saboreo el mejunje en mi taza preferida y siento cómo se extiende la cafeína por mis extremidades haciéndolas revivir, abro el sobre. Dentro hay dos fajos de folios perfectamente alineados y grapados por separado. Una nota escrita a bolígrafo se resbala y cae al suelo. La recojo. Unas pocas frases:

Querida Marian:

Deshazte de esta nota cuando la hayas leído ¿vale?

Espero que te sea útil la información que te hago llegar.

No sé en qué estás metida, pero ten cuidado y si te ves en la necesidad de pedir ayuda no dudes en llamarme al móvil.

Un beso.

JORGE

No puedo evitar una sonrisa: «Deshazte de esta nota cuando la hayas leído.» Casi puedo ver a Mortadelo y Filemón esperando ver cómo una nota del Súper se autodestruye de la forma más inverosímil gracias a un invento del profesor Bacterio. Obediente, rompo la nota en múltiples pedacitos y los tiro a la basura que tengo reservada para cartones y papeles. Soy recicladora estricta y me parece un pecado mortal tirar el más mínimo trocito de papel a la basura normal.

Miro el resto de hojas. Empiezo por el grupo de folios grapado que viene encabezado por el nombre de Sergio Alonso Prados. Nacido en Pozuelo de Alarcón, Madrid, el 7 de marzo de 1985. Ingresó en la Academia General del Aire a los veinte años y más tarde fue destinado como alférez a nuestra ciudad, donde supongo que coincidió con Rodrigo y con Reyes, aunque él dice que no lo conocía cuando lo vio aquella noche con Reyes.

El otro tocho de hojas pertenece a ella. María Reyes López Alcalá, nacida en Barcelona el 25 de noviembre de 1982. Había cursado los mismos estudios que Rodrigo y pasado por diversos destinos hasta que llegó a nuestra ciudad.

Hojeo varios papeles en los que se habla de detalles de sus expedientes que no termino de encuadrar adecuadamente. Hay extractos de cuentas bancarias de varias entidades, con cada uno de ellos como titulares, justificantes de pagos por transferencia y un duplicado del Registro de la Propiedad en el que se establece que el local sito en la calle tal y tal pertenece a D. Sergio Alonso Prados y a D.ª M.ª Reyes López Alcalá, que la mitad de dicho inmueble se pagó al contado y el resto mediante crédito en seis meses. La cantidad desembolsada, exorbitante. Otros papeles muestran, en un lenguaje demasiado farragoso para mí, el establecimiento de una sociedad a nombre de los dos: el bar de copas Casus Belli.

Mi asombro por el hecho de que Reyes y Sergio hayan conformado una sociedad y que el bar sea de los dos queda momentáneamente interrumpido por una aparatosa náusea, acompañada de su correspondiente arcada que me hace salir disparada hacia el cuarto de baño. Consigo abrir la tapa del inodoro por los pelos. ¡Últimamente no hago otra cosa!

No me encuentro bien. Rebusco en el mueblecito de mi cuarto de baño hasta que encuentro un termómetro, uno antiguo al que sigo dándole uso. Lo sacudo con energía para bajarle el mercurio y me lo coloco bajo la axila. No me siento acalorada ni tengo escalofríos, pero la verdad es que nunca se sabe. Quizá tengo un virus de esos que siempre andan pululando por ahí y de los que todo el mundo siempre habla, aunque pocos los han visto cara a cara. Cinco minutos más tarde lo retiro y lo miro: treinta y seis con cuatro grados centígrados.

Nada.

Otra arcada. Pero nada más.

Parece que mi estómago se ha sentido momentáneamente aliviado.

Me siento tentada de llamar a Marcial para anular nuestra cita. Indiscutiblemente se pondría muy contento dado que estos días me considera un auténtico estorbo. Pero tras ponerme de pie y comprobar que todo sigue en su sitio y no se me ha descolgado nada más de lo habitual, decido que cuanto antes termine con esto, mejor.

Vuelvo a la cocina y recojo los papeles metiéndolos nuevamente en el sobre en el que venían. No sé qué es lo que Jorge encontraba tan interesante. No tengo suficientes conocimientos en esta materia y a mí se me escapa su significado. Cuentas bancarias y números sin sentido para mí que deberían ser analizados al detalle por alguien versado en la materia.

Una hora y media más tarde estoy sentada en el despacho de Marcial. Ni siquiera se ha molestado en disimular el fastidio que le produce mi simple presencia. Considera que soy una neurótica con sueños de protagonista de película barata que se afana en actuar como una heroína para salvar al actor mazas de turno.

Ojea los papeles con violencia mientras suspira cabreado. Pasa de unos a otros sin orden ni concierto. Por fin, en el colmo de lo inesperado y sin molestarse siquiera en moderar el tono de voz me escupe a la cara a gritos:

—¡Se puede saber de dónde cojones has sacado esto!

—Pues no te lo puedo de...

—¡Tú quién coño te has creído que eres! —Golpea con los papeles en la mesa haciéndome respingar—. ¡Todo esto es información que no se puede obtener así como así! Además, no logro entender por qué te sigues empeñando en rebuscar en la vida de estos dos militares. Ya te dejé bien claro que no tenían nada que ver en todo este asunto.

Cojo aire despacio intentando infundir calma a mi espíritu y a mi corazón. Cuento hasta diez y sí, sé que lo he conseguido. «Es el abogado de Rodrigo, no lo fastidies todo, Marian.» Me lo repito tres, cinco, diez veces.

—¡Ya he citado formalmente a este tipo para que me cuente lo que tú dices que tiene que contar y punto! —me grita. Marcial está tan rojo que parece que le va a estallar una arteria—. No tienes ni idea...

—¡Cállate, joder, cállate y no me chilles, so pedazo de capullo!

Me he puesto de pie tan deprisa que la silla que me sostenía casi se cae por el impulso.

Un sepulcral y gélido silencio se ha depositado de repente entre nosotros.

Casi se podría decir que ha bajado la temperatura y que de nuestras vías respiratorias sale vapor de aire condensado.

La puerta del despacho se abre un poco. No me vuelvo para ver de quién se trata, pero Marcial hace un gesto apaciguador dirigido hacia esa persona y la puerta se vuelve a cerrar.

Curioso, su personal no se inmuta cuando él chilla, pero acuden despavoridos cuando lo hace otro.

No puedo retirar mi mirada, cargada de un odio aberrante, de los suyos. La sorpresa le da a su cara un gesto de estupidez muy poco profesional.

Marcial respira hondo y cierra los ojos, supongo que para poder recuperar el control. En esta pose, francamente teatral, me indica:

—Empecemos de nuevo, Marian. —Abre los ojos y me señala la silla en la que he estado sentada hasta segundos antes—. Por favor, siéntate y empecemos de nuevo.

El corazón me late como loco en el estómago y me cuesta respirar, pero consigo dar las órdenes adecuadas a mis piernas y me siento. Cruzo los brazos con fuerza sobre mi pecho tanto como gesto defensivo como para evitar que se note que me tiemblan como hojas al viento. «¡Poético!»

—Dime, por favor, Marian, de dónde has sacado estos papeles.

—Considera que he contratado a un investigador privado.

Por fin conseguimos parecer seres civilizados.

—Sabrás que no sirven para nuestro caso.

Guardo silencio porque discrepo.

Él insiste:

—Porque es evidente que no se han obtenido por vías demasiado... digamos, habituales.

—Soy consciente de eso.

—Entonces, si ya sabías que no nos iban a servir para nada, ¿por qué te has molestado en conseguir toda esta información?

—Porque creí que era necesario saber quién es ese Sergio. Lo que no sabía es que la información que me iban a proporcionar traería a la tal Reyes pegada a su culo.

—Ya sabemos quién es Sergio Alonso y quién es Reyes.

—Querido Marcial, permíteme que te diga con la mejor de mis sonrisas que... —sonrío—... y una puta mierda.

Mantenemos la mirada. El pulso dura diez segundos escasos. «No perder la compostura, nunca perder la compostura.»

Me echo hacia delante y apoyo los brazos en su mesa.

—Mira, Marcial, la otra noche, cuando fui con mi amiga a ver a ese tipo a su bar y le nombré a Rodrigo, dijo que apenas le conocía. Se mostró todo el tiempo nervioso y se notaba a simple vista que se sentía incómodo con la conversación, no era necesario ser un lince. Estos papeles —los golpeo con los dedos— indican que es un trolero. Estuvo en el cuartel de Reyes y Rodrigo el tiempo suficiente como para conocerlos y, además, por la fecha de los papeles, ya había iniciado la sociedad con ella. Supongo que para una mente preclara y privilegiada como la tuya el que un tipo mienta en un caso como este y referente a algo tan aparentemente banal debe de ser indicativo de algo, ¿no es cierto?

Marcial suspira otra vez, exasperado. Está claro que se esfuerza y yo valoro su gesto.

—Analicemos esto. —Señala los papeles—. No soy experto en estos asuntos pero a simple vista parece que estos dos, Sergio y Reyes, manejan bastante dinero. Su sueldo como funcionarios que son no es suficiente para cubrir el enorme desembolso que hicieron para la compra del local y el capital para la sociedad. —Suspira—. Se podría investigar de dónde proceden sus ingresos y toda la pesca. Pero aun así, Marian, no sé qué relación puede tener todo esto con Rodrigo y su acusación de violación.

—Supongo que será tu misión descubrirlo, ¿no crees, Marcial? Porque si de verdad sí tiene que ver con la falsa acusación que le hizo esa zorra a Rodrigo y tú no lo tienes en cuenta para defenderle adecuadamente, supongo que se te puede poner una denuncia por negligencia.

Me mira fijamente a los ojos y el odio que destila hacia mi miserable persona llega a ser físicamente doloroso.

Se levanta.

—Supongo yo ahora, que nuestra conversación ha terminado, ¿no crees, Marian?

Me levanto.

—Por supuesto.

Y me largo lo más rápidamente que puedo haciendo verdaderos esfuerzos por no mirar atrás y por no tropezar con muebles o personas, al tiempo que siento cómo varios pares de ojos se pegan a mi retaguardia con asombro, unos, con estupefacción, otros.

Mientras bajo por las escaleras los diez pisos que hay hasta la calle me obligo a recordar el nombre de Clínica Venus en la que Reyes pasó dos días por una intervención sin especificar y por lo que desembolsó seis mil euros hace cinco años. En mi casa no me había fijado y ese papel ha saltado a mis ojos cuando Marcial ha golpeado con ellos en la mesa, no estaba bien grapado y ha volado alegremente.

¿Un guiño del destino?

## RODRIGO

Oye los gritos de Marcial al otro lado del teléfono.

—... ¿Es que no te das cuenta de que soy yo el que tiene que dar la cara? Y ella no acepta cualquier explicación, ¡no, no, ella tiene que rebuscar en la mierda que te rodea y pedirme explicaciones a mí! Te lo avisé, Rodrigo, te dije que esto podría pasar, y tú erre que erre...

Marcial estaba hasta el moño de ella y no se molestaba en absoluto en disimularlo.

—No hables así de ella. Es una buena persona y solo se preocupa por mí.

—Sí, sí, ya me sé toda esa gilipollez de que la quieres mucho y de que ella es muy importante para ti. ¡Pero es que para mí es un grano en el culo!

—¡Tienes que comprender que no podía explicarle todo...!

—¿Que no podías explicarle todo? ¡Y un cuerno! Si tú la quieres tanto como dices deberías haber sido sincero con ella desde el primer día y explicarle todo. ¡Todo! Pero no, ahora soy yo el que tiene que sufrir su petardeo.

—Marcial, te lo diré solo una vez más: ¡no hables así de ella!

—Insisto: si ella te quiere tanto entenderá todo en lo que

estás metido. Esa mujer no es tonta, es mucho más lista de lo que aparenta a simple vista. Cuando fue a ver a Sergio se dio cuenta al momento de que mentía y ha tirado del hilo. Y le ha salido bingo. Alguien ha estado investigando por ella y le ha dado un tocho de folios con un montón de información de esos dos hijos de puta, todo su meneo financiero y sus chanchullos.

—¿Lo sabe todo?

—Ha encontrado oro puro y como no sabe lo que significan todos esos números y esas cuentas pues aún no ha dado con la tecla. Hay hasta un justificante de lo de Reyes.

Rodrigo siente cómo toda la sangre de su cuerpo se le cae a los pies, la venosa y la arterial.

—¿Lo de Reyes también?

—Sabrá pilotar helicópteros de última generación, pero la muy estúpida pagó con un cheque a nombre de la sociedad, y al sacar los movimientos el abono de la factura ha salido con el resto. ¡Desde luego, el hecho que no les hayan pillado aún es tan ridículo que me reiría si tuviera gracia!

—Marcial, sabes de sobra que esto se acabará pronto.

—¡Claro, se acabará pronto! Contigo en la cárcel y yo con una demanda por negligencia, ¡porque tu chica me ha amenazado con denunciarme por negligencia si te condenan! Y la muy jodida es capaz de hacerlo. Si tiene gente que es capaz de conseguir por ella lo que le ha conseguido, ¡qué no podrá...!

—Ten paciencia, por favor. Te prometo que hablaré con ella y le explicaré todo y le contaré la verdad.

—Deberías hacerlo este fin de semana. Tienes concertada una visita con ella el sábado a las doce.

—No te preocupes, lo haré. Te lo debo. Te has portado muy bien conmigo y no te mereces poner en juego tu carrera.

Abre el grifo del lavabo y remoja la manzana que ha comprado en lo que llaman «la cantina», una especie de tienda de ultramarinos que abastece de cientos de artículos de uso diverso y de alimentación. Si algo echa en falta desde que está allí, entre otras muchas cosas, claro, es tener una nevera de la que poder coger lo que se le antoje cuando le apetezca. Siempre picaba entre horas y eso en este lugar es casi imposible. Si se tiene suficiente dinero uno se puede dar estos pequeños lujos de vez en cuando.

Goteando aún, le da un crujiente mordisco a la manzana llenándosele la boca de un jugo fresco y ligeramente ácido. Mastica con deleite. El placer sería completo si no tuviera ese nudo tan desagradable en las tripas.

La conversación que ha mantenido con Marcial aún le retumba en el cerebro.

Desde el principio fue consciente de que estaba cometiendo un error al mentir a Marian, pero jamás se pudo imaginar que ella se pondría a rebuscar y a hurgar en su vida anterior como si fuera la protagonista de *Luz de Luna*.

Termina su manzana y tira el repelado corazón, ya marrón y mustio, a una papelera. El placer que le ha proporcionado ha sido efímero. El delicioso sabor de la manzana ha sido sustituido por un regusto amargo que le surge de las entrañas.

Es consciente de que las mentiras que le ha contado a Marian serán las que le lleven a perderla. Cuando la conoció pensó que si llegaba a saber lo de su denuncia ella le dejaría, pero cuando llegó el momento se lo explicó y ella permaneció a su lado. En esa ocasión debió contárselo todo, pero en un último segundo dudó y se lo guardó convencido de que ella no tendría por qué enterarse jamás del resto. Marian es una mujer muy inteligente y observadora, aparte de decidida, y por ello debió tener presente que ella nunca se conformaría con quedarse en casa esperando a que todo se resolviera. Ella necesitaría ayudar para poder sentirse útil. Y así ha sido, por lo que todo se ha jodido.

Rodrigo no tiene ni idea de quién podría haber investigado a Reyes y a Sergio por ella. No se la imagina yendo a un investigador privado, por lo que tiene que ser alguien cercano en quien ella confíe lo suficiente como para pedirle algo tan importante. De todos modos, ya todo da igual. El sábado hablará con ella y le contará la verdadera historia en la que él había llegado a ser uno de los protagonistas sin desearlo jamás.

Y el sábado, Rodrigo es muy consciente de ello, Marian le dejará para siempre.

Una rabia inmensa le recorre de arriba abajo como un rayo. Sin poder frenar el impulso descarga toda su furia en forma de patada sobre la papelera que sale despedida al tiempo que desparrama su contenido por el suelo. La bronca está servida cuando un funcionario se acerca a él con cara de pocos amigos.

## MARIAN

He quedado con Auxi para ponerla al día antes de entrar a trabajar. Hoy nos toca juntas, lo que me alegra muchísimo porque la tercera en discordia es Caridad. Esta tarde será ella la que esté en minoría y seguro que no se pondrá tan chula ni tan ufana como días atrás. Por lo menos no tendré que sufrirla en soledad.

Auxi no sale de su asombro por la actitud del abogado de Rodrigo. Es más que evidente que ya no podré ir a verlo para que me cuente nada ni podré llamarlo con tanta libertad como había hecho hasta ahora. Hemos roto la baraja y el tipo ya no querrá saber nada de mí, entre otras cosas porque no tiene obligaciones conmigo de ningún tipo, salvo las que Rodrigo le imponga. Y supongo que cuando este se entere se molestará por mi mal comportamiento con Marcial.

Indiscutiblemente mi amenaza ha sido una fanfarronada, entre otras cosas porque no pienso hacer nada de lo que dije y porque al no ser su cliente yo no puedo llevarla a cabo; el abogado es muy consciente de ello, pero seguro que se imagina el daño que a su reputación como profesional de la ley le puede hacer el que una bruja insoportable vaya contando ciertas cosas por ahí.

Asumo la regañina que me está echando Auxi como una penitencia completamente merecida. Si ahora he cortado definitivamente los hilos de la comunicación con Marcial no es por otra razón que por una equivocada actitud de desconfianza hacia su labor. Pero es que no puedo quitarme cierta sensación de que se me está escondiendo algo y que él no hace todo lo que debería. ¡Y dale que te pego!

Nos encontramos la planta bastante liada. Han dado varias altas, por lo que el pasillo está lleno de pacientes vestidos de calle y acompañantes nerviosos y expectantes deseando abandonar el hospital. Los médicos aún no han dado los informes de alta y ya son las tres de la tarde; eso supone que nos tocará a nosotras, las enfermeras de la tarde, darles los informes, explicarles los cuidados que deben llevar en casa, darles la medicación hasta que vayan a su médico de atención primaria y pedirles, a los que la precisen, una ambulancia para que los lleven a casa.

A las cuatro aún faltan tres pacientes por marcharse, pero no tardamos en recibir la llamada del servicio de admisión indicándonos qué nuevos ingresos van a las camas que se han quedado libres. No nos queda otro remedio que pedirles a los que no se han ido aún que se queden en la sala de espera de la planta ya que el servicio de limpieza debe desinfectar las camas, las mesillas y demás enseres, aparte de limpiar las habitaciones y los cuartos de baño; eso lleva bastante tiempo y los ingresos llegarán antes de las cinco de la tarde. Las urgencias están de bote en bote.

El servicio parece unos grandes almacenes en época de rebajas. No para de ir y de venir gente que llega y gente que se va. En cinco minutos los celadores han traído dos ingresos que han debido esperar en el pasillo unos instantes hasta que la limpiadora ha finalizado su trabajo. Los celadores han hecho pasar las camas con los nuevos enfermos con el suelo de las habitaciones aún mojado y echando una peste a lejía bastante molesta. Por suerte, los nuevos ingresos no tienen ninguna afección respiratoria y sus acompañantes no han dudado en abrir un poco las ventanas, lo que ha facilitado que el olor no tardara en desaparecer y que el suelo se secara en un periquete.

Me siento muy satisfecha al ver a Caridad yendo de un lado a otro rubicunda y acalorada, el pelo sudoroso pegado a ambos lados del rostro y con una cara de estar pasando ciertos apuros que me llena de una malvada satisfacción.

La tarde pasa en un suspiro. Tanto cúmulo de trabajo en tan poco tiempo sirve para que los minutos corran a la velocidad de un Fórmula Uno y que se tenga la constante sensación de que no se llega a todo a la hora que se debería.

Por fin a las ocho y media conseguimos que el ritmo se relaje. Todos los pacientes están donde deberían, los nuevos, los antiguos y los dados de alta. Los ingresos han sido vistos ya por los médicos de guardia y tienen el tratamiento puesto y actualizado en sus historias de enfermería. Los auxiliares acaban de empezar a dar la vuelta para acostar a los que lo necesiten y para asear a los que no pueden por sí mismos.

Veo pasar a Piedad charlando con un celador ya mayor que bebe los vientos por ella. Él lleva el carro de la ropa sucia y ella empuja el carro con las sábanas, los pijamas y las toallas limpias. Piedad está guapísima y ya se le nota la incipiente barriguita de sus cinco meses de embarazo. Le costó un tiempo decidirse, pero por fin espera un retoñito del bombero. Plácido, el celador en cuestión, aún consciente de que no tiene nada que esperar sentimentalmente de Piedad, no puede evitar lanzarle lánguidas miradas de lo que prefiero definir como «amor platónico» antes que «deseo lascivo de viejo verde», más que nada por las ojeadas que le dedica a su trasero y a sus más que sobrados pechos, que a las alturas en que nos encontramos ya casi no le entran en el uniforme.

Estoy terminando de escribir un par de detalles en las incidencias de enfermería antes de que se me olviden cuando entra Caridad en el control con la cara desencajada.

—¡Ayúdame, por favor!

No puedo evitarlo y echo un vistazo a mi alrededor. No estoy acostumbrada a que esta mujer se dirija a mí y por ello no tengo la certeza de que sea yo la destinataria de sus ansiosas palabras.

Caridad, viendo que dudo y que no respondo con la celeridad que ella espera, me agarra de un brazo y tira de mí con cierta brusquedad.

—¡Ayúdame, Marian, por favor! —me repite. Su gesto es de terror y su tono de pánico absoluto.

Se me pasan por la cabeza un par de respuestas más que ingeniosas pero decido callarme y ver qué es lo que quiere esta estúpida mujer, que me está haciendo daño en el brazo con los dedos que ha clavado en mi carne.

Como si hubieran accionado una palanca en mi cerebro, recuerdo un detalle y me paro en seco. Caridad, con el gesto desencajado, se vuelve hacia mí sin comprender. Introduzco una mano en mi bolsillo y aprieto un botoncito. Ruego en silencio que sea el correcto, aunque lo he ensayado mil veces para tener la certeza de que acertaba si algún día me hacía falta hacerlo, como parece más que evidente que hoy es el día.

—Caridad, a mí no me vas a llevar como un pelele a donde a ti te salga de las narices sin decirme qué es lo que quieres.

Caridad está sudando más que nunca en su vida. Está al borde de las lágrimas, sus manos tiemblan sin control, su palidez es casi cadavérica. Tras ella veo acercarse por el pasillo a Auxi con una batea en la mano y un suero de quinientos en la otra.

—¡Por favor, Marian, ayúdame, que he hecho algo!

Reacciono.

—¿Has hecho algo? —Me la juego—: ¿A quién?

—Me he equivocado y le he puesto un Nolotil a la señora de la 12B que es...

—¿Alérgica?

Caridad asiente entre sollozos al tiempo que se lleva las epilépticas manos a la cara. Auxi ya corre hacia el control para coger el carro de paradas y llamar a centralita para que den la emergencia, y yo corro hacia la habitación de la paciente. Caridad tarda unos segundos en reaccionar, pero al final sale detrás de mí hacia el origen de su incipiente infierno.

Al entrar me encuentro a una mujer tumbada en la cama más cercana a la ventana, sola. La otra cama, la más cercana a la puerta, no está porque han llevado a la mujer a hacerse unas radiografías. Auxi entra con el carro de paradas y como si lleváramos un guion aprendido actuamos prácticamente sin dirigirnos la palabra; hemos hecho algo similar a esto cientos de veces en todos los años que llevamos trabajando juntas.

La mujer respira aunque con dificultad y está blanca como la cera, sudorosa y fría, en shock.

Compruebo que tiene vía y que es permeable; pongo un suero limpio y lo abro. Administramos la adrenalina, ponemos oxígeno a toda marcha y en ese momento entran Iris y Cesáreo junto al equipo de parada, formado por tres médicos, tres hombres de diversas edades.

La mujer del shock anafiláctico, cuyo nombre es Rocío y que había ingresado por una cardiopatía y una descompensación de su diabetes y que padece una demencia senil muy avanzada que le impide entender o articular palabra, remonta en pocos minutos gracias a la rápida actuación que se ha llevado a cabo. Aun así los internistas de guardia, Iris y Cesáreo, deciden que es mejor llevarla a la UCI hasta que se tenga la certeza de que lo peor ha pasado.

Se la llevan intubada y con respiración asistida aparte de monitorizada y con varios frascos de medicación que mantendrán su cuerpo hidratado y con las constantes en márgenes aceptables. Su marido y uno de sus cuatro hijos se han llevado un susto de aúpa. La dejaron tan tranquila después de que cenara mientras ellos bajaban a tomarse un bocadillo y un refresco. Cuando han regresado, poco más de media hora después, se han encontrado con que Rocío casi se muere y aún no tienen muy claro el porqué.

Hay un detalle importante en todo este asunto: esta paciente, Rocío, ingresada por una cardiopatía y diabética, no es paciente de Caridad. Esta mujer que casi se muere por un medicamento al que es alérgica es paciente de Auxi.

Cuando se llevan a la mujer a la UCI la cara de Auxi está tan desencajada como la de Caridad.

—Me he equivocado de habitación. Tenía que poner un Nolotil intramuscular a la señora de la 13B y se lo he puesto a la de la 12B. —Caridad llora ahora a lágrima viva pero está más tranquila. Lo peor ha pasado, sin duda, y con un poco de suerte a Rocío no le pasará nada a consecuencia de este funesto error—. Iba con mucha prisa porque tengo que poner mucha medicación a las nueve y aún me quedaban dos tratamientos por pasar y no me he fijado que era la habitación equivocada. Cuando he terminado me he dado cuenta del letrero que había sobre el cabecero de la mujer avisando de su alergia. ¡Y se me ha caído el alma a los pies!

Auxi está a punto de explotar y con razón. Cuando Cesáreo ha preguntado en la habitación si alguien sabía qué es lo que le había pasado a esta mujer, Caridad no ha contestado y me he visto en la obligación de indicarle que se había cometido un error y se le había puesto un Nolotil intramuscular, sin especificar ni quién ni cómo. Auxi estaba fuera enviando al laboratorio una muestra de sangre arterial de Rocío para que le realizaran una determinación de gases urgente. En ese instante me he dado cuenta de que se daba por supuesto que quien había cometido el error había sido la enfermera responsable de la paciente, es decir, Auxi.

Discretamente me escabullo, voy a buscar a Cesáreo aparte y le cuento lo que ha sucedido. Se ha quedado mudo de rabia, pero yo me he adelantado a todo comentario por su parte y le he pedido que me dejara solucionarlo, que tengo pruebas materiales que demuestran que la autora del error ha sido Caridad y no Auxi, y que me dejara actuar.

—Ya sabes cómo se las gasta Caridad en estos asuntos y no tendrá ningún rubor en negar que ha sido ella, poniendo su palabra contra la mía.

—En mis comentarios en la historia de la paciente haré constar que ha sido un error de enfermería y no indicaré quién ha sido hasta que los responsables de enfermería actúen en consecuencia. Sabes que debo hablar con el supervisor de guardia, ¿verdad?

Asiento.

Le doy las gracias con un apretón en uno de sus cada día más flacos brazos y me voy como una exhalación a buscar a Auxi.

Escondidas en el cuarto del almacén le cuento lo que ha pasado en la habitación de la mujer y se ha puesto hecha un basilisco. Nunca la había visto igual. Juro que si no llego a sujetarla se lanza hacia la necia de Caridad y le arranca los ojos con sus propias manos. Pero mi mente bulle como una cafetera Magefesa de las antiguas. Una idea brilla en mi interior y me aseguro a mí misma que, si juego bien todas mis bazas, esta noche podré solucionar de un solo brochazo todos mis problemas.

Le detallo a Auxi mi plan. Sencillo, diáfano, destructor. En silencio asiente y me desea suerte. Entonces un nudo me oprime el estómago poniendo en serio peligro la digestión del bocadillo de queso que me he merendado esta tarde entre el ingreso de la 17A y la medicación de las seis. Si fallo, si mi plan no es tan estupendo como yo creo que va a ser, mi amiga se va a ver metida en un lío del que le va a costar salir airosa. Y se juega mucho. Me emociono al ver la confianza ciega que Auxi deposita en mí y en mi capacidad.

Han pasado diez minutos, son las diez menos veinte. Caridad se está reponiendo a una velocidad impresionante, sobre todo porque, según me parece a mí, no estaba tan preocupada por la mujer en sí, sino más bien por lo que le pudiera pasar a ella como consecuencia de su nefasto error. Se ha dado cuenta de que nadie más que yo ha oído lo que realmente ha pasado y se ha envalentonado. Dado que una vez me la pudieron jugar y eso supone que tengo antecedentes de mala praxis, nadie me creerá cuando intente desmentir la versión de la aparentemente cándida Caridad. Nuevamente mi palabra no será nada más que paja sucia y podrida, sobre todo porque podría parecer que busco venganza.

—Ten por seguro —Caridad solo se dirige a mí; no tiene lo que hay que tener para mirar a Auxi a la cara— que jamás voy a decir lo que tú supones que debo decir. No es paciente mía y nadie podrá asegurar que yo entré en su habitación y menos aún que le administré nada. —Sonríe con un gesto que me recuerda a la vaca loca de los dibujos animados—. La paciente es de Auxi, por lo que habrá sido ella.

Oigo un gruñido a mi espalda. Tal sonido solo podría

proceder de una garganta animal, pero es mi querida Auxi que no puede soportar tal desvergüenza de la necia de Caridad. Sus nervios están al máximo de lo que suelen soportar y se ha dejado llevar por sus más bajos instintos, lanzándose al cuello de su enemiga en estos momentos. Me he imaginado que algo así podría suceder, por lo que he cogido sus manos al vuelo milésimas de segundo antes de que arañara la yugular de Caridad o algo peor. Tranquilizo a mi amiga y la animo a que se vaya a la sala de estar a tomarse una tila o lo que le parezca, mientras que sea algo tranquilizante; hago ademán de acompañarla.

—Los ánimos está muy caldeados, Auxi. No lo fastidiemos más. Venga, el supervisor de guardia esta noche no va a hacer más de lo que ha hecho: un informe de lo que ha pasado. Mañana Benigno se ocupará de todo. Anda, vete, cuando venga Job te aviso para contar.

Caridad se ve vencedora del asalto y sonríe con satisfacción.

De verdad, hay que ser un autómata o un robot para no caer en la tentación de arrancarle a esta gilipollas la sonrisa a mordiscos.

Cuando llega Job dejamos que sea Auxi la que cuente primero. Entre las incidencias de sus demás pacientes le narra en cuatro palabras lo acontecido a Rocío, la paciente de la 12B. Por la cara de póquer que nos muestra nuestro compañero de la noche, se podría decir que ya sabe lo que ha pasado esta tarde. No me extrañaría que se haya topado con algún médico de los del equipo de parada o con algún internista que se lo haya explicado con pelos y señales. Está claro que lo que le cuenta Auxi no le suena a nuevo.

Cuando Auxi termina, coge su bolso y se va camino de los ascensores sin despedirse como suele ser habitual en ella. De sus labios solo sale un lacónico «Chao».

Me las apaño para ser yo la siguiente en contar. Procuro

ser breve y no extenderme demasiado en los detalles, como muchas otras veces suelo hacer. Cojo mi mochila, salgo al pasillo y me hago la remolona en el recibidor, frente a los ascensores. Unos diez minutos y cinco ascensores vacíos más tarde, aparece Caridad con paso decidido que, cuando me ve, se queda medio parada.

No se esperaba verme.

No le gusta verme.

Me acerco a ella con una sonrisa, falsa como un duro de plomo.

—Caridad, me parece que tú y yo deberíamos hablar un ratito.

Apenas me mira. Se planta frente a los ascensores cerrados y sigue con la vista los números del dial subir o bajar.

—No sé de qué tenemos que hablar. Ya está todo dicho.

—¿Tú crees? Yo, la verdad, no lo tengo tan claro.

Silencio.

Estoy disfrutando de lo lindo, porque el sudor en su rechoncho rostro me indica a gritos que está pasando un mal rato.

Un ascensor se para en nuestra planta. Las puertas se abren acompañadas de un «clin» que resulta ensordecedor en el silencio del recibidor. Doy gracias al cielo porque está vacío.

Caridad y yo entramos y pulso el botón del semisótano. Me fijo por el rabillo del ojo que sus manos están temblando. ¡La de glucosa que debe de haber perdido su cuerpo en esta tarde! Eso traducido en kilos debe de ser al menos una docena!

Sigo disfrutando con su más que evidente padecer.

Llegamos al semisótano. Caridad tiene tantas ganas de abandonar el ascensor que se golpea con una de las puertas al intentar salir cuando estas aún no se han abierto por completo. Decido aprovechar y dar el toque final.

—¡Oh, te has hecho daño!

—No, no te preocupes, no es nada.

—Caridad, creo que tú y yo debemos hablar.

—Pues yo creo que no tenemos nada más que decirnos. No insistas.

Sin dignarse mirarme se dirige lo más rápido que sus gruesas piernas le permiten hacia la puerta de los vestuarios. La sigo.

Antes de que la puerta batiente se cierre, la sujeto y me permito agarrarla por el uniforme.

—Caridad, de verdad, te aseguro que te conviene hablar conmigo.

Se revuelve nerviosa, pero no me dice nada. Con un codazo se suelta de mi mano que la agarra. Su taquilla está en el mismo pasillo que la mía. La abre y saca su ropa de calle que tiene colgada en una percha.

Decido hacer lo mismo y me dispongo a cambiarme. Se oyen algunas voces de otras trabajadoras haciendo lo mismo que nosotras, aunque se encuentran algo apartadas. Hablo en un susurro.

—¿Qué te parece si te digo que tengo grabado el momento en que me dices que le has puesto un Nolotil a la señora de la 12B?

Si la sorpresa y el pasmo se pudieran representar en una imagen esa sería sin duda la que me muestra mi compañera en todo su esplendor. Para subrayar y dar más énfasis a mis palabras saco del bolsillo del uniforme mi minigrabadora digital último modelo de más de doscientos euros y la hago bailar ante sus ojos. Aprieto el botoncito de *play* y surge con meridiana claridad la voz de Caridad que retumba en el casi silencioso vestuario.

«... Me he equivocado y le he puesto un Nolotil a la señora de la 12B...»

La calidad del sonido no deja de sorprenderme. Ni a ella

tampoco, que se lanza hacia mí con intención de arrancar el aparatito de mis dedos. Forcejeo con ella sin perder la sonrisa de los labios y ella consigue articular a duras penas un par de sílabas:

—¡Puta!

Me regodeo en los gestos y con muchos aspavientos guardo la grabadora en mi bolsillo.

—No te preocupes. He hecho una copia que está a buen recaudo. He tardado apenas unos segundos en pasarlo a una memoria USB y enviar otra copia por correo electrónico a un amiguete. Así, si decides cortarme una mano o romperme los frenos del coche no quedará penosamente inédita.

—¿Necesito afirmar que estoy disfrutando como un cerdo en una charca? ¿Verdad que no?— Ahora, Caridad, empecemos de nuevo. Creo que debemos hablar y debe ser esta noche. Porque mañana por la mañana Benigno recibirá una copia y la dirección de enfermería otra.

Caridad termina de abrocharse el pantalón y se pone los zapatos. Cierra con un estruendoso golpe la puerta de su taquilla. Se dirige hacia la salida y al pasar a mi lado me susurra con venenoso odio:

—¡Vamos!

La sigo sin poder reprimir una sonrisa de triunfo.

He ganado el primer asalto, pero aún me queda mucho por hacer esta noche.

Media hora más tarde entramos en una famosa hamburguesería del centro. Caridad no tiene coche, por lo que hemos ido en el mío. El sitio lo he propuesto yo, ya que en un día de diario y a esas horas no suele ser un sitio demasiado frecuentado, así podremos hablar con tranquilidad.

Tal como tomamos asiento y hacemos nuestro pedido a un joven con la cara arrasada por un terrorífico acné, saco mi móvil y aprieto un par de botones, simulando que compruebo los mensajes o algo así. Caridad no me hace demasiado caso. Ella también saca su móvil y comprueba que no tiene llamadas perdidas o mensajes, tras lo que, al igual que yo, lo deja sobre la mesa. Su cara de fastidio es tan evidente y tan real que creo que voy a gritar de felicidad por lo que he conseguido hasta ahora.

Decido ir al grano. Sonrío al utilizar tan sobada expresión mientras miro nuevamente al pobre camarero que nos trae las bebidas. Para mí, un refresco de naranja sin gas; para Caridad, una cerveza enorme y llena de espuma a la que le da un trago que hace disminuir el líquido a menos de la mitad de su cantidad original. ¡Normal, con lo que ha sudado esta tarde debe de estar deshidratada, la pobre!

—Mira, Caridad, voy a ser franca. Compré la grabadora después de la última jugarreta que me hizo tu amiguito, Justo. No me fío de vosotros y sospechaba que cualquier otro día me podíais hacer algo igual, por lo que decidí guardarme las espaldas.

Caridad no me mira. Parece hipnotizada por la cerveza, como si se pensara el beber otro sobro o no.

—Cuando la compré hace unos días no podía imaginarme que me iba a ayudar a resolver el problema que más me agobia en estos días.

Caridad por fin me mira. Su gesto me indica que no tiene ni la más mínima idea de a qué me refiero. Con disimulo observo mi móvil y confirmo que está como espero que esté.

—Si te digo la verdad, lo que ha pasado esta tarde me trae sin cuidado y me da igual quién haya hecho qué. —Me adelanto al gesto interrogante de la estúpida cara de Caridad—. Sí supongo que te sorprende por el hecho más que conocido de que Auxi es mi amiga. Pero hay otra persona a la que quiero mucho más y que me tiene mucho más preocupada por los problemas en los que se ha visto envuelto.

El estúpido gesto de Caridad se transforma como por ensalmo en un casi inteligente destello de entendimiento.

—Rodrigo —susurra.

—Efectivamente. Me trae por la calle de la amargura lo que le pueda pasar, sobre todo porque todas las pruebas pintan en su contra y le van a acusar por algo que no ha hecho, ¿verdad?

Miro con intensidad a mi oponente. Ella me sostiene la mirada casi sin parpadear. No me dice nada y un indicio de sonrisa baila en la comisura de sus labios. En ese instante dudo de que mi jugada se vaya a resolver con éxito. El corazón me brinca en el pecho a mil por hora y creo que me voy a ahogar.

Decido tirarme un farol.

—Bueno, Caridad, veo que no tenemos nada que hablar.

Cojo mi móvil y mi bolso y hago ademán de levantarme. Caridad reacciona y me agarra una mano con una fuerza increíble.

—¡No, siéntate!

—Comprenderás, querida compañera, que no voy a sacrificar a mi amiga Auxi por cualquier cosa. Te juro que me duele en el alma traicionarla. —Hago un dramático gesto llevándome la mano al corazón, que por otro lado amenaza con salirse de mi pecho con dolorosa insistencia—. Bien sabe Dios que me arrepentiré toda la vida. Pero —levanto un dedo admonitorio— estoy convencida de la inocencia de Rodrigo. Tu prima Mari Carmen, o Mamen, como prefieras, fue la que le acusó y tú y yo sabemos a ciencia cierta que lo de la violación es falso, ¿verdad?

Caridad permanece, testaruda, en silencio. Insisto.

—¿Verdad?

Se me están agotando los recursos. Nuevamente creo que debo poner en práctica el numerito de «me voy y ahí te quedas» cuando:

—Sí, es verdad.

Tengo que hacer titánicos esfuerzos para no gritar a los cuatro vientos mi indiscutible triunfo. En su lugar, disimulo a duras penas una sonrisa de autocomplacencia y en un tono dramático continúo con mi versión de poli malo que he visto miles de veces en la tele. Voy a sentar nuevamente cátedra cuando ella se me adelanta.

—Mira, Marian, tú no sabes ni por asomo de qué va todo esto. Tu novio está enredado en algo muy gordo. Si mi prima le acusó fue porque la obligaron. Esa noche se acostó con él y se lo pasó muy bien y nunca se le habría ocurrido denunciarle. Pero... pero la obligaron.

Un terror inmenso se apodera de mí, hasta hace unos segundos, ufano espíritu. Una nube negra y espesa me envuelve.

—¿Os amenazaron para que declararais lo de la violación?

Ella asiente, pero los gestos no me valen.

—¡Contéstame, Caridad, coño!

—¡Que sí, he dicho, que sí!

Efectivamente, la expresión de su rostro indica temor. Suspiro, porque ahora no sé por dónde debo tirar. Esto me viene grande, sin duda, no es lo que esperaba. Si esta mujer no declara a favor de Rodrigo tras amenazarla es porque los que la han obligado a mentir la tienen bien cogida y les tiene más miedo a ellos que a ser amonestada o expulsada de su trabajo por negligencia.

—Mira, Caridad, yo creo que puedes declarar de forma anónima. Mientras que cuentes lo que pasó de verdad, lo que hicisteis para que la acusación prosperara y todo eso... —Me cuesta trabajo pensar con claridad—. Solo hace falta que digas que la acusación fue falsa y que Rodrigo no violó a nadie, que fue sexo consentido.

—Sí, claro, y cuando eso pase nos borran del mapa, porque sabrán que he sido yo o que ha sido mi prima aunque nuestros nombres no se hagan públicos.

—Si le dices a la policía lo que pasó de verdad y que estáis amenazadas os podrán ayudar.

Caridad se ríe con evidente amargura.

—Si esa gente no nos mata cuando declaremos, lo hará mi tío, pez gordo de la Policía, cuando se entere de lo que mi prima y yo hacíamos los fines de semana por la noche cuando él creía que íbamos a la casa de campo de mi amiga Asunción. Mamen y yo nos corríamos unas juergas de aúpa. Competíamos a ver cuál de las dos se tiraba a más tíos en una noche. Nos gustaban más los tíos que comer con los dedos. ¡Y ahora mi querida prima María del Carmen está felizmente casada con el hijo de un conocido militar de Madrid!

Estoy tan sorprendida que la sangre apenas me llega al cerebro. Está toda en el estómago y me siento mareada.

En ese momento llega el camarero con dos bocadillos de calamares. El muchacho sonríe mientras nos desea buen provecho. Pero lo último que me apetece en esos momentos es comer.

Soy más que consciente de que no voy a sacar una colaboración activa de Caridad. Ella se da cuenta de mi abatimiento y me deja entrever cierto atisbo de empatía por su parte hacia lo que estoy sufriendo.

—Marian, me imagino lo que debes de estar pasando. Rodrigo es un buen tipo y está más bueno que el pan. Pero fue un estúpido al liarse con las personas equivocadas. En todos los trabajos hay muy buenos profesionales, pero también en todos hay ovejas negras que no tienen ningún problema en hacer cosas malas buscando el propio beneficio y que ensombrecen el trabajo de los buenos. —De verdad no puedo creer que un ser indeseable como Caridad haga salir de sus labios las palabras que estoy oyendo; no deja de ser una ironía—. Él, que podría haber elegido a cualquiera que se le antojara, se lio con esa loba...

—Reyes...

—Efectivamente, ese es su nombre. Esa zorra no dudó en hacer de él un pelele y se creyó que lo podía manejar a su antojo hasta que se quedó preñada y él se negó a formalizar su relación...

Me quedo helada. Las palabras de esta mujer han sido un auténtico mazazo en mi estómago y la sangre abandona mi cuerpo por orificios desconocidos por completo para mí. No puedo, no sé cómo disimular mi pasmo. Caridad es consciente de mi turbación, una vez más.

—No sabías lo del aborto —afirma en un susurro.

Me siento totalmente incapaz de cambiar mi expresión de estúpida ni de articular palabra, por lo que Caridad responde por mí.

—No, claro que no lo sabías. Porque, si te lo hubiera dicho te tendría que haber contado muchas otras cosas que son... muy feas y difíciles de explicar. Te aseguro, Marian, que Rodrigo es un buen tipo y no estaba metido en los turbios rollos de la rubia guarra esa. Pero se enfrentó a ellos, a ella, y salió malparado. He de reconocer que cuando te enrollaste con él sentí mucha envidia de ti. Tener todas las noches entre las piernas a un tío como Rodrigo debe de hacer rebuznar a un cerdo.

Ríe. Supongo que le hace gracia su propio derroche de chispa y gracejo sin par.

Siento un asco tremendo porque una mujer como Caridad describa de una forma tan vulgar y tan repugnante...

No sé cómo, consigo reponerme. Compruebo nuevamente el móvil. Carraspeo y me paso la mano por el pelo, por la cara. Doy un sorbo a mi refresco, ya caliente, y aparto el bocadillo de calamares, ya frío.

—Bueno, Caridad, no se puede negar que has sido una caja de sorpresas y una fuente inagotable de valiosa información. Te animo, una vez más, a que declares por escrito y ante el juez que mentisteis cuando acusasteis a Rodrigo de violación. Tienes mucho que perder.

Caridad parece pensárselo. Su tono jocoso-lascivo de hace unos minutos ha dado paso a un gesto de lógica preocupación.

—Mira, Marian, me importa un comino tu amenaza, entre otras cosas porque no me creo que vayas a dejar que Auxi se lleve la culpa de algo que no ha hecho ahora que lo puedes demostrar —dice con tono teatral mientras señala mi mochila—. Eres una mema que no sabe qué se trae entre manos. Has visto demasiado cine malo. Si fueras un poco más lista te darías cuenta de que no pienso arriesgarme a que cualquiera me parta las piernas o algo peor por ayudar a tu noviete que, si hubiera sido algo más espabilado, habría elegido un poco mejor con qué personas se mezcla y a qué tías se folla.

Se levanta. Coge su móvil y su bolso.

Sonríe.

—Muchas gracias por tu invitación. Me ha encantado tu compañía y que te den por culo. —Camina un par de pasos y se vuelve como si se hubiera olvidado de algo—. ¡Ah!, y no te preocupes por mí ni por mi futuro profesional; soy como los gatos, siempre caigo de pie.

¡No sé yo quién ha visto más películas malas: esta o yo!

Caridad se aleja. Esta vez no se gira ni me mira.

Se ha ido y yo me quedo desolada. Demasiada información... no, inesperada información en muy poco tiempo. Me siento entumecida. Miro la mesa sin ver. Observo los bocadillos sin tocar, ¡qué pena, con la de gente que hay por ahí pasando hambre y estos bocadillos para tirar!

Reparo en el móvil y reacciono. Lo cojo y lo acerco a mi oreja.

—¡Auxi, Auxi!

Para la reunión con Caridad no quería utilizar la grabadora otra vez, ya que, aunque me aseguraron que era muy potente, no estaba segura de que recogiera todo porque debía estar escondida en mi mochila. Así que decidí utilizar un truco que había leído en un libro de misterio: utilizar el móvil en modalidad de conversación. Al otro lado de la línea estaba Auxi grabándolo.

—¡Sí, Marian, sigo aquí! Creía que estabas esperando a que Caridad te dijera algo más.

—No, ya se ha ido. ¿Has podido grabar todo?

—¡A la perfección!

—Bien, estupendo.

De repente me he quedado sin fuelle, como una linterna que se apaga porque se han agotado por completo las pilas alcalinas. Mi mente intenta arrancar, pero es en vano. Las cosas que me ha dicho Caridad me han herido tanto que creo que voy a caerme y no me voy a levantar jamás. Aún retumban en mi cerebro sus palabras.

«Tu novio está enredado en algo muy gordo.»

«... se lio con esa loba...»

«No sabías lo del aborto.»

Algo intenta hacerse un hueco en mi conciencia y no termino de captar qué es. De repente, como transportada por un inmenso agujero negro, vuelvo a la mesa de la hamburguesería, a los bocadillos y a la cerveza ya caliente, que me recuerda un frasco de laboratorio con orina rancia y maloliente. Siento asco.

Tengo algo en la mano, en mi cara. Alguien me llama.

—¡Marian, Marian! ¡Contesta, por favor! ¿Estás ahí, estás bien?

Reacciono a la voz asustada de mi amiga que me llama al otro lado del teléfono.

—Sí, Auxi, sigo aquí, no me pasa nada, solo..., solo estoy un poco cansada. Sí, eso...

—¿Quieres que vaya a buscarte? Estoy muy cerca y me planto allí en cinco minutos...

—¡No, no te molestes! —Pienso una solución intermedia—. ¿Te importa que vaya a tu casa? Es que esta noche no me gustaría estar sola, estoy un poco...

—¡Sí, claro, por supuesto, vente para acá! Pero ¿de verdad no quieres que...?

Corto la comunicación dejando a Auxi con la palabra en la boca. Tal como me ha sucedido estos días atrás y como algo que ya se está haciendo una costumbre en mi devenir diario, debo salir corriendo hacia los aseos y descargar toda la angustia contenida en mi estómago de la única forma posible... Por las bravas.

Al salir de la hamburguesería veo una farmacia de guardia. Una bonita cruz verde caracolea en un espacio imposible delimitando su forma y estallando en cientos de lucecitas intermitentes que bailan en un son desconocido. Creo que será adecuado que compre algo para intentar paliar lo que sea que me está matando y cuyo centro neurálgico se localiza en mi pobre estómago. Detengo el coche justo en la entrada. Llamo al timbre que hay a un lado de la puerta. Al momento se abre una ventanita lateral de cristal y una cara se asoma.

—Buenas noches. ¿Qué desea?

Un hombre de unos sesenta años es el encargado de atender la farmacia esta noche. Tiene una barba poblada y completamente canosa, un abundante cabello blanco y un gesto afable que me resulta algo fuera de lugar a esas horas y en ese sitio. No me esperaba alguien tan aparentemente mayor y con tal aspecto de Papá Noel.

—Buenas noches. Mire, es que tengo el estómago revuelto y ardores y dolor abdominal y mareos y vómitos y...

—¿No cree que sería mejor que fuera al servicio de Urgencias del centro de salud? Está muy cerca de aquí...

—¡No, no, de verdad! Había pensado algo... Mire soy enfermera y...

El hombre me mira con detenimiento y con cierto aire de fastidio: «Muy bien, eres enfermera, ¿y qué?»

—Como mucho le puedo dar un antiácido o manzanilla con anís o Aero-Red o, si tiene la tripa suelta, Tanagel o Fortasec...

Fijo mis ojos en el simpático señor que me está atendiendo. Necesito que lea en mi interior y no lo hace. Necesito que adivine lo que quiero de verdad, pero Santa Claus está en otros asuntos y divaga.

—No, mire, yo había pensado en otra cosa... —Hago un gesto vago con las manos—. ¡Ya sabe, en otra cosa!

El farmacéutico se echa hacia atrás con el ceño fruncido. Está empezando a desconfiar, está imaginando lo que no es.

—¿Y en qué estaba usted pensando? —Su tono ya no es tan amable, no. Y ya está perdiendo la paciencia—. ¡Dígame de una vez lo que quiere que le dé!

Toso. Carraspeo. Toso otra vez. Suspiro y cojo aire.

—Ya sé que no es un producto de urgencia, pero ¿podría darme un test de embarazo?

De camino a casa de Auxi voy pensando en la impresión que me han causado las palabras de Caridad. En mi conversación con ella tenía la desagradable sensación de que estábamos hablando de una persona que no conocía, de alguien completamente ajeno a mí. Ya de por sí el pasado militar de Rodrigo me producía imágenes de situaciones y de objetos que yo desconocía por completo. Nunca he estado en un cuartel y jamás me he encontrado cerca de un helicóptero, del que sabía cuál podría ser su aspecto solo por las innumerables películas de guerra que me había tragado durante años o por los informativos de la televisión. Bueno, eso sin contar el helicóptero que tienen expuesto en la entrada del Parque de las Ciencias en Granada y que he visto unos cientos de veces, o el que han puesto en la glorieta de la Aviación española de mi ciudad. Nada más.

La nueva imagen que se ha ido formando poco a poco en mi mente de la persona que hasta hoy mismo había considerado mi gran amor me recuerda una anécdota de mi infancia que creía ya definitivamente perdida y olvidada. Cuando yo tenía unos doce o trece años se me antojaron unos pantalones vaqueros que había visto en una tienda de modas cercana a mi casa. Era de la marca Lee y esa era su única característica que lo diferenciaba de los demás. Todas mis amigas tenían uno similar, pero mi madre no tenía suficiente dinero para comprarme uno y me explicó que debía seguir conformándome con los vaqueros que iba heredando de mis hermanos mayores, siempre raídos y desgastados. Consciente como siempre había sido de la escasez económica en la que vivíamos, acepté la explicación de mi madre, pero maldiciendo en silencio mi mala fortuna. Todos los días, cuando volvía del colegio, me paraba ante el escaparate y suspiraba por un pantalón Lee, como los de mis amigas, creyendo que eso me iba a solucionar algo o me iba a hacer una persona más interesante. Mi pobre madre, harta de tanto suspiro y tanta languidez, tuvo una ingeniosa idea. Cortó la etiqueta de unos viejos vaqueros de esa marca y se la cosió a unos más o menos en buen estado que le había regalado una de las señoras para las que trabajaba como asistenta y que habían pertenecido a una de sus hijas. Cuando terminó su obra maestra, lo envolvió en un bonito papel de regalo y me lo entregó como premio, dijo, por mis buenas notas. Cuando vi el pantalón con su etiqueta de la marca Lee tanto tiempo anhelado creí enloquecer de felicidad. Me lo puse satisfecha porque al fin tenía lo que tenían mis amigas, unos pantalones vaqueros tan *guays* como los de ellas. Los lucía con orgullo y se los mostraba a todo el mundo, esperando generar en las menos afortunadas las miradas de envidia que tanto tiempo lancé yo.

Pero un día una niña mucho más lista que yo me mostró el engaño. La etiqueta solo estaba cosida sobre otra de una marca desconocida. Ese día me llevé la peor decepción de mi vida, porque los vaqueros de los que tanto había presumido no eran lo que yo creía que eran y nunca más consentí en ponérmelos. Ya no me sentía orgullosa de ellos y no deseaba lucirlos.

Rodrigo es hoy mi pantalón de aquellos días. No es lo que yo creía. Es un desconocido con un negruzco pasado que huele a cloaca y que me muestra que la confianza que deposité en él ha sido un derroche ridículo y estúpido. Me ha mentido de principio a fin. Conocía a Sergio, tenía una relación casi seria con Reyes, ella se quedó embarazada y abortó en una clínica llamada Venus, intervención por la que pagó seis mil euros. Me escondió la muerte de su padre y... ¿cuántas cosas más no me ha explicado? No me refiero, por supuesto, a novias o rolletes de un fin de semana. ¿A qué se refería Caridad cuando me ha dicho que me estaba enredando en algo muy gordo? ¿Qué relación tiene Rodrigo con esos asuntos tan enormes? ¿Qué pinto yo, en definitiva, en la vida de Rodrigo? ¿Qué supongo para él?

No puedo soportar tanto secreto por su parte, no puedo aceptar su falta de confianza en mí. Me siento tan estúpida por haber creído en él, por haberlo defendido con uñas y dientes, me siento tan mal por haber dado tanto a alguien que no confía en mí que me vendría muy bien que se abriera la tierra y me tragara. Y —esto sí que es triste solo de pensarlo— porque Caridad me ha asegurado que la denuncia de violación es falsa, que si no también creería que él...

Recuerdo con una enorme vergüenza los numeritos que le he montado a Marcial y los favores que he pedido para poder ayudar a una persona como Rodrigo...

Sí, enumero uno a uno todos mis errores, todas mis salidas de tono y me fustigo mientras pienso si la cuadrícula, aún blanca e impoluta, correspondiente a «test» adoptará una forma de raya horizontal, lo que sería negativo, o una forma de cruz, lo que supondría un resultado positivo.

Nos encontramos en el bonito cuarto de baño de Auxi, con sus sanitarios de color miel y su casi virginal suelo de blanco mármol con los azulejos a juego. El plato de ducha apenas sobresale del suelo y está hecho de pizarra, y la mampara es de un cristal templado decorado con motivos vegetales realizados al ácido. Casi me siento mal por realizar en tan estiloso lugar una cosa tan mundana y casi tan vulgar como es un análisis de orina.

Auxi, por supuesto, se encuentra a sus anchas en un lugar tan elegante y moderno, su cuarto de baño, del que se nota a leguas que se siente enormemente orgullosa. Es tan grande que cuando hablamos se oye un eco muy similar al de las iglesias, pero más fresco. Yo estoy sentada sobre la tapa del inodoro y ella en un banquito de madera labrada, precioso.

Sé que es mucho mejor utilizar la primera orina de la mañana, ya que es la más concentrada y la fiabilidad del resultado es mucho mayor, pero no puedo soportar tanta espera. No sé en qué momento me he dado cuenta de que ya tenía que haberme bajado la regla. Me duele el abdomen, la espalda y las piernas, tengo la tripa algo inflamada, pero aún no me ha bajado. ¿Cuándo fue la última vez que tuve el periodo?

Intento hacer memoria. Asociar un hecho tan rutinario y cotidiano en mis últimos treinta años con alguna anécdota especial que me ayude a recordar me resulta muy difícil. Por lo general soy bastante regular en mis ciclos, pero soy un desastre. Nunca anoto las fechas ni soy capaz de recordarlas. Hasta hace poco no tenía ningún motivo para hacer un esfuerzo especial. Después, la confianza en los medios anticonceptivos que Rodrigo y yo utilizábamos en nuestras relaciones me llevó a seguir siendo descuidada, pero hoy estoy completamente convencida de que son ya varios días de retraso. Llevo esperando algo así como una semana a que me baje la regla y no me viene, y el último recuerdo que tengo de la última vez que la tuve me parece muy, muy lejano.

Ya han pasado cinco minutos. El prospecto del test de embarazo dice que hay que esperar diez. Procuro no mirarlo hasta que haya pasado el tiempo completo, pero Auxi no le quita ojo, como si el hecho de mirarlo fijamente fuera a producir el milagro esperado. Porque ¿qué es lo que deseo que salga? Buena pregunta, sí, muy buena...

—¡Marian!

Ya está.

El tono de voz de Auxi me lo dice todo. No, no necesito mirar para saber.

Son las dos de la madrugada. Hemos hablado y yo me he hartado de llorar, dolida y decepcionada. Cabreada y rabiosa. Triste y hundida. Y ahora esto.

Tras un infructuoso intento por parte de mi amiga para que comiera algo, me he decantado por una infusión de manzanilla con un sobrecito de té. Me encanta la mezcla de sabores, el ligeramente dulce de una con el amargo cortante del otro. Mi estómago me ha dado una tregua y ha reposado, agradecido, por el bendito regalo cálido y estimulante. La serenidad de mi abdomen me ha decidido a hacerme el test de embarazo que un Papá Noel de paisano me ha cobrado a precio de uranio enriquecido.

Y el resultado ha salido en escasos seis minutos.

No sé cómo sentirme. ¿Alegre? ¿Decepcionada?

—¡Marian, cielo, ha salido...!

La miro por fin. En sus manos tiene lo que tantas y tantas veces durante demasiados años deseó para ella misma: un palito de plástico blanco con dos cuadraditos. Ella está más emocionada si cabe que yo. Le tiembla el artilugio entre los dedos. La felicidad que siente debería ser la que yo debería sentir. Pero yo siento otra cosa.

—Bueno, Auxi —digo con voz queda—, este arroz que estaba a punto de pasarse ya tiene cigalas.

—¡Qué boba eres, Marian! —Me abraza, me besa maternal—. ¿No estás contenta?

¿Lo estoy?

Quizá mañana lo esté. Hoy estoy muerta de miedo. Pienso en que la doctora Salvatierra me dijo que no podía quedarme embarazada al menos en un año.

Lloro.

# MARIAN

Apenas hemos dormido cinco horas, pero es que tenemos que hacer un montón de cosas.

Lo primero y principal es ir al hospital para mostrarle a Benigno y a los responsables de enfermería la grabación que recoge el error de Caridad la tarde anterior. Es preciso que cuanto antes se elimine cualquier sospecha de una mala actuación por parte de Auxi, mejor.

En la reunión con los jefes Benigno no me quita ojo y me taladra con sus dos hojas de afilado acero haciéndome tambalear, como diciendo: «¡Qué coño has hecho esta vez, Marian!» No, no parece feliz y por supuesto no le convence mi explicación de los hechos.

El muy zorro sabe que hay algo más detrás de todo esto, pero ni por asomo lo puede sospechar. O eso creo yo.

Aparte de nuestro supervisor se encuentran dos cargos intermedios de enfermería y el responsable médico de las especialidades médicas. Completamos el conjunto Auxi y yo.

Nadie parece convencido de lo que motivó que yo llevara una grabadora en el bolsillo. No les parece suficiente razón que en un pasado relativamente reciente yo me hubiera visto envuelta en un altercado con resultado de agresión por el que fui acusada injustamente y en el que no pude demostrar nada porque fue mi palabra contra la de otro compañero. Y no les convence porque para sus ojos yo fui la única culpable y fui castigada de forma adecuada por mi falta.

—Creo que ustedes deben olvidar por qué llevaba una grabadora. Eso solo es asunto mío. Lo que deben tener presente es lo que dice Caridad en la grabación, y se le oye claramente decir que administró una medicación equivocada a la mujer que ahora está en la UCI y que, finalmente, está ya fuera ya de peligro.

No parecen muy convencidos, pero no insisten en el tema.

Escuchan la grabación por undécima vez.

Y esta parece la definitiva.

Ahora me saetean a preguntas por la nimiedad estúpida de por qué he esperado hasta esta mañana para mostrar una prueba de tan enorme trascendencia.

—Como nuestra compañera Caridad —miro a Auxi que asiente— negó los hechos nada más suceder, decidí intentar convencerla de que reconociera su culpa antes de delatarla. —¡Qué palabra más fea, por Dios!

—Y suponemos que no la ha convencido.

—Efectivamente. Anoche intenté que reconociera su error y que levantara las sospechas que en todo momento recayeron sobre Auxi, pero no quiso. Hablé con ella largo y tendido mientras cenábamos tras el trabajo y, en todo momento, se negó en rotundo.

Benigno levanta una ceja: «¡Qué cuernos hace esta cenando con Caridad después del trabajo!»

Se levantan de sus asientos todos a una como si un resorte secreto se hubiera activado. Auxi y yo tardamos unos segundos en comprender y nos levantamos también. Supongo que podemos dar este asunto por zanjado.

Sí, por ahora se da la cuestión por resuelta. En base a las

indiscutibles pruebas —obtenidas de forma harto dudosa, según su criterio— se establece que la enfermera que cometió el garrafal error no fue Auxi y sí fue Caridad. Por supuesto, el hecho de que la enfermera no reconociera su error desde un principio es algo que agrava mucho más su falta. Un comité interno lo investigará de forma adecuada y dará sus conclusiones en un par de días, dado que todo está bastante claro. Todo esto sin contar las medidas legales que la familia lleve a cabo, por supuesto, no solo contra Caridad sino contra el hospital.

Se me prohíbe expresamente que lleve grabadora o similar, dado que mi labor está sujeta a secreto profesional y tal, y bla, bla, bla. Ya me informarán de si mi atrevimiento tendrá como consecuencia una sanción... Otra...

Salen todos a una de la sala de reuniones.

Abrazo a Auxi que parece bastante aliviada. Lo suyo parece que ya está solucionado.

Nos disponemos a salir cuando una garra enorme me sujeta por el hombro. Tras la impresión inicial me giro y compruebo que no es otro que Benigno. Dudo que en todo el recinto hospitalario haya nadie que tenga una mano con las descomunales dimensiones de la suya.

—Marian, no sé cómo lo haces pero siempre estás metida en todos los *fregaos*.

—Tengo prisa.

—Me trae sin cuidado. Quiero hablar contigo.

—Deberá ser en otro momento, Benigno. Todavía debo ir al centro a solucionar un asuntillo.

Me agarra por la cintura y tira de mí hacia un rincón de la sala. Auxi se queda sorprendida por el gesto, pero comprende que es mejor no acercarse y espera fuera de la sala dejándonos solos.

—¡Yo solo te pedí que les vigilaras, no que utilizaras ridículos métodos de espía barato!

—¡Mira, Benigno, no me jorobes!

—Esta tarde está con vosotras Justo.

—¿Y Caridad?

—No viene...

—No, no me lo digas: ha llamado para decir que está mala.

—Algo así. La he llamado para saber lo que había pasado y me ha pedido el día libre. Le he dado un moscoso que le debía. Esta mañana, cuando he llegado, he hablado con Cesáreo, que me ha contado con pelos y señales lo que pasó ayer y lo que tú le dijiste. He llamado a Justo y le he pedido que venga hoy y ha aceptado encantado.

Supongo que estará deseando verme para partirme las piernas.

—Me haces muy feliz —afirmo en tono jocoso—. Mira, de verdad, tengo que irme, que debo ir al centro.

—¡Vale, pero hazme el jodido favor de guardar la grabadora en tu taquilla o la próxima vez te la tragas! No te tolero que vayas haciendo cámaras ocultas ni gilipolleces por el estilo.

Estoy convencida de que no es una amenaza vana y por supuesto que me la haría tragar.

—Esta tarde pórtate bien y no te acerques a Justo. Te eximo de la misión que te encomendé. ¡Como te tengan que llamar una sola vez más por alguna falta grave más, tuya o de cualquier otro, yo mismo te pongo en la puta calle!

Le ignoro. De repente recuerdo un detalle que me caracolea por la parte trasera de la conciencia. Benigno me dijo una vez algo relativo a Justo que creo que puede ser importante. No termino de precisar qué es...

—Benigno, ¿cómo dijiste que se llamaba la clínica privada en la que estuvo un tiempo trabajando mi querido Justo?

Benigno se queda completamente parado. Todo cambio de tema brusco supone un shock inmenso para su limitado intelecto. El esfuerzo que debe hacer para recordar casi resulta físicamente visible y doloroso.

—No recuerdo bien. Era una diosa... No sé, no recuerdo. Además, ¡qué coño te importa a ti dónde!

¡Quizá no sea tan descabellado!

—¿No será Clínica Venus?

—Sí, efectivamente, ese era el nombre. ¿Por qué te...?

—¿Y cuál es el segundo apellido de Justo? Justo Serrano... ¿qué? —Otro detallito que me pica y que me irrita.

—Prados. ¿A qué coño viene todo...?

No me importa nada más de lo que me tenga que decir; le dejo con la palabra en la boca y salgo corriendo hacia la salida del hospital con Auxi pegada a mí.

Marcial se niega a recibirme. No me sorprende en absoluto. Me decanto por utilizar un método lo suficientemente expeditivo, así que me pongo a dar voces en la sala de espera. Auxi, embargada por la vergüenza ajena, no sabe dónde meterse.

—¡Marcial, entiendo que no me quieras ver, pero tengo una cosa que decirte y te prometo que luego me largo y no vuelvo nunca más!

Dos administrativas se acercan a mí e intentan echarme, primero con palabras amables, luego con palabras airadas; continúan con la amenaza de llamar a la policía y finalizan con un método básicamente físico: empujarme hacia la salida. Un cliente que está sentado en una butaca de piel muy bonita esperando a ser recibido se levanta y, atemorizado por esta loca gritona, se parapeta tras el lateral de un archivador.

—¡Marcial, te aseguro que lo que tengo que decirte es muy importante, aparte de que tengo pruebas que lo respaldan!

La fuerza de una de las dos mujeres es hercúlea y ya casi

me tienen en la puerta de salida, pero yo me zafo de sus garras y me sujeto a una mesa auxiliar, que resulta que tiene ruedas, por lo que con el impulso se vence y cae, arrastrando con ella todo lo que tenía encima y formando un revuelo de papeles, bolígrafos y el chasquido propio de un aparato de fax al golpear contra el suelo de mármol y hacerse mil pedazos.

Ya no veo a Auxi.

Yo insisto, cabezona.

—¡No me iré hasta que me recibas o hasta que una de estas mocetonas me mate!

Se abre una puerta con evidente violencia y del interior del despacho sale una figura iracunda que se acerca a mí y me agarra de un brazo que me retuerce con sutileza. Acerca su cara a dos milímetros escasos de la mía y, haciendo evidentes esfuerzos para dominar su rabia y no arrearme dos bofetones —que esta vez creo que me merezco— me escupe, en el sentido más literal de la palabra:

—¡Cinco minutos, ni uno más, y no te quiero volver a ver en toda tu puta vida!

Me suelta y no espera mi respuesta para volver a su despacho y sentarse tras su mesa.

Yo entro tras él mientras me limpio con la mano unas gotitas de saliva que me ha dejado en los párpados. Me late el brazo justo en los puntos en los que me lo ha estrujado. Dejo la puerta entornada, así si debo salir a toda velocidad no me veré en la tesitura de salvar demasiados obstáculos. Decido no tomar asiento, no me encuentro a gusto en un ambiente tan hostil.

Abro mi mochila y saco un *pendrive* y, con gesto teatral, lo deposito sobre la mesa, encima de unos folios mecanografiados en los que me fijo casi sin esfuerzo que se encuentra el nombre de Rodrigo.

—¡Qué cojones es eso!

Está claro que ha abandonado todo rastro de educación

y buenas maneras. Para él, ahora mismo solo soy un elemento despreciable que se sitúa en su escala particular entre la rata y la cucaracha. Me da igual, no me voy a poner a su altura ni me voy a amilanar.

—Es una grabación en la que la prima de la supuesta víctima de violación, mi compañera de trabajo, Caridad, asegura que aquella noche no hubo tal violación y que todo fue amañado, no especifica por quién, para comprometer a Rodrigo.

—¡Eso no vale una mierda!

¡Se me están hinchando ya las narices con el imbécil este! Me acerco a la mesa y apoyo las manos.

—¡El que no vale una mierda eres tú! Ya sé que yo no soy policía ni detective y que como prueba para un juicio no se puede usar, pero es una conversación en la que una testigo de aquella noche asegura que no hubo tal violación, que ha sido amenazada por las personas que allí estaban, entre otras por Sergio y seguro que también por Reyes. Si tú vales para algo más que para tocarme a mí las pelotas sabrás qué uso debes darle para sacar a tu cliente del trullo, ¡que ya me tienes un poco hasta las narices con tu altanería de pijo de mierda!

No contesta, pero su mirada destila tanto odio hacia mi persona que hasta huele.

—Por cierto, ¿dónde se realizó el parte de lesiones a la supuesta víctima aquella noche?

Por un momento creo que no me va a contestar. Pero al final masculla unas sílabas.

—En una clínica ginecológica, la Clínica Venus.

¡Eureka!

—Pues mira tú por dónde, no sé si tiene mucha o poca relación, pero un amiguito de Caridad, Justo Serrano, estuvo trabajando por aquellas fechas en la Clínica Venus. Es demasiada coincidencia que Caridad, la prima, y Justo, un enfermero que trabajaba precisamente en esa clínica, sean amiguetes. Otra posible coincidencia, ¡mira tú!: Sergio y Justo tienen el mismo apellido por parte de madre: Prados. Yo procuraría ver si pueden o no ser allegados. ¿O tu obtuso cerebro de pasante no es capaz de desconfiar? Yo tendría a Justo Serrano bastante en cuenta para saber si aquella noche hizo guardia y le llegó una mujer con las supuestas lesiones propias de una agresión sexual. Si existen pruebas documentales de las supuestas lesiones de la supuesta víctima, que las hay, y si la violación no fue tal, no habrá que ser una lumbrera para deducir que el parte de lesiones fue falsificado.

Marcial me taladra con los ojos, pero a mí ya todo me da igual.

—Se te ha acabado el tiempo ¡lárgate!

—Encantada de haberte conocido. —Me dispongo a salir, pero como soy de la forma que soy no puedo evitar unas últimas reflexiones—. Por cierto, ya que he sido yo la que ha dado con la mayoría de los datos que pueden haber resuelto este asunto, no te olvidarás de mí cuando cobres tus honorarios, ¿verdad?

Marcial se levanta tan rápido que no he visto cómo lo ha hecho, por lo que salgo rauda y veloz hacia la puerta con Auxi corriendo detrás de mí. Las administrativas y el cliente me miran y se apartan de mi camino como si fuera el mismo demonio. ¿Lo soy?

La tarde en el hospital con Justo ha sido horrorosa y estoy cansadísima. Pero por fin he llegado a casa.

Solo me quedan unos días para empezar a disfrutar de mis vacaciones estivales, pero la sensación que tengo es de que me faltan meses. De verdad, me importa poco porque sé que ya no voy a volver a mi planta. ¿Nunca más? Creo que mi trabajo en el hospital forma ya parte de mi pasado. Por ahora me voy de vacaciones, no solo dos semanas sino el mes entero. Luego quizá me coja un permiso sin sueldo... ya veré.

¡Qué más da!

Por fin me he metido en mi propia cama. Suspiro de gusto al tiempo que siento como si la cama suspirase a su vez al recibir mi cuerpo maltrecho. Las suaves y frescas sábanas me envuelven y se amoldan a las curvas de mi agotado y dolorido cuerpo. Puede que parezca una estupidez, pero desde que sé que las molestias que sufría no eran otra cosa que los síntomas iniciales de un embarazo, todo malestar ha cesado de golpe. Al no recordar la fecha de la última regla no sé de cuánto tiempo estoy, pero si calculo el tiempo que lleva Rodrigo en la cárcel y hago memoria de la última vez —aproximadamente, claro— que hicimos el amor, debo de estar de unas siete u ocho semanas cómo mínimo.

Cierro los ojos.

Aún no sé qué es lo que siento.

Suspiro y el aire casi no entra en mis pulmones; el llanto amenaza con estrangularme y me cierra la garganta hasta provocarme un intenso dolor. Decido abandonarme, dejar que las lágrimas corran libremente y lloro con una serenidad que me sorprende, dado el estado de ansiedad y temor en el que me encuentro.

Tengo cuarenta y dos años y me enfrento a un embarazo que no sé si deseo. Estoy sola y tengo miedo.

Apoyo las manos en mi abdomen. Nunca he sido una mujer delgada y mi abdomen siempre se ha visto redondeado por un exceso de adipocitos a los que en todo momento he dirigido miradas de odio, sobre todo en esas delicadas ocasiones en que se hacía más evidente como cuando me colocaba unos vaqueros ajustados o cuando me enfrentaba a la tortura anual que supone la prueba pre-estival del bañador. Ahora noto cómo debajo de tanta capa de tejido algo crece en mi interior, algo pequeñito e indefenso, que late y se esfuerza por hacerse un hueco en un mundo aún desconocido. Su único objetivo por ahora es crecer y nutrirse, crecer y sobrevivir. Cada minuto que lo consigue es un pequeño triunfo. Se organiza para que no le falte de nada aprovechando cada rincón de su pequeño cubículo. Decidido, tenaz, cabezón.

Siempre me han causado cierto rechazo esas embarazadas que no apartan la mano de sus vientres más o menos abultados. Me resulta un gesto redundante y cursi. Ahora entiendo por qué lo hacen: necesitan acariciar al ser que anida en su interior, necesitan desesperadamente tocarlo e imaginar su piel de seda, aún inocente y vulnerable. Eso es lo que yo siento ahora, unas ganas irrefrenables de tocar su pequeño e informe —aún— cuerpecillo y acercarlo a mí. Sé que es imposible porque es muy pronto, pero juraría que noto cómo se mueve y da vueltas sin fin, divertido y juguetón, ajeno por completo a mí, sin saber que yo existo.

Así, con la mano en mi vientre y gracias al consuelo que me proporciona, me dispongo a dormir.

Poco me importa ahora la horrorosa tarde que me ha dado Justo. Poco me importan sus amenazas y sus insultos. Sus vaticinios de sufrimientos sin fin y de miembros fracturados dirigidos a mi pobre organismo.

Ya no me siento avergonzada del momento en que Auxi ha tenido que separarnos porque la cara de Justo se ha interpuesto en el camino de mi mano o sus cabellos negro azabache se han enredado entre mis dedos.

Aún siento el aroma de su champú anticaspa en mi piel, tan intenso que no se ha ido después de varios lavados con jabón desinfectante. Aún veo sus gafas de diseño en pasta negra salir volando y estrellarse contra el suelo.

Me late, ya tenue, en la piel del cuello los puntos en los que las yemas de los dedos de él se han clavado, no por casualidad, alcanzando mi faringe y cerrando el paso al aire. Todavía permanece en mi retina la imagen de Justo en el suelo, abatido por un pie, el de Auxi, cuando ha tropezado no por accidente con sus genitales; veo su gesto demudado por el dolor, la cara carente de todo color, el sudor perlando su frente. Aún retumban en mi cerebro sus gritos cuando ha intentado estrangular a Auxi o cuando dos vigilantes de seguridad, un hombre y una mujer, Alfredo y Silvia según rezaban sus identificaciones, se lo han llevado por la fuerza a rastras, mientras pateaba al aire e insultaba a diestro y siniestro. Apenas me escuece ya la povidona yodada que mi amiga me ha aplicado en los arañazos de la cara y las manos.

Todo, todo ha quedado atrás, lejos ya en el tiempo.

Sí. Nada puede ya perturbar la paz que siento al descansar ya por fin en mi cama. Mi mano abrazando a mi pequeño que crece en el calor de mi seno. La felicidad que, soy consciente, me embarga ya ante la idea de ser madre y a la que no pienso dar freno ni coartar. Esa felicidad me permite hacer caso omiso a las amenazas de Benigno hacia mi integridad personal y hacia la seguridad de mi puesto de trabajo, que me ha lanzado en una orgía de decibelios a través del teléfono. Ahora tengo otras cosas en las que pensar. Por fin me doy cuenta de que me importan un pimiento las amenazas de Benigno, las agresiones de Justo, la culpabilidad y las mentiras de Rodrigo. Ahora solo me importa una cosa en este mundo.

Mi futuro hijo y yo.

Bueno, dos cosas en este mundo.

Bendito sueño.

# MARIAN

Rodrigo, ya no confío en ti. Me has mentido desde el principio. Sí, sé que tú me dirás que te has visto obligado por el temor a perderme en cuanto supiera en qué te habías visto metido casi sin querer, porque yo quiero creer que tú no has tenido nada que ver en todo ese trapicheo que se traían Sergio y Reyes y otros cuatro más, que solo has sido un testigo incómodo de su negocio de drogas. ¡Qué cosas! Me parece casi imposible que existiera una red de tráfico de drogas casi delante de nuestras narices, varios militares de aquí coordinados con otro pequeño grupo destinado en Algeciras y que tenían un negocio tan bien montado y tan fructífero. ¿Cómo pudo ser que nadie se diera cuenta de que se compraban cosas que con su sencillo sueldo de funcionarios era imposible que pudieran costear?

Entre Reyes y Sergio tenían tres bares de copas que utilizaban para blanquear el dinero que obtenían del tráfico de drogas, solo uno de ellos a su nombre; los otros dos a nombre de familiares. Supongo que en todos los trabajos y profesiones de responsabilidad siempre puede haber garbanzos negros. Y estos estaban bien podridos.

Quiero creer, de verdad, que tú eras ajeno a todo. Que tú

solo consumías en esa época de drogas y alcohol en la que te dejaste caer al vacío, y que nunca te beneficiaste de un negocio tan repugnante. Que un día decidiste que eso no estaba bien y que debías ponerle fin. Pero ¿cuándo llegó ese momento? ¿Antes o después de que Reyes se quedara embarazada? ¿Antes o después de que ella te pidiera formalizar vuestra relación? ¿Tuvo algo que ver con el hecho de que la rechazaras? ¿O quizá fue debido a que te despreocupaste cuando te dijo que iba a abortar? ¿A lo mejor fue cuando decidiste que ya no querías seguir compartiendo nada con ella? O, por el contrario, ¿fue cuando te creíste que podías apartarla de tu vida así sin más? Qué ingenuo fuiste, ¿no lo crees así?

Mi corazón me dice que fue algo muy sencillo. Algo tan simple como que Reyes te amaba mucho más de lo que podía o debía reconocer. Ella pensó, ilusa, que un hijo os uniría, que sería una sólida base para una relación de las de verdad; tú solo viste una cuerda alrededor de tu cuello que te podía unir de forma indisoluble a una mujer a la que jamás amaste ni pensaste llegar a amar. Únicamente la considerabas como a una colega más pero con derecho a sexo; lo mejor del cuartel: amistad, camaradería y polvos. Ella avanzó varios pasos sin que te dieras cuenta y tú la dejaste plantada con tu rechazo y tu indiferencia.

Sí, fue algo tan mundano, incluso tan vulgar como el despecho. El amor convertido en odio. El pan nuestro de cada día desde que el hombre camina a dos patas. La heriste en lo más profundo; ese dolor era humillante para alguien tan fuerte, tan orgullosa, y necesitó hacértelo pagar, hacerte sufrir hasta retorcerte.

Solo tuvo que esperar. Y un día, ese momento llegó.

Te habías ido de vacaciones pero regresaste de improviso. En el piso te encontraste con una fiesta a lo grande organizada por tus amigotes a la que acudieron varios civiles, entre ellos varias mujeres. Elegiste una al azar o ella se te pegó, qué más da ya. Pero no fue la chica más adecuada.

Reyes improvisó maravillosamente sobre la marcha; ella y sus compañeros no tuvieron que esforzarse mucho para convencer a Mari Carmen de que te acusara de violación: las lujuriosas costumbres de fin de semana de la muchacha eran por todos conocidas excepto por su papi, alto cargo de la Policía. Las palabras adecuadas, las amenazas oportunas y, por qué no, unos cientos de euros hicieron la masa adecuada para el pastel sorpresa. Tú estabas tan bebido o tan colgado que no te oliste nada. Solo faltaba un detallito: para evitar exploraciones demasiado exhaustivas derivadas de una denuncia de tal calibre, se podría adjuntar un parte de lesiones que dijera lo que debía decir, y Sergio tenía a la persona adecuada: un primo, algo lejano, pero primo al fin —Justo, cómo no—, que desempeñaba su labor como enfermero en varios lugares, entre otros en una clínica ginecológica. Con la cantidad de dinero adecuada, enfermero y médico de guardia rellenaron el documento oportuno, tomaron las muestras pertinentes —que las había por toneladas— y ya estaban listos para denunciar al pobre de Rodrigo. Como verás, en todos los trabajos puede haber una manzana podrida, o dos.

Ahora viene la parte que no entiendo, Rodrigo: ¿por qué no te defendiste de todas esas injurias y mentiras? ¿Sonríes? Sabes que tengo razón, ¿verdad? Tú podrías haber encontrado la forma de desmontar toda esa mierda en la que esa bruja y su bufón pretendían enterrarte, sé que podrías haberlo hecho. Pero la nefasta realidad es que no lo hiciste y creo que eso solo se puede deber a que esa gente tenía algo más contra ti. ¿Qué fue? ¿Algún recadillo que les hiciste para sus asquerosos negocios en tus horas bajas? Quizás. ¿Algún dinero que te regaló esa zorra y que gastaste de una forma poco adecuada? ¿O es que la supuesta herencia no era tal y ese dinero que apareció en tu cuenta como por arte de magia formaba parte de algo demasiado sucio de lo que siempre habías formado parte?

¡Oh, cuántas preguntas! Demasiadas. Cuántas dudas. ¿Qué fue, Rodrigo?

No me contestarás porque lo que me puedes decir es feo. Porque hubo un tiempo —sí, lo hubo—, días, semanas, quizás un mes, en que formaste parte de esa trama, ¿verdad? O por lo menos consentiste, porque conocer y ver cómo se realiza un delito delante de tu cara hace que de alguna manera formes parte de él. Total, que si intentabas librarte de la soga de la violación te anudabas alrededor del cuello otra maroma más gorda aún; la del tráfico de drogas.

Reyes te tenía muy bien cogido por donde le convenía y así conseguía dos metas: vengarse de ti y mantenerte calladito.

Pensaste que la mejor forma de acabar con todo no era otra que intentar salir inocente de la acusación falsa de violación e iniciar una nueva vida de hombre trabajador y sencillo, ajeno a drogas, ajeno a todo lo despreciable. Un hombre honesto aplastado por el peso de una carga enorme que se enjabona a diario con la honorabilidad del esfuerzo y del buen hacer.

Y entonces me conociste a mí.

No puedo contener el llanto. Mis ojos, turbios, apenas pueden ver más allá del parabrisas del coche. El calor es sofocante. No corre una mísera brisa y el sol está en lo más alto orgulloso y redondo, casi blanco, que adorna al primer sábado de julio.

El aparcamiento está a rebosar y no queda ni una plaza libre; los que van llegando dan vueltas con la cadencia propia de un paso de Semana Santa por los estrechos espacios en forma de pasillo con la esperanza de que alguien se vaya en ese instante. Algunos me miran con la ilusión de oír el motor de mi coche ponerse en marcha, pero los ignoro. He aparcado entre un Seiscientos de color rojo intenso, un superviviente que seguro ha conocido tiempos mejores, y un Smart negro, concepto bisnieto del anterior; entre ellos mi ridículo utilitario parece un trolebús.

Estoy muy cerca de la puerta de entrada, en la que varios grupos de personas esperan con paciencia su turno para entrar a visitar a algún familiar o conocido o aguardan a que los que ya lo han hecho salgan. Un grupillo, a la izquierda, se entretiene cantando y dando palmas con gran derroche de arte al tiempo que uno de ellos baila, no sin gracia, un son de aires flamencos. Algunos siempre saben cómo entretener hasta los momentos más inútiles y vacíos.

Miro el reloj: ya hace más de diez minutos que debería estar dentro. Probablemente Rodrigo ya está en la sala de visitas aguardando con ansiedad verme aparecer.

Alguien hace sonar el claxon asustándome. Levanta la mirada y me encuentro un enorme Mercedes de un blanco nuclear que me ciega momentáneamente. El tipo que lo conduce me hace un gesto preguntando si voy a salir. Niego con la cabeza mientras agarro una vez más la manija de la puerta; pero no la abro.

Me seco los ojos con un pañuelo de papel limpio que he sacado de la mochila. Me escuecen los ojos y la nariz de tantas veces como me he limpiado. Me miro en el espejo retrovisor interior y confirmo mis sospechas: sin lugar a dudas presento un aspecto lamentable. Tal profusión de rojeces, granos y edema le confieren a mi cara el aspecto de una calabaza. Como la *Ruperta*. Sonrío irónica y triste.

Nuevamente dirijo la mirada a la puerta de entrada del centro penitenciario y otra vez miro el reloj. No, no voy a entrar, aunque soy consciente de que tendría que hacerlo. Debería enfrentarme a Rodrigo y hacerle todas esas preguntas que me queman la sangre, que me acuchillan el corazón por tanta sospecha, por tanta duda. Si pudiera echarle a la cara todas esas ideas locas e inconexas que se me agolpan en el cerebro y no me dejan vivir...

Sí, definitivamente debo entrar; aún no es tarde y, aunque se pierden unos minutos con los controles de acceso, todavía me quedaría un rato para poder verlo y preguntarle... ¿qué?

Retiro la mano de la manija.

Está claro, me repite por millonésima vez la parte medio coherente de mi cerebro, esa tan puñetera y jodidamente machacona, que él no me va a decir la verdad. Ha tenido mucho tiempo para sincerarse, para explicarme, para contarme y no lo ha hecho. Debería haber confiado en mí en algún momento y, sobre todo no debió mentirme de una forma tan grotesca aquella última noche. No, no fue capaz de confiar en mí cuando tuvo que hacerlo. ¿Por qué lo va a hacer en poco más de quince minutos?

Quizá si le dejara explicarse, si pudiera mirar sus ojos una vez más...

El grupillo musical de la izquierda se pone en movimiento hacia la entrada. Uno de ellos, de largo y ensortijado cabello azabache, apaga un cigarrillo aplastándolo en el suelo con el tacón de su bota y, como si fuera consciente de mi presencia, mira hacia mí. Solo ha sido un segundo. Se gira, se remete la camisa dentro de los vaqueros, se arregla las mangas y entra.

Sí, si me doy prisa aún podría verle unos minutos... un par de palabras y un abrazo. Si pudiera mirar una vez más sus ojos yo sabría...

Suspiro.

Un motor arranca.

El mío.

Pongo primera, piso con suavidad el acelerador y salgo.

Alguien se alegrará de que me vaya, sin lugar a dudas.

# RODRIGO

No puede apartar los ojos de la puerta. No le han dejado pasar a la sala de visitas; no hasta que llegue la persona que figura en el libro de acceso como la visita de las doce. Y esa persona no llega.

El corazón le late como loco en el pecho. Marian no se retrasaría nunca. Algo ha debido pasarle, no existe otra explicación. Nervioso, golpea la pared con el puño; ha sido tan solo un golpecito pero el funcionario se asoma y le echa una mirada tal que muy bien podría haberse cargado un caballo con las manos.

«¡Por Dios, que no le haya pasado nada a Marian!»

Marcial fue a verle el día anterior y le puso al corriente de todos los movimientos que había realizado Marian.

«Yo creo —le dijo Marcial— que no es consciente de qué es lo que ha descubierto, pero ya sabe de sobra que le has mentido en casi todo y que lo de la acusación de violación es solo un detalle de calibre menor con respecto a lo demás. Sin lugar a dudas la chica se lo ha currado, joder, ¡si hasta tiene una grabación de la prima de Mari Carmen en la que cuenta lo más sustancioso! Cuando uno mira a tu novia nunca podría pensar que es capaz de algo así.»

Su abogado también le había detallado los incidentes de dos días atrás en la planta en la que Marian trabajaba. Tenía infiltrado como paciente a uno de sus investigadores para que no solo la vigilara a ella sino a Caridad, y le había contado cómo el medio primo de Sergio, Justo, se había enzarzado en una bronca con ella llegando incluso a agredirla, a ella y a otra compañera amiga suya. Si no hubiera sido por la otra enfermera y por los auxiliares, Marian muy bien podría estar ahora en la UCI con la cabeza rota. Desde entonces, jueves, nadie la había visto. No había vuelto a trabajar aunque le tocaba. Según parece había pedido la baja por las lesiones a consecuencia de los golpes que le había propinado el *pringao* ese y nadie sabía cuándo regresaría. El investigador había intentado tirar de la lengua a los de la planta, pero todo el mundo se había cerrado en banda, aparte de que a los pacientes no se les daba demasiados detalles con respecto al personal.

«Todo se ha enredado demasiado —añadió Marcial—. Ya no solo se reduce a tu acusación de violación. El juez me ha llamado esta mañana para que le aclare si tú tienes algo que ver con el chanchullo de drogas. Alguien de la policía judicial se ha enterado (seguro que por la fuente de Marian, que lo ha debido de mover todo) de todos los líos financieros de esos dos gilipollas y ha tirado del hilo. De ahí a relacionarlos contigo solo ha sido cuestión de tiempo: un par de horas. Ya te dije que no comprendía cómo nadie había sumado hasta ahora dos y dos.»

Todos estos nuevos acontecimientos empeoraban la situación de Rodrigo, sin duda. Marcial no dudaba lo más mínimo que el lunes el juez aplazaría el juicio hasta comprobar qué relación tenía Rodrigo y su acusación de violación con esta trama. Sabía que ya se había dictado la orden contra Reyes y Sergio y otros dos compañeros más del cuartel y que hoy se procedería a su arresto y demás medidas procesales. Además, Marian ya había logrado su objetivo y se estaba investigando por parte de la fiscalía la posibilidad de que existiera un parte de lesiones falso en el caso del delito sexual. Justo, que había sido arrestado por la agresión a Marian y a su compañera, iba a ser interrogado también por este asunto. La madeja se engordaba más y más por frentes muy diversos. Para volverse loco.

Rodrigo intenta contener el pánico. A duras penas es capaz de controlar la respiración. Un quejido animal brota de su garganta. El funcionario le echa un vistazo, pero no se acerca ni le pregunta. Mientras respire y se mueva... Hay tantos internos que en un momento u otro lloran por la situación en que se encuentran que eso ya no llama la atención, es lo normal.

Consciente de que la mierda le llega al cuello y que está a punto de ahogarle, entiende que Marian no le perdone todas sus mentiras y necesite alejarse de él. Son ya las doce y media y ella no va a venir. Ha sido un iluso al pensar que le daría una última oportunidad de explicar... ¿de explicar qué? ¿Y ahora, ahora es cuando va a contarle todo? Sí, fue un cobarde al no sincerarse con ella desde el principio, desde el instante en que comprendió que se había enamorado de ella y que ella sentía exactamente lo mismo por él. En ese momento debió confiar en ella. Ahora es demasiado tarde. El único apelativo que le viene a la mente para su actitud es «traición». Marian se siente traicionada y no le falta razón.

Comprende, es consciente de que el dolor que ha causado tenga esas consecuencias. Sí, lo entiende, pero ello no impide que en estos momentos tenga una necesidad casi enfermiza de tenerla cerca, de verla, abrazarla, decirle, implorarle que le dé una nueva oportunidad.

Los gritos que profiere son inhumanos. El funcionario de prisiones se acerca al interno que se encuentra tirado en el suelo en posición fetal con la cabeza entre las manos. Se agacha y le sacude con suavidad mientras le llama por su nombre. El interno no reacciona. Toma su radio y avisa pidiendo ayuda.

—Sí, y que vengan los sanitarios. Este está con una crisis de nervios.

# MARIAN

Tras el altercado con Justo en el que salí herida de cierta consideración, en mi amor propio sobre todo, estuve de baja un par de días en los que decidí que no deseaba volver a la planta ni al hospital por un tiempo, así que negocié con Benigno tomarme mis vacaciones completas en el mes de julio y no solo quince días como había solicitado inicialmente; por supuesto, no me puso ninguna objeción.

Fui al lunes siguiente por la mañana, para no encontrarme con algunos de mis compañeros de la tarde, pero Mari Cruz, que sube y baja por los turnos con una velocidad de vértigo, estaba ese día. No deseaba verla ni a ella ni a nadie, la verdad. Los acontecimientos de días atrás eran la comidilla del servicio y del hospital, y no me sentía demasiado orgullosa de haberlos protagonizado, por ello me hallaba incómoda en el lugar donde había trabajado tan a gusto durante muchísimos años y al que consideraba casi como mi segundo hogar.

Ese día ya se sabía que Justo había sido arrestado por agredirnos a Auxi y a mí, y también le habían interrogado por haber participado en la realización de un parte de lesiones falso que sirvió para llevar a cabo una denuncia igualmente falsa por un delito de violación. A cambio de su trapicheo recibió una buena cantidad de euros. También se supo, y se estaba investigando con interés tanto por parte del propio hospital como por parte de la policía, que cuando se le sancionó sin empleo y sueldo por compaginar dos trabajos en dos entidades públicas fue debidamente recomendado —vamos, enchufado— en el hospital por el hermano del ginecólogo que hacía guardia con él la noche que pasó todo y con el que rellenó el parte de lesiones de marras, y que no es otro que el director médico. Un lío de consideración que da razón a los que afirman que la realidad siempre supera a la ficción. Todos fueron llamados ante el juez para que explicaran su proceder presuntamente delictivo.

Cuando Mari Cruz me vio hablar con Benigno decidió esperar a encontrar un buen momento para charlar conmigo. Me dirigía a los ascensores una vez concluido el papeleo cuando me llamó.

—¡Marian, espera por favor!

Hacía tanto tiempo que nuestra relación era tensa que se me hacía difícil mirarla con un gesto neutro que no dejara entrever que me desagradaba hablar con ella. El mohín de perenne desaprobación que últimamente mostraba al dirigirse a mí fue sustituido por una mirada suplicante y unos lagrimosos ojos.

—Estaba equivocada en todo, en todo. —Le temblaba la voz—. Sé que te he hecho mucho daño con mi actitud culpándote cuando tú decías que no...

—Mari Cruz, no te preocupes, no te lo tengo en cuenta.

—¡Por favor, necesito que me perdones! Sé que te he hecho mucho daño y me siento fatal...

—De verdad, Mari Cruz, no te preocupes. Estás perdonada.

No fui demasiado sincera y procuré mentir de la forma más convincente posible. Por suerte para mí, creo que lo conseguí. Aprecio demasiado a Salvador como para jugarme que se aleje de mí por estar mosqueada con su mujer; ya he perdido demasiado en todo este puñetero asunto. Por supuesto ella jamás podrá llegar a ser algo más que una compañera de trabajo y, la verdad, tampoco me preocupa demasiado. Creo que empiezo a darle a las cosas el valor que realmente merecen.

La abracé y ella me correspondió dejándome pasmada cuando me plantó dos maternales besos, uno en cada mejilla.

—Descansa, Marian, y nos vemos a la vuelta.

—Claro.

Me dio un poco de pena. No sé muy bien por qué; probablemente se deba a que en el fondo nunca la perdonaré de verdad. Lo dejaré correr, pero nada más.

Salí del hospital y una nueva sensación me embargó: por primera vez en muchos meses me veía libre de ciertos pesos que me habían provocado una chepa descomunal repleta de angustias, miedos y sospechas. Casi sin darme cuenta estaba aliviada. Cada cosa había ido ocupando el sitio que le correspondía, todo salvo mi futuro bebé. Como desde hacía varios días apenas tenía síntomas, me olvidaba del estado en que me encontraba. De vez en cuando me venía el recuerdo que me pillaba siempre desprevenida, provocándome sacudidas en el estómago, no precisamente desagradables y acompañadas de una sonrisa en mi cansado rostro.

Bajo mi punto de vista, la soledad no es una buena compañera para iniciar un nuevo proyecto como creo que es el concebir y parir un hijo, proyecto que siempre que lo soñé me veía acompañada. En esos momentos un nombre y un rostro pululaban por la puerta de mi conciencia, pretendiendo imponer su presencia, e inexorablemente yo cerraba la puerta en las narices a los intrusos: «No quiero pensar en él», me decía. No deseaba llorar más.

No volví a mi piso. Ya tenía en el coche las maletas hechas y todo lo necesario para un mes sin proyectos, con todo por hacer pero nada sin concretar. Eso sí: dejé mi móvil apagado sobre la mesa del salón. No tenía ni idea de si alguien me llamaría por un motivo u otro, pero no deseaba esperar nada y no deseaba recibir ciertas llamadas. Cerré la puerta de la que había sido mi casa durante los últimos seis años y me marché. Nunca en mi vida me había subido a mi coche sin saber previamente adónde me dirigía.

Enfilé hacia la carretera de Andalucía y, cuando me quise dar cuenta, estaba pasando Despeñaperros. Sin saber muy bien dónde iba a terminar mi camino decidí parar a comer en La Carolina. Cuando pagué la cuenta ya había tomado una decisión.

Dos horas de viaje más tarde aparqué en un pueblo de la Alpujarra granadina, en Capileira, a las puertas de un bonito hotel que tuvo la bondad de recibirme y de acogerme no de forma altruista, por supuesto.

Pasé una semana visitando pueblos y montañas, comiendo jamón y migas, paseando y pensando, contemplando paisajes increíbles y respirando uno de los aires más puros del mundo... pero me aburría como una ostra. Yo soy carne de ciudad y necesito bullicio y tiendas y museos y cines. Total, que me encaminé hacia una ciudad aún por decidir, pero cuando llegué a Lanjarón y salí a la nacional, decidí girar a la izquierda, hacia la costa, y terminé en Almuñécar.

Allí pasé tres días haciendo lo mismo que en las Alpujarras pero bañándome de vez en cuando hasta que sufrí una gastroenteritis bastante leve, la verdad, y tuve que acudir al centro de salud del pueblo. Me atendió una médica muy agradable que me tranquilizó sobre la seguridad de mi pequeño y me recetó suero oral y paracetamol. Cuando salía por la puerta del consultorio un cartel clavado con una chincheta en un tablón de anuncios perteneciente a un sindicato muy conocido me llamó la atención. Lo leí con detenimiento. No sé si eso estaba bien pero lo descolgué y me lo guardé en la mochila: necesitaba que nadie más viera ese anuncio.

Esa misma noche recogí mis cosas y decidí que ya estaba bien de dar vueltas. Me encontraba tan cerca de mi madre que habría sido obsceno no pasar a verla. La llamé y le anuncié que al día siguiente, si no surgía ningún imprevisto, iría a verla. Los gritos de alegría que profirió ante mi noticia llenaron el auricular, haciendo vibrar mis tímpanos peligrosamente.

Cuando vi a mi madre comprendí que ese era mi destino desde el primer momento. Había dado vueltas como una mema por toda la provincia de Granada pero ese era el único lugar al que de verdad deseaba ir. Ella me abrazó y yo me derrumbé.

Una hora más tarde mi madre ya sabía casi todo el barullo en el que me había visto inmersa en los últimos meses y con el único dato con que cambió el ceñudo gesto de preocupación por una sonrisa fue cuando le dije que estaba embarazada. No dio gritos de felicidad ni se puso a dar saltos de alegría. No me preguntó cómo podía hacer algo así estando soltera —posibilidad que me reconcomía sobremanera—. Me dejó sorprendida cuando sin decir ni una palabra puso su mano en mi abdomen unos segundos y acto seguido se levantó y tomando el teléfono me dijo: «Seguro que todavía no has ido al médico. Te voy a pedir cita.»

Mi intención inmediata fue protestar, pero sabía que no me serviría de nada. Probablemente no sería fácil que me vieran allí dado que yo pertenecía a otra provincia y a otro servicio de salud. Pero me equivoqué; tras darle a mi madre mi número de la Seguridad Social me gestionó una cita con su médico de cabecera como usuaria desplazada, así que dos días después me vería en la consulta. Quizás era ya el momento de que me atendiera un médico, el embarazo avanzaba y por ignorarlo no iba a desaparecer. Cuanto antes empezara a controlarme, mejor.

Sonreía mientras observaba a mi madre hablar con la administrativa del centro de salud concretando la hora de la cita y los documentos que debía aportar para que me adjudicaran un facultativo de forma permanente cuando la imagen de Rodrigo me vino a la mente a traición, cogiéndome desprevenida e indefensa. Un inmenso dolor me recorrió de lado a lado, de la cabeza a los pies, derrumbando de golpe las defensas que durante días había construido en mi cerebro. Dejé a mi madre con la palabra en la boca y el teléfono en la mano mientras yo volvía, rauda, a mi sitio favorito sobre el que descargar las tensiones: el cuarto de baño y el inodoro.

Dos días después fui al médico, que me remitió a su vez a la matrona, que a su vez me concertó una cita con el tocólogo. Oí por vez primera el latido de mi pequeño y por primera vez fui verdaderamente consciente de que era real, no algo que me imaginaba creciendo y de lo que aún no tenía pruebas. Su latido era un fuerte galope, enérgico y decidido, que resistía contra viento y marea todas mis idas y venidas, todas mis desgracias y mis incertidumbres y al que le importaba un comino si yo estaba ilusionada o no: ahí estaba retándome a negarle. Mi madre me apretó la mano sin decir nada y me transmitió una alegría, una emoción, que iba creciendo poco a poco en mi interior, pero ya irrefrenable. Su mano cortaba la circulación de mis dedos y me indicaba que ya no estaba sola, que ella permanecería a mi lado incondicionalmente.

Los días pasaban y yo me iba acomodando en la casa de mi madre, en mi antigua habitación, como si fuera lo más normal y lo más lógico. Mi ropa llenó los cajones de cómodas y armarios y el espacio se inundó con mi esencia.

Pura y Pastora venían varias veces al día y empezamos a tomar la rutina de salir a diario a pasear y a merendar en la calle dejando de lado de una vez por todas las tediosas y repetitivas telenovelas de la tarde. Por supuesto, parte de nuestra rutina era la visita de tiendas de artículos para bebés y para futuras mamás, mundo extremadamente cursi al que me resistía, ya que no podía negarme, a formar parte. La mayoría de las veces que las «tres Marías» perdían todo contacto con el mundo terrenal rodeadas de toquillas, patucos, primera postura y bragas de nulo erotismo, yo salía de la tienda y reposaba mi aún no excesivamente abultado físico en una librería o en una tienda de música o en una cafetería hasta que alguna de ellas reparaba en que yo ya no estaba allí y volvían a poner los pies en la tierra.

Los días pasaban tranquilos y mis vacaciones tocaban a su fin.

Pensaba mucho en Marina, mi querida Marina, y en los sabios consejos que me dio, y fue entonces cuando decidí lo que iba a hacer.

No es muy elegante huir, pero eso era precisamente lo que iba a hacer. Recuperé del fondo de mi mochila el anuncio mecanografiado que había sustraído del tablón de anuncios del centro de salud de Almuñécar y marqué el número fijo que aparecía. Tras tres tonos descolgaron. Miré el papel y leí un nombre.

—Hola. ¿Puedo hablar con Irene Martín?

—Sí, soy yo. ¿Quién es?

—Mi nombre en Marian, bueno, María Angustias Censor. Soy enfermera y vi su anuncio en el que se mostraba interesada en permutar su plaza...

Efectivamente. Lo que comenzó siendo una posibilidad terminó siendo un deseo y un proyecto de cambio y de futuro.

Irene Martín, enfermera como yo, tenía plaza en propiedad en el Servicio Andaluz de Salud, en un pueblo de Granada cercano a la capital desde hacía varios años, pero ella no era de allí, era de la ciudad en la que yo había vivido tantos años. Deseaba permutar su plaza con otra enfermera o enfermero. Le indiqué que yo estaba interesada y le expliqué en dónde estaba trabajando. Le pareció bien. Se la notaba ilusionada y feliz porque alguien, por fin, hubiera contestado a su solicitud. Algo en mi interior me gritaba que huir no era la forma de solucionar los problemas, que debía encarar varias cosas que aún estaban frescas y sangrantes, pero lo ignoré. No deseaba irme de la que siempre fue mi casa y necesitaba que me cuidaran, ya que no me veía afrontando sola todo el embarazo y el terreno desconocido de tierras movedizas y cenagosas que es siempre el parto.

Hablamos durante aproximadamente media hora. Decidimos vernos al día siguiente para concretar y para hacer más llevadera la futura negociación.

Una semana más tarde saqué un billete de tren, ya que no quería volver a conducir tantas horas, y me dirigí al sitio del que deseaba desaparecer, casi casi sin dejar rastro.

Cuando entré en mi piso, lo primero que hice tras dejar la maleta en el dormitorio y hacer pis —por Dios, no se puede vivir teniendo que ir al servicio cada media hora y esto solo acababa de empezar— fue llamar a mi madre, sin molestarme en comprobar antes qué números me podían haber llamado en mi ausencia, para decirle que había llegado bien. Mientras le contaba mi tedioso viaje, reparé en el móvil que había dejado casi un mes atrás sobre la mesa.

«Sí, sí, no te preocupes, me tomaré el ácido fólico... Sí, sí, de verdad, no haré esfuerzos.»

Colgué. Marqué de nuevo, esta vez al centro de salud para pedir cita a mi médico de cabecera: al día siguiente a las ocho y media. Colgué otra vez. Tomé el móvil y apreté el botón. Nada, muerto. Seguro que lo había dejado encendido, aunque siempre pensé que lo había apagado; la batería se había agotado.

Lo consideré una señal. No lo cargaría. Me compraría otro. No quería arrastrar nada viejo en mis nuevos proyectos. Una estupenda decisión para todo cobarde que no desea comprobar si ha recibido o no llamadas de determinadas personas pero, qué se le va a hacer, nadie es perfecto.

Llamé a Benigno y le conté lo que tenía planeado hacer. No daba crédito a sus oídos e intentó protestar, pero a mí me daba igual lo que dijera porque mi decisión estaba tomada. Al día siguiente le vi en la planta; necesitaba que me ayudara a resolver el papeleo en el servicio de personal. Aún me quedaban unos cuatro días para reincorporarme, pero no iba a hacerlo.

Con la ayuda de Benigno presenté toda la documentación para una permuta de plaza y, con la baja por depresión que me había rellenado el médico esa misma mañana, no tendría que volver a trabajar nunca más en el hospital. No tuve que mentir cuando le expliqué a mi médico que me veía incapaz de volver a trabajar en una planta de ese hospital. Que me habían pasado tantas cosas en los últimos meses —se las relaté una a una— que la sola idea de ponerme el uniforme otra vez me producía náuseas y angustia; que no me veía capacitada para estar al tanto de tantos enfermos y de tantas obligaciones sin cometer errores... Quince minutos más tarde salía de la consulta con mi baja en la mano. No, no había mentido lo más mínimo. No deseaba volver a mi planta ni a ninguna otra. Hasta me había planteado dejar de ejercer como enfermera, pero si no trabajaba como tal no podría trabajar de casi ninguna otra cosa más. Intentar desarrollar mi labor en atención primaria era una buena opción y una nueva ilusión. Me permitiría comprobar si mi vocación estaba muerta o solo en coma.

Ese día no me fui tan deprisa de mi servicio, de la que había sido mi planta durante algo más de diez años. Me despedí de los que más apreciaba y de los que tenía claro que el sentimiento era recíproco, tanto del turno de mañana como del de la tarde.

Salvador me abrazó con fuerza reteniéndome unos segundos de más entre sus brazos. Una extraña sensación me embargó al aspirar su aroma de hombre pulcro y aseado; se me erizó el vello de placer y me habría gustado mucho, mucho, estar así un rato más. Ambos reaccionamos al mismo tiempo y nos separamos antes de que nadie se diera cuenta. Me besó en la mejilla mientras me susurraba unas palabras de aliento. Me puse colorada a mi pesar y deseé que el latido desbocado de mi corazón no fuera apreciado por nadie más. Me dirigí hacia Cesáreo procurando no mirar a mi alrededor; no sería capaz de afrontar los ojos severos de Mari Cruz, a la que con toda probabilidad no se le habría escapado nada. Ella me besó minutos más tarde en silencio y con los ojos llenos de lágrimas.

He de reconocer que me costó mucho trabajo despedirme. Me emocioné más de lo que esperaba. Abracé a Piedad y acaricié su hermosa barriga; estaba tan guapa y tan feliz, tan rebosante de esperanza que la envidié. Nos encontrábamos en la misma situación de gravidez pero la suya era una espera compartida, una ilusión de dos.

Lázaro me sorprendió sobremanera; me dijo que no creía equivocarse al afirmar que yo estaba cometiendo un error. Que me había precipitado al tomar una decisión en caliente, teniendo demasiado cerca tantos acontecimientos desagradables; que mi profesión no tenía nada que ver con mi situación personal y que estaba convencido de que me arrepentiría. Se hizo un silencio sepulcral. Nadie respiraba ni movía un músculo. Miré a Lázaro y luego miré a mis compañeros. Indiscutiblemente, todos pensaban igual que él.

—Probablemente es cierto que me estoy equivocando, pero creo que esto es lo que debo hacer y lo haré. Quiero volver a mi casa; estoy muy sola aquí y echo de menos a mi madre, a mi familia. Además, creo que no me vendrá nada mal un cambio a nivel profesional. Aquí ya he tocado techo.

Ningún comentario.

Me fastidió no poder ver a Dolores, a Esperanza o a Aquiles, pero estaban de vacaciones.

Dije «Hasta luego» a todos y me marché. Yo nunca digo «Adiós»: me parece demasiado definitivo, eterno. «Adiós» solo lo digo en los cementerios.

Benigno me acompañó y bajó conmigo hasta la puerta de Urgencias. Se le veía igual de pétreo que siempre, aunque me trataba con algo menos de brusquedad. Me importaba un comino su gesto: se había portado estupendamente conmigo desde mi regreso y sabía que su cara no reflejaba en absoluto lo que pudiera sentir por mí.

—Te voy a echar de menos, Marian.

Tuve que mirarle fijamente a los ojos para comprobar que hablaba en serio.

No supe qué decir que fuera sincero y adecuado a su comentario. Opté por no decir nada. Apoyé una mano en su brazo y él me la agarró tomándola entre las suyas. El gesto era extrañamente delicado en él.

—¿Tienes quién te recoja los partes de confirmación?

Por un segundo no supe a qué se refería.

—Sí, sí. Auxi me ha dicho que ella se pasará por el centro de salud cada semana y te los hará llegar. ¿Te ocuparás de que no me envíen una inspección?

—Por supuesto, de eso puedes estar tranquila. Además lo de la permuta seguro que se resolverá en poco tiempo y la baja no será muy larga.

Nunca me había aprovechado de mis amistades para conseguir algún beneficio. Un primo de Benigno trabajaba en los servicios centrales de la Seguridad Social. Como yo no iba a permanecer en la provincia ya que me volvía a Granada con mi madre, si me enviaban una inspección para confirmar mi situación de enfermedad común y no estaba en mi domicilio habitual me podía buscar un lío. Por una vez en mi vida iba a hacer lo que tantas veces había visto hacer a otros: tener morro y aprovecharme de mis influencias. Mi motivo de baja no era falso, pero no me apetecía estar en mi piso viéndolas venir hasta que tuviera el destino definitivo en Granada; aparte de que necesitaba salir de allí tanto como el aire que respiraba.

—Cuídate, Marian.

Tras dudarlo un instante, besé a Benigno en la mejilla.

—Tú también. Y gracias por todo.

Me dirigí a la parada de taxis. Benigno me llamó otra vez. Me giré.

—¡Felicidades por lo de tu bebé!

Hice un gesto con la mano y sonreí.

Me dirigí al primer taxi de la fila que permanecía en la parada, me subí y le di la dirección de mi piso. No me fijé en el camino que tantas veces había recorrido, aunque si hubiera querido tampoco lo habría podido hacer porque las lágrimas anegaban mis ojos y corrían raudas por mis mejillas.

Me acordé nuevamente de Marina. Por fin iba a coger las riendas de mi vida definitivamente.

Siempre había pensado que el trabajo que se realiza en los centros de atención primaria es mucho más cómodo y tranquilo que el que se lleva a cabo en una planta de hospital, y más concretamente en un servicio de medicina interna como en el que yo había desarrollado mi labor desde hacía veinte años. Como suele suceder cuando se lleva a cabo un pensamiento cuya consecuencia es una generalización: craso error.

Yo no sé cómo será en el resto de los centros de salud del país, pero en el que yo llevo a cabo mi labor desde hace unos dos meses el trabajo es intenso y matador. Tengo asignado un cupo de pacientes bastante amplio que comparto junto a un médico de familia, Plácido Méndez. Atiendo mi consulta desde las ocho de la mañana; comienzo con las extracciones y recogida de muestras —de sangre fundamentalmente, pero también orina, esputos, heces, exudados...— a los pacientes que lo precisan para la realización de determinaciones analíticas.

Luego suelo atender a los enfermos crónicos que necesitan un seguimiento por parte de la enfermera; más tarde realizo curas y administro inyectables, aunque según el día además también llevo a cabo vacunación de niños y adultos y consulta de niño sano. Por último termino mi jornada realizando visitas a domicilio de enfermos crónicos y ancianos de alto riesgo y llevando a cabo la administración de inyectables o curas en sus casas a aquellas personas que no se pueden desplazar al centro de salud por su delicada situación o por su gravedad.

Cuando finalizo la jornada, que nunca es poco intensa, la mayor parte de los días me voy a mi casa, pero uno de cada siete me quedo en el servicio de urgencias del centro con otro enfermero y dos médicos, aparte de un celador y dos conductores de ambulancia, atendiendo las urgencias y emergencias de nuestro pueblo y de siete pueblos de menor tamaño de la zona. Así, una debe tener la cabeza y las manos dispuestas para atender lo que surja, desde una herida insignificante de alguien que se ha cortado o de un niño que se ha caído jugando al fútbol hasta un infarto en la calle o un accidente de tráfico con varias víctimas, pasando por un parto en un bar o un shock anafiláctico de un trabajador del campo al que le ha picado una avispa mientras recogía aceitunas. Literalmente, de todo.

Indiscutiblemente cuando un o una estudiante finaliza su carrera de enfermería y sale del horno de la universidad, tierno y lleno de ganas, está preparado para afrontar cualquier trabajo duro o blando que se le ponga por delante. El enfermero que termina no está especializado en nada en concreto y tiene una facilidad pasmosa de adaptación para todo lo que le pidan. Pero cuando ese alguien es una enfermera como yo que desde que terminó la carrera no ha salido de una planta de hospital, que siempre ha trabajado arropada por lo que este tipo de centros representa: rodeada —más o menos— de compañeros de todas las categorías, con el médico casi a mano y con todo tipo de medios diagnósticos al alcance del teléfono, salir a la «inmensidad» de un centro de salud es parecido a irse al Salvaje Oeste. Y el reciclaje de conocimientos es obligado. Me he dado cuenta de lo poco que sé de Enfermería Familiar y Comunitaria en cuanto he empezado a trabajar aquí y me he tenido que poner las pilas a toda velocidad; con razón es una especialidad de enfermería.

Si consideramos que el trabajo de los enfermeros en Atención Especializada —hospitales, fundamentalmente—, está poco valorado, no digamos lo que se ignora con respecto al trabajo de las enfermeras y enfermeros en los centros de Atención Primaria. En lo que es el centro de salud no hay mucho problema, siempre hay médicos y otros enfermeros y auxiliares que te pueden echar una mano en un momento dado; si son personas de buena voluntad, por supuesto —que en todos los sitios cuecen habas—, pero mucho del trabajo que se realiza y que llevo a cabo a diario es en la calle, concretamente en los domicilios de los enfermos y usuarios. Cuando abandonas el centro de salud con tu mochila, sales a terreno desconocido; la mayor parte de las veces con tu maletín lleno con un poco de todo y tu profesionalidad como únicos compañeros. Te encuentras en muchas situaciones en las que no tienes a nadie a quien pedir opinión o ayuda y debes solucionar muchos problemas con cierta rapidez y eficacia. Ahí es donde se da uno cuenta de lo que sabe o lo que no, de lo que es capaz y de lo que no. Y por supuesto de si vale o no.

Me ha costado mucho esfuerzo hacerme con este trabajo. Yo no estoy en mi mejor momento personal y ha sido un cambio demasiado radical en mi profesión que, si en condiciones normales me habría supuesto una labor de titanes, tal y como me encuentro la incógnita «x» se debe multiplicar por diez mil.

# MARIAN

Estamos ya en otoño pero hace un calor impresionante. Siento cómo me late el corazón a lo loco en el pecho por el esfuerzo. Tengo el coche aparcado en lo alto de una empinada cuesta de una empinada calle del pueblo, por lo que con el abultado y pesado maletín colgado en bandolera y la incipiente barriguita, que es casi el doble de lo que corresponde para las fechas en las que me encuentro, me da la sensación de que estoy escalando el Moncayo.

Me detengo un momento a tomar aire. El bebé me da una enorme patada —impresionante para lo pequeño que es aún— que me obliga a doblarme. Me paso una mano por la barriga y no se repite ningún golpe más. Aprovecho para consultar mi dietario en la *tablet*: aún me quedan dos visitas programadas más, cada una en una punta del pueblo.

Uno es Matías, un enfermo de dieciocho años con una distrofia muscular muy grave que le ocasiona una importante insuficiencia respiratoria al que le han realizado hace unas semanas una traqueotomía y colocado una cánula conectada a un estimulador de la respiración. Su madre aún no se atreve a cambiarla ella sola y voy yo cada vez a ayudarla hasta que se vea capaz de hacerlo por ella misma.

La otra es Margarita, una mujer de ochenta años, postrada en una cama desde hace quince, que padece todo tipo de patologías crónicas junto a una demencia senil. Su incapacidad de moverse por sí misma y de poder ser levantada de la cama le ha llenado el cuerpo de úlceras —escaras de grado III y IV brutales— a las que casi no doy abasto de curar, por eso la debo visitar a diario. Necesita dos curas al día, pero las de la tarde-noche se las hace su nieto cuando llega de trabajar en el campo.

No solo se aprende de los enfermos cuando se les ve ingresados en los hospitales, sino que es impresionantemente enriquecedor verlos en sus casas bregando a diario con sus enfermedades y sus pesares. El medio hospitalario es alienante para los seres humanos y son los enfermos los que se deben adaptar al mismo; nosotros los vemos con sus pijamas azules con el logo del hospital grabado en el bolsillo superior y nos resultan, demasiadas veces, seres sin rostro y con una enfermedad concreta que van y vienen en una sucesión sin fin. Sin embargo, en sus domicilios eres tú, el profesional sanitario, el extraño, y eres tú el que se debe adaptar a sus peculiaridades, a sus posibilidades, a sus escasos recursos técnicos y humanos, a sus hogares de dimensiones variantes y llenos de olores y colores que los distinguen siempre de los demás.

En ese medio siempre cambiante debes adaptarte, contar con ellos, enseñarles a hacer determinadas técnicas para que sus vidas sean más llevaderas o más fáciles si eso es posible, y por desgracia no siempre lo es. Y cuando sales de sus casas alguien siempre te acompaña a la puerta para verte partir, en ocasiones contando con ansiedad las horas para que llegue el momento en que vuelvas a llamar a su puerta.

—¿Mañana le viene bien que venga a esta hora, Elvira?

—Si pudiera ser, preferiría que viniera una hora más tarde: tengo que ir al médico de Granada.

Consulto mi tablet, cambio la hora de Elvira y ajusto un

par de citas a las que debo avisar de inmediato. Cierro mi dietario y guardo la tablet en el maletín.

—Bien, ya está cambiado. Hasta mañana, Elvira.

—Gracias, Marian. Hasta mañana.

Me voy, y siento que detrás de mí dejo varias vidas rotas por la enfermedad, sin más proyecto que acabar el día sin novedad.

Suspiro.

Continúo el ascenso de la vertical K2 del pueblo.

No se me debe olvidar que a las dos de la tarde he quedado en mi consulta con Adriana, una mujer de cuarenta años a la que han diagnosticado hace poco diabetes tipo 2 y a la que debo enseñar a realizarse los controles de glucemia. Objetivo: que la mujer sea capaz de ser autónoma y manejar su dieta y sus pastillas por sí misma, darle herramientas que la ayuden a controlar su enfermedad y a solucionar los imprevistos más leves. Y proporcionarle conocimientos y enseñarle habilidades que le den seguridad, autonomía, y reduzcan la ansiedad, lo que a su vez mejorará el control de la enfermedad en sí. Todo ello redundará en que su vida cotidiana será la mejor posible.

Me detengo nuevamente, saco una botella de agua, doy un generoso trago que la vacía más allá de la mitad y sigo mi lento ascenso. Miro al suelo mientras camino, mejor no mirar el largo trecho que aún me queda.

Sí, me gusta este trabajo. Es un gran reto para una rata de hospital como era yo. ¡Pero, por Dios, a quién se le ha podido ocurrir poner unas cuestas tan empinadas como estas!

Auxi y Lázaro han venido a verme este fin de semana. Ella quería venir entre semana coincidiendo con una de mis visitas al tocólogo para poder ver la ecografía que me correspondía por estas fechas. Pero Lázaro se enteró de sus planes y deseó regalarle un fin de semana romántico. Se alojan en el

Hotel Alhambra Palace. Eso es muy, pero que muy romántico, ya que es un hotel increíble, con una ambientación muy lograda simulando un palacio nazarí. Lo que no lo es tanto es que en el paquete de viaje estoy yo incluida.

Hoy sábado hemos ido a visitar la ciudad y el casco antiguo. La visita a la Alhambra la tienen reservada para el domingo a las once, y la harán los dos solos. Lo prefiero así. Sé que Lázaro no está rebosante de felicidad que se diga por tener que verme, pero ese era el objetivo original de Auxi y no le queda más remedio que asumirlo, aunque nada le impide evitar mi compañía con todos los recursos de los que dispone. A mí me importa un comino con tal de poder ver a mi amiga, porque la verdad es que la echo mucho de menos.

Me han invitado a comer en el restaurante del hotel. La sofisticación de la parejita me ha hecho sentirme fuera de lugar durante todo el tiempo, manejando los cubiertos con tanto aspaviento lleno de falsa naturalidad y refinamiento sin fin. Les cuento que me he vuelto a hacer análisis por lo de la hepatitis: todo está correcto, tanto mi bebé como yo estamos sanísimos.

Para celebrarlo, tras la comida, he decidido invitarlos a tomar un café, algo que mi sueldo me puede permitir en un sitio tan caro sin llegar a crujir. Lázaro se ha tomado el suyo de un sorbo y se ha disculpado afirmando que deseaba descansar un poco; además, seguro que queríamos estar solas para poder hablar con total libertad de nuestras cosas. Me ha dirigido una mirada llena de significado antes de irse, detalle que me ha provocado una intensa descarga de adrenalina en las venas y, como inevitable consecuencia, el corazón ya me late como loco en la garganta. Mi bebé lo nota y se revuelve intensamente. Lo más seguro es que han planeado este mutis por el foro, porque Auxi me quiere contar algo personal. Y en mi vida solo hay un «algo».

Mi amiga me mira fijamente y me toma de una mano.

Auxi para mí es ya un libro abierto. Me gustaría negarme a escuchar lo que pretende contarme o podría poner alguna excusa estúpida y largarme rápidamente antes de dejarle que diga nada. Antes de dejarle que hable de él.

—Marian...

—Auxi, no es necesario que te andes con rodeos. Supongo que más temprano que tarde me enteraré de lo que ha pasado.

Auxi sonríe. Suelta mi mano y me pasa la suya por la abultada barriga. No me gusta que la gente me toque de esa forma. Muchas mujeres, sobre todo conocidas de mi madre o pacientes mías, se toman esa libertad sin preguntar y me molesto, aunque Dios me libre de mostrar mi enojo. Las matriarcas de cierta edad se consideran con esa prerrogativa y nadie se la podría jamás discutir. Mi pequeño, conectado a mí por una energía desconocida, es capaz de captar mi fastidio ante estas libertades de ancianas no siempre agradables y se revuelve en mi seno dándome la razón. «Si a mi pequeño le molesta, a mí me molesta», esa es mi máxima.

Pero la regordeta mano de mi amiga es cálida y agradable. Mi pequeñín flota sereno, agradecido por la grata sensación. Casi siento cómo ronronea feliz.

—Ha salido hace más o menos una semana.

El corazón me da un vuelco.

El bebé sabe que hablamos de algo importante y, expectante, acerca su carita a mi ombligo para no perder ripio.

—Cuando te fuiste sin dar señales de vida me localizó por medio de su abogado...

—Marcial...

No se ve afectada por mi interrupción. Sigue.

—... en el hospital. Al principio le indiqué que yo no me veía capaz de inmiscuirme en tus asuntos, pero no dejó de insistir y al final decidí aceptar ponerme en contacto con él, con Rodrigo.

Me siento hipnotizada por su mirada. Sus palabras me dicen entre líneas que fui una cobarde al marcharme de esa forma, sin escucharle, aunque su gesto es amable, sincero, apaciguador.

—Hablamos por teléfono. Estaba desesperado porque no fuiste a una visita que tenías concertada con él en la cárcel y no respondías al teléfono, ni al fijo ni al móvil. Le indiqué que no te había pasado nada, dado que ese lunes apareciste por la planta para arreglar tu permiso de vacaciones. El pobre respiró tranquilo, ya que le angustiaba que te hubiera sucedido algo. Después no pude contarle mucho más, puesto que ninguno de nosotros sabíamos por dónde parabas. Yo me lo imaginaba pero entendía que necesitaras estar sola y centrarte, que buena falta te hacía.

En sus ojos no hay reproche alguno. Es mi amiga de verdad y entiende todas y cada una de las cosas que hago. Aprecio su comprensión y su empatía hacia mi situación.

—Me dio pena, Marian. Se le veía sinceramente preocupado por ti y nunca dudé de que estuviera verdaderamente enamorado. Me mantuve en contacto con él todo el tiempo y, cuando viniste a entregar los papeles de la permuta y a despedirte, se lo conté.

Sigue mirándome fijamente a los ojos. Entiendo que no pretendía inmiscuirse en mi vida, que lo hizo porque le daba pena, tal y como afirma.

—Esperó a que le llamaras. Sabía que iba a ser muy difícil que fueras a verle otra vez, pero creyó que le llamarías. Pero no lo hiciste.

—Hablé contigo en esos días. Te pedí que me recogieras los partes de confirmación y el alta y no me dijiste nada.

—Creo que sabes que no podía hacerlo. A él le dejé muy claro que solo le informaría de tus movimientos, pero que no me metería en tus asuntos ni que haría de mediadora entre él y tú.

Sí, cierto. Lo comprendo.

No sé qué es lo que siento. Bueno quizá tengo la sensación de algo perdido, siento el dolor propio de algo que te ha sido arrancado de forma brusca y sin anestesia. Me obligo a recordar el motivo de mi... huida.

—A los pocos días de irte se demostró que la acusación de violación era totalmente falsa y se le retiraron los cargos. No te voy a contar los detalles legales porque yo los desconozco.

Agradezco el cambio radical de conversación. Me muero por saber qué pasó pero no me puedo permitir el preguntar.

Un camarero se nos acerca y se lleva las tazas vacías. Auxi le pide un Oporto y yo me decanto por un refresco de naranja sin gas. Con una sonrisa solícita que le da al pobre un gesto en parte estúpido, el camarero se aleja tan silencioso como ha llegado.

—Lo que sí te voy a decir es que a Justo se le ha caído el pelo. Le van a procesar por lo del parte falso, a él y al ginecólogo que lo firmó con él. Aparte, también parece que ha prosperado una denuncia que le pusieron hace un tiempo por una agresión a un familiar o algo así en uno de sus trabajos anteriores. Caridad y su prima declararon la verdad. Por lo del Nolotil que le puso a mi paciente parece que apenas le va a pasar nada porque la familia no ha querido denunciar, aunque el hospital la ha sancionado. De todos modos ha recogido sus cosas y ha desaparecido, así que no te puedo decir mucho más de ella.

Está dando rodeos y me impaciento, pero no quiero presionarla.

El camarero aparece con nuestras bebidas y se va. Auxi le da un generoso sorbito a su copita de Oporto. Seguro que por tan ridícula cantidad de líquido en una copa tan lujosa me cobrarán una pasta.

—Aunque a Rodrigo —continúa como si nada— le retiraron los cargos por lo de la acusación falsa de violación no le soltaron al momento porque era sospechoso de estar directamente relacionado con el negocio de drogas que tenían Sergio, la tal Reyes y otros cuatro o cinco más a los que arrestaron aquel fin de semana que desapareciste sin dejar rastro. —¿Es mi imaginación o hay cierto tonillo de reproche en sus palabras?—. El juez consideraba, yo creo que con razón, que resultaba factible que, si todo el trapicheo se hacía en su piso y con sus compañeros, él estuviera de una forma u otra implicado.

Me mira nuevamente con marcada intensidad. No creo equivocarme si afirmo que mi querida amiga Auxi contiene una sonrisilla en la comisura de sus labios. No la veo afectada por lo que me narra y sí aprecio cierto deje de crítica velada por mi cobarde forma de actuar.

Soy muy sincera, así que me lanzo.

—Auxi, siento por tu tono cierta crítica hacia mí.

—Es cierto. —Me quedo pasmada, no me esperaba una sinceridad tan directa—. Creo que te equivocaste, pero yo no puedo ni quiero juzgarte. Hiciste lo que creíste que debías hacer en ese momento y, por lo que parece, te va muy bien. —Me toma las manos y se acerca a mí—. ¿Puedo ser franca contigo?

Asiento en silencio. No ha hecho otra cosa en estos veinte minutos de conversación...

—Yo creo que tú eres la que decide en todo momento qué debes hacer con tu vida, pero en este caso pienso que deberías haberle escuchado, esperar a ver qué te decía. Por otro lado entiendo tu reacción ante todo lo que pasó aquellos días, todo lo que descubriste, lo que te contó Caridad, descubrir que estabas embarazada, el pitote que te lio Justo al día siguiente y la forma en que te agredió... —Suspira al recordar lo grotesco del comportamiento del que fue nuestro compañero—. Sí, todo eso lo entiendo y puedo ver lógico que te liaras la manta a la cabeza y escaparas por unos días. Lo que creo que tendrías que haber hecho una vez ya enfriado todo el asunto fue escucharle, ver qué te decía y cómo. Solo cara a cara se arreglan las cosas, Marian. Pero no, tú tenías que irte. Abandonar todo y largarte pretendiendo que así se solucionaría todo, y lo único que has conseguido es abandonar un trabajo para el que vales mucho, unos compañeros que te aprecian porque eres una estupenda enfermera y ¡solo Dios sabe qué más!

Me sonríe. Aún tiene mis manos entre las suyas. Mantengo su mirada que solo me transmite calor y amistad, consciente de que quizá tenga razón.

Reúno el valor suficiente para hacer algo que me había jurado a mí misma no hacer. Preguntar.

—¿Y la acusación de lo de las drogas cómo ha resultado?

Auxi me suelta las manos y le da otro trago al licor. Me llega su aroma dulce y delicioso.

—Pues no voy a entrar tampoco en detalles, pero parece ser que se ha demostrado que él no tenía nada que ver, que no estaba directamente implicado, pero que sí lo conocía y sabía de qué iba el meollo. Parece ser que la crisis surgió no tanto cuando Rodrigo cortó sentimentalmente con Reyes sino porque él intentó denunciarlos, consciente como era de lo grave de sus actos. El juez le ha dejado libre sin fianza pero con cargos por complicidad o algo así y está pendiente de juicio. Aunque creo que lo tiene muy bien, porque se ha comprobado que el intento de encausarle por una violación falsa fue una forma de cerrarle la boca.

—Todo muy peliculero, ¿no crees?

—Sí, supongo que la realidad puede llegar a ser bastante más idiota que cualquier película.

Sonrío. No para de tirarme indirectas que me dan de pleno en la cara. ¡Esta mujer es increíble!

—Lo has visto. —No pregunto, afirmo.

—Sí, ayer por la mañana, antes de salir para acá.

—¿Le has dicho...?

Miro de reojo mi barriga.

—No, porque creo que eso se lo debes decir tú.

—¿Le has dicho dónde estoy?

—Tampoco, porque ya lo sabía desde hace tiempo.

El corazón se me ha parado unos cinco segundos. Lo animo mentalmente a que reanude su trabajo. No puedo articular palabra. Ella sigue.

—Marcial tiene quien le investigue y te localizaron al poco tiempo. Sabían lo de la permuta y dónde; sabían dónde vive tu madre y pensaron que era lógico que te fueras con ella.

—¿Y?

Sonríe.

Antes de que continúe ya sé lo que me va a decir.

—Está aquí, en Granada. —Hace una pausa conteniendo a duras penas una carcajada—. Ha venido con Lázaro y conmigo.

¡No puedo dar crédito a mis oídos! Esto es de locos. El estirado de Lázaro metido en este rollo.

Me levanto y aviso al camarero.

—¡Deme la cuenta, por favor!

Auxi permanece sentada y sostiene la ridícula copita entre los dedos.

—Escúchale, Marian. Te mereces que por fin algo te vaya bien después de tanto lío.

La miro sin saber qué decir. El camarero se acerca raudo. Me mira de hito en hito. Seguro que ha pensado que si no me trae la cuenta pronto me largaré sin pagar. Miro el papel exquisitamente mecanografiado y abono el importe exacto. La propina que se la pague su abuela. El camarero se retira sin modificar el gesto pero la telepatía de la que disfruto desde hace unos segundos me permite oír cómo en su cerebro retumban palabras de maldición sobre mi familia y mis ancestros.

Tomo mi mochila.

Auxi se levanta y me da un abrazo y un cálido beso en la mejilla.

—Cuídate —me susurra, haciéndome cosquillas en la oreja con su dulce aliento de caro Oporto.

Asiento y me voy.

Una vez en mi coche me doy cuenta de que no le he preguntado ni ella me ha dicho dónde puedo encontrarle o dónde se aloja.

Entonces una certeza se abre paso en mi corazón.

Entro en mi portal y subo las escaleras de dos en dos. Hace meses que no me movía con tanta ligereza. Con los saltos que doy me imagino a mi pequeño rebotando de un lado a otro de mi útero agarrándose al cordón, mareado y asustado por tanto vaivén. Su contenedora se está volviendo loca.

Llego a mi descansillo y me paro en seco con la llave en la mano a escasos centímetros de la cerradura. Atenta intento escuchar. Me parece oír voces y risas en el interior, pero quizás es mi imaginación. Desde que mi madre cambió la puerta ya no es tan fácil enterarse de lo que pasa dentro del piso.

Con temblorosa mano introduzco la llave en la cerradura y la giro, al tiempo que se abre la puerta. Efectivamente, del salón proceden voces y risas. Quizás uno de mis hermanos...

—¡Marian ha llegado!

Mi madre se aproxima a la entrada; su voz es un poco chillona. Una enorme sonrisa ilumina su rostro adorable.

—¡Nena, no te puedes imaginar quién ha venido a verte!

«¿De verdad que no puedo, mamá?»

Una sombra sale del salón y adquiere poco a poco cuerpo, cara y una mirada que me taladra y amenaza con hacer que se me salga el corazón del pecho. Mi madre se aparta a un lado, sabedora de que yo ya no soy consciente de ningún ser que no sea él.

Rodrigo.

Está muy delgado. Unas enormes ojeras le llegan casi hasta la mitad de las mejillas, pero lejos de afearle hacen resaltar más aún, si eso es posible, sus maravillosos ojos azul añil teñidos de una tristeza que su enorme sonrisa intenta desmentir.

Avanzo un paso pero mi cuerpo ya no responde a mis deseos y se para.

Mi madre murmura algo y se vuelve al salón. Rodrigo duda. No está en su terreno y no sabe qué hacer; por supuesto, mi expresión no le ayuda en absoluto. Heroico, mantiene la sonrisa mientras da dos pasos más. Me mira de arriba abajo. En otra persona ese detalle me resultaría molesto, pero su gesto no es crítico; sus ojos solo constatan una realidad que seguro que mi madre ya le ha dejado caer como si nada. Está tan cerca de mí que siento su calor, su particular olor que me abre una enorme herida en el corazón que me duele placenteramente.

—Hola, Marian.

Su voz.

Acerca su mano a la mía y la toma con fuerza. Una corriente eléctrica me recorre entera.

Soy incapaz de articular palabra. Algo me atenaza la garganta, una emoción que me impulsa a reír y llorar al mismo tiempo, pero no termino de decidirme.

Rodrigo no se arredra con mi estúpido mutismo.

—Creo que ahí dentro —señala con la barbilla mi barriga en un simpático gesto— tienes algo que también me pertenece.

Decido no decir nada. Mis labios solo pueden separarse para una sola cosa.

Le beso.

# AGRADECIMIENTOS

Esta historia la escribí hace unos años bajo el título inicial de «A ambos lados»; para publicarla la he reescrito en parte y la he actualizado. Ha sido un camino muy largo desde que un día me decidí a poner en palabras lo que supone ejercer una profesión como la mía que no es otra que enfermera.

Un agradecimiento muy especial a todos los que leyeron este libro cuando solo era un boceto, las reflexiones de una enfermera que sufría una crisis vocacional y que utilizaba la escritura para reencontrar lo que un día creyó perdido para siempre.

Quiero agradecer muy especialmente a las personas que me han ayudado a actualizar los datos técnicos y de cuidados en el ámbito hospitalario, concretamente a Alberto Puyana, enfermero, y Pilar Montalvo, auxiliar de enfermería, ellos han sido mis ojos y mis manos en el hospital, un medio en el que ya hace muchos años que no trabajo.

A Mari Luz Herrero y José Miguel Sánchez quiero darles las gracias por ser mis cronistas y mis guías en la ciudad de Granada. De su mano todo es mucho más verosímil.

Gracias a mi agente literaria, María Jesús Romero, por

creer en mí y abrirme las puertas que por mí misma no conseguía franquear y a Pablo Álvarez por la fe que ha tenido siempre en esta historia; su entusiasmo es contagioso.

Y mi agradecimiento más especial va para alguien a quien le debo todo lo que soy: mi madre, Pilar Carcelén. Si hoy soy lo que soy, si pude estudiar y tener una oportunidad que de otra forma se me habría negado, fue gracias a ella. Mi madre es la primera persona feminista que conocí en mi vida, aunque ella nunca se habría definido así. Ella me ayudó a luchar contra las barreras familiares y sociales que me impedían acceder a unos estudios que me permitieran ser lo que tanto deseaba ser. Ella me animó a superarme a mí misma, a luchar con todas mis fuerzas por mis sueños. Ella me inculcó el respeto a las personas, a pensar en los demás y a ponerme siempre en el lugar de otros, en un remedo de empatía a la que solo después de muchos años le puse nombre.

Cuando terminé mi carrera le dije que parte de mi título le pertenecía y no exageraba; ella escuchó mis lecciones de anatomía, de fisiología; atendió sin protestar jamás todas mis explicaciones sobre fisiopatología y soportó sin quejas mis angustias y mis miedos ante mis prácticas hospitalarias y la responsabilidad que abrumaba mis hombros día a día según aprendía y me formaba. Sí, parte de mi título le pertenece, lo sobrellevamos juntas y lo conseguimos juntas. Pero nunca le he dedicado mis escritos. Creo que este es uno de los que deben llevar una dedicatoria para ella... Mamá, este libro va por ti. Muchas veces te he dicho lo agradecida que te estoy por permitirme luchar para conseguir mis sueños, por defenderme contra viento y marea ante los que querían limitar mi futuro. Te lo he dicho muchas veces, pero quiero que lo sepan todos.

Gracias.

LOLA MONTALVO